Das Buch

Seit Kriegsbeginn herrschen Verdunklungszwang und Tanzverbot. Prostitution ist nur noch eingeschränkt in der Herbertstraße erlaubt. Alle Rotlichtlokale und Varietés werden zu sittsamen Vorführungen im völkischen Sinne verpflichtet. Striptease wird zum KdF-Vergnügen. Aufmüpfige Jugendliche wie die Swing-Heinis geraten in immer größere Schwierigkeiten. Kriminelle werden rigoros verfolgt. Die Polizei steht unter Aufsicht der NSDAP. Für Heinrich Hansen, den Revierleiter der Davidwache, wird die Situation schwierig. Als er sich nicht den Willkürmethoden der Hamburger Polizei anpassen will, wird er degradiert. Als normaler Kripobeamter soll er nun einen obskuren Mord an einem chinesischen Hausierer aufklären, der nachts auf der Schmuckstraße abgeladen wurde. Auf der Schulter des Toten entdeckt Hansen eine tätowierte schwarze Schlange. Die Spur führt in einen der in Hamburg berüchtigten Chinesenkeller.

Die Autorin

Virginia Doyle, Pseudonym eines bekannten, preisgekrönten Autors, wurde berühmt durch zahlreiche historische Kriminalromane und Sachbücher zum Thema Hamburg. Ihr zuletzt erschienener Roman *Das Totenschiff von Altona* stand mehrere Wochen auf der Bestsellerliste. Virginia Doyle wurde mit dem »Deutschen Krimipreis« und zweimal mit dem »Marlowe« ausgezeichnet. 2003 erschien bei Heyne der erste Band der St. Pauli-Trilogie unter dem Titel *Die Rote Katze*, 2004 folgte *Der gestreifte Affe*, im März 2006 als Abschluss der Trilogie das Hardcover *Die schwarze Schlange*.

Lieferbare Titel

Die Rote Katze – Der gestreifte Affe

Virginia Doyle im Internet: www.gangsterbuero.de

VIRGINIA
DOYLE

Die schwarze Schlange

Ein historischer Kriminalroman

WILHELM HEYNE VERLAG
MÜNCHEN

FSC
Mix
Produktgruppe aus vorbildlich bewirtschafteten Wäldern und anderen kontrollierten Herkünften

Zert.-Nr. SGS-COC-1940
www.fsc.org
© 1996 Forest Stewardship Council

Verlagsgruppe Random House FSC-DEU-0100
Das für dieses Buch verwendete FSC-zertifizierte Papier *München Super* liefert Mochenwangen.

Vollständige Taschenbuchausgabe 06/2007

Printed in Germany 2007
Umschlaggestaltung: Eisele Grafik-Design, München,
unter Verwendung des Plakats »Tanz + Cabaret Altona«
Satz: Leingärtner, Nabburg
Druck und Bindung: GGP Media GmbH, Pößneck
ISBN: 978-3-453-43243-7

www.heyne.de

Alle sind sie da,
bis auf die in Florida.
O Joseph, o Joseph,
Steineklopfen, das ist wunderbar!

Lied der Hamburger Swingjugend, zu Ehren ihrer im KZ Fuhlsbüttel (»Florida«) inhaftierten Freunde

Inhalt

PROLOG

Nacht

»Du lachst, Heinrich?«, fragte Oberwachtmeister Schenk.

Kriminalkommissar Hansen versuchte, ein Prusten zu unterdrücken. Er schaute aus seinem Dienstzimmer im zweiten Stock auf den Parkplatz vor der Davidwache und konnte sich kaum beherrschen. Hauptwachtmeister Kelling, wie immer in vorbildlich gebügelter grüner Uniform, hatte sich gerade nach vorn gebeugt, um die frisch angelieferten schwarzen Hauben über die Scheinwerfer des DKW-Dienstwagens zu stülpen. Dabei war ihm sein Tschako vom Kopf gerutscht, auf die Erde gefallen und unter das Auto gerollt. Nun kniete er auf dem Pflaster und fischte verzweifelt nach seiner Kopfbedeckung.

»Was gibt's denn da zu lachen?«, brummte Schenk.

»Er hat ein fliehendes Kinn«, sagte Hansen grinsend, »und deshalb rollt ihm der Helm davon.«

»Deinen Humor möcht ich haben«, sagte Schenk, aber auch er konnte sich ein Lächeln nicht verkneifen. Es war bekannt, dass Kelling Probleme hatte, den Riemen seines Tschakos korrekt festzuzurren.

Die Männer von der Kripo machten sich gern mal über Hauptwachtmeister Kelling lustig, der vor fünf Jahren die Leitung der Ordnungspolizei übernommen hatte, als das Revier Nr. 13 in Revier Nr. 36 umbenannt worden war. Damit war er zu Hansens Stellvertreter aufgestiegen. Dem Kommissar wäre es lieber gewesen, die Herren im Stadthaus hätten den gemütlichen Schenk auf diesen Posten gesetzt. Der war aber erst 1933 in die Partei eingetreten und nicht so strebsam wie Kelling.

»Warum macht er das eigentlich selbst?«, fragte Schenk.

»Du kennst ihn doch«, sagte Hansen. »Er muss immer erst mal selbst Hand anlegen. Das hilft bei der anschließenden Besserwisserei.«

»Ist auch nur ein Mensch«, stellte Schenk fest.

Sie beobachteten, wie Kelling in die Wache eilte und mit einem Gummiknüppel zurückkam. Damit gelang es ihm endlich, den Helm unter dem Auto hervorzuholen. Er setzte ihn wieder auf und zupfte an den Stoffmützen mit den schmalen Schlitzen herum, bis sie seiner Ansicht nach richtig auf den Scheinwerfern saßen. Dann ging er zurück ins Polizeigebäude.

»Er könnte sich auch noch um die Dinger hier kümmern«, sagte Hansen und deutete auf das schwarze Rollo, das über dem Fenster angebracht worden war.

»Wieso? Das hängt doch schon.«

»Zieh mal runter.«

Schenk zog das Rollo nach unten. Nach zwei Dritteln der Strecke klemmte es. »Gottverdammt«, fluchte er.

»Im ersten Stock funktionieren die alle einwandfrei«, sagte Hansen. »Ich werde mal Kelling fragen, wie sie das hingekriegt haben. Muss sowieso los.«

Wachtmeister Schenk blickte nach draußen. Das goldene Licht der untergehenden Herbstsonne, das sich eben noch über den Spielbudenplatz ergossen hatte, war verblasst. Ein Mann im Overall mit einer großen Umhängetasche ging von Baum zu Baum, legte Folienstreifen um die Stämme und nagelte sie fest.

»Dann soll er aber gleich mal jemanden hochschicken, es wird nämlich Zeit«, sagte Schenk.

»Also, dann bis später.« Hansen wandte sich um und nahm den Trenchcoat vom Garderobenhaken.

»Nee, nee!«, rief Schenk ihm hinterher, als er durch die Tür ins Treppenhaus verschwand. »Ich mach mich gleich auf die Socken. Ich hab nämlich Feierabend.«

»Jawohl, Herr Kommissar. Werde mich darum kümmern. Heil Hitler!«, sagte Kelling zum Abschied, nachdem Hansen ihn im Eingang der Wache abgefangen hatte.

Na, dann wird ja bald alles in Ordnung sein, dachte Hansen befriedigt, als er die Davidstraße überquerte. Eine Straßenbahn rumpelte aufgeregt klingelnd über die Kreuzung, Automobile hupten kampflustig, Motorräder knatterten nörgelnd vorbei. Feierabend. Bald wird es auf der Straße ganz ruhig werden, dachte Hansen. Und wie wir heute Nacht zu Fuß hier klarkommen sollen, weiß der Himmel. Seine Hand schloss sich um die Taschenlampe, die er vorsorglich schon am Nachmittag in die Manteltasche gesteckt hatte. Wenn nur die Birne nicht durchbrannte oder die Batterie ihren Geist aufgab.

Er liebte es, am frühen Abend die Reeperbahn Richtung Nobistor zu schlendern und sich dabei Gedanken zu machen, ob er am Wilhelmsplatz nach links oder in der Talstraße nach rechts abzweigen sollte. Seit zwei Jahren dauerte seine liebste Runde länger, denn sein Revier umfasste nun auch einige Straßen des Vergnügungsviertels, die bis 1937 zu Altona gehört hatten.

Hansen schaute auf die Armbanduhr und entschied, diesmal direkt zur Großen Freiheit zu gehen.

Seit Beginn der Dreißigerjahre war dies die strahlendste, glänzendste und lebendigste Straße der Amüsiermeile. Bunte Leuchtbuchstaben wiesen auf Etablissements hin, deren Namen weit über die Grenzen von Groß-Hamburg Berühmtheit erlangt hatten, grelle Girlanden und Leuchtbögen mit hunderten von Glühbirnen überspannten die Straßen von einer Seite zur anderen. Hansen entdeckte den Polizeiposten, der die verkehrsreiche Gegend rund um das Nobistor kontrollierte. Als der Mann ihn bemerkte, kam er mit schweren Stiefelschritten auf ihn zu und legte grüßend die Hand an den Tschako. »Heil Hitler, Herr Kommissar.«

»Guten Abend.« Hansen tippte mit dem Zeigefinger an die Hutkrempe. »Polizeimeister Lüttge, richtig?«

»Jawohl, Herr Kommissar.«

»Gut.« Hansen war froh, dass er sich an den Namen des Beamten auf Anhieb erinnert hatte. Der Mann gehörte noch nicht lange zum Revier. »Und? Alles in Ordnung?«

»Keine besonderen Vorkommnisse«, sagte der Polizeimeister.

»Die wissen hoffentlich alle Bescheid?«, fragte Hansen

»Aber gewiss doch!«

Schweigend standen sie unter der Lichterkette mit den riesigen Leuchtbuchstaben, die vom Bierhaus Schmidt bis zur anderen Seite der Reeperbahn verlief und erahnen ließ, dass die Große Freiheit keine Seiten-, sondern eine Hauptstraße des Vergnügens war.

»Da«, sagte Lüttge.

Der leuchtende Halbkreis mit dem Schriftzug »Winterhuder Märzen« auf dem Dach des Bierhauses erlosch. Dann verschwand das Wort »Tanz« von der Fassade, als Nächstes gingen »Bierhaus« und »Schmidt« aus und schließlich die Lampe, die die Tafel mit den angepriesenen Bierspezialitäten beleuchtete.

Es folgten die Leuchtschriften der Nachbarlokale: Das Eldorado verschwand in der hereinbrechenden Dunkelheit, ebenso das Indra und das Honolulu, der Schriftzug des Café Nordstern war plötzlich unsichtbar, beim Ballhaus Rheingold flackerten die Lampen, bevor sie erstarben, dann folgten die Jungmühle und das Hippodrom; gleichzeitig gingen die Lampen in den Schaukästen aus, und die Fotos und Zeichnungen, die die Passanten hereinlocken sollten, waren nicht mehr zu sehen. Die Silhouetten der Türsteher in den schmucken Uniformen wurden immer grauer. Das bisschen Helligkeit, das der Himmel noch hergab, war wirklich jämmerlich im Vergleich zu den künstlichen Lichtquellen. Einige Türsteher zogen sich ins Innere der Lokale zurück, andere schalteten Taschenlampen ein und leuchteten einander an, nur zum Scherz, denn so dunkel, dass die Lämpchen Sinn machten, war es noch nicht. Schließlich wurden die strahlenden Buchstaben vom Tanz-Café Neu-China und dem Restaurant-Varieté Cheong Shing abgeschaltet. Nur die Reklame des China-Restaurants Fong Leng blieb bestehen.

»Was ist denn da los?«, murmelte der Polizeimeister.

»Sind wohl doch nicht alle unterrichtet«, stellte Hansen fest.

»Na ja, die Chinesen«, sagte Lüttge. »Die lesen ja keine Zeitung und verstehen nur Tsching Tschang Tsingtau.«

»Dann geh'n Sie mal rüber und verklickern ihm, dass er seine Lizenz verliert, wenn er nicht augenblicklich die Lichter ausdreht.«

»Jawohl, Herr Kommissar.« Der Beamte salutierte und machte sich auf den Weg.

Hansen blickte die Reeperbahn entlang. Die Leuchtstreifen an den Bäumen und anderen Hindernissen glimmten grünlich. Auch andere Passanten waren stehen geblieben und schauten sich um. Einige holten ihre Leuchtplaketten heraus und hefteten sie an die Kleidung. Nur wenige schienen überrascht. Ausländer wahrscheinlich, sonst wussten ja alle Bescheid. Eben noch ein fröhlicher erster September, jetzt meint man, es sei November, dachte Hansen. Nur dass es noch wärmer ist. Aber was ist mein St. Pauli ohne Licht? Und wie soll das erst nachts werden, wenn wir jemanden verfolgen müssen? Die Verdunklung spielt den Dunkelmännern in die Hände, das steht fest.

Er hob den Kopf und starrte in den dunklen Himmel. Weiße Wolkenfetzen trieben am Himmel. Hatten die Polen überhaupt eine Luftwaffe?

Zu guter Letzt erlosch auch die Leuchttafel über dem Restaurant Fong Leng. Kurz darauf wurden die Verdunklungsrollos in den Fenstern heruntergezogen. Na bitte, dachte Hansen, etwas mehr Deutsch, als der Kollege dachte, kann der Chinamann also doch.

Die Tür des Lokals ging auf, und die Umrisse des Polizisten zeichneten sich ab. »Licht aus!«, brüllte ein die Straße entlanglaufender Luftschutzwart. Die Tür schloss sich. Hansen blieb gespannt stehen. Der Uniformierte schob eine Gestalt vor sich her, die ihm gerade mal bis zum Kinn reichte. Als die beiden näher kamen, erkannte Hansen, dass es der kleine Heinicke war. Ulrich Heinicke, vierzehn Jahre alt, Sohn eines Gastronomen und selbst schon unternehmerisch tätig als Stromkassierer.

Als sie bei Hansen angekommen waren, hob der Junge brav den Arm zum deutschen Gruß.

»Na, Ulrich, was hast du denn ausgefressen?«

Der Junge ließ den Kopf hängen. Er trug eine kleine Umhängetasche aus Leder bei sich.

»Kriegsgewinnler«, sagte Lüttge.

»Wie bitte?« Hansen war überrascht.

Der Polizeimeister deutete auf die Umhängetasche. »Er hat eine ganze Münzsammlung da drin.«

»Um was geht's denn eigentlich?«, fragte Hansen.

»Ich bin betrogen worden«, sagte Ulrich Heinicke und betonte das ›Ich‹.

»Von wem?«, fragte Hansen. »Und wie?«

»Unsinn«, sagte Lüttge. »Er muss die Tasche da abgeben.« Er versuchte, danach zu greifen, aber der Junge schob sie sich auf den Rücken und trat einen Schritt zurück.

»Na warte, Bürschchen«, sagte der Polizist und packte den Jungen am Unterarm, um ihn zu sich zu zerren.

»Moment mal, immer mit der Ruhe!«, rief Hansen. Er zog seine Lampe aus der Tasche, knipste sie an und leuchtete damit auf die Tasche.

»Sieht nicht sehr voll aus«, stellte er fest.

»Ja, eben«, sagte der Junge störrisch.

»Also?« Hansen sah ihn fragend an, auch wenn der Junge seinen Ausdruck in der Dunkelheit wohl kaum mehr wahrnehmen konnte.

»Von wegen nicht voll«, mischte sich der Uniformierte wieder ein. »Das sind alles Heiermänner da drin.«

»Das ist doch normal«, sagte Hansen zu seinem Untergebenen. »Wie lange sind Sie eigentlich schon bei uns, Lüttge?«

»Seit zwei Wochen, Herr Kommissar.«

»Aha, heute erster Nachtdienst in der Freiheit?«

»Zweites Mal.«

»Aber mit Ulrich Heinicke noch nicht bekannt.«

»Nein, aber ist doch wohl klar, dass der Bengel nach Hause muss.«

Hansen richtete den Lichtkegel der Taschenlampe auf die Brust des Jungen. »Nach getaner Arbeit geht's ab zu Muttern wie jeden Tag, stimmt's, Ulrich?«

»Ja klar. Darf ich dann also gehen?«

»Gleich, Ulrich.«

Polizeimeister Lüttge starrte Hansen erstaunt an. »Aber er hat den Chinesen dazu gebracht, gegen das Verdunklungsverbot zu verstoßen, und dann wollte er ihn erpressen.«

»Nein!«, rief der Junge. »Das ist doch gar nicht wahr. Der schuldete mir noch was! Und überhaupt kann ich meine Arbeit vergessen, wenn's jetzt immer dunkel sein muss.« Er zog den Riemen seiner Tasche über den Kopf und schmiss sie auf den Boden.

»Na, na, Ulrich«, sagte Hansen. »Ist doch dein Geld da drin, oder?«

»Ach was, das muss ich jetzt eh zurückgeben. Es lohnt sich nicht mehr, wenn ich jeden Tag nur noch für zwanzig Pfennig pro Kneipe Münzen in den Zähler schmeiße.«

»Was macht er?«, fragte Lüttge verwirrt.

»Er kassiert von den Wirten der Großen Freiheit das Geld für die gemeinsamen Lichterketten. Irgendjemand muss sich ja darum kümmern, dass der Stromzähler immer rechtzeitig mit Münzen gefüllt wird, sonst wird's dunkel.«

»Ist es ja jetzt«, klagte Ulrich Heinicke. »Wird doch gar nicht mehr richtig angemacht. Tagsüber bringt es sowieso nichts. Und jetzt wollen sie alle ihr Geld zurückhaben. Und ich geb's ihnen ja auch, aber der Chinese da hatte noch Schulden bei mir. Weil er nicht rechnen kann, hat er sich bockig gestellt und meinte, dann lässt er das Licht eben an, er zahlt nicht fürs Ausmachen, sagt er.«

Hansen sah Lüttge an. »Stimmt das so?«

Der Polizeimeister hob die Schultern. »Ich hab doch kaum was verstanden von diesem Kauderwelsch. Der Chinese war wütend, weil der Junge Geld haben wollte, und ich sagte, er müsse trotzdem das Licht ausmachen.«

»Ein Missverständnis also.«

»Wenn Sie meinen, Herr Kommissar.«

»Ja.« Hansen hob die Geldtasche auf. »Und das Geld hier drin wolltest du zurückgeben?« Er hielt die Tasche hoch.

»Klar, ist doch Ehrensache«, sagte Ulrich Heinicke. »Aber die, die zu wenig gegeben haben, muss ich trotzdem abkassieren, sonst zahl ich drauf.«

»Das stimmt.« Hansen gab ihm die Tasche. »Dennoch solltest du besser morgen Nachmittag weitermachen, wenn es hell ist. Die Zeiten haben sich geändert, mein Junge.«

»Jawohl, Herr Kommissar. Soll ich dann gehen?«

»Schnurstracks nach Hause.«

»In Ordnung, also tschüss dann!«

Ulrich Heinicke rannte los und verschwand im Dunkel der Großen Freiheit.

»Den sollten Sie mal lieber in die HJ stecken, damit er anständig zu grüßen lernt.«

»Nun machen Sie mal weiter, Lüttge. Und halten Sie die Augen offen.« Hansen knipste die Lampe aus und ging.

»Heil Hitler, Herr Kommissar«, sagte Lüttge hinter ihm.

Hansen ging die Reeperbahn hinauf. Aus den Vergnügungslokalen drang Musik und Gelächter, aber kein Lichtschein. Die Straßenbahnen und Autos fuhren langsamer als sonst und beleuchteten die Fahrbahn vor ihnen nur mit einem schmalen Lichtstrahl, der durch den Schlitz der Verdunklungskappen drang. Ab und zu blitzte es an den Hochspannungsleitungen der Straßenbahnen. Im Innern der Wagons konnte man kaum die Schatten der Passagiere erkennen.

Über diese Blitze, die man sonst kaum sieht, freut man sich jetzt, dachte Hansen. Ebenso wie über jedes Aufflackern eines Streichholzes oder den Lichtstrahl eines Feuerzeugs, die Leuchtplaketten an den Klamotten oder das Glimmen einer Zigarette. Und dieses Liebespaar da drüben scheint sich einen Spaß daraus zu machen, sich mit der Taschenlampe ins Gesicht zu leuchten, bevor es sich küsst.

Er betrat eine Bierhalle, um etwas Licht zu tanken. Drinnen war alles so wie immer: Vor einer Bühne mit künstlichem Alpenpanorama spielte eine Blaskapelle bayerische Stimmungsmusik, und Männer in Lederhosen jodelten dazu. Die langen, rohen Tische waren gut besetzt, und muskulöse Kellnerinnen trugen mächtige Bierkrüge durch den Saal. Später gibt's dann wieder die obligatorische Schlägerei, und alles ist wie im Frieden, dachte Hansen.

Er klapperte noch einige Lokale ab, um herauszufinden, ob die Verdunklung das Nachleben trübte, aber auf St. Pauli lebte der Leichtsinn fort wie eh und je.

Auf seltsame Art erleichtert, kehrte Hansen zur Davidwache zurück. Im Hochparterre war es dunkel, ebenso im ersten Stock und im zweiten. Nur im dritten, wo sich seine Dienstwohnung befand, bemerkte man, wenn man genau hinschaute, dass die Rollos noch nicht herabgelassen waren. Aber das war kein Problem, so lange dort kein Licht anging.

Darauf musst du achten, dachte Hansen, geh als gutes Beispiel voran, das tust du schließlich schon seit zwanzig Jahren. Solltest nicht nachlässig werden, auf deine alten Tage.

Im Wachraum wurde er vom diensthabenden Beamten begrüßt, der seltsamerweise aufstand, Haltung annahm und sagte: »Sie werden erwartet, Herr Kommissar, in … Ihrem Büro.«

»Was gibt's denn?«

»Kelling, Herr Kommissar, er ist zum Oberwachtmeister befördert worden.«

»Kelling? Befördert? Wieso weiß ich nichts davon?«

»Gerade erst passiert, Herr Kommissar.«

»Mitten in der Nacht?«

»Jawohl, so verhält es sich offenbar.«

»Na ja … Und dann sucht er sich mein Büro aus, um zu feiern?«

»Er feiert nicht, Herr Kommissar. Kriminalrat Stallmann ist bei ihm.«

»Stallmann aus dem Stadthaus?«

»Ja …«

Hansen stutzte. »Was will der denn hier so spät am Tag?«

»Sie sind gleich nach oben gegangen. Kelling hat ihn wohl schon erwartet. Ich dachte, Sie wüssten …«

»Nee, da hat wohl mal wieder jemand in der Zentrale vergessen durchzurufen. Die machen uns immer die Hölle heiß, aber selber sind sie auch nicht besser.«

»Ich soll Ihnen bloß ausrichten, dass Sie gleich hochkommen sollen«, sagte der Beamte, setzte sich wieder und wandte sich der Kladde mit den Diensteinträgen zu.

Hansen seufzte. Laut Dienstplan hatte er jetzt eigentlich Feierabend. Nach fünf Tagen Frühdienst und zwei nächtlichen Einsätzen war er müde. Ihm stand jetzt nur noch der Sinn danach, in den eigenen vier Wänden einen steifen Grog zu trinken, im Sessel zu sitzen, die Beine hochzulegen. Und vielleicht gab es ja noch ein bisschen Radiomusik; die brachten jetzt zwar immer mehr Volksmusik, aber hier in Hamburg wurden auch oft Seemannslieder gespielt. Die hörte er gern, die alten Lieder, manchmal sang er leise ein bisschen mit, war ja lange her, dass er draußen auf See gewesen war. Seit er abgemustert hatte, war er bestenfalls mal mit einem Dampfer nach Helgoland geschippert. Bootsmann Hansen war eine Landratte geworden. Aber wenn die alten Lieder aus dem Radioapparat tönten und der Grog ihn wärmte und sein abscheuliches Rheuma mit kribbeligem Wohlgefühl überdeckte, dann sah er sich wieder an Bord des Panzerkreuzers stehen und nach fliegenden Fischen Ausschau halten. Manchmal passierte es, dass er im Sessel einschlief und am nächsten Morgen mit bleischweren Gliedern und steifen Gelenken aufwachte, und das Kribbeln, das er dann im Rücken spürte, war alles andere als Wohlbehagen. So wurde man alt, aber die Lieder, die wurden es nicht.

Hansen stieg die Treppe hinauf in den zweiten Stock. Die Tür zu seinem Büro war einen Spaltbreit offen. Da drinnen saßen jetzt also Kelling und Stallmann, die hätten sich auch einen anderen Platz zum Warten aussuchen können …

Hansen schob die Tür auf, trat ein und sagte: »Guten Abend.«

Kelling sprang von Hansens Platz hinter dem Schreibtisch auf und hob den Arm zum »Deutschen Gruß«. Stallmann, der gerade die große Hamburg-Karte an der Wand studiert hatte, drehte sich um. Er trug einen schwarzen Ledermantel und überragte den nicht gerade klein gewachsenen Hansen um einiges. Kantiges Gesicht, schütteres Haar, krumm gewachsen, aber ein scharfer Hund, der Karriere in der SS gemacht hatte, bevor sie ihm einen leitenden Posten bei der Hamburger Polizei gegeben hatten.

»Na, Kelling, saßen Sie bequem?«, fragte Hansen.

»Man gewöhnt sich dran.«

Hansen wandte sich an Kriminalrat Stallmann: »Ich hoffe, Sie haben nicht allzu lange auf mich warten müssen. Aber ich wollte mich persönlich davon überzeugen, dass die Verdunklungsvorschriften im Revier eingehalten werden.«

»Und?«, fragte Stallmann.

»Alles bestens.«

»Na schön.«

Kelling hinter dem Schreibtisch schien wie angewurzelt.

»Darf ich dann mal?«, fragte Hansen und ging drei Schritte um den Tisch herum.

Kelling schaute zu Stallmann.

»Lassen Sie mal, Hansen«, sagte der Inspektor. »Oberwachtmeister Kelling macht sich doch ganz gut auf dem Platz da.«

»Na, herzlichen Glückwunsch zur Beförderung, aber er will ja wohl nicht heute Abend noch die Revierleitung übernehmen«, sagte Hansen scherzhaft.

»Doch, das will er«, sagte Stallmann.

Kelling setzte sich wieder.

Hansen schüttelte den Kopf. »Lass man, Kelling, der Stuhl da passt mir immer noch ganz gut.«

»Mit sofortiger Wirkung sind Sie nur noch stellvertretender Revierleiter«, sagte Stallmann.

Hansen schaute verwirrt auf und merkte, dass sich sein Brustkorb zusammenzog.

Kelling hüstelte. Dieser aalglatte, übereifrige, strebsame, kriecherische Kelling, der hier vor knapp zwanzig Jahren schon hackenschlagend reingekommen war, der nur darauf gewartet hatte, bis seine Stunde schlägt, der auf der Lauer gelegen hatte, wie ein Aasgeier in gebügelter Uniform und immer so tat, als wäre er glücklich mit den Häppchen, die man ihm zuwarf – jetzt hatte er sein Ziel erreicht. Und ich hab's immer schon gewusst, dass er das will, dachte Hansen, und da hüstelt er, der Widerling, weil's ihm peinlich ist, diesem Streber, und ich steh da wie ein Ölgötze und lass mich abkanzeln und weiß auch genau, wieso, die haben mich doch schon die ganze Zeit auf dem Kieker, und du Trottel bist selber schuld, hättest dich ein bisschen mehr anpassen müssen an die neue Zeit, aber dazu bist du wohl zu alt, Kommissar Hansen, was?

Diese Gedankenflut schoss ihm in Windeseile durch den Kopf, aber heraus bekam er nur die Frage: »Warum denn?«

Stallmann ging zwei Schritte auf ihn zu. »Sie hätten sich mehr den Idealen der nationalsozialistischen Verbrechensbekämpfung widmen sollen, Hansen. Das Herumdoktern an den Symptomen dieser Volksseuche ist nicht genug. Nirgendwo, schon gar nicht hier, wo die sittliche Gefährdung des Volkskörpers stets aufs Neue an der Tagesordnung ist. Wir vermissen rigoroses Durchgreifen, Hansen. Vielleicht sind Sie ja nur zu alt und deshalb verweichlicht, könnte sein. Aber in die Partei sind Sie auch nicht eingetreten. Wir verlangen ja kein großes Opfer von Ihnen, nur eine deutliche Antwort auf die Frage, wo Sie stehen, und da haben wir keine Antwort von Ihnen erhalten, Kommissar Hansen, jedenfalls keine befriedigende. Sie sind oft genug aufgefordert worden, sich einzufügen. Sechs Jahre lang hatten Sie Zeit dazu. Jetzt müssen Sie die Konsequenzen tragen. Im Übrigen …«, Stallmann senkte die Stimme und lächelte scheinbar freundlich, »… ist es in Ihrem Alter vielleicht sogar besser, zurück ins Glied zu treten, um jüngeren Kräften Platz zu machen.«

Stallmann faltete einen Brief auseinander und hielt ihn ihm hin. »Hier ist die Anordnung, gültig ab sofort.«

Hansen nahm den Zettel entgegen und schaute darauf. Die Buchstaben verschwammen ihm vor den Augen. Seine Lesebrille musste auf dem Schreibtisch liegen, auf seinem Schreibtisch, auf Kellings Schreibtisch …

»Kelling«, kommandierte Stallmann, »Sie übernehmen ab sofort die Leitung der Wache!«

Kelling sprang auf, schlug die Hacken zusammen und rief: »Jawohl, Herr Kriminalrat.«

Hansen seufzte. Jahrelang hatte er versucht, diesem Idioten das militärische Getue abzugewöhnen. Erfolglos offensichtlich. Und wie man sah, kam er doch weiter damit.

»Kommissar Hansen, Sie arbeiten ihren Nachfolger zügig ein.«

»Mach ich, mach ich.«

»Gut, dann ist also alles klar. Heil Hitler, meine Herren.«

Kelling hob den Arm, und als Stallmann nach draußen verschwand, setzte er sich wieder.

Hansen schaute ihn an. »Sie wollen das Büro hier, hm?«

Kelling nickte. »Natürlich. Sie werden nebenan zu Schenk ziehen.«

»In die Veteranen-Abstellkammer.« Hansen lachte auf.

»Ich möchte Sie bitten, auch weiterhin gewissenhaft Ihrem Dienst nachzugehen«, sagte Kelling eisig. »Ihr neuer Dienstplan liegt nebenan. Sie dürfen übrigens bis auf Weiteres in Ihrer Dienstwohnung bleiben.«

»So? Sehr freundlich. Na, dann gute Nacht, Herr Oberwachtmeister.«

Hansen machte kehrt und war kurz versucht, die Tür hinter sich zuzuknallen, aber dann ließ er sie einfach offen stehen.

ERSTES KAPITEL

Swing

1

An einem heißen Augusttag des Jahres 1941 stand Ulrich Heinicke nachmittags am Eisengeländer der U-Bahn-Station am Millerntor und starrte nach unten. Er war völlig durchgeschwitzt, selbst in den kurzen Hosen der HJ-Uniform konnte einem an diesem Tag ziemlich warm werden, zumal dann, wenn man eine schwere Segeltuchtasche bei sich trug.

Ich könnte ja runtergehen, dachte er, dort ist es kühl. Kannst dir glatt einen Schnupfen holen da unten, wenn du aufgeheizt und verschwitzt rumhockst und wartest. Verschnupft bin ich aber schon. Ulrich lächelte verträumt vor sich hin. Er hatte sich ein Geheimvokabular zurechtgelegt, das verschlüsselt seinen Gemütszustand beschrieb. Wenn er so weitermachte, würde er bald ein kleines Lexikon mit seinen Privatvokabeln verfassen können.

»Mir ist heiß« bedeutete zum Beispiel, dass er es kaum noch aushielt; »ich bin ausgedörrt« hieß, dass er kurz davor stand, sich in die Elbe zu stürzen; »im Schatten sitzen« sollte ausdrücken, dass er einen guten Platz gefunden hatte, um »Sonnenstrahlen aufzufangen«, die merkwürdigerweise von einer »Wolke« ausgingen; diese »Wolke« war die Ursache seiner eigenartigen Gemütsverfassung: Zuerst hatte er sie »Windhauch« genannt, dann »Elbbrise« und einmal auch »Schmetterling«, woran er aber keine gute Erinnerung hatte, denn er hatte irgendwann herausgefunden, warum der Schmetterling so fröhlich umhergeflattert war.

Tatsächlich handelte es sich um »Fräulein Schmetterling«, »Fräulein Elbbrise«, »Fräulein Windhauch« oder »meine Wolke«.

In allen Fällen handelte es sich um dieselbe Person, eine vermutlich siebzehnjährige Blondine mit hübschen Löckchen, die mit Vornamen Vera hieß. Diesen Namen würde Ulrich aber erst dann für sich zur Benutzung freigeben, wenn er einmal ein Wort mit ihr gewechselt hatte. Vorher war es tabu, den Namen auch nur zu denken – als Strafe für seine Trägheit als Eroberer und als Anreiz, es doch endlich zu versuchen. Bis es so weit war, würde sehr wahrscheinlich noch viel Wasser die Elbe hinunterfließen, und es würden wohl noch eine ganze Menge englischer Bomben auf die Hansestadt fallen.

Aber es ist gut, wenn man ein Ziel hat, dachte Ulrich. Und der Sommer ist lang, und die Tage haben viele Stunden, vor allem die Nachmittage dehnen sich ins Endlose, und der einzige Trost ist, dass es zwei Tage in der Woche gibt, wo sich das Warten wirklich lohnt.

Ulrich sah auf die Uhr. Kurz nach vier. Gleich musste sie auftauchen. Sie kam nie einen Zug zu früh, nur selten einen zu spät. Bloß einmal war sie mit der Straßenbahn zum Millerntor gefahren. Er hatte sie nur durch Zufall bemerkt. Aber seitdem wartete er hier oben und behielt die Tram-Haltestelle im Blick. Da! Er hörte das Rattern der einfahrenden U-Bahn, das Geräusch der sich öffnenden Türen, das Getrappel der Passagiere, die sich dem Ausgang zubewegten.

Die Wolke schwebte die Treppe herauf ans Sonnenlicht. Sie trug einen roten Faltenrock und eine karierte Bluse, in der Hand hielt sie eine Ledertasche, aus der ein paar Notenhefte herausragten. Ulrich vermutete, dass sie an den beiden Tagen, an denen er ihr auflauerte, zum Musikunterricht in die Stadt fuhr. Klavier wahrscheinlich, denn sie trug keinen Instrumentenkoffer bei sich. Sicher kam sie aus der Innenstadt, sonst würde sie nicht die Hochbahn nehmen, die den Hafen entlangfuhr. Und da sie später in die S-Bahn-Station am anderen Ende der Reeperbahn einstieg, lag die Vermutung nahe, dass sie über Altona in einen der Elbvororte zurückkehrte, wo sie in Verhältnissen lebte, die Ulrich sich lieber nicht vorstellen wollte, weil er dann mit Sicherheit zu dem

Ergebnis kommen würde, dass er im Vergleich zu seiner Wolke bestenfalls ein Staubkörnchen in der Schmuddelecke der Stadt darstellte.

Das Gute an dieser HJ-Uniform war, dass man darin nicht auffiel. Man wurde auch nicht so schnell kontrolliert, denn man gehörte ja zu denen, die kontrollierten. Viel eher würde jemand die Wolke fragen, was sie denn da für Bücher in ihrer Tasche durch die Gegend trage, als ihn nach diesen verdammt schweren Schellackplatten, die bewirkten, dass ihm der Tragriemen seiner Tasche in die Schulter schnitt.

Selbst schuld, er hätte ja nicht den Umweg übers Millerntor machen müssen. Aber er litt gern ein wenig, um ihr hinterherlaufen zu dürfen. Nur musste er vermeiden, ins Schwitzen zu kommen. Schweißflecken auf der Uniform würden ihr gar nicht gefallen, wenn sie ihn mal ansehen würde, was sie aber nie tat, weil er in seiner Uniform ja praktisch unsichtbar war. Bald würde auch er sich so einen flotten Anzug besorgen wie ihre Freunde. Er sparte dafür. Jeden Pfennig legte er beiseite. Er musste nur noch herausfinden, wo man diese zweireihigen Karo-Jacketts gebraucht bekommen konnte. Vielleicht frage ich heute einen von den Heinis danach, wenn sie gut gelaunt sind, dachte er … aber einen Sonderpreis mache ich denen nicht, sonst wird nie was aus meinen Plänen.

Die Wolke überquerte die Straße und ging mit wippendem Rock auf die Schaukästen vor dem Café Heinze zu. Wie immer. Sie blieb dann eine Weile dort stehen und betrachtete die Plakate und Fotos der auftretenden Künstler und Musiker. Obwohl seit langem überall das Tanzen verboten war, traten auf St. Pauli weiterhin Tanzkapellen aus aller Welt auf, na ja, aus befreundeten Ländern: Englische und amerikanische Musiker waren geächtet, aber italienische, spanische, schwedische, holländische und deutsche Orchester begeisterten das vergnügungssüchtige Hamburger Publikum. Ulrich kannte inzwischen die Namen der berühmtesten unter ihnen und konnte einschätzen, ob die Freunde der Wolke abends vor dem Heinze herumlungern würden oder nicht.

Nächste Woche würden sie ganz sicher ständig hier aufkreuzen, denn der elegante schwedische Kapellmeister Arne Hülphers war angekündigt, zusammen mit dieser Sängerin, die beinahe eine zweite Wolke für Ulrich hätte werden können, wenn sie nicht in viel zu weit entfernten Sphären schweben würde – Greta Wassberg!

Die Wolke stand ein bisschen länger als sonst vor den Schaukästen. Ulrich hatte sie einmal dabei beobachtet, wie sie versucht hatte, die Hand durch eine Ritze zu quetschen, um an ein Foto zu kommen. Es war ihr nicht gelungen.

Nun überquerte sie die Reeperbahn. Auch das tat sie immer, denn drüben auf der anderen Seite gab es weitere Lokale, die für musikbegeisterte Menschen interessant waren, der Trichter und das Café Rheinterrassen beispielsweise, und sogar in der Wilhelmshalle neben dem Panoptikum traten Tango-Orchester auf.

Wenn sie dann weiter über den Spielbudenplatz ging, lief sie stets ein bisschen schneller, vielleicht fürchtete sie, zu spät zu kommen. Es war ja noch ein gutes Stück bis zur S-Bahn-Station, und nach Blankenese hinaus, das dauerte ja auch … doch darüber wollte Ulrich sich ja keine Gedanken machen.

Aber was war denn jetzt mit ihr los? Wieso bog sie auf einmal in die Taubenstraße ein? Da will ich doch hin!, schoss es ihm durch den Kopf. Da hat doch die Wolke nichts zu suchen. Das ist doch meine Geschäftsstraße!

Zu allem Überfluss steuerte sie dann mit wippendem rotem Faltenrock zielstrebig auf das Antiquitätengeschäft von Arndt Jäger zu, hüpfte die drei Stufen hoch und verschwand darin.

Ulrich Heinicke blieb stehen. Da konnte er jetzt nicht rein, unmöglich. Heimlich hinterherzulaufen war eine Sache, aber ihr so direkt nachzugehen, im selben Raum mit ihr zu stehen und sich direkt anzusehen eine andere. Und womöglich wäre man auch noch gezwungen, miteinander zu reden … »Entschuldigung, dürfte ich da mal vorbei, Verzeihung, es ist sehr eng, würden Sie mir mal die Platte dort geben? Nein, nicht die von Teddy Stauffer, Bernhard Etté, meine ich, ja, danke, mögen Sie Etté?

Mir ist ja Heinz Wehner lieber, aber der spielt ja nicht mehr hier. Wie bitte? Nein, Widmann mag ich lieber als Glahé …« So redeten die doch. Manche Namen waren Ulrich inzwischen ein Begriff, man hörte in den einschlägigen Läden ja manchmal eine Schellackplatte, hatte ja nicht jeder ein Grammofon, und im Radio brachten sie diese Art von Musik nicht.

Aber jetzt da drin, und ich mir ihr, dachte er, und dann fragt sie mich womöglich, ob ich den Tiger Rag lieber von Francesco Scarpa oder Fud Candrix mag, und ich kenn doch bloß die Namen von den Plattenetiketten, aber die Musik so gut wie gar nicht, ich würde mich blamieren.

Es zog ihn dennoch unbarmherzig bis vor das Schaufenster von »Jägers Rumpelkiste«. Er lugte zwischen dem ganzen Krempel im Schaufenster durch ins Innere, und da war ja auch Kurt mit ein paar Freunden, und der redete mit der Wolke. Kennen die sich, oder haben die sich eben zum ersten Mal getroffen?, fragte er sich. Ach, Mensch, so sollte die mich mal anlächeln. Es wird wirklich Zeit, dass ich meine verfluchte Tarnuniform loswerde. Ich brauch so ein Jackett oder … guck dir mal den Anzug an, den er trägt, bei dem Wetter mit 'nem Binder! Oh, jetzt hat er mich entdeckt.

Kurt Singer, von seinen Freunden auch respektvoll »der Swinger« genannt, schaute nach draußen, nachdem er der Wolke kopfschüttelnd irgendwas erklärt hatte, wobei er ständig auf einer Karstadt-Plattenhülle herumtippte, die ihm wohl nicht zusagte. Jetzt legte er dem Mädchen kurz die Hand auf die Schulter, sagte offenbar ein paar entschuldigende Worte und schob sich an ihr vorbei zur Tür.

Die Tür öffnete sich, und Kurt nickte Ulrich zu, der gerade noch bewundernd darüber nachsann, wie einfach es dem Swinger fiel, der Wolke eine Hand auf die sanft geschwungene Schulter zu legen, ohne sich zu verbrennen, im Erdboden zu versinken oder zur Salzsäule zu erstarren. Donnerwetter.

»He, Ulrich«, sagte Kurt und setzte sich den Scötch auf, was bei dieser Hitze wirklich idiotisch war, aber der Swinger achtete nicht aufs Wetter, sondern auf Stil. »Bist ja spät dran heute.«

»Wie?«, fragte Ulrich. »Ist nicht meine Schuld. Hab mich beeilt.« Und er schien tatsächlich außer Atem zu sein.

»Macht ja nichts, Hauptsache, du hast was dabei.«

Ulrich warf noch einen kurzen verstohlenen Blick durchs Schaufenster und blinzelte, als würde ihn die Sonne blenden. Die Wolke beugte sich mit sanft herabfallenden Locken über eine Plattenkiste.

Kurt packte ihn am Arm. »Na, komm mal ein Stück mit. Der alte Arndt muss ja nicht mitkriegen, dass er einen Konkurrenten hat.«

»Wen denn?«, fragte Ulrich verdattert.

Kurt lachte. »Na, dich, wen denn sonst? Du kannst bald 'nen eigenen Laden aufmachen, Mensch. Der hat doch nur noch Tempo-Platten und Brillant-Spezial.«

Sie gingen die Taubenstraße entlang bis zur Hopfenstraße und setzten sich auf ein Mäuerchen gegenüber der Brauerei.

»Na, dann zeig mal, was du diesmal auf der Pfanne hast.«

Ulrich zog seine Schätze aus der Tasche. »Heute wird's aber ein bisschen teurer, sagt mein Bruder.«

»Wieso das denn?«

Ulrich schaute sich verschwörerisch um und senkte die Stimme. »Das sind englische.« Er reichte Kurt den Stapel Schellackplatten. Der sah ihn hastig durch und stieß einen leisen Pfiff aus. »Cab Kaye, Harry Roy, die Dersey Brothers, Benny Goodman und – Donnerwetter! – Duke Ellington!«

»Er will doppelt so viel. Er sagt, es ist jetzt auch nicht mehr so einfach in Dänemark. Das mit den Platten haben inzwischen einige spitzgekriegt, die Dinger werden knapp, und knapp heißt teuer.«

»Bist ja ein schlaues Kerlchen«, sagte Kurt nachdenklich. »Aber wie machen wir's? So viel Geld kann ich nicht auf einmal lockermachen.«

»Dann nimmst du zwei, und ich heb dir den Rest auf.«

»Und dann verscherbelst du die an jemand anderen. Ich weiß doch, wie scharf die alle darauf sind.«

»Mach ich nicht, Kurt, ehrlich.«

»Ist dir klar, dass du solche Geschäfte nur machen kannst, weil dein Bruder zufällig in Dänemark stationiert ist? So ein Privileg solltest du nicht ausnutzen.«

»Wieso nicht?«

»Hast du denn keine Moral? Einem alten Freund das Hemd über den Kopf zu ziehen, Mensch, Ulrich!«

»Wir sind befreundet?«

»Na, was dachtest du denn?«

»Weiß nicht.«

»Also pass auf, ich zahl dir fünfzig Prozent mehr, das ist fast doppelt so viel, und zwar in zwei Raten; übermorgen kommst du wieder her, dann kriegste du die zweite. Die Platten kannst du mir ja schon mal überlassen.«

»Nee, das geht nicht.«

»Mensch, Junge! Wir planen einen anständigen Budenzauber morgen Abend. Da kann ich mit den Scheiben ganz schön reüssieren.«

»Du kannst was?«

»Eindruck schinden.«

»Ach so.«

Kurt stand auf und hielt Ulrich die Hand hin. »Schlag ein!«

Ulrich stand zögernd auf. »Ich geb dir doch lieber erst mal die Hälfte. Sind ja nicht meine. Das geht wirklich nicht, dass ich die einfach hergebe, wo ich noch nicht mal weiß, wo du wohnst.«

Kurt kniff die Augen zusammen. »Willste jetzt irgendwas aus mir raushorchen?«

»Quatsch, du weißt ganz genau, dass ich dich nicht verpfeife, bin ja sonst selbst dran, und mein Bruder erst recht.«

Kurt gab ihm einen Klaps. »Schwamm drüber. Also meinetwegen, hier.« Er zog eine Hand voll Münzen und einen Schein aus der Tasche. »Mehr hab ich nicht. Goodman, Ellington und Cab Kaye, in Ordnung?«

Ulrich nickte, nahm das Geld und übergab die Platten. Gemeinsam trotteten sie die Taubenstraße zurück. Als sie vor Jägers

Rumpelkiste ankamen, ging die Ladentür auf, und die Wolke schwebte heraus. Sie lächelte Kurt zu und sagte: »Tschüss, bis morgen!«

Kurt hob lässig die Hand. »Swing heil, Baby.«

Die Wolke eilte davon.

Kurt legte die Hand auf die Stirn und deutete einen Ohnmachtsanfall an. »Mann, Mann, Mann«, sagte er, »jetzt schau dir das an. Wenn ich nicht wüsste, dass es die Kleine da wirklich gibt, würde ich sagen, sie ist eine, äh …«

»Wolke«, sagte Ulrich.

Kurt lachte. »Und was für eine Wolke!«

Der rote Faltenrock verschwand um die nächste Straßenecke.

Ulrich hatte eine Eingebung. »Und das ist morgen eine Privatfeier?«

»Was?«

»Der Budenzauber.«

»Ja, ja.«

»Ich schenk dir die drei restlichen Platten, wenn ich kommen darf.«

»Was?« Kurt glotzte ihn verständnislos an. Dann grinste er: »In den kurzen Hosen?«

»Eben nicht, mein Vorschlag gilt unter einer Bedingung.«

»Und die wäre?«

»Du hilfst mir, so einen Anzug und so einen Hut zu besorgen.«

Kurt hielt ihm die Hand hin. »Überläufer sind immer willkommen. Schlag ein! Der Handel gilt!«

Und so kam es, dass Ulrich Heinicke durch eine vorbeiziehende Wolke dazu verleitet wurde, die kurzen Hosen der Hitlerjugend gegen einen Zweireiher aus englischem Tuch einzutauschen.

2

»Ein paar von den Damen könnten mir schon gefallen«, sagte Jens Lange und nahm den Zahnstocher aus dem Mund.

»Damen? Sagtest du Damen? Und was meinst du eigentlich mit gefallen?«, fragte Kurt Singer.

Jens kicherte.

Sie lehnten beide an einer Laterne vor dem Zillertal am Spielbudenplatz und betrachteten mit unverhohlen spöttischem Gesichtsausdruck eine Gruppe von »Kraft-durch-Freude«-Urlaubern, die, angeführt von einem älteren Herrn im Trachtenjanker, auf das Vergnügungslokal neben dem Hallenbad zusteuerte. Es waren brave Arbeiter und Angestellte aus Niedersachsen, die ihr Leistungssoll an der Heimatfront übererfüllt hatten und als Prämie eine verbilligte Reise mit einem Dampfschiff über Nord- und Ostsee unternehmen durften. Endstation und Höhepunkt solcher Kreuzfahrten war Hamburg mit seiner Reeperbahn.

Bei den Damen, die Kurt und Jens ins Auge gefasst hatten, handelte es sich um zwei Mollige, die eine brünett, die andere schwarzhaarig, beide Typ Sekretärin und bestimmt noch ledig, also das ideale Freiwild für die beiden groß gewachsenen Achtzehnjährigen. In ihren Anzügen, Kurt mit Staubmantel und Homburger, Jens mit Macintosh und Panama-Hut, konnten die beiden durchaus als Zweiundzwanzigjährige durchgehen. Wenn sie es sich fest vornahmen, gelang es ihnen sogar, sich wie Kavaliere zu benehmen. Auf diese Weise gewannen sie ab und zu in Cafés oder harmloseren Vergnügungsstätten das Vertrauen ahnungsloser Provinzlerinnen. Bevorzugt besuchten sie zu diesem Zweck eines jener Lokale, in denen die Kellner Botendienste für die Gäste erledigten: Man schrieb kleine Botschaften auf bereitliegende Kärtchen, steckte sie in einen Umschlag und legte diesen, versehen mit der Tischnummer, auf ein Tablett. Der Kellner überbrachte die Botschaft und stellte dafür weniger Gebühr in Rechnung als die Reichspost. Kam eine Botschaft zurück, konnte man unter Umständen Blickkontakt aufnehmen und, wenn sich beiden Seiten sympathisch waren, einen Tischwechsel in Betracht ziehen.

Da das Tanzverbot erst zu später Stunde und nur gelegentlich missachtet werden konnte, blieb einem nichts weiter übrig, als zu reden und zu trinken. Beides konnten die jungen Herren sehr gut, die auserwählten Damen wurden meist schon nach der zweiten Flasche Sekt unaufmerksam und bemerkten den Verlust ihrer Geldbörse nur in den seltensten Fällen an Ort und Stelle. Kurt und Jens richteten es immer so ein, dass der eine mit dem Geld aus dem fremden Portemonnaie bezahlte, während sich der andere Richtung Toilette entschuldigte. Dort trafen sich die beiden dann und verschwanden diskret durch eine Hintertür oder ein Fenster.

Im Zillertal war das alles nicht so einfach. Da musste man Bier trinken und zu Blasmusik schunkeln. Man saß mit vielen anderen auf langen Holzbänken und war viel mehr Blicken ausgeliefert als in den diskreten Nischen eines Kaffeehauses. Schunkeln und gleichzeitig eine Geldbörse aus der Damenhandtasche zu fischen, das war ein Kunststück, zumal man ja ständig damit rechnen musste, dass eine Kellnerin mit Nachschub hinter einem auftauchte. Ein neues Bier bekam man schon, bevor man sein altes ausgetrunken hatte.

»Na, was ist«, sagte Jens, nachdem er den Zahnstocher in hohem Bogen auf die Straße geschnippt hatte. »Gehn wir auf die Pirsch?«

Kurt schüttelte den Kopf. »Nee, Humptahumpta is heut nicht. Bin in Swinglaune, old boy.«

»Wir können ja später immer noch zu Kap Korte gehen. Mit Kleingeld in der Tasche lässt sich sowieso besser abhotten.«

»Nix! Ich muss noch einen Textilgutschein einlösen.«

»Bist doch wie aus dem Ei gepellt heute, Alter. Wo hapert's denn?«

»Hab da noch was nachzulegen, wegen Ellington und Konsorten. Sachwerte, wenn du verstehst, was ich meine.«

»Nee.«

»Außerdem ist mir mein Anthony gestern verbogen, als wir durch's Klofenster geklettert sind.« Kurt hob seinen Schirm hoch. Er war leicht schief und für einen jungen Herrn, der Wert auf sein Äußeres legte, daher indiskutabel.

»Wenn ich gewusst hätte, dass das heute Abend schon wieder auf Beschaffungsmaßnahmen hinausläuft, hätt ich mich ins Bett verkrochen. Ich dachte, wir entspannen uns ein bisschen. Wir hatten heute Inventur in der Firma, da wirst du doch rammdösig. Den ganzen Tag Zangen, Nägel, Hämmer und Schrauben zählen ...«

»Es heißt Hammer, Hämmer ist englisch, old boy. Und Englisch ist ...«

»... verboten!« Das letzte Wort sprachen sie gemeinsam aus. Dazu hoben sie die rechte Hand, klatschten sie gegeneinander, spreizten dann Zeige- und Mittelfinger zum Victory-Zeichen, um sie schließlich ineinander zu verhaken und scherzhaft hin und her zu zerren.

Kurt ließ los, deutete mit dem Kopf auf einen dicken Mann, der aus dem St.-Pauli-Theater trat und seine eben erstandenen Eintrittskarten in die Manteltasche versenkte. Den Schirm am Unterarm baumelnd, schaute er auf die Uhr und drehte sich suchend um.

»Moment mal, der Herr dort scheint orientierungslos«, sagte Kurt und ging freudestrahlend auf ihn zu. »Onkel Egon!«, rief er laut.

Der Angesprochene schaute ihn verwirrt an.

»Aber Onkel, erkennst du mich denn nicht? Oskar aus der Bismarckstraße, der Sohn von Fiete aus Eimsbüttel ... nein?«

Der Angesprochene schaute Kurt finster an. »Entschuldigen Sie, junger Mann, ich kenne Sie nicht.«

»Nein, hat man Töne, erkennt den kleinen Oskar nicht mehr ... aber ist das nicht, aber ja doch ...«, Kurt umfasste den Unterarm des Mannes und hob ihn an, »... der Schirm von Opa Heinrich, also Onkelchen, sieh doch nur, genau so einen hat Opa mir auch geschenkt.«

Kurt nahm den Schirm seines Opfers an sich und hielt ihn neben seinen eigenen.

»Lassen Sie das! Sie reden Unsinn!« Der Mann versuchte, seinen Schirm wieder zurückzubekommen. Kurt trat einen Schritt zurück und jonglierte mit beiden Schirmen. Er warf sie hoch, fing sie auf, versuchte, sie auf der Handfläche zu balancieren, ließ sie fallen, bückte sich und reichte den einen dem Mann, der sich ebenfalls hinabgebeugt hatte.

Eine Dame tauchte hinter dem Mann auf. »Franz, was machst du denn da?«

Kurt richtete sich auf und spielte den Verblüfften. »Nanu, Onkel, wer ist denn diese Dame? Du gehst fremd? Wo ist Tante Cora? Also, wenn sie das erfährt … tagaus, tagein trainiert sie mit dem BDM, und du vergnügst dich mit dieser Hutschachtel … schandbar, schandbar …«

Kurt drehte sich empört um und ging zu Jens zurück, der sich am Laternenpfahl festhielt und sich ausschüttete vor Lachen.

»Komm, Toni, wir müssen sofort die BDM-Leitung verständigen, Tante Cora muss die Scheidung einreichen, wenn das der Führer erfährt …«

Kurt zerrte seinen Freund vom Laternenpfahl weg, und mit weit ausholenden Schritten eilten sie davon.

Am Wilhelmsplatz angekommen, hielt Kurt die Hand in die Luft und sagte: »Ich glaube, es wird gleich Regen geben.« Er spannte den Schirm auf.

»Nanu«, stellte er fest, »wo ist denn die formschöne Krümmung geblieben, die diesen tapferen Anthony so unverwechselbar machte?« Er drehte sich um. »Ich glaub, wir müssen noch mal zurück.«

»Was? Jetzt spinnst du aber.« Jens hielt ihn an der Schulter fest.

»Na, hör mal, es mag ja verwerflich sein, dass Onkel Egon fremdgeht, aber er sollte dies nicht mit einem verbogenen Schirm tun. Die werden ihn verhaften.«

»Es regnet nicht mehr heute«, versuchte Jens, seinen Freund zu beruhigen. »Lass mal gut sein, dein Auftritt ist beendet.«

»Du hast Recht«, sagte Kurt nachdenklich. »Den Gang zum BDM können wir uns auch sparen, ich glaube, Tante Cora wird sowieso Lunte riechen, wenn sie den krummen Schirm sieht. Das weiß doch jede Ehefrau, was krumme Schirme bedeuten …« Er starrte zu Boden.

»Lass uns mal aus der Schusslinie gehen.« Jens deutete auf einen Polizisten, der sich näherte.

Sie überquerten die Reeperbahn und betraten das Café Menke. Im Erdgeschoss des mehrstöckigen Kaffeehauses hängten sie ihre Mäntel und Hüte an die Garderobe und setzten sich so, dass sie sie im Blick hatten. Dann bestellten sie zwei Kaffee.

Draußen brach die Dämmerung herein.

»Es ist wirklich eine Unsitte, dass der deutsche Mann es verschmäht, einen Staubmantel zu tragen«, sagte Kurt. »Und dass ein deutscher Kopf von einem deutschen Hut gekrönt werden muss, scheint sich auch nicht herumgesprochen zu haben.«

»Es ist doch Sommer.«

»Na und? Tragen wir etwa keine anständigen Klamotten?«

»Wir schon.«

»Na, siehst du.«

Die Lichter der Lokale an der Reeperbahn gingen aus, und das Personal des Kaffeehauses machte sich daran, die schwarzen Rollos herabzuziehen.

Während Kurt die Speisekarte studierte, holte sich Jens eine Zeitung. So saßen sie eine Weile da, bis Kurt feststellte: »Wenn es dunkel wird, zieht der Mensch sich wärmer an.« Er deutete auf die Garderobe, an der jetzt mehrere Mäntel und Hüte hingen.

»Konfektionsgröße achtundvierzig scheint auch dabei zu sein. Kleiner geht's ja wohl nicht.«

»Ich dachte, du trägst nur Maßgeschneidertes.«

»Ist ja nicht für mich, mein Guter.«

»Herrenausstatter Kurt Singer …«

»Du wirst mir noch dankbar sein für meine Ausflüge in die Textilbranche.« Kurt winkte der Kellnerin. Sie zahlten.

An der Garderobe zog Kurt seinen Mantel über, nahm Jens' Panamahut vom Haken, rollte ihn zusammen und steckte ihn in die Manteltasche, dann griff er nach einem zweiten Hut, einem Homburger, setzte ihn seinem Freund auf und half ihm in den Macintosh. Schließlich legte er sich einen zweiten Mantel über den Arm und ging zufrieden pfeifend voran.

Draußen verlangte Jens den Panamahut zurück: »Das sieht doch dämlich aus, ein Scötch zum Macintosh.«

»Ein Scötch zum Möckintösch«, witzelte Kurt.

Jens fasste nach dem zusammengerollten Hut und zog ihn aus Kurts Manteltasche.

»He, he!«, rief Kurt.

Hinter ihnen ging die Tür des Kaffeehauses auf, und jemand schrie: »Halt, Sie haben den falschen Mantel.«

»Licht aus!«, brüllte Kurt mit herrischer Stimme.

Dann rannten sie davon.

3

Ziemlich aufgeregt ging Ulrich Heinicke die Große Freiheit entlang, die Hand auf der prall gefüllten Umhängetasche. Ein paar Türsteher, die am frühen Nachmittag noch verschlafen in das warme Licht der Spätsommersonne blinzelten, winkten ihm freundlich zu. Er kannte sie alle mit Namen, er gehörte ja praktisch dazu. Eine Zeit lang hatte er sich ausgemalt, eines Tages ein Tanzcafé mit Varietébühne zu besitzen, groß, bunt, mondän. Erst hätte er die Schlachterei und Speisehalle, die sein Vater betrieb, in ein Restaurant mit Kabarettbühne verwandelt. Ganz volkstümlich zunächst, um allmählich international zu werden, bis sein Lokal Etablissements wie dem Neu-China oder der Jungmühle Konkurrenz gemacht hätte, mit Artistenprogrammen aus aller Welt.

Sein Bruder Anton hatte sich über diese Pläne lustig gemacht: »Darfst in dein eigenes Lokal nicht rein, Kleiner. Wenn du auf der

Freiheit Erfolg haben willst, musst du Mädchen haben, die sich ausziehen. Und für so was bist du noch zu klein.«

Anton selbst war nur knapp zwei Jahre älter als sein jüngerer Bruder, tat aber immer so, als lägen Welten zwischen ihnen. Mittlerweile war es ja auch so, nachdem sie Anton, kaum dass er achtzehn geworden war, zur Wehrmacht eingezogen hatten. Aus »erzieherischen Gründen«, denn Anton hatte sich in Schule und Alltag dem Nazi-Drill verweigert. Nicht aus politischer Opposition, sondern weil »diese Idioten mir auf die Nerven gehen«. Einfach so. Na ja, und nun saß er als Gefreiter irgendwo in Dänemark, und da ging es wahrscheinlich noch idiotischer zu als bei der HJ, aber schreiben durfte er das natürlich nicht. Weil es eigentlich nicht viel zu tun gab, hatte er sich auf den Handel mit Schellackplatten verlegt und seinen kleinen Bruder angewiesen, mit Kurt Singer Kontakt aufzunehmen. So war Ulrich zum Schwarzhändler geworden.

Sein Vater wusste nichts davon. Der schuftete von früh bis spät mit einem Gehilfen in seiner kleinen Schlachterei, kochte jeden Tag einen Eintopf und briet Würstchen für die Gaststättengäste, die von einer resoluten Dicken mit Damenbart bedient wurden. Nachmittags half Ulrich so oft er konnte mit. Zwar machte es ihm überhaupt keinen Spaß, aber er konnte seinen Vater ja nicht hängen lassen. In die HJ war er allerdings nicht zuletzt deswegen eingetreten, weil er damit eine Entschuldigung hatte, von zu Hause fortzubleiben. Sein Vater fand das ganz in Ordnung, denn er spekulierte darauf, dass die Beziehungen seines Sohns ihm unter Umständen Schwierigkeiten ersparen konnten. Aus demselben Grund war er in die Partei eingetreten, was zu heftigen Diskussionen mit dem älteren Sohn geführt hatte. Anton hatte sich auch über Ulrichs HJ-Aktivitäten lustig gemacht, irgendwann aber eingesehen, dass ein staatstreuer Bruder auch ihm nutzen konnte.

Ulrichs Träume von einer Karriere als Varietébesitzer standen in krassem Missverhältnis zum Lebensweg seines Vaters. Jan Heinicke – auch sein Vater war bereits Schlachter auf St. Pauli gewesen – hatte es Anfang des Jahrhunderts schon sehr jung zu etwas gebracht: Zwanzig Jahre lang herrschte er über ein berühmtes Lokal an der Reeperbahn namens Salon Tingeltangel, in dem nicht nur bekannte Artisten gastierten, sondern auch große Revue-Theaterstücke aufgeführt wurden. In den wilden Zwanzigern hatte er sich aus dem Geschäft zurückgezogen und die Erbin einer florierenden Fleischfabrik geheiratet. Es war eine solide Firma gewesen, aber 1929 hatte die Familie Heinicke durch ungeschickte Entscheidungen in Finanzdingen ihr Vermögen verloren, und in der Folge war die Firma Pleite gegangen. Heinicke blieb nichts anderes übrig, als den Schlachterladen seiner Eltern wiederzueröffnen.

Seine Frau verkraftete den Niedergang nicht, begann zu trinken und starb an einer Lungenentzündung, nachdem sie eines Nachts nach einem Streit, verwirrt und über ihr Elend klagend, nur mit einem Nachthemd bekleidet in die Winterkälte geflüchtet war. Eine Tante hatte nach ihrem Tod die Erziehung der Jungen übernommen, war inzwischen aber wieder fort, weil ihr das Schlachterhandwerk nicht behagte.

Im Laufe der Jahre gelang es Jan Heinicke, durch harte Plackerei zu expandieren: Er kaufte eine kleine Kneipe neben dem Schlachtergeschäft dazu und machte ein billiges Speiselokal daraus. Längst müsste er nicht mehr so furchtbar schuften, das wusste Ulrich. Er ahnte, dass sein Vater die Arbeit brauchte, um nicht ins Grübeln zu kommen. Nur manchmal brach es aus ihm hervor, montags, wenn das Geschäft geschlossen war. Dann saß er am Küchentisch in der Wohnung über dem Laden oder unten in der Kneipe und stierte vor sich hin. Und zu sehr später Stunde sagte er bisweilen den Satz, vor dem Ulrich sich so fürchtete: »Ich hätte sie nicht rauslassen dürfen, es hat doch geschneit.« Und dann weinte er.

An Montagen war man also besser nicht zu Hause und ging abends auf jeden Fall früh zu Bett. Aber an diesem Montagabend würde er noch mal losmüssen. Kurt Singer der Swinger hatte zum Budenzauber eingeladen. Im Tausch gegen die restlichen

Platten hatte er Ulrich einen Laden unten am Hafen gezeigt, in dem Seeleute ihre Kleider verpfändeten. Jetzt besaß er einen amerikanischen Zweireiher. Und Kurt hatte versprochen, ihm am Abend einen echten Scötch mitzubringen, als Anzahlung auf weitere Schellacks aus Dänemark. Seinem Bruder zu erklären, wo das ganze Geld für die Swingplatten geblieben war, würde natürlich schwierig werden. Aber bis der mal Heimaturlaub hatte, würde noch einige Zeit vergehen, und ihm würde schon noch was einfallen.

Ulrich Heinicke kam mit seiner prall gefüllten Umhängetasche in der Bleicherstraße an. In der Tür des Schlachterladens an der Ecke zur Großen Rosenstraße hing ein vergilbtes Schild, auf dem in blassroten Buchstaben »Geschlossen« stand. Das Schaufenster war sauber geputzt, und wenn man hineinsah, stellte man fest, das alles in bester Ordnung war: Der Marmortresen war blank gescheuert, die Vitrinen glänzten, die Messerblocks waren ordentlich bestückt. Die Vitrine war leer, das Fleisch befand sich im Kühlraum. Nur hinter dem Tresen hingen ein paar Dauerwürste an den Haken. Auf einer Preistafel standen mit Kreide notiert die Preise für die verschiedenen Produkte, die allesamt nur auf Lebensmittelschein zu erhalten waren.

Das Schild da in der Tür, das möchte ich eines Tages für immer dort sehen, dachte Ulrich Heinicke. Die »Gaststätte Zum Leuchtturm« möchte ich gern rüber in die Große Freiheit verlegen, und später nenne ich das Lokal dann »Der rote Leuchtturm«, und die Fassade wird rot angemalt. Und irgendwie werde ich es schaffen, dass da viele hübsche Mädchen auftreten, und vielleicht ziehen die sich auch aus, das bringt mehr Geld.

Da niemand im Laden war, wandte sich Ulrich dem Kneipeneingang zu. Diese Tür war tagsüber immer offen. Hoffentlich hockt der Alte nicht unten und wartet auf mich, dachte Ulrich.

Doch der dicke, kahlköpfige und immer verschwitzte Jan Heinicke saß in seinem Schankraum. Er sah aus wie immer: karierte Hose, weißer Kittel, Schürze, alles ein bisschen fleckig, aber es war nun mal ein Beruf, bei dem man sich schmutzig machte, und Blut ging nur schwer rauszuwaschen.

Ulrich zuckte zusammen. Nicht wegen seines Vaters, der ihn müde, aber freundlich anblickte, sondern wegen des jungen Manns, der neben ihm saß. In voller HJ-Montur. Willy Kaiser, der Scharführer, von seinen Untergebenen auch gern »Kaiser Willy« genannt, aber nur hinter seinem Rücken, denn er hatte überhaupt keinen Humor.

»Heil Hitler, Ulrich«, sagte Willy.

»Na, mein Junge, wo kommst du denn her?«, begrüßte ihn sein Vater.

Ulrich spürte, wie ihm das Blut in den Kopf stieg und er weiche Knie bekam. Er hatte einen original amerikanischen Anzug in der Tasche, mit langen Hosen und zwei Knopfreihen. Heiliger Strohsack, wenn Willy den sieht, dann bin ich in Schwierigkeiten!

»Ich, ich war unten … am Hafen, bisschen rumgeguckt, ob's was Billiges gibt.«

»Und? Was gefunden?«

»Nee, die Höker da wollen einen doch alle nur übers Ohr hauen.«

»Hast Recht, Junge, wir halten besser unser Geld zusammen«, sagte Jan Heinicke und wandte sich an Willy: »Das kann er nämlich, der Junge, sein Geld zusammenhalten. Spart fleißig für die Zukunft. Stimmt's, Ulrich?«

»Ja klar.«

»Warum soll er auch nicht mal runter zum Hafen, sind ja noch Ferien, und heute ist Montag, da haben wir sowieso geschlossen.«

Der Alte redet ja so, als würde er Angst haben, ich hätte was ausgefressen, dachte Ulrich. Mann, warum der immer so buckeln muss – das hat er doch gar nicht nötig!

Willy Kaiser stand auf. »Hat sich doch gut bewährt, Ihr Sohn, Herr Heinicke. Im Übungslager letzte Woche, wie eine Eins! Dauert nicht mehr lang, dann heften wir ihm einen Orden ans Hemd.« Er schlug Ulrich scherzhaft mit der Faust gegen die

Brust und dann mit der flachen Hand auf die Schulter. »Ist 'n Zuverlässiger, unser Ulrich. Weiß das zu schätzen.«

Ach, du Scheiße, dachte Ulrich, da kommt gleich was. Und tatsächlich:

»Brauch ein paar gute Leute, heute Abend. Geh'n wieder auf Streife, bisschen Acht geben, dass die Straßen sauber bleiben, sonst tanzen uns die Swingheinis noch auf'm Kopf rum. Hab da so was läuten hören, dass die sich hier im Viertel allzu sicher fühlen. Brauch 'ne starke Truppe. Jungs, die auch mal austeilen können, wenn's nötig ist. Aber keine Angst, Herr Heinicke« – er wandte sich an Ulrichs Vater – »wir haben immer zwei Männer von der Orpo dabei. Geht alles streng strategisch zu und mit Auftrag von oben. Jugendschutzstaffel, sag ich immer.« Er lachte.

»Heute Abend?«, sagte Ulrich, und jetzt war das Blut raus aus seinem Kopf und offenbar in die Beine gezogen, die sich ganz bleiern anfühlten. »Das ist aber schlecht.«

»Nanu?«, sagte Willy. »Was hast du denn vor? Rendezvous?«

»Ach Quatsch.«

»Na, wenn's um Ruhe und Ordnung geht, muss die Romantik mal zurücktreten. Und überhaupt, so spät dürftest du ja gar nicht mehr raus, ist doch klar.« Willy wandte sich wieder an Ulrichs Vater. »Er geht doch nicht spätabends weg?«

Jan Heinicke blickte verwirrt drein. »Ach was, natürlich nicht, höchstens in die Nachbarschaft.«

Mensch, Papa, dachte Ulrich, unsere Nachbarschaft, das ist doch ganz St. Pauli.

»Na ja, dass man einem Mädel noch mal einen Gute-Nacht-Kuss gibt … wir sind ja keine Spielverderber. Hauptsache, es ist keine von diesen Tango-Trinen. Ansonsten gilt sowieso: Verzicht stärkt die Nerven! Also um achtzehn Uhr in voller Montur und mit 'nem anständigen Abendessen im Bauch, Treffpunkt Parteibüro Kieler Straße, alles klar?«

Was bleibt mir anderes übrig?, dachte Ulrich. Ich kann dem ja wohl nicht erzählen, dass ich zum Budenzauber bei Kurt Singer eingeladen bin.

Willy hob den Arm zum Gruß und wandte sich zum Gehen.

Mit der vagen Hoffnung, ihm könnte vielleicht doch noch eine Ausrede einfallen, warum er nicht mitgehen könne, folgte Ulrich ihm zur Tür. Magenkrämpfe, Durchfall, die Kotzerei ..., ging ihm durch den Kopf.

Als Willy die Tür aufstieß, hatte sich Ulrich dafür entschieden, dass ihm schon den ganzen Tag über elendiglich schlecht war und er Fieber verspürte, da drehte Willy sich noch mal und fragte: »Was hast'n eigentlich da in deiner dicken Tasche drin?« Und er deutete mit dem Finger drauf.

»Was? Ach so das«, stotterte Ulrich. »Ein Geschenk für meinen Bruder, wenn er mal wieder heimkommt.«

»Vermisst ihn, hm? Das geht in Ordnung. Also, dann bis später.«

Ulrich hielt den Atem an und sah ihm nach. Erst als Willy um die nächste Ecke verschwunden war, atmete er tief durch. Und dann fluchte er laut vor sich hin.

»Was ist denn los?«, rief sein Vater aus dem Schankraum.

4

Auf dem Dachboden des Schulgebäudes in der Eckernförder Straße fand sich nach Einbruch der Dunkelheit eine illustre Gesellschaft zusammen. Die Damen und Herren waren durchweg gut gekleidet. Viele trugen Nadelstreifenanzüge oder Anzüge mit Schottenkaros, nicht wenige behielten ihre weißen Staubmäntel an, auch die Hüte wurden nur zögerlich abgenommen. Hier und da sah man einen Frack mit Fliege. Die meisten trugen Hemden mit Krawatten, manche allerdings auch Polohemden mit weißen oder gelben Bindern zum Anzug. Die Herren mit den Maßanzügen gehörten zu den »Seglern« aus den großbürgerlichen Elbvororten, die jungen Männer mit den gebrauchten Flanellanzügen oder den Kombinationen aus Zweireihern und Matrosenhosen oder Stresemannhosen waren die aus bescheideneren Verhältnissen stammenden »Ruderer« aus Eimsbüttel oder Barmbek. Nur Gregor und Richard, zwei der Swingheinis kamen aus St. Pauli. Sie waren für diese Nacht als Brandwachen eingeteilt und stellten die Räumlichkeiten zur Verfügung.

In den vergangenen Monaten hatte es immer wieder Konfrontation zwischen den Seglern und den Ruderern gegeben. Es waren nie wirklich ernste Anlässe gewesen – meist ging es um Mädchen, Schellackplatten oder günstige Eintrittskarten für Konzerte –, doch manchmal hatten sich die Rivalitäten hochgeschaukelt, und es war zu tätlichen Auseinandersetzungen gekommen. Irgendwann war den Seglern und den Ruderern aufgegangen, dass sie ihre überschüssigen Kräfte besser an die Hitlerjugend verschwenden sollten, als gegeneinander zu arbeiten. Ein paar Wortführer hatten »Frieden geschlossen«, und man hatte verabredet, das »Minalla-Abkommen«, benannt nach dem Spielsalon an der Reeperbahn, in dem die Verhandlungen stattfanden, gebührend zu feiern.

Den Mädchen war es gleich, was ihre Kavaliere mit den überlangen Haaren, den unvermeidlichen Anthonys und dem gelegentlich dahergebrabbelten englischen Kauderwelsch vereinbart hatten. Für sie zählte nur, dass es mal wieder eine Gelegenheit gab, ausgiebig tanzen zu können. Dass Tanzen und »artfremde Musik« wie Jazz verboten waren, machte das Großereignis nur noch attraktiver. Und deshalb hatten sich die Swingbabys an diesem Abend besonders hübsch gemacht: Sie trugen kurze Röcke oder Hosen wie Marlene Dietrich und Blazer; sie hatten Rouge aufgelegt und leuchtenden Lippenstift, sich die Fingernägel lackiert und die Haare in allen möglichen Variationen frisiert, nur einen BDM-Zopf suchte man vergeblich. Unverzichtbar war hingegen ein kleinkrempiges Hütchen, das ihnen ein internationales Flair verlieh.

Man begrüßte sich mit »Swing Heil« oder erhobener Hand und dahingestottertem »Halla Halla« oder auch mit dem Victory-Zeichen. Kurt Singer der Swinger und sein Kumpel Jens

Lange hatten jeder ein Koffergrammofon mitgebracht und dazu einen Stapel Schellackplatten. Zwei Stunden vor der Verdunklung hatten die beiden zusammen mit einigen Freunden begonnen, den Dachboden umzuräumen. Ramponierte Schreibpulte, reparaturbedürftige Stühle und arg in die Jahre gekommene Katheder, Wandtafeln, Bücherkisten, ein Kanonenofen sowie kleinere und größere Schränke wurden aus dem Weg geschoben, um einer möglichst großen Tanzfläche Platz zu machen.

Kurt und Jens bauten ihre Grammofone auf, setzten die härtesten Nadeln ein, um für eine ordentliche Lautstärke zu sorgen, und suchten in den Schellackstapeln nach Stücken, die sich als Auftakt eigneten. »Goody Goody« von Teddy Stauffer gab den Ton an, gefolgt von »Bugle Call Rag« von Heinz Wehner, dann »Sheik of Araby« von Arne Hülphers, und weiter ging's mit dem »Honolulu Blues« von Kurt Hohenberger.

Ein findiger Junge aus Barmbek baute sich aus mehreren Stehpulten eine Bar zusammen, sammelte Flaschen ein, mischte Getränke in einer alten Konservendose und goss die Mixtur in aus Wehrmachtsbeständen stammende Blechbecher.

Ein paar Swingbabys hatten in einem Nebenraum ausrangierte Turnmatten gefunden, die sie fröhlich lachend hereintrugen. Ramponierte Medizinbälle wurden zu Sitzkissen umfunktioniert, und aus einem Bock aus der Turnhalle, dem nur noch drei Beine übrig geblieben waren, wurde das »Goldene Swingkalb«, um das getanzt werden durfte.

Kurt legte Platten auf; großzügig nahm er Musikwünsche entgegen, nickte dann hochmütig und gab Jens eine Anweisung, wenn's darum ging, eine spezielle Scheibe in den Stapeln zu finden. Währenddessen ließ Kurt die Blondine in dem akkurat geschnittenen Hosenanzug nicht aus den Augen. Sie schien schnelle Stücke zu bevorzugen, zu denen sie mit wehenden Haaren wild herumhottete. Er hatte schon bemerkt, dass sie gelegentlich einen Blick herüberwarf, aber sie schien sich zu fein zu sein, um zu ihm zu kommen und einen Musikwunsch zu äußern.

Kurt legte jetzt die heißesten Nummern auf – mehrere Versionen vom »Tiger Rag« – und schaute ihr zu, wie sie sich ihrem Tanz hingab. Nur gelegentlich ließ sie sich dazu herab, mit einem Partner zu tanzen. Jens, dem nicht entgangen war, wie der Hase lief, stieß seinem Freund den Ellbogen in die Rippen und forderte ihn auf rüberzugehen, er werde ihm schon die richtigen Songs auflegen, um »die Kleine da auf die Matte zu kriegen«.

Aber Kurt schüttelte den Kopf. »Bei der geht das nicht so einfach, old boy. Die kommt bestimmt aus Blablablankenese.« Und er hob hochnäsig den Kopf und sog mit krauser Nase und verkniffenen Lippen die Luft ein.

»Na, ich weiß nicht«, sagte Jens. »So wie die das Kälbchen anspringt, braucht die einen Stier.«

»Die übt nur Ballett«, sagte Kurt trocken.

Und tatsächlich ging Vera jetzt mit einer perfekten Grätsche zu Boden und verharrte im Spagat, denn das Stück war zu Ende.

Kurt entschloss sich, die Strategie zu ändern, und legte »Das Mädchen vom goldenen Stern« von Tullio Mobiglia auf, das er für »schwierige Situationen« auf Lager hatte. Vera schaute kurz irritiert herüber und verzog sich dann zu ihren Freundinnen auf eine Matte. Als Nächstes ließ Kurt Stauffers »So you left me for the leader of a swing band« folgen und dann »Ich hab eine Schwäche für blonde Fraun«.

Endlich, als sich Vera die Lippen nachzog, kam über ihren Taschenspiegel hinweg der ersehnte Blickkontakt zustande. Sie ließ sich ausgiebig Zeit, stand betont langsam auf und kam näher.

In der Pose des blonden Teufels Marlene baute sie sich vor ihm auf, ließ sich die Haare ins Gesicht fallen und steckte sich eine Zigarette zwischen die Lippen. Jens war schon versucht, ein Streichholz aus der Hosentasche zu zücken, merkte dann aber, dass dies Kurts Spiel war, und hielt in der Bewegung inne. Ohnehin hatte Kurt ein Feuerzeug, da konnte er mit seinen Zündhölzern nicht mithalten.

Kurt nahm sich ebenfalls eine Zigarette aus seinem Etui, beugte sich vor und ließ das Feuerzeug schnipsen. Genüsslich hauchte Vera ihm den Rauch ins Gesicht, während er die eigene Zigarette anzündete. Höflich blies er den Rauch über sie hinweg.

Vera sagte: »Ein ziemlich altes Stück. Haben Sie auch was Aktuelleres?«

»Alt?«, fragte Kurt. »Das Stück ist vom letzten Jahr.«

»Eben.«

»Was verstehen Sie denn unter neu?«

»›Hallo, mein Schatz‹ zum Beispiel.«

»Hab ich nicht.«

»Schade. Ein tolles Stück.«

»Na ja.«

»›Dieses Lied hat keinen Text‹.«

»Was?«

»Ich dachte, Sie sind Experte, Herr Schellack. Das wäre auch ein neues Stück.«

»Kurt Singer, so heiße ich.«

»Kurt Singer der Swinger«, mischte sich Jens ein und bekam einen Tritt gegen das Schienbein.

»Klingt nach Indianerhäuptling«, stellte Vera fest.

»Ja, eben, deshalb spielen wir auch lieber englische und amerikanische Musik. Swing, nicht irgendwelche Schlager.«

Vera strich sich die blonden Locken aus dem Gesicht und sah ihn mit einem herablassenden Lächeln an, das durch zwei Grübchen relativiert wurde: »Ich gebe Ihnen noch eine Chance, Herr Schellack.«

»Singer, Kurt Singer.«

»›Sie will nicht Blumen und nicht Schokolade‹. Wenn Sie's selbst singen wollen, Kurt Singer, ist es mir auch recht.« Damit drehte sie sich um und ging davon.

»Ha!« Jens rammte seinem Freund die Faust zwischen die Rippen.

»He, spinnst du?«, rief Kurt verärgert.

Aber Jens lachte und deutete hinter Vera her. »Siehst du das, was ich auch sehe?«

»O ja!« Kurt grinste breit.

Während Kurt in Windeseile in den Schellackplattenstapel griff und ein ganz bestimmtes Stück suchte, hielt sich Vera fluchend die Hose fest, die ihr über die Hüfte gerutscht war.

Während Louis Armstrong »I can't give you anything but love« sang, war Kurt auch schon bei ihr. Er baute sich vor ihr auf, zog sich theatralisch den Gürtel aus der Hose und schlang ihn ihr um die Taille. Geschickt schloss er die Schnalle, dann zog er sie an sich und sagte: »Wenn ich bitten darf.«

Sie lächelte amüsiert. »Es wird einen Skandal geben, Herr Schellack.«

»Keine Angst, ich bin vom Hosenbandorden.«

»Sie dürfen Ihre Hand dort wegnehmen.«

Kurt tat es, nahm ihre, und dann tanzten sie. Jens hinter dem Grammofon tat sein Bestes. Nach »Swinging the jinx away«, »A tisket, a tasket« und »White Jazz« kam »Glory of Love«, und das Paar bewegte sich, wie schon das eine oder andere vor ihnen, in Richtung Dachluke, zu der eine kurze Leiter hinaufführte. Der Mond, der sich nicht um Verdunklungszeiten scherte, beleuchtete die Liebespaare, die hier auf dem noch warmen, flachen Dach flüsterten oder auch schwiegen.

Sie fanden ein ruhiges Eckchen neben einem Schornstein.

Kurt sagte: »Ich möchte meinen Gürtel wiederhaben.«

Vera sagte: »Nur über meine Leiche.«

Dann rauften sie ein bisschen miteinander, und wer weiß, wie es geendet hätte, wenn nicht plötzlich alarmierende Rufe aus dem Innern des Schulgebäudes laut geworden wären.

»Die Fliegerohren kommen!«, rief jemand.

Alle sprangen auf, bis auf Vera. Kurt zögerte. »Ich muss die Schallplatten retten.«

»Tu das und komm wieder raus«, sagte Vera.

»Was?«

»Hier raus. Wo willst du sonst hin?«

»Komm doch mit und hilf mir!«

»Gern. Aber wo hast du den Gürtel hingetan?«

Während die anderen durch die Luke auf den Dachboden kletterten und versuchten, einen Weg jenseits des Treppenhauses zu finden, von wo das Stiefelgetrappel der HJ zu hören war, suchte Kurt tastend nach dem Gürtel. Endlich hatte er ihn, gab ihn Vera und kletterte ebenfalls die Leiter hinunter. Drinnen hörte man vereinzelte Stimmen singen:

»Kurze Haare, große Ohren, so war die HJ geboren! Lange Haare, Tangoschritt, da kommt die HJ nicht mit! Oho, oho!«

Jens wollte schon, schwer beladen mit Grammofon und Plattenkiste, zur Tür hinaus und warf Kurt einen finsteren Blick zu. Der bedeutete ihm dazubleiben und zeigte auf die Luke. Jens nickte zustimmend, und gemeinsam hievten sie ihre Schätze nach oben, wo Vera sie in Empfang nahm. Dann kletterten die Jungs hinterher, und auf dem Dach trugen sie die Kisten und Grammofone in eine abgelegene Ecke.

Schließlich setzten sie sich auf den Boden und horchten auf den Geräuschwirrwarr, der gedämpft durch die Luke drang: Kommandorufe, Fußgetrappel, wütende Schreie – offenbar wurden die Swingheinis, die nach unten flüchten wollten, wieder nach oben geschoben, jedenfalls drangen immer lautere Geräusche einer handfesten Auseinandersetzung zu ihnen aufs Dach.

»Wie romantisch«, sagte Vera. »Ich sitze mit zwei Männern im Mondschein auf dem Dach und habe zwei Sicherheitsnadeln verloren.«

»Das da drin klingt aber gar nicht lustig«, sagte Jens. »Vielleicht sollten wir versuchen, hier irgendwie wegzukommen.«

»Und die Platten?«, sagte Kurt.

»Holen wir später.«

»Quatsch, hier kommen wir so schnell nicht mehr hoch.«

»Wir nehmen sie mit.« Jens stand auf.

»Genau«, sagte Vera. »Jeder schnappt sich eine Kiste und springt aufs Dach des Nachbarhauses.«

»Das kannst du vergessen«, sagte Kurt.

Jens schaute sich um. »Dann lass sie uns wenigstens verstecken.«

»Ach was, wir schaffen das schon«, sagte Vera betont sorglos.

Kurt sprang auf. »Du hast Recht.«

»Zu spät.« Vera deutete auf die Luke, in der gerade das Gesicht eines Hitlerjungen erschien.

»Da sind noch mehr!«, rief der Hitlerjunge.

Kurt hob den gekrümmten Arm und lallte: »Halla, halla, halla.« Jens trat ihm in den Hintern, und Kurt schwieg.

Wie aufgescheuchte Kakerlaken krochen die Braunhemden aus der Luke und brüllten Beschimpfungen und Kommandos.

»Ich fürchte, das wird ein Nachspiel haben, old boy«, sagte Kurt mit imitiertem englischem Akzent.

Sie kletterten durch die Luke. Kaum war er unten angekommen, bekam Kurt einen Stoß in den Rücken und taumelte nach vorn. Als er aufsah, blickte er in das blasse Gesicht von Ulrich Heinicke.

»Wo hast du denn deinen Anzug gelassen?«, fragte Kurt.

Ulrich presste die Lippen aufeinander.

»Wegtreten!«, brüllte der Gruppenleiter und scheuchte alle ins Treppenhaus.

ZWEITES KAPITEL

Chinesen

1

Heinrich Hansen blickte von seinem Schreibpult auf und schaute durch die offene Tür nach draußen. Mal sehen, was jetzt kommt, dachte er. Dem Fußgetrappel nach zu urteilen sind das mal wieder unsere Hilfspolizisten von der Hitlerjugend. Hört sich aber nach sehr vielen Füßen an, und es sind nicht nur genagelte Stiefel dabei, auch der feinere Klang von Damenschuhen und die fast lautlosen Tritte von Kreppsohlen. Und gar nicht wenige. Hansen seufzte. Ist mal wieder Wochenende, und Kelling hat sich vorgenommen, die Jugend vor der Verwahrlosung zu retten. Da werden die Zellen wieder gut gefüllt, und sollte uns versehentlich auch noch ein echter Gewaltverbrecher ins Netz gehen, muss er mit dem Hundezwinger vorlieb nehmen.

Seit die neue »Polizeiverordnung zum Schutze der Jugend« in Kraft getreten war, durften Jugendliche unter achtzehn Jahren nach Einbruch der Dunkelheit nicht mehr auf die Straße gehen, sich nicht in öffentliche Lokale begeben, keine Kinos, Theater oder Varietés besuchen und weder rauchen noch Alkohol trinken. Wer nicht spurte, so wie diese langhaarigen Schnösel, die von der HJ abfällig »Swingheinis« genannt wurden, kam zur Wochenendinternierung nach Bergedorf. Tanzen war verboten, Swingmusik war verboten, aber diese junge Leute liebten nichts so sehr, wie auf Swingmusik zu tanzen. Kam dann noch das Abhören von Feindsendern hinzu, wurde hart durchgegriffen, und die Delinquenten landeten bei der Gestapo im Stadthaus oder im KZ Fuhlsbüttel. Die Jugendschutzbeauftragten des Reiches hatten härtere Maßnahmen gegen die »aufmüpfige Bande« angeordnet, wie Revierleiter Kelling sie nannte. Und so hatte man auf der Davidwache alle Hände voll zu tun, den fehlgeleiteten jungen »Volksschädlingen« die Leviten zu lesen. Aber statt dass man dem Übel beikam, schienen es immer mehr zu werden, die an den Wochenenden nach St. Pauli aufbrachen, um sich hier zu vergnügen.

Da waren sie. Kelling voran, unter seinem Kommando ein paar HJler und eine Hand voll Polizisten. Einige der langhaarigen Bengels, die sie in Kellings Büro schubsten, besaßen sogar die Dreistigkeit zu grinsen; die Mädchen blickten eher verängstigt. Den Jungen hatte man die Hände auf dem Rücken zusammengebunden, die Mädchen trugen die Handschellen vorn. »Man ist ja kein Unmensch«, wie Kelling zu sagen pflegte.

Der Revierleiter erschien in Hansens Tür und sagte: »Kommen Sie doch mal mit rüber, Hansen.«

Hansen sah betont desinteressiert auf. »Was gibt's denn?«

»Schwerer Verstoß gegen Brandschutzbestimmungen, Missachtung der Verdunklungsordnung und des Jugendschutzes.«

»Das ist ja allerhand«, bemerkte Hansen. Kelling entging die Ironie in seiner Stimme. Es lag Hansen ganz und gar nicht, aus jeder Mücke einen Elefanten zu machen, nur weil den Sittenwächtern in den braunen und schwarzen Uniformen mal wieder ein paar neue Verbote eingefallen waren. Wenn die jungen Leute über die Stränge schlugen, so war das für ihn nichts weiter als ein Ordnungsvergehen. Aber mit dieser Einstellung stand er auf verlorenem Posten. Er wusste, dass Kelling ihn wegen seiner laxen Ansichten verachtete und ihn hinter seinem Rücken als verweichlicht bezeichnete: »Hansen ist schlapp geworden«, urteilte er gelegentlich vor Kollegen, »der hat keinen Mumm mehr. Wenn wir alle so müde wären, könnten wir die nationale Revolution vergessen!«

»Los doch, Hansen!«, drängte Kelling.

»Muss das sein? Wenn's nur um die Personalien geht, können das doch auch die Kollegen von unten machen.«

»Die Personalien sind längst aufgenommen. Wir müssen sie verhören!«

»Wozu?«

»Weil wir der Gestapo genaue Berichte liefern sollen.«

Hansen wurde wach. Eben hatte er sich noch gefragt, ob es nicht mal wieder an der Zeit sei, sich von Dr. Wolgast, dem Amtsarzt auf demselben Stockwerk, für ein paar Tage krankschreiben zu lassen, weil er das deutliche Gefühl hatte, dass ihm ein heftiger Rheumaanfall bevorstand. Aber wenn Kelling das Bedürfnis hatte, sich als scharfer Hund zu profilieren, galt es, Schlimmeres zu verhindern. Mehr als ihm gelegentlich in den Arm zu fallen, damit nicht zu viele Tränen flossen oder gar Blut spritzte, stand nicht in seiner Macht. Es gab Nächte, da schien bei Kelling eine Sicherung durchzubrennen, und er zeigte sich von der barbarischen Seite. Wann es mal wieder so weit sein würde, konnte man nicht vorausahnen. Kellings scharfe Verhörmethoden wurden von seinen Vorgesetzten gebilligt. Nur Hansen stellte sich gelegentlich dagegen, die anderen Beamten waren zu feige.

Raff dich auf, Heinrich, befahl er sich selbst. Das sind doch Kinder, die kannst du ihm nicht einfach so überlassen. Er folgte dem Revierleiter in dessen Büro.

Zwei Mädchen, fünf Jungs, alle in den einschlägigen englischen Klamotten, als wollten sie gemeinsam Johannes Heesters und Marlene Dietrich nacheifern. Wo bekamen sie das Zeug bloß her? Was Hansen an den jungen Leuten gefiel, war, dass sie Rückgrat hatten. Die ließen sich von den Eiferern der Hitlerjugend nicht ins Bockshorn jagen. Was ihm nicht gefiel, war, dass sie auf die Gesetze pfiffen und sich dadurch immer wieder in Gefahr brachten. Wenn sie so weitermachten, würden sie allesamt abtransportiert, und dann war der Arbeitsdienst noch das Angenehmste, was ihnen blühte.

Aber es mit Kelling zu tun zu bekommen, war auch schon schlimm genug. Der frisch ernannte Revierleiter hatte eine Stuhlreihe vor die Wand stellen lassen. Darauf saßen die Übeltäter und warteten auf das Verhör.

»Na, wen haben wir denn da?«, fragte Hansen, als er hinter dem Revierleiter das Büro betrat und die ängstlichen hübschen Mädchen und Jungen musterte, die zu Boden schauten. Wo sollten sie auch sonst hingucken? Zwei fielen ihm besonders auf, ein blonder Lockenkopf im Hosenanzug und ein Junge im hellen Mantel mit einem Homburg.

»Minderjährige, die unter Missachtung des Jugendschutzes und des Tanzverbots …«

»Entschuldigung«, sagte der Junge mit dem Hut. »Aber ich bin schon achtzehn.«

»Name!«, bellte Kelling.

»Kurt Singer.«

Kelling wandte sich an einen Uniformierten, der mit Stenoblock und Stift in der Hand auf einem Stuhl in der Ecke saß. »Kurt Singer, Verführung Minderjähriger!«

Der Beamte schrieb eifrig mit.

»Was hab ich getan?«, fragte Kurt verblüfft.

Kelling deutete auf den Lockenschopf. »Diese Blonde da. Name?«

»Vera Hollenkamp«, sagte das Mädchen mit ruhiger Stimme.

»Alter?«

»Siebzehn.«

»Na bitte.«

»Entschuldigung, Herr Wachtmeister …«, sagte Kurt.

»Leutnant!«

»Entschuldigung, Herr Leutnant, aber ich habe niemanden verführt.«

Hansen bemerkte, dass das Mädchen ganz leicht vor sich hinlächelte und verstohlen zu Kurt Singer blickte.

»Was war dann der Zweck Ihrer Veranstaltung?«

»Wir haben uns nur getroffen.«

»Wozu?«

»Einfach nur so, unter Freunden.«

»Sie haben aber viele Freunde.«

»Ich bin sehr beliebt«, sagte Kurt.

Mit zwei Schritten war Kelling bei ihm und schlug ihm den Hut vom Kopf.

»Nicht bei uns!«, brüllte er ihn an.

»Nein«, stieß Kurt erschrocken hervor.

»Mich kannst du nicht für dumm verkaufen, Kerl!«, rief Kelling. »Wo sind die Schallplatten und die Musikgeräte?«

»Musikgeräte?«, fragte Kurt.

Kelling packte ihn am Mantelaufschlag. »Es wurde Swing gespielt.«

Kurt Singer schaute ihn an. »Davon weiß ich nichts.«

»Lüge!« Kelling verpasste ihm eine Ohrfeige. Kurts Nase begann zu bluten.

»Kann denn das jemand bezeugen?«, mischte sich Hansen ein.

»Das Gejaule war bis auf die Straße zu hören«, sagte Kelling.

»Vielleicht kam es aus einem anderen Gebäude«, meinte Hansen.

Kelling blickte ihn entgeistert an. »Sehen Sie denn nicht, wie die angezogen sind?«

»Wie Tangotänzer«, sagte Hansen.

»Was?« Kelling war verwirrt.

»Ja, das stimmt«, meldete sich der blonde Lockenkopf zu Wort. »Wir haben Tango geübt. Swing würden wir nie … wir wissen gar nicht, wie das geht.«

Kelling starrte Hansen wütend an. Es fehlte nicht viel, und er wäre ihm an die Kehle gesprungen.

»Tangotanzen auf dem Dachboden eines öffentlichen Gebäudes während der Nachtwache ist ebenfalls verboten!«, bellte Kelling.

»Aber es ist doch nichts passiert. Vielleicht haben wir ja einen Fehler gemacht. Wir konnten ja nicht ahnen, dass es verboten ist. Die Jungs, die da Wache geschoben haben, sagten noch, dass sie es nicht erlauben wollen, aber wir haben sie überredet. Das geht natürlich auf unsere Kappe, wir sind da wohl zu unvorsichtig gewesen. Dafür möchten wir uns entschuldigen.«

»Was ist denn das für ein Gerede«, sagte Kelling. »Das ist ein klares Vergehen. Außerdem stehen auf Feindbegünstigung schwere Strafen. So leicht kommt ihr mir nicht davon.«

»Wir haben keinen Feind begünstigt«, sagte Vera.

»Die Verdunklungsvorschriften und Luftschutzbestimmungen zu verletzen nenne ich Feindbegünstigung.«

»Wir waren ein bisschen übermütig«, sagte Vera. »Dafür möchten wir uns entschuldigen.«

Kelling kniff die Augen zusammen. »Es wurde Swing gespielt und dazu getanzt, und außerdem kam es zu unsittlichen Handlungen.«

»Nein«, sagte Vera. »Das muss ich deutlich verneinen.«

»Wie bitte?«

»Wir konnten keinen Swing spielen, weil wir keine Musikgeräte hatten. Wir haben Tango geübt, weil wir eine Amateur-Theatergruppe sind. Das nächste Mal werden wir natürlich einen anderen Ort aussuchen, das versprechen wir.«

»Nee, so kommt ihr mir nicht davon«, sagte Kelling.

»Wir haben ja die Beweismittel«, fügte Hansen hinzu.

Kelling wirbelte herum. »Was haben wir?«

Hansen zuckte mit den Schultern. »Ich nehme doch an, dass die HJ-Streife oder die Kollegen, die dabei waren, die entsprechenden Gegenstände sichergestellt haben. Dann wird natürlich Anklage erhoben.«

Hansen merkte, wie die Blonde ihn argwöhnisch musterte. Jetzt halt bloß den Mund, Mädchen, dachte er, sonst verhaspelst du dich noch.

»Das müssen wir erst mal prüfen«, fiel Kelling dazu nur ein.

»Ja, das ist doch vernünftig«, stimmte Hansen zu. Und er drehte sich zu dem Stenografen um: »Ihr habt doch alle Personalien aufgenommen?«

»Jawohl, Herr Kommissar!«

Hansen wandte sich an Kelling: »Dann schlage ich vor, dass wir die jungen Leute entlassen. Wird Zeit, dass sie ins Bett kommen.

Die Zellen unten werden wir sowieso noch brauchen, es ist Wochenende, und die Nacht hat erst angefangen.«

»Nee, nee, nee, Hansen, so kommen mir die nicht davon!«

»Also?«

»Wir behalten Sie hier.«

»Entschuldigung«, meldete sich Vera zu Wort und deutete mit den gefesselten Händen auf Kurt, dem dicke Tropfen Blut aus der Nase übers Kinn liefen und auf den Mantel tropften. »Er blutet.«

»Na und?«, sagte Kelling.

»Der Mantel wird Flecken bekommen.«

»Der wird noch viel mehr bluten, wenn wir ihn erst mal an die Front geschickt haben!«

»Das ist nicht in Ordnung, was Sie da sagen. Er blutet ja immer schlimmer. Ist hier nicht ein Arzt?«

Clever, das Mädchen, dachte Hansen. Je mehr Leute hier herumstehen, umso weniger kann Kelling seinen brutalen Neigungen nachgehen.

»Außerdem möchte ich jetzt meinen Vater anrufen oder Sie bitten, das für mich zu tun.«

»Sonst noch was?« Kelling lachte.

»William C. Hollenkamp«, fuhr Vera unbeirrt fort. »Die Nummer ist 46 30 44.«

Kelling stutzte. »Hollenkamp, William?«

»Ja. Wenn er nicht zu Hause ist, können Sie es auch im Kontor versuchen. Er arbeitet manchmal bis spät in die Nacht: 36 17 95, Hanse-Atlantik-Dampfschifffahrtslinie.«

Kelling blickte sie ratlos an.

»Herr Singer hier wird übrigens in einer Woche bei uns eine Lehrstelle antreten.«

Hansen beobachtete Kellings Mienenspiel. Es sprach Bände. Es widerstrebte ihm zu glauben, was sie sagte, aber wenn nur ein Teil davon wahr war, könnte es schlimme Konsequenzen nach sich ziehen. Die Reederei Hollenkamp war eine Hamburger Institution und mit ihrer mächtigen Tankschifffahrtslinie lebenswichtig für die Kriegswirtschaft des Reiches.

»So?«, sagte Kelling schließlich nach langem Zögern. »Das werden wir alles überprüfen.«

»Darum möchte ich Sie höflich bitten«, sagte Vera.

Nur nicht übertreiben, Mädchen, dachte Hansen. »Soll ich das übernehmen?«, fragte er.

Das Telefon auf dem Schreibtisch klingelte.

»Wieso Sie?« Kelling blickte irritiert zum Apparat und nickte dem Stenografen zu, den Hörer abzunehmen.

»Ich dachte nur, dass Sie vielleicht noch eine Menge zu tun haben. Mit den anderen, meine ich.«

»Ach was«, sagte Kelling, »wir müssen die Zellen leer kriegen. Und die Personalien haben wir ja aufgenommen.«

»Kommissar Hansen? Telefon!«, rief der Stenograf.

»Was ist denn los?«, fragte Hansen.

»Gewaltverbrechen, Schmuckstraße.« Der Beamte hielt ihm den Hörer hin.

Während Hansen zuhörte, was ein Streifenbeamter ihm mit aufgeregter Stimme mitteilte, holte Kelling einen Schlüssel aus der Tasche und begann, den Jugendlichen die Handschellen abzunehmen.

Vera holte ein Taschentuch hervor und reichte es Kurt, der zuerst versuchte, das Blut von seinem Mantel zu tupfen.

»Nicht den Mantel, die Nase!«, fuhr Vera ihn an.

Kurt grinste und stand auf, während Kelling aus dem Zimmer verschwand.

Hansen legte den Hörer auf und sagte: »Jetzt haut bloß ab!« Er nickte dem uniformierten Beamten zu. »Bringen Sie sie raus.«

Vera sagte »Danke schön, Herr Kommissar«, und deutete einen Knicks an.

»Da nich für«, knurrte Hansen.

2

Zusammen mit Dr. Wolgast, dem Amtsarzt, der im zweiten Stock der Davidwache sein Behandlungszimmer hatte und im Revier auch als Polizeiarzt tätig war, machte Hansen sich auf den Weg. Hansen, der seit Jahren an Schlaflosigkeit litt, ging gern nachts hinaus. Da nur noch Fahrzeuge mit Sondererlaubnis unterwegs sein durften, war es auf den Straßen recht ruhig. Und auch die Menschen draußen benahmen sich anders, seit die Lichter ausgegangen waren. Es war seltsam, aber wer über die Stränge schlagen wollte, der suchte das Licht. Auseinandersetzungen, Schlägereien, Menschenaufläufe fanden nur selten unter freiem Himmel statt, und wenn, dann bei Vollmond und klarem Himmel. Jetzt wurde die Mondsichel immer wieder von vorbeiziehenden Wolken verdeckt, es war eine relativ ruhige Nacht. Nur aus den Tür- und Fensteröffnungen der Lokale ergoss sich der typische Lärm des Vergnügungsviertels. Mochte auch Krieg sein, mochten in unregelmäßigen Abständen Bomben auf die Stadt fallen und mitunter ganze Häuserzeilen zerstören und einige Tote fordern, der Drang, sich zu amüsieren, war bei den Menschen ungebrochen.

»Na, na, na, Herr Kommissar«, sagte Dr. Wolgast, »nicht so hastig, das macht den Kuli auch nicht wieder lebendig.«

Der Arzt war nicht mehr besonders gut zu Fuß. Eine Kriegsverletzung – im Ersten Weltkrieg hatte eine feindliche Kugel ihm das Schienbein zertrümmert – forderte ihren Tribut. Er hinkte hinter Hansen her und fluchte über die schwere Arzttasche, die er mitschleppen musste. Als Hansen sie ihm abnehmen wollte, weigerte er sich. Er bildete sich viel auf seine soldatische Vergangenheit ein und wollte keinesfalls als Weichling dastehen.

»Je früher wir da sind, umso besser für die Spurensicherung«, sagte Hansen.

»Mitten in der Nacht? Das würde ich doch mal lieber den Kollegen aus dem Stadthaus überlassen.«

»Wenn die morgen Früh kommen, ist vielleicht kaum mehr etwas zu erkennen.«

»Wenn sie überhaupt kommen.«

»Natürlich«, sagte Hansen, »wieso denn nicht?«

»Ist doch bloß ein Chinese, oder?«

»Ein toter Mensch ist wie jeder andere.«

»Tot, na sicher«, spöttelte Dr. Wolgast, »ein wertloses Objekt, sterbliche Überreste, rein materiell betrachtet Abfall, wissenschaftlich betrachtet im Verwesungsprozess begriffen, also zerfallend. Da bleibt nichts übrig. Warum diese Aufregung?«

»Ich versteh Sie nicht, Doktor, Sie sind doch Arzt.«

»Oho, Sie denken immer noch, ich habe diesen Beruf aus Nächstenliebe ergriffen?«

»Darüber hab ich nie nachgedacht.«

»Ja, ja«, fuhr Wolgast mit ironischem Unterton fort, »ich kenne Sie jetzt seit über zwanzig Jahren, Hansen. Sie glauben an das Gute im Menschen.« Er lachte vor sich hin und kam dabei noch mehr außer Atem. »Sogar an das Gute im kalten Herzen des Amtsarztes! Aber wir Mediziner sehen den Menschen anders, Krankheiten und Verletzungen faszinieren uns, das Unnormale und das Zerstörte. Uns ist die Naivität bei der Betrachtung des menschlichen Organismus abhanden gekommen.«

»Lassen wir das doch!«, sagte Hansen verärgert.

»Das hat mich immer gewundert bei Ihnen, Hansen. Sie als Polizist müssten es eigentlich doch besser wissen, aber Sie machen keine Unterschiede zwischen den Menschen ...«

»Warum sollte ich?«

»Weil es sie gibt, und weil man nicht immer den gleichen Aufwand treiben kann.«

»Jedes einzelne menschliche Leben wiegt gleich viel.«

»Falsch! Grundfalsch. Erst im Tod wiegt alles gleich. Denn da zählt nur die schiere Körpermasse ...«

Hansen wurde langsam wütend. Es war immer das Gleiche in letzter Zeit. Dr. Wolgast hatte sich im Alter zu einem rechthaberischen Zyniker entwickelt, der allen seine Ansichten auf die

Nase binden musste. Deshalb ging Hansen ihm, soweit es möglich war, aus dem Weg. Aber bei der Arbeit waren sie leider aufeinander angewiesen.

»Das interessiert mich nicht, Doktor. Ich bin Polizist.«

»Als solcher müssen Sie ebenfalls Unterschiede machen. Wo kommen wir denn hin, wenn wir einen deutschen Menschen nicht von einem chinesischen Kuli unterscheiden?«

»Wir sind gleich da«, sagte Hansen ungehalten.

»Der Geist ist es, der die Menschen unterscheidet, und das ist dann eben doch eine Frage der Rasse, denn wo sitzt der Geist, na? Im Gehirn. Und das ist bei minderwertigen Rassen eindeutig kleiner. Man hat es gewogen, auch bei Juden beispielsweise …«

Hansen beschleunigte seine Schritte. Wolgast blieb ein Stück hinter ihm zurück, leise protestierend. Sie erreichten die Ecke, wo die Schmuckstraße von der Talstraße abzweigte.

»Da vorne ist es«, sagte Hansen mehr zu sich selbst. Er bemerkte die schwarze Silhouette eines Mannes, der dort vor der Häuserzeile stand, die von den Bewohnern des Viertels »Klein-China« genannt wurde. Niemand konnte mehr nachvollziehen, wie es gekommen war, dass ausgerechnet die Schmuckstraße zum bevorzugten Aufenthaltsort der Chinesen in Hamburg geworden war. Aber es war eine Tatsache, dass in dieser Straße in fast allen Häusern chinesische Geschäfte untergebracht waren, angefangen beim Tabakladen über Nippesläden, Wäschereien, Heuerbüros, Schiffsmaklern und kleine Garküchen bis hin zu Pensionen, Klubs und Restaurants. Die Lokale und Unterkünfte, die sich zum Teil in Souterrainräumen und Kellern befanden, wurden größtenteils von chinesischen Matrosen aufgesucht, aber auch andere asiatische Seeleute waren hier zu Gast. Nur wenige dieser Orte wurden auch von Deutschen besucht, und da man nicht viel über das Leben hinter den exotisch verzierten Türen und Fenstern wusste, stellte man sich vor, dass es hier bestimmt auch Zentren des Lasters gab, angefangen beim Spielsalon bis hin zur Opiumhöhle.

Als Kriminalist sah Hansen das ganz nüchtern: In der Schmuckstraße kam es nicht häufiger zu verbrecherischen Handlungen als in anderen Ecken des Viertels. Das konnte daran liegen, dass die chinesischen Kriminellen sich und ihre Aktivitäten besser zu verbergen wussten. Vielleicht aber waren sie ganz einfach auch nicht besser oder schlechter als andere Menschen.

In dieser Nacht ging es jedoch um ein Verbrechen, um ein schlimmes sogar, nämlich um Mord.

Hansen wartete auf Wolgast, der nun endlich den Mund hielt. Als sie gemeinsam auf den wartenden Mann zugingen, winkte dieser ihnen zu. Er trug einen schwarzen Overall und einen Helm; es war der Luftschutzwart, der auf der Wache angerufen hatte.

Zu Hansens Erleichterung sagte er schlicht »Guten Abend« und verzichtete auf den deutschen Gruß. Wolgast hätte es sicher gefallen, wenn er stramm salutiert hätte, aber Hansen war das militärische Gehabe, das immer mehr Einzug in den Alltag hielt, zuwider.

Hansen holte die Taschenlampe aus seiner Manteltasche und leuchtete auf den am Boden liegenden Körper. Dem Gesicht nach zu urteilen handelte es sich um einen Chinesen. Ein Seemann schien es aber nicht zu sein. Er trug einen normalen dunklen Anzug mit Weste und Krawatte und schwarze Schuhe. Wenn man genauer hinsah, konnte man sehen, dass der Anzug abgetragen war, die Schuhe hatten Löcher in den Ledersohlen.

»Ich dachte zuerst, der schläft«, sagte der Luftschutzwart. »Aber als ich ihn angefasst habe, kam er mir viel zu steif vor, na ja, und geatmet hat er auch nicht.«

Dr. Wolgast kniete sich neben den Mann und hielt die Hand an die Halsschlagader. »Tot ist er jedenfalls.«

»Woran ist er gestorben?«, fragte Hansen.

Wolgast knöpfte das Jackett des Toten auf. »Tja …« Er öffnete die Weste. »Aha.« Das weiße Hemd wies einen dunklen Fleck auf.

»Blut?« Hansen ging in die Hocke.

»Gottverdammte Perlmuttknöpfe!«, fluchte Wolgast, als er sich am Hemd des Toten zu schaffen machte. Dann entblößte er die Brust des Chinesen, und eine kleine Wunde kam zum Vorschein.

»Sieht nach Präzisionsarbeit aus«, sagte Wolgast. »Mit schmaler Klinge ins Herz; das erfordert schon eine hohe Treffsicherheit. Innere Blutungen würde ich sagen, o ja …«

Der Kopf des Toten war zur Seite gerollt, und aus seinem leicht geöffneten Mund ergoss sich ein Schwall Blut.

»Äußerlich kaum etwas zu sehen, aber im Brustkorb dürfte einiges zerschnippelt sein.«

»Jemand wusste also genau, wie er es anstellen muss«, stellte Hansen fest.

»Würde ich sagen. Zufall scheint ausgeschlossen.« Wolgast legte den Mittelfinger unter die Wunde. »An dieser Stelle hätte ich auch zugestochen, fein säuberlich zwischen den Rippen hindurch. Das muss man sich schon trauen, der ist ja nicht gleich hinüber, kann durchaus noch einige Meter weitergehen oder sich aufrichten, wenn er am Boden gelegen haben sollte.«

»Vielleicht hat ihn jemand festgehalten. Mehrere Täter. Dann wäre es eine Art Hinrichtung gewesen.«

»Mutmaßungen, Hansen.« Wolgast drehte die Leiche ein wenig zur Seite. »Aber hier ist es jedenfalls nicht passiert.«

»Nein?«

»Nein, sehen Sie mal hier.« Wolgast deutete auf die Hose des Mannes, die offenbar nass geworden war. »Blasenentleerung im Todeskampf, nicht wenig, aber unter der Leiche ist nur trockener Staub. Hätte Flecken gegeben, wenn's hier passiert wäre.«

»Haben Sie ihm die Augen geschlossen?«, fragte Hansen den Luftschutzwart.

Der Angesprochene trat einen Schritt zurück. »Wie? Aber nein! Gott bewahre, den hab ich nicht angerührt.«

»Dann hat man sich also bemüht, den Toten auf anständige Art loszuwerden«, sagte Wolgast.

Hansen kniete sich nieder und durchsuchte die Taschen des Toten. Sie waren leer. Dann stutzte er.

»Was ist denn das da?« Hansen deutete mit seiner Taschenlampe auf zwei Teelichte am Kopf- und Fußende der Leiche.

»Die Kerzen habe ich natürlich sofort ausgemacht, Herr Kommissar. Das Komische war nur, dass sie erst brannten, als ich wieder zurückkam, vom Telefonieren, meine ich. Als ich den … Mann gefunden habe, waren die noch nicht da.«

Hansen schaute sich um. »Das ist ja eigenartig.« Es war jetzt dunkler geworden, nachdem sich dicke Wolken vor die Mondsichel geschoben hatten.

»Da wollte jemand, dass er bald gefunden wird«, sagte der Luftschutzwart.

»Möglicherweise«, sagte Hansen und dachte dabei: Es ist doch zu blöd. In dieser gottverdammten Dunkelheit kannst du dir einfach kein vernünftiges Bild vom Ort des Geschehens machen.

Sie hörten das Geräusch eines herannahenden Autos.

»Eine Leiche wird ordentlich auf die Straße gelegt, damit man sie möglichst bald findet. Hochanständig, diese chinesischen Mörder«, kommentierte Doktor Wolgast.

»Das ist noch die Frage«, sagte Hansen.

»Was?« Der Arzt erhob sich, als das Ambulanzfahrzeug anhielt und der schwache Lichtschein durch die Schlitze der Verdunklungskappe auf die Leiche fiel.

»Ob es chinesische Mörder waren.«

»Warum sollte jemand anderes als ein Chinese einen Chinesen umbringen? Die verkehren doch nur unter ihresgleichen.«

»Da sind Sie aber ganz falsch informiert, Doktor«, sagte Hansen.

»Ach was.«

Die Sanitäter näherten sich mit der Trage.

»Ab ins Leichenschauhaus mit ihm!«, kommandierte Wolgast.

»Halt!«, rief Hansen. Er holte ein Stück Kreide aus der Manteltasche und begann, die Umrisse der Leiche auf die Pflastersteine zu zeichnen.

Als er wieder aufstand, fiel sein Blick auf das Haus direkt gegenüber. In einem Fenster im Hochparterre bewegte sich etwas. Ein Gesicht. Es verschwand, und die Vorhänge schlossen sich.

Die Sanitäter hoben die Leiche auf die Trage. Hansen sammelte die Teelichte ein.

Wolgast lachte. »Wollen Sie mir damit heimleuchten?«

»Nein, gehen Sie ruhig allein, ich klopf mal dort drüben an.« Hansen deutete auf das Haus, wo er das Gesicht bemerkt hatte.

»Wollen Sie chinesisch essen gehen?«, fragte Wolgast.

Tatsächlich war über dem Eingang im Hochparterre ein Schild zu erkennen, auf dem neben chinesischen Schriftzeichen auch die Worte »Tong Wu – Restaurant« standen.

»Mal sehen.«

Hansen bedankte sich beim Luftschutzwart, fragte nach seinem Namen, schrieb ihn im Schein der Taschenlampe in sein Notizbuch und stieg die Treppe zum Eingang des China-Lokals hinauf.

3

Es gab keine Klingel. Hansen leuchtete die Tür ab und entdeckte einen Türklopfer aus Messing, der die Form eines Drachen hatte. Er klopfte. Nichts geschah.

Als er abermals mit dem Lichtschein der Taschenlampe über die Tür fuhr, bemerkte er einen Türspion und hatte das Gefühl, jemand würde ihn von der anderen Seite her beobachten. Unsinn, dachte er, in der Dunkelheit. Na ja, gib einfach zu erkennen, dass du nichts Böses im Schilde führst.

Er leuchtete sich mit der Taschenlampe ins Gesicht und bemühte sich, freundlich auszusehen. Dann betätigte er ein weiteres Mal den Türklopfer. Hinter der Tür wurde geflüstert. Das Flüstern wurde lauter, ein Raunen war zu hören, leise Schritte entfernten sich.

Pech gehabt, dachte Hansen und wollte sich schon zum Gehen wenden, da wurde die Tür aufgestoßen. »Kommissar Hansen?«, fragte eine Frauenstimme.

»Heinrich Hansen von der Davidwache«, antwortete er reflexartig.

»Kommen Sie herein, schnell!«

Die Tür ging gerade weit genug auf, dass er hineinschlüpfen konnte. Dahinter hing ein Vorhang, der verhindern sollte, dass das Licht aus dem Flur nach draußen drang. Hansen verhedderte sich in dem Stoff. Wirklich großartig, dachte er, du gehst ja mal wieder ganz vorsichtig zu Werke.

Die Frau auf der anderen Seite half ihm, sich aus den Falten des Vorhangs zu befreien. Die Haustür schlug zu, und mit einem Mal stand er in einem von wenigen kleinen roten Papierlampen erhellten Flur. Exotische Möbel, asiatischer Nippes und eine Reihe von Spiegeln.

Die Frau vor ihm war etwas kleiner als er und trug einen bunt geblümten Kittel, darunter blaue Hosen und Sandalen. Sie war auf exotische Weise geschminkt, lächelte ihn aber auf eine Weise an, die ihm bekannt vorkam, und auch diese strahlend blauen Augen schien er zu kennen. Aber woher?

»Kommissar Hansen«, die Frau hielt ihm eine Hand entgegen, »wir haben uns lange nicht gesehen.«

Hansen ergriff die Hand und sagte: »Eine Chinesin sind Sie jedenfalls nicht.«

Sie lachte kurz. »Nicht ganz, aber ich bemühe mich, eine zu werden.« Mit der anmutigen, geschwungenen Bewegung einer Balletttänzerin hob sie die Hand an die Stirn und zog sich die Perücke mit den schwarz glänzenden Haaren vom Kopf. Darunter kamen blonde Haare zum Vorschein.

Er kam nicht gleich auf den Namen, aber er erkannte sie.

Sie schaute ihn enttäuscht an. »Sie wissen nicht mehr, wer ich bin?«

»Doch, doch, aber das ist so lange her.« Hansen spürte ein Gefühl der Verunsicherung oder vielleicht auch nur einen Hauch von Wehmut in seiner Brust. Ganz kurz nur.

»Ilse Oswald hieß ich damals«, sagte die Frau. »Jetzt bin ich Ilse Wu.«

»Ilse Oswald?« Hansen erinnerte sich an eine junge Frau, die zwanzig Jahren zuvor nach St. Pauli gekommen war, sein Leben gestreift hatte, indem sie eine zweifelhafte, durchaus verführerische Rolle in einem komplizierten Kriminalfall gespielt hatte, um dann wieder aus seinem Leben zu verschwinden, in irgendein Bordell, wie er vermutet hatte.

»Das Mädchen aus der Provinz, das einmal hoch hinauswollte.«

»Und jetzt …«

»Bin ich in guten Händen, und Buddha wacht über mich und meine Familie.« Sie deutete auf die Statue eines fetten, grinsenden Mannes. »Aber kommen Sie doch herein, Herr Kommissar.«

Sie führte ihn in ein Zimmer, das ebenfalls von roten Lampions beleuchtet wurde. In der Mitte stand ein ovaler Tisch, darum waren einige Stühle mit hohen Lehnen gruppiert.

»Nehmen Sie Platz, Herr Kommissar. Europäer sitzen doch lieber auf Stühlen, nicht? Ich verstehe gar nicht, warum diese Möbel erfunden wurden … nun ja.« Sie lachte kurz auf. »Hier steht immer eine Kanne mit Tee, möchten Sie eine Schale?«

»Wenn kein Rauschgift drin ist.« Er versuchte zu lächeln.

»Keine Angst, ich nehme auch eine Schale.«

Beide nippten an ihrem Tee.

»Da draußen lag ein Toter«, sagte Hansen, nachdem er die Schale wieder abgestellt hatte.

Ilse Wu nickte. »Ein toter Chinese.«

»Ich finde das eigenartig. Bei Verbrechen in diesem Milieu wird doch meist versucht, die Sache zu vertuschen. Nur von wenigen Gewalttaten erhalten wir Kenntnis; wir gehen davon aus, dass derartige Angelegenheiten ohne uns geregelt werden. Das gefällt uns nicht, scheint aber so zu sein.«

»Die Kriminalität unter den Chinesen hält sich in Grenzen«, sagte Ilse Wu.

Hansen hob die Hand. »Na, na.«

»Jedenfalls ist sie auch nicht größer als bei anderen Menschen.«

»Schmugglerbanden und Rauschgifthändler …«, deutete Hansen an.

»So? Haben Sie denn schon viele überführt?«

»Nein, es ist ja eine geschlossene Gesellschaft.«

»Ach was! Die Chinesen sind anständiger, als ihr Deutschen denkt!«

»An was denken wir denn?«

»Schmugglerbanden und Rauschgifthändler.«

»Es ist mein Beruf, dass ich so denke.«

»Von mir haben Sie auch immer nur das Schlechteste gedacht.« Sie nahm ihre Schale und trank einen Schluck.

»Es waren schwere Zeiten.«

»Das Seltsame an den Zeiten ist, dass sie immer schwerer werden, finden Sie nicht, Herr Kommissar?«

»Ich weiß nicht.«

»Jetzt haben wir Krieg. Wer weiß, was noch kommt.«

»In meinem Beruf sehe ich ständig die Schattenseite des menschlichen Daseins. Ich musste mich daran gewöhnen.«

»Ich fürchte, man kann sich an alles gewöhnen, Herr Kommissar.«

»Nicht, wenn man nicht will! An Mord will ich mich nicht gewöhnen, egal, wer ihn begeht.«

Ilse Wu lächelte. »Ich dachte schon, Sie hätten sich verändert. Scheint aber nicht so zu sein.«

»Warum sollte ich mich verändern?«

»In diesen Zeiten verändern sich viele. Und bei Ihnen ist mir aufgefallen, dass Ihre Augen sich verändert haben.«

»Die Augen?«

»Ja. Sie hatten immer ein blaues und ein grünes.« Sie rückte näher an ihn heran und blickte ihn durchdringend an.

Hansen meinte, der Tee sei ihm zu Kopf gestiegen, aber dieses Gefühl der Verunsicherung kam daher, dass er sich mit einem Mal fragte, ob er damals, als er diese Frau so brüsk von sich gestoßen hatte, nicht einen Fehler begangen hatte. Aber was hätte er tun sollen? Sie war in eine hundsgemeine Affäre verstrickt gewesen, ein Köder seiner Feinde, eine Prostituierte noch dazu. Was wäre aus ihm geworden, wenn er sich auf sie eingelassen hätte? Ein Zuhälter. Er lachte auf.

»Was amüsiert Sie so, Herr Kommissar?«

»Was ist denn mit meinen Augen?«

»Sie sind blasser geworden. Sie haben sich einander angeglichen. Man kann kaum noch erkennen, welches das blaue und welches das grüne ist.«

»Es ist dunkel hier.«

Sie war zwanzig Jahre älter als damals, aber immer noch sehr schön. Aus seiner Perspektive betrachtet, noch immer jung.

»Da hat ein Chinese aber Glück gehabt«, murmelte er.

»Meinen Sie meinen Mann? Er arbeitet hart für sein Glück, Herr Kommissar. Und ich musste auch lange schuften, bis Ruhe in mein Leben einkehrte.«

Hansen machte eine wegwerfende Handbewegung, aber Ilse Wu fuhr fort: »Nach dieser schrecklichen Geschichte damals, als sich unsere Wege kurz kreuzten, habe ich einige Brücken hinter mir abgebrochen. Lange Zeit habe ich als Wäscherin gearbeitet, bis ich Wu kennen lernte. Wir haben gespart und schließlich das Lokal hier eröffnet. Es war schwer, aber jetzt sind wir wer – in Klein-China.«

»Hätte ich das gewusst«, murmelte Hansen.

»Jetzt wissen Sie's, aber wir wollten ja eigentlich über etwas ganz anderes sprechen.«

Will ich gar nicht, ich will über dich sprechen, Ilse Oswald, Frau Wu in Klein-China. Hansen schüttelte sich und griff nach dem Tee.

»Es ist noch mehr da, er ist immer heiß.« Ilse Wu deutete auf das Stövchen mit der bunt verzierten Kanne. »Es wird schon kühl in den Nächten, der Herbst kommt.«

Hansen riss sich zusammen und fragte: »Haben Sie die Teelichte zu dem Toten gestellt?«

Sie sah ihn erstaunt an. »Ich?«

»Oder Ihr Mann, oder jemand aus Ihrer Umgebung, oder jemand, den Sie kennen?«

»Nein, wir haben nichts damit zu tun.«

»Aber Sie haben aus dem Fenster gesehen und uns beobachtet.«

»Ich habe hinausgeschaut. Ich hoffte, dass sich jemand um den Toten kümmern wird.«

»Dass er tot war, wussten Sie?«

»Das nahm ich an, so wie sie ihn da hingelegt haben.«

»Sie haben also gesehen, wie es passiert ist?«

»Nur Schatten habe ich wahrgenommen.«

»Aber wie konnten Sie dann wissen, dass er tot war?«

»Es war klar, nachdem die anderen kamen und die Lichter hingestellt haben.«

»Die anderen? Nicht die, die ihn hinlegten?«

»Nein, die Lichter haben andere gebracht.«

»Wie konnten Sie das erkennen, es ist doch sehr dunkel draußen?«

»Sie kamen aus verschiedenen Richtungen.«

»Wer kam von wo?«

»Die ihn brachten, kamen von links aus dem Dunkeln, und die, die die Kerzen hinstellten, von rechts aus dem Dunkeln.«

»Hm.« Hansen zog die Augenbrauen hoch.

»Mehr kann ich nicht dazu sagen, Herr Kommissar, es war stockdüster da draußen.«

»Wie viele Personen?«

»Jeweils zwei, glaube ich.«

»Nun gut, aber trotz allem konnten Sie nicht erkennen, dass er tot war. Nicht vom Fenster aus.«

»Nein, Sie haben Recht, Herr Kommissar. Mein Mann ist rausgelaufen und hat nachgeschaut.«

»Ich will mit ihm reden.«

»Er spricht nur Chinesisch.«

»Trotzdem.«

»Nein, von mir erfahren Sie alles Nötige. Er hat ihn erkannt.«

»Den Toten?«

»Ja. Er heißt Liang Fong und ist … war Händler.«

»Er hatte einen Laden?«

»Nein, er war Straßenhändler, besser gesagt Hausierer. Er verkaufte Tee und Porzellan. Ging von Haus zu Haus. War auch in anderen Städten unterwegs.«

»Wo hat er gewohnt?«

»Drüben auf der anderen Seite in der Pension im Keller.«

»Keine eigene Wohnung?«

»Nein, er war ja fahrender Händler. Aber man kannte ihn hier. Er war ein geselliger Typ, unterhielt sich gern, spielte gern, war beliebt.«

»Bei irgendjemandem muss er sich unbeliebt gemacht haben.«

»Davon weiß ich nichts, Herr Kommissar. Ich kenne ihn nur als den fröhlichen Gast, der immer wieder bei uns gegessen, getrunken und Mahjong gespielt hat. Aber jeder Mensch hat eine Schattenseite …«

Hansen zog sein Notizbuch hervor. Er tat sich schwer mit dem Schreiben, weil die Buchstaben so dicht vor seinen Augen immer wieder verschwammen. Er brauchte eine Lesebrille, irgendwann. Der Name war wichtig, Liang Fong, er durfte ihn nicht vergessen. Wenn er legal als Händler gearbeitet hatte, würden seine Personalien in den Polizeiakten zu finden sein.

»Wo kam er her?«

»Ich weiß nicht genau. Er sprach öfter von Ningpo und Shanghai.«

Hansen notierte die Städtenamen.

»Hatte er Kontakt zu Kriminellen, oder hatte er aus irgendwelchen Gründen Feinde?«

»Das kann ich mir beides nicht vorstellen.«

»Familie?«

»Nicht dass ich wüsste.«

»Sonstige nahe stehende Personen?«

»Dazu kann ich nichts sagen.«

»Und seine Geschäfte waren sauber?«

»Ich habe ihn nicht ausgehorcht und auch nicht bespitzelt. Und ich denke, jetzt ist erst einmal alles gesagt. Es ist spät, Herr Kommissar. Ihr Tee?«

»Danke.«

Hansen trank ihn aus.

Ilse Wu begleitete ihn an die Tür, in der Hand die schwarze Perücke.

Sie hielt sie hoch. »Das nächste Mal, wenn Sie kommen, werde ich die nicht abnehmen. Falls Sie noch mal kommen …«

Hansen gab eine ausweichende Antwort und verabschiedete sich knapp.

Morgen Razzia in Klein-China, dachte er, das wird interessant.

4

Inspektor Kelling hatte sich tatsächlich durchgerungen, die Swingheinis freizulassen. Nachdem Hansen die Davidstraße überquert hatte, bemerkte er vom Parkplatz vor der Wache aus eine Gruppe von Leuten, die zwischen den Bäumen zusammenstand. Neugierig ging er näher und sah, dass sie einen Kreis gebildet hatten und mit ihren Taschenlampen in die Mitte leuchteten. Die Mädchen und Jungen hielten sich untergehakt und sangen leise ein seltsames Lied. Hansen blieb stehen und hörte zu. Wahrscheinlich ein Swingstück, dachte er, aber ich verstehe ja nichts davon. Er verstand die Worte, konnte den Sinn aber nicht entschlüsseln:

Des Sonntagabends in der Bauernschenke
bei einem fröhlichen Zusammensein,
der Kellner bringt verschiedene Getränke,
am besten schmeckt der gute alte Wein.

Ich hab einmal beim alten Wein gelegen
und etwas Färbung davon abgekriegt.

Alle sind sie da, bis auf die in Florida.
O Joseph, o Joseph,
Steineklopfen das ist wunderbar!

Trotz des eigenartigen Textes und der flotten Melodie schien das Lied einen ernsten Hintergrund zu haben. Irgendetwas stimmte nicht mit diesen jungen Leuten, dachte Hansen, zum einen staffierten sie sich lächerlich aus und benahmen sich völlig albern, zum andern schienen sie von irgendeiner Leidenschaft getrieben, deren Ursprung ihm unklar war. Aber das, was er nicht verstand, war ihnen offenbar so wichtig, dass sie dafür in Kauf nahmen, von HJ-Streifen drangsaliert und verprügelt zu werden oder sogar im Gefängnis zu landen.

Ein Mädchen blickte auf und bemerkte ihn. Sie sagte etwas zu den anderen, und der Kreis löste sich auf. Die jungen Leute verschwanden in Zweier- oder Dreiergrüppchen in verschiedene Richtungen. Dies Mädchen da, dachte Hansen, als er umkehrte, um zur Wache zu gehen, hat ganz schönen Mut bewiesen, als sie es wagte, Kelling zu widersprechen. Na ja, mit einer Tankerflotte im Hintergrund ist das vielleicht nicht so schwer. Und doch, es sind schon Leute wegen weniger nach Fuhlsbüttel gekommen.

Am nächsten Morgen saß er, zusammen mit Oberwachtmeister Schenk, zeitig in seinem kleinen Büro und studierte die Fahndungslisten. In diesen Zeiten wurden viele von denen, die man früher als Ganoven gekannt hatte, als gemeingefährliche Berufskriminelle, Gewohnheitsverbrecher oder Volksschädlinge klassifiziert. Seit nunmehr acht Jahren war die Polizei befugt, ganz anders durchzugreifen als früher. Wer aus dem Glied der Volksgemeinschaft ausscherte, konnte jederzeit in Schutzhaft genommen werden, wer wiederholt straffällig wurde, kam ins Arbeitslager, und wer unverbesserlich schien, landete im KZ. In mancherlei Hinsicht war es seitdem auf der Reeperbahn ruhiger geworden.

Die Luden waren aus dem Straßenbild verschwunden, Prostituierte gab es offiziell nur noch in der Herbertstraße, die mit Sichtblenden vom Rest des Viertels abgetrennt worden war. Die Polizeiführung rechnete sich dies als großen Erfolg an. Hansen aber wusste, dass weiterhin illegale Bordelle existierten und auch alle anderen Arten kriminellen Handelns weiter betrieben wurden, angefangen beim Trickbetrug bis hin zum Knacken von Geldschränken.

Dementsprechend war die Liste der polizeilich Gesuchten so lang wie eh und je. An einer Stelle stutzte Hansen und ertappte sich dabei, wie er lächeln musste, und das kam ihm seltsam vor.

»Na so was«, murmelte er.

»Was ist denn los?«, brummte Schenk und schaute von seinen Akten auf.

»Bin nur über einen bekannten Namen gestolpert.«

»Scheint ja ein lustiger Name zu sein.«

Hansen schüttelte den Kopf. »Nein, eigentlich nicht. Ich dachte nur gerade, dass es schon fast etwas Tröstliches hat, dass er noch da ist.«

»Wer denn?«

»Ein Jugendfreund, der auf die andere Seite gewechselt ist. Friedrich Schüler.«

»Schüler?«

»Fing als Hochstapler an, später hat er geschmuggelt und mit Waffen gehandelt.«

»So so.«

»Friedrich von Schluthen hat er sich genannt.«

»Ach der, jetzt erinnere ich mich. Der hat Waffen an die Kommunisten verschachert, und die sind dann damit auf die Wache marschiert. Ist aber auch schon zwanzig Jahre her. Und den haben wir immer noch nicht aus dem Verkehr gezogen?«

»Fluchthilfevergehen, Devisenschmuggel, illegaler Transfer von Wertsachen«, las Hansen vor.

»Hängt sein Fähnchen nach dem Wind.«

»Haben wir nicht noch eine Karteikarte von ihm?« Hansen stand auf.

Er ging durch den Flur einige Türen weiter und in den Raum, in dem die alten Akten und Karteikästen aufbewahrt wurden, bevor sie in den Keller kamen, von wo aus sie irgendwann einmal auf den Müll transportiert wurden.

Es dauerte gar nicht lang, und er hielt die vergilbte Karteikarte in der Hand. Das dazugehörige Foto stammte aus dem Jahr 1902 und zeigte einen spitzgesichtigen jungen Mann mit langem Hals. »Notorischer Hochstapler, Waffenhändler, andere Verbrechen jeder Art möglich, geltungssüchtig, krankhafter Lügner«, lautete die Personenbeschreibung, und mit roter Tinte war in jüngerer Zeit hinzugefügt worden: »Achtung, Jude!«

Hansen stutzte. Friedrich war Jude? Das war ihm gar nicht bekannt gewesen. Nun gut, damals, als sie sich persönlich gegenübergestanden hatten, spielte das keine Rolle. Und Friedrich hatte ja über seine wahre Herkunft nie etwas erzählt, sondern behauptet, er sei der Sohn eines Barons.

Und jetzt betätigte er sich als Fluchthelfer und Devisenschieber im Untergrund? Wenn er geschnappt wird, werden sie ihm alle Knochen im Leib brechen und ihn dann ins KZ bringen. Und wäre das nicht sogar gerecht? Hatte nicht Friedrich damals das Haus angezündet und den Brand verursacht, der Hansens Familie auslöschte? Wirklich? Glaube ich denn noch daran, an diese einfache Lösung?, ging Hansen durch den Kopf. Die Beweise haben sich im Laufe der Zeit als viel zu dünn erwiesen. Ich habe versucht, die Sache zu ergründen, aber es ist mir nicht gelungen. Gern hätte er Friedrich die Tat in die Schuhe geschoben, doch wahrscheinlich irrte er. Es gab nur einen Zeugen, der ihn mit einem Ölkanister gesehen hatte, damals im Jahr 1895, und dieser Zeuge hatte sich später als sehr unzuverlässig herausgestellt. Hansen verzog das Gesicht. Zerstreut schob er den Kasten wieder ins Regal und nahm die Karteikarte mit.

Als er in sein Zimmer zurückkam, fragte Schenk beiläufig: »Und? Fündig geworden?«

Hansen warf die Karteikarte auf die anderen Papiere und setzte sich wieder an sein Pult. »Nein.«

»Was machen wir jetzt mit dem toten Chinesen?«, fragte Schenk.

»Das hast du doch gehört. Kelling meint, die im Stadthaus übernehmen die Sache.«

»Haben die nicht genug zu tun? Ich könnte mir auch mal wieder was Interessanteres vorstellen, als immer nur Akten zu schieben. Die können doch bestenfalls eine Großrazzia machen. Und das weiß doch jeder, dass man damit bei den Chinesen nicht weiterkommt. Da muss man doch mit Fingerspitzengefühl rangehen.«

»Ja, sicher.«

»Die wollen uns kaltstellen, das sieht doch ein Blinder mit 'nem Krückstock.«

»Hmhm.«

»Dich interessiert das gar nicht?«

»Doch ...« Hansen waren die jungen Leute wieder in den Sinn gekommen, die in der Nacht zuvor knapp einem schlimmen Schicksal entronnen waren. Gleichzeitig dachte er an seine eigene Jugend und wie er damals als »Kaperfahrer« beinahe ins Kriminelle abgeglitten wäre. Friedrich war der Verführer gewesen. Und hätte er, Heinrich Hansen, damals seine Freunde Jan, Klaas und Pit nicht verraten, wären sie im Gefängnis gelandet. Damals war ich ein harter Hund, dachte er amüsiert, bildete mir ein, ich wüsste ganz genau, was gut und was böse ist. Ist später schwieriger geworden, Schwarz und Weiß zu unterscheiden. Und heute? Alles grau in grau?

»Na ja«, sagte Schenk seufzend. »Sollen ja ein paar KdF-Schiffe einlaufen. Wenn die fröhlichen Urlauber hier rumziehen, können wir uns mal wieder auf die Pirsch nach Taschendieben machen ...«

Sie wandten sich wieder den Akten zu.

Eine halbe Stunde später klingelte das Telefon. Schenk nahm ab und hielt dann Hansen den Hörer hin. »Dein Freund Ehrhardt.«

Kriminalsekretär Ehrhardt, inzwischen Bürohengst in der Kriminalinspektion II A, die unter anderem für »Verbrechen wider das Leben« zuständig war.

»Heinrich, ich brauch dich mal wieder als Zeugen«, sagte er.

»Um was geht's denn?«

»Ich lass mich wieder scheiden.«

»Schon wieder?«

»Na ja, hat doch ein paar Jährchen gehalten. Aber ich hab da diese wundervolle Frau kennen gelernt … ist noch recht jung, aber eine Wucht.«

»Um Himmels willen … du wirst dich noch ruinieren.«

»Ach was, ich zwacke ein bisschen was von meiner Erbschaft ab, und dann geht das schon.«

Hansen seufzte. Ehrhardt war ein notorischer Schürzenjäger. Mit zunehmendem Alter genügte es ihm nicht mehr, mit jungen Frauen zu flirten, er wollte sie heiraten. So hatte er sich im Alter von fünfundvierzig Jahren von seiner ersten Frau scheiden lassen, im Alter von dreiundfünfzig von der zweiten und jetzt, schon knapp über sechzig, wollte er die dritte loswerden. Wie er damit bei den Behörden und seinen Vorgesetzten durchkam, war Hansen schleierhaft. Jedenfalls behandelte er seine Exfrauen anständig, zumindest was das Materielle betraf. Er hatte eine Erbschaft gemacht und konnte sich das offenbar leisten.

»Wofür brauchst du denn einen Scheidungszeugen?«

»Einen Trauzeugen, Heinrich!«

»Ach so, aber kannst du dir nicht mal einen anderen dafür suchen?«

»Heinrich, ich bitte dich, aus alter Freundschaft. Ich revanchiere mich.«

»Daraus wird jetzt bestimmt nichts mehr.«

»Ein Mann ist nie zu alt und eine Frau nie zu jung, Heinrich.«

»Lass mal gut sein …«

»Na gut, ist sowieso noch nicht spruchreif. Wir reden noch mal drüber, ja? Aber ich wollte eigentlich was ganz anderes: Liang Fong aus Ningpo, wir schicken euch die Akten rüber.«

»Braucht ihr nicht, wir haben den Fall nicht mehr.«

»Wieso?«

»Sagt Kelling.«

»Unsinn. Jetzt habt ihr ihn wieder.«

»Wieso das denn?«

»Da ist ein Foto dabei, ihr werdet's schon sehen. Kommt mit der nächsten Fuhre.«

»Danke.«

»Ich melde mich die nächsten Tage wegen – du weißt schon …«

»Na gut.«

»Tschüss, näch?«

Hansen legte auf und sagte zu Schenk: »Wir haben den Chinesenmord wieder.«

Schenk schlug mit der flachen Hand auf den Tisch. »Donnerwetter!«

»Die schicken die Akten rüber«, sagte Hansen.

Schenk zog seine Taschenuhr aus der Weste und ließ sie aufschnappen. Dann strich er sich über den Schnurrbart. »Hm, sieht so aus, als müssten wir vorher noch was tun.«

Hansen sah ihn fragend an.

Schenk grinste. »Kräfte sammeln bei der Dickmadame, würde ich sagen. Heute gibt's Eisbein mit Sauerkraut.«

»Gibt's doch jeden Tag.«

»Na eben. Los, komm!«

Sie standen auf. Schenk ging pfeifend voran. Sonntags war er immer gut gelaunt, auch wenn er arbeiten musste.

DRITTES KAPITEL

Risiko

1

»Nette Kneipe, könnte man was draus machen«, sagte Kurt Singer, als Ulrich die Biergläser vor ihn und seinen Freund Jens stellte. Sie hatten es sich in der hinteren Nische von Heinickes Lokal bequem gemacht – in ihrem »Sonntagsstaat«, wie sie es selbst nannten: dunkle Mäntel, weiße Schals, weiße Handschuhe, Zylinder. Nicht nur in dieser Gaststätte erregten sie damit Aufsehen, auch draußen auf der Straße fielen die beiden jungen Männer auf. Die meisten Leute vermuteten, sie hätten etwas mit einer Beerdigung zu tun, wunderten sich aber über ihre lässige Art.

Die beiden Swingheinis hatten tatsächlich Grund zur Trauer, denn ihre Plattensammlung stand noch immer oben auf dem Dach der Schule. Der einzige Mensch, der unter Umständen legalen Zugang zu dem Gebäude hatte, war Ulrich Heinicke. Er wusste das und wollte eine hohe Belohnung für den Fall der Wiederbeschaffung.

In der Gaststätte Zum Leuchtturm saßen jetzt um die Mittagszeit die üblichen Stammgäste und verzehrten ihren Sonntagsbraten: Ein paar vereinzelte ältere Männer, ein Rentnerpaar und zwei jüngere Frauen, die wohl keine Lust gehabt hatten, für sich allein zu kochen, während ihre Männer an der Front waren.

Aus dem Volksempfänger hinter dem Tresen ertönte gedämpfte Konzertmusik. Gelegentlich kam Ulrichs Vater aus der Küche, um eine Portion Schweinebraten mit Rotkohl zu servieren, die Schürze fleckig, das Gesicht rot, ernst dreinblickend und wortkarg. Ulrich wusste, dass sein Vater sonntags immer schlechte Laune hatte. Nein, schlechte Laune war eigentlich nicht das richtige Wort, er war traurig. Abends, wenn das Lokal, wie immer am Sonntag, geschlossen war und sie zusammen in der Wohnstube im ersten Stock saßen, erzählte Jan Heinicke seinem Sohn von früher. Ulrich konnte nicht genug über den legendären Salon Tingeltangel hören, das große Varieté an der Reeperbahn, das sein Vater einmal besessen hatte, aber der wollte lieber über andere Zeiten sprechen. Über seine großen Pläne als Fleischfabrikant damals in den Zwanzigern, als er in die Familie Bruhneck eingeheiratet hatte. Nachdem er deren Konservenfabrik übernommen und versucht hatte, mit einer Kette von Fleischerläden die Hamburger Konkurrenz auszustechen. Im Zuge der Wirtschaftkrise am Ende des Jahrzehnts kam dann das Aus.

Tatsächlich, und das war Ulrich erst vor kurzem aufgegangen, ging es seinem Vater gar nicht so sehr darum, über sein schweres Schicksal zu klagen, als das Bild seiner verstorbenen Frau zu beschwören.

Früher hatte Ulrich gern zugehört. Seine Mutter musste eine wundervolle Frau gewesen sein. Jetzt aber langweilten ihn die immer gleichen Erzählungen.

»Dein Alter guckt ganz schön finster. Mag's wohl nicht, dass du dich mit Herren von Welt unterhältst«, meinte Kurt Singer.

»Ach was«, sagte Ulrich, »der freut sich über jeden zahlenden Gast.«

»Zahlen wir denn?«, fragte Jens Lange.

»Du zahlst«, sagte Kurt, »wenn du dich nicht anständig benimmst. Unser Freund Ulrich hier hat versprochen, uns zu helfen.«

»Irgendwie sieht er nicht wie unser Freund aus«, nörgelte Jens und meinte damit die HJ-Uniform mit den kurzen Hosen, die Ulrich der Bequemlichkeit halber trug.

»Allerbeste Tarnung«, sagte Kurt und grinste Ulrich an. »Was haste mit deinen Gentleman-Utensilien gemacht?«

»Was?«

»Na, die Sachen, die wir dir unter Einsatz unseres Lebens besorgt haben.«

»Hab ich gut versteckt. Ich hol sie dann, wenn wir losgehen.«

Jens stutzte. »Was heißt das denn: Will der etwa mitkommen?«

Kurt legte ihm beschwichtigend die Hand auf den Arm. »Aber ja doch. Wir brauchen ihn, und er braucht uns.«

»Kann doch nicht so schwer sein für ihn, mal eben in HJ-Kluft in die Schule zu marschieren und zwei Kisten vom Dach zu holen.«

»Es ist eben nicht einfach!«, sagte Ulrich. »Ich muss mich erst mal für die Nachtwache einteilen lassen. Das wollen viele, und …«

»Was macht ihr Jungs denn nachts da ganz allein, hm?«, fragte Jens hämisch. »Ist das nicht langweilig? Oder holt ihr euch Verstärkung vom BDM?«

»Quatsch!«

»Jungs in kurzen Hosen, Mädchen in kurzen Röcken, da könnt ihr euch gegenseitig die Kniestrümpfe runterrollen.«

»Lass ihn in Ruhe, Jens!«, sagte Kurt. »Sei froh, dass er uns hilft.«

Jens griff nach seinem Bier. »Ist ja schon gut.«

»Das Problem ist nur, wie ich diese schweren Kisten so allein da runterschaffen soll«, erklärte Ulrich. »Und dann sind da noch die Grammofone. Ihr müsst mir helfen.«

»Wie soll das denn gehen?« Jens wischte sich den Schaum vom Mund.

»Ich nehm euch mit rein.«

»Das ist doch eine Falle!«

Kurt hob beschwichtigend die Hand. »Sei mal still, Jens. Ich vertraue ihm. Ulrich ist auf unserer Seite.«

»Na ja.«

Ulrichs Vater rief ihn, er solle noch einige Gläser Bier zapfen.

»Ihr müsst euch Uniformen besorgen«, sagte er. »Bin gleich wieder da.« Er stand auf und ging zum Tresen.

Kurt und Jens schauten sich verwundert an.

»Das ist doch eine Falle«, meinte Jens. »Wir klettern in kurzen Hosen aufs Dach, und dann fallen dann die vom BDM über uns her.«

»Wär nicht das Schlimmste.«

»Kleine Mädchen, die an mir rumzerren, hab ich zu Hause genug«, sagte Jens missgelaunt.

»Jetzt fang nicht schon wieder mit deinen Schwestern an. Lass uns lieber mal nachdenken.«

Schweigend nippten sie an ihrem Bier. Schließlich sagte Jens: »Ist doch klar, dass er das machen muss.«

»Was?«

»Die Uniformen besorgen.«

»Hmhm, das geht vielleicht.«

»Muss sich halt ein bisschen anstrengen, der Kleine.«

»Das wird er schon machen.«

»Deinen Optimismus will ich haben.«

Ulrich kam zurück an den Tisch. »Trinkt mal lieber schnell aus. Mein Alter macht mir die Hölle heiß, weil ich mit euch rede. Und wenn er sauer ist, lässt er mich vielleicht heute Nachmittag nicht weg.«

Jens stand empört auf. »Na, eine gastliche Stätte ist diese Gaststätte jedenfalls nicht. Geh noch mal für kleine Jungs und warte dann draußen. Mach mal hinne, Kurt.«

Jens verschwand Richtung Toilette, und Ulrich setzte sich wieder.

»Die Uniformen musst du uns besorgen, Ulrich«, sagte Kurt. »Wüsste nicht, wie wir das sonst hinkriegen sollten. Irgendwelche Bengels in eine dunkle Ecke locken und ihnen die Klamotten klauen ist nicht meine Sache. Bin mehr auf das Ausnehmen von Weihnachtsgänsen geeicht, nicht auf das Abmurksen von jungen Hühnern.«

Ulrich blickte ihn erschrocken an. »Abmurksen?«

Kurt lachte. »War nur ein Scherz. Ich meinte damit, ich weiß, wie ich an so was hier rankommen kann.« Er deutete auf seine englische Kleidung. »Aber Uniformen, das ist mir zu heiß.«

Ulrich überlegte. »Irgendwie schaff ich das schon, denke ich. Aber das wird ja immer gefährlicher.«

»Gefahr ist unser Lebenselixier, Ulrich. Du musst nur den richtigen Rhythmus finden, dann passiert schon nichts.« Er trommelte mit der Hand auf den Tisch und pfiff dazu die Melodie von »Flat Foot Floogee«.

»Gehöre ich dann zu euch dazu?«

»Klar. Kurt Singer der Swinger hält sein Wort.«

»Ja, gut, äh …« Ulrich zögerte. Er spürte, wie er rot wurde.

Kurt sah an ihm vorbei zur Tür, wo Jens gerade nach draußen verschwand. »Der hat's ja ganz schön eilig«, murmelte er.

»Da ist noch … eine Sache wäre da noch«, sagte Ulrich.

»Was denn?«

»Die Platten sind doch wirklich wertvoll, nicht?«

Kurt nickte. »Unbezahlbare Schätze. Wenn die da oben auf dem Dach nass werden, krieg ich 'n Koller.«

Ulrich räusperte sich. »Ohne mich wären die verloren, stimmt doch?«

Kurt kniff die Augen zusammen. »Willst du jetzt noch Geld dafür haben?«

Ulrich hob abwehrend die Hände. »Nein, nein.«

»Was denn sonst?«

»Nur ein bisschen … Hilfe …«

»Wobei.«

»Das Mädchen …«

»Was für ein Mädchen?«

»Die mit dem roten Rock, die immer in die Taubenstraße kommt.«

»Was ist mit der?«

»Nichts. Es ist nur … dass ich …«

»He! Ulrich! Donnerwetter!«

Ulrich wurde knallrot. »Na, lass mal, ist schon gut.«

Kurt schlug ihm lachend mit der Hand auf die Schulter. »He! Unter Männern spricht man sich aus. Das ist doch Ehrensache. Sie gefällt dir, nicht?«

»Ja, genau.«

»Und?«

Ulrich blickte auf die Tischplatte. »Ich krieg sie nicht zu fassen.«

»Du willst sie kennen lernen?«

»Ja.« Ulrich starrte seine ineinander verschränkten Hände an.

»Soll ich sie dir vorstellen?«

»Ja.«

Kurt boxte ihn mit der Faust scherzhaft gegen die Brust. »Abgemacht. Wenn's hart auf hart kommt, muss man sich unter Gentlemen beistehen. Kann dich voll und ganz verstehen. Ist ein süßer Brummer, die Vera Hollenkamp.«

Ulrich hob den Kopf. »Heißt sie so?«

»Genau. Das weißt du jetzt also schon mal.«

Ulrich holte tief Luft, schaute Kurt direkt an und sagte zwischen zusammengepressten Zähnen: »Das ist meine Bedingung.«

Kurt pfiff anerkennend, doch mit einem Mal sah er gar nicht mehr fröhlich aus. »Junge, Junge, du bist ja ein knallharter Geschäftsmann, hm? Na ja, es gibt Dinge, da kennt man keine Freunde mehr.«

»Wieso?«, fragte Ulrich begriffsstutzig.

Hinter ihnen ertönte wieder die Stimme von Ulrichs Vater. Diesmal sollte sein Sohn das Geschirr abräumen.

»Also gut.« Kurt stand auf. »Aber dass mir nachher keine Klagen kommen, wenn du mit ihr nicht klarkommst.«

Warum sollte ich mit Vera nicht klarkommen?, wunderte sich Ulrich. Wie Kurt das wohl meinte?

»Also tschüss dann«, sagte Kurt. »Wir sehen uns später. Aber vergiss nicht, dich vorher umzuziehen!« Grinsend verließ er das Lokal.

2

Ulrich Heinicke drehte den Schlüssel im Türschloss um. Für heute war im Leuchtturm Feierabend. Auf dem Schild im Fenster neben der Tür stand: »Sonntagabend geschlossen«. Es war halb fünf. Ulrich hatte mitgeholfen, den Abwasch zu erledigen, und auch beim Putzen mit Hand angelegt, sogar ein bisschen eifriger als sonst. Auch er hatte sich seinen freien Abend redlich verdient, fand er.

Die Tür des nebenan liegenden Schlachterladens ging auf, und Jan Heinicke trat heraus. »Was machst du denn da?«, rief er seinem Sohn erstaunt zu.

Der blickte auf, schob sich den Scötch in den Nacken und sagte: »Wieso? Ich schließe nur ab.« Danach schluckte er, denn irgendwie klang seine Stimme heiser, »froschig«, wie sein Bruder sagen würde, oder auch »quäkend«.

Jan Heinicke stieg eilig die Treppe herunter, so eilig, wie seine korpulente Statur es zuließ. Ulrich hielt ihm den Schlüssel hin. Sein Vater nahm ihn nicht entgegen, sondern blickte ihn mit stark gerötetem Gesicht an.

»Was soll das da?«, stieß er hervor. »Was ist denn das für ein alberner Hut, und wieso trägst du neuerdings einen Anzug?« Er schob die Revers auseinander. »Mit Weste! Na fein!«

Ulrich hob die Schultern. »Ich treff mich mit Freunden.«

»Ach! Freunden? Diesen Kleinganoven, mit denen du vorhin geflüstert hast?«

»Wir haben doch nicht geflüstert, Papa.«

»Nein? Hörte sich aber so an. Das sind doch Herumtreiber. Woher haben die denn das Geld, sich so anzuziehen? Und du?«

»Den Anzug hab ich eingetauscht.«

»Auf dem Schwarzmarkt, na fein!«

»Gegen Schallplatten, Papa, ganz harmlos.«

»Mit Musik hast du jetzt auch zu tun? Und deine Uniform? Was ist damit? Wird die jetzt nicht mehr getragen?«

»Morgen wieder, Papa.«

»Wenn dein Scharführer dich so sieht, schmeißt er dich raus.«

»Ach was, Papa.«

»Wo willst du überhaupt hin?«

»Nur in den Elbpark zum Picknick.«

Jan Heinicke verschlug es die Sprache. Er tippte sich an die Stirn. »Bist du noch ganz richtig im Kopf? Picknick im Zweireiher? Das soll ich dir glauben?«

»Wenn ich in kurzen Hosen komme, lachen die mich aus.«

»Und danach lasst ihr im Verbrecherkeller die Sau raus, was?«

»So was gibt's doch gar nicht mehr, Papa. Außerdem ist alles ganz harmlos. Es sind auch Mädchen dabei.«

»Mädchen?« Jan Heinicke trat einen Schritt zurück und musterte seinen Sohn.

»Ja, nette.«

»Picknick mit Mädchen«, murmelte Jan Heinicke. »Sag mal, wie alt bist du überhaupt?«

»Sechzehn.«

Jan Heinicke überlegte. Jetzt macht er mir bestimmt 'nen Strich durch die Rechnung, und ich kann die Verabredung vergessen, dachte Ulrich.

Aber sein Vater sagte: »Picknick mit Mädchen, hm. Da kannst du natürlich nicht in kurzen Hosen hingehen. Na gut. Her mit dem Schlüssel!« Er hielt die Hand auf. Ulrich legte den Schlüsselbund hinein. »Aber wenn's dunkel wird, bist du wieder zu Hause!«

»Ich hab doch noch Dienst, Papa.«

»Was?«

»Nachtwache.«

»Im Anzug?«

»Nein.« Ulrich deutete auf die Segeltuchtasche, die neben ihm stand. »Ich nehm die Uniform einfach mit.«

»Ist das wahr?«

»Aber natürlich. Die Schule, genau wie neulich, du weißt schon.«

»Dann geh. Aber benimmt dich! Und Vorsicht mit den Mädchen. Die sind verschlagen.«

Als Ulrich von der Kieler Straße in die Sophienstraße einbog, grübelte er immer noch darüber nach, was sein Vater mit »verschlagen« gemeint hatte. Dann, als er von der Seilerstraße kommend die Reeperbahn überquerte und an der Schauburg, dem Trichter-Varieté und dem Café Rheinterrassen vorbeieilte, entdeckte er über dem Bismarck-Denkmal im Elbpark eine kleine weiße Wolke am blauen Himmel und lächelte vor sich hin.

Die Swingheinis waren schon da. Sie zu finden war nicht schwer, man musste nur den Klängen eines Koffergrammofons folgen. Es waren zwei Gruppen, die da nebeneinander auf dem Rasen hockten, ausstaffiert mit Wolldecken, Picknickkörben, Stullenpaketen und Schellackplatten. Ulrich schätzte sie auf fünfundzwanzig Personen, es konnten aber auch mehr sein. Von weitem sahen sie aus wie eine mondäne Gesellschaft, die sich zusammengefunden hatte, um einem Pferderennen oder Golfspiel beizuwohnen.

Ulrich stellte irritiert fest, dass Kurt Singer ziemlich weit von der »Wolke« entfernt saß. Offenbar gehörte er zur anderen Gruppe. Er kam näher und bemerkte, dass die Gruppe, bei der Vera Hollenkamp saß, durchweg feiner und geschmackvoller gekleidet war. In Kurt Singers Umfeld saßen einige, die Polohemden mit Krawatten unter der Anzugjacke trugen oder auch weite Seemannshosen zum Jackett. Die Mädchen trugen einfachere Kleider, waren aber auffälliger geschminkt als Vera und ihre Freundinnen.

Das Grammofon spielte »Goody Goody« von Teddy Stauffer. Kurt bemerkte ihn und winkte ihm zu. Ulrich ließ sich neben ihn auf den Rasen fallen. Kurt schnalzte bewundernd mit der Zunge und hob auf betont nachlässige Art den Arm zum Gruß. »Swing heil, alter Junge, Siehst ja aus wie aus dem Ei gepellt.«

Ulrich lächelte stolz.

»Nur die Krawatte fehlt noch, wie kommt das?«

»Hab keine.« Er stellte seine Tasche ab.

»Und dein Alter?«

»Ich hab seine nicht gefunden, ich glaub auch nicht, dass ihm das gefallen hätte, wenn ich eine von seinen Krawatten genommen hätte, er hat sich sowieso schon gewundert …«

»Gewundert?«, fragte Kurt träge und desinteressiert.

»Er hat mich doch noch nie so gesehen.«

»Ich kann dir eine Krawatte schneidern«, sagte ein pummeliges Mädchen mit Sommersprossen.

Ulrich schaute sie an. Ganz nett, aber keine Wolke. Sie trug eine Art Tenniskostüm, weiße Söckchen, weiße Sandalen. Sie blickte ihm direkt ins Gesicht, auch dann noch, als er verschämt wegschaute. Was macht man in so einer Situation?, dachte Ulrich.

Kurt half aus: »Vorsicht, old boy, Emmi lockt dich nach Barmbek und verschlingt dich mit Haut und Haaren.«

Emmi boxte Kurt in die Seite. Jens, der neben Kurt im Gras lag, kicherte vor sich hin und schmauchte genussvoll seine Zigarette.

»Trink dir erst mal Mut an«, sagte Kurt und reichte Ulrich eine Flasche.

Der blickte skeptisch auf den braunen Inhalt. »Was ist denn das?«

»Taumelbrühe, eigene Mixtur. Fassbrause mit original schottischem Whisky.«

»Von wegen original«, sagte Emmi, und Ulrich hörte heraus, dass ihre Zunge schon etwas schwer war.

»Er schmeckt dir doch«, sagte Kurt.

»Er ist gepanscht«, sagte Emmi.

»Puh! Wenn man das Gute nicht zu schätzen weiß …« Kurt blickte theatralisch gen Himmel.

Jens richtete sich auf und schnippte seine Kippe in hohem Bogen ins Gras.

»Mensch«, sagte Kurt tadelnd. »Da hätte die halbe Wehrmacht noch drei Tage dran ziehen können.«

»Jetzt müssen sie ins Gras beißen.«

Ulrich sah die beiden erschrocken an. Das klang anders als bei der HJ, gefährlicher irgendwie.

»Wieso sitzt ihr eigentlich nicht zusammen?«, fragte er, nachdem sie eine Weile fußwippend der Musik zugehört hatten.

»Wer sitzt nicht zusammen?«

Ulrich zupfte ein paar Grashalme ab. »Na ihr, du und die Dings da drüben …«

Kurt lachte. »Die Wolke!«

»Ja, genau.«

»Diese Wolke!« Jens nahm einen großen Schluck Taumelbrühe, rülpste, gab Emmi die Flasche und ließ sich ins Gras fallen. Sein Kopf schlug hart auf.

»Aua«, sagte Emmi und rückte etwas näher zu ihm.

»Ich meine alle …«

»Alle Wetter, alle Wolken«, brummte Jens vor sich hin.

»… alle zusammen. Oder habt ihr mit denen da nichts zu tun?« Ulrich deutete auf die andere Gruppe.

»Verschiedene Bootstypen«, sagte Kurt.

»Was?«

»Das da sind die Segler, und wir sind die Paddler.«

»Versteh ich nicht.«

»In Blahahankenese und auf der Othen-Marsch segeln wir auf der Elbe mit breitem Kiel unterm Arsch«, sang Kurt laut, aber ziemlich schräg.

Einige Jungs aus der anderen Gruppe schauten missbilligend herüber. Teddy Stauffer war gerade abgelaufen und Kurts Gesang weithin zu hören.

Kurt hob die Hand zum militärischen Gruß an die Schläfe und schnarrte: »Elbsegler, gelegentlich auch Außenalster, hart vor dem Wind und immer geswingt. Habe die Ehre, Verbrüderung zu annoncieren mit den ewigen Paddlern aus Barmbek und Eimsbüttel zwecks gemeinsamem musikalischem Picknick zur Förderung gegenseitigen Respekts.«

Einige von den Seglern applaudierten.

Kurt machte wieder ein ernstes Gesicht. »Allerdings trinken die Tee dort drüben. Five o'clock, das ist eine englische Sitte. Wir trinken Whisky, das ist eine schottische Sitte. Deshalb auch die Karos hier, von denen unser Freund Glen Check bereits betrunken war, bevor er nur an der Flasche roch. Die da drüben sind so vornehm, die haben sogar Jam und Jelly dabei. Und Toast.«

Ulrich verstand nur Bahnhof, aber es klang aufregend und gefiel ihm. Als Kurt seine rätselhaften Sprüche deklamierte, hatte Ulrich bemerkt, dass Vera herübersah. Jetzt hat sie mich endlich bemerkt, dachte er. Aber dann schaute sie wieder in das Buch, in dem sie die ganze Zeit las.

Jemand legte »Rhumba Tumbah« von den Lecuan Cuban Boys auf, woraufhin einige aufstanden, um zu tanzen.

Ulrich hielt die Luft an. Auch am helllichten Tag war so was mehr als verboten. »Ich dachte, du wolltest mich vorstellen«, sagte er nach einer Weile.

Kurt sah ihn an, als könnte er sich an nichts erinnern, sagte dann aber: »Ja, ja, versprochen ist versprochen.«

Ulrich sah ihn erwartungsvoll an, doch Kurt schaute einfach nur den Tanzenden zu. Oder guckte er zu Vera hinüber?

»Wann denn?«, drängte Ulrich schließlich.

»Hm?« Kurt schien aus einem Traum zu erwachen. »Entschuldigung, hab grade an was anderes gedacht. Sag mal, wo ist dein Bruder stationiert?«

»Dänemark.«

»Da ist es ziemlich ruhig, hm?«

»Kann sein.«

»Wenn ich Pech habe, komm ich nach Russland.«

Ulrich blickte Kurt erschrocken an. »Wann?«

»Bald.« Kurt deutete auf Ulrichs Tasche. »Was ist 'n da drin.«

»Uniformen, eine für mich, eine für dich.«

»Für mich?«

»Die von meinem Bruder. Er ist größer als ich, könnte dir passen.«

Kurt war auf einmal wieder hellwach. »Großartig, zeig mal!«

»Nicht jetzt.«

»Klar doch.« Kurt griff nach der Tasche, schaute hinein, zog eine Hose und ein Hemd heraus und lachte. »Muss wohl ein bisschen kneifen, hm? Das gibt dir das richtige HJ-Gefühl.«

»Hör auf damit«, sagte Ulrich und blickte sich peinlich berührt um. Er wollte nicht, dass die ganzen Swingheinis mitbekamen, dass er bis gestern noch in dieser Kluft rumgelaufen war.

Kurt sprang auf. »Ich mach eine Anprobe«, erklärte er.

»Mensch, Kurt …« Ulrich versuchte, die Tasche festzuhalten, aber Kurt entwand sie seinem Griff und rannte auf eine Baumgruppe mit Büschen zu. Ulrich schaute ihm ängstlich nach, aber aufstehen und protestieren wollte er auch nicht.

Ein paar Minuten später tauchte Kurt in HJ-Uniform aus den Büschen wieder auf. Als die anderen ihn sahen, gab es ein großes Hallo, es wurde lautstark geklatscht und gejohlt. Auch Ulrich musste lachen, obwohl ihm das Ganze unheimlich war. Die Uniform kniff wirklich.

Kurt deutete einen Stepptanz an und sang:

»Kurze Haare, große Ohren,
so war die HJ geboren.
Lange Haare, Tangoschritt –
da kommt die HJ nicht mit! Oho, oho!«

Er stolperte und ließ sich ins Gras fallen. Mit erhobenem rechten Arm wälzte er sich hin und her, wobei er versuchte, den störrischen Arm mit der linken Hand zu bändigen, was ihm nicht gelingen wollte.

Dann sprang er auf und begann, auf groteske Weise herumzuexerzieren. Er stieß absurde Befehle aus, und schließlich kroch er auf allen vieren bellend durchs Gras. Zum krönenden Abschluss zeigte er, wie ein Hund auf Kommando den Hitlergruß auf dem Rücken liegend, alle Pfoten von sich gestreckt, bellte. Die Segler und die Paddler grölten vor Begeisterung.

Jemand rief: »Vorsicht!«, als sich einige Spaziergänger näherten.

Kurt rutschte auf dem Bauch zu Emmi und ließ sich von ihr ein paar Schlucke Taumelbrühe einflößen.

Ulrich hatte bemerkt, dass Vera auch gelacht hatte, allerdings nur verhalten. Kurt setzte sich gerade hin und nickte ihr zu. Sie nickte zurück. Dann biss sie in ein Toastbrot mit Marmelade, das sie sich offenbar gerade geschmiert hatte.

Kurt sah Ulrich an. »Wie soll ich dich denn vorstellen, wenn du keine Krawatte trägst?«, fragte er.

»Was?« Ulrich begriff nicht, was er damit meinte.

Kurt sprang auf. »Ein Königreich für eine Krawatte!«, rief er.

Dann sah er einen einzelnen Herrn näher kommen. Der Mann schaute unverhohlen neugierig herüber.

»Da kommt ja eine«, sagte Kurt.

Er rannte um die Paddler herum zu Vera, schnappte sich das Marmeladenglas und kam zurück. Dann schob er Jens' Hosenbein hoch und kippte die Marmelade auf den Unterschenkel.

»Was?«, rief Jens.

»Bleib so!«, schrie Kurt ihn an. »Du blutest. Mein Gott, wie du blutest! Du verblutest ja. Um Himmels willen! Seht nur, wie er blutet!«

Kurt sprang auf und schrie laut: »Hilfe, Hilfe, ein Verletzter! Er blutet. Zu Hilfe.«

Der Passant blieb stehen. Kurt rannte zu ihm und blieb gestikulierend vor ihm stehen: »Eine schlimme Wunde am Bein, Schlagader offen, das Blut spritzt. Sehen Sie doch nur. Wir müssen ihn abbinden! Darf ich Ihre Krawatte? Bitte! Es geht um Leben und Tod!«

Der Mann blickte ihn völlig verdattert an.

»Ich bitte Sie im Namen des Führers, helfen Sie, diesen jungen Mann zu retten.« Kurt hob den Arm und rief: »Heil Hitler, das ist ein Notfall!«

Der Mann hob reflexartig den Arm und zerrte dann an seiner Krawatte.

»Machen Sie schnell!«, drängte Kurt.

Der Mann riss sich die Krawatte vom Hals und reichte sie ihm.

»Der Führer wird's Ihnen vergelten!«, schrie Kurt, salutierte und schlug die Hacken zusammen. »Wir danken.« Damit rannte er zurück und machte sich daran, Jens' Bein abzubinden.

»Hör auf damit!«, rief der. »Was ist denn das für eine Sauerei?«

»Du blutest. Du bist praktisch schon tot.« Kurt ließ nicht von ihm ab.

Jens rappelte sich auf. »Schluss jetzt!«

»Eine Bandage, ein Königreich für eine Bandage!«, rief Kurt und versuchte, Jens umzustoßen. »Setz dich hin, du bist verletzt.«

Jens verpasste ihm einen Faustschlag gegen die Brust. »Hör auf jetzt!«

Kurt schlug zurück, sie umkreisten sich tänzelnd und tauschten Boxhiebe aus.

Ulrich blickte zu dem Passanten, der mit offenem Mund dastand, dann wieder zu den beiden Kampfhähnen.

Kurt verpasste Jens drei gut gezielte Schläge; der letzte war ein Aufwärtshaken. Jens fiel um und blieb liegen.

»So, jetzt ist er verletzt«, stellte Kurt atemlos fest.

Er hob die Arme und ging auf den Passanten zu. »Er ist tot, er ist tot!«, rief er.

Der Mann ergriff die Flucht.

Emmi kniete sich neben Jens. »Müssen eigentlich alle unsere Ausflüge so enden?«, sagte sie.

Ulrich blickte in die Runde. Die meisten schienen amüsiert. Nur manche runzelten die Stirn, vor allem unter den Seglern. Vera sah Kurt an und lächelte.

3

Im Fenster der Tür zu »Lilos Eck«, einer Kellerkneipe, die an der Ecke Schmuckstraße und Große Freiheit lag, hing ein Schild, auf dem stand: »Swing tanzen verboten!«. Eine Gardine verdeckte den Blick, aber Stammgäste wussten, dass man beim Eintreten aufpassen musste, denn gleich hinter der Tür führte eine enge Treppe steil nach unten.

Kurz vor Einbruch der Dunkelheit fand sich der harte Kern der Ausflügler vom Elbpark hier ein. Kurt, jetzt wieder in Gentleman-Uniform, Jens, Emmi und Ulrich stiegen als Letzte die Treppe hinab. Sie waren etwas später aufgebrochen. Ulrich hoffte, dass er Vera dort unten wieder antreffen würde. Leider war es ihm bislang nicht gelungen, mit ihr ins Gespräch zu kommen. Zuerst hatte sie sich mit den Jungs und Mädchen aus ihrer Clique über Kunst, Theater und Literatur unterhalten, woraufhin Ulrich sich nicht mehr traute, das Wort an sie zu richten. Man ging ja nicht einfach zu einem Mädchen hin und sagte: »Hallo wie geht's?« und »Was machen wir nun?«, jedenfalls nicht, wenn sie aus den Elbvororten kam. Zu den hochgestochenen Themen, über die sie mit den anderen gesprochen hatte, fiel ihm wenig ein. Ist ja nicht schlimm, tröstete er sich, der Abend ist noch lang. Nur, dass Emmi so an ihm klebte, störte ihn. Wenn die ständig neben ihm saß, konnte noch jemand auf die Idee kommen, sie gehörten zusammen. Im Laufe des Nachmittags wurde Ulrich immer patziger zu ihr, was sie aber nicht zu stören schien. Glücklicherweise musste sie sich irgendwann zu einem Nickerchen hinlegen, weil Kurts Getränkemischung sie müde gemacht hatte.

Die steile Treppe mündete in einen Schankraum mit Tresen, der mit Fischernetzen, Schiffstauen und anderen maritimen Utensilien dekoriert war. An den Wänden hingen Plakate und Fotografien von spanischen und südamerikanischen Musikern und Tänzern. Ein Mann mit einem Strohhut auf dem Kopf spielte auf einem Bandoneon Tangomusik, und trotz des Tanzverbots, das sich ja nicht nur auf Swing, sondern auf alle Musikarten bezog, versuchten zwei Matrosen mit ihren Partnerinnen, eine dem Rhythmus entsprechende Tanzfigur zu improvisieren.

Kurt trat an den Tresen und reichte der schlanken Frau, die dahinter stand, die Hand. Ulrich kam es so vor, als würde er sie kennen, konnte sie aber nicht einordnen. Vielleicht war sie Kundin im Laden seines Vaters? Konnte auch sein, dass Ulrich ihr vor zwei, drei Jahren hier in der Großen Freiheit begegnet war, als er noch das Geld für den Stromzähler eingesammelt hatte. Dieses Lokal hatte sich allerdings nie an der Straßenillumination beteiligt.

»Guten Abend, Lilo«, sagte Kurt zu ihr. Der Name sagte Ulrich nichts.

»Frau Koester«, sagte Jens und deutete eine Verbeugung an.

Ulrich stellte irritiert fest, dass ihn die etwa sechzigjährige Frau mit den schulterlangen, kunstvoll gelockten weißen Haaren faszinierte. Sie war schlank und trug ein kariertes Kostüm mit einem breiten Gürtel, der ihre Taille betonte. Die Ringe an ihren Fingern und glänzenden Armreifen waren aber bestimmt nicht aus echtem Gold, wie Ulrich vermutete. Es waren weniger die Kleidung oder die Frisur, die an ihr auffielen. Das Gesicht wirkte befremdlich. War das eine Asiatin oder eine Norwegerin? Die Augenform ließ auf Ersteres schließen, die helle Haut und die leicht nach oben gerichtete spitze Nase auf Letzteres.

»Emmi kennst du ja noch«, sagte Kurt. »Und das hier …«, er deutete auf Ulrich, »… ist Ulrich. Der gehört jetzt auch zu uns.«

Lilo Koester musterte ihn so eingehend, dass Ulrich befürchtete, rot zu werden.

»Ulrich Heinicke«, sagte die Wirtin mit rauer Stimme und nickte nachdenklich mit dem Kopf. »Ich kenne deinen Vater.«

Ach, du Scheiße, dachte Ulrich, der glaubt doch, ich bin auf Nachtwache.

»Besser gesagt, ich kannte ihn. Ist lange her, dass wir uns gesehen haben. Seid ihr immer noch im Leuchtturm?«

Ulrich nickte.

Sie lachte laut auf. »Bestell ihm mal einen schönen Gruß von Lilo Koester.«

Ulrich starrte sie an. Woher konnte sein Vater sie kennen?

»He!« Jens stieß ihn in die Seite. »Komm! Wir gehen nach hinten.«

Ulrich folgte den beiden zu einer Tür mit der gemalten Aufschrift »Klubraum«. Auf einem Schild stand »Billard«. Der Billardtisch war vor eine Wand gerückt worden, die Queues standen unbenutzt daneben. Auf dem Tisch war ein Grammofon aufgebaut, daneben lagen die Platten. Vor den anderen Wänden standen Bänke, hier und da auch ein Stuhl und rechts und links neben der Tür je ein alter Polstersessel. An der einen Wand hingen Fotos von Ballettszenen, auf der anderen Seite, über dem Billardtisch, ein Filmplakat mit Johannes Heesters, daneben Fotos der Sängerinnen Lola Rolfs und Greta Wassberg und den Orchesterleitern Juan Llossas und Arne Hülphers.

Einer der Segler war gerade dabei, ein Ballettfoto abzunehmen, um an den frei gewordenen Nagel ein gerahmtes Bild von Teddy Stauffer zu hängen, als Lilo Koester eintrat, die Hände in die Hüften stemmte und ihm zurief: »Häng sofort das Foto wieder hin! Da drüben, das ist eure Wand.« Der Junge aus Othmarschen schaute sie verdattert an und tat dann, was sie verlangte.

»Also, was wollt ihr trinken? Oder glaubt ihr etwa, ich überlasse euch mein bestes Hinterzimmer ganz umsonst?«

»Gibt's noch mehr?«, fragte Jens grinsend.

»Bei mir zu Hause wäre noch eins frei, junger Mann«, sagte Lilo.

Jens blickte verschämt zu Boden.

»Fassbrause mit Whisky, aber dem richtigen. Und für jeden ein Glas.«

»Gläser braucht ihr auch? Könnt ihr euch alles am Tresen abholen«, sagte Lilo und verschwand.

»Junge, Junge«, stöhnte Kurt, »bin ich froh, dass die schon jenseits von gut und böse ist.« Er legte Jens einen Arm um die Schultern. »Komm, wir holen die Getränke.« Dann stutzte er. »Was macht der denn da?«

Er meinte Ulrich, der an den Billardtisch zu Vera getreten war. Sie durchsuchte gerade den Plattenstapel nach einem bestimmten Musikstück. Ulrich beugte sich recht steif nach vorn und hielt ihr die Hand hin. »Gestatten Sie«, sagte er.

Vera schien ihn nicht zu bemerken, sie suchte weiter.

»Darf ich mich vorstellen? Wir hatten noch keine Gelegenheit, uns zu unterhalten. Mein Name ist Ulrich Heinicke.« Er schob seine Hand noch etwas mehr in ihre Richtung. Im selben Augenblick hatte sie die Platte entdeckt und lehnte sich über den Billardtisch, um sie aus dem Stapel hervorzuziehen.

»Oh, Entschuldigung«, sagte Ulrich hastig und verzog das Gesicht, weil seine Hand zwischen der Tischkante und ihrem Hüftknochen schmerzhaft gequetscht wurde.

Vera richtete sich erst auf, als sie die Schellackscheibe in der Hand hatte. Sie schaute auf Ulrichs Hand und strich sich über die Hüfte. »Was sollte denn das, bitte?«

»Nichts«, sagte Ulrich. »Ich wollte mich nur vorstellen.«

»So?«, sagte Vera. »Ich weiß ja nicht, wie ihr Ruderer das macht, aber wir vom Segelverein tippen uns an die Mütze, wenn wir ›Hello‹ sagen.«

Sie machte eine elegante Drehung auf dem Absatz und trug die Platte zum Grammofon. Der »Tiger Rag« ertönte in einer ziemlich schnellen Version, und sie begann, wie wild dazu zu tanzen. Ganz allein. Arme, Beine, Ellbogen, Schultern und der blonde Haarschopf flogen in alle Richtungen. Die anderen schauten zu, keiner schloss sich ihr an. Ulrich, der schon kurz davor war, sich zu ihr zu gesellen, hielt inne, als er merkte, dass Vera die gesamte Tanzfläche für sich beanspruchte.

Während Jens und ein anderer Junge die Getränke holten, fläzte sich Kurt in einen Sessel und rauchte. Emmi forderte Ulrich zum Tanzen auf und hielt ihn nach jedem Stück fest, damit er ihr nicht davonlief. Sogar seine blamablen Bewegungen beim Tango schreckten sie nicht ab. Als endlich ein langsames Stück kam, schmiegte sie sich an ihn. Ulrich wollte sie auf Distanz halten, bemerkte aber, dass Vera das Stück aufgelegt hatte und ihnen interessiert zuschaute. Wenn die will, dass ich mit der hier knutsche, dachte er wütend, kann sie es haben. Aber warum lächelt sie denn jetzt so wehmütig?

Veras Blick ging an ihm vorbei ins Leere.

»Kommst du mit zur Toilette?«, hauchte Emmi ihm ins Ohr.

»Was?« Das war nun das Letzte, was er wollte. Er warf Kurt einen Hilfe suchenden Blick zu, aber der nickte nur aufmunternd und schien sich köstlich in der Rolle des stillen Beobachters zu amüsieren.

Emmi zog Ulrich aus dem Klubzimmer und am Tresen vorbei in einen kurzen Flur. Vier Türen – auf der einen stand »Damen«, auf der daneben »Herren«, auf der gegenüberliegenden »Küche«, und die vierte schien sonst wohin zu führen. Emmi deutete auf die Damentoilette. »Da ist fast nie jemand, ich guck mal kurz.«

Sie verschwand und tauchte wieder auf, während Ulrich, der sich am liebsten aus dem Staub gemacht hätte, noch darüber grübelte, ob es unhöflich wäre, den Posten zu verlassen. Blieb ein Herr vor der Toilette stehen, bis die Dame zurückkam?

Doch Emmi zog ihn kurzerhand herein. Er wusste nicht, ob und wie er sich wehren sollte. Ulrich hätte nie geglaubt, dass Mädchen so zudringlich werden konnten. Seinem Anzug tat das gar nicht gut, und so wie sie an dem Hemd herumzerrte, würden bald alle Knöpfe fehlen. Emmi schob ihn in eine der beiden Toiletten und machte sich an seiner Hose zu schaffen. Der Hosenträger schnellte nach oben. Ulrich bekam keine Luft mehr, weil Emmis Mund an seinem klebte, während ihre Hand in verbotene Regionen vordrang. Wo seine Hand war, wusste er schon gar nicht mehr genau.

Gerade in dem Moment, als er schreien wollte, weil ihm das Ganze zu viel wurde, erschien eine Silhouette in der Tür, und Lilo Koester sagte mit strenger Stimme: »Auf der Damentoilette ist Herrenbesuch nicht gestattet, junger Mann!«

Ulrich verlor das Gleichgewicht und sackte auf die Toilettenschüssel. Emmi richtete sich erschrocken auf und drehte sich um.

Lilo Koester verschränkte die Arme vor der Brust. »Verführung Minderjähriger ist strafbar«, sagte sie.

»Aber ... er hat doch gar nichts gemacht«, stieß Emmi hervor.

»Ich rede ja auch von dir, Mädchen. Ich weiß nämlich ganz genau, wie alt der Bengel da ist.«

»Wir sind hier nur zufällig reingeraten«, sagte Emmi und strich sich über das Kostüm.

»Ist dir ja schon öfter passiert. Und ich hab dir schon mal gesagt: Wenn ich die Absicht habe, wieder ein Bordell aufzumachen, sage ich dir rechtzeitig Bescheid.«

»Das ist eine Beleidigung!«, rief Emmi.

»Ganz recht. Und jetzt raus hier.«

Ulrich sprang hastig auf.

»Ich muss mich noch frisch machen«, sagte Emmi.

Lilo Koester kniff ihr in die Wange. »Frisch bist du doch, Emmi.« Dann hob sie beide Hände und scheuchte Ulrich aus der Kabine. »Los, raus hier, aber schnell!«

Als Ulrich wieder ins Klubzimmer zurückkam, lief ein langsames Stück, und die meisten tanzten eng umschlungen. Nur Vera saß allein auf dem hinteren Sessel und starrte düster vor sich hin. Kurt schien eingeschlafen zu sein, Jens tanzte mit einer Dunkelhaarigen aus Barmbek.

Ulrich überlegte. Konnte es sein, dass Vera plötzlich so schlecht gelaunt war, weil er mit Emmi verschwunden war? Dann wäre dies ein schreckliches Missverständnis, das aufgeklärt werden musste! Emmi war ihm doch egal, aber Vera nicht. Aber was sagt man in einem solchen Fall?, überlegte er fieberhaft. Er tastete nach der Krawatte, die Kurt ihm besorgt hatte. Sie war locker und hing schief. Er zog den Knoten fester, schob den Schlips gerade und knöpfte das Jackett zu, für den Fall, dass das Hemd unordentlich heraushing. Er fuhr sich mit den Händen durch die Haare, die so kurz waren, dass man sie kaum in Unordnung bringen konnte.

Vera blickte auf und lächelte ihn trübselig an.

Ich muss mit ihr sprechen, entschied Ulrich und ging zu ihr hinüber.

»Es tut mir Leid«, sagte er ohne Einleitung, »es ist alles nur ein Missverständnis.«

Vera schaute zu ihm hoch. »Ein was?«

»Missverständnis.«

Vera dachte nach, dann nickte sie. »Ja, ein Missverständnis, alles ein großes Missverständnis. Männer und Frauen ein Missverständnis, Väter und Söhne ein Missverständnis, Brüder und Schwestern ein Missverständnis …«

»Ich wollte eigentlich nur sagen …«

Vera lächelte ihn an. Sie sah auf einmal viel älter aus. Älter, als ihm lieb war. Aber das lag bestimmt nur daran, dass auch sie zu viel getrunken hatte, und an dem schummrigen Licht. »Meinst du, alles Zwischenmenschliche basiert auf Missverständnissen? Das klingt ganz schön mutig. Wo hast du das her? Schopenhauer? Nietzsche?«

»Was?«

»Komm, setz dich hin.« Sie klopfte auf die Sessellehne.

Ulrich lehnte sich dagegen. Verlegen ließ er seinen Blick durch den Raum schweifen. Kurt nickte ihm zu und hob scherzhaft drohend den Zeigefinger.

»Glaubst du, dass es sein kann, dass man in die falsche Haut hineingeboren wird?«, fragte Vera.

»Wie bitte?«

»Mein Bruder zum Beispiel glaubt, er sei Chinese. Dabei ist er kein bisschen gelb im Gesicht oder sonst wo, und in unserer Familie hat es nie einen Chinesen gegeben. Es müsste sich also um Seelenwanderung handeln, oder?«

»Können Seelen wandern?«, fragte Ulrich ratlos.

»Ja, siehst du, das ist eine gute Frage. Vielleicht haben manche ja gar keine, und andere haben zwei. Zwei Seelen in der Brust! Das wäre ja möglich. Und dann springt die eine Seele rüber, wenn jemand vorbeikommt, dem noch eine fehlt. Vielleicht ist mein Bruder in dem Moment an einem Chinesen vorbeigekommen, als sein Körper eine Seele brauchte. Was meinst du?«

Sie sah ihm in die Augen, und er hatte kurz das Gefühl, dass so was wie Angst in ihm aufstieg. Aber warum sollte er vor der Wolke Angst haben? Weil sie sich verdüstert hatte? Wenn ein Gewitter daraus wurde, dann rette sich wer kann.

»Seelen, die springen …«, murmelte Ulrich.

»Es ist vielleicht alles eine Frage der Anziehungskraft. Kann auch sein, dass es nur zwischen Frauen und Männern funktioniert. Früher hat man ja geglaubt, Frauen hätten gar keine Seele. Aber dann würde es mich bei meinem Bruder wundern … und andererseits … eine Chinesin? Wo sollte man überhaupt eine Chinesin treffen?«

»Ich weiß nicht.« Ulrich sah, wie Emmi zurückkam, ihre Handtasche suchte, sich von Kurt verabschiedete und ging. Kurt schaute zu ihm herüber und legte einen Finger unter das rechte Auge. Was sollte das nun wieder bedeuten?

»Du redest ganz schön seltsames Zeug, Ulrich Heinicke, Sohn vom Vater, der Frau Koester kennt. Wann war denn das? Schon lange her?«

»Ich kann mich nicht erinnern.«

»Meinst du, die haben ihre Seelen getauscht, irgendwann mal?«

»Nein, bestimmt nicht.«

»Bist du sicher?«

»Weiß nicht.«

»Ist auch egal. Aber du hast mich auf einen guten Gedanken gebracht, Ulrich Heinicke.« Sie schubste ihn von der Sessellehne und erhob sich. »Ich werde bei den Chinesen weitersuchen.«

Ulrich kapierte nicht, was sie damit meinte, doch als er sah, dass sie gehen wollte, war er auf einen Schlag sehr traurig. Auch Kurt richtete sich auf. Vera lachte, als sich beide Jungen vor sie stellten, um sich zu verabschieden. Kurt bot ihr an, sie zu begleiten.

»Wohin denn?«, fragte sie.

Er zuckte mit den Schultern.

Als sie verschwunden war, fragte er Ulrich: »Was hat sie denn?«

»Irgendwas mit ihrem Bruder. Ich hab nicht verstanden, was.«

»Die geht wieder ins Neu-China«, stellte Kurt fest.

»Ist er da?«

»Keine Ahnung. Das macht sie immer, wenn sie diesen Rappel kriegt. Hat keinen Zweck, ihr zu folgen, das wird zu teuer.« Kurt blickte sich um. Inzwischen war Ruhe im Hinterzimmer von Lilos Eck eingekehrt. Viele waren schon gegangen, andere unterhielten sich gedämpft, einige Liebespaare küssten sich.

Lilo Koester trat ein und erklärte das Fest für beendet. »Es ist schon spät. Wenn ihr euch mit der HJ anlegen wollt, macht das draußen.«

Die Segler und die Ruderer begannen zusammenzupacken.

Kurt deutete auf Ulrichs Tasche. »Wir bleiben noch.« Jens, der viel getrunken hatte, verabschiedete sich schwankend.

Nachdem alle gegangen waren, zogen sie sich um. Kurt summte eine Swingversion von »Die Fahne hoch«. Als er die Uniform zugeknöpft hatte, sang er und deutete einige Tanzschritte an.

»Hör auf damit«, sagte Ulrich.

»Jawohl, mein Führer!«, rief Kurt und schlug die Hacken zusammen.

Ulrich packte ihre Anzüge sorgfältig zusammengefaltet in seine Tasche.

Sie verließen das Klubzimmer, hoben die Arme zum Gruß und marschierten im Gleichschritt aus dem Lokal. Bei Ulrich war es eher ein Reflex, bei Kurt ironische Pose. Lilo Koester stand hinter dem Tresen und sah ihnen kopfschüttelnd nach.

4

In der Ferne donnerte es leise. Die Luft roch nach Regen.

»Tu's nicht«, sagte Ulrich ganz leise zu sich, dann schob er die große Schultür auf.

»Was ist?«, fragte Kurt.

»Nichts, mach schon.«

»Wie kommt's eigentlich, dass du einen Schlüssel hast?«

»Ich mach hier regelmäßig Dienst, wohne ja in der Nachbarschaft.«

Ulrich hielt Kurt die Tür auf, dann stiegen sie gemeinsam die Treppe in die Vorhalle hinauf.

»Wo sind die denn nun?«, flüsterte Kurt.

»Auf dem Dachboden natürlich.«

»Das ist aber schlecht für uns.«

»Ach was, heute sind Oskar und Peter dran, die schlafen sowieso.«

»Hoffentlich nicht ausgerechnet unter der Dachluke.«

»Die Pritschen sind nebenan. Los, komm.« Ulrich knipste seine Taschenlampe an.

Sie stiegen das breite Treppenhaus hinauf und dann die schmale Stiege zum Dachboden. Die Stufen knarrten leise, und je weiter sie nach oben kamen, umso wärmer wurde es.

»Mensch, wenn ich noch daran denke, was für 'n flotten Budenzauber wir hier veranstaltet haben.«

»Haben wir nicht! Wir sind die HJ!«, zischte Ulrich.

»Ist ja schon gut.«

»Wenn du nicht mitspielst, sind deine Schellacks futsch.«

»Ja, ja.«

Sie erreichten den weitläufigen Dachboden, dessen verschiedene Räume teils mit Holzwänden, teils mit gemauerten Wänden abgeteilt waren.

»Da rüber«, sagte Ulrich leise und deutete nach links. Der Lichtkegel der Taschenlampe fiel auf eine Tür, die zu dem Bereich führte, wo die Swingjugend neulich ihre Feier veranstaltet hatte.

Die alten Möbel und das Gerümpel standen immer noch so da, wie sie es beiseite geräumt hatten.

Kurt deutete auf die Dachluke. »Da müssen wir hoch.«

»Scheiße, wo ist denn die Leiter?« Ulrich schaute sich suchend um. Der Lichtkegel glitt über Boden und Wände.

»Räuberleiter«, sagte Kurt. »Ich kletter raus und reich dir die Kisten rein.«

Ein Donnergrollen war zu hören, lauter und näher als vorher.

»Das Gewitter kommt. Wenn die Platten nass werden, krieg ich 'nen Koller«, sagte Kurt.

»Können die davon kaputtgehen?«

»Nee, die Platten nicht, aber die Hüllen, und dann sind sie nur noch halb so viel wert. Und wenn mein Grammofon rostet, spring ich vom Dach. Die Dinger gibt's doch gar nicht mehr zu kaufen.«

»Wir nehmen den Tisch da«, entschied Ulrich. »Dazu noch einen Stuhl, dann müsste es gehen.«

Sie hoben den Tisch unter die Luke und stellten den Stuhl darauf. Draußen zuckte ein Blitz über den Himmel. Das Donnergrollen folgte in einigem Abstand.

»Nu wird's aber Zeit«, drängte Kurt.

»Das Gewitter ist noch ein Stück entfernt.«

»Das Gewitter vielleicht schon, aber guck doch mal, es regnet schon.« Kurt deutete zur Luke. Auf dem Glas sammelten sich feine Tropfen.

»Los, schnell! Ich krieg sonst 'n Herzkasper!« Kurt stieg auf den Tisch, dann auf den Stuhl und reckte sich zur Dachluke. Draußen blitzte es wieder, und der Donner folgte schon in kürzerem Abstand. Jetzt hörte man auch das leise Prasseln von fallenden Regentropfen.

»Ach nee«, jammerte Kurt und ruckte an der Verriegelung. »Wieso geht denn die Luke nicht auf?«

»Du musst das Ding in die andere Richtung schieben.«

»Was für 'n Ding?« Kurt zerrte am Riegel.

»Erst da drüben lösen!«, rief Ulrich leise und kletterte auf den Tisch.

Mit einem lauten Quietschen ging die Luke auf. Kurt zog sich hoch. Oben angekommen, bückte er sich und schob den Arm durch die Luke. »Die Lampe.« Ulrich reichte sie ihm. Kurt verschwand. Wieder ein Blitz, zwei Sekunden darauf der Donner. Ulrich spürte dicke Tropfen auf der Stirn, als er Kurt nachblickte.

Wieder donnerte es, ohne dass man einen Blitz bemerkt hätte.

Ein schwankender Lichtkreis war zu sehen. Kurt, beladen mit einer Kiste, erschien wieder in der Fensteröffnung.

»Mann, das schifft ja richtig!«, rief er.

Ulrich stieg auf den Stuhl. Es war gar nicht einfach, die schwere Kiste entgegenzunehmen und gleichzeitig die Balance zu halten. Irgendwie schaffte er es, vom Stuhl auf den Tisch und vom Tisch auf den Boden zu kommen. Er trug die Kiste in eine dunkle Ecke und stieg wieder auf den Tisch. Kurt reichte ihm die zweite Kiste und schob sich dann selbst hastig durch die Luke. Gleichzeitig mit einem lauten Donnerschlag kippte der Stuhl um, fiel zu Boden, und Kurt landete unsanft auf dem Tisch, auf dem Ulrich stand, verzweifelt bemüht, mit der Kiste auf den Armen das Gleichgewicht zu halten.

Die Tür ging auf, und zwei Taschenlampen leuchteten sie an.

»Was ist denn hier los?«

Draußen prasselte der Regen herab. Ulrich spürte die dicken Tropfen im Nacken und auf dem Rücken.

»Ich bin's, Ulrich Heinicke!«, rief er laut. »Könnt ihr die Lampen nicht woanders hinrichten?«

Der eine Lichtkegel glitt nach unten und blieb auf seinen Füßen liegen, der andere beleuchtete den stöhnend am Boden liegenden Kurt.

»Ulrich? Was machst du denn hier?« Zwei sechzehnjährige Jungs kamen näher. Sie trugen Zivilkleidung und die Armbinden der Luftschutzhelfer.

»Kisten mit brennbarem Material sichergestellt. Verdacht auf Sabotage«, erklärte Ulrich geistesgegenwärtig und trug die Kiste mit den Schallplatten in die Ecke, wo er sie neben die andere stellte.

»Wo?«, fragten die Jungen gleichzeitig.

Ulrich deutete zur Luke. »Da oben auf dem Dach.«

»Na, bei dem Regen brennt doch nichts mehr«, sagte der eine.

Im gleichen Moment zuckte ein Blitz, gefolgt von einem ohrenbetäubenden Donnerknall.

»Scheiße«, sagte der eine Junge. Beide schienen es mit der Angst zu bekommen.

»Jetzt müsst ihr aber höllisch aufpassen«, sagte Ulrich. »Wir bringen mal eben diese Kisten in den Keller. Was ist mit dir?«, fragte er Kurt, der sich gerade aufrappelte.

»Heile Arme, heiles Bein, heil Hitler«, sagte der grinsend.

»Keine dummen Witze, sonst mach ich Meldung!«, fuhr Ulrich ihn an, und da hörten sie den Schrei.

Es war ein gellender Schrei, ein Schmerzensschrei, lang anhaltend, ohnmächtig.

Alle sahen sich an und horchten.

»Was war denn das?«

Wieder ein Schrei, der abrupt abbrach. Dann blieb es ruhig.

»Das war doch hier in der Schule, oder?«, fragte der eine Junge.

»Ihr bleibt hier oben, wir müssen sowieso runter und schauen gleich mal nach«, sagte Ulrich.

Er deutete in die Ecke, und er und Kurt packten jeweils eine Kiste. Als sie zur Tür gingen, sagte einer der Jungen: »Das ist doch ein Grammofon!«, als er den nach oben ragenden Trichter sah.

»Ich hoffe, es ist nur ein Grammofon«, erklärte Ulrich vieldeutig.

Sie stiegen die Treppe nach unten, und Kurt lachte vor sich hin. »Ich hoffe, es ist nur ein Grammofon!«

Wieder hallte ein gellender Schmerzensschrei durch das Treppenhaus.

»Nichts wie raus hier«, sagte Kurt. »Das ist ja das reinste Gespensterhaus.«

Aber Ulrich blieb stehen und stellte die Kiste ab. Die Schreie hatten sich in ein Schluchzen und Jammern verwandelt, die von gurgelnden Geräuschen unterbrochen wurden.

Ulrich stieß die Schwingtür auf und betrat den Flur, der zu den Klassenräumen führte. Eine Tür war leicht geöffnet, ein schmaler Lichtschein fiel heraus.

»Geh nicht«, hörte Ulrich Kurts flüsternde Stimme hinter sich. Er ging trotzdem weiter. Warum, hätte er in diesem Moment nicht sagen können, vielleicht war es pure Neugier, vielleicht fühlte er sich verantwortlich für das, was in diesem Gebäude geschah, weil er schon so oft auf Nachtwachen hier gewesen war.

Er schob die Tür zum Klassenzimmer auf. Wieder hörte er ein gurgelndes Geräusch und ein Japsen und weinendes Jammern. Dann sah er, was vor sich ging.

Vor der Tafel neben dem Lehrerpult stand Willy Kaiser in seiner HJ-Uniform und blickte ihm irritiert entgegen. In der rechten Hand hielt er ein Fahrtenmesser. Vor ihm kniete ein Mann im schwarzen Regenmantel. Sein Gesicht konnte Ulrich nicht erkennen, wohl aber das blutüberströmte, schmerzverzerrte von Jens Lange, der mit auf dem Rücken gefesselten Armen vor einem Eimer mit rötlich verfärbtem Wasser kniete. Die Krawatte um seinen Hals war fest verknotet, und das Ende hielt Willy Kaiser in der Hand.

Der Mann im schwarzen Mantel sah auf. »Was ist denn los?«, fragte er. Er hatte ein pockennarbiges Gesicht, eng zusammenstehende Augen und eine Boxernase. Gestapo, dachte Ulrich.

»Heil Hitler«, sagte er fast tonlos.

»Der gehört zu meiner Truppe«, sagte Willy. »Komm her, Ulrich, hier kannst du was lernen.« Er zog an der Krawatte, und Jens rang nach Atem.

Ulrich kam zögernd näher und bemerkte Haarbüschel auf dem Boden. Sie hatten ihm die Haare mit dem Messer abgeschnitten und waren dabei offenbar sehr roh vorgegangen. Jens' Schädel war mit Schnitten übersät. Er stierte Ulrich an, schien etwas sagen zu wollen, doch aus seiner Kehle drang nur ein gurgelndes Stöhnen, er hustete und spuckte Blut. Ulrich sah, dass ihm zwei Zähne fehlten.

»Da siehst du, was aus diesen hochnäsigen Swingheinis wird, wenn's mal zur Sache geht. Sich besaufen und den Führer verhöhnen, anstatt raus ins Feld und das Vaterland verteidigen. Wird Zeit, dass wir diese Pest ausrotten!«

Ulrich merkte, wie er zu zittern anfing. Er hatte noch nie einen Menschen in einem derart elenden Zustand gesehen wie Jens.

»Guck ihn dir an«, sagte Willy. »Völlig verweichlicht. Redet aber nicht. Was bleibt dir da übrig, als ihm die Fresse einzuschlagen. Soll endlich Namen nennen. Das ist doch 'ne Verschwörergruppe, alles englische Spione, Heimatfront aufweichen, Sabotage, das ist deren Ziel.«

Ulrich blickte immer noch in Jens' Gesicht. Der sah ihn flehend an wie ein misshandelter Hund.

Willy machte eine einladende Handbewegung. »Komm her, Ulrich, hilf mit, bist doch einer von unseren Besten. Musst auch bald mit ran, den Volkskörper reinigen.«

Ulrich spürte ein Schluchzen in der Kehle aufsteigen. Er biss die Zähne zusammen. War unfähig, sich zu bewegen.

Der kniende Mann stand auf. Für einen kurzen Moment teilte sich sein Mantel, und darunter konnte Jens ein Pistolenhalfter erkennen. »Der redet nicht«, sagte er. »Wir hängen ihn auf.« Er nahm Willy die Krawatte aus der Hand und zerrte daran. Jens rappelte sich mühsam, stand auf wackeligen Beinen da. Sein Jackett war beschmutzt, das Hemd zerrissen, die Hose hatte einen klaffenden Riss.

»Wir nehmen den Kartenhalter«, sagte der Gestapo-Mann. »Los.«

Willy knotete das Ende der Krawatte an den Kartenhalter und fasste nach dem Griff, um die Halterung hochzustemmen.

»Halt!«, rief Ulrich.

Willy schaute auf. Auch der Gestapo-Mann blickte zu ihm hin, dann sahen beide an ihm vorbei zur Tür. Ulrich drehte sich um. Dort stand Kurt.

»Wer ist denn das?«, fragte Willy.

Für ein paar Sekunden erstarrten alle schweigend.

Kurts Gesicht verschwand.

Ulrich sagte: »Brandschutzdienst«, und wunderte sich, dass er tatsächlich reden konnte.

»Soll sich aufs Dach verziehen«, sagte Willy. »Und was ist mit dir?«

Es donnerte wieder.

»Hoch mit ihm«, sagte der Gestapo-Mann, deutete auf den Kartenständer und nickte Willy zu. Willy rüttelte am Griff, der offenbar klemmte.

»Ich mach Meldung«, rief Ulrich, »ich geh zur Wache!«

»Untersteh dich«, sagte der Gestapo-Mann.

»Ulrich, komm mal her und hilf mir«, forderte Willy ihn auf.

Ulrich holte tief Luft. »Ich sage denen, dass wir einen Saboteur haben, dann kommen sie und holen ihn ab.«

Der Gestapo-Mann sah ihn erstaunt an. »Was ist denn das für ein Blödsinn. Ich nehm ihn mit!«

Ulrich ging einen Schritt zurück, dann noch einen. »Ich geh zur Wache, die müssen das wissen!«

»Du bleibst hier!«, rief Willy.

Ulrich machte auf dem Absatz kehrt und rannte nach draußen. Kurt war verschwunden.

Als Ulrich völlig durchnässt auf der Davidwache ankam, erzählte er eine Menge ungereimtes Zeug, wie die Beamten fanden, aber da er eine HJ-Uniform trug, wurde ein Beamter abgestellt, um ihn zu begleiten. Im Klassenzimmer fanden sie niemanden mehr vor, doch der Boden war mit Blut getränkt, und der Eimer mit rot verfärbtem Wasser stand noch da.

Der Beamte ließ Ulrich das Blut mit dem Schwamm aufwischen. Anschließend musste er das rötliche Wasser in den Ausguss auf dem Flur kippen und den Schwamm gut auswaschen. Dann stiegen sie auf den Dachboden. Die beiden Jungen von der Nachwache hatten sich nicht nach unten getraut und wussten nichts zu berichten.

Als Ulrich mit dem Polizisten das Schulgebäude verließ, stellte er fest, dass beide Schallplattenkisten verschwunden waren.

VIERTES KAPITEL

Schlange

1

Wohlig stöhnend stieg Oberwachtmeister Schenk die Treppenstufen des Lokals nach oben. Hansen folgte ihm. Es war ein warmer Spätsommertag, Sonntag noch dazu, sie hatten Eisbein mit Sauerkraut gegessen und jeder ein Bier getrunken.

Schenk reckte sich. »Jetzt noch ein Mittagsschläfchen, und ich bin zufrieden.«

»Nichts da, wir haben einen Mordfall«, sagte Hansen.

»Ein toter Chinese«, sagte Schenk abfällig.

»Mord ist Mord.«

Sie setzten sich langsam in Bewegung.

»Ist auch alt geworden, die alte Dickmadame«, stellte Schenk fest.

»Muss ja auch schon über siebzig sein.«

»Da hätte ich keine Lust mehr, tagaus, tagein hinterm Tresen zu stehen.«

»Wat mut, dat mut«, sagte Hansen. Dickmadame, dachte er, nennen wir sie jetzt immer. Früher sagten wir Dickmann. Die Kneipe heißt immer noch so. Bis vor acht Jahren trug sie aber immer Männerklamotten. War ja kein Problem, bei der Statur. Aber dann, von einem Tag auf den anderen war sie wieder eine Madame und ist es geblieben. Gut für uns Polizisten. Billiger und besser kannst du nirgendwo essen. Soll uns noch lang erhalten bleiben, die Dickmadame.

Er bemerkte eine Gestalt auf der anderen Straßenseite, die zu ihm herüberblickte. Ein schmächtiger Mann in einem zu großen

Regenmantel und einem Hut. Beides wirkte unangebracht bei diesem Wetter. Der Mann lief parallel zu Hansen Richtung Reeperbahn und winkte ihm mit der Hand zu, ohne sie richtig zu heben. Als würde er sich nicht trauen.

»Geh schon mal vor«, sagte Hansen zu Schenk. »Ich komm gleich nach.«

Schenk nickte, brummte etwas Unverständliches und ging weiter. Seit er im Dienst Zivilkleidung trug, hatte er sich einen schlurfenden Gang zugelegt. Na, vielleicht liegt's auch nur am Alter, entschied Hansen, der hat doch noch 'n paar Jährchen mehr als ich auf dem Buckel, oder? Aber Kelling gefällt das nicht. Der mag es lieber zackig. Na, zackig sind ja die anderen alle.

Er überquerte die Davidstraße und ging auf den schmächtigen Mann zu. Der wartete mit herabhängenden Armen, ohne auf die Passanten zu achten, denen er im Weg stand.

»Guten Tag, Klaas.« Hansen blieb vor ihm stehen und hielt ihm die Hand hin.

Klaas-Hennig Blunke war genauso alt wie Hansen, sah aber älter aus. Klein, schmächtig, zerknittert, das bleiche Gesicht rot gefleckt und ungesund aussehend, stand er vor ihm, mit hängenden Schultern und in unangebrachter Kleidung. Einer von den Leuten, die einem bei jeder Begegnung klar machen, wie alt man geworden ist seit damals, als man gemeinsam Unsinn getrieben hat, nach der Schule oder in den Ferien, sinnierte Hansen.

»Du musst mir helfen, Heinrich«, sagte Klaas Blunke mit jammernder Stimme.

»Komm, lass uns ein paar Schritte gehen.«

Hansen nahm ihn am Arm und führte ihn über die Davidstraße zum Spielbudenplatz. Hier zwischen den Bäumen hatte man ein bisschen mehr Luft zum Atmen. Und zum Reden.

»Warum bist du nicht mehr Reviervorstand, Heinrich? Ich hab angerufen, immer heißt es, nein, Kommissar Hansen ist nicht da, und der Reviervorstand hat keine Zeit.«

»Ich bin's nicht mehr, Klaas. So einfach ist das. Kelling ist jetzt am Ruder.«

Klaas Blunke schaute ängstlich in alle Richtungen, bevor er weitersprach. »Kannst du mir nicht trotzdem helfen?«

»Wenn ich kann, helfe ich dir, Klaas. Aber ich bin nur ein Polizist.«

»Ja, darum, ich habe gedacht, vielleicht verhaftest du mich …«

»Was? Wieso denn das?«

Klaas deutete mit einer müden Handbewegung zum Gebäude der Wache. »Da drin wäre ich in Sicherheit.«

»Ach was, Klaas, dort bist du genauso wenig vor den Bomben der Tommies gefeit.«

»Bomben?« Blunke sah Hansen verständnislos an. »Davor hab ich keine Angst.« Er trat ganz nahe an Hansen heran und senkte die Stimme. »Ich will in Schutzhaft.«

Hansen war sprachlos.

Blunke legte eine Hand auf Hansens Unterarm. »Bitte.«

Hansen schüttelte den Kopf. »Ich kann dich nicht in Schutzhaft nehmen. Da müsste ein Vergehen vorliegen, ein schlimmes Vergehen.«

Blunke schien verwirrt. Er zitterte, sah aus, als würde er frieren. Und das bei diesem Wetter, wunderte sich Hansen, und den Sachen, die er anhat.

»Aber … ich dachte … eben deshalb, damit ich es nicht tue.«

Hansen kniff die Augen zusammen. »Als Schutz vor dir selbst? Das ist nicht vorgesehen.«

»Aber ich kann nicht anders … ich muss …«

»Kleinen Jungs hinterherlaufen?«, sagte Hansen unwirsch. »Wenn du es nicht lassen kannst in deinem Alter, dann mach deinen Laden zu und geh ins Ausland!«

»Ich kann doch den Laden nicht einfach …« Blunkes Gesichtsausdruck wurde störrisch. »Und wieso kannst du mich nicht verhaften, wenn ich dir sage, dass ich es wieder tun werde? Damit bin ich doch schon …«

»Kriminell? Ja, ja, und was glaubst du wohl, was Kelling mit dir macht, nachdem du einen Tag in unserer Zelle gesessen hast?

Er schickt dich ins Stadthaus oder nach Fuhlsbüttel, und dann landest du im Arbeitslager oder an einem noch schlimmeren Ort.«

»Aber du, Heinrich …«

»Ich hab keine Macht mehr. Mir sind die Hände gebunden.«

»Heinrich, dann nimm mich in deine Wohnung mit.« Blunke klammerte sich an Hansens Arm.

»Meine Dienstwohnung? Das geht doch nicht … und wahrscheinlich muss ich dort sowieso bald ausziehen.«

»Aber ich hab Angst, Heinrich!«

Hansen riss sich los. »Du musst jemand anders finden, Klaas. Ich kann nichts machen. Ich gebe dir nur den guten Rat, nimm deine Ersparnisse, und kauf dir eine Fahrkarte, und fahr so weit weg wie möglich, solange es noch geht.«

Blunke fing an zu schluchzen, ganz leise, fast lautlos. Er gab ein jämmerliches Bild ab, dieser Mann von sechzig Jahren. Es machte Hansen wütend. Wie konnte dieser Kerl sich nur so gehen lassen! Und was hatte *er* damit zu tun? Hansen drehte sich um und ging.

Er hegte einen alten Groll gegen Blunke: Vor einiger Zeit hatte der die unglaubliche Frechheit besessen, ihm gefälschte Briefe und kleine Botschaften zu schicken, indem er die Schrift von Hansens Schwester Elsa imitierte, die damals bei dem Brand ums Leben gekommen war. Blunke, der offenbar nicht genau gewusst hatte, was er da tat, hatte damit eine alte Wunde aufgerissen: Hansens Familie, und eben auch Elsa, war beim Brand in ihrem Wohnhaus in der Jägerstraße umgekommen. Wer den Brand gelegt hatte, war niemals aufgeklärt worden. Der junge Heinrich hatte als Einziger überlebt, mit Brandverletzungen, deren Narben noch heute, über vierzig Jahre nach der Katastrophe, schmerzten, wenn er nachts im Bett lag. Blunke hatte ein schäbiges Spiel getrieben, um Hansens schlechtes Gewissen aufzurühren, weil er, der Kriminalkommissar, seinen eigenen Fall nicht lösen konnte. Damit hatte er das Vertrauen zwischen den Jugendfreunden für immer zerstört.

Und jetzt rückte er ihm wieder auf die Pelle. Hansen fluchte vor sich hin. Natürlich würde er ihm helfen, wenn er nur wüsste, wie. Wenn Klaas Blunke aus seinem Leben verschwand, wäre das allemal eine Erleichterung. Die Dickmadame war schlauer gewesen – sie hatte die Männerklamotten ausgezogen und verhielt sich jetzt ruhig. Der wollte keiner was.

Hansen betrat die Wache, meldete sich zurück und stieg nach oben ins Dienstzimmer. Schenk saß schon über den Unterlagen, die Ehrhardt aus dem Stadthaus herübergeschickt hatte. Hansen zog das Jackett aus, krempelte die Ärmel hoch und wischte sich den Schweiß von der Stirn. Er ging zum Fenster und zog einen Flügel auf. Draußen ratterte eine Straßenbahn durch die Davidstraße. Ein Auto hupte. Es erinnerte an früher, als der Lärm des Straßenverkehrs eine vertraute Geräuschkulisse bildete. Seit alle Privatfahrzeuge stillgelegt waren und nur noch Kraftwagen mit rotem Winkel auf dem Nummernschild unterwegs sein durften, war es ruhiger geworden.

Schenk hatte ebenfalls die Ärmel hochgekrempelt und sogar die Weste ausgezogen. Er griff nach zwei Fotografien und hielt sie hoch. Hansen trat zu ihm ans Pult und nahm sie entgegen. Auf beiden war der tote Chinese zu sehen, wie er mit nacktem Oberkörper auf dem Seziertisch lag. Auf dem einen Foto lag er auf dem Rücken. Die kleine, tödliche Wunde unterhalb der linken Brust war kaum zu erkennen. Auf dem anderen Bild lag der Mann auf dem Bauch.

»Was ist der dunkle Fleck da auf seinem Rücken?«, fragte Hansen.

Schenk hielt ihm ein drittes Bild hin. »Hier.«

Es war eine Nahaufnahme. Man sah deutlich, dass der dunkle Fleck auf dem rechten Schulterblatt des Toten eine Schlange darstellte.

»Eine Tätowierung?«, fragte Hansen.

»Ganz recht. Noch gar nicht so alt, meint der Arzt. Vielleicht ein paar Monate.«

»Was für eine Farbe?«

»Schwarz.«

»Eine schwarze Schlange auf dem Rücken eines Chinesen, der mit einem präzisen Messerstich getötet wurde.«

»So ist es, Heinrich.«

»Wenn es früher zu Zwischenfällen bei den Chinesen kam«, sagte Hansen, »haben wir immer eine Razzia gemacht. Die Keller in der Schmuckstraße sind ein einziges Labyrinth, da brauchst du zwanzig, dreißig Leute zum Durchkämmen.«

Schenk schüttelte den Kopf. »Vergiss es, Heinrich.« Er klappte den Kladdendeckel zu und deutete auf einen dort angehefteten Zettel. »Hier steht: ›Hansen und Schenk bearbeiten diesen Fall allein!‹ Deine Razzia kannst du dir abschminken.«

Hansen setzte sich seufzend an seinen Schreibtisch und streckte die Hand aus. »Gib mal her den Kram.«

2

Eine Stunde später bogen sie in die Schmuckstraße ein. Schenk deutete auf die Kreidestriche, die die Umrisse der Leiche markierten. »Den haben sie ja wirklich ordentlich hingelegt.«

»Und Lichter angezündet, damit wir ihn finden.«

»Sehr fürsorglich.«

Hansen blickte sich um. Die Schmuckstraße war eine kurze Straße mit schäbig aussehenden Häusern, an denen viele, meist kleine Schilder mit chinesischen Schriftzeichen hingen. Davor standen Handwagen oder zweirädrige Karren auf dem schmalen Bürgersteig, manche leer, manche mit Kisten oder Säcken beladen.

Hier und da waren die Firmennamen auch auf Englisch geschrieben – »Shipchandler« oder »Chinese Seamen's Employment Agency«; nur manchmal stand eine deutsche Berufsbezeichnung darauf, »Wäscherei Li« zum Beispiel. Vor den Türen lungerten asiatisch aussehende Menschen herum, verschiedener Nationalitäten, soweit Hansen das beurteilen konnte, manche trugen Kulihosen und weite Jacken, dazu Schlägermützen, andere Matrosenkleidung, wieder andere fernöstliche oder europäische Anzüge. Manche unterhielten sich, andere schauten müßig die Straße entlang, ohne Hansen und Schenk Beachtung zu schenken.

»Die Lichter wurden nicht von den Leuten hingestellt, die ihn hingelegt haben, sondern von anderen«, erklärte Hansen.

»Das ist nun wieder bemerkenswert.«

Hansen deutete auf das Restaurant Wu. »Die Frau des Wirts sagt, er sei ein fröhlicher Mensch gewesen.«

»Wäre nicht der erste fröhliche Mensch, der die Missgunst anderer auf sich zieht. Und was heißt schon fröhlich?«, brummte Schenk. »Noch dazu bei einem Chinesen.«

»Er wurde von zwei Leuten da hingelegt, sagt sie, die von links kamen. Und die, welche die Kerzen brachten, kamen von rechts.«

»Ganz schön redselig, die Dame. Kommt mir sonst eher so vor, als würden die Chinesen lieber gar nichts sagen.«

»Es ist eine Deutsche, sie hat einen Chinesen geheiratet.«

»Eine Deutsche, die einen Chinesen heiratet?«

»Gibt es gar nicht so selten.«

»Mich schüttelt's bei dem Gedanken.«

Hansen bemerkte, dass die Männer auf der Straße nach und nach in den Häusern verschwanden. »Die haben uns erkannt«, sagte er.

»Wir stehen hier ungefähr in der Mitte der Straße«, stellte Schenk fest. »Die einen kamen von links, die anderen von rechts. Nun guck dir das an. Soll mal einer herausfinden, aus welchem Haus die kamen: Es gibt reihenweise Unterkünfte und sonstige Kaschemmen.«

»Fangen wir erst mal da an.« Hansen deutete auf das Haus, vor dem die Leiche gelegen hatte. Über einer Tür im Souterrain hing ein kleines Schild mit chinesischen Schriftzeichen, darunter in handgemalten Buchstaben: ›Pension – Hotel‹. »Da hat Liang Fong aus Ningpo gewohnt.«

»Also los.« Schenk setzte sich in Bewegung. »Hoffen wir, dass wir wieder auf eine redselige Chinesenbraut treffen.«

Hansen gefiel die abfällige Art, mit der sein Kollege über Ilse Wu sprach, nicht, aber er sagte nichts dazu. Bloß nicht erklären müssen, woher du sie kennst, dachte er, das ist viel zu kompliziert und wahrlich Schnee von gestern.

In der Pension gab es keine redselige Chinesenbraut, es gab überhaupt niemanden, der reden wollte.

Die schmale, verwitterte Tür öffnete sich, ohne dass sie anklopfen mussten. Ein Glöckchen ertönte, worauf ein kleiner Chinese in blauer Kuli-Kleidung und mit einer topfartigen Mütze auf dem Kopf erschien. Er sagte freundlich »Guten Tag« und deutete eine Verbeugung an. Sie traten in einen Raum, der ursprünglich wohl als Verkaufsraum für einen Laden diente, jetzt aber rechts und links mit Vorhängen abgeteilt war. Rechts neben der Tür, die vermutlich in einen Flur und zu weiteren Zimmern führte, stand ein Tisch mit einem Stuhl. Wenn man dort vor der dicken Kladde, dem Tintenfass und dem Teeservice saß, hatte man die Tür gut im Blick.

Hansen zog seine Polizeimarke hervor und zeigte sie.

Der Chinese nickte freundlich.

»Es geht um den Mann, der dort draußen gelegen hat, letzte Nacht«, sagte Hansen.

Der Chinese nickte freundlich.

»Hat er hier gewohnt?«

Der Chinese nickte freundlich.

»Wo ist sein Zimmer?«

Wieder ein freundliches Nicken.

»Wo sind seine Sachen?«

Als Antwort abermals ein freundliches Nicken.

»Wo?«, wiederholte Hansen.

Der Chinese verbeugte sich.

»Der versteht nichts. Versuch's mal auf Englisch, Bootsmann«, sagte Schenk in Anspielung auf Hansens Vergangenheit bei der Kaiserlichen Marine.

Damals hatte er ein Paar Brocken Englisch gelernt. Hansen räusperte sich. »You saw dead man outside?«

Der Chinese starrte ihn versteinert an.

»Dead man«, wiederholte Hansen. »He live here?«

Der Chinese schwieg.

»Dead man, last night«, sagte Hansen. »Liang Fong.«

Der Mann verzog keine Miene.

Hansen griff nach den Handschellen, die an seinem Gürtel hingen, und hielt sie in die Höhe. »Wir nehmen ihn mit«, sagte er zu Schenk. Und an den Chinesen gewandt: »Take you to prison.«

»Liang Fong«, sagte der Chinese und verbeugte sich mehrfach. »Yes, ja, hier.«

»Wo?«, fragte Hansen.

Der Chinese schob den Vorhang beiseite. Dahinter befand sich ein Matratzenlager, auf dem ein Asiate lag; stocksteif starrte er aus halb geschlossenen Lidern nach oben. Der Pensionswirt stieg über ihn hinweg und schob einen weiteren Vorhang beiseite. Dahinter sah man eine weitere Matratze und hinter dem nächsten Vorhang noch eine. Vor der blieb der Wirt stehen. Eine ordentlich zusammengelegte Wolldecke und eine flach gedrückte Nackenrolle schienen als Bettwäsche zu dienen, aber alles war sauber. An Kopf- und Fußende der Bettstätte stand je ein Pappkoffer.

»Liang Fong«, sagte der Wirt und deutete auf das Lager.

Hansen nahm den einen Koffer, legte ihn auf die Matratze und versuchte, das Schloss aufschnappen zu lassen. Es war abgeschlossen. Schenk hielt ihm ein Klappmesser hin. Hansen nahm es und brach das Schloss mit einer kurzen Hebelbewegung auf.

»Gelernt ist gelernt«, murmelte Schenk anerkennend.

Hansen hob den Deckel. Im Koffer fanden sich sorgfältig nebeneinander gestapelte Päckchen mit chinesischen Schriftzeichen.

»Na, was haben wir denn da«, sagte Schenk über Hansens Schulter hinweg.

Der Wirt trat einen Schritt zurück.

Hansen öffnete eins der Päckchen, schaute hinein und schüttete sich den Inhalt auf die Handfläche. »Tee«, stellte er fest.

Der Wirt trat wieder einen Schritt vor.

»Er hat als Hausierer gearbeitet. Ein Teehändler«, sagte Hansen.

Er nahm sich den anderen Koffer vor. Als er den Deckel öffnete, gab er den Blick frei auf ordentlich zusammengelegte, frisch gewaschene und gebügelte Kleider: Unterwäsche, zwei Hemden, einen Anzug, eine Hose, eine Weste, einen Pullover, eine Krawatte, Strümpfe, Segeltuchschuhe, ein paar Taschentücher; es handelte sich um durchschnittliche Ware, manche Teile waren schon deutlich abgenutzt.

»Gibt's noch mehr Sachen?«, fragte Hansen den Wirt. »More things, Liang Fong?«

Der Wirt nickte lächelnd und sagte: »No.«

»Na, wer weiß«, meinte Schenk skeptisch. »Wo sind denn beispielsweise seine Papiere?«

»Passport?«, fragte Hansen.

»Yes.« Nicken.

»Where?«

»No.« Nicken.

Hansen seufzte. »Wir nehmen die Koffer mit.« Er deutete auf die Bettdecke. »Liang Fong's things?«

Der Wirt verbeugte sich. »Bed belong here«, sagte er.

»Na schön«, sagte Hansen resigniert. »Also nur die Koffer.«

»Der geht nicht mehr zu«, sagte Schenk.

»Klemm ihn dir untern Arm.«

Der Wirt schob die Vorhänge beiseite, und die beiden Polizisten verließen die Schlafstätte. Der Matrose von nebenan war lautlos verschwunden.

Draußen auf der Straße hielt Hansen seinem Kollegen den zweiten Koffer hin. »Nimm den auch mit, mir ist noch was eingefallen.«

»Ruf mir 'ne Rikscha, Kommissar«, brummte Schenk verstimmt.

»Wir treffen uns bei Karl Fincke«, sagte Hansen, »mach schon. Wir haben noch zu tun.«

Fluchend machte Schenk sich auf den Weg.

Hansen drehte sich um und stieg wieder die Treppe ins Souterrain hinab. Der Wirt riss erschrocken die Augen auf, als Hansen wieder eintrat. Er saß hinter seinem Pult und schob hastig die Schublade zu.

Hansen trat zu ihm. Aus dem Augenwinkel sah er durch einen Spalt im Vorhang, dass der Matrose wieder auf seinem Bett saß, und sagte: »Give me paper and pencil.«

Der Wirt schob ihm einen Zettel hin und reichte ihm einen Bleistift. Hansen malte mehr schlecht als recht die Schlange auf das Blatt, genauso wie sie auf der Schulter des Toten zu sehen gewesen war, dann schob er dem Wirt das Blatt hin. »Liang Fong, snake, on back, shoulders«, sagte er.

Der Chinese sah die Zeichnung an und erstarrte.

»You know this snake?«, fragte Hansen. »You seen?«

Der Wirt schaute auf und blickte Hansen mit leerem Gesichtsausdruck an.

»You see this snake?«, bohrte Hansen. Der Wirt blieb starr und stumm. Er schaute Hansen mit regloser Miene ins Gesicht.

»Okay«, sagte Hansen streng. »Give me passport!«

Der Chinese zuckte zusammen, zog hastig die Schublade seines Pults auf und holte einen Pass mit chinesischen Schriftzeichen heraus. Hansen schlug ihn auf, sah den Stempel mit der Aufenthaltsgenehmigung und erkannte auf dem Foto das Gesicht des Toten.

»Thank you«, sagte er und stand auf. »Now show me back rooms.«

»No«, sagte der Chinese weiterhin ausdruckslos.

»Please«, drängte Hansen.

»No«, sagte der Chinese leise, aber bestimmt.

Hansen steckte den Zettel in die Tasche, ging zur Flurtür und zog sie auf. Er lief den Gang entlang und schaute der Reihe nach in die Zimmer. Es waren vier Räume, alle abgedunkelt, statt Betten gab es Hängematten. Es roch muffig, schimmelig und süßlich nach asiatischem Parfüm. Drei Zimmer waren leer, in einem hockten vier Männer in einer Ecke nebeneinander. Sie trugen weite Hemden und Hosen und waren barfuß. Sie rauchten säuerlich riechenden orientalischen Tabak in billigen Pfeifen.

Hansen leuchtete sie mit der Taschenlampe an.

»Police, passports!«, rief er.

Sie griffen in die Hosentaschen und holten die Ausweise hervor. Es waren chinesische Wäscher und Heizer. In den Ausweisen lagen Heuerpapiere der »Chinese Seamen's Employment Agency«. Hansen gab sie ihnen zurück.

Er leuchtete kurz in die anderen Zimmer, sah ein paar Koffer, Kisten, Wäschebündel und Kissen, jedoch keine Tische und Stühle und dachte: Vorne hausen also die Privilegierten.

Der Wirt lächelte nicht zum Abschied. Hansen sagte »goodbye« und ging.

3

Schenk erwartete ihn am Eingang der schmalen Gasse mit den niedrigen ärmlichen Häusern an der Grenze zu Altona. Hansen erinnerte sich noch daran, wie es früher hier gewesen war. Nicht weniger ärmlich, vielleicht schmutziger, aber lebhafter, obwohl die vereinzelten kleinen Läden auch damals meist vergeblich auf Kundschaft gewartet hatten. Nicht mal zehn Jahre war das her, da hatten hier vor den Türen und an den Fenstern jene Frauen gestanden, denen man kaum zugetraut hätte, dass sie noch die Gunst von Freiern gewinnen konnten. Aber auch sie hatten ihr Auskommen gehabt, bis vor acht Jahren die »gewerbsmäßige Unzucht« verboten worden war. Jetzt waren manche Häuser leer, in anderen lebten die noch älter gewordenen Frauen in noch ärmlicheren Verhältnissen. Auf der Straße war es sauberer, hinter den Türen aber hauste die Armut, das wusste Hansen nur zu gut.

Nur eines der eingeschossigen Häuser unterschied sich von den anderen, auch wenn man es von außen nicht erkennen konnte. Erst wenn man die Tür aufstieß und direkt in eine niedrige, verräucherte, karg eingerichtete Küche trat, konnte man erkennen, dass man den Haushalt eines berühmten Künstlers betreten hatte. Der Mann, der hier wohnte, hatte schon zigtausende von Kunstwerken in alle Welt verkauft, winzig kleine und auch lebensgroße. Es waren Kunstwerke von beständigem Wert, auch wenn sie nicht weiterverkauft werden konnten. Auch für die Ewigkeit waren sie nicht gemacht, sie würden mit dem jeweiligen Besitzer ins Grab gelegt werden: Karl Fincke, in allen Häfen der Welt bei allen Seeleuten und darüber hinaus bekannt, arbeitete mit allen Farben und mit der elektrischen Nadel. Er tätowierte.

Seinen Ruf hatte er sich nicht nur in zahlreichen Hafenstädten erworben, sondern auch dadurch, dass er seine inzwischen verstorbene Frau von Kopf bis Fuß kunstvoll verziert hatte, um sie auf Jahrmärkten als unbekleidete, aber doch nicht nackte Attraktion zu zeigen. Später hatte er seine Schwiegertochter ähnlich kunstvoll bemalt und nach dem Tod der Ehefrau damit begonnen, die Körper wechselnder jüngerer Freundinnen zu verschönen, die mitunter als lebende Werbefiguren für unentschlossene Kunden posierten.

Inzwischen waren die Sitten strenger geworden, Finckes Freundinnen wechselten nicht mehr so häufig und entkleideten sich nur, wenn vorher der Schlüssel in der Eingangstür umgedreht worden war. Zumindest darauf hatte sich Hansen mit dem Künstler geeinigt, der kein Interesse daran haben konnte, dass sein Atelier geschlossen wurde.

Nicht Finckes Gewerbe, sondern sein Hobby machten den Besuch in seinem Haus zu einem anstrengenden Unterfangen: Er war Vogelliebhaber. In dem Raum neben der Küche, in dem nur ein altes Sofa, drei Stühle und eine Kommode standen, flatterte eine Elster herum, und an den Wänden hingen zahlreiche Käfige mit den verschiedensten Vögeln darin: Kanarienvögel, Stieglitze, Buchfinken und andere. Das Gepiepse und Geflattere bildete einen unentwegten Geräuschpegel, und es roch wie im Zoo.

Die Elster flog in Wohnzimmer und Küche frei umher und gab den Besuchern zu verstehen, wer hier der Herr im Hause war. Gelegentlich ließ sie sich auf der Schulter des alten Mannes nieder, der sich auch dann nicht stören ließ, wenn sie am Bügel seiner Nickelbrille knabberte. Die Kunden auf dem Sofa durften sich von dem Vogel nicht beirren lassen, ein hastiges Zucken konnte das begonnene Kunstwerk ruinieren und schmerzhaft sein.

Noch immer galt Fincke bei den Matrosen in aller Welt als Meister seines Fachs, und noch immer suchten sie ihn auf, sei es, um ein kleines Herz auf den Oberarm oder ein ganzes Schiff auf die Brust eingravieren zu lassen. Manche kamen vielleicht auch deshalb, weil sie hofften, dass sich Finckes lebendes weibliches Werbeobjekt zeigen würde. Um die Frauen mit der um den Hals eingeritzten Perlenkette, den Blumenornamenten auf den Brüsten, den üppigen Buketts zwischen den Schulterblättern und den hunderten kleinen Bildern auf Bauch und Po sowie den bunt schimmernd gemusterten Beinen rankten sich Legenden. Genau zwei Wochen brauche der Meister, um einen ganzen Menschenkörper zu verschönern, hieß es, und keinen Tag mehr.

Als Hansen und Schenk eintraten, lag gerade ein kräftiger junger Mann mit nacktem Oberkörper auf dem Sofa und wartete darauf, dass Fincke den begonnenen Indianerkopf mit Federschmuck beendete. Ganz so schnell wie früher war der Tätowierer nicht mehr, er musste öfter eine Pause einlegen und schien über die Unterbrechung froh zu sein. Jedenfalls legte er seine Tätowiernadel hastig beiseite und stand auf, um die Polizisten zu begrüßen. Die Elster flatterte neben ihm her und dann neugierig um die Neuankömmlinge herum.

»Herr Kommissar, was verschafft mir die Ehre? Und Wachtmeister Schenk ist auch dabei. Ich hab doch nichts ausgefressen?« Der Tätowierer grinste und entblößte viele Zahnlücken.

An den Wänden hingen Fotos von Finckes Kunden. Hansen starrte sie an. Lassen sich eigentlich inzwischen Leute auch Hakenkreuze oder SS-Runen auf den Leib stechen?, fragte er sich unwillkürlich. Und dann fiel ihm noch ein, dass er manchmal mit

Menschen zu tun hatte, denen Zahlenkolonnen auf die Unterarme tätowiert worden waren. Unfreiwillig.

Die elektrische Tätowiernadel in Finckes Hand surrte noch. »Mach das mal aus, bitte!«, sagte Hansen.

Das Surren erstarb, nicht jedoch das Piepsen und Flattern der Vögel.

Fincke deutete auf den Seemann auf seinem Sofa. »Soll ich ihn wegschicken?«

Hansen schüttelte den Kopf. Er zog den Zettel mit der gezeichneten Schlange aus der Tasche und reichte ihn Fincke. »Schon mal so was gesehen?«

»Soll das eine Schlange sein?«

»Ja.«

»Soll ich das gemacht haben?«

»Hast du?«

»Nein. Solche Schlangen …«

Schenk holte das Foto hervor, auf dem die Schlangentätowierung auf dem rechten Schulterblatt des Chinesen in Vergrößerung zu sehen war. »Vielleicht kennst du ja den Rücken«, sagte er.

»Ich hab schon ein gutes Gedächtnis für Körperformen«, brummte der Tätowierer, »aber da ist ja nicht viel zu sehen. Wahrscheinlich ein Asiate, hm?«

Die Polizisten sahen sich erstaunt an.

»Also kennst du ihn«, stellte Hansen fest.

Fincke wehrte ab. »Ach was. Ich hab einfach nur ein gutes Gespür für Körper. Was glaubt ihr denn, warum ich diesen Beruf ausübe? Das ist mir eine Passion. Der Körper als Leinwand, den muss man doch studieren – man fängt nicht einfach an, darauf herumzukritzeln. Ist doch 'ne einmalige Sache, kann man nicht einfach ausradieren, nich? Da guckst du schon mal genauer hin, Herr Kommissar, bevor du anfängst. Vor allem an die Frauenkörper erinnere ich mich, da gibt's ja auch mehr, woran man sich halten kann.«

»Was ist mit der Schlange?«, fragte Hansen. »Fällt dir dazu was ein?«

Fincke nahm den Zettel mit der Zeichnung in die eine, das Foto in die andere Hand. »Na ja, so richtig gut getroffen haben Sie's hier nicht. Wer hat denn das abgezeichnet, ist ja ziemlich ungenau.«

»Es war eine Skizze aus dem Gedächtnis.«

»Ach, Sie waren's selber, Herr Kommissar? Nur nich so ruppig, ich gucke ja nur … Das nehmen Sie mal wieder.« Er gab Hansen die Zeichnung zurück, schob sich die Brille auf die Nasenspitze und schaute über die Ränder hinweg auf das Foto.

Nach einer Weile zuckte er mit den Schultern. »Könnt ja stundenlang hier stehen und drauf glotzen, aber … na ja …«

»Was denn?«

»Viel is das ja nich.«

»Es ist eine tätowierte Schlange, das wissen wir«, sagte Hansen ungeduldig. »Wenn wir wüssten, wer die gemacht hat, wäre uns schon weitergeholfen.«

Fincke schüttelte den Kopf. »Nee, das hat keiner gemacht, den ich kenne, aber ich kenne ja nicht die Kollegen in Schanghai oder Singapur, obwohl ich mir nicht vorstellen kann, dass die so was …« Er hob die Zeichnung dicht an die Augen. »Nee … das hat keiner vom Fach gemacht. Wenn das nicht an der schlechten Aufnahme liegt, dann würde ich sagen, da hat einer ganz schön gestümpert. Wüsste sowieso nicht, warum jemand so eine Schlange auf der Schulter haben will. Die sieht doch keiner. Das ist doch kein Schmuck.«

»Ein Erkennungszeichen?«, fragte Hansen und schaute Schenk an, der die Augenbrauen hob, als wollte er sagen: Das hat mir gerade noch gefehlt.

»Woher soll ich das wissen, ihr seid doch die Polizei, Herr Kommissar. Jedenfalls hat da jemand gestümpert, und warum einer so was über sich ergehen lässt – das kann ganz schön wehtun, wenn's ein Anfänger macht –, das ist mir ein Rätsel.«

»Mir ist kalt!«, rief der Matrose auf dem Sofa.

»Ich würde niemals so eine Schlange tätowieren«, sagte Fincke, »sieht doch langweilig aus. Und viel zu klein. Das wäre doch eine

Herausforderung, die einzelnen Schuppen zu zeichnen, schön leuchtend ... ich hatte mal eine hier, vor Jahren war das, die wollte, dass sich die Schlange hier so den Oberschenkel emporschlängelt. Die hieß auch noch Eva, und wie die sich das mit dem Apfel gedacht hat, sag ich jetzt nicht, Herr Kommissar, und wahrscheinlich war's auch nur ein Künstlername ...«

»Karl! Ich friere!«, rief der Matrose lauter. »Außerdem stinkt's hier wie im Zirkus«, fügte er leiser murmelnd hinzu.

»Also, mehr kann ich nicht dazu sagen, und wenn der da hinten sich einen Schnupfen holt, bin ich einen Stammkunden los.« Er gab Hansen das Foto zurück.

Hansen warf einen letzten Blick auf die Fotos mit den auf seltsame Art tätowierten Männern und Frauen. Mit einem Mal spürte er die Narben der Brandwunden auf dem Oberkörper, jedenfalls kam es ihm für einen kurzen Moment so vor. Normalerweise schmerzten die Narben erst abends, wenn er im Bett lag.

Schenk ging einen Schritt zur Seite und scheuchte ungewollt die Elster auf. Er hob abwehrend die Arme. »Lass uns gehen, Heinrich.«

Hansen steckte die Fotos in die Jackentasche. Sie verabschiedeten sich.

Draußen atmete Schenk tief durch. »Puh, dieses Viehzeug.«

»Na, immerhin sind wir jetzt ein bisschen schlauer«, sagte Hansen.

»Sind wir das?«

»Ein dilettantisch ausgeführtes Erkennungszeichen.«

»Ja und?«

»Chinesen, die sich selbst eine Schlange auf die Schulter tätowieren, als Erkennungszeichen für Gesinnungsgenossen oder ...«

»Eine schwarze Schlange, das klingt nach Verbrecherorganisation!«

»Vielleicht.«

»Schmuggler. Der war doch Händler, dieser ... wie hieß er noch?«

»Liang Fong.«

»Daher weht der Wind.«

»Was war denn in den anderen Päckchen drin?«, fragte Hansen.

»Tee.«

»Sonst nichts?«

»Nee, nichts weiter.«

»Und das Porzellan?«

»Ich hab's nicht zerbrochen, falls du das meinst.«

»Weißes Porzellan und eine schwarze Schlange … wie passt das zusammen?«

»Gar nicht, Heinrich. Und vielleicht hat die Tätowierung auch nichts zu bedeuten.«

Eine dicke Frau im grauen Kittel trat aus einem Hauseingang, in der Hand einen Wassereimer, dessen Inhalt sie auf die Straße kippte. Sie stutzte kurz, als sie die beiden Männer herankommen sah, und wandte sich wieder ab.

»Hallo, Zuckerschnute!«, rief Hansen ihr zu.

Schenk schaute seinen Kollegen erstaunt an.

Die Frau blieb stehen und sah verlegen drein. Sie war um die sechzig und lächelte unsicher. Dann stellte sie den Eimer ab.

Hansen reichte ihr die Hand. »Lange nicht gesehen, Thea.«

»Kommissar Hansen? Dass Sie mich aber auch in diesem Zustand ertappen.« Sie strich sich über den Kittel.

»Seit wann siezen wir uns, Thea?«

Die Frau verzog das Gesicht. »Wenn ich hier so mit dem Eimer …«

Hansen deutete auf das Haus. Es war das kleinste und sah sauberer aus als alle anderen in der Straße. »Wohnst du da?«

»Ich hab lange drauf gespart. Jetzt gehört es mir«, sagte sie stolz.

»Glückwunsch, Thea …«

»Na ja, ist ja schon ein paar Jährchen her. Wir haben uns lange nicht gesehen …«

»Hab mich schon gefragt, was aus dir geworden ist, seit du aus der Herbertstraße raus bist.«

»Das ist doch schon lange her! Ich sag immer noch Heinrichstraße … oh, Entschuldigung.«

Hansen tippte sich an den Hut. »Nichts für ungut, Thea, ich schau mal bei Gelegenheit vorbei.«

»Das sagst du immer, Herr Kommissar, und dann gehen die Jahre ins Land.« Sie hob den Eimer hoch, verabschiedete sich kopfnickend und verschwand im Haus.

»Wer war das denn?«

»Eine alte Freundin«, sagte Hansen träumerisch. »Cora Blume mit den langen Fingern. Aber sie hatte auch sonst einiges zu bieten.«

»Sagtest du nicht Thea zu ihr?«

»Sie hatte einen Künstlernamen … wollte hoch hinaus.«

»Na, dann hat sie es ja geschafft«, kommentierte Schenk sarkastisch.

»Halt den Mund«, sagte Hansen leise und beschleunigte seine Schritte.

Er dachte an seine erste Begegnung mit Thea Bertram alias Cora Blume. Die dralle Brünette hatte sich keck neben ihn auf den Seesack gesetzt, als er nach sechs Jahren Marine nach St. Pauli zurückgekommen war. Vor einem Kasperltheater auf dem Spielbudenplatz war das gewesen. Er hatte ihr gleich den Spitznamen Zuckerschnute gegeben. Damals trug sie einen Sonnenschirm bei sich und in der Handtasche die Portemonnaies fremder Herren.

»Sie mochte keinen Aal«, sagte er leise und lachte vor sich hin.

Schenk sah ihn schräg von der Seite an und schüttelte den Kopf.

4

»Ich muss noch ins Chinesen-Café«, sagte Hansen und erhob sich von seinem Schreibpult.

»Hat das nicht bis morgen Zeit?«, fragte Schenk, der gerade dabei war, sein Tintenfass zuzuschrauben, nachdem er einen kargen Bericht über die bisherigen Ermittlungsergebnisse im Fall des ermordeten Chinesen geschrieben hatte.

»Es geht um Mord«, brummte Hansen, »das ist immer dringend.«

»Kräht doch kein Hahn danach, ob wir die Sache aufklären oder nicht.«

»Und wenn nur ich es bin, der kräht«, brauste Hansen auf, »dann …«

Schenk lachte. »Schon gut, aber du solltest auch mal Feierabend machen.«

»Es ist ja noch früh.«

»Meine Frau würde mir ganz schön den Marsch blasen …« Schenk griff nach dem Lappen neben dem Tintenfass, säuberte Federhalter und Feder und legte alles ordentlich beiseite.

»Keiner zwingt dich mitzukommen«, sagte Hansen unwirsch.

»Ich weiß«, sagte Schenk zufrieden und stemmte sich hoch. »Also, dann bis morgen.«

Hansen rief ihm ein »Gute Nacht« hinterher und fragte sich, ob es nicht besser wäre, die Kripo würde nur aus unverheirateten Beamten bestehen, die Tag und Nacht im Einsatz waren; alle hätten Dienstwohnungen auf den Wachen und … Er verzog das Gesicht. Was für eine verrückte Idee, da können wir ja gleich in die Kaserne ziehen.

Er nahm seine Jacke vom Haken, setzte den Hut auf und machte sich auf den Weg zur Großen Freiheit.

Das Lokal, das viele nur »Chinesen-Café« nannten, manche auch »Tschang Tsching«, hieß in Wirklichkeit »Cheong Shing« und war eins von zwei großen chinesischen Etablissements mit internationalem Flair. Hier traten deutsche und ausländische Kapellen auf, chinesische Artisten, europäische Varietékünstler sowie Sänger und Sängerinnen verschiedenster Nationalitäten, und vor dem Krieg war hier sehr viel getanzt worden. Auch jetzt, fünfzehn Jahre nach der Eröffnung, herrschte in den Räumlichkeiten eine Mischung aus europäischem Chic und asiatischer Exotik vor. Es hieß, in den Hinterzimmern würden Glücksspiele veranstaltet und unter den Frauen, die das Lokal aufsuchten, seien zahlreiche Prostituierte. Hansen hatte im Laufe der Jahre nur wenige konkrete Hinweise darauf erhalten. Ab und zu waren Razzien veranstaltet worden, aber man hatte hier auch nicht mehr kriminelle Aktivitäten aufgespürt als in anderen vergleichbaren Vergnügungslokalen. Trotzdem hielt sich auch unter den Polizisten hartnäckig das Gerücht, hinter der verführerischen fernöstlichen Kulisse gäbe es geheime Lasterhöhlen, in denen es Asiaten darauf abgesehen hätten, willensschwache Europäer zu verderben.

Der stämmige kleine Mann, der Hansen an der Bambus-Bar erwartete, sah nicht gerade wie ein Krimineller aus. Er trug einen schwarzen Zweireiher mit silberner Krawatte und silbernem Einstecktuch, Manschettenknöpfe aus Perlmutt und eine eckige Brille mit silbrigem Rand, dazu glänzende schwarze Schuhe und einen silbernen Siegelring am Ringfinger der linken Hand. Aus Hongkong stammend, war John Kuo Anfang der Zwanzigerjahre als arbeitsloser Heizer in Hamburg gestrandet und hatte mit einem Restaurant in der Schmuckstraße begonnen. Kurz darauf war ein Café in der Heinestraße dazugekommen, und einige Jahre später hatte er das Cheong Shing eröffnet, dessen Name »Große Mauer« bedeutete, und das Mauer-Motiv fand sich nicht nur auf dem Schild über dem Eingang, sondern auch in vielfältiger Form in der Einrichtung wieder, angefangen bei den Raumteilern bis hin zur Bar; auch Spiegel und Lampen spielten auf die Chinesische Mauer an, und sogar die Tellerränder zierte sie.

Hansen kannte Kuo, seit die Große Freiheit dem Revier 36 zugeschlagen worden war. Der Chinese galt als verbindlicher Geschäftsmann und sowohl bei den deutschen Behörden wie auch der chinesischen Gemeinde als vertrauenswürdig. Er war mit einer deutschen Frau verheiratet, die sich hinter den Kulissen um das künstlerische Programm kümmerte und nur selten in Erscheinung trat.

Kuo begrüßte den Kommissar mit Handschlag und Verbeugung, fragte, ob er einen Cocktail an der Bar nehmen wolle – was

Hansen verneinte –, und führte ihn in eine Nische. Bei einer herbeigeeilten deutschen Serviererin bestellte er Tee. Weiter hinten, im Festsaal, spielte ein Orchester südamerikanische Rhythmen.

»Es ist schade«, sagte John Kuo, »dass wir uns nur dann treffen, wenn es Probleme gibt. Und es ist sehr traurig, dass wir einen Toten zu beklagen haben.«

Hansen nickte. »Polizisten sind nicht zuletzt deshalb unbeliebt, weil sie meist nur schlechte Nachrichten bringen.«

Kuo schüttelte den Kopf. »Nein, nein, Herr Hansen, es gibt auch sehr beliebte Polizisten. Sie zum Beispiel.«

»Ach was, man kennt mich und weiß mich einzuschätzen.«

»Das sind doch zwei positive Eigenschaften.«

»Wenn Sie es sagen. Aber ich bin nicht zu Ihnen gekommen, um freundliche Worte zu hören, sondern weil ich einen Mordfall aufzuklären habe.«

»Ja, aber warten Sie …« Kuo hob die Hand, und die Kellnerin kam mit einem Tablett an den Tisch, auf dem geblümte Teeschalen und eine Teekanne standen. Sie platzierte es auf den Tisch, und Kuo winkte sie fort, um dann selbst einzuschenken. Er stellte eine Teeschale vor Hansen hin und sagte: »Bitte.«

»Der ermordete Chinese hieß Liang Fong und wohnte in einer Pension in der Schmuckstraße. Er war Straßenhändler oder Hausierer und verkaufte Tee und Porzellan.«

Kuo nickte. »Ich weiß.«

»Er schien immerhin genug zu verdienen, um sich in seiner Pension im vorderen Raum einen extra abgeteilten Schlafplatz leisten zu können.«

»Das muss nicht heißen, dass er viel verdiente. Es ist vielleicht eher eine Frage, wie sparsam man sein möchte.«

»Liang Fong wurde erstochen und anschließend auf die Straße gelegt, offenbar von mehreren Personen, mindestens zwei. Das müssen allerdings nicht die gewesen sein, die ihn getötet haben.«

Kuo nickte.

»Das Seltsame aber war«, fuhr Hansen fort, »dass andere es für nötig hielten, seine Leiche mit Teelichtern zu umgeben, offenbar damit er gefunden wird. Es sei denn, es handelt sich um eine religiöse Handlung …«

»Wenn die Seele den Körper verlassen hat, warum sollte man die leere Hülle dann beleuchten?«

»Tja …«

»Er hatte keine Familie in Hamburg, warum sollte also jemand so auffällig um ihn trauern?«

»Das frage ich Sie, Herr Kuo.«

Der Chinese griff nach seiner Schale. »Man soll den Tee trinken, so lange er heiß ist, Herr Hansen. Kalter Tee stumpft ab.«

Hansen nahm sich seine Schale und verbrannte sich den Mund. Kuo schlürfte genussvoll.

»Was fällt Ihnen zu Schlangen ein?«, fragte Hansen.

»Wie bitte?«

»Schlangen. Besser gesagt, eine Schlange. An was denken Sie bei diesem Tier oder wenn Sie ein Bild davon sehen?«

Kuo wärmte sich die Hände an der Schale, die für Hansens Gefühl noch viel zu heiß dazu war. »Ein Bild von einer Schlange?«

»Ja«, sagte Hansen ungeduldig. »Oder was fällt Ihnen überhaupt zu dem Tier ein?«

»Das Jahr der Schlange.«

»Was ist das?«

»Das ist jetzt. Bei den Chinesen ist jedem Jahr ein Tier zugeordnet. Wir befinden uns im Jahr der Schlange.«

»Jetzt? 1941?«

»So ungefähr. Das chinesische Jahr fängt etwas später an als das europäische.«

»Und was bedeutet das?«

»Wenn Sie im Jahr der Schlange geboren sind, bedeutet das etwas für Sie, wenn Sie daran glauben, dass es etwas bedeuten soll.«

»Versteh ich nicht«, sagte Hansen ungeduldig.

»In Europa beschäftigt man sich doch auch mit Astrologie«, erklärte Kuo. »Nur haben die Europäer mehrere Tiere und anderen Zeichen für ein Jahr. Wenn ich es richtig verstehe, werden dem Menschen bestimmte Charaktereigenschaften des Tierkreiszeichens zugeordnet, unter dem er geboren ist, nicht wahr?«

»Darüber habe ich mir noch keine Gedanken gemacht«, sagte Hansen.

»So ist das auch bei den chinesischen Jahrestieren.«

»Und wofür steht die Schlange? Für List, Verschlagenheit, Falschheit und Lüge?«

Kuo sah Hansen verwundert an. »Sie sind wirklich ein Opfer Ihres Berufs. Wie kommen Sie denn darauf?«

»Das sind die Eigenschaften, die die Schlange bei uns symbolisiert.«

»Tatsächlich? Das ist seltsam. Im alten China galt die Schlange als Sinnbild der Erde.«

»Was heißt das?«

»Unsere Welt verändert sich ständig und tritt in neuer Hülle in Erscheinung. Wie die Schlange, die sich häutet, aber immer eine Schlange bleibt.«

»Hm«, machte Hansen. Mit dieser Auskunft konnte er nicht viel anfangen, und sie machte im Zusammenhang mit dem toten Chinesen wenig Sinn. Er versuchte es mit einem neuen Ansatz: »Was ist, wenn man im Jahr der Schlange stirbt?«

Kuo hob die Schultern. »Keine Ahnung.«

»Man kommt nicht als Schlange in den Himmel?«, fragte Hansen und bereute im selben Moment die naive Frage.

Kuo lächelte. »Wie bitte?«

»Bei uns kommen die Toten in den Himmel, jedenfalls ist das eine christliche Vorstellung.«

Kuo schüttelte den Kopf. »Viele Chinesen glauben, dass man wiedergeboren wird. In eine bessere oder schlechtere Existenz, je nachdem wie man gelebt hat.«

»Ist eine Schlange besser oder schlechter?«

»Als Tier wiedergeboren zu werden ist ungünstig, aber eine Schlange ist besser als ein Regenwurm. Trinken Sie Ihren Tee, Kommissar, er wird sonst kalt.«

Hansen griff nach der Schale, nippte daran und sagte: »Gibt es schwarze Schlangen?«

Kuo schaute ihn fragend an. »Schwarz? Sicher gibt es schwarze Schlangen. Aber ich bin kein Zoologe und schon gar kein Experte für Reptilien. Wollen Sie mir nicht endlich sagen, warum Sie so sehr an Schlangen interessiert sind?«

»Weil der Tote auf der Schulter eine Tätowierung hat, die eine schwarze Schlange darstellt.«

»Seeleute haben Tätowierungen …«

»Er war Händler.«

»Als Schmuck …«

»Die Tätowierung ist sehr klein und nicht besonders kunstvoll gemacht.«

»Also?«

»Ein Erkennungszeichen.«

Kuo blickte Hansen ausdruckslos an. »Für was?«

»Das frage ich Sie.«

»Da kann ich Ihnen nicht weiterhelfen, Herr Kommissar.«

»Dann möchte ich Sie um etwas bitten, Herr Kuo: Sie sind Vorsitzender im Chinesischen Verein, Sie kennen alle wichtigen chinesischen Unternehmer und andere Männer, die eine herausragende Rolle in der chinesischen Gemeinde spielen …«

»Ja?«

»Fragen Sie, ob jemand mit diesem Symbol etwas anfangen kann.«

»Eine schwarze Schlange?«

»Ja.« Hansen griff in die Jackentasche und holte seine Zeichnung heraus. »So ungefähr.« Er zog die Fotografie hervor. »Oder so. Das ist die Schulter des Toten.«

Kuo griff nach dem Foto und betrachtete es. »Gut«, sagte er dann, »ich werde mich erkundigen.«

»Wen könnte ich sonst noch fragen?«

»Herrn Chen, er kümmert sich um die chinesischen Seeleute.«

»Das Heuerbüro.«

»Ja. Und Herr Ho. Er ist Großhändler in der Bernhard-Nocht-Straße und beliefert die Kofferleute.«

»Danke.« Hansen stand auf.

»Kann ich noch etwas für Sie tun, Herr Kommissar?«

Hansen ließ seinen Blick durch den Raum Richtung Saal schweifen. Von dort klang immer noch die fröhliche Rumba-Musik herüber. Er sah tanzende Paare und wandte sich ab. Das Tanzverbot ging ihn nichts an. Das war Kellings Sache.

Als er sich wieder Kuo zudrehte, um sich zu verabschieden, stand der leicht verlegen lächelnd da.

»Mir wär's lieber, man würde den Krieg verbieten, nicht das Tanzen«, sagte Hansen und ging.

5

Drei Stunden später stand er in einem finsteren Keller in der Schmuckstraße, und vor ihm lag eine weitere Leiche.

Er hatte schon geschlafen, in seiner nach wie vor karg eingerichteten Dienstwohnung oben im dritten Stock, die eigentlich zu groß für ihn war. Kaum lag er im Bett, hatte er seine Narben gespürt. Elsa war ihm in den Sinn gekommen. Er sah sie vor sich am Küchentisch in der winzigen Arbeiterwohnung in der Jägerstraße sitzen, mit Kohle auf ein Blatt Papier malend. Sie hat gemalt, und später ist sie verbrannt, dachte er bitter. Zusammen mit den andern. Aber wieso denke ich nie an meinen Vater, nur selten an meine Mutter, aber immer wieder an sie? War sie so wichtig für mich? Sie ist doch immer wieder von zu Hause ausgerissen, hat dich allein gelassen, hat sich unter Künstlern herumgetrieben, damals, als sie eigentlich noch zu jung dafür war. Immer wieder ist sie weggelaufen, dachte Hansen mit geschlossenen Augen, dann hat Vater sie gewaltsam zurückgeholt, und alles ging in Flammen auf.

Wieso bin ich übrig geblieben? Das war eine Frage, die man in letzter Zeit häufiger hörte, wenn nach einem Bombenangriff ein

Haus mit seinen Bewohnern verschwunden war und ein Einzelner überlebte, weil er zufällig gerade abwesend war … So war's bei dir auch, Heinrich, das Haus ist abgebrannt, und du bliebst übrig. Und dann haben sie dich der Brandstiftung verdächtigt und ins Heim gebracht. Aber so sehr hab ich den Alten nicht gehasst, dass ich das getan hätte. Wer dann? Klaas Blunke hatte behauptet, Friedrich sei es gewesen, und ich hab ihm geglaubt … bis sich Klaas als Lügner und Intrigant entpuppt hat. Klaas, der Grünhökersohn, der Jungs lieber mochte als Mädchen, doch keiner wusste davon … Klaas, der neulich vor dir stand, blass, alt und ängstlich. Er muss sich wirklich bedroht fühlen, wenn er dich um Hilfe bittet … Soll ich mich um ihn kümmern? Ist er es noch wert? Nein … doch … er war ein Freund, und ich habe Leuten geholfen, die mir weniger nahe standen. Morgen gehe ich zu ihm …

Das schrille Rasseln des Telefons ließ ihn aus dem Schlaf schrecken, er riss die Augen auf, sah nur schwarze Dunkelheit, tastete nach der Nachttischlampe, das Licht flammte auf, und er griff nach dem Hörer.

»Hansen.«

»Mord im Chinesenviertel, Herr Kommissar.«

»Was? Ich weiß doch längst …«

»Nein. Ein zweiter Mord.«

»Herrgott, dieses verdammte Chinesenpack.«

»Kein Chinese, Herr Kommissar, ein Weißer.«

»Schiet! Ich bin gleich unten! Sagen Sie Wolgast Bescheid. Soll gleich runterkommen!«

»Jawohl, Herr Kommissar.«

Hansen hängte ein und sprang aus dem Bett. Fünf Minuten später stand er unten im Wachraum und sprach mit dem Leiter der Nachtschicht. Der las stockend vor, was er während des Telefonats mit dem Meldung machenden Beamten hastig notiert hatte:

»Meldung vom Polizeiposten an der Großen Freiheit, Polizeimeister Lüttge auf Streife, Schmuckstraße, Verdunklungsvergehen im Souterrain, Kontrolle, geöffnete Tür, Schreie, Chinesen kommen heraus, heftige Meinungsverschiedenheit, Fremdsprache, unverständlich, Wachtmeister verschafft sich Autorität, wird in einen Keller geführt, dort liegt der Tote.«

Dr. Wolgast betrat den Wachraum, stellte die Tasche ab und zerrte wütend an seiner Jacke, als sich seine Hand im Futter verfing.

»Verdammte Chinesen«, fluchte er. »Wenn die jetzt dauernd Ärger machen, wird's Zeit, sie auszuweisen. Bin mir ehrlich gesagt zu schade, um dauernd tote Schlitzaugen aufzuklauben.«

»Laut Meldung ist der Tote weißer Hautfarbe, Doktor«, sagte Hansen. »Los, kommen Sie, wir nehmen den Wagen. Es eilt. Wir haben nur einen Mann dort stehen.« Er kommandierte einen Uniformierten als Fahrer ab, und sie verließen die Wache.

Der Streifenwagen rollte langsam die Schmuckstraße entlang. Hier und da leuchtete eine Phosphormarkierung auf, dann sahen sie das Lichtsignal. Polizeimeister Lüttge schwenkte die Taschenlampe hin und her und leuchtete schließlich sich selbst an. Sie stoppten vor einem Haus, das nur zwei Hausnummern vom Fundort der ersten Leiche entfernt war. Im Souterrain stand eine Kellertür auf, dahinter allerdings war nichts zu erkennen, denn alle Lichter waren gelöscht.

Die Männer stiegen aus und liefen durch den dünnen Lichtstreifen, der durch die Schlitze der Verdunklungskappen auf den Scheinwerfern drang.

Lüttge strauchelte, und Hansen musste ihn stützen.

»Entschuldigung«, sagte der Polizeimeister, »aber ich hatte noch eine Auseinandersetzung. Schlag auf die Zwölf.« Er lachte verschämt.

»Geht's denn oder wollen Sie sich setzen?«, fragte Hansen. »Gehen wir erst mal rein.« Er griff nach seiner Pistole.

»Nein, nein, alles in Ordnung. Da ist niemand mehr, der Keller ist leer, bis auf die Leiche.«

»Nicht dass sie wieder jemand wegträgt«, sagte Dr. Wolgast.

»Eben. Los. Sie kommen mit, Lüttge.« Hansen wandte sich an den Fahrer. »Runde, Sie sichern die Tür.«

Alle hielten jetzt Pistolen in den Händen.

Lüttge ging voran, gefolgt von Hansen und Dr. Wolgast. Sie fanden einen Lichtschalter, schlossen die Kellertür hinter sich und standen in einem feuchten, niedrigen Raum mit nur teilweise verputzten Wänden. Funzelige Glühbirnen verströmten diffuses Licht. Mehrere Verschläge wurden durch rohe Holzwände voneinander abgetrennt. Der Kellerbereich war so verbaut, dass man nur im Zickzackkurs hindurchgehen konnte. Es gab große und kleine Räume, in denen niedrige Tische standen, an denen man auf Kokosmatten sitzen konnte. Hier und da standen auch Regale mit Teegeschirr oder Räucherutensilien. Es roch merkwürdig süßlich, die Luft war geschwängert von Tabakrauch und anderen Gerüchen, manche herbwürzig, manche muffig und modrig. In den größeren Räumen gab es auch Lagerstätten auf Pritschen mit Wolldecken und dünnen Kissen auf ausgerollten Hanfmatten. Vereinzelt lagen Pfeifen aus Ton, Meerschaum oder Holz in verschiedenen Formen und Größen herum, auch eine Wasserpfeife befand sich darunter.

Der Tote lag bäuchlings auf einer Pritsche, mit rechts und links herabhängenden Armen, den Kopf halb von einem zerknüllten Laken bedeckt. Er trug einen grauen Anzug, braune Schuhe, weißes Hemd und Weste. Das Jackett lag neben dem Bett auf dem Boden, nachlässig herabgeworfen oder von der Pritsche geglitten.

Hansen schob das Laken beiseite und schaute in das Gesicht eines etwa zwanzigjährigen blonden jungen Mannes mit blasser Haut und feinen Gesichtszügen, der aussah, als würde er friedlich schlafen.

Wolgast kniete sich neben die Leiche und schnüffelte, dann griff er unter die Pritsche und zog eine kleine Wasserpfeife hervor. »Na, wenn Sie mich fragen, ist das hier eine veritable Opiumhöhle, Hansen.« Er fühlte den Puls, ging um die Leiche herum und schaute sich das Gesicht an. »Hat wahrscheinlich einen traumhaft schönen Tod gehabt, so wie der aussieht.«

Hansen wandte sich an den Polizeimeister, der nervös hin und her ging und in alle Richtungen spähte.

»Was war denn los, Lüttge?«

Der Polizeimeister bemühte sich, ruhig zu stehen und langsam zu sprechen, was ihm beides nur schlecht gelang: »War auf meinem üblichen Streifengang, kam von der Großen Freiheit her, bemerkte offene Tür im Keller und Licht dahinter, Verdunklungsvergehen, musste nachsehen, hörte Stöhnen und mehrere Schreie, dann Streit, rief hinein, um Anwesenheit mitzuteilen, wurde wohl nicht gehört, dann aber kamen mehrere Männer heraus, offenbar in einen heftigen Streit verwickelt, Handgreiflichkeiten an der Tür, bemerkte ein Messer in der Hand des einen, rief: Halt, Polizei, bekam einen Schlag auf den Kopf und ging zu Boden. Daraufhin rannten die Männer in verschiedene Richtungen davon.«

»Wie viele?«

»Fünf. Vier liefen heraus, einer zurück in den Keller. Dann wieder ein Schrei, und ich sah mich verpflichtet, nach dem Rechten zu sehen, zumal die Verdunklung noch immer nicht durchgeführt war, ging also rein, hörte Geräusche von weiteren flüchtenden Personen. Dann kam ich in diesen Raum und fand den Toten so vor, wie er jetzt daliegt. Ich verließ den Ort und machte sofort Meldung per Telefon.«

»Wo sind die Leute, die noch hier waren, denn hingerannt?«

»Nach hinten. Ich bin dann auch in die Richtung gegangen«, sagte der Polizeimeister. »Da gibt es Durchgänge zum Nachbarhaus, das ist das Eckhaus zur Großen Freiheit, der Keller ist so ähnlich wie hier, aber noch größer. Da konnte ich natürlich nicht weiter, ich musste ja hier am Tatort bleiben …«

»Das wird Ihnen gefallen, Herr Kommissar«, meldete sich Dr. Wolgast zu Wort.

Hansen wandte sich zu ihm um. Wolgast hatte Weste und Hemd des Toten aufgeschnitten und den Rücken entblößt.

Wolgast deutete auf eine kleine Wunde. »Die gleiche Stichverletzung wie bei dem Chinesen, den wir draußen auf der Straße gefunden haben.«

Hansen runzelte die Stirn.

»Und es kommt noch besser.« Wolgast zog die Hand weg, mit der er das rechte Schulterblatt des Toten verdeckt hatte. Eine Tätowierung kam zum Vorschein: die schwarze Schlange.

Wolgast verzog das Gesicht zu einem spöttischen Lächeln. »Es gefällt Ihnen nicht, Herr Kommissar?«

»Nein«, sagte Hansen, »überhaupt nicht.«

FÜNFTES KAPITEL

Tod

1

Jan Heinicke trat hinter dem Tresen hervor und hielt seinen Sohn am Ärmel fest.

»Was bist du eigentlich?«, fragte er. »Ein Doppelagent?«

Ulrich riss sich los. »Was?«

»Bleib gefälligst stehen, wenn ich mit dir rede. Ich will wissen, was du hier treibst!«

»Gar nichts, ich will nur meine Freunde begrüßen!« Ulrich deutete auf die Gruppe um Kurt Singer, die es sich in einer Nische des Lokals bequem gemacht hatte und miteinander tuschelte.

Jan Heinicke ließ nicht locker. »Das meine ich ja! Du kommst hier rein in deiner HJ-Uniform, und da warten diese langhaarigen, schmierigen Kerle auf dich.«

»Die sind nicht schmierig.«

»Das ist doch egal.«

»Ist es eben nicht, weil du sie beleidigt hast.«

»Ich rede doch mit dir, Ulrich!«

»Dann hast du mich beleidigt.«

»Herrgott noch mal, Ulrich! Hör mir doch mal richtig zu. Hast du denn nicht gehört, was mit denen passiert, wenn die so weitermachen?«

»Ich hab mehr gehört, als du denkst.«

»Jetzt ist aber Schluss mit diesem störrischen Gerede! Hör mir bitte zu!«

»Ich hab jetzt keine Zeit.« Ulrich wollte sich umdrehen und weggehen, da spürte er den eisernen Griff seines Vaters um seinen Oberarm. Es tat weh. Er hätte niemals gedacht, dass sein dicklicher Vater so viel Kraft hatte.

»Nein, das lass ich mit mir nicht machen. Du kommst mit!« Jan Heinicke zog seinen Sohn hinter den Tresen und schob ihn durch die Tür in die Küche, in der sich gerade niemand befand. Er schob die Tür mit dem Fuß zu, was sonst nicht seine Art war, und schloss die Klappe der Durchreiche, damit man nicht aus dem Schankraum hereinsehen konnte. Dann fasste er Ulrich an den Schultern und schob ihn gegen die gekachelte Wand.

»Mensch, Papa, was machst du denn!«

»Sei still und hör mir zu. Ich guck mir das doch nicht einfach so an. Der eine ist im Krieg, und der andere gerät auf die schiefe Bahn. Das lass ich nicht zu! Nachher hab ich keinen mehr, und wenn ihr beide weg seid, dann kann ich mich doch gleich aufhängen …«

Ulrich starrte erschrocken in das zornesrote, verzerrte Gesicht seines Vaters. »Papa, was ist denn mit dir los?«

»Halt den Mund! Jetzt rede ich! Ich hab ja auch eine Menge Dummheiten gemacht, als ich so alt war wie du. Und vielleicht war manches auch gefährlich und hätte schlimm ausgehen können. Aber was du da treibst, das … das begreif ich nicht, Mensch, denk doch mal nach!«

»Was meinst du denn überhaupt?«

Jan Heinicke hob den Daumen. »Erstens haben sie gerade angefangen, diese Swingheinis einzukassieren. Was glaubst du wohl, wo die hinkommen, hm? Fuhlsbüttel und dann? Na? Die haben noch Glück, wenn's nur an die Front geht, mein Lieber, und wenn vorher nicht Kleinholz aus ihnen gemacht wird.«

Ulrich schaute zu Boden. Sein Vater packte ihn mit beiden Händen an den Oberarmen.

»Es ist ja schon Selbstmord, wenn du mit denen herumziehst. Aber was du da tust, das grenzt ja an Hochverrat, oder hat Willy Kaiser dich losgeschickt, diese Kerle auszuspionieren? Na? Nein?

War wohl eher umgekehrt, hab ich Recht? Du bist auf deren Seite, das weiß ich doch. Und hab ja auch Verständnis, wenn's dabei um ein Mädchen geht, klar willst du da nicht in der Uniform und den kurzen Hosen rumlaufen. Aber wenn du die HJ hintergehst, dann betrügst du die Partei und stellst dich gegen den Staat und den Führer. Und du weißt ganz genau, was die mit solchen Leuten machen. Die haben das Fallbeil wieder scharf gemacht, mein Lieber! Die machen kurzen Prozess!«

Ulrich versuchte sich loszureißen.

»Bitte, Junge, hör auf, dieses gefährliche Spiel zu spielen. Ich hab doch nur noch dich!«

»Das ist doch Quatsch, was du da redest.«

»Nein, ist es nicht! Und wenn du es nicht verstehen willst, dann bekommst du eben klare Befehle.« Jan Heinicke deutete Richtung Schankraum. »Du gehst hin und sagst denen, dass es das letzte Mal war, dass du sie gesehen hast. Du kannst sie ruhig warnen, falls die noch nicht wissen, dass sie nämlich alle längst auf der Abschussliste stehen. Und dann gehst du zu deinem Scharführer und machst lieb Kind, oder du ziehst deine Uniform aus und bleibst zu Hause und duckst dich. Aber du tanzt mir nicht mehr aus der Reihe und schon gar nicht am Rand des Abgrunds herum! Hast du das jetzt verstanden?«

»Mann, Papa, also wirklich …«

Jan Heinicke schüttelte seinen Sohn. »Ob du das verstanden hast?«

»Ja.«

»Gut, dann geh jetzt zu deinen Freunden da draußen und verabschiede dich von ihnen!«

Ulrich wandte sich ab und ging zurück in die Gaststätte. Hinter sich hörte er seinen rotgesichtigen Vater nach Luft ringen.

Kurt Singer, Emmi aus Barmbek und zwei Jungs, deren Namen Ulrich nicht kannte, sahen ihm erwartungsvoll entgegen. Sie trugen ihre üblichen Klamotten und wirkten wie immer und überall reichlich fehl am Platz.

Kurt schnalzte mit der Zunge, als Ulrich sich setzte. »Mensch, dich in kurzen Hosen zu sehen. Ungewohnter Anblick. Da wird es einem warm ums Herz, was, Emmi?«

Das Mädchen schüttelte den Kopf und verzog das Gesicht. »Lass doch, mir ist jetzt nicht nach dummen Witzen.«

Kurt deutete auf die beiden Jungen: »Ewald und Oskar, von den Seglern. Sozusagen offizielle Emissäre.«

Die beiden nickten Ulrich zu.

»Wo ist Vera?«, fragte Ulrich.

»Zu Hause wahrscheinlich. Ärger in der Familie. Irgendwas wegen ihrem Bruder. Sie kann nicht weg, oder sie lassen sie nicht.«

»Ach so«, sagte Ulrich enttäuscht.

Kurt deutete mit dem Kopf zum Tresen. »Was war denn das eben für ein Geschrei dahinten?«

»Mein Vater macht sich Sorgen …«, sagte Ulrich vage.

»Um dich?«

»Ich soll euch sagen, dass … er hat mir verboten, weiter mit euch zu reden und so weiter …«

»Strammer Parteigänger, was?«

»Nee, der hat Angst um mich. Er meint, die holen euch jetzt alle …«

Diesmal machte sich Kurt nicht über Ulrichs Bemerkung lustig. Er blickte ernst vor sich hin und sagte: »Könnte Recht haben, dein Alter. Nach der Sache mit dem Reichsstatistenführer sind die ganz schön scharf geworden.«

»Was für einer Sache?«

»Hast du das nicht mitbekommen? Großer Bahnhof!« Kurt lachte, aber es klang nicht wirklich fröhlich.

»Es war vielleicht ein bisschen zu viel des Guten«, sagte Emmi. Und dann erklärte sie, was passiert war. Ulrich hatte von der Sache nichts mitbekommen, weil er damit beschäftigt gewesen war, sich bei Willy Kaiser einzuschmeicheln, um ihm Informationen zu entlocken. Emmi berichtete von der großen Aktion, zu der sich fast alle Swingheinis und Swingbabys von Hamburg am

Bahnhof Dammtor zusammengefunden hatten. Es ging tatsächlich darum, großen Bahnhof zu veranstalten, und zwar beim Empfang des »Reichsstatistenführers«. Dabei handelte es ich um einen in feinstes englisches Tuch gekleideten Swingheini, der zusammen mit einem Freund in Hamburg den Schnellzug aus München bestiegen hatte. Die kurze Strecke von dem kleinen Bahnhof südlich der Elbe bis zum Dammtor-Bahnhof fuhren sie nur, um sich dort von einer großen Menge Gleichgesinnter unter lautem Jubel und Hochrufen empfangen zu lassen. Beim Aussteigen winkten sie und ließen sich huldigen, und während sie die Treppe in die Bahnhofshalle hinunterstiegen, grüßten sie erhaben und schwenkten die Hüte. Anschließend bestiegen sie zwei bereitstehende Droschken und fuhren ab, während die Menge frenetisch Beifall klatschte.

Die Sache hatte ein übles Nachspiel, denn dass es sich bei dieser Aktion um eine höhnische Parodie auf den Führerkult der Staatspartei und ihrer Mächtigen handelte, konnte der Gestapo nicht verborgen bleiben. Noch am selben Abend marschierten Häschertrupps los und versuchten, so viele Swingheinis wie nur möglich zu verhaften.

»Und nun sind die alle in Florida«, schloss Emmi ihren Bericht.

»Ist wohl in Mode gekommen …«, murmelte Kurt. »Muss ja ganz schön überfüllt sein dort.«

»Hoffentlich kommen die bald wieder raus.«

»Nee!«, stieß Kurt hervor. »Arbeitslager, wenn sie Glück haben, wenn nicht KZ oder Wehrmacht.«

»Ulrich!«, tönte eine laute Stimme durch den Schankraum. »Ich brauch dich am Tresen.«

Ulrich zuckte zusammen. So herrisch kannte er den Alten gar nicht. Er drehte sich um und rief: »Gleich, Papa!«

Die Swingheinis steckten die Köpfe zusammen. »Also jetzt schnell«, sagte Kurt. »Hast du was über Jens rausgefunden?«

»Ja. Die haben ihn zufällig auf der Straße getroffen.«

»Wer?«

»Willy, also Willy Kaiser, unser Scharführer, und der Gestapo-

Mann. Ludwig Rauch heißt der. Jens hat sie beschimpft oder sich über sie lustig gemacht. Er war ja betrunken. Da haben sie ihn mitgenommen. Erst zur Schule, weil Willy sowieso auf dem Weg dorthin war. Was da passiert ist, weißt du ja.«

»Und dann? Wo ist er jetzt?«

»Sie haben ihn ins Stadthaus gebracht«, sagte Ulrich und merkte, wie sich seine Brust jäh zusammenzog.

»Weiter?«, drängte Kurt.

Ulrich schluckte. Er hatte Jens nicht besonders gut leiden können, aber er hatte ihn immerhin gekannt.

»Also was?«, fragte Kurt erbarmungslos. »Haben Sie ihn fertig gemacht?«

Ulrich nickte.

»Was heißt das?«

»Ganz … ganz fertig.«

Kurt starrte ihn an, bleich, die Wangenknochen hervortretend, an seiner Schläfe pochte eine Ader. »Erzähl!«

Ulrich holte Luft, ehe er stockend und widerwillig fortfuhr: »Die … haben da ein paar Räume im Stadthaus und spezielle Experten … sagte Willy … zuerst war er dabei, aber später haben sie ihn rausgeschickt … ›der hat gebrüllt wie 'n Schwein‹, hat er gesagt … und …« Ulrichs Stimme versagte.

»Und was?« Auf Kurts Stirn standen dicke Schweißtropfen. Er fasste nach Ulrichs Hand und umklammerte sie mit eisernem Griff.

Ulrich holte tief Luft und stieß hastig hervor: »Er hat gesehen, wie sie ihn rausgetragen haben. ›Da sah er auch aus wie ein Schwein, reif fürs Kühlhaus, an den Haken und abhängen lassen!‹ So hat er es gesagt …«

»Was noch?« Kurts Faust umschloss seine Hand so fest, dass Ulrich das Gefühl hatte, gleich würden seine Knochen zerbrechen. »Hat er noch was gesagt?«

»Er hat gesagt: ›Weißt du, wie viel Blut ein Menschenkörper hat? Mehr als in einen Eimer reingeht, und weißt du was: Es stinkt nach Pisse!‹ Das hat er gesagt.«

Kurt sprang auf und packte Ulrich am Hemdkragen; er zog ihn halb über den Tisch. »Was hat er noch gesagt?«

»Nichts!«

»Ich will's wissen!«

»Er hat nichts mehr gesagt!«, schrie Ulrich.

»Doch!«, brüllte Kurt.

»Hört auf!«, schrie Emmi.

Und da stand plötzlich Jan Heinicke hinter Kurt, packte ihn am Jackenkragen und zerrte ihn von seinem Sohn weg.

Mit bebenden Lippen sagte er ganz langsam und deutlich: »Hinaus! Ihr geht jetzt sofort hinaus! Und ihr kommt nie mehr wieder! Los!«

Kurt Singer sah ihn an, als wollte er ihm an die Kehle springen.

Emmi sagte: »Los, Kurt, wir gehen.«

Die beiden anderen standen auf.

Kurt, wie in der Bewegung erstarrt, schien sie nicht gehört zu haben.

»Da ist die Tür«, sagte Jan Heinicke.

Emmi legte einen Arm um Kurts Schulter und zog ihn mit. Die anderen beiden folgten.

Jan Heinicke hielt seinem Sohn eine Schürze hin. »Zieh das an.«

Ulrich sah ihn mit leerem Blick an.

»Dann geh in dein Zimmer.«

Ulrich nickte und wandte sich zur Tür. Draußen standen Kurt und Emmi und umarmten sich in stiller Trauer. Die anderen beiden waren verschwunden.

Ulrich war unschlüssig, ob er noch was sagen sollte, räusperte sich. Kurt schaute ihn an.

»Ich glaub, ich geh erst mal auf Tauchstation.«

»Feigling.«

Emmi löste sich von Kurt und schlug ihm mit der Faust gegen die Brust.

»Lass ihn!«, sagte sie. »Er ist bestimmt kein Feigling, nach allem, was er für uns getan hat.«

2

»Wieso treffen wir uns ausgerechnet hier?«, fragte Vera und schaute sich um. Die Washington-Bar an der Bernhard-Nocht-Straße war noch recht leer. Die wenigen Tische jedoch waren schon alle besetzt, und einige Matrosen belagerten die Bar. Vom Grammofon hinter der Theke tönte der »St. Louis Blues« von den Dorsey Brothers. Einer der Rum trinkenden Seemänner am Tresen hatte sich das Stück gewünscht.

»Aus Gründen der Freiheit«, sagte Georg Hollenkamp und stellte sein Whiskyglas ab.

»Was soll denn das nun wieder heißen?« Vera runzelte die Stirn. Früher hatte sie ihren zwei Jahre älteren Bruder für seine rätselhaften Aussprüche bewundert, inzwischen machte ihm seine merkwürdige Art mitunter Angst. Georg war in den letzten Monaten sehr unzugänglich geworden. Dass er den Eltern nicht erzählte, wie er seine Tage und Nächte verbrachte, war ja nichts Neues, aber sie hatte er früher in seine abenteuerlichen Unternehmungen auf St. Pauli eingeweiht.

Georg hob den Arm und deutete zur Tür. Die Hand zitterte leicht. Überhaupt war er sehr blass, und er schien zu schwitzen, obwohl es im Moment nicht besonders warm war. Seine hellbraunen Haare waren verklebt und könnten mal wieder einen Kamm gebrauchen, wie Vera fand. Sein beigefarbener Anzug hatte Flecken und lange kein Bügeleisen mehr gesehen.

»Draußen vor der Tür kannst du das Meer riechen«, sagte Georg.

»Das Meer?«, wunderte sich Vera. »Da ist doch bloß die Elbe.«

»Die großen Pötte, die nach Übersee fahren, riechen nach Freiheit.«

»St. Louis«, sagte Vera, die das Stück erkannt hatte, das gespielt wurde.

»Meinetwegen St. Louis oder Honolulu oder Amazonien.«

Vera lachte. »Amazonien? Wo soll das denn liegen?«

»Da musst du hin, Schwesterherz. Die Frauen dort reiten nackt auf Pferden und schießen mit Pfeil und Bogen.«

Vera errötete leicht. »Mir gefällt's hier auch ganz gut.«

»Du lebst ja auch im Wolkenkuckucksheim, Swingbaby. Hast noch gar nicht mitgekriegt, dass der Vulkan, auf dem du tanzt, Feuer spuckt? Deine Schuhe sind schon angesengt, hast du's noch nicht bemerkt?«

»Was?«

Georg schlug mit der flachen Hand auf den Tisch. »Es ist Krieg, Mädchen. Die ganze Welt schlägt sich die Schädel ein. Überall Feuer und Zerstörung, und dir gefällt's hier ganz gut!«

»So lange wir noch ein bisschen Freiheit haben ... sagst du doch selbst.«

»Ja, ja, in so Löchern wie diesem hier. Wo besoffene Matrosen rumgrölen. Wenn du das Freiheit nennst.«

Die Männer am Tresen deuteten Tanzbewegungen an, und einer schrie: »Slap that bass!«

Georg hob den Kopf und starrte zu ihnen hin. »Wird alles aussterben. Dass die überhaupt noch solche Musik spielen dürfen. Ist doch alles verboten.«

»Das weiß doch jeder«, sagte Vera. »Der Mann von der Wirtin ist bei der Polizei. Hier gibt's nie Kontrollen.«

»Kommt alles noch«, sagte Georg düster. »Die räuchern den letzten Winkel aus, um alles von Ungeziefer zu säubern, wie sie es nennen. Zurück bleibt eine hübsche Wüste, verbrannte Erde, verbrannte Köpfe, aber bevor sie das geschafft haben, bin ich weg.«

Vera riss erschrocken die Augen auf. »Was soll das denn heißen?«

Georg grinste verkniffen. Gott, hat der müde Augen, dachte Vera.

»Ich seil mich ab nach China.«

»Ach so, na ja.« Vera war beruhigt. Dass sich ihr Bruder bei den Chinesen in der Schmuckstraße und in den großen chinesischen

Kaffeehäusern in der Großen Freiheit herumtrieb, war ja nichts Neues. Wenn sie ihn suchte, weil er mal wieder seit Tagen nicht nach Hause gekommen war, dann suchte sie dort.

»Und wenn ich als Heizer anheuern muss.«

»Was willst du denn heizen, im Sommer?«

Georg kicherte albern. »Oder als Wäscher, wär 'ne saubere Sache. Hab schon ein bisschen geübt bei Ilse.«

»Waschen?«

»Quatsch! Chinesisch! Die gibt mir Unterricht.« Er sagte einige Worte auf Chinesisch.

»Was sollte das denn heißen?«

»Ganz einfach: ›Sie sind eine hübsche junge Dame, aber leider strohdumm.‹« Er lachte.

Vera holte aus und wollte ihm eine Ohrfeige verpassen. Aber da stand auch schon die Wirtin neben ihr und hielt die Hand fest. Vera schaute auf.

»Na, na, Mädchen, so geht man doch nicht mit den Kavalieren um.«

»Das ist kein Kavalier, das ist mein Bruder.«

»Ach so, na dann …« Die Wirtin ließ Veras Hand los. »Noch was zu trinken?«

»Das Übliche«, sagte Georg. Die Wirtin nickte zufrieden und ging zum Tresen.

Georg nahm Veras Hand. »Mensch, Vera«, sagte er leise. »Du sitzt hier herum in deinem geblümten Kleid und spielst ein bisschen mit den Streichhölzern, und da draußen in der Welt schmeißen sie mit Bomben und Granaten.«

»Das hört auch wieder auf.«

»Ja, aber wann denn?«, schrie er.

Vera lehnte sich erschrocken zurück. »Ich weiß überhaupt nicht mehr, was mit dir los ist.«

Er winkte ab. »Das ist doch egal. ›Ich bin ein Greis von zwanzig Jahren.‹«

»Achtzehn bist du!«

Georg schüttelte den Kopf. »Das war doch nur ein Zitat.«

Die Wirtin brachte einen weiteren Whisky für Georg und eine Fassbrause für Vera.

»Ich wollte gar keine mehr«, sagte Vera, aber die Wirtin war schon wieder weg.

Georgs Griff wurde fester. »Hör jetzt mal ernsthaft zu.«

»Das tu ich doch«, sagte sie. »Du bist doch derjenige, der immer nur komisches Zeug redet.«

»Still jetzt! Hör zu. Ich möchte, dass du zu Hause bleibst. Geh nicht mehr nach St. Pauli …«

Vera lachte auf. »Das musst ausgerechnet du mir sagen.«

»Mensch, Vera, ich mein es ernst. Geh nicht mehr mit diesen verrückten Musikheinis los. Es ist zu gefährlich.«

»Ach ja? Warum denn?«, fragte sie schnippisch.

»Hast du denn nicht mitbekommen, was los ist? Nach dieser Ulknummer neulich am Bahnhof haben sie eine ganze Menge von euch einkassiert.«

»Ja und? Ist doch nichts Neues.« Vera sah ihn hochnäsig an. »›Bergedorf ist kein Sing-Sing, Bergedorf ist ein Erholungsheim für den Swing‹«, zitierte sie einen selbst gefertigten Reim der Swingheinis.

»Von wegen Bergedorf. Das war einmal. Mit Internierung am Wochenende ist jetzt nichts mehr. Die sind nach Fuhlsbüttel geschafft worden.« Er beugte sich nach vorn und flüsterte: »KZ.«

Vera schwieg nachdenklich.

»Die wollen den Swing tottreten. Dafür brauchen sie jetzt keinen Anlass mehr. Euer Aufzug reicht ihnen. Wenn ihr wenigstens nicht so auffällig rumtun würdet!«

»Darum geht's doch. Wir ziehen uns an, wie es uns gefällt.«

»Die werden euch von der Straße wegholen, wenn ihr nicht aufpasst.«

»An mich wagen die sich nicht ran. Neulich auf der Wache zum Beispiel …«

»Hör auf, Vera! Du hast es immer noch nicht kapiert. Papa kann dich nicht mehr lange vor deiner eigenen Dummheit retten.«

»Jetzt redest du wie er!«

Georg seufzte. »Und wennschon. Es ist die Wahrheit. Die haben die HJ jetzt richtig scharf gemacht. Du solltest heute Abend da nicht hingehen.«

»Wohin? Woher willst du denn wissen, wo ich hingehe?«

»Ich wäre ja auch hingegangen.« Ein Lächeln überflog Georgs Gesicht. »Arne Hülphers mit Greta Wassberg im Café Heinze.«

»Du gehst aber nicht?«

»Nein.«

Vera befreite ihre Hand aus Georgs Umklammerung. »Weil du Angst hast?«

»Hab ich nicht.«

»Vielleicht ist Susi da. Hast du davor Angst?«

»Glaub ich nicht.«

»Wieso gehst du nicht mehr mit Susi aus?«

»Weil es besser für sie ist.«

»Sollte sie das nicht selbst wissen?«

»Das kann sie nicht wissen.«

»Du redest wie ein Oberlehrer.«

»Ich sagte ja: ein Greis von zwanzig Jahren.«

Vera kniff die Augen zusammen, dachte nach und sagte dann: »Es wundert mich schon, dass du so viel darüber weißt, was die HJ angeblich vorhat.«

Georg beugte sich nach vorn und senkte die Stimme: »Nicht nur die HJ, die haben alle scharf gemacht … auch die im Stadthaus.«

»Woher willst du das denn wissen?«

»Ich weiß eine ganze Menge.« Mit leicht zitternder Hand hob Georg das Glas an den Mund und trank den Whisky in einem Zug aus. Dann stand er auf. »Ich muss los.« Er stemmte die Hände auf den Tisch, beugte sich zu ihr und sagte mit einem traurigen Lächeln: »Du gehst trotzdem hin, nicht?«

Sie nickte.

»Dann treffen wir uns später bei Ilse Wu?«

»Vielleicht.«

»Ja, vielleicht.«

Georg drehte sich um, ging zum Tresen, zahlte, winkte ihr zum Abschied kurz zu und verließ das Lokal.

Er geht wirklich so wackelig wie ein Greis, dachte Vera, sollte mal wieder schlafen, anstatt sich so herumzutreiben. Aber was macht er bloß immer und wo?

Ich muss mehr aus ihm herausbekommen, entschied sie. Heute Abend, bei Ilse Wu, wenn er betrunken ist, er trinkt immer zu viel von diesem Reiswein.

Mit diesem Entschluss stand sie auf und verließ die Kneipe. Die Seeleute, mit denen sie sich allmählich füllte, warfen dem Backfisch im geblümten Kleid begehrliche Blicke zu.

Draußen wehte ein leichter Sommerwind von der Elbe her und brachte mit dem Geruch nach verbrannter Kohle tatsächlich einen Hauch Meeresbrise mit sich, aber vielleicht bildete sie sich das auch nur ein. Vera schaute in den Himmel, der schon eine dunkelblaue Färbung angenommen hatte. Kleine Wolken zogen dahin. So eine Wolke müsste man sein, dachte sie, und sich einfach fortpusten lassen in eine andere Welt.

3

Die Plattenbörse in Meyers Guter Stube, einer harmlosen Kneipe am Paulinenplatz, die durch Zufall zu einem Treffpunkt der Swingjugend geworden war, ging zu Ende.

Emmi hatte den »Tiger Rag« von Kurt Widmann gegen Nat Gonellas »Boogie Woogie« eingetauscht und dann in einer Ecke gesessen und zugesehen, wie Kurt ruhelos von einem Tisch zum anderen gegangen war und so tat, als wollte er Platten kaufen. Tatsächlich lief jedes Gespräch nach dem gleichen Schema ab: Zuerst machte er ein miserables Angebot, dann kritisierte er die Schellacks, kanzelte die Anbieter wegen ihres mangelnden Wissens über diverse Swinggrößen ab oder machte sich darüber lustig, dass jemand versuchte, ihm deutsche Versionen von bekannten Jazzstücken anzudrehen. Er verwickelte seine Gesprächspartner in Fragespielchen, die alle zu seinen Gunsten ausgingen, schloss Wetten ab, und wenn er verlor, was selten vorkam, weigerte er sich zu bezahlen. Zweimal kam es zu Knuffereien, einmal wurden zwei, drei Faustschläge ausgeteilt, aber schließlich taten sich einige Jungs zusammen und gaben Kurt zu verstehen, dass er sich noch eine Provokation nur um den Preis einer echten Prügelei leisten könnte.

Also verlegte Kurt sich aufs Biertrinken und setzte sich zu Emmi in die Ecke.

»Was ist denn los mit dir, Kurt?«, sagte sie. »Die sind doch nicht daran schuld.«

»Schuld an was?«, fragte Kurt gereizt.

»Du weißt schon.«

»Ich weiß gar nichts.«

Kurt nahm einen großen Schluck Bier.

»Wolltest du nicht auch ein paar Platten kaufen?«, fragte sie.

Kurt stierte an ihr vorbei die Wand an. »Warum?«

»Du hast davon gesprochen. Neulich, vor ein paar Tagen noch. Eigentlich hast du von nichts anderem gesprochen.«

»Scheiß drauf. Ich schmeiß den ganzen Kram in die Alster.«

»Nimm sie lieber mit.«

»Wohin?« Kurt trank einen weiteren Schluck.

Emmi beobachtete, wie sein Kehlkopf beim Trinken auf- und abging, und dachte, dass es komisch aussah, irgendwie vogelig.

»Wenn du zu den Soldaten gehst. Die hören doch auch Musik.«

Kurt lachte hämisch. »Zu den Soldaten! Wie du redest! Und dann singen wir den ›Flat Foot Floogee‹ im Schützengraben, hm?« Er begann laut das Lied zu singen und änderte den Refrain: »Treudeutsch, treudeutsch, kawumm, kawumm!« Dann lachte er freudlos und kippte den Rest des Biers hinunter.

Er hat ja Recht, dachte Emmi, der Spaß ist vorbei. Sie schaute sich um. Die da haben es alle noch nicht gemerkt, aber die haben Jens auch nicht gekannt, oder? Wo sind sie eigentlich alle hin, die Jens kannten? Jetzt ist er weg, und seine Freunde sind auch weg. Haben sie die alle schon geholt, oder kommen sie erst heute Abend zum Konzert? Und die hier? Die scheinen alle fröhlich zu sein, weil sie noch nicht wissen, dass eigentlich alles schon zu Ende ist.

»Vielleicht sollten wir es ihnen sagen?« Sie sah Kurt an.

»Was?«, fragte er unwirsch.

Sie zögerte. »Das mit Jens«, sagte sie dann.

»Und was haben sie davon?«

»Sie müssen es doch wissen.«

»Warum, damit sie endlich Schiss kriegen? Kommt alles noch früh genug. Ich hab mir mal erzählen lassen, was da los ist in Russland. Da fliegen die Fetzen.«

»Ist doch bald vorbei«, sagte Emmi, »wenn sie erst mal Moskau erobert haben.«

»Ha!« Kurt sprang auf. »Komm, ich zeig dir was!«

»Was denn?«

»Na los, wir gehen nach hinten.«

Emmi wunderte sich. Mit Kurt war sie schon lange nicht mehr nach hinten gegangen. Aber wenn es ihm half, über diese schreckliche Sache mit Jens wegzukommen, sollte es ihr recht sein. Sie nahm ihre Schellackplatte und stand auf.

Sie lief hinter ihm her, und als er an den Toiletten vorbeiging, fragte sie sich, warum er nicht hineinging. Sie passierten eine Tür mit der Aufschrift »Privat« und gelangten dann zu der Tür, die auf den Hof hinter dem Haus führte. Kurt öffnete sie. Eine Menge Gerümpel stand hier herum, Kisten, Kästen und Fässer, unzählige leere Flaschen und ein paar angerostete Gartenstühle, bei denen die Farbe weitgehend abgeblättert war.

Kurt schloss die Tür und drehte sich zu ihr um. Dann knöpfte er seinen hellen Sommermantel auf.

Emmi blickte sich unbehaglich um. »Hier?«, fragte sie.

Kurt schnippte den mittleren Knopf seines Jacketts auf und machte sich an seinem Gürtel zu schaffen.

Dann hatte er das Ding in der Hand.

»Was willst du denn damit?«, fragte Emmi staunend.

»Rate mal.«

»Was ist das überhaupt?«

»Taschenflak.«

»Was?«

»Na, was! Ein Schießeisen. Hab ich ganz ehrlich im Laden gekauft.«

»Die kann man kaufen?«

»Schreckschuss«, erklärte Kurt. »Sieht aber ganz echt aus, hm?«

Emmi nickte. Und was wollte er damit?

»Revolver. Sieh mal.« Kurt klappte die Trommel seitlich heraus. »Sieht nicht nur echt aus, ist auch echt. Die hier …« Er schüttelte die Waffe, und sechs Patronen landeten auf seiner linken Hand. »… sind wirklich echt. Mit Köpfchen sozusagen.« Er deutete auf die Bleikugeln. »Und jetzt kommt der Clou.« Er hielt den Revolver ins Licht der untergehenden Sonne. »Kannst du da durchgucken?«

Emmi versuchte es und nickte. »Ja.«

»War eine Höllenarbeit, aber ein Bekannter von mir versteht sich auf so was. Normalerweise ist der Lauf zugeschweißt. Jetzt nicht mehr. Das ist jetzt ein richtiger Revolver.« Mit stolzer Miene steckte er die Patronen in die Trommel.

»Was hast du denn damit vor?«, fragte Emmi und presste die Platten gegen die Brust.

»Jede Kurzhose mit Segelfliegerohren, die sich mir in den Weg stellt, wird umgepustet.«

»Was?«

»Fünf Kugeln für fünf freche Pimpfe, und mit der sechsten schieß ich mir den Weg in den Himmel frei.«

Emmi verstand nicht genau, wie er das meinte. Kurt ließ den Revolver in seine Manteltasche gleiten und knöpfte sich das Jackett zu.

»Und jetzt hab ich Hunger«, sagte er. »Aber die Würstchen hier sind ein Fraß. Worauf hast du Lust?«

»Hm? Ich weiß nicht …«

»Ich hab schon lang keine Kartoffelpuffer mehr gegessen. Wie wär's?«

Emmi sah ihn verständnislos an. Wie konnte er eben noch mit dieser Waffe herumfuchteln und jetzt von Kartoffelpuffern reden?

»Der beste Stand ist unten an der Ecke zur Reeperbahn. Wir gehen einfach die Wilhelminenstraße runter. Ist noch genug Zeit, das Konzert beginnt erst in zwei Stunden.«

Emmi nickte. Sie hatte keinen Appetit. Aber vielleicht sollte sie mitgehen und darauf achten, dass Kurt keine Dummheiten machte.

Doch nachdem sie Meyers Gute Stube verlassen hatten, benahm sich Kurt wie immer. Großspurig ging er die Straße entlang, rief den Arbeitern, die ihnen entgegenkamen, ein lockeres »Schönen Feierabend, Kumpel!« zu, und bei den Bürgerlichen lüpfte er den Hut und rief: »N'Abend, der Herr Hochwohlgeboren!« Damit rief er nur ein Kopfschütteln hervor, aber Schlimmeres war nicht zu befürchten.

Als sie die Kreuzung zur Eckernförder Straße erreichten, nicht weit entfernt vom Schulgebäude, beschleunigte Kurt seine Schritte und wurde wortkarg. Erst als ihnen an der Ecke zur Seilerstraße einige Gleichgesinnte entgegenkamen, mit Scötch und bunten Krawatten ausstaffiert und trotz des sommerlichen Wetters einen Regenschirm am Arm, hob Kurt den Arm zum Gruß und lallte: »Hallahallahalla.« Die anderen verbeugten sich im Stepptanzschritt und riefen: »Badideldadi, badideldadu!«.

Die Kartoffelpuffer am Stand eines Mannes, der nach Emmis Ansicht aussah wie ein Schornsteinfeger, der nach dem Berufswechsel vergessen hatte, sich zu waschen, schmeckten recht fettig. Nachdem sie die Hälfte aufgegessen hatte, war Emmi schlecht. Kurt verputzte den Rest.

Als er fertig war, bedeutete er Emmi, sich bei ihm unterzuhaken. Und dann begann das gefährliche Spiel: Inzwischen waren auch auffällig viele Hitlerjungen auf der Reeperbahn unterwegs. Hier und da sprachen sie Jungs an, die herumlungerten, sie nahmen ihre Kontrollfunktion überaus ernst. Kurt und Emmi wurden mehr oder weniger ignoriert, weil sie in ihren Klamotten älter aussahen, als sie waren. Aber Kurt wollte ihre Aufmerksamkeit; wann immer ihm ein paar Hitlerjungen entgegenkamen, ging er direkt auf sie zu und weigerte sich, beiseite zu treten. Die ersten Grüppchen uniformierter Jungs traten zur Seite, aber dann kam es zu Wortwechseln, und Emmi bemerkte, dass Kurt die Hand in der Manteltasche hatte, wo sich der Revolver befand.

Sie bekam Angst und versuchte, Kurt dazu zu überreden, in ein Kaffeehaus zu gehen. Der lehnte ab und steigerte sein provokantes Gebaren nur noch. Emmi wurde wütend und schrie ihn an, er solle endlich damit aufhören. Da wurde er mit einem Mal still und sah sie ganz ernst an. »Du hast ja Recht, Emmi, ich sollte meine Kräfte aufsparen. Und du willst ja noch nicht sterben, oder? Dann geh mal lieber deiner Wege.« Und damit nahm er behutsam ihre Hand, löste sie von seinem linken Arm, lüpfte den Scötch, deutete eine Verbeugung an, und nach einem »Habe die Ehre, gnädige Frau« drehte er sich um und ging in die andere Richtung davon.

Emmi stand eine Weile wie angewurzelt da und sah ihm nach, bis er zwischen den vielen Passanten verschwunden war.

Schließlich murmelte sie entschieden vor sich hin: »Nein, das darf nicht sein. Nicht noch einer!« Sie machte kehrt, überquerte die Reeperbahn und lief auf die Davidwache zu.

Der wachhabende Beamte hörte sich ihre wirren Ausführungen über mögliche Gewalttaten während des in einer Stunde stattfindenden Konzerts im Café Heinze geduldig an, runzelte die Stirn und griff dann nach dem Telefon.

»Kommissar Hansen? Hier ist eine junge Frau …« Er warf ihr noch mal einen Blick zu. »… na ja, ein Mädchen … ist ein bisschen durcheinander, aber vielleicht reden Sie mal mit ihr … es geht um ein geplantes Attentat.« Er legte auf und nickte Emmi zu. »Setzen Sie sich ruhig da hin.« Er deutete auf die Besucherbank unter dem Fenster. »Er kommt gleich.«

4

Vor der gekachelten Fassade unter dem seit Kriegsbeginn nicht mehr strahlenden Leuchtturm mit dem früher weithin sichtbaren eleganten Schriftzug des Café Heinze hatten sich an die zweihundert Swingheinis aus allen Teilen der Stadt versammelt. Sie trugen ihre allerbesten Anzüge und Kleider, und die Mädchen hatten sich aufwändig frisiert. Die jungen Herren hatten die Hüte in der Hand, ihre Mäntel über den Arm gelegt, weil es jetzt am Abend noch immer recht heiß war. Sie wollten um jeden Preis hinein in »den exklusivsten Tanzpalast der Stadt«, denn Greta Wassberg und Arne Hülphers mit ihrem Orchester versprachen mehr als nur ein Konzerterlebnis: Für einen möglichst langen Moment, so hofften sie, würden sie in einen Taumel, vielleicht sogar Rausch der Freiheit geraten; vielleicht würden sie sogar Tanzschritte wagen, sich in den Armen liegen, und, wenn die anwesenden Wehrmachtsoffiziere die HJ in ihre Schranken gewiesen hatten, zum peitschenden Swingrhythmus abhotten, bis der Schweiß in Strömen lief.

Doch die Hoffnung bekam gleich zu Beginn einen gehörigen Dämpfer: Die Hitlerjugend war in großer Stärke erschienen und hatte das Nachtlokal abgeriegelt. Dass Ausweiskontrollen durchgeführt wurden, war nichts Neues, aber meistens kamen kleine Trupps von uniformierten Jugendlichen ins Café und pickten sich die jüngsten Jazz-Begeisterten heraus, um sie nach draußen zu führen und eventuell ein bisschen zu verprügeln. Kamen die Hitlerjungen in größeren Gruppen, gab es schon mal Schlägereien, bei denen die Swingheinis nicht selten den Kürzeren zogen. Besonders die Segler aus den Elbvororten waren zu feinsinnig, um sich auf diesem Niveau hervorzutun. Für die Ruderer aus Barmbek und Eimsbüttel galt das nicht: Die konnten kräftig austeilen, und manchmal gelang es ihnen, die lästigen Plagegeister mit den geschorenen Köpfen in die Flucht zu schlagen.

Vera hatte eigentlich kein großes Vergnügen an solchen Auseinandersetzungen, aber es tat ihr gut, einige Bekannte um sich zu haben, von denen sie wusste, dass sie austeilen konnten, wenn es darauf ankam. Ein siebzehnjähriges Swingbaby wie sie war nach 21 Uhr Freiwild für die Streber in den kurzen Hosen, da brauchte man eine Leibgarde.

An diesem aber tat sich ein grundlegendes Problem auf. Vera biss sich auf die mit Chanel-Rot geschminkte Lippe: Der Konzertbeginn, von den Veranstaltern, die den Swingheinis sehr gewogen waren, ursprünglich auf 19 Uhr angesetzt, war auf 21 Uhr verschoben worden. Auf Anordnung des Reichsjugendführers, wie es hieß, von dem ja bekannt war, dass er alles versuchte, um der Swingjugend das Wasser abzugraben. Ab 21 Uhr durften sich Jugendliche unter achtzehn Jahren nicht mehr in der Öffentlichkeit aufhalten. Das bedeutete, dass ein Großteil der versammelten Wassberg- und Hülphers-Anhänger nicht hineingelangen würden, denn jeder würde seinen Ausweis vorzeigen müssen, das war jetzt schon abzusehen.

Die Swingheinis und ihre Babys machten trotzdem gute Miene zum bösen Spiel und sangen ein paar einschlägige Songs, um sich die Zeit zu vertreiben, und irgendwann ertönte sogar Musik aus einem Grammofon, das jemand mitgeschleppt hatte.

Vera hielt Ausschau nach ihrer Clique, fand hier und da einen Freund oder eine Bekannte und bahnte sich immer weiter den Weg durch die Menge. Erst nach einiger Zeit gestand sie sich ein, wen sie in Wahrheit zu finden hoffte: Kurt Singer den Swinger. Wo war der bloß? Der würde sich doch das heutige Konzert nicht entgehen lassen! Er war doch schon 18 und würde keine Probleme am Eingang haben. Vielleicht fiel ihm ja ein Trick ein, wie er sie mit hineinschmuggeln könnte.

Kurt Singer, der Abenteurer und Draufgänger – Vera lächelte vor sich hin. Sie freute sich darauf, ihn wiederzusehen, auch wenn sie sich gegen das Gefühl sträubte. Er kam ja aus Eimsbüttel und war damit keine standesgemäße Verbindung für ein Swingbaby aus Othmarschen. Womöglich lebte er mit seinen Eltern in einer kleinen Mietwohnung in einem Haus, wo es immer nach Kohl und Kartoffeln roch. Aber er machte trotzdem was her, vor allem war er lustig und traute sich was. Nur Emmi war eine Gefahr, aber die konnte man ja vielleicht mit dem pummeligen Jungen zusammenbringen, der neuerdings die HJ-Uniform gegen einen Anzug getauscht hatte.

Leider hatte sie Kurt und die anderen Ruderer am Nachmittag im Antiquitätenladen in der Taubenstraße nicht angetroffen. Nicht mal dieser Jens, der doch ständig dort herumlungerte und nach Schellacks suchte, war da gewesen. Nach der Sache mit dem »Reichsstatistenführer« hatten sich viele verkrochen, aber jetzt am Abend schienen wieder alle da zu sein – alle, bis auf die in Florida! Vera spürte, wie sich ihr Herz verkrampfte: Waren Kurt und Jens womöglich im Zuge dieser verrückten Geschichte am Dammtorbahnhof einkassiert worden? Saßen die jetzt in Bergedorf oder Fuhlsbüttel in einer Zelle?

Vera blieb stehen und rang nach Luft. Nur das nicht ... Aber nein! Da ist er ja. Da drüben! Jetzt dreht er sich weg. Wo will er denn hin?

Kurt war offenbar gerade angekommen und bahnte sich seinen Weg durch die Swingheinis. Offenbar versuchte er, zum Eingang durchzukommen – auch unter Einsatz der Ellbogen, wie Vera bemerkte. Manche der von ihm beiseite Geschobenen protestierten, andere grüßten lächelnd, weil sie ihn kannten.

Vera hatte da schon mehr Schwierigkeiten, hinterherzukommen, aber schließlich stand sie zwei Meter von ihm entfernt. Direkt am Kordon der Hitlerjungen – und vor einem Absperrungsgitter, das dazu diente, den Weg zum Eingang zu kanalisieren, ihr jetzt aber den Weg verbaute.

Die uniformierten Jungen blickten starr in die Menge der Swingheinis, die trotz der misslichen Lage ihre gute Laune noch nicht verloren hatten. Bis auf einen, wie es schien, und das war Kurt. Er sprach den Hitlerjungen an, der offenbar die Befehlsgewalt innehatte. Als Vera hörte, was er dem Scharführer zurief, zuckte sie zusammen: »He, du Mörder! Sieh mich an!«

Der Scharführer nahm ihn nicht zur Kenntnis.

»He, kleiner Führer! Ich spreche mit dir!«

Der Angesprochene blickte weiter starr geradeaus.

»Willy Kaiser, ich rede mit dir! Ich weiß, wie du heißt, und ich weiß, wer du bist. Was sagst du nun?«

Willy Kaiser wandte langsam den Kopf und warf dem Störenfried einen eiskalten Blick zu. Für einen kurzen Moment zuckte es in seinem Gesicht, dann schaute er woandershin.

Was macht Kurt denn da, um Gottes willen, dachte Vera. Die nehmen ihn jeden Augenblick mit!

»Willy Kaiser, Folterknecht, wo hast du deinen Komplizen gelassen?«

Der Scharführer sah Kurt an und sagte mit unbewegter Miene: »Treten Sie zurück und verhalten Sie sich ruhig. Sonst müssen wir Sie arretieren!«

»Arretieren! Oho! Das ist ja fein ausgedrückt. Nennt ihr das so, wenn ihr einen totschlagt? Wie hat's dir denn gefallen, meinem Freund den Schädel einzuschlagen? Hast du ihn an den Haken gehängt, oder hast du nur zugeguckt? Zeig mal deine Hände – ist das Blut noch dran?«

Vera spürte, wie ihr ganz kalt wurde. Sie war unfähig, sich zu bewegen. Am liebsten hätte sie Kurt fortgezogen oder ihm zugerufen: Halt, hör auf! Aber sie stand da wie angewurzelt und sah zu, wie auf einmal Bewegung in den Scharführer kam, wie er zwei kräftigen Jungs etwas zurief und sie zu sich winkte und wie er ihnen den Befehl gab, Kurt zu packen. Die beiden nahmen ihn in die Mitte und zogen ihn hinter die Absperrung. Der Scharführer schubste ihn zur Seite, und Kurt lachte vor sich hin.

Das konnte doch alles nicht wahr sein. Vera reckte sich, um sehen zu können, wo sie hingingen. Als ihr klar wurde, dass sie sich von der HJ-Gruppe entfernten, begann sie, sich einen Weg durch die Menge zu bahnen. Einigen Jungen, die ihr im Weg standen und nörgelten, weil sie sie beiseite drängte, rief sie zu: »Die haben Kurt geschnappt, die nehmen ihn mit!« Aber die Swingheinis sahen sie nur verständnislos oder desinteressiert an. Sie wollten Musik, alles andere war ihnen offenbar egal.

Der Scharführer und die beiden kleineren Hitlerjungen gingen mit Kurt am angrenzenden Ufa-Kino vorbei und beschleunigten ihre Schritte. Erst als sie sich einige Meter vom Eingang des Café Heinze entfernt hatte, wurde Vera bewusst, dass es inzwischen recht dunkel geworden war. Sie folgte den vier Schatten Richtung Millerntor.

Sobald ich weiß, wo sie ihn hinbringen, geh ich in ein Lokal und sag, es ist ein dringender Notfall, und ruf meinen Vater an, nahm Vera sich vor.

Doch am Millerntor gingen sie nicht geradeaus, wie Vera erwartet hatte, weil sie unwillkürlich davon ausgegangen war, dass man Kurt ins Stadthaus bringen würde. Denn dass »politische Fälle« dort in der Innenstadt erledigt wurden, von der Gestapo, das war kein Geheimnis. Aber die vier gingen nicht Richtung Hochbahn-Station, sondern wandten sich nach links, die Eimsbüttler Straße entlang. Wollten sie zur dortigen Polizeiwache? Aber warum? Bei der Polizei wusste man nie genau, auf welcher Seite sie standen, na ja, meistens auf der der HJ, aber es hatte auch schon Situationen gegeben, da hatten die Beamten zwischen den Hitlerjungen und den Swingheinis vermittelt oder Konflikte geschlichtet.

Doch jetzt überquerten sie die Straße und eilten aufs Heiligengeistfeld zu. Was wollten sie dort? Dort gab es nur einen winzigen Zirkus. Und durch Planten un Blomen zum Stadthaus wäre garantiert ein Umweg.

Vera eilte hinterher. Es war gut, dass sie ihre bequemen Tanzschuhe anhatte. So war sie leise und schnell. Nun ging's die

Böschung hoch, zwischen einigen mickrigen Bäumen hindurch; die Äste der Büsche schlugen ihr ins Gesicht. Dann gelangten sie auf das freie Feld, nur hier und da dunkle Silhouetten unter dem Abendhimmel, die Turnhalle, einige Baracken, das Zirkuszelt, der Hochbunker an der Feldstraße und der kleinere weiter links. Da vorn blieben sie jetzt stehen. Taschenlampenkegel wanderten hin und her. Du kannst dich hier nicht verstecken, Vera, bleib stehen! Du siehst doch, was los ist. Nein? Zu weit entfernt? Wenn du noch näher gehst, werden sie dich bemerken. Doch wäre das nicht von Vorteil? Vielleicht trauen sie sich dann nicht, etwas Schreckliches zu tun. Aber die tun ja gar nichts, die reden nur. Der Ältere brüllt. Und was ist jetzt los? Wollen die sich prügeln?

Das Geschrei wurde lauter, die Schatten schienen sich ineinander zu ballen, dann blitzte etwas auf, und gleichzeitig ertönte ein Knall, ein lauter, erbarmungswürdiger Schrei, die Schatten ließen voneinander ab, blieben regungslos stehen, aber es waren nur noch drei. Die Lichtkegel streiften über den Boden. Ein Schatten löste sich von den anderen und kam auf sie zugerannt.

Wenn er mich anfasst, kratz ich ihm die Augen aus!, schoss es Vera durch den Kopf.

Da stand er auch schon vor ihr. Es war Kurt. Außer Atem. Bevor er etwas Verständliches von sich geben konnte, brachen kehlige raue Laute aus ihm hervor. Dann heißer: »Vera?«

»Ja.«

»Was machst du denn hier?«, fuhr er sie an.

»Nichts. Ich …«

»Komm!« Er packte sie unsanft am Arm und zog sie eilig mit sich fort.

An der Böschung strauchelte sie. Er zerrte sie wieder hoch und weiter durchs Gebüsch und dann über die Straße. An der Bordsteinkante stolperte sie. Es war seine Schuld.

Sie schimpfte: »Pass doch auf, was du mit mir machst!« Sie hatte sich das Knie aufgeschlagen. »Ich bin verletzt.«

»Sei still!«, herrschte er sie an. Dann leiser: »Omannomann, du hast mir gerade noch gefehlt.«

»Ja, ja«, sagte sie.

Und dann fiel ihr ein, wie sie ihm helfen könnte.

SECHSTES KAPITEL

Opium

1

Heinrich Hansen nahm die Ängste dieses Mädchens, das am frühen Abend auf die Wache gekommen war, ernst. Dass ein Junge mit einer scharf gemachten Schreckschusspistole herumlief, war durchaus vorstellbar. Trotzdem versuchte er abzuwiegeln, nachdem Emmi ihm in seinem Dienstzimmer davon erzählt hatte. Wenn's das nur ist, meinte er, dann bringt er sich vor allem selbst in Gefahr. Emmi schaute ihn entgeistert an und stammelte, dass bestimmt etwas Schlimmes passieren würde, wenn man ihn nicht sofort fände und ihm die Waffe abnähme. Aber was sollte man dazu sagen? Doch nur so viel: Wir können doch nicht alle Beamten losschicken, um nach einem Jungen zu suchen, der ein wenig die Nerven verliert.

In diesem Moment erst wurde Hansen klar, dass Emmi ihm etwas Entscheidendes noch nicht mitgeteilt hatte. Und nun war er doch alarmiert: »Er hat also nicht nur diesen Revolver, er hat auch einen Plan, was er damit anfangen will?«, fragte er.

Das Mädchen nickte zögernd, und dann erzählte sie eine ausgedachte Geschichte über eine Rivalität zwischen Kurt und diesem HJ-Scharführer, die sich nicht ausstehen könnten und schon mehrfach handgreiflich aneinander geraten seien, und dass Kurt jetzt einen ungeheuren Hass auf den Hitlerjungen habe, und man bei ihrem nächsten Zusammentreffen das Schlimmste befürchten müsse.

»Na ja, gut«, sagte Hansen, nachdem Emmi fertig war. Sie sah ihn bittend an, schürzte leicht die Lippen und zeigte ein bisschen mehr weibliche Schläue, als Hansen bei einem Backfisch lieb war. Die ist ja raffiniert, dachte er und schüttelte den Kopf. »Da steckt doch in Wahrheit was ganz anderes dahinter.«

Emmi riss die Augen auf, bemühte sich um einen empörten Gesichtsausdruck, der ihr zu einem albernen Schmollen geriet, und sagte bloß: »Warum wollen Sie mir denn nicht glauben, Herr Kommissar? Ich will doch nur verhindern, dass noch mehr Blut fließt.«

»Noch mehr?«, fragte Hansen.

»Ja, nein … also überhaupt.«

»Wahrscheinlich hat der Junge überhaupt keine Patronen, und alles ist nur Angeberei. Das kennt man doch. Vor den Mädchen tun sie immer ganz groß, aber in Wahrheit ist alles halb so wild.«

»Er hat diese … diese Trommel rausgenommen, und da waren sechs Kugeln drin. Und er hat gesagt: ›Fünf Kugeln für fünf freche Pimpfe, und mit der sechsten schieß ich mir den Weg in den Himmel frei.‹«

Hansen zuckte zusammen. »Das hat er gesagt?«

Emmi nickte.

»Heute, wenn dieses Konzert ist, im Heinze?«

»Ja.«

Hansen griff zum Hörer. Kelling war nicht da, was allerdings nicht bedeutete, dass Hansen als stellvertretender Revierleiter das Sagen hatte. Er war faktisch nur noch für die kleine Kripo-Abteilung zuständig, die Beamten von der Ordnungspolizei ließen sich nicht mehr viel von ihm reinreden, aber einen Beamten als Geleitschutz für ein Mädchen konnte er schon noch abkommandieren.

Er brachte Emmi nach unten und bat den Beamten, sich zusammen mit ihr auf die Suche nach einem Kurt Singer zu begeben, der widerrechtlich eine Waffe bei sich trug.

Dann ging er zurück in sein kleines Büro, setzte sich ans Schreibpult und grübelte weiter darüber nach, wie er bei der Aufklärung der beiden Morde in der Schmuckstraße weiterkommen könnte. Seit dem Morgen sah er sich vor ein großes Problem gestellt: Der Erkennungsdienst im Stadthaus hatte die Identität des zweiten Toten festgestellt; doch statt ihm den Fall zu entziehen, wie er erwartete, nachdem er diese Information bekommen hatte, war er jetzt für zwei Mordfälle zuständig.

Ich bin nicht der richtige Mann für diese Geschichte, war der erste Gedanke gewesen, nachdem er den Hörer eingehängt hatte. Und den ganzen Tag lang hatte er immer wieder seinen Telefonapparat angestarrt und darauf gewartet, dass er klingeln würde und Ehrhardt oder einer seiner Vorgesetzten ihm klipp und klar den Befehl geben würden, sich ab sofort aus der Sache herauszuhalten. Das war ein Fall für die Gestapo, sagte er sich immer wieder. Und er war froh, dass Schenk an diesem Tag freihatte, denn der hätte bestimmt auch kalte Füße bekommen, und dann hätten sie gemeinsam in bedrückender Atmosphäre vor sich hin gebrütet. Mit Schenk zusammen wollte man lieber Routinearbeiten erledigen, nicht große Probleme wälzen, mit denen man sich womöglich die eigene Zukunft verbauen konnte. Schenk war ein braver Beamter, aber niemand, der gern Herausforderungen annahm.

Bei diesem Gedanken hatte Hansen gelächelt: Und du?, hatte er sich gefragt, liebst du es denn, solche harten Nüsse zu knacken, hm? Und nach einer Weile des Hin- und Herwendens war er zu dem Schluss gekommen, dass es genau das war, was er jetzt brauchte, eine gottverdammte riskante Herausforderung. Weil er nämlich sonst in diesem winzigen Büro eingehen würde wie eine Mimose oder eine Primel oder was auch immer, einrosten, verkalken, an Verödung und körperlichem Verfall zugrunde gehen, noch vor seiner Zeit, denn ein paar Jahre hatte er ja noch, und zum Donnerwetter, er war Polizist, und er war die Kripo auf dieser vermaledeiten Wache, und er würde dieses verrückte Rätsel lösen, und wenn es das Letzte war, was er in seinem Beruf leisten würde!

Also her mit den Tatsachen! Worum geht's? Ganz klar: Wir haben einen Mord, für den sich offensichtlich niemand wirklich interessiert, jedenfalls scheint es so. Ein Kofferchinese liegt tot in der Schmuckstraße? Und wennschon. Die Chinesen leben nach ihren eigenen Regeln und halten dicht, man kann die Identität klären, die Todesumstände und alles ans Konsulat weitergeben, und wenn dann alles seine Ordnung hat, wird der Fall ad acta gelegt. Niemand müsste sich daran stören, dass der Mann eine kleine Tätowierung auf der Schulter hatte, wirklich niemand, wenn nicht dieser zweite Tote aufgetaucht wäre. Ein Weißer, ein Deutscher, ein Hamburger, Sohn eines angesehenen Kaufmanns, alter Hanseaten-Adel sozusagen: Arthur Winkelmann, Sohn von Bruno Winkelmann, der nicht nur ein großes Kaffeehandelshaus mit Sitz in der Speicherstadt besaß, sondern inzwischen auch eine Firma, die Kohle und Eisenerz verschiffte. Aber das war nicht das Problem. Das Problem mit Bruno Winkelmann war, dass er als Leiter des Amts für Handwerk und Handel in der Gauleitung der NSDAP saß. Ein hohes Tier also. Einer, den man besser nicht fragte, was der eigene Sohn in einer chinesischen Opiumhöhle in der Schmuckstraße gesucht hatte, einer, den man auch nicht danach fragte, wie die tätowierte schwarze Schlange auf die Schulter seines dreiundzwanzigjährigen Sohns gekommen war.

Das ist kein Fall für einen degradierten Kripobeamten vom Revier 36, das ist ein Fall für die Zentrale, dachte Hansen. Und wenn sie dir diese Sache dennoch überlassen, dann werden sie schon wissen, warum. Du bist ja nicht mal in der Partei, du bist nur geduldet. Aber worum geht es: Wollen sie, dass ich scheitere, und mich dann dafür zur Rechenschaft ziehen, oder soll ich etwas herausfinden, an das sich niemand herantraut? Oder wissen die gar nicht, was gespielt wird, und haben einfach nur Schiss, dass irgendeine Bombe losgeht und der ganze Dreck in die falsche Richtung fliegt?

»Heinrich, mir graut davor«, murmelte er vor sich hin, und ein wölfisches Grinsen breitete sich auf seinem Gesicht aus. Ganz kurz nur, denn das Telefon klingelte.

Hansen nahm den Hörer von der Gabel und starrte einen Moment lang verwirrt auf die seltsamen Linien und Zeichen, die er gedankenlos auf einen Zettel gemalt hatte, während er über seinen Mordfall nachdachte. Ein paar Schlangenlinien konnte man in diesem Wirrwarr aus sich kreuzenden, schrägen und gezackten Linien ausmachen.

»Schusswaffengebrauch mit Todesfolge auf dem Heiligengeistfeld, Herr Kommissar. Ein Toter. Angehöriger der HJ, Rang noch unklar. Täter flüchtig. Wer soll ausrücken?«

»Nun mal langsam, wie viele Beamte sind denn schon da?«

»Zwei, Herr Kommissar.«

»Keine Gefahr im Verzug?«

»Einzeltäter geflüchtet, wie gesagt.«

»Na, dann klingeln Sie mal Wolgast raus, und machen Sie Meldung im Stadthaus, dass sie die Spurensicherung anrollen lassen. Ich bin gleich unten.«

Immer das Gleiche, dachte Hansen, man hat schon genug zu tun, und dann kommen sie einem mit noch einem Fall. Aber den werden sie hoffentlich jemand anderem aufdrücken. Ein toter Hitlerjunge, das ist nun wirklich was für die Staatspolizei. Aber erst mal schlägt man sich für nichts und wieder nichts die Nacht um die Ohren.

Der wachhabende Beamte beschrieb ihm die ungefähre Stelle, wo sich das Verbrechen ereignet hatte, und Hansen machte sich auf den Weg. Wolgast sollte ruhig mit dem Wagen kommen; allein und zu Fuß, hatte er Ruhe vor den wichtigtuerischen Sprüchen des Arztes.

Er brauchte nur fünf Minuten, dann war er da: Mitten auf dem Heiligengeistfeld standen zwei Polizisten – man erkannte sie unschwer an den Umrissen ihrer Tschakos – und leuchteten mit ihren Taschenlampen auf den Boden. Sie schienen darauf bedacht zu sein, mit den Lichtkegeln die Leiche nicht zu streifen. Nicht weit von ihnen entfernt hockten zwei Hitlerjungen auf dem Boden und umklammerten mit den Armen die angewinkelten nackten Knie.

Hansen knipste seine Lampe an und beleuchtete den Toten. Er erkannte ihn sofort, es war der HJ-Scharführer Willy Kaiser. Auf seiner Brust hatte sich ein großer dunkler Fleck ausgebreitet, auf dem Gesicht lag ein Ausdruck ungläubigen Staunens. Hansen hockte sich stöhnend hin und spürte, wie es in seinen Knien knackte. Er schloss dem Toten die Augen, und der merkwürdige Gesichtsausdruck verschwand.

Einer der Beamten trat neben Hansen und leuchtete auf eine bestimmte Stelle. »Da ist die Waffe«, sagte er.

Ein Revolver lag im dürren Gras. Hansen holte ein Taschentuch hervor und nahm vorsichtig die Waffe hoch. Er klappte die Trommel aus. Sechs Patronen, eine Kugel abgefeuert. Er inspizierte den Lauf. Kein Zweifel, es handelte sich um einen durchbohrten Schreckschussrevolver. Das Mädchen, das ihn auf der Wache aufgesucht hatte, fiel ihm ein, und er fluchte leise: »Verdammte Schweinerei!« Dann erhob er sich wieder, wobei er sich mit einer Hand am Boden abstützen musste, um nicht das Gleichgewicht zu verlieren. Als er wieder stand und die Schmerzen in den Knien langsam nachließen, fragte er mit Blick auf die im Dunkeln hockenden Hitlerjungen: »Wie ist das passiert?«

»Attentat eines einzelnen Täters. Kommunist wahrscheinlich«, mutmaßte der Beamte. »Einer von den letzten roten Saboteuren. Soll's ja immer noch geben, da drüben.« Er deutete vage Richtung St. Pauli.

Hansen ging zu den Jungen, die augenblicklich aufsprangen und Haltung annahmen. Er ließ sie ihre Namen sagen und fragte dann: »Habt ihr den Täter erkannt?«

Der Ältere antwortete: »Also er … wir … Willy hat ihn abführen lassen.«

»Willy?«

»Unser Scharführer … da.« Der Junge deutete auf den Toten.

»Warum?«

»Äh, er hat Beleidigungen und Drohungen ausgestoßen, Herr Kommissar, drüben vor dem Konzertcafé. Eine Menge hatte sich dort versammelt, es sollte ein Orchester spielen, und es sind viele von diesen Swingheinis gekommen, sehr viele sogar, und die sollten da nicht rein oder nur die Älteren, wenn überhaupt.«

»Wer hat das angeordnet?«

»Willy, also Scharführer Kaiser.« Der Junge deutete wieder auf die Leiche. »Aber er hat natürlich nur den Befehl vom Bannführer befolgt, nehme ich an.«

»Und ihr habt den Geflohenen rausgegriffen?«

»Jawohl, das heißt, Willy hat uns dazu aufgefordert.«

»Und warum habt ihr ihn hierhin mitgenommen?«

»Weil Willy … der Scharführer es befohlen hatte.«

»Was wollte er hier mit ihm machen?«

»Ich weiß es nicht, Herr Kommissar, vielleicht wollten wir ja einfach nur rübergehen.«

»Ihr wisst nicht, was er vorhatte?«

»Willy war doch der, der kommandierte.«

»Ihr seid nicht vielleicht hier stehen geblieben und wolltet euch den Kerl zur Brust nehmen?«

Der Junge zögerte, dann sagte er: »Ich weiß nicht, aber es war so, dass der … der andere auf einmal seine Waffe rausgeholt hat, und dann schoss er.«

»Ohne Vorwarnung?«

»Ja.«

»Ein Schuss ins Herz, einfach so?«

»Ja.«

Der jüngere der beiden Hitlerjungen begann zu schluchzen und ging in die Knie.

»Warum sagt der nichts?«, fragte Hansen. »Kann er nicht reden?«

»Es hat ihn … aufgeregt, Herr Kommissar.«

Hansen leuchtete den am Boden hockenden Jungen an. Er atmete kurz und hastig, japste nach Luft und stöhnte, dann beugte er sich nach vorn, würgte und blieb zusammengekauert und leise schluchzend liegen.

»Den hat's ja ganz schön erwischt.«

»Er hat noch nie einen Toten gesehen.«

»Du schon?«

»Ja.«

»Aha.«

»Tote sind nichts anderes als Lebende, sie vergehen nur schneller, aber sie haben beide keine Seele.«

»Was?«

Aber ehe Hansen etwas auf diese eigenartige Bemerkung erwidern konnte, sah er zwei dünne Lichtschlitze über das Feld auf sie zukommen. Das musste der Wagen mit Dr. Wolgast sein.

»Eure Namen möchte ich noch wissen«, verlangte er.

»Gustav Steen, und der da« – er deutete auf den anderen, der sich wieder auf die Knie gerappelt hatte – »heißt Heinz Voss.«

Hansen leuchtete dem Jungen ins Gesicht. »Und es war wirklich genau so, wie du gesagt hast?«

Der Junge verzog das Gesicht, halb erschrocken, halb geblendet. »Ja!«, rief er laut aus.

»Na gut.« Hansen richtete den Lichtstrahl wieder zu Boden.

Der Einsatzwagen hielt an, Wolgast stieg aus und besah sich als Erstes den Knienden. Er schaute Hansen fragend an. »Der sollte ins Krankenhaus.«

Hansen nickte. »Lassen Sie ihn hinbringen.« Und er erlaubte, dass der Ältere mitfuhr.

Wolgast untersuchte die Leiche im Schein von Hansens Lampe und stellte Tod durch Herzschuss fest. »Die Kugel ist schräg eingedrungen von unten kommend, und hier am Knochen hängt sie jetzt fest, das kann man fühlen …«

Ein weiterer Wagen näherte sich. Zwei Männer stiegen aus. Sie hielten es nicht für nötig, sich vorzustellen. Beide trugen Mäntel, obwohl es noch relativ warm war. Der Wortführer hatte eine hässliche, pockennarbige Boxervisage. Er reagierte sehr ungehalten, als er erfuhr, dass die beiden Zeugen schon weg waren.

Hansen berichtete, was die Hitlerjungen ausgesagt hatten. Mehr nicht. Wolgast beschrieb kurz und knapp die Art der Verletzung.

»Wo bleiben denn die Kollegen von der Spurensicherung?«, fragte Hansen.

»Lassen Sie mal gut sein, Kommissar«, sagte der Pockennarbige. »Wir übernehmen das jetzt hier.«

»Gern«, sagte Hansen und wünschte eine gute Nacht.

2

Am nächsten Morgen um halb neun stand Heinrich Hansen vor der Tür des chinesischen Großhändlers in der Bernhard-Nocht-Straße. »Fang Nam Sang – Merchant – Handelshaus en gros« stand über der Eingangstür des Ladens an der Ecke zur Antonistraße, rechts und links waren kleinere Schilder mit chinesischen Schriftzeichen angebracht.

Wandte man sich um, konnte man über die Kasematten hinweg auf den Elbstrom blicken, hinüber zu den Werften von Blohm & Voss, wo die Kriegsschiffe für die deutsche Marine gebaut wurden. In der Mitte des Flusses schaukelte ein weißer KdF-Dampfer Richtung Helgoland, einige Schlepper und Lotsenboote umkreisten ankommende und abfahrende Frachtschiffe, die Rauchsäulen stiegen senkrecht in die Höhe. Windstille. Es würde ein schwüler Tag werden.

Ein Chinese in Arbeitskleidung kam mit einigen Kartons aus dem Laden, lud sie auf einen Handwagen und zog davon. Hansen betrat das Geschäft, dessen Verkaufsraum von einem breiten, schräg stehenden Tresen vom Lager im hinteren Teil abgegrenzt wurde. Im vorderen Teil standen Tische, Truhen und Schränke mit Schubladen. Jede freie Fläche war beladen mit Stoffen, Porzellansachen, Nippes und Kleinkram, von dessen Nutzen sich Hansen keine genaue Vorstellung machen konnte. Hinter dem Tresen reichten hohe Regale bis unter die Decke und bargen Teekisten, Stoffballen und noch mehr Porzellan.

Der Mann hinter dem Tresen prüfte ein ausgerolltes Stück Stoff. Als er Hansen bemerkte, kam er sofort hinter dem Tresen hervor und verbeugte sich. »Guten Morgen, Polizei?«, fragte er.

Hansen nickte. »Guten Morgen, gut geraten, wie kommen Sie darauf?«

»Ich habe Sie erwartet. Wenn Sie gestatten: Fang Nam Sang. Möchten Sie einen Tee?«

»Nein, danke.«

»Bitte sehr.«

»Welcher Ihrer Namen ist denn der wichtige?«, fragte Hansen.

»Fang, mein Herr.«

»Gut. Ich bin Kommissar Hansen von der Davidwache.«

»Han-Sen, ich weiß, ein feiner chinesischer Name.« Fang lächelte verschmitzt.

»Na, nun lassen Sie es mal gut sein. Sie wussten also schon, dass ich kommen würde.«

»Aber ja. Es leben nicht sehr viele Chinesen hier. Die meisten kennen sich. Man spricht über die wichtigen Dinge.«

»Zum Beispiel über einen Kofferchinesen, der ermordet in der Schmuckstraße gefunden wurde.«

»Ja, aber wollen wir nicht besser in mein Büro gehen? Es ist nicht gut, über solche Dinge zu reden, wenn man beobachtet wird.«

»Wenn Sie meinen, Herr Fang.«

Das Büro grenzte an die Wand hinter den Regalen. In dem abgetrennten Bereich standen ein Schreibpult mit einem Drehstuhl und gegenüber eine Sitzecke mit Bambusstühlen sowie einem Teetisch. Fang deutete auf die Stühle, und Hansen setzte sich.

»Möchten Sie nicht doch einen Tee, Herr Kommissar?« Er wies auf die große Kanne auf einem reich verzierten Schränkchen.

»Nun ja …«

Der Chinese schenkte zwei Schälchen ein. Er schien froh zu sein, etwas anbieten zu dürfen. Grüner Tee offenbar. Na ja, dachte Hansen, grüne Sachen trinke ich eigentlich nicht so gern. Aber aus Höflichkeit nippte er daran.

»Liang Fong«, sagte Hansen, »war ein Händler, der mit seinem Koffer herumging und Tee und Porzellan verkaufte.«

»Ja«, sagte Herr Fang.

»Seine Waren hat er bei Ihnen bezogen.«

»Ja.«

»Nur bei Ihnen?«

Herr Fang hob entschuldigend die Arme. »Das weiß ich nicht.«

»Gibt es noch andere Großhändler wie Sie hier in der Gegend?«

»Ich glaube nicht.«

»Also müssen die Kofferchinesen alle bei Ihnen kaufen.«

»Sie müssen es nicht tun. Es gibt noch ein Lager in der Speicherstadt. Aber das gehört keinem Chinesen, sondern einem Mann aus Malaysia. Aber man kann natürlich auch in anderen Städten kaufen.«

»Liang war also nicht nur in Hamburg unterwegs?«

»Nein, er reiste viel.«

»Woher wissen Sie das?«

»Er hat manchmal Grüße übermittelt, von Freunden aus Berlin oder Frankfurt.«

»Ist das normal, dass ein chinesischer Händler mit seinem Koffer so weit reist?«

»Was ist normal, Herr Kommissar?«

»Das, was alle anderen tun.«

»Sie meinen die anderen Händler? Dann war es nicht normal. Die meisten sind in Hamburg herumgezogen. Weite Wege sind kostspieliger.«

»Dann hat er also gut verdient?«

»Das kann ich nicht beurteilen, Herr Kommissar.«

»Wie viel Ware hat er denn bei Ihnen bezogen?«

Der Händler lachte fröhlich. »Normal.«

»Dann müsste er doch auch normal verdient haben.«

Fang sah zu Boden. »Das kann ich nicht sagen.«

»Was hat er in den anderen Städten gemacht?«

»Das weiß ich nicht.«

»Vielleicht hat er auch Sachen verkauft, mit denen man mehr verdienen kann als mit Tee und Porzellan?«

Der Chinese legte die Hände zusammen und senkte den Kopf. Er zögerte einen Moment, ehe er sagte: »Das glaube ich nicht.«

»Warum nicht?«, fragte Hansen überrascht.

»Er war ein anständiger Mensch.«

»Kein Krimineller?«

»Nein, bestimmt nicht.«

»Wie können Sie so sicher sein?«

»Man merkt das doch. Merken Sie es nicht, wenn Sie mit jemandem sprechen?«

»Nicht immer.«

»Er war ein guter Mann, er hat anderen geholfen ...«

»Zum Beispiel?«

»Wie?«

»Ja, wie zum Beispiel?«

»Seeleute oder Arbeiter, die in Hamburg angekommen sind ohne Geld oder ohne sich auszukennen ... denen hat er geholfen, ihnen eine Stelle vermittelt; er kannte alle wichtigen Leute unter den Chinesen.«

»Er war nur ein kleiner Händler und kannte alle wichtigen Chinesen?«

»Vielleicht war er ein kleiner Händler, aber ein großer Mann.«

»Wie meinen Sie das?«

»Das sagte ich doch schon. Er trank seinen Tee und vergaß nie, seinen Gästen einzuschenken. Er wusste genau, woher der Tee kam, den er trank – er wusste, welchen Weg das Blatt geht, bis es hier seine Wirkung entfaltet.« Herr Fang deutete auf die Teeschale, die Hansen nicht wieder angerührt hatte.

»Wenn er ein großer Mann war und alle ihn kannten, dann müssten doch viele um ihn trauern.«

Der Chinese nickte. »So ist es auch.«

»Dann ist es doch seltsam, dass niemand zur Polizei kommt, um nachzufragen oder uns Hinweise zu geben.«

»In einem fremden Land geht man nicht so schnell zur Polizei.«

»Das ist schade. Es würde mir vielleicht helfen, die Mörder zu finden.«

»Vielleicht ist es nicht so wichtig, die Mörder zu finden ...«

»Sondern?«

Fang zuckte mit den Schultern und nippte an seinem Tee.

»Für uns ist es wichtig«, sagte Hansen. »Denn jetzt ist auch noch ein Deutscher umgebracht worden. Auf die gleiche Art.«

Der Händler stellte seine Tasse hin. »Das ist sicherlich eine andere Sache.«

»Meinen Sie? Und ich glaube, das eine hat mit dem anderen zu tun.«

Der Chinese lächelte ungläubig.

»Außerdem ist der zweite Tote der Sohn eines wichtigen Mannes.«

Fang griff nach der Teekanne und schenkte sich erneut ein. »Wie wichtig?«

»Sehr wichtig.«

Fang stellte die Kanne wieder auf den Bambustisch. »Auf die gleiche Art getötet?«, fragte er.

»Durch einen einzigen gut gezielten Stich ins Herz.«

Fang schüttelte den Kopf. »Gleiche Art, verschiedene Gründe, auch das ist möglich.«

Hansen dachte kurz nach und sagte dann: »Kennen Sie die schwarze Schlange?«

Der Chinese trank den heißen Tee in kleinen Schlucken aus, stellte die Schale ab und sagte: »Ich mag keine Schlangen, deshalb meide ich sie, egal, welche Farbe sie haben.«

»Aber Sie wissen, welche Schlange ich meine?«

Wieder schüttelte der Chinese den Kopf. »Ich habe nie eine gesehen.«

Hansen stand seufzend auf.

»Sie sind sehr misstrauisch, Herr Kommissar«, sagte Fang und sah dabei die Teeschale an, die Hansen nicht mehr angerührt hatte.

»Das ist mein Beruf.«

Hansen verabschiedete sich und ging durch die Antonistraße zum Paulsplatz. Im Küchengeräte-Laden neben dem NSDAP-Parteilokal kaufte er sich eine Brotschneidemaschine, was er schon lange vorgehabt hatte. Seit sein Brotmesser stumpf geworden war, spürte er beim Schneiden das Rheuma in den Gliedern.

Zufrieden mit seiner neuen Errungenschaft, ging er durch die Friedrichstraße zur Wache zurück, und dort erwartete ihn ein zweites Paket. Es war etwas größer als das, was er mitgebracht hatte, aber leichter.

»Das kam mit der Post für Sie«, war das Einzige, was der wachhabende Beamte ihm dazu sagen konnte. Hansen trug beide Pakete nach oben in seine Wohnung, packte zuerst die Brotschneidemaschine aus, schraubte sie am Küchentisch fest, prüfte die Schärfe des Schneidemessers, betätigte die Kurbel und schnitt zwei Scheiben halb vertrocknetes Brot ab. Es ging doch nicht so leicht, wie er es erhofft hatte, und er ließ es dabei bewenden.

Dann besah er sich das mit Packpapier und Kordel verschnürte Postpaket. »Kommissar Heinrich Hansen, Revierwache 36, Davidstraße/Spielbudenplatz, Hamburg 4«, war in Druckbuchstaben darauf geschrieben worden, aber eine Absenderangabe fehlte.

Hansen hob das Paket noch einmal hoch – es war erstaunlich leicht für seine Größe – und schüttelte es. Kein Geräusch. Mit einem Küchenmesser schnitt er die Kordel durch und löste das Packpapier. Er nahm den Deckel des Kartons ab und fand zerknülltes Zeitungspapier. Nach kurzem Zögern fasste er hinein und ertastete einen Gegenstand aus Blech. Mit beiden Händen zog er einen Kanister heraus, ein uraltes Ding, wie man es vor dreißig, vierzig Jahren benutzt hatte, um Petroleum für den Hausgebrauch zu kaufen. Der Kanister war leer.

Was soll das denn nun?, fragte er sich und betrachtete das verbeulte, angerostete Ding eingehender. Hansens Ratlosigkeit herrschte nur wenige Sekunden vor, dann entdeckte er einige ungelenk eingeritzte Buchstaben:

»HILFST DU MIR, HELF ICH DIR!«

Daneben bemerkte er einen eingeritzten Judenstern. Hansens Puls beschleunigte sich, und er spürte, wie ihm heiß wurde. Er kannte diesen Kanister, und er konnte sich denken, von wem die Botschaft kam. Aber wenn es stimmte, was er jetzt dachte, war es eine bodenlose Frechheit!

3

Schenk begrüßte Hansen mit einem gemütlichen »Moin, Moin«, als er ins Büro kam.

»Deine Laune möchte ich haben«, sagte Hansen. »Ich schlag mir hier die Nächte um die Ohren …«

»Na, na«, sagte Schenk, »im Gegensatz zu dir halte ich es für meine Pflicht, gelegentlich ein paar Überstunden abzubummeln …«

»Schon gut.« Hansen griff nach der großen emaillierten Blechkanne mit dem Ersatzkaffee, den Schenk aufgebrüht hatte und der jetzt dampfend auf einem Stövchen auf einem kleinen Tisch vor dem Fenster stand. Auch die Becher waren aus Blech; Schenk hatte sie von zu Hause mitgebracht, nachdem die Porzellantassen während eines turbulenten Verhörs zu Bruch gegangen waren.

»Ich hab den Bericht gelesen«, sagte Schenk. »Da haben wir ja noch mal Glück gehabt.«

»Du meinst den Toten auf dem Heiligengeistfeld? Ja, den Fall hat sich gleich die Gestapo geschnappt.«

»Klingt ein bisschen konfus, die Zeugenaussage, findest du nicht auch?« Schenk stand auf und hielt Hansen seinen Becher hin.

»Eindeutig und klar fand ich die Aussagen der Zeugen auch nicht«, sagte Hansen, während er vorsichtig Schenks Becher füllte. »Aber ich kam nicht dazu, sie eingehender zu befragen.«

»Aber diese Geschichte mit dem Mädchen passt doch dazu. Da hat sich einer eine Schreckschusspistole scharf gemacht und sie dann auch benutzt. Wahrscheinlich sitzt der jetzt zu Hause bei Muttern und hofft, dass keiner kommt und ihn abholt.«

»Ist ja nicht mehr unser Fall«, brummte Hansen.

Schenk nickte. »Jedenfalls haben sich die aus dem Stadthaus schon gemeldet, und ich habe ihnen alles rübergeschickt …«

An der halb offen stehenden Tür klopfte es, und ein Beamter von unten trat mit einem Zettel in der Hand ein.

»Morgen, die Herren, hab etwas Arbeit für euch, damit ihr nicht einrostet, Fahndungsbefehl.«

Schenk seufzte, Hansen nahm das Papier entgegen und las es. Schenk schaute ihm über die Schulter. »Kurt Singer«, las er laut. »So kommt der Fall also wieder zu uns zurück. Und der Junge sitzt doch nicht heulend und zähneklappernd zu Hause.«

»Der kann doch irgendwo in der Stadt untergetaucht sein«, sagte Hansen.

»Und wennschon«, meinte Schenk, »es ist nicht mehr so einfach wie früher, sich zu verstecken. Du musst nur sämtliche Blockwarte und Luftschutzhelfer anspitzen, und die scheuchen ihn dann auf.«

»Sämtliche Blockwarte und Luftschutzhelfer«, schnaubte Hansen verächtlich, »da brauchst du ja einen eigenen Postdienst.«

»Ach was, meistens funktioniert es ganz gut. Du wirst sehen, die werden ihn in irgendeinem Keller finden. Ist doch erstaunlich, wie sehr diese Verbrecher die Nähe der Menschen suchen. Das ist wie bei den Tieren, ohne Rudel geht der Einzelne ein.«

Hansen legte den Fahndungszettel auf seinen Schreibtisch und setzte sich. »Wir müssen ja sowieso das ganze Viertel durchkämmen wegen der beiden Schlangen-Morde.«

»Ja, eben«, sagte Schenk eifrig, »und nun schau dir mal an, was ich für dich habe.« Er hielt ein weiteres Dienstpapier hoch.

»Hm?«

»Arthur Winkelmann, zweiundzwanzig Jahre alt, wurde vom Dienst bei der Wehrmacht freigestellt, aus gesundheitlichen Gründen und damit er dem Studium der Rechtswissenschaften weiter nachgehen konnte.«

»Na und? Da hat eben einer Beziehungen. Ist ja nichts Neues.«

»Angeblich stand er kurz vor dem Staatsexamen, was für einen Studenten diesen Alters sehr beachtlich ist, steht hier – das hat dein Freund Ehrhardt dazugeschrieben, weil er wahrscheinlich denkt, wir haben keine Ahnung von solchen Sachen …«

»Haben wir doch auch nicht, oder?«

»Wie auch immer, dein Freund Ehrhardt, der gewissenhafte Büroschimmel – ich hab übrigens gehört, er will mal wieder heiraten …«

»Kann schon sein … und wennschon.«

»Du hast Recht, bei ihm ist das nichts Besonderes.« Schenk lachte vor sich hin. »… also er schreibt hier, dass sie sich am Rechtswissenschaftlichen Institut an der Rothenbaumchaussee erkundigt haben, welche gewaltigen Fortschritte der Verstorbene in seinen jungen Jahren gemacht hat, und da hieß es: keine. Er war schon lange nicht mehr da. Aus gesundheitlichen Gründen, hieß es.«

»Was für eine Krankheit hatte er denn?«

»Eine schwer zu heilende. Eine, die man ihm draußen an der Front bestimmt abgewöhnt hätte – obwohl man das bei der Sorte auch nicht so recht weiß …«

»Also?«

»Opiumsucht.«

Hansen stellte seine Tasse ab. »Ach?«

»Tja, da staunen wir, hm?«, sagte Schenk zufrieden. »Aber das erklärt, warum er sich bei den Chinesen herumgetrieben hat.«

Hansen nickte.

»Und es lässt darauf schließen, dass er Kontakte zu kriminellen Elementen dort hatte. In diesem Milieu ist man schnell mit dem Messer bei der Hand, wenn einer nicht spurt. Meiner Meinung nach müssen wir nur mit einer Hundertschaft da rein und alles ausmisten, dann werden wir schon auf den Mörder stoßen.«

Hansen schüttelte den Kopf. »Das würde wahrscheinlich gar nichts bringen, höchstens schwere Proteste vom chinesischen Konsul. Und wie oft haben wir das früher schon versucht: Wir vorne rein in den Keller, und die anderen sind durch Gänge und versteckte Türen hinten in die Hinterhöfe raus, und weg waren sie.«

»Ich sag ja, wir brauchen eine Hundertschaft, und die kriegen wir auch.«

»Ach? Seit wann denn das?«

»Na ja, ich meine, wir müssten sie doch eigentlich kriegen, wenn der Vater von dem Toten so ein hohes Tier ist.«

Hansen dachte kurz nach, dann hob er beschwörend den Zeigefinger. »Da bist du schief gewickelt, mein Lieber. Die wollen, dass wir beide den Fall diskret versenken. Es passt dem alten Bruno Winkelmann bestimmt gar nicht, dass herauskommt, dass sein Sohn auf die schiefe Bahn geraten ist. Und die Partei mag es nicht, wenn Sachen, die nach Vetternwirtschaft riechen, an die Öffentlichkeit dringen. Wir sollen nur einen schönen Sarg für die Affäre zimmern. Keine Hundertschaft, Erich, ein Beerdigungsunternehmen wollen die.«

Schenk sah seinen Kollegen verdutzt an. »Das kann doch nicht …«

»Doch, doch, und eins hast du mir in deinem Eifer noch nicht erklären können.«

Schenk blickte missgelaunt zum Fenster. »Was denn?«

»Die schwarze Schlange.«

Schenk zuckte mit den Schultern. »Das kennt man doch, das Erkennungszeichen für Mitglieder einer asiatischen Verbrecherbande.«

»So? Aber Arthur Winkelmann ist kein Asiate gewesen.«

»Und wennschon, Ausnahmen bestätigen …«

»Und der tote Liang Fong war ein überaus anständiger Mensch, wenn man den Aussagen anderer rechtschaffener Chinesen Glauben schenken mag.«

Schenk schwieg entmutigt.

»Aber das ist doch ein sehr interessanter Ausgangspunkt für unsere weiteren Ermittlungen«, lenkte Hansen ein.

»So? Was denn?«

»Was hat die beiden Toten miteinander verbunden?«

»Die Schlange.«

»Genau. Wir müssen herausfinden, was es damit auf sich hat.«

Schenk setzte sich nachdenklich an seinen Schreibtisch.

»Was ist?«, fragte Hansen.

Schenk blickte gequält drein. »Meinst du, man kann seinen Vater danach fragen?«

»Warum nicht?«

Schenk zögerte, dann sagte er: »Na ja, eine falsche Frage und ...«

»Einer von uns beiden muss zu dem alten Winkelmann gehen.«

Schenk schüttelte unwillig den Kopf. »Wir sollten gemeinsam gehen.«

»Ruf doch erst mal an; unangekündigt geht das sowieso nicht. Und dann können wir immer noch knobeln. Hier ...« Hansen nahm sich seine Notizen vor. »NSDAP-Amt für Handwerk und Handel im Kreisamt Innenstadt, Mönckebergstraße 9, Telefon 33 13 87.«

»Du meinst, wir sollen einen Termin machen?« Schenk blickte seinen Kollegen erstaunt an.

Hansen hob die Schultern. »Besser ist es, oder?«

Schenk nahm den Hörer von der Gabel und wählte die Nummer. Er sprach kurz mit jemandem und beendete das Gespräch wieder.

»Wegen eines Trauerfalls in der Familie ist Herr Winkelmann einige Tage nicht im Amt.«

»Dann müssen wir ihn also zu Hause aufsuchen«, entschied Hansen.

»Und wer?«

Hansen griff in die Tasche seines Jacketts. »Du wolltest doch knobeln ...«

»Das hast du gesagt.«

»Hier.« Hansen hielt ein Zehnpfennigstück in der Hand. Er warf es hoch, das Geldstück fiel auf den Tisch, sprang hoch, drehte sich und blieb dann aufrecht stehen.

»Ha!«, sagte Schenk. »Wo hast du denn den Trick gelernt?«

»Ich hab mal in einer Artisten-Pension gewohnt, da konnte man sich solche Sachen abschauen.«

»Quatsch.«

»Glaubst du nicht? Pass mal auf.« Hansen griff nach dem Geldstück und warf es wieder hoch, es fiel auf die Tischplatte, sprang umher und blieb wieder aufrecht stehen.

Schenk war verblüfft.

Hansen stand auf. »Na komm, wir machen einen Ausflug nach Othmarschen. Ein bisschen frische Luft wird dir gut tun.«

4

Auf einer Holzbank in der Vorortbahn saß ein kleiner Junge mit Stahlhelm. Über ihm hing ein Plakat, auf dem ein drohender Finger auf einen gedrungenen Juden mit langer Nase, kleinem Zylinder und Geldsack in der Hand zeigte, und darunter stand die Parole »Der ist schuld am Kriege!«. Der Junge schien stolz auf seine Kopfbedeckung zu sein und blickte die beiden fremden Männer auf der gegenüberliegenden Holzbank neugierig an. Neben ihm saß seine Mutter, eine junge Frau in hellem Sommerkleid und mit Strohhut. Hübsch und frisch und angenehm schüchtern, dachte Hansen. Wenn sie Glück hat, ist der Krieg vorbei, bevor der Kleine da seinen Mut unter Beweis stellen muss.

Die Sonne schien durch die geöffneten Fenster des S-Bahn-Wagons, während der Zug an den Gärten der Vorortvillen vorbeifuhr. Kaum hatte die S-Bahn den Altonaer Bahnhof verlassen, streckte Schenk die Beine aus und seufzte zufrieden. Er ließe sich gern die Sonne auf den Pelz brennen, wie er sagte. Hansen hätte lieber im Schatten gesessen, ihm war es zu warm, aber er wollte seinem Kollegen nicht den Spaß verderben.

Während Schenk altbekannte Weisheiten über den Sommer, die Natur und die Schönheit seiner Heimatstadt zum Besten gab, dachte Hansen über den verbeulten Kanister nach, der in seiner Wohnung auf dem Küchentisch stand.

Es war jetzt fast zwanzig Jahre her, dass jemand versucht hatte, ihn mit Hinweisen auf seine eigene Familientragödie aus dem Gleichgewicht zu bringen. Sein Jugendfreund Klaas Blunke hatte sich als Elsa Hansen verkleidet und im Viertel irritierende Spuren hinterlassen. Offensichtlich hegte er eine perverse und im Laufe der Jahre ins Krankhafte gesteigerte Zuneigung zu Hansen, der nie bemerkt hatte, dass dieser Mensch ihn auf verbotene Art verehrte. Nachdem Hansen herausgefunden hatte, dass Klaas hinter der Sache steckte, hatte er mit ihm gebrochen. Nur selten waren die beiden Männer sich in den folgenden Jahren begegnet, und niemals hätte Hansen sich zu einer Versöhnung bereit erklärt. Aber neulich war ihm Klaas armseliger denn je erschienen. Hatte er nicht um sein Leben gebettelt? War der Kanister der letzte Versuch eines krankhaft veranlagten Menschen mit verwirrtem Geist, Hansens Aufmerksamkeit auf ihn und sein Leiden zu lenken? Aber mit derartigen plumpen und geschmacklosen Anspielungen verdirbt er es sich doch nur mit mir, dachte Hansen. Andererseits, sollte man seinen Stolz nicht einmal zurückstellen, wenn es darum ging, einem Menschen in Not, egal, ob Freund oder Fremder, zu helfen? Vielleicht sollte ich wenigstens mal mit ihm reden oder es zumindest versuchen, obwohl er eigentlich verdient hätte, dass ich ihm den Kanister durch sein Grünhöker-Schaufenster hindurch an den Kopf schmeiße.

»Na, Heinrich, du bist ja mal wieder so richtig gesprächig«, stellte Schenk fest.

»Was?«

»Ich sagte gerade, dass sogar die olle Hakenkreuzfahne an so einem Tag lustig im Wind flattert.« Schenk deutete nach draußen zu den Fahnenmasten vor dem Bahnhof Othmarschen.

»Ja?«, sagte Hansen gedankenverloren.

Schenk schlug sich lachend auf die Oberschenkel. »Ja, tatsächlich! Und nun sind wir da. Auf, auf! Oder willst du noch bis Blankenese fahren?«

»Was sollen wir denn in Blankenese?«, fragte Hansen.

»Na eben!« Schenk stand auf.

Hansen folgte ihm zur Tür, und nachdem der Zug ruckend gehalten hatte, folgten sie der jungen Frau und dem Jungen mit dem Stahlhelm zum Ausgang.

»Die Luft ist einfach besser hier in den Vororten«, sagte Schenk. »Riecht wie französisches Parfüm.«

Draußen auf der Ulmerstraße herrschte reges Treiben, Menschen gingen einkaufen oder promenierten, saßen vor dem einen oder anderen kleinen Kaffeehaus unter bunten Sonnenschirmen und plauderten. Hansen und Schenk überquerten die Straße und gingen auf dem breiten Bürgersteig die Dürerstraße entlang. Blinzelnd versuchten sie, die Hausnummern an den großen Häusern hinter den ummauerten Vorgärten zu erkennen.

Das Haus der Familie Winkelmann war eine großzügige Gründerzeitvilla mit Erkern und Türmchen und einem weitläufigen Garten.

»Wir hätten uns doch anmelden sollen«, murmelte Schenk, als Hansen das Gartentor aufschob. Er deutete auf die Hakenkreuzflagge auf dem Dach der Villa. Sie hing auf Halbmast.

Und wennschon, dachte Hansen, wir sind die Polizei. Aber laut aussprechen würde er das nicht, denn er wusste, dass jetzt ein anderer Wind wehte. Wir sollen nur noch für Ruhe sorgen, Ordnung halten die anderen …

Fünf Stufen führten nach oben zu einem Vorbau im gotischen Stil. Ein imposanter Klingelknopf, ein mächtiger Gong tief drinnen im Haus, ein pausbäckiges Dienstmädchen in graublauem Kleid mit weißer Schürze und schwarzer Armbinde.

»Ja, bitte?«

Als sie das Wort Kriminalpolizei hörte, riss sie die Augen auf und eilte davon. Es dauerte eine ganze Weile, bis der Hausherr kam. Er trug einen schwarzen Anzug und eine Hakenkreuzbinde am Arm. Er war sehr groß und von kräftiger Statur und hatte ein hanseatisch-kantiges Gesicht und dünne graue, nach hinten gekämmte Haare.

»Kriminalkommissar Hansen und Kriminaloberwachtmeister Schenk«, sagte Hansen zackiger als gewollt und merkte, wie Schenk eine steife Haltung annahm und hörbar die Hacken zusammenschlug. Manchmal konnte der Kollege richtig einfühlsam sein.

»Wir möchten unser aufrichtiges Beileid ausdrücken und bedauern die traurige Pflicht«, erklärte Hansen im gleichen Tonfall.

»Meine Herren, Sie kommen denkbar ungelegen. Die Familie ist in Tränen aufgelöst, und darüber hinaus haben Sie es bislang nicht für nötig gehalten, die Leiche unseres Sohnes freizugeben, was ich, gelinde gesagt, für eine Zumutung halte!«

»Darüber zu entscheiden liegt leider nicht in unserer Macht, Herr Winkelmann«, sagte Hansen.

»Ist es denn so dringend?« Winkelmann fuhr sich nervös durchs Haar.

»Nur einige wenige Fragen.«

»Dann kommen Sie! Aber ich werde es nicht zulassen, dass sie jemand anderen aus der Familie belästigen!« Er wandte sich um, und die beiden Polizisten folgten. Die Eingangshalle war in einem düsteren, schweren Stil gehalten, der nicht zu dem eher verspielten Äußeren des Hauses passte.

»Brigitte!«, rief Winkelmann, »das Jagdzimmer!«

Der Raum machte seinem Namen alle Ehre: ein Kronleuchter aus Elchgeweihen über einem schweren Eichentisch, um den herum rustikale Stühle standen; dunkelgrüne Tapete, ein Gemälde mit einem Jagdmotiv und eine mit Geweihen aller Sorten gespickte Wand; über der Tür ein Eberkopf und als einziges Möbelstücke außer Tisch und Stühlen eine schwere Truhe und ein Waffenschrank, über dem ein ausgestopfter Bussard mit ausgebreiteten Flügeln auf einem Ast thronte.

Hansen musste innerlich schmunzeln. Entweder Herr Winkelmann hält es für passend oder gar zwingend, Polizisten ins Jagdzimmer zu bitten, oder er will uns einschüchtern. Sollte Letzteres der Fall sein, müsste er sich doch eigentlich denken können, dass uns seine Armbinde und seine Position in der Gauleitung mehr Respekt abnötigten als dieses Brimborium hier.

Er bat sie nicht, Platz zu nehmen, und positionierte sich selbst vor den gläsernen Türen, hinter denen verschiedene Gewehrmodelle aufgereiht waren. Er sah Hansen mit verkniffenem Gesicht an.

»Die Leiche Ihres Sohnes, Herr Winkelmann, wurde an einem ungewöhnlichen Ort gefunden …«

Winkelmann holte tief Luft und rief mit dröhnender Stimme: »Eine Ungeheuerlichkeit, nicht nur ein hinterhältiges Verbrechen, sondern auch ein bodenloser Affront gegen die ganze Familie, deren Ehre herabgesetzt werden soll …«

»Sie meinen, man hat die Leiche aus einem bestimmten Grund dort hingeschafft?«

»Ja, was glauben Sie denn!«

»Dass er dort ermordet wurde, darauf weisen alle Spuren hin.«

»Ausgeschlossen! Sie hängen einer ganz falschen Idee nach. Abartige, verbrecherische Gehirne haben sich diese ausgesprochen widerliche Intrige einfallen lassen, womöglich nicht nur, um dem Ansehen meiner Person zu schaden, sondern meine Position und die Ehre der Partei herabzumindern. Es kann sich nur um eine Verschwörung handeln. Und wer da in Frage kommt, können Sie sich denken!«

»Wer denn?«

»Jüdisch-bolschewistische Saboteure, wer denn sonst!« Winkelmann schluchzte auf. »Weil der Staat und die Partei unangreifbar für sie sind, suchen sie sich schwache Ziele, um ihren niederen Beweggründen nachgehen zu können.«

»Haben Sie einen konkreten Verdacht?«

»Das ist doch Ihre Aufgabe, Kommissar!«

»Wie erklären Sie sich, dass da auch Opium mit im Spiel gewesen ist?«

»Das gehört doch zu dieser ganzen perfiden Strategie! Herabsetzung der nationalsozialistischen Ehre durch schlimmste Schmutzkampagnen …«

»Ihr Sohn verkehrte also nicht regelmäßig im chinesischen Milieu?«

»Was erlauben Sie sich da für absonderliche Gedanken? Als Nächstes fragen Sie mich noch, ob er sich der Rassenschande schuldig gemacht hat. Das verbitte ich mir! Derartige Unterstellungen können Sie und Ihrem Kollegen den Kopf kosten!«

Hansen spürte, wie Schenk neben ihm unruhig von einem Fuß auf den anderen trat. Trotzdem fragte er weiter: »Sie sehen also keine andere Möglichkeit, den Tod Ihres Sohnes zu erklären?«

»Er ist verschleppt worden!«, rief Winkelmann aus.

»Auf St. Pauli oder in der Großen Freiheit verkehrte er ebenfalls nicht?«

»Ausgeschlossen! Er hatte gar keine Zeit für derlei Angelegenheiten. Was glauben Sie denn, was sich ein Student der Juristerei für Eskapaden erlauben kann? Und dann wäre da noch die Frage, ob er es überhaupt gewollt hätte, und das halte ich für ausgeschlossen. Der Junge war eifrig und pflichtbewusst und vergeudete seine Zeit nicht mit Tingeltangel oder anderen Lächerlichkeiten! Im Übrigen verbitte ich mir derartige Unterstellungen, die ihn und uns der Unmoral bezichtigen. Grotesk ist das!«

Hansen nickte. »Nun gut.«

Auf einmal wurde Winkelmann verbindlicher. »Hören Sie mal, meine Herren, wo kommen Sie her? Davidwache?«

»Jawohl.«

»Aber dann kann es doch nicht Ihre Aufgabe sein, sich dieser Angelegenheit zu widmen. Das ist doch eine Sache für die Gestapo. Hier geht es um Hochverrat. Sie backen da doch kleinere Brötchen, wenn Sie entschuldigen, dass ich das so frei heraus sage. Hier einen Ganoven festnehmen, da einen Betrüger oder Zechpreller – und die Zügel festhalten, wenn's um den Verfall der Sitten geht, aber nicht so etwas. Eine Staatsaffäre! Bitte, nehmen Sie es mir nicht übel, Herr Hansen, Herr Schenk …«, er nickte ihnen beiden ernst zu, »… Sie werden verstehen, dass ich lieber mit den zuständigen Dienststellen beraten möchte, was weiter zu geschehen hat.«

Hansen lenkte ein. »Das verstehen wir.«

»Dann möchte ich Sie bitten …« Winkelmann deutete zur Tür.

»Natürlich«, sagte Hansen, »wir möchten Sie und Ihre Familie nicht weiter in Ihrer Trauer stören … nur eine Frage habe ich noch …«

Winkelmann blickte ihn ungnädig an. »Bitte?«

»Haben Sie eine Vorstellung, was die schwarze Schlange auf der Schulter Ihres Sohnes bedeutet haben könnte?«

Winkelmann schien völlig verblüfft, er starrte Hansen mit leerem Blick an.

»Eine Tätowierung«, erklärte Hansen.

Winkelmann sah aus, als würde er von einer schlimmen Ahnung ergriffen, als würde ihn etwas von hinten packen, mit dem er nicht gerechnet hat. Aber er riss sich zusammen und sagte stockend: »Das … ist mir … nicht bekannt.«

Hansen deutete eine Verbeugung an. »Vielen Dank, wir bedauern die Störung.«

Sie verabschiedeten sich, ohne dass ihr Gruß erwidert wurde, und verließen das Zimmer allein.

Als sie wieder außerhalb des Gartentors auf dem Gehsteig standen, holte Schenk tief Luft und sagte: »Heinrich, mein lieber Freund, wie konntest du denn so mit ihm umspringen?«

»Ich? Wieso? Er hat uns doch auflaufen lassen!«

»Aber die Frage nach der Schlange!«

Hansen grinste. »Interessant, nicht? Er hat wirklich nichts davon gewusst.«

Schenk wandte sich zum Gehen, aber Hansen hielt ihn zurück. »Sieh mal da.«

»Was denn?«

Ein junges Mädchen in schwarzem Trauerkleid näherte sich. Vera Hollenkamp.

»Wer ist das denn?«

Das Mädchen erkannte den Kommissar und blieb erstaunt stehen. Hansen grüßte, sie grüßte ebenfalls.

»Sie wollen da rein«, stellte Hansen fest.

»Ja. Ich muss noch mein Beileid aussprechen, alle andern haben schon …«

»Sie sind mit der Familie Winkelmann bekannt?«

»Aber ja, wir sind doch Nachbarn.« Sie deutete auf die nebenstehende Villa, die in ähnlichem Stil erbaut worden war, allerdings weniger gotisch und mehr klassizistisch.

»Dann haben Sie Arthur Winkelmann gekannt?«

»Ja, natürlich. Mein Bruder ist mit ihm zur Schule …« Sie hielt inne. »Aber jetzt lassen Sie mich bitte durch, ich muss das jetzt hinter mich bringen, und gleich anschließend habe ich Klavierstunde.«

Hansen trat zur Seite und sah ihr hinterher, wie sie den gepflasterten Weg durch den Vorgarten zum Eingang ging. Schwarz stand ihr nicht, fand er.

5

Am Abend, nach Dienstschluss – Schenk hatte sich schon längst nach Hause verabschiedet, und draußen brach langsam die Dämmerung herein – ging Hansen nach oben in seine Wohnung und setzte sich an den Küchentisch. Vor ihm stand der Kanister mit der Aufschrift »Hilfst du mir, helf ich dir!«. Wobei soll ich Klaas helfen?, fragte er sich. Na gut, er war in Schwierigkeiten, er wandte sich an ihn, weil er niemanden bei der Polizei so gut kannte wie ihn. Das ist logisch. Aber wobei wollte Klaas ihm helfen? Hansen wurde das ungute Gefühl nicht los, dass Klaas im Alter noch wunderlicher geworden war und sich vielleicht in abwegigen Phantasien erging. Das hatte er schließlich schon einmal getan, als er als Elsa Hansen verkleidet umherstreifte und abenteuerliche Gemälde mit den Szenen eines Brandes ins Schaufenster seines Ladens gehängt hatte. Man konnte Klaas nicht ernst nehmen, er war eher ein Fall für den Mediziner als für den Kriminalisten.

Ich lasse die Sache auf sich beruhen, überlegte Hansen. Doch dann schüttelte er den Kopf, legte die Hände auf die Tischplatte, stemmte sich ächzend hoch. Nichts bleibt liegen, entschied er, das gilt nicht nur für die Arbeit, das sollte auch für solche Angelegenheiten gelten. Du hattest einmal einen Freund, und der mag im Laufe der Zeit vom richtigen Weg abgekommen sein, und vielleicht ist er auch nicht mehr ganz zurechnungsfähig, aber du gehst hin und schaust nach, was los ist, wenn er dir eine Botschaft schickt, und sei sie auch noch so eigenartig. Gerade dann!

Und wie er nun, den Blechkanister in der Hand, auf den Spielbudenplatz hinaustrat, erinnerte er sich an die Zeit, als er nach vielen Jahren auf See wieder in sein Viertel zurückgekehrt war und den anderen wiederbegegnete: Jan Heinicke, dem korpulenten Schlachtersohn, der es bis zum Varietéinhaber gebracht hatte, Klaas Blunke, der den Gemüseladen seiner Eltern in ein Kolonialwarengeschäft verwandelt hatte, Pit Martens, der sich den Kommunisten anschloss und mit der Waffe in der Hand für die Revolution kämpfte, und Lilo Koester, die zunächst als Tänzerin und dann als Nachtklubbesitzerin Karriere machte, bevor sie als »Königin der Reeperbahn« unsanft vom Thron gestoßen wurde.

Fast vier Jahrzehnte waren seit seiner Rückkehr nach St. Pauli vergangen. Schon damals, als junger Marineoffizier, war er ein Mann mit Vergangenheit gewesen, hatte eine Zeit lang im Waisenhaus verbracht, nachdem man ihn beschuldigt hatte, den Brand im Haus seiner Eltern gelegt zu haben. Der Fall meines Lebens, unaufgeklärt, dachte er bitter. Und das war doch eigentlich der Grund gewesen, warum ich Polizist werden wollte.

Hansen überquerte den Spielbudenplatz. Früher hatten hier mehr Buden gestanden. Wo war das Kasperletheater geblieben? Was war eigentlich aus dem Riesengorilla vor Umlauff's Weltmuseum geworden? Wo ist Zigarren-Hannes hin? Wo sind die Mädchen, die sich gern auf der Straße ansprechen ließen, die Zuckerschnuten, die nach Männern Ausschau hielten, um ihnen das Geld aus der Tasche zu ziehen? Nirgendwo wird mehr getanzt, jedenfalls nicht offiziell, und die Mädchen dürfen sich nur noch andeutungsweise auf der Bühne ausziehen, und keinesfalls lächeln dabei, und schon gar nicht den Kavalieren in der ersten Reihe zuzwinkern. Niemand badet mehr in Champagner, St. Liederlich ist St. Biederlich geworden, und warum? Liegt es am Krieg? Nein, es hat schon früher angefangen. Mein St. Pauli ist nur noch eine KdF-Vergnügungsstätte – so wollen sie es jedenfalls haben. Aber es gibt immer noch Ecken und Nischen und Höhlen, denn das Laster gedeiht doch am besten im Verborgenen. Noch bist du nicht überflüssig geworden, Heinrich, noch gibt es was zu tun!

Er überquerte die Reeperbahn, ging die Sophienstraße entlang und bog, von einem plötzlichen Impuls getrieben, in die Seilerstraße ein. Die Pension, in der er damals als Bootsmann auf Landgang eingezogen und als Kriminalkommissar wieder ausgezogen war, um auf der Wache zu wohnen, gab es schon lange nicht mehr. Na, dann lass es gut sein. Rechts in die Wilhelminen, links in die Kieler Straße, dann wieder rechts, und jetzt bist du da, wo alles angefangen hat, in der Jägerstraße. Nicht gerade viel los hier, aber das war früher auch so gewesen, abends verkriechen sich alle in ihre Häuser. Da drüben ist noch immer die Durchfahrt zur Terrasse, wo du einst als Junge mit geklauter Kreide auf das geriffelte gelbe Pflaster gemalt und wo du aus dem Fenster geguckt hast, um auf Mutter zu warten, die vom Wäscheausliefern zurückkam; und einmal ganz zum Schluss, sahst du, wie Vater Elsa heimbrachte, die sich mal wieder herumgetrieben hatte, und wie er sie verprügelt hat, obwohl er es noch viel schlimmer trieb als sie.

Es blieb nur Asche von alledem übrig. Aber da drüben, da hängt noch immer das alte Schild »Blunke's Kolonialwaren«, und vor dem Laden stehen wie eh und je die Holzgestelle, auf denen tagsüber die Gemüse- und Obstkisten auf Kunden aus der Nachbarschaft warten. Aber nun ist natürlich alles abgebaut, es ist schon spät, aber vielleicht hat Klaas noch im Laden zu tun. Ja, doch, da steht sogar die Tür ein Stück offen. Vielleicht habe ich mich ja auch geirrt, und die Sache erklärt sich ganz anders, und wer weiß, ob Klaas wirklich den Kanister geschickt hat …

Hansen grüßte eine alte Frau, die ihm irgendwie bekannt vorkam, und ging zwischen zwei abgestellten Holzkarren hindurch auf die andere Straßenseite zu.

Die Gestelle für die Gemüsekisten standen schief. Vielleicht baut er um, dachte Hansen, unordentlich war er jedenfalls nie. Aber auch das Schild mit der Aufschrift »Geschlossen« hing schräg im Türfenster. Er klopfte an und schob die Tür vorsichtig auf. Vor ihm lagen einige Salatköpfe auf dem Boden, zertretene Kirschen und Erdbeeren. Auf dem Tresen ein umgedrehter Korb, aus dem Pfirsiche gekullert waren, und aus dem Regal dahinter waren einige Dosen gefallen. »Klaas?« Hansen bekam keine Antwort. Auf der Waage lag ein Blumenkohl, die Schublade der Kasse war offen, darin ein wenig Kleingeld.

Noch immer mit dem Kanister in der Hand, trat Hansen durch die Tür hinterm Tresen und lief den Flur entlang, in den Raum, in dem Klaas sein Büro hatte. Auch hier war alles durcheinander geworfen, Papiere, Aktenordner, Kladden, Rechnungsbücher. Auf dem Boden lag ein Taschentuch mit braunen Flecken. Hansen hob es auf. Blut. Auch über einige Papiere auf dem Schreibtisch war Blut gespritzt. Es war längst getrocknet und braun. Blutschlieren auch an der Tür. Und jetzt bemerkte er eine Spur aus braunen Tropfen, die durch den Flur zur Treppe und hoch in die kleine Wohnung über dem Laden führte. In dem kleinen Schlafzimmer, das zum Innenhof lag, war das Bett zerwühlt, auch hier Blutflecken und einige weibliche Kleidungsstücke.

Sonst keine Spuren eines Kampfes in der bieder eingerichteten Wohnung, in der Klaas seit dem Tod seiner Eltern so gut wie nichts geändert hatte.

Hansen stieg wieder nach unten und blickte durchs Schaufenster. Auf der anderen Straßenseite stand die alte Frau, die er gegrüßt hatte, bewegungslos auf ihren Spazierstock gestützt. Sie schaute herüber. Er verließ den Laden und ging zu ihr.

»Kommissar Hansen?«, sagte die Frau, die bestimmt schon achtzig Jahre alt war.

»Ja.«

»Dachte ich's mir doch. Heinrich, Heinrich Hansen … Mit deiner Mutter hab ich Wäsche gewaschen, damals, als das noch nicht die Chinesen übernommen hatten, na ja, ist ja lange her …« Sie hob den Stock und deutete mit der Spitze zu Blunkes Laden hinüber. »Das war doch dein Freund, Klaas Blunke, nich'? Entschuldigung, Ihr Freund, Herr Kommissar.«

»Schon gut, was ist denn mit ihm?«

Die alte Frau trat ganz nah an ihn heran. »Gestern Nacht haben sie ihn geholt. Eine Frau war auch dabei. Er war ganz still, aber sie hat geschrieen. Deshalb bin ich ja ans Fenster …« Sie deutete nach oben zum ersten Stock des Hauses. »Ich schlaf nicht mehr so gut und meistens auf dem Sofa in der Küche, und da hab ich dann geguckt, was los ist. Es war ein großes Auto, drei Männer, und da haben sie die beiden reingestoßen. Das waren doch keine von Ihren?«

»Nein.« Hansen spürte, wie ihm ein kalter Schauer den Rücken hinunterlief.

»Na eben, ich kenn Sie doch … Das wollt ich nur sagen.« Sie drehte sich um und verschwand im Hauseingang.

Mit einem Gefühl der Beklemmung in der Brust stand Hansen da und starrte auf den verbeulten Ölkanister in seiner Hand. »Hilfst du mir, helf ich dir!« – was, um Himmels willen, kann ich denn jetzt noch tun?

SIEBENTES KAPITEL

Große Mauer

1

»Wieso schüttelst du den Kopf, Heinrich?«, fragte Kriminalsekretär Ehrhardt, als Hansen an seinen Tisch vor dem Kaffeehaus Menke an der Reeperbahn trat.

»Was?«

Ehrhardt stand auf und reichte seinem Kollegen die Hand. »Ich hab's deutlich gesehen. Innerlich muss es ein sehr heftiges Kopfschütteln gewesen sein, es ist bis nach außen gedrungen.«

»Dummes Zeug«, brummte Hansen. Aber natürlich hatte Ehrhardt Recht. Als Hansen den breiten Bürgersteig entlanggeschlendert war und Ehrhardt entdeckt hatte, der im Schatten eines Sonnenschirms einer jungen Frau am Nebentisch freundlich zunickte, hatte er gedacht: Er ist doch ein vernünftiger Mensch, wie kann er sich nur so gehen lassen, in seinem Alter? Und andererseits, was ist denn nur dran an diesem Mann, der wie ein ganz normaler Angestellter aussieht, dass die Damen ihn anlächeln, sobald er das Wort an sie richtet? Wirklich, er ist unverbesserlich. Und nun will er schon wieder heiraten.

»Du hast dich gefragt, wie es mir gelingen konnte, diese freundliche Dame am Nebentisch zum Lächeln zu bringen, richtig?«

»Ach, lass doch«, sagte Hansen und schob sich den Stuhl zurecht, um sich hinzusetzen.

Ehrhardt stutzte und sagte: »Da siehst du mal, das ist typisch für dich.«

»Was denn?«, fragte Hansen erstaunt.

»Wie du dich hinsetzt. Nicht mir gegenüber, nicht so, dass du die Gäste anschauen oder durchs Fenster gucken kannst, zum Kuchenbüfett, nein, du setzt dich so hin, dass du die Straße im Visier hast, aus beruflichen Gründen, nehme ich an.«

»Ja, natürlich.«

»Ich betrachte lieber die Damen in meiner Umgebung und ziehe auf diese Weise Erkundigungen ein.«

»So? Welche denn?«

Ehrhardts Blick verdüsterte sich, als ein junger Mann an den Nebentisch trat. »Sieh an, ihr Verlobter …«

»Woher weißt du, dass sie verlobt sind?«

»Sie sagte mir, dass sie auf ihren Verlobten wartet.«

»Hast du sie danach gefragt?«

»Nein, ich hab sie nach dem Baumkuchen gefragt.« Ehrhardt setzte eine Lesebrille auf und deutete auf die Speisekarte, auf der »Hamburgs weltbekannte Gaststätte« Baumkuchen und Marzipanbrote der Konditorei Hummel-Koje anpries. »Und sie dachte …«

»Ist schon gut!«, sagte Hansen etwas zu unwirsch und wandte den Blick der Kellnerin zu, die an ihrem Tisch stehen blieb.

Sie bestellten Kaffee und Ehrhardt natürlich auch ein Stück Baumkuchen – auf seine charmante Art, die ein Lächeln auf das Gesicht der strengen Serviererin zauberte.

»Du musst dich übrigens nicht allzu sehr grämen«, sagte Ehrhardt, nachdem sie gegangen war. »Meine Scheidung kommt nicht so schnell voran, wie ich dachte.«

Ein Glück, dachte Hansen.

»Meine Frau scheint doch noch ein wenig an mir zu hängen …« Ehrhardt blickte nachdenklich einem vorbeieilenden jungen Mädchen hinterher. »Aber das ist jetzt nicht so wichtig.«

»Nein.«

Ehrhardt seufzte. »Du hast ja Recht, es ist alles eher ernst.«

»Eher ernst? Ja, so kann man es ausdrücken.«

»Wie kommt ihr in dieser Chinesensache voran?«

»Wir fangen gerade erst an. Es ist schwierig …«

»Ist vielleicht ganz gut, wenn ihr es langsam angehen lasst. Im Stadthaus wird nicht mehr darüber gesprochen. Es herrscht eine auffällige Verschwiegenheit zu diesem Thema.«

»Es ist ja keine Chinesensache mehr.«

»Eben.«

»Ich weiß nicht, ob wir das jemals aufklären werden. Diese schwarze Schlange, das ist … rätselhaft.«

»Man kriegt so was ja mit … Also, die wenigen Male, die dieses …« Ehrhardt schaute sich um, als wollte er sich vergewissern, dass niemand zuhörte, »… Tier erwähnt wurde, hat man sehr schnell das Thema gewechselt, auch in den höheren Etagen ist dieses Phänomen zu beobachten. Man hofft anscheinend, dass dieses Reptil sich wieder verkriecht.«

Die Kellnerin brachte zwei Kännchen Kaffee und den Baumkuchen für Ehrhardt.

»Das gibt's nicht«, sagte Hansen entschieden, als die Kellnerin den Kaffee eingeschenkt hatte und gegangen war, »dass so etwas sich einfach erledigt. Dafür hat man ein Gefühl. Das ist kein Einzelfall, keine zufällige Geschichte; da steckt mehr dahinter, und deshalb wird es keine Ruhe geben.«

Ehrhardt machte sich über den Baumkuchen her. »Das sagt dir dein Gefühl?«

»Ja.«

»Dann bist du in einer schwierigen Lage.«

»Wie immer.« Hansen goss sich ein.

Ehrhardt ließ sich den Kuchen auf der Zunge zergehen und nickte anerkennend. »Du machst deine Arbeit.«

»Wie immer.«

»Ohne Rücksicht auf …« Ehrhardt griff nach der Tasse.

Hansen sah ihn fragend an. Ehrhardt trank, setzte die Tasse ab und aß weiter.

Eine Weile schwiegen sie. Wenn's das Morden nicht gäbe, dachte Hansen, während er den Passanten zuschaute, die in sommerlicher Kleidung vorbeiflanierten, wäre es erträglich. Dann müsste man nicht verbissen werden, oder?

»Die Sonne scheint auch, ohne Rücksicht auf …«, sagte er mehr zu sich selbst.

»Ich werde meiner Frau so was mitbringen«, sagte Ehrhardt, nachdem er aufgegessen hatte. »Dazu wurden diese süßen Sachen doch erfunden, um Wogen zu glätten, nicht wahr?«

Hansen behielt seine ernste Miene bei und beugte sich nach vorn. »Was wolltest du mir denn noch sagen?«

Ehrhardts Gesicht wurde ausdruckslos. Er schaute sich um und beugte sich ebenfalls vor. »Ich werde mich da nicht weiter drum kümmern können, Heinrich. Die Sache mit deinem … Bekannten, meine ich.«

»Klaas …«

Ehrhardt nickte andeutungsweise. »Man kann ja nicht einfach hingehen und nachfragen. Wenn er in ein Verbrechen verwickelt wäre … also wenn es Anfragen gäbe von eurer Seite, offiziell, weil er was-weiß-ich-was getan hat … Aber vielleicht schadet das auch nur. Du willst ihm ja nicht noch was anhängen …?«

»Nein, bestimmt nicht.«

»Das ist das Problem. Ich will ja nicht, dass man ein besonderes Interesse bei mir … bei uns sieht.«

»Aber man kann doch mal nachfragen!«

»Die mögen das nicht, das weißt du genau.«

»Trotzdem …«

»Schsch, hör mal zu!« Ehrhardt hob die Hand. »Ich hab da so ganz nebenbei … aber noch mal geht das nicht …«, er senkte die Stimme, »… jedenfalls haben die ihn geholt wegen Paragraph 175, du weißt schon. Und er ist natürlich auch selbst schuld, was nimmt er auch diesen Kerl mit auf die Bude …«

»Welcher Kerl?«

»Der in den Frauenklamotten.«

»Ach so …«

»Mensch, in diesen Zeiten! Das ist doch Selbstmord!«

»Was haben sie mit ihm …«

Ehrhardt legte Hansen eine Hand auf den Arm, um ihm zu signalisieren, dass er leiser sprechen sollte. »Ist nicht viel passiert, soweit ich das herauskriegen konnte. Klar haben die ihn in die Mangel genommen. Aber er hat Glück, dass heute noch ein Schwung rausgeht, nach Neuengamme …«

»Was? Was soll er denn da?«

»Wenn er Glück hat, bleibt er dort … es gibt ja weiß Gott Schlimmeres als einen rosa Winkel zu tragen, und ein bisschen Arbeit hat noch keinem geschadet. Nach dem Krieg werden sie ihn dann schon wieder nach Hause lassen. Vielleicht ist er dann geheilt, kommt ja auch vor.«

»Das hält er doch nie durch, so lange …«

»So lange? Was glaubst du denn, wie lang der Krieg noch dauert?«

Hansen zuckte die Schultern.

Ehrhardt griff nach dem Kaffeekännchen. »Noch ein, zwei Offensiven im Osten, und die Sache ist geritzt. Und im Westen muss man dann Ruhe einkehren lassen, und alle sind zufrieden.«

Hansen sah Ehrhardt ungläubig an. Der nickte. »Doch, doch, du wirst schon sehen, es muss erst mal wieder ein bisschen Ruhe einkehren …« Ehrhardt brach ab und warf einem Mann am Nebentisch einen Blick zu. Er schien verunsichert und wechselte das Thema: »Hab ich dir eigentlich erzählt, dass mein Büro jetzt direkt neben der Abteilung der Weiblichen Kriminalpolizei liegt?«

Hansen antwortete nicht. Er stellte sich Klaas Blunke im gestreiften Sträflingsanzug vor.

»Es gibt da einige ganz nette Kolleginnen …«

Die Kellnerin trat an den Tisch und fragte freundlich: »Haben die Herren noch einen Wunsch?«

»Wenn ich Sie so ansehe, hätte ich gern drei Wünsche frei«, sagte Ehrhardt. »Aber da Sie keine Fee sind und ich kein verzauberter Prinz bin, bringen Sie mir einfach die Rechnung, ja?«

Die Kellnerin kicherte und ging.

»Dass du noch Witze machen kannst«, murmelte Hansen.

»Humor ist der Schwimmgürtel des Lebens, Heinrich!«

Neuengamme, überlegte Hansen, das ist doch eine Ziegelei. Das hält Klaas nie durch.

2

Schenk war es gelungen, über das Stadthaus einen Dolmetscher vermittelt zu bekommen. Mit ihm, einem schmächtigen jungen Chinesen mit Nickelbrille, der Wirtschaftswissenschaften studierte, machten sich die beiden Beamten am frühen Abend auf den Weg in die Schmuckstraße. Aber was auch immer sie sich erhofft hatten, die Sache wurde ein Reinfall. Der chinesische Bäcker sprach einen anderen Dialekt, der Inhaber einer Souterrainabsteige stellte sich taub, die vor den Hauseingängen herumlungernden Matrosen suchten das Weite, als sie die drei Männer kommen sahen, und der Inhaber des »Barber Shops« entpuppte sich als Koreaner. Auskunftsfreudigere Männer wie der Inhaber einer Wäscherei oder ein Restaurantbesitzer verstummten und setzten ein ausdrucksloses Gesicht auf, als sie gefragt wurden, ob sie sich unter dem Begriff »Schwarze Schlange« etwas vorstellen konnten. Das Foto mit der Tätowierung und eine Zeichnung hatten den gleichen Effekt.

»Die wissen doch alle, um was es geht, und halten dicht«, brummte Schenk unzufrieden.

Sie waren jetzt an der Stelle angekommen, wo der erste Tote gefunden worden war. Die Kreidestriche auf dem Pflaster waren fast verschwunden. Vielleicht sollte man diese Mordgeschichte auch einfach aus dem Gedächtnis streichen. Was man vergisst, ist nie passiert, dachte Hansen, gehen wir doch einfach wieder zum Alltag über. Wenn da nicht dieser andere Tote wäre, könnten wir die Sache stillschweigend begraben, aber so ist es wohl nicht möglich. Und – hoppla! – seit wann bist du denn bereit, einen Mordfall auf sich beruhen zu lassen?

»Es hat alles keinen Sinn«, fügte Schenk hinzu.

»Man hat das Gefühl, dass sie entweder alle unter einer Decke stecken oder Angst vor jemandem haben«, meinte Hansen.

Der Student schüttelte den Kopf. »Wenn man das Falsche sucht, findet man auch das Falsche.«

Schenk stemmte die Fäuste in die Hüften. »Wenn ich etwas nicht leiden kann, dann sind es kluge Sprüche von unklugen Leuten.«

Hansen legte ihm eine Hand auf den Arm, um ihn zu besänftigen. Schenk war schon den ganzen Tag missgelaunt gewesen. Seine Frau war krank, und er machte sich Sorgen, wollte nach Hause. Chinesen waren für ihn Menschen zweiter Klasse, warum sich da über einen Mord aufregen? Den zweiten Toten schien er gar nicht mehr auf der Rechnung zu haben.

Die Gesichtszüge des Studenten versteinerten. »Wie meinen Sie das?«, fragte er.

»Ich meine, wenn man Hunde jagt, sollte man sich nicht auf den Spürhund verlassen.«

»Hunde?« Der Dolmetscher trat einen Schritt zurück.

»Mensch, Schenk!«, zischte Hansen.

»Wissen wir denn schon, was er wirklich zu denen sagt, wenn er unsere Fragen übersetzen soll? Der hat doch ewig gebraucht, um einen kleinen Satz auf Chinesisch zu sagen.«

Der Student trat einen Schritt zurück. »Ich habe höflich mit diesen Menschen gesprochen, dazu braucht man einige Worte mehr.«

»Ist ja schon gut«, versuchte Hansen, ihn zu beschwichtigen. Aber der junge Mann sagte nur: »Ich glaube, ich kann Ihnen nicht mehr dienen.« Damit drehte er sich um und ging grußlos davon.

»Na großartig«, seufzte Hansen. »Und wie geht's jetzt weiter?«

Schenk zog die Uhr aus der Tasche. »Es ist schon spät«, stellte er fest. »Fast Feierabend.«

Der mauert, dachte Hansen, will nicht mehr. Dann kann ich ihn auch nicht gebrauchen.

»Geh halt schon mal zurück«, sagte er nach kurzem Zögern. »Schreib den Bericht und mach Schluss.«

»Bericht? Was soll ich denn da reinschreiben?«

Hansen wurde ungehalten. »Na, viel ist es nicht, das wirst du doch wohl noch schaffen, Oberwachtmeister Schenk, verdammt noch mal!«

Schenk sah Hansen betroffen an. »Ja, gut …«

»Also dann bis morgen.« Hansen wandte sich ab und ging Richtung Große Freiheit.

»Heinrich! Ich bin morgen nicht da.«

Hansen blieb stehen und drehte sich um. »Was?«

»Ich hab ein paar Tage freigenommen. Wegen meiner Frau …«

»Ach so …«

»Ja.«

»Na, dann tschüs.« Hansen ging weiter und dachte: Idiot, das hättest du mir auch früher sagen können. Und dann kam ihm ganz kurz der Gedanke: Ich bin ja nur neidisch, weil er jemanden hat, um den er sich Sorgen machen kann.

Abermals drehte er sich um und sah Schenk gebeugt davongehen. Vielleicht hat er ja große Sorgen, so wie er geht.

Sein Blick fiel auf den Eingang des Restaurants Wu. Da wolltest du auch noch hin, Heinrich, sagte er sich. Also los, du hast noch eine Menge vor heute.

Hansen trat durch die offene Tür in das chinesische Lokal und setzte sich an einen Tisch im Speiseraum. Seeleute, offenbar aus verschiedenen asiatischen Ländern, hatten sich in kleinen Gruppen an den Tischen zusammengefunden. Sie tranken Reiswein oder Schnaps, manche spielten Karten. Zwei Chinesen in europäischen Anzügen saßen zusammen mit zwei deutschen Frauen an einem Tisch, auf dem leer gegessene Schalen, Teller und Schüsseln standen. Die Frauen schienen nichts dagegen zu haben, dass die Männer sie unter dem Tisch verschämt berührten.

An einem anderen Tisch sah Hansen einen Mann mit Vollbart, der eine Illustrierte las und rauchte.

Ilse Wu, mit schwarzer Perücke und bekleidet mit einem seidenen Hosenanzug aus buntem Stoff, betrat das Zimmer. Sie warf einen Blick auf Hansen, bemerkte die Tätscheleien der Chinesen und baute sich vor deren Tisch auf, um ihnen einen wütenden Redeschwall entgegenzuschleudern. Die Männer zogen ihre Hände zurück, die Frauen lachten verschämt. Ilse Wu ließ ein paar Worte folgen, eine Mischung aus Chinesisch und Deutsch, und alle vier schauten zu Hansen herüber.

Deine Anwesenheit hebt die Moral, stellte Hansen fest. Der Vollbärtige grinste höhnisch, die anderen Asiaten ignorierten Ilse Wus Auftritt.

Die Wirtin rief eine junge Frau herbei, ebenfalls eine Deutsche, die das Geschirr abräumen sollte, dann setzte sie sich zu Hansen an den Tisch. »Guten Abend, Herr Kommissar.«

»War diese Vorführung für mich bestimmt, oder geht es hier immer so streng zu?«

»Es geht nicht darum, streng zu sein, sondern zu verhindern, dass sich hier lockere Sitten einschleichen. Matrosen nehmen sich alles heraus, wenn man sie lässt. Aber wir sind ein Restaurant, kein Bordell.«

»Ja?«

»Da können Sie Gift drauf nehmen, Herr Kommissar. Aber warum sind Sie denn hier? Sind Sie für die Sitte unterwegs?«

»Nein, ich bin immer noch mit diesen Morden beschäftigt.«

»Ach ...«, sagte sie.

»Auch Sie scheinen an einer Aufklärung dieses Verbrechens nicht besonders interessiert zu sein.«

»Wie meinen Sie das?«

»Die Chinesen hier in der Straße scheinen weder über den Tod des Landsmanns traurig zu sein, noch scheint sie der Tod eines Deutschen in einem chinesischen Keller besonders zu beunruhigen. Jedenfalls weigern sich alle, mit uns zu reden.«

»O nein, seien Sie sicher, dass viele hier Liang Fong vermissen. Er war ein fröhlicher Mensch.«

»Seltsam, dass uns trotzdem keiner bei der Suche nach dem Täter helfen will. Wir haben sogar einen Dolmetscher mitgenommen, aber es hat nichts genützt. Außerdem behauptete er, er könne nicht mit allen sprechen, weil er die Dialekte nicht versteht.«

»Da hat er sicherlich nicht gelogen, auch wenn Sie das meinen, Herr Kommissar. Sie kennen sich nicht sehr gut mit chinesischer Kultur aus. Es gibt mehrere Hauptsprachen, zum Beispiel Kantonesisch oder Mandarin, aber auch Wu oder Yüeh und zahlreiche Regionaldialekte, die Chinesen aus anderen Landesteilen nicht verständlich sind. Es ist ein sehr großes Land.«

»Ich bin nur einmal in Schanghai gewesen«, brummte Hansen. »Und da hab ich nicht viel mehr als die Hafengegend gesehen.«

»Außerdem sind nicht alle Asiaten, die hier in der Schmuckstraße leben, Chinesen, auch wenn Sie sie dafür halten.«

Hansen schüttelte den Kopf. »Es ist etwas anderes. Ich bin lange genug Polizist, um zu merken, wenn die Leute nichts sagen wollen, obwohl sie etwas wissen. Ich glaube, sie möchten verhindern, dass wir den Täter in ihren Reihen finden. Dann würde die Tat ihnen allen angekreidet, fürchten sie.«

»Und wäre das so unwahrscheinlich?«

»Selbst wenn, könnte ich darauf keine Rücksicht nehmen.«

»Da sehen Sie selbst, dass Sie andere Interessen haben als die Menschen, die Sie befragt haben.«

»Es wird auch auf sie zurückfallen, wenn niemand den Mörder des erstochenen Deutschen findet.«

Ilse Wu schwieg.

»Also möchte ich Sie bitten, im eigenen Interesse mitzuhelfen, dieses Verbrechen aufzuklären. Dass nicht alle hier in der Straße einem anständigen Beruf nachgehen, ist kein Geheimnis. Der tote Deutsche war rauschgiftsüchtig, und es ist doch klar, woher er seine Drogen bekam.«

»So? Meinen Sie?«

»Wissen Sie es besser?«

Sie antwortete nicht.

»Kennen Sie übrigens einen chinesischen Tätowierer, einen, der noch nicht sehr sicher mit der Nadel ist und vielleicht nur ein Motiv beherrscht: eine Schlange?«

»Man sollte meinen, dass es wohl am ehesten ein Matrose wäre, oder?« Ilse Wu stand auf. »Aber jetzt muss ich mich um meine Gäste kümmern.«

»Einen Moment noch, bitte! Die schwarze Schlange, sagen Sie mir, was das bedeutet!«

Ilse Wu erstarrte in der Bewegung. »Nein«, sagte sie.

»Was heißt ›nein‹?«

»Das heißt, dass ich es nicht weiß. Und Sie können sicher sein, dass alle hier in der Straße nicht wissen, was es mit dieser Schlange auf sich hat.« Sie richtete sich ganz auf, blieb aber am Tisch stehen.

»Man weiß es nicht, aber man redet darüber?«

»Nein, niemand spricht davon.«

»Wie können Sie das wissen?«

»Ich weiß es.«

»Dann wissen Sie vielleicht auch, mit wem ich sprechen muss, wenn ich etwas über die Chinesen, die offenbar doch nicht alle Chinesen sind, herausfinden möchte?«

Ilse Wu zögerte. »Sie sind doch Polizist, da müssten Sie doch eigentlich selbst drauf kommen.«

»Sagen Sie es mir?«

Sie seufzte. »Über die Seeleute wissen am meisten die Heuerbüros. Und über die Geschäftsleute der chinesische Verein.«

»Und der Verein …«

»Tagt regelmäßig im Vereinslokal, dem Cheong Shing. So, und jetzt muss ich mich wirklich um das Lokal kümmern.«

Tatsächlich wurden Stimmen laut, die Seeleute verlangten, bedient zu werden.

»Kann nicht Ihr Mann das mal kurz übernehmen – wo ist er überhaupt? Ich hab ihn noch nie gesehen.«

»Er ist verreist.«

»Wohin?«

»Nach Berlin.«

»Ach?«

»Er hat Verwandte dort.«

»Reist er oft?«

»Den Chinesen ist ihre Familie sehr wichtig, Herr Hansen.«

»Ich würde gern mal mit ihm reden.«

Wieder riefen die Gäste nach der Bedienung.

»Ich habe jetzt keine Zeit mehr für Sie, Herr Kommissar.«

3

Die Tür der »Chinese Seamen's Employment Agency« war nur angelehnt. Hansen war in das Souterrain des Hauses gestiegen und hatte die Haustür offen vorgefunden. Auf dem Türschild stand unter einigen groß geschriebenen chinesischen Schriftzeichen der Name des Inhabers: »Mr. Chen«. Hansen klopfte, schob die Tür auf und betrat ein Vorzimmer mit einem niedrigen Pult und einfachen Regalen. Dahinter konnte er durch eine offene Tür in einen Flur sehen. Von dort drangen seltsame Gerüche herüber: Moschus mit Rosen, verbranntes Leder mit Mottenkugeln, Zwiebeln mit Zimt, Kohl mit angeschmortem Gummi. Jedenfalls waren dies die Gerüche, die er auszumachen meinte.

Vom hinteren Ende des Flurs hörte er lautes Zischen, metallisches Scheppern und Schaben und das typische Geräusch eines nicht richtig funktionierenden Gasherds.

Hansen rief: »Hallo« und »Guten Abend«, und ganz kurz erschien das verschwitzte Gesicht eines kleinen muskulösen Chinesen im Türrahmen; er bemühte sich zu lächeln, was ihm aber wegen einer offenbar großen Anstrengung nicht gelingen wollte. Hansen deutete das Lächeln als Einladung und ging den Flur entlang, in dem zahlreiche Fotografien von Frachtschiffen hingen, ein englischsprachiges Diplom und ein Zertifikat des »Norddeutschen Lloyd«.

An der Küchentür blieb Hansen stehen. Ein Teil der eigenartigen Gerüche schien von hier zu kommen. Der Chinese stand mit umgebundener Schürze vor einem Gasherd und rührte mit dünnen Stäbchen in einer riesigen Pfanne herum. Auf dem Fußboden lagen zwei verbrannte Kochlöffel. Eine sehr große Flamme leckte an den Rändern der Pfanne hoch, und der Chinese neigte die Pfanne mit dem Öl, um die Fleischstücke darin knusprig zu braten. Immer wieder spritzte das Fett in die Flammen, und Hansen kam dieses Manöver ziemlich riskant vor. Das war es wohl auch: Der Topflappen in der linken Hand des Mannes war schon verkohlt, und die aufgekrempelten Ärmel seines weißen Hemdes waren angesengt. Der Geruch, den Hansen für angekokelten Gummi gehalten hatte, kam von den verbrannten Haaren am Unterarm des Chinesen.

Es puffte mehrmals laut, dann stieg eine Flamme auf und verursachte eine kleine schwarze Rauchwolke. Der Mann zerrte die Pfanne vom Feuer, schnappte mit den Stäbchen die Fleischstücke und ließ sie in eine dunkelbraune Tunke in einer bereitgestellten Emailleschüssel fallen. Dann drehte er sich um und sagte: »Guten Abend, Herr Hansen.«

»Sie kennen mich also«, stellte der Kommissar fest.

»Aber ja, tun das nicht alle hier im Viertel?«

»Glücklicherweise nicht, aber viele, da haben Sie Recht.«

»Außerdem wurden Sie angekündigt. Frau Wu war so freundlich, mich vorzubereiten …«

»So …?«

Der Chinese, dem große, hervortretende Augen ein leicht froschartiges Aussehen verliehen, band die Schürze ab, ließ sie über die verbrannten Kochlöffel auf den Boden gleiten und hielt Hansen die Hand hin. Hansen ergriff sie, sie fühlte sich ölig an.

»Chen Mee Ling«, stellte der Chinese sich vor.

»Ich weiß«, sagte Hansen, »man kennt Sie hier im Viertel.«

Herr Chen hob lachend den Zeigefinger. »Sie sind ein Schelm, Herr Kommissar.«

Hansen deutete auf den Herd. »War das nicht ziemlich gefährlich eben?«

Chen breitete die Arme aus. »Aber ja, nur … was bleibt mir übrig? Wissen Sie, wir Chinesen kennen sechsundvierzig Grundarten des Garens. Ich versuche gerade, die siebenundvierzigste zu erfinden. Und dazu brauche ich sehr große Hitze.«

»Vor dem nächsten Versuch sollten Sie die Feuerwache am Millerntor verständigen.«

Chen lachte herzlich und deutete auf einen mit Wasser gefüllten Eimer.

»Also«, sagte Hansen, »wissen Sie, was passiert, wenn Sie brennendes Öl mit Wasser löschen wollen?«

»Puff«, sagte Chen, »aber dann ist es aus.«

»Und das Haus ist auch weg.«

Chen lachte und deutete auf eine Tür. »Gehen wir doch in den Salon.«

Der Salon war eher ein Zimmer, das wie eine Kapitänskajüte eingerichtet war: Alle Möbelstücke schienen von etwas kleinerem Format zu sein als sonst üblich. Chen zog sich ein Jackett über, bot Hansen einen Sessel an und setzte sich ebenfalls. Dann nahm er ein Zigarettenetui und hielt es Hansen hin. Der Kommissar lehnte ab.

»Darf ich?«, fragte Chen höflich.

Hansen nickte.

»Sie möchten also wissen, warum wir die Kerzen neben die Leiche gestellt haben«, sagte Chen.

»Sie waren das?«, fragte Hansen verblüfft.

»Oh.« – Chen lachte. – »Sie wussten es nicht? Dann habe ich ein Geheimnis verraten. Wie dumm von mir.« Er zündete sich eine Zigarette an. Hansen hatte den Eindruck, dass der Rauch ebenfalls nach verbranntem Gummi roch.

»Aber Frau Wu sagte mir doch, Sie wüssten sicher längst Bescheid.«

Wie nett von ihr, dachte Hansen – und warum hat sie mir das nicht gleich gesagt? Er lehnte sich zurück. »Also, warum haben Sie es getan?«

»Weil er ein Freund war.«

»Nur deshalb?«

»Ja, nur deshalb. Er sollte gefunden werden. Es ist ein scheußlicher Gedanke, sich vorzustellen, dass da draußen ein Mensch liegt, selbst wenn er schon tot ist, und keiner kümmert sich um ihn.«

»Sie hätten doch auch telefonieren können …«

»Das stimmt natürlich, Herr Kommissar, aber sehen Sie, wir waren sehr verwirrt, verstört, bestürzt – und traurig, verzweifelt …«

»Wer ist wir?«, fragte Hansen, »und was haben Sie beobachtet?«

»Ein Freund und ich …«

»Name!«

»Der würde Ihnen nichts nützen, er ist schon wieder abgereist.«

»Dennoch.«

Chen wiegte den Kopf hin und her. »Ich denke darüber nach.«

»Wenn Sie mir helfen wollen, und ich vermute, dass Sie das tun wollen, um sich selbst zu nützen, sollten Sie mir alles sagen.«

Chen lachte leise. »Es ist nie gut, alles zu sagen, das wissen Sie auch, Herr Kommissar. Menschen, die alles sagen, verlieren alles. Besser ist es, nichts zu sagen und trotzdem verstanden zu werden.«

»So?«

Chen nickte bedächtig.

»Liang Fong hat also zu viel geredet?«

»O nein, das hat er bestimmt nicht.«

»Aber jemand muss doch einen Grund gehabt haben, ihn zu töten, wenn es kein Unfall war.«

»Kein Unfall, nein. Bestenfalls ein Unfall der Weltgeschichte.«

»Wie meinen Sie das?«

Chen dachte nach. »Wenn man keinen Unterschied macht zwischen den großen und kleinen Seelen, wenn alle gleich viel wert sind und alle zusammen die Energie des Universums ausmachen, dann ist jede gleich wichtig und entscheidend für den Gang der Welt.«

»Sie weichen mir aus, Herr Chen. Bleiben wir lieber bei den Tatsachen. Was haben Sie gesehen?«

»Also gut. Kennen Sie Chico, Herr Kommissar?«

»Das ist ein verbotenes Glücksspiel. Aber Sie schweifen schon wieder ab!«

»Nein, nein, ich wollte Sie nur um Verständnis bitten. Ich weiß, dass es verboten ist. Eben darum habe ich mich gescheut, es Ihnen mitzuteilen.« Chen sog an seiner Zigarette.

»Was denn nun?«, fragte Hansen ungeduldig.

»Dass ich da drüben war, zwei Häuser neben dem Restaurant von Wu. Dort ist ein … Sie würden sagen Kaffeehaus, aber man trinkt Tee, manchmal, aber nur zu später Stunde, wenn schon abgeschlossen ist, auch Reiswein oder Blumenschnaps …«

»Blumenschnaps?«

»Er riecht nach Rosen.« Chen lachte. »Und ist sehr stark. Wenn Sie wollen, Herr Kommissar, ich habe eine Flasche hier …«

»Im Hinterzimmer dieser Teestube ist also ein illegales Spiellokal, wo man Chico spielt«, stellte Hansen fest.

»Oh, das wissen Sie schon?«

»Sie haben es mir doch gerade gesagt.«

»Habe ich das?« Chen lächelte dünn. »Wir sprachen doch von Rosenschnaps.«

»Herr Chen! Meine Geduld ist bald am Ende!«

Der Chinese hob beschwörend die Hände. »Nein, nein, das möchte ich nicht! Sehen Sie, es ist mir unangenehm, und ich gestehe es auch nur, weil mir am Schicksal unseres toten Freundes etwas liegt. Es gibt dort eine Klappe und darunter eine Treppe, die in den Keller führt. Dort unten ist ein anderes … Lokal. Irgendwann hörten wir Stimmen und ein Rumoren. Wir waren am Ende des Spiels angelangt, einige hatten sich schon die Jacken übergezogen. Wir gingen also nach vorn, um zu sehen, was los war, und da sahen wir, wie drei Männer ihn raustrugen und auf die Straße legten, im Schein des Kellerlichts konnte man ein bisschen erkennen. Als sie weg waren, sind wir nach draußen gegangen und sahen, dass es Fong war. Da bekamen wir Angst und liefen alle schnell nach Hause. Später dann haben wir uns überlegt, dass wir die Lichter hinstellen sollten … So war es.«

»Genau so?«, fragte Hansen.

»Haben Sie schon mal versucht, ein Ereignis genau so zu schildern, wie es sich zugetragen hat?«

»Das muss ich sehr oft tun.«

»Und? Ist es Ihnen jemals gelungen?«

»Sicher. Ich hoffe doch.«

Chen lachte. »Sie haben einen gesunden Menschenverstand, Herr Kommissar.« Es klang nicht gerade wie ein Kompliment.

»Wenn Liang Fong Ihr Freund war, Herr Chen, dann kannten Sie ihn sicher schon länger.«

Chen nickte. »Nicht sehr lange, aber er war ein Freund.«

»Nun gut, und wie ist er nach Hamburg gekommen?«

»Wie die meisten von uns irgendwann kamen, mit dem Schiff. Als Heizer oder Wäschereiarbeiter.«

»Wann war das?«

»Vor zwei Jahren.«

»Und er hat Sie sofort aufgesucht?«

»Das ist nicht verwunderlich. Es gibt nur noch diese Agentur für chinesische Seeleute. Es kommen ja nicht mehr so viele wie früher in Hamburg an, weil britische und amerikanische und andere Schiffe jetzt fortbleiben. Es gibt nur noch den Shipchandler nebenan, der behauptet, ein Koreaner zu sein. Er kümmert sich um die anderen asiatischen Seeleute.«

»Behauptet?«

»Meiner Meinung nach ist er Japaner. Er ist sehr herablassend, wissen Sie. Ich grüße ihn nicht mehr. Japan ist im Krieg mit unserem Land.«

»Nun gut, aber zurück zu Liang Fong.«

»Er wollte wieder auf einem Schiff arbeiten, deshalb kam er zu mir, aber dann hat er sich doch anders entschieden. Es ist ja eine sehr anstrengende Arbeit, und sie wird nicht gut bezahlt. Ich hatte auch den Eindruck, dass es ihm hier gut gefiel. Für eine Weile kann ein Chinese sein Heimweh zügeln, wissen Sie … Er hat dann angefangen, als Hausierer zu arbeiten, wie andere seiner Landsleute auch.«

»Ich hatte den Eindruck, dass er in seiner Unterkunft privilegiert war. Also hat er gut verdient.«

»Er war ein guter Verkäufer.«

»Aber warum sollte man einen Verkäufer von Porzellanwaren und Tee umbringen?«

Chen nahm sich eine neue Zigarette aus dem Etui. »Das kann ich Ihnen nicht sagen, Herr Hansen. Nur so viel: Sie müssen unter der Erde nach Antworten suchen.«

»In diesem Keller.«

»Zum Beispiel.«

»Gut. Nun sagen Sie mir nur noch eins, Herr Chen. Sie sind doch ein welterfahrener Mann und haben täglich mit weit gereisten Menschen zu tun ... Was hat es mit dieser Tätowierung auf sich, mit der schwarzen Schlange?«

Chen lächelte dünn und schaute dem Rauch seiner Zigarette nach, der sich zur Decke kräuselte. »Da kann ich Ihnen nicht weiterhelfen, Herr Kommissar.«

Hansen beugte sich vor und sah Chen direkt ins Gesicht. »Haben Sie auch so eine Tätowierung auf der rechten Schulter?«

Chen lachte. »Warum sollte ich?«

»Haben Sie?

Chen stand auf, zog das Jackett aus, knöpfte sein Hemd ein Stück weit auf und schob den Stoff beiseite. Keine Tätowierung.

»Danke«, sagte Hansen.

Chen knöpfte sich das Hemd wieder zu. »Sie sind wirklich sehr misstrauisch, Herr Kommissar. Dennoch möchte ich Sie gern zum Essen einladen, wenn Sie jetzt mit Ihrer Befragung fertig sind.«

»Nein, danke, ich muss noch weiter.«

»Fragen stellen?«

»Ja.«

»Mitten in der Nacht?«

»Gerade dann.« Hansen stand auf. »Und Sie wissen wirklich nicht, welcher Organisation Ihr Freund angehört hat?«

»Tut mir Leid.« Chen griff nach dem Jackett.

»Und wie erklären Sie sich, dass der tote Deutsche aus dem Opiumkeller auch eine solche Tätowierung hatte?«

Chen hielt inne. »Hatte er das? Das erstaunt mich aber.«

»Es ist also eine typisch chinesische Erscheinung, Ihrer Meinung nach.«

Chen tat überrascht. »Aber das sagten Sie doch, Herr Kommissar.«

Hansen gab seufzend auf. Sie verließen den Salon, und Chen begleitete Hansen bis zur Haustür.

Bevor er die Tür aufzog, drehte Hansen sich um und sagte: »Wissen Sie, was ich eigenartig finde, Herr Chen? Uns sind eine Reihe illegaler Spiellokale in dieser Ecke hier bekannt, aber von diesem, in dem Sie Chico spielten, haben wir nie gehört.«

Chen lächelte traurig. »Dann habe ich jetzt leider etwas ausgeplaudert, was ich nicht hätte tun sollen. Verzeihen Sie mir, seien Sie nachsichtig, und verraten Sie mich nicht.«

4

Die drei Chinesen mit dem Kontrabass waren zwar nur eine kleine Pausennummer, aber sie kamen immer wieder gut an. Als Dekoration dienten breite Quader aus Pappmaché, die die große Mauer darstellen sollten; dazwischen war ein Tor, vor dem ein Polizist stand. Von der einen Seite näherten sich ihm drei Kulis mit einem Wagen, auf dem ein Kontrabass lag. Am Tor angekommen, wurde ihnen die Durchfahrt verweigert, offenbar war der Polizist mit dem Äußeren der drei Reisenden nicht zufrieden. Die Reisenden versuchten, ihn mit einigen geschickten Kunststücken milde zu stimmen, schmeichelten ihm und begannen schließlich, ihn mit Dingen zu bestechen, die sie aus ihren Hosen- und Jackentaschen fischten. Als auch das nichts half, ließen sie nach und nach ihre Kleider zu Boden fallen, und zum Vorschein kamen drei halbnackte Artistinnen, von denen eine dem Polizisten schließlich den Kopf verdrehte, während die anderen beiden heimlich den Kontrabass durchs Tor schafften.

Hansen und Herr Kuo standen auf der Galerie im ersten Stock und schauten hinunter auf die Bühne des großen Saals im Cheong Shing.

»Eine alberne Nummer«, sagte Herr Kuo, »ich habe sie nie gemocht.«

»Aber die Leute amüsieren sich doch«, meinte Hansen.

»Weil es Striptease ist. Nur deshalb.«

»Schon als ich das erste Mal in Ihr Lokal kam, Herr Kuo, habe ich diese Nummer gesehen.«

»Ich habe sie mir mal selbst ausgedacht, weil ich herausfinden wollte, wieso die Deutschen es lustig finden, wenn drei Chinesen mit dem Kontrabass auf der Straße stehen und ein Polizist dazukommt.«

»Und? Warum?«

»Ich hab's nie verstanden. Auch meine Frau konnte es mir nicht erklären.«

»Es hat keinen Sinn«, sagte Hansen. »Das ist der Witz.«

Kuo schüttelte den Kopf. »Das kann nicht sein. Wenn alle darüber lachen, muss es doch einen Sinn haben.«

»Ich kann es Ihnen jedenfalls auch nicht erklären.«

Das italienische Orchester setzte ein und spielte eine süßliche Walzermelodie.

»Kommen Sie«, sagte Kuo, »das dürfen Sie nicht sehen. Jetzt wird getanzt.«

Er führte Hansen in ein mit teuren Möbeln eingerichtetes Büro und bot ihm einen Ledersessel in einer Sitzecke mit Rauchertisch an. »Dass Sie schon wieder mein Lokal aufsuchen, macht mir Sorgen, Herr Kommissar.« Kuo rückte seine eckige Brille zurecht. Er trug wieder einen Zweireiher, dazu eine rote Krawatte und ein hellblaues Einstecktuch.

»Es gibt keinen besonderen Grund. Ich besuche alle chinesischen Lokale in meinem Revier, weil ich auf der Suche nach den Schmuckstraßenmördern bin. Ich brauche Hinweise, Hilfe, Unterstützung.«

Kuo neigte den Kopf, zögerte, griff nach einer Kiste mit Zigaretten und Zigarren, klappte sie auf und wieder zu und stellte sie zurück auf den Tisch. Dann beobachtete er eingehend das aus Jade gearbeitete Feuerzeug, das die Form eines Elefanten hatte, und wiegte den Kopf hin und her.

Schließlich holte er tief Luft und sagte: »Ich habe Grund, mir Sorgen zu machen.«

Hansen sah ihn abwartend an.

»Schauen Sie«, sagte Kuo, »es gibt Anzeichen dafür, dass sich schwarze Wolken über uns zusammenbrauen. Diese Morde in der Schmuckstraße kommen mir vor wie schlimme Vorboten ...« Er brach ab. »Ich weiß nicht, wie ich es ausdrücken soll ... aber, sehen Sie, wir Chinesen waren in dieser Stadt immer willkommen. Manche von uns sind schon seit über zwanzig Jahren hier. Wir haben Geschäfte gegründet, auch Familien, und einige denken gar nicht mehr an Rückkehr. Wir haben sogar einen ... Friedhof ...« Kuo lächelte traurig vor sich hin.

»Im Großen und Ganzen genießen Ihre Landsleute einen guten Ruf«, bestätigte Hansen. »Und wenn hin und wieder ein Verbrechen geschieht, ändert das nichts daran. Kriminelle Handlungen werden auch von Deutschen und allen anderen Nationen verübt.«

»Das ist Ihre Ansicht, Herr Kommissar, und dafür danke ich Ihnen, aber bestimmte Leute denken anders darüber.«

»Wieso? Wer?«

»Man kann es nicht so genau sagen ... die Drohungen kommen aus verschiedenen Richtungen.«

»Drohungen?«

»Nach dem Mord an dem Deutschen ist es schlimmer geworden, aber es begann schon früher. Und es betrifft nicht nur mich. Auch andere Mitglieder des chinesischen Vereins sind davon betroffen.«

»Wer droht Ihnen und warum?«

»Wer, weiß ich nicht, und warum ...« Er lachte verlegen und räusperte sich. »Sie wissen, dass ich eine deutsche Frau habe.«

»Ja, natürlich.«

»Ich bin ja nicht der einzige Chinese, der sich auf diese Weise fest an diese Stadt gebunden hat. Auch Geschäfte bedeuten eine große Bindung, aber die kann man abbrechen, verlegen, verändern. Eine Familie – und manche haben ja auch Kinder – verschiebt man nicht einfach. Nur wenn man muss. Einige meiner Bekannten denken darüber nach. Und das, obwohl wir einmal willkommen waren in dieser Stadt.« Kuo holte tief Luft und wurde heftiger: »Nun kommen also Briefe mit Drohungen. Man beschimpft uns, wir hätten die Ehre deutscher Frauen beschmutzt, wir hätten uns Huren ins Haus geholt und sie geheiratet – was für absurde Anschuldigungen … Wir würden die deutsche Rasse beschmutzen, das deutsche Vaterland schänden und die Moral untergraben, allein durch unsere Anwesenheit. Derlei steht in Briefen, die unsere Mitglieder und andere Chinesen erhalten. Vor allem solche, die schon länger hier sind und sich geschäftlich und gesellschaftlich etabliert haben.«

»Manche Menschen vertreten eigenartige Ansichten. Das geht vorüber«, sagte Hansen.

»Es tauchen immer mehr Männer in Uniformen bei uns auf. Ich meine nicht die Soldaten und Offiziere, die sich meist ganz normal benehmen, sondern die anderen, die in den braunen und schwarzen Hemden.«

Hansen nickte.

»Sie pöbeln herum«, sagte Kuo, »beschimpfen die Kellner und Serviererinnen und versuchen, deutsche Frauen von ausländischen Gästen zu trennen. Dass sie dann auch noch die Zeche prellen, ist beinahe eine Nebensache.«

»Ist das schon oft passiert?«

»In letzter Zeit häufiger, und nicht nur hier bei uns, auch in den anderen großen chinesischen Lokalen, weniger in den kleinen, glaube ich.«

»Auch wer eine Uniform trägt, muss sich benehmen.«

Kuo schüttelte den Kopf. »Ich habe mich ja an Ihre Wache gewendet. Aber Ihr Revierleiter hat mir deutlich zu verstehen gegeben, dass er nichts dagegen unternehmen kann, nein, es klang eher so, dass er nichts dagegen unternehmen will.«

Hansen nickte andeutungsweise.

»Sie waren immer ganz anders, Herr Kommissar … als Sie noch die Wache geleitet haben …«

»Es hat seine Gründe, dass ich es nicht mehr tue.«

»Auch in Zeitungen haben wir in letzter Zeit lesen müssen, dass wir ein Problem für die ›soziale Hygiene‹ der Stadt sein sollen. Was heißt ›soziale Hygiene‹, Herr Kommissar?«

»Ich bin nicht der Richtige, um Ihnen das zu erklären …«

»Wussten Sie, dass schon seit einigen Jahren keine Eheschließungen zwischen Deutschen und Chinesen mehr genehmigt werden?«

»Nein.«

»Früher hat unsere Botschaft in Berlin ihren Einfluss geltend machen können, wenn es Problemfälle gab. Heute muss man ins Ausland fahren, um zu heiraten. Und neulich wurde ein Paar getrennt, nachdem es in Holland geheiratet hatte.«

»Getrennt?«

»Man hat sie abgeholt und fortgebracht. Wir bekamen einen Brief von dem Mann. Wo seine Frau hingekommen ist, weiß er nicht.«

»Ich kann Ihnen bei alledem nicht viel helfen, Herr Kuo. Ich habe keine Macht. Ich bin nur Polizist.«

»Meinen Sie, der Krieg hat etwas damit zu tun?«, fragte Kuo hoffnungsvoll. »Dann wäre vielleicht alles bald wieder vorbei.«

»Vielleicht.«

»Aber wir Chinesen führen doch gar keinen Krieg gegen Deutschland.«

»Ich kann Ihnen Ihre Fragen nicht beantworten, Herr Kuo. Mein vordringliches Problem sind die beiden Toten aus der Schmuckstraße.«

Kuo nickte bekümmert. »Und dabei kann ich Ihnen nicht helfen.«

»Sind Sie sicher?«

»Haben Sie mit Herrn Chen gesprochen?«

»Ja, aber viel ist nicht dabei herausgekommen.«

»Aber er wäre der Einzige, der Ihnen helfen könnte, wenn Sie wirklich interessiert sind, diese Verbrechen aufzuklären.«

»Das bin ich.« Hansen stand auf.

Sie gaben sich die Hand, und der Kommissar verließ das Büro des Chinesen mit einer Last auf den Schultern, die ihn ärgerte.

Was gehen mich die Sorgen dieser Leute an! Soll ich mir da auch noch ein Gewissen machen? Ich schleppe doch schon genug Ärger mit mir herum.

An der Bambus-Bar bestellte er ein Bier, weil er eine trockene Kehle hatte. Eine junge Frau in einem offensichtlich selbst geschneiderten Kostüm näherte sich ihm lächelnd, bemerkte aber gerade noch rechtzeitig, dass er kein normaler Gast war – vielleicht war es auch ein kurzes Zwinkern des Barkeepers gewesen, das sie gewarnt hatte. Sie biss sich auf die Unterlippe und ging eilig an ihm vorbei.

Sein Blick schweifte über das Gedränge und Gewoge der Nachschwärmer, die nichts wussten von den Sorgen ihres Gastgebers und sich auch nicht dafür interessieren würden. Draußen war es dunkel, schwarz und still – hier drinnen hell, bunt und laut. Der grelle Schein war das einzig Reale im Cheong Shing – und die nackte Haut der Damen und die dicken Brieftaschen der Herren, glitzernde Schweißperlen, ein Hauch von Parfüm.

Ein Kuss, eine Hand, die eine Hüfte umfasste – die exotische Kulisse half dabei, manchen Zwang alltäglicher Umgangsformen abzulegen. Irgendwo da draußen war Krieg, ab und zu warf jemand ein paar Bomben auf diese Stadt, aber hier und heute Abend zählte nur die lässige Geste, mit der es einem Mann gelang, einer Dame Feuer zu geben, und das Rot des Lippenstifts, der einen Abdruck auf dem Mundstück hinterließ.

Aber sieh mal da, die Kleine, sagte sich Hansen, als er Vera Hollenkamp entdeckte. Die läuft dir in letzter Zeit aber oft über den Weg. Nimmt sich ganz schön was raus. Müsste doch längst zu Hause sein.

Das blonde Mädchen trug ein hübsches Sommerkleid und bahnte sich ganz selbstverständlich inmitten der Nachtschwärmer einen Weg Richtung Ausgang. Hansen folgte ihr.

5

Es war nicht einfach, in der Dunkelheit jemandem durch die Große Freiheit zu folgen. Zwar hatten die Lokale an den Eingängen Leuchtmarkierungen angebracht, damit sich die Gäste zurechtfinden konnten, aber Hansen musste sich sehr anstrengen, Vera Hollenkamp nicht aus den Augen zu verlieren. Mensch, dachte er mit einem kurzen Anflug von Ironie, da humpelst du mitten in der Nacht einem blutjungen Mädchen hinterher, das sich auf St. Pauli beinahe besser auskennt als du selbst.

Jetzt bewegte sich Vera zielstrebig auf den Eingang des Neu-China zu. Der Reiz des Exotischen, nahm Hansen an, war es, der das Mädchen in diese Lokale trieb. Oder suchte sie jemanden?

Ohne Schwierigkeiten kam sie hinein, und Hansen fragte sich einen Moment, ob er den Türsteher in der schmucken blauen Uniform warnen sollte. Die chinesischen Lokale, so lautete eine Dienstanweisung aus dem Stadthaus, sollten regelmäßig und intensiver observiert werden. Irgendjemandem war aufgefallen, dass sich im Cheong Shing und im Neu-China auffallend viele Frauen ohne männliche Begleitung einfanden. Dass die sich dann mit den anwesenden Chinesen und anderen Asiaten zusammentaten, um sich zu vergnügen, war nicht nur den Damen aus der Gaufrauenschaftsleitung ein Dorn im Auge. Auch die Beamten aus der Kriminalinspektion II D richteten in letzter Zeit auffällig viele Anfragen zu Sittlichkeitsdelikten und Prostitutionsvergehen im Zusammenhang mit Rassenschande und Zuhälterei an die Davidwache. Daran, dass sich bestimmte Anfragen häuften, konnte man ablesen, welche Themen den Partei-Oberen besonders unter den Nägeln brannten. Prompt las man dann in den wichtigsten Zeitungen verstärkt Artikel zu diesen Themen. Wenn man genau hinsah und hinhörte, konnte man den Zeitpunkt der nächsten Razzia beinahe auf den Tag genau bestimmen. Herr Kuo machte sich zu Recht Sorgen, das war Hansen klar, auch wenn er dem Besitzer des Cheong Shing gegenüber abgewiegelt hatte.

Das Neu-China war europäischer eingerichtet als das Cheong Shing – weniger Bambus, mehr Art Deco –, das Publikum war ähnlich, allerdings hatten sich an diesem Abend erstaunlich viele Wehrmachtsoffiziere eingefunden. Die liebten es, ihre durch militärische Eroberungen erlangte Weltläufigkeit in internationalem Milieu unter Beweis zu stellen. Sie benahmen sich angeberischer und lauter als die zahlenmäßig unterlegenen Angehörigen der Marine, die ihre »Kameraden Landratten« misstrauisch beäugten.

Das Mädchen schien sich nicht für die Offiziere zu interessieren. Sie ging umher und hielt offensichtlich Ausschau nach jemandem. Für die Bühne, auf der eine vielköpfige Kapelle internationale Unterhaltungsmusik darbot, hatte sie keinen Blick. Sie schien ruhelos. Mal stand sie in einer Ecke und beobachtete die Menschen im Saal, mal suchte sie in den ruhigeren Winkeln, dann wieder fragte sie einen Kellner und einen Mann hinter der Bar. Überall erntete sie ein Kopfschütteln.

Offenbar entmutigt, setzte sie sich auf einen Barhocker und bestellte etwas zu trinken. Hansen trat neben sie, tippte dem Leutnant, der sich gerade zu ihr herüberbeugen wollte, auf die Schulter und zeigte seine Polizeimarke. Der Offizier zog die Augenbrauen hoch und verließ die Bar.

»Es ist schon erstaunlich, wo ich Sie überall treffe, Frau Hollenkamp«, sagte Hansen.

Vera drehte sich erschrocken um. »Oh, Sie … Herr, Herr …«

»Kriminalkommissar Hansen von der Davidwache. Aber das sollten Sie sich inzwischen gemerkt haben.«

Sie lachte verlegen. »Ja, natürlich, wir haben uns …«

»… schon mehrfach getroffen. Und das Merkwürdige dabei ist, dass es immer etwas mit meiner Arbeit zu tun hat.«

»O ja? Wirklich?«

»Na, neulich, als Sie sich bei uns auf der Wache so mutig für Ihren Freund eingesetzt haben, diesen Swingheini.«

»Mein Freund ist das aber nicht.«

»Nun ja, Sie haben sich jedenfalls für ihn stark gemacht.«

»Das war aber auch eine himmelschreiende Ungerechtigkeit!«

»Unser Revierleiter versteht keinen Spaß, damit muss man sich abfinden.«

»Warum werden nicht so Leute wie Sie Revierleiter?«, fragte Vera. »Zu Ihnen könnte man Vertrauen haben, jedenfalls mehr als zu diesem Mann. Der war ja brutal.«

»Wir haben Anweisung, hart durchzugreifen, um die Jugend zu schützen.«

»Und wer schützt die Jugend vor der Polizei?«

»Eine gute Frage, Fräulein Hollenkamp. Bei Ihnen tut das offenbar Ihr Vater, wenn ich es richtig verstanden habe.«

»Er kümmert sich um mich, wenn es sein muss.«

»Nur abends nicht, wie mir scheint. Er erlaubt Ihnen, dass Sie so spät noch unterwegs sind, oder sind Sie ausgebüxt?«

Sie wurde rot. »Das muss ich nicht. Mein Vater ist sehr großzügig.«

»Und erlaubt Ihnen, sich nach einundzwanzig Uhr auf St. Pauli herumzutreiben?«

Sie zuckte mit den Schultern, die, wie Hansen fand, äußerst reizend waren. »Es ist mir erlaubt auszugehen.«

»Obwohl es gesetzlich verboten ist. Sie sind doch noch gar nicht achtzehn.«

»Ach, all diese Gesetze! Außerdem habe ich jetzt Ferien.« Sie blickte hochmütig an ihm vorbei.

»Ist Ihr Vater wirklich so einflussreich?«

»Könnte man sagen.«

»Hat er eine Fahrgenehmigung? Und kommt er mitten in der Nacht, um Sie abzuholen, wenn ich Sie jetzt mit auf die Wache nehme?«

»Was?« Sie riss erschrocken die Augen auf. Grüne Augen, stellte Hansen fest.

»Ich kann Sie ja nicht hier stehen lassen. Es ist nicht erlaubt. Außerdem ist es zu gefährlich.«

»Gefährlich!«, sagte sie verächtlich.

»Na ja, St. Pauli ist nicht mehr so turbulent wie früher, aber es geschehen immer noch viele unerfreuliche Dinge, manchmal auch richtig schlimme, wie zum Beispiel die beiden Morde in der Schmuckstraße.«

Jetzt war sie verunsichert.

Mal sehen, dachte Hansen, wer forsch ist, verplappert sich leicht. »Wen suchen Sie denn eigentlich hier?«

Sie wurde blass. »Wie bitte?«

»Drüben im Cheong Shing waren Sie auch schon.«

»Ja und?«

»Sie machen sich viel Mühe. Das finde ich erstaunlich. Sie sind ganz allein und suchen jemanden. Soll ich mal den Mann hinter der Bar bitten, mir zu sagen, nach wem Sie suchen?«

Sie reckte den Kopf und sagte hochnäsig: »Das ist nun wirklich nicht nötig. Ich suche meinen Bruder, damit er mich nach Hause bringt.«

»So, so. Er hat also auch eine Fahrgenehmigung.«

»Nein, aber er ist alt genug. Er begleitet mich in der Vorortbahn. Sie fährt ja schließlich noch.«

Hansen nickte. »Es ist noch nicht zu spät.« Und dachte dabei: Sie sagt noch »Vorortbahn« statt S-Bahn, das ist mal wieder typisch für diese Leute aus dem Westen. Er blickte sich demonstrativ um: »Aber wo ist er denn, Ihr Bruder?«

Sie verzog das Gesicht. Allmählich schien sie sich unwohl zu fühlen. »Er kommt schon noch.«

»Bald?«

»Aber ja.«

So ein Unsinn, dachte Hansen, die treibt sich rum. Aber dadurch hab ich sie in der Hand.

»Dann können wir ja zusammen noch etwas trinken, und Sie beantworten mir einige Fragen.«

»Wie bitte?«

Hansen hob den Arm und bestellte ein Bier.

»Wir haben uns heute erst in Othmarschen getroffen. Sie trugen Trauerkleidung.«

»Sie wissen doch, warum«, sagte sie unwirsch.

»Arthur Winkelmann, der Sohn Ihrer Nachbarn.«

»Ja.«

»Sie trugen Trauer, aber heute Abend scheinen Sie nicht mehr besonders traurig zu sein.«

»Es hat mich natürlich getroffen. Ich kannte ihn doch. Aber wir haben uns nicht sehr nahe gestanden. Mein Bruder war gut mit ihm befreundet.«

»Ein weiterer Grund, auf ihn zu warten«, stellte Hansen fest.

»Wenn Sie meinen.«

»Die Todesumstände erschrecken Sie nicht?«

»Natürlich erschreckt mich der Tod. Wer will schon sterben.«

»Die Umstände, Fräulein Hollenkamp. Es war Mord.«

»Ja.« Sie nippte an ihrer Fassbrause.

»Arthur Winkelmann wurde in einem chinesischen Keller gefunden. Wie kam er da hin?«

»Das kann ich Ihnen doch nicht sagen.«

»Nein? Aber wissen Sie, was ich erstaunlich finde? Sie suchen nach Ihrem Bruder in einem chinesischen Lokal, und der Freund Ihres Bruders kommt in der Schmuckstraße ums Leben, dort wo die Chinesen hausen.«

»Ja und?«

»Was haben Ihr Bruder und sein Freund mit den Chinesen zu tun?«

»Das weiß ich doch nicht! Es gefällt ihnen da, sie interessieren sich dafür. Sie haben immer so eigenartige Sachen zusammen gemacht.«

»Zum Beispiel Opium geraucht.« Hansen griff nach dem Bierglas, das der Kellner ihm hingestellt hatte.

»Wie bitte?«

Hansen trank einen großen Schluck und stellte das Glas wieder ab.

»Arthur Winkelmann hatte kurz vor seinem Tod Opium geraucht. Der Gerichtsmediziner sagt, er sei rauschgiftsüchtig gewesen.«

»Kann man süchtig nach Opium sein?«

»Ach, Fräulein Hollenkamp, jetzt stellen Sie sich aber dumm!«

Sie blickte verärgert zur Seite. »Ich bin doch nicht verantwortlich für Arthur.«

»Aber hier in diesem Lokal und im Cheong Shing kennen Sie sich ganz gut aus.«

»Das sind doch ganz normale Kaffeehäuser! Was wollen Sie mir denn eigentlich unterstellen?«

»Fräulein Hollenkamp, ich will Ihnen nichts unterstellen, ich bitte Sie um Ihre Hilfe.«

»Wobei denn überhaupt?«, fragte sie unwirsch.

»Ich suche den Mörder von Arthur Winkelmann.«

Sie sah zu Boden.

»Sie sind nicht sehr entgegenkommend«, sagte Hansen und dachte: Du hast nichts gegen sie in der Hand, außer dass sie sich nachts an den falschen Orten herumtreibt, und das weiß sie auch; und sie weiß, dass ihr Vater nur mit dem Finger schnippen muss, und schon ist alles erledigt, und offenbar lässt er sie gewähren, und trotzdem … man müsste sie beschatten lassen …

»Darf ich den Waschraum aufsuchen?«, fragte Vera.

»Den was?«

»Die Toiletten.«

»Aber ja, natürlich, gehen Sie nur.«

Vera griff nach der kleinen Handtasche, die sie auf den Tresen gelegt hatte, und sprang vom Barhocker.

Hansen winkte den Kellner heran, zeigte seine Marke. »Kennen Sie dieses Mädchen?«

Der Kellner, ein junger Mann mit weißer Jacke und weißen Handschuhen, runzelte die Stirn.

»Ist sie öfter hier?«

Der Kellner zuckte mit den Schultern. »Möglich, dass ich sie hier schon mal gesehen habe.«

»Sie kennen Sie, das weiß ich. Nach wem hat sie Sie gefragt?«

»Wie bitte?«

»Sie hat Sie doch was gefragt.«

»Ach so, ja. Nach ihrem Bruder.«

»Ist der öfter hier?«

»Ja, aber nicht in den letzten Tagen. Das hab ich ihr auch gesagt.«

»Wissen Sie, wie er heißt?«

»Ich weiß ja nicht mal, wie sie heißt.«

»Nein?«

»Nein, wir können doch unsere Gäste nicht ausfragen.«

»Aber Bruder und Schwester, das wissen Sie.«

Der Barmann seufzte. »Na gut, Hollenkamp. So heißt sie dann ja wohl auch.«

»Mit wem hat Hollenkamp sich hier getroffen?«

»Meistens mit einem Freund. Der war so alt wie er. Das Mädchen war aber nur ganz selten dabei.«

»Andere Mädchen?«

»Nein, nicht so, wie sie das meinen. Manchmal kamen sie mit einer Gruppe rein und saßen zusammen an einem Tisch. Aber meist waren die beiden jungen Männer allein da.«

»Und sprachen Sie auch mit Chinesen?«

Der Barmann lächelte dünn. »Wenn man öfter hier ist, spricht man natürlich auch mal mit einem Chinesen.«

»Mit ganz bestimmten Chinesen vielleicht?«

»Das weiß ich nicht …«

»Für Sie sehen sie alle gleich aus, was?«

»Ja, na ja …«

Hansen blickte durch den Saal und sah auf der gegenüberliegenden Seite Vera Hollenkamp, die sich eilig wie ein scheues Reh durch die Gäste hindurchschlängelte und auf den Ausgang zulief.

Fluchend sprang er vom Barhocker, zückte die Brieftasche, zahlte und drängte sich durch die Gäste, die wirklich aus aller Herren Länder zu kommen schienen.

Draußen angekommen, mussten sich seine Augen erst einmal an die Dunkelheit gewöhnen. Etwas weiter blitzte ein Stück weißer Stoff im Schein der Taschenlampe eines Passanten auf.

Jemand leuchtete ihr scherzhaft hinterher und rief eine anzügliche Bemerkung.

Hansen beeilte sich und konnte noch erkennen, wie sie in die Schmuckstraße einbog. Er rannte los, erreichte die Straßenecke und … sah niemanden mehr.

Wo ist die jetzt hin? Er horchte, aber es waren keine Schritte zu hören. Da drüben – nein, das war ein Mann. Hansen ging weiter, horchte, blieb stehen, beschleunigte seine Schritte, verlangsamte sie, kehrte, am Ende der kurzen Straße angelangt, wieder um und leuchtete einigen Passanten ins Gesicht, die ihm entgegenkamen und protestierten. Vera Hollenkamp war verschwunden.

ACHTES KAPITEL

Labyrinth

1

»Post für dich«, sagte Oberwachtmeister Schenk, als er gegen Mittag ins Büro trat.

Hansen, der schon eine ganze Weile vor sich hin grübelnd am Schreibtisch gesessen hatte, hob den Kopf. »Post?«

Schenk warf ihm den Briefumschlag aufs Pult. »Persönlich!«

Verdutzt griff Hansen nach dem Brief. Er war mit der normalen Post gekommen, die Anschrift war korrekt geschrieben, die Briefmarke abgestempelt, aber es stand kein Absender darauf.

Schenk grinste. »Eine Frauenschrift, das ist doch ganz klar. Eine neue Bekanntschaft?«

»Diese Schrift kenne ich nicht«, brummte Hansen.

»Mach auf, dann wirst du schon erfahren, wer dir zugetan ist.«

»Ach was«, wehrte Hansen ab, »wahrscheinlich dienstlich. Eine Informantin.«

»Was auch immer drinsteht, es geht mich nichts an.« Schenk setzte sich an seinen Schreibtisch und zog eine Schublade auf. Er begann, alle möglichen Kleinigkeiten herauszuholen, unter anderem eine Zahnbürste, eine Packung Rasierklingen, eine Tube Brillantine, eine alte Zeitung, eine Dose Scho-Ka-Kola und anderen Kleinkram. »Herrgott noch mal, was sich so ansammelt im Laufe der Zeit.«

»Was hast du denn vor?«, fragte Hansen.

»Ausmisten … bevor ich mich auf die Socken mache.«

Hansen nahm einen Brieföffner von der Ablage und ritzte den Umschlag auf. »Wohin denn?«, fragte er beiläufig.

Schenk schob die Schublade zu. »Na, Urlaub, Heinrich, was denn sonst? Es ist Sommer, die Kinder haben Ferien, und bald sind sie zu groß, um mit den Eltern zu fahren. Nächstes Jahr vielleicht schon …«

»Urlaub? Und wer macht hier die Arbeit?«

»Na du! Hast dich doch bis heute nicht für einen einzigen Tag in die Urlaubsliste eingetragen.«

»Hab ich nicht?«

»Nein. Genau wie im letzten Jahr und in dem davor. Und im nächsten Jahr wird es wieder so sein.«

Hansen schaute erstaunt auf. »Woher willst du das denn wissen?«

»Ich kann lesen, und ich kenn dich doch. Ohne Tretmühle bist du doch nur ein halber Mensch. Na ja … bist du sowieso, weil dir ja sozusagen die bessere Hälfte fehlt … aber was geht mich das an.« Schenk machte sich daran, den ganzen Kleinkram in einen Schuhkarton zu legen; auch eine alte Taschenuhr war darunter und ein moderner Füllfederhalter, den er noch nie benutzt hatte. »… wobei man sich schon fragt, wie du es immer wieder schaffst, die Frauen loszuwerden.«

»Ich kenne doch gar keine mehr.«

Schenk setzte den Deckel auf den Karton und hielt kurz inne: »Stimmt, hab dich lange nicht mehr in Begleitung gesehen. Ist schon eine Weile her … wie lange?«

»Muss dich doch gar nicht interessieren«, sagte Hansen unwirsch und zog die Karte aus dem Umschlag. Es war eine Fotografie.

»Aber …«, sagte Hansen, nachdem er einen kurzen Blick auf das Bild geworfen hatte und nichts damit anfangen konnte, »… du kannst doch jetzt hier nicht einfach verschwinden. Wir haben zwei Mordfälle am Hals!«

»Verschwinden kann ich sehr wohl«, gab Schenk in gelangweiltem Singsang zurück. »Vier Wochen, davon zwei im Schrebergarten und zwei auf Hiddensee.«

»Und ich soll mich allein damit rumplagen?«

»Hat Kelling dir keinen Ersatzmann versprochen?«

»Nein.«

»Na, siehst du!«

»Was heißt ›na siehst du‹?«

»Wie ich die ganze Zeit gesagt habe: Der tote Chinese interessiert niemanden, und mit dem anderen stimmt was nicht; die Geschichte wollen sie abwürgen.«

»Mich interessieren aber beide Morde!«

»Es hat sich auch schon mal jemand so weit aus dem Fenster gehängt, Heinrich, dass er rausgefallen ist.«

»Was soll das denn nun wieder heißen?«

»Dass du beim Fensterputzen aufpassen sollst, min Hein, hast ja keine Frau, die dir das abnimmt.«

Hansen sah seinen Kollegen ärgerlich an. Feigling, dachte er, aber er sagte es nicht. Stattdessen schaute er sich die Karte noch mal an, die er in der Hand hielt. Nein, diese ältere Dame, die da in einem dunklen Kleid mit einer Perlenkette um den Hals und ordentlich aufgesteckten dunklen Haaren auf einem Sofa saß und mit unbewegter Miene in die Kamera blickte, war ihm nicht bekannt. Die Hände auf den Knien verschränkt, saß sie angespannt da und wirkte eingeschüchtert.

»Na bitte!«, rief Schenk aus, der nun hinter ihm stand und ihm über die Schultern lugte. »Sieht nach einer guten Partie aus. Aber warum diese Maske?« Er meinte den schwarzen Balken, den jemand über die Augen der Frau geklebt hatte, sodass sie nicht zu identifizieren war.

»Gute Partie?«

»Na ja, mal abgesehen davon, dass sie zu schüchtern ist, um sich zu offenbaren, scheint es doch eine Dame aus guten Verhältnissen zu sein. Und in deinem Alter … na ja … ich erinnere nur an die letzten beiden. Die waren doch zu jung!«

Hansen war im Moment nicht klar, welche Bekanntschaften er zuletzt gehabt hatte; es war doch schon länger her, und in der Erinnerung schob sich ein Gesicht vor das andere. Aber …

»Was ist das denn?«, murmelte er, nachdem er das Foto umgedreht hatte.

Schenk beugte sich neugierig über ihn. »›Wir sollten uns unbedingt wiedersehen‹«, las er vor. »Na bitte, aber eindeutig ist das nicht.«

»Aber wer …« Hansen drehte die Karte von einer Seite auf die andere und starrte die Schrift an. Der Satz war von derselben Hand geschrieben worden wie die Adresse.

»Ist doch klar, Mensch!«

»Was ist klar?«

»Muss ich dir mal wieder auf die Sprünge helfen, Heinrich? Die traut sich nicht. Guck doch nur, wie gut die ausgestattet ist. Das Kleid. Und das Sofa hat auch sein Geld gekostet. Und eine Perlenkette. Vielleicht ist ihr Mann gestorben, der sie von hier weggeholt hat, und nun erinnert sie sich an dich, weil du immer ihr heimlicher Schwarm warst und deine schützende Hand über sie gehalten hast …«

»Wovon redest du denn eigentlich?«

»Mensch, Heinrich! Wie viel von den Mädchen in der Herbertstraße, die du im Laufe der Zeit kennen gelernt hast, haben dir was zu verdanken?«

»Was weiß ich.«

»Da will sich eine revanchieren. Und so, wie die da aussieht, kann sie sich das leisten. Wird sowieso Zeit, dass du hier mal ausziehst. Und die Pensionierung rückt auch immer näher. Mit der hier kannst du bestimmt ein paar vornehme Kurorte besuchen.«

»So ein Quatsch«, sagte Hansen unwirsch. »Du hast zu viel Phantasie. Außerdem ist die Botschaft keineswegs eindeutig.« Er hielt die Seite mit der Schrift etwas höher. Einmal heißt es »›sollten‹ und dann wieder ›unbedingt‹: Wie passt das zusammen? Entweder man ›muss‹ unbedingt oder man ›sollte‹ vielleicht.«

»Na, du machst es dir vielleicht schwer. Es ist doch klar, was sie meint. Was willst du da jedes Wort auf die Goldwaage legen.«

»Bei so wenigen Worten sollte man das tun.«

»Besuch sie einfach und frag sie. Es lohnt sich bestimmt. Die muss ihren Kuchen nicht auf Lebensmittelkarte kaufen, auch wenn sie es soll.«

»Ich weiß doch gar nicht, wer sie ist oder wo sie wohnt.«

»Künstlerpech«, meinte Schenk und ging zu seinem Schreibtisch zurück. »Da schmeißt sich dir eine an den Hals und vergisst die Adresse. Aber keine Sorge, die meldet sich wieder.«

»Das glaubst du.«

»Entweder sie schreibt dir noch die Adresse, oder sie nimmt den Balken ab. Wetten?«

»Mal sehen.«

Der Telefonapparat auf Hansens Schreibtisch klingelte. Er nahm ab, sagte: »Ja, er soll hochkommen«, und legte auf.

»Und? Ist sie das schon?«

»Nein, ein Matrose will uns etwas zu den Schmuckstraße-Morden sagen.«

Schenk schaute auf seine Armbanduhr. »Das musst du allein übernehmen. Ich hab schon seit zwei Minuten Urlaub.«

»Bleib noch so lang da«, sagte Hansen. »Es könnte doch sein, dass er etwas Wichtiges weiß.«

»Ja, eben … und dann willst du womöglich gleich los, und ich kann meinen Urlaub vergessen.« Schenk klemmte den Karton unter den Arm, steckte sich ein paar Utensilien in die Taschen und ging zur Tür.

Er hatte Schwierigkeiten, die Klinke herunterzudrücken, aber Hansen stand nicht auf, um ihm zu helfen. Er war sauer. In seinen Augen war Schenk ein Drückeberger.

Die Tür ging auf, und ein Asiate in Matrosenuniform stand im Türrahmen. Schenk ließ ihn an sich vorbei eintreten und rief dann: »Also, dann tschüss!«

»Hau bloß ab«, brummte Hansen.

Dann winkte er den Seemann zu sich und deutete auf den Stuhl vor seinem Schreibtisch.

2

Der Matrose war ein ganzes Stück kleiner als Hansen und von zierlicher Statur. Er trug eine Nickelbrille und lächelte scheu oder höflich oder beides, wie sollte man das bei diesen Asiaten wissen? An seinem Hals bemerkte Hansen einen großen Leberfleck.

»Sprechen Sie Deutsch?«, fragte er.

Der Mann nickte.

»Setzen Sie sich.«

Der Matrose setzte sich auf den Stuhl, nahm eine gerade Haltung ein und legte die Hände in den Schoß.

»Wie heißen Sie?«

»Kim Chung ist mein Name, ich bin Koreaner, Seemann und zurzeit auf der Suche nach einer Heuer.«

»Na, Sie können sich ja sehr gut ausdrücken.«

Der Koreaner deutete eine Verbeugung an.

»Wo haben Sie so gut Deutsch sprechen gelernt?«

»Auf deutschen Schiffen.«

»Aha. Und was haben Sie da gearbeitet?«

»In der Wäscherei. Als ich noch jünger war, habe ich es auch als Heizer versucht, aber das hat meiner Gesundheit geschadet.«

»Wo wohnen Sie zurzeit?«

»In einer Unterkunft für Seeleute in der Schmuckstraße.« Die Hausnummer, die Kim Chung nannte, kam Hansen bekannt vor.

»Das ist doch diese Absteige im Souterrain, wo auch der ermordete Liang Fong wohnte. Wohnen Sie vorne oder hinten?«

Der Koreaner blickte ihn erstaunt an. »Wieso?«

»Beantworten Sie einfach nur meine Fragen.«

»Äh, vorne.«

»Dann gehören Sie zu den Privilegierten.«

»Wie meinen Sie das, Herr …«

»Hansen, Kriminalkommissar. Ich meine, da hatten Sie ein bisschen mehr Platz als in einem der hinteren Zimmer, wo die Kerle aufeinander hocken wie die Ölsardinen.«

»Ölsardinen?«, wunderte sich Kim Chung.

Hansen beugte sich nach vorn. »Wissen Sie, was? Es ist üblich, dass ich die Fragen stelle!«

»Oh, entschuldigen Sie bitte.«

»Auf welchem Schiff waren Sie zuletzt?«

»Auf der ›Gonzalo de Cordoba‹, einem spanischen Frachter.«

»Warum haben Sie abgeheuert?«

»Mein Vertrag war zu Ende, und das Schiff sollte von Hamburg nach Südamerika fahren. Ich möchte aber wieder zurück in meine Heimat.«

»Haben Sie ein Heuerbüro mit der Suche nach einem geeigneten Schiff beauftragt?«

»Ja, den Shipchandler Paek Sung in der Schmuckstraße, er ist ein Landsmann von mir. Mit etwas Glück, sagt er, bekomme ich sogar eine Heuer auf einem deutschen Schiff.«

»Da müssen Sie wirklich Glück haben, denn bei uns bevorzugt man deutsche Arbeiter. Die meisten Asiaten wurden in den letzten Jahren entlassen.«

Der Koreaner lächelte. »Es ist sehr schwierig, deutsches Personal für die Wäschereien zu finden. Deutsche machen sich lieber die Hände beim Kohlenschippen schmutzig, als anderen Leuten die Wäsche sauber zu halten.«

»Sie kennen sich ja gut aus, Herr Chung.«

»Kim, bitte. Chung ist der Vorname. Ich mache die Augen auf und schau mir die Welt an.«

»Und auf diese Weise haben Sie auch etwas in Erfahrung gebracht, was Sie mir mitteilen möchten.«

Kim nickte. »So ist es.«

»Und das wäre?«

Der Koreaner dachte einen Moment nach, holte tief Luft und sagte dann: »Ich habe gehört, dass in der Schmuckstraße ein Toter gefunden wurde.«

»Zwei Tote, Herr Kim.«

»Zwei Tote, ja ganz recht, aber nur einer lag auf der Straße, wenn ich das richtig verstanden habe. Der andere wurde in einem

Keller gefunden. Es handelte sich um einen Chinesen und einen Deutschen. Wenn es richtig ist, was man so hört, dann wissen Sie noch nicht, wer die Täter waren?«

Während Hansen sich Notizen machte dachte er: Ein eigenartiger Matrose, kann Deutsch, redet wie ein Buch, trägt eine Brille …

»Nein, wir ermitteln noch«, sagte er.

»Haben Sie einen Verdacht?«

»Sie fangen schon wieder an, unsere Rollen zu vertauschen, Herr Kim.«

»Oh, ich bitte um Verzeihung …«

»Sagen Sie mir lieber, ob Sie einen Verdacht haben.«

»Ich?«

»Oder einen Hinweis. Deswegen sind Sie doch gekommen, um eine Aussage zu machen, oder?«

»Ja, ganz recht.«

»Na, denn man los!«

Der Koreaner zögerte. »Es ist nicht einfach für mich. Sie könnten vielleicht glauben, dass Sie mich hier behalten müssen, wenn ich Ihnen alles erzählt habe.«

»Ich bin daran interessiert, zwei Morde aufzuklären, kleinere Gesetzesverstöße sind mir im Moment nicht so wichtig.«

Kim Chung atmete hörbar auf. »Es ist deshalb, weil … ich war im Labyrinth.«

»Wo waren Sie?«

»Unter den Häusern in der Schmuckstraße, das sind diese Keller, die alle miteinander verbunden sind wie in einem Labyrinth. Es ist sehr dunkel und schmutzig da, aber … wenn man bestimmte Dinge sucht … es gibt Ecken und Nischen für alles, was man sich nur wünschen kann … für manche ist das Eintreten in diese kalten feuchten Höhlen wie der Eintritt ins Paradies, wenn Sie verstehen, was ich meine.«

»Ich verstehe Sie sehr gut, Herr Kim. Es ist uns bekannt, dass es dort Keller gibt, in denen Opium geraucht wird. Haben Sie das getan?«

»Nein!«

»Was kann man denn sonst noch da machen?«

»Bestimmte Leute treffen, trinken, spielen …«

»Und all das finden, was man oben und bei Tageslicht nicht haben darf.«

»So haben Sie es richtig gesagt, Herr Kommissar.«

»Was haben Sie dort gesucht?«

»Muss ich darauf antworten?«

Hansen zuckte mit den Schultern. »Wir können später noch mal darauf zurückkommen. Aber nun sagen Sie mir, worauf Sie hinauswollen.«

»Manchmal sind auch Europäer dort, und dieser Chinese, der tot auf der Straße lag, der kannte einige Europäer. Er hat mit ihnen Geschäfte gemacht.«

»Was für Geschäfte?«

»Verbotene.«

»Zum Beispiel.«

»Opium, Kokain, Morphium.«

»Jetzt werden Sie endlich etwas deutlicher.«

»Zwei junge Männer, Deutsche, haben damit zu tun. Der eine war der Tote.«

»Woher wissen Sie das?«

»Die Wände dort sind sehr dünn, und ich habe Ohren, die hören können, während ich spiele …«

»Chico?«

»Sie kennen das Spiel, Herr Kommissar?«

»Nicht fragen, Herr Kim, nur antworten. Erzählen Sie weiter!«

»Es gab ein Gespräch zwischen den beiden Deutschen. Der eine sagte, er sei Arzt, und für ihn sei es kein Problem, die Sache durchzuführen. Er habe genau das richtige Messer dafür. Kurz und schmerzlos, das sagte er auch.«

»Sie haben einen Mord geplant?«

»Ja, aber das wurde mir erst später klar, nachdem ich erfahren habe, dass ein Chinese erstochen wurde.«

»Warum wollten die beiden den Chinesen denn umbringen?«

»Das sagten sie nicht. Aber in der Nacht darauf, als ich nach dem Spiel auf dem Weg nach draußen war, hörte ich sie wieder. Sie stritten sich. Es ging um Geld – und kurz darauf wurde der Deutsche tot gefunden, und er ist doch auf die gleiche Art erstochen worden, nicht wahr?«

»Ja.«

»Dann kann es doch nur der andere Deutsche gewesen sein.«

»Können Sie ihn beschreiben? Wie sah er aus?«

»Gesehen habe ich ihn nicht, Herr Kommissar. In diesen Kellern sind überall Türen, aber es ist sehr dunkel.«

»Das ist schlecht.«

»Aber nein, es stimmt nicht ganz, was ich sage: Einmal habe ich ihn gesehen, wie er auf einer Pritsche saß und sich eine Pfeife angezündet hat.«

»Und würden ihn wieder erkennen?«

»Ich glaube, ja.«

»Und der, der die Pfeife anzündete, war eindeutig der, der auch diesen Mordplan ausgeheckt hat? Wie wollen Sie das wissen?«

»Aber da sind doch sonst keine Deutschen, Herr Kommissar, nur die Mitglieder der Schwarzen Schlange.«

Hansen richtete sich ruckartig auf. »Die was?«

»Aber … die kennen Sie doch, Herr Kommissar. Die beiden Toten hatten sie doch eintätowiert, das hat sich überall herumgesprochen.«

Hansen kniff die Augen zusammen. »Das hat sich herumgesprochen?«

»Ja … so etwas ist doch ein Gesprächsthema.«

»Das wundert mich schon, denn wir haben das gar nicht an die große Glocke gehängt.«

»Alle wissen es. Nur spricht man nicht offen darüber.«

Hansen stand auf, packte seinen Stuhl an der Lehne, stellte ihn direkt vor den Koreaner, setzte sich rittlings darauf und sagte: »Nun erzählen Sie mir mal, was Sie von der Schwarzen Schlange wissen!«

»Ich? Ich kann Ihnen nicht viel sagen. Nicht mehr, als Sie sicher schon selbst wissen.«

»Im Moment kommt es mir so vor, als wüsste ich im Vergleich zu Ihnen gar nichts.«

Kim Chung lächelte verlegen. »Das ist sicher nicht möglich, Herr Kommissar.«

»Ich will kein Geschwätz hören«, sagte Hansen ungeduldig, »sondern Informationen.«

Der Koreaner schreckte zurück und sagte: »Die Schwarze Schlange ist eine chinesische Rauschgiftbande. Sie haben ihr Versteck in diesem Kellerlabyrinth. Sie versorgen die Seeleute aus Asien mit Opium, aber diese Deutschen helfen ihnen, Kokain, Morphium und Heroin in Hamburg zu verkaufen, und ich habe gehört, dass das Zeug bis nach Berlin geschafft wird.«

»Wo haben Sie das gehört, und auf welche Weise wird es nach Berlin geschafft?«

Kim Chung wurde langsam unruhig. »Ich sagte doch, dass ich da unten im Keller manches mitbekommen habe. Diese Deutschen dachten doch, es versteht sie keiner, da waren sie unvorsichtig.«

»Nach Berlin?«, überlegte Hansen laut. »Man kann doch nicht einfach ein Auto mit Rauschgift voll laden und nach Berlin fahren, nicht in diesen Zeiten.«

»Der Zug!«, sagte Kim jetzt wieder eifrig. »Züge fahren von ganz allein nach Berlin. Man muss noch nicht einmal mitfahren.«

»So?«, sagte Hansen skeptisch. »Haben Sie das auch zufällig mitgehört?«

»Man hört etwas und kann sich den Rest denken«, sagte Kim verärgert. »Aber wenn Sie mir nicht glauben wollen, Herr Kommissar, kann ich auch wieder gehen.« Er stand auf.

Hansen legte die Hände auf Kims Schultern und drückte ihn auf seinen Stuhl zurück. »Im Gegenteil. Sie wiederholen mir das alles, dann lasse ich die Aussage mit Schreibmaschine tippen, und Sie unterschreiben sie.«

»Oh, aber das dauert doch sicherlich sehr lange.«

»Nur ein paar Stunden.«

»So lange kann ich doch nicht hier bleiben.« Dem Koreaner schien das gar nicht zu behagen.

»Entweder hier ...«, Hansen beschrieb eine ausladende Geste durchs Büro, »... oder Sie warten unten in der Zelle, bis die Aussage fertig geschrieben ist.«

»In der Zelle, aber Sie können mich doch nicht einfach in eine Zelle stecken.«

»Doch, das kann ich schon. Sie haben ja zugegeben, dass Sie sich an illegalen Glücksspielen beteiligt haben.«

Kim Chung sah ihn erschrocken an.

Hansen legte ihm eine Hand auf den Arm, um ihn zu beruhigen. »Ich kann ja ein Auge zudrücken, wenn Sie mir helfen.«

»Deswegen bin ich doch gekommen, Herr Kommissar.«

Das ist ja sehr nett, dachte Hansen, aber irgendwie kommt mir diese Geschichte allzu glatt und einfach vor.

Er stand auf und ging zum Telefon. »Ich lass jemanden kommen, der Ihre Aussage gleich in die Maschine tippt. Möchten Sie vielleicht einen Kaffee?«

»Ich trinke nur Tee, Herr Kommissar.«

»Na, dann Pech gehabt. Ist sowieso bloß Muckefuck.«

Nachdem Hansen einen Beamten angefordert hatte, wandte er sich wieder an den Koreaner. »Sie haben doch sicher auch Ihre Papiere dabei.«

»Ja.«

»Dann geben Sie mal her.«

Der Koreaner griff in seine Tasche und holte Ausweise und ein gefaltetes Blatt hervor. Hansen breitete die Dokumente auf dem Schreibtisch aus. Wie er erwartet hatte, schienen die Papiere in Ordnung zu sein.

3

Nachdem er Kim Chung verabschiedet hatte, ging Hansen ins Büro des Revierleiters und trug seine Idee einer Großrazzia in der Schmuckstraße vor.

Kelling hob abwehrend die Hände. »Mensch, Hansen! Sind Sie verrückt? Wir kriechen doch schon auf dem Zahnfleisch. Reduzierte Besetzung. Meine besten Leute sind in Frankreich oder Dänemark oder Russland ...«, er deutete auf eine Stelle an der Wand neben der Tür, an der Grußpostkarten aus verschiedenen Ländern angebracht waren, »... und machen sich eine schöne Zeit. Wir sind schon auf die Mithilfe der HJ angewiesen, wenn's um Jugendschutz und öffentliche Ordnung geht, und da kommen Sie mir mit Ihren Chinesen. Das müssen Sie allein schaffen. Gefällt Ihnen doch sowieso, wie der einsame Wolf herumzustreunen.«

Herumstreunen, dachte Hansen, wie meint er das denn? Er wollte schon etwas darauf entgegnen, unterließ es aber, weil er es leid war, von Kelling auf die immer gleiche Art heruntergeputzt zu werden. Kelling war eifrig darauf bedacht, seine Position gegenüber seinem Vorgänger zu verteidigen. Hansen war freilich keine Gefahr mehr für ihn, aber den einstigen Chef hatte man nicht gern um sich, wenn man aufgestiegen war, schon gar nicht als Untergebenen. Kelling nutzte jede Gelegenheit, ihn zu triezen, und wahrscheinlich war er heimlich schon dabei, seine Versetzung in die Wege zu leiten, dachte Hansen. Der will Karriere machen, auf Teufel komm raus, und es ist interessant, dass er in diesem Zusammenhang kein Interesse an der Aufklärung der Schmuckstraße-Morde hat.

»Zwei, drei Leute wenigstens«, beharrte er. »Damit wir die Keller einmal durchkämmen können.«

»Was soll das bringen, Hansen? Dass wir unsere Zellen mit Pfeife rauchenden Kulis voll stopfen? Wenn Sie mir mal konkret etwas liefern könnten.«

Hansen berichtete von den Aussagen von Herrn Chen und dem Koreaner. Aber Kelling schüttelte den Kopf. »Nein, ich brauche jeden Mann, wir müssen noch mal gegen diese verlotterten Swingheinis vorgehen. Abschrecken hat nicht geholfen, jetzt heißt die Devise Abtransport. Die sind doch eine Seuche, Mensch. Die haben sich in regelrechten Banden organisiert! Was mit Swing anfängt, hört mit einem Attentat auf den Führer auf, hat der Reinhardt gesagt, und der ist immerhin SS-Sturmbannführer! Jetzt heißt es, erbarmungslos durchgreifen!«

»Weil sie die falsche Musik hören?«

»Das ist doch nur vorgeschoben. Die sind kriminell, durch die Bank!«

»Dann geben Sie mir wenigstens einen Ersatzmann für Schenk.«

»Schenk? Wieso Schenk?«

»Der hat gerade seinen Urlaub angetreten.«

»Ach so. Dann holen Sie ihn eben zurück.«

»Zu spät.« Der springt mir doch an die Gurgel, wenn ich das mache, dachte Hansen. Zwei Wochen Hiddensee! Dafür lässt man schon mal seinen Kollegen bei einem komplizierten Mordfall im Stich.

»Dann helfen Sie sich selbst, Hansen. Der brave Mann denkt an sich selbst zuletzt!«

»Wie bitte?«

»Schiller, Mensch! Deutsches Kulturgut. Auf welcher Baumschule haben Sie denn Ihr Abitur gemacht?«

»Nirgendwo, ich war bei der Marine.«

Kelling grinste selbstzufrieden. »Na, sehen Sie, da habe ich Ihnen doch mal was voraus. Und nun machen Sie weiter, und sagen Sie mir Bescheid, wenn's was Neues gibt.« Kelling bildete sich viel darauf ein, dass er das Abendgymnasium besucht hatte.

Arschloch, dachte Hansen, als er die Treppe nach unten stieg. Aber schon wenige Schritte, nachdem er die Wache verlassen hatte, beruhigte er sich. Irgendwie war er sogar zufrieden. Ich mach meine Arbeit so lange, bis sie mich rausschmeißen, entschied er, und ich mach sie auf meine Art.

Paek Sung, der koreanische Shipchandler, von dem Herr Chen behauptet hatte, er sei in Wahrheit Japaner, empfing den Kommissar mit einer tiefen Verbeugung. Er hatte pechschwarze, dicke Haare und ein eckiges Gesicht. Er wirkte überhaupt sehr eckig und war von schmächtiger Statur. Seine Haut war dunkler als die von Herrn Chen. Waren Koreaner dunkler als Chinesen?, fragte sich Hansen. Aber sollte der hier nicht in Wahrheit ein Japaner sein?

Was soll's: Japaner, Chinesen, Koreaner – was macht das schon für einen Unterschied? Mit den Chinesen haben wir doch immer gut gestanden, das weiß ich noch aus meiner Zeit bei der Ostasienflotte. Die Japaner sind unsere Verbündeten. Und Korea? War das nicht dieser kleine Zipfel, der am großen China hing?

An der Wand des Büros, das sich, wie die meisten Geschäfte und Agenturen in dieser Straße, im Souterrain befand, hing zwischen einem recht niedrigen Schreibtisch und einem Rollschrank eine Weltkarte.

Hansen deutete darauf und sagte: »Wo liegt eigentlich Korea?«

»Oh«, sagte Herr Paek, »das kann ich Ihnen gern zeigen.« Er sprach mit einem seltsamen Akzent – indem er hinter fast jedes zweite Wort ein überflüssiges ›e‹ hängte. Hört sich irgendwie kindisch an, fand Hansen.

»Wenn Sie mal kommen möchten.« Paek ging zur Karte und deutete auf eine Art Halbinsel. »Hier.«

»Direkt an China dran«, sagte Hansen. »In der Ecke bin ich mal gewesen. Ist schon über vierzig Jahre her, aber … hier: Schanghai.«

»Schanghai ist eine schöne Stadt«, sagte Paek. »Aber Korea ist nicht China. Es ist ein eigenes Land.«

»Aha.«

»Sie sind also mal Seemann gewesen?«, fragte Paek interessiert.

»Ja.«

»Aber Sie möchten nicht wieder zurück aufs Meer?«

»Nein, jetzt bin ich eine Landratte und arbeite bei der Polizei.« Hansen zog seine Marke aus der Jackentasche.

Paek lächelte. »Oh, das freut mich.«

»Freut mich, dass es Sie freut, ich habe nämlich ein paar Fragen an Sie.«

»Oh, dann setzen wir uns doch, Herr …«

»Kriminalkommissar Hansen.«

»Herr Kommissar Hansen, bitte.« Paek deutete auf einen Tisch vor dem Fenster.

Sie setzten sich.

»Wie ich von Herrn Chen von nebenan hörte, teilen Sie sich Ihre Arbeit auf?«

»Entschuldigung?« Paek blickte verständnislos drein.

»Er kümmert sich um die chinesischen Seeleute, und Sie kümmern sich um alle anderen.«

»Ach so, ja, vielleicht …«

»Vielleicht?«

»Nein … doch, so ist es, ja.«

»Man scheint übrigens fälschlicherweise davon auszugehen, dass Sie Japaner sind.«

Paek grinste breit. »Japaner? Aber nein. Paek ist ein Name aus Korea.« Er wies auf das Schild an der Tür. »Paek Agency – Shipchandler – Bureau« stand darauf.

»Kennen Sie einen Herrn Kim? Kim Chung?«

»Kim?« Paek dachte nach.

»Ein Seemann. Sie sollen ihn vermittelt haben.«

»Ach ja, Kim Chung, ja. Er hat sich bei mir erkundigt.«

»Er meint, Sie würden ihn vielleicht sogar auf einem deutschen Schiff unterbringen.«

»Ja, warum nicht?«

»Doch, doch«, sagte Hansen. »Es gibt keinen Grund, es nicht zu tun.«

»Aber warum fragen Sie nach ihm?«

»Ich bin ihm begegnet, und er interessiert mich.«

»Hat er etwas … angestellt?«

»Nein. Im Gegenteil könnte man sogar sagen. Er wollte helfen.«

Paek schien erleichtert. »Dann ist es gut.«

»Ja. Aber sagen Sie mal, Herr Paek, Sie haben doch sicher von den beiden Männern gehört, die hier in der Schmuckstraße ermordet wurden.«

Paek nickte.

»Eine traurige Geschichte.«

»Ihnen ist in diesem Zusammenhang nichts aufgefallen oder zu Ohren gekommen? Immerhin haben Sie ja beruflich mit vielen Menschen zu tun.«

»Sie meinen, die Täter waren Seeleute?«

»Das wäre doch nahe liegend in diesem Milieu.«

»Mit Verbrechern habe ich nichts zu tun.«

»Den toten Liang Fong kannten Sie auch nicht?«

»Ein Chinese. Da müssen Sie besser Herrn Chen fragen.«

»Und den toten Deutschen, Arthur Winkelmann?«

»Nein, ich vermittle keine deutschen Matrosen.«

»Er war kein Matrose, sondern der Sohn eines einflussreichen Mannes in dieser Stadt.«

»Oh, das tut mir sehr Leid.«

»Kennen Sie die Schwarze Schlange?«

»Nein, was ist das? Ein Lokal?«

»Was würden Sie sagen?«

»Schwarze Schlangen? Gibt es so was überhaupt?«

»Meinen Sie, ich sollte mal bei Hagenbeck nachfragen?«

»Wie bitte?«

»Oder ich könnte in ›Brehms Tierleben‹ nachschauen.«

Wie komme ich denn jetzt darauf?, fragte sich Hansen. Das Buch habe ich doch zuletzt im Waisenhaus in der Hand gehabt.

»Was ist das?«

»Schon gut.« Hansen stand auf. »Arigato.«

»Entschuldigung?«

»Das ist Japanisch. Ein Kamerad hat es mir mal beigebracht. Es fiel mir nur gerade ein. Das Wort Geisha kenne ich auch.«

Paeks Gesicht blieb ausdruckslos.

»Ist Korea nicht von Japan besetzt?«

»Ja. Warum?«

»Ach, ich dachte nur, dann müssten Sie doch auch ein paar japanische Worte kennen.«

Hansen stand auf und ließ den verblüfften Paek in seinem Heuerbüro zurück.

Gegenüber, im Restaurant Wu, saßen einige Asiaten beim frühen Abendessen. Hansen stand in der Tür zum Speiseraum und sah zu, wie Ilse Wu servierte und die Matrosen mit ihren Stäbchen flink und virtuos die Häppchen von den Servierplatten angelten.

»Es wird langsam zur Gewohnheit von Ihnen, uns zu besuchen«, sagte Ilse Wu, und es klang ein klein wenig vorwurfsvoll.

»Bedaure, wenn ich Sie erneut belästigen muss«, sagte Hansen, während er ihr in die Küche folgte, »aber ich tappe im Dunkeln, und Sie sind der einzige Lichtblick in dieser schmucklosen Straße.«

Ilse Wu drehte sich um und hielt die Schwingtür auf. Sie lächelte nicht, als sie sagte: »Sie sind der schlechteste Charmeur, dem ich jemals begegnet bin, Herr Kommissar.«

»So war das gar nicht gemeint.«

»Nein?«

Hinter ihr zischte es. Ein dicker Koch, der für einen Chinesen recht groß gewachsen war, warf Gemüsestücke in verschiedene Pfannen und rüttelte sie hin und her.

»Ist das Ihr Mann?«, fragte Hansen durch den Küchenlärm hindurch.

»Nein, das ist mein Koch.« Ilse Wu sah ihn mit großen Augen spöttisch an. Diese blauen Augen, dachte Hansen, wann hast du die zum ersten Mal gesehen? Das ist viele Jahre her. Doch sie leuchten immer noch. Deine dagegen sind verblasst.

»Und der dahinten?« Hansen deutete auf einen kleinen Mann, der, einen Abfalleimer in der Hand, unter einem Tisch hervorkroch.

»Der Küchenjunge.« Ilse Wu rief ihm etwas auf Chinesisch zu, und er verschwand durch eine Tür.

»Wo ist Ihr Mann?«

»Ich sagte doch, er ist verreist. Warum sind Sie denn so neugierig?« Sie tut so, als handle es sich um eine persönliche Sache zwischen uns, bemerkte Hansen irritiert.

»Zwei Häuser weiter wurde in einem Hinterzimmer Chico gespielt, als der Chinese ermordet wurde. Wissen Sie etwas darüber?«

Ilse Wu trat einige Schritte zur Seite und öffnete die Tür eines Kühlschranks, was in der engen Küche nicht einfach war. Ihr Kopf verschwand hinter der Tür und erschien wieder, nachdem sie mehrere Flaschen Bier herausgeholt hatte. Sie schlug die Kühlschranktür zu.

»Warum sollte ich etwas darüber wissen, was in einem Hinterzimmer zwei Häuser weiter geschehen ist?«

»Ist mir egal, warum.«

»Aber mir nicht!« Sie drängte sich an ihm vorbei. Durch den öligen Dunst hindurch stieg Hansen der Hauch eines exotisches Parfüms in die Nase.

»Ich glaube nicht, dass dort Chico gespielt wurde!«, rief Hansen ihr nach.

Sie wirbelte herum. »Wieso denn nicht?«

Hansen hätte beinahe laut aufgelacht. »Herr Chen ist nicht der Typ Spieler und Ihr Mann auch nicht.«

»Woher wollen Sie das denn wissen?« Sie kniff die Augen zusammen.

»Ich sehe es Ihnen an.«

»Sie werden mir lästig«, sagte sie und wandte sich ab.

Hansen war mit drei großen Schritten bei ihr und sagte leise: »Was wurde dort gespielt?«

Ilse Wu blickte über die Schulter zurück zu ihm hoch. Er sah ihren nackten Hals, ihre geschwungenen Schultern, ihren halb geöffneten Mund, und sie kam ihm noch viel schöner vor als damals, als sie noch ein Backfisch war, ein Backfisch, der vom rechten Weg abgekommen war, eine junge, skrupellose Hure mit leuchtend blauen Augen … und jetzt schien auch sie sich daran zu erinnern.

Aber sie ging weiter. Er rief hinter ihr her: »Wann kommt Ihr Mann eigentlich zurück?« Es klang wie die dümmste Frage der Welt.

Während Ilse Wu im Speisezimmer Bierflaschen servierte, blieb er in der Tür stehen. Sie kam zurück und sagte: »Ich hoffe, irgendwann in den nächsten Tagen.«

»Mich würde wirklich interessieren, was er in Berlin tut.«

»Es gibt ein chinesisches Sprichwort, Herr Hansen, das lautet: Frage nie eine Frau nach den Geschäften ihres Mannes, sonst fragen dich Männer nach den Geschäften deiner Frau.«

»Und was soll das heißen?«

»Denken Sie darüber nach, Herr Kommissar!«

Damit ließ sie ihn stehen und verschwand hinter einer Tür, die sehr bestimmt ins Schloss fiel.

4

Zwei Häuser weiter nahm Heinrich Hansen seine Taschenlampe aus der Jackentasche und leuchtete die Kellertür an. Rechts neben dem Eingang im Parterre führte eine schmale Treppe mit eisernem Geländer zu ihr hinab. Einfach nur eine Tür. Eine Klinke und ein Schloss, das man wahrscheinlich mit einem Dietrich problemlos aufbekommen hätte. Er drückte die Klinke hinunter. Die Tür war verschlossen.

Natürlich hatte er einen Dietrich dabei – hatte er immer, für alle Fälle, und heutzutage war es ja nicht mehr so schwierig wie früher, ein Eindringen ohne richterliche Genehmigung zu begründen. Wo man Verbrecher vermutete, da verschaffte man sich Zugang, fertig. Aber natürlich nur, wenn man keine gegnerische Übermacht zu erwarten hatte. In dieser Situation war »Vorsicht die Mutter der Porzellankiste«, wie Schenk in solchen Situationen gern erklärte, viel zu oft, wie Hansen meinte.

Er klopfte an. Die Tür ging sofort auf. Na großartig, dachte Hansen, man hat dich also schon erwartet. Er hob die Lampe und strahlte in das ausgemergelte Gesicht eines etwa fünfzigjährigen Chinesen. Der Mann verzog keine Miene. Die Haut schien wie Leder über den Schädelknochen gespannt – er sah aus wie ein Vogel, der die Federn verloren hatte, und war wesentlich kleiner als Hansen. Er trug einen blauen, weit geschnittenen Kuli-Anzug und eine Mütze. Ohne ein Wort zu sagen oder auch nur eine Geste der Begrüßung, trat er beiseite, um Hansen hereinzulassen.

War es draußen schon sehr dunkel gewesen, war es hier drin stockduster. Die niedrige Decke des Kellers verstärkte den Eindruck, und der Kellerflur, der schwarz und undurchdringlich vor ihm lag, verursachte Hansen ein Gefühl der Beklemmung.

Hansen sagte guten Abend, bekam keine Antwort und trat ein. Der Chinese schloss die Tür hinter ihm und lehnte sich von innen daran. Wenn jetzt noch ein paar dazukommen und es böse meinen, bist du die längste Zeit ein braver Polizist gewesen, dachte Hansen. Aber es kam niemand. Ein herb-süßlicher Geruch hing in der Luft und die typische Feuchtigkeit, die sich in der warmen Jahreszeit in den Kellern festsetzt.

Hansen ließ den Lichtkegel seiner Lampe über die Wände des Flurs gleiten. Da waren Schriftzeichen aufgemalt oder eingeritzt. Aber das sagt dir nichts, Heinrich. Und überhaupt, wonach suchst du?

Na ja, es war schon klar, was er hier wollte: Es ärgerte ihn, dass es in seinem Revier einen Bereich gab, in den er so gut wie keinen Einblick hatte. Diese Chinesen waren wie die Maulwürfe, vergruben sich in den Kellern. Das fordert doch den Polizisten in dir heraus, Heinrich, oder? Und abgesehen davon, hat man dich hier reingelockt, das ist doch wohl ziemlich klar. Und dieser vogelartige Kuli da wartet nur auf ein Stichwort, um dich hineinzuführen, wohin auch immer. Das Stichwort? Egal, sag irgendeins.

Hansen beugte sich zu dem reglos dastehenden Mann und flüsterte: »Chico?«

Der Mann verzog das Gesicht, abfällig, wie es Hansen schien. Natürlich lacht er dich jetzt aus. Dass dir auch nichts Besseres eingefallen ist. Aber jetzt geht er, und du folgst ihm. Und seltsam ist doch, dass er keine Taschenlampe braucht. Benutzt er nie eine oder nur jetzt, weil ihm der Lichtkegel deiner Funzel genügt? Apropos: Du hast sie nicht gut aufgeladen, der Lichtschein ist schwach und flackert schon leicht. Allzu lang werden wir damit nicht auskommen.

Aber nun denk doch nicht über Nebensächlichkeiten nach! Schau dich lieber um, finde heraus, was es mit diesem berüchtigten Labyrinth auf sich hat! Und merk dir den Weg! Du willst doch wieder zurück, oder?

Es wurde Hansen ziemlich schnell klar, was es mit dem Labyrinth auf sich hatte: Die Chinesen hatten alle nichttragenden Steinwände entfernt und auf diese Weise große Kellerräume geschaffen, die sie wiederum in Holzverschläge aufgeteilt hatten, kleine und große. Dazwischen führten schmale Gänge hindurch, verbanden sie miteinander, teilweise liefen sie an den Verschlägen vorbei. Immer wieder beschrieben sie Windungen, die keinen Sinn machten und dann in einem toten Winkel endeten – jedenfalls machte es den Eindruck. Außerdem gab es rechts oder links eine fast unsichtbare Abzweigung oder einen engen, niedrigen Durchschlupf in einer Wand, und dahinter ging es weiter.

Hier und da konnte man einen Blick in ein von einer Fackel oder einer Öllampe erleuchtetes Kabuff werfen. Da waren Pritschen, manchmal auch mehrstöckige Betten, Sitzecken mit roh zusammengezimmerten Möbeln, Spieltische, Kisten, Sitzkissen, schiefe Regale mit Rauchutensilien und Töpfen und Dosen und Geschirr, hier und da Kissen oder Decken. Und Männer. Wenige. Hansen hatte erwartet, dass sie hier wie die Ölsardinen aufeinander saßen oder lagen, aber es war sehr geräumig hier unten. Doch als er genauer hinsah, merkte er, dass die Räume offenbar gerade verlassen worden waren. Nur die, die zu müde, zu träge oder zu betäubt waren, um das Weite zu suchen, hatten bleiben dürfen.

Die haben sich gut auf deinen Besuch vorbereitet. Was soll's also? Man schenkt dir eine Ortsbegehung. Aber warum? Wer will sich hier erkenntlich zeigen? Oder wollen Sie mich vom Erdboden verschwinden lassen? Nein, entschied er, das werden sie nicht wagen, nicht nach dem, was schon vorgefallen ist. Sie wollen dich in die Irre führen. Keine schlechte Idee. So unübersichtlich, wie es hier ist, hätte ich nicht übel Lust, den Löffel hinzuschmeißen und die Sache auf sich beruhen zu lassen. Aber vielleicht bildest du dir auch nur ein, dass dieser komische Vogel da dich als Polizist erkannt hat. Könnte doch sein, dass wir nach der nächsten Biegung vor einem Tisch stehen und kahlköpfige Asiaten winken dich heran und wollen mit dir Chico spielen, dabei weißt du gar nicht, wie das geht. Na ja, wenn du nicht mehr weiterweißt, ziehst du deine Marke aus der Tasche und lässt dich nach oben bringen. Aber tu's, bevor deine Lampe erloschen ist, sonst kann keiner mehr erkennen, um was es sich handelt.

Verdammte Chinesen! Mir den Weg merken? Unmöglich. Hansen hatte nach einigen Minuten des Umherirrens nicht mehr die blasseste Ahnung, wo er sich befand. Ist das hier noch die Schmuckstraße, oder sind wir schon unter der Großen Freiheit? Es kann auch gut sein und hat auch den Anschein, als hätten die Chinesen die Kellerräume bis unter die Hinterhöfe erweitert, denn jetzt zum Beispiel laufen wir einen Gang entlang, dessen Wände rechts und links aus Lehm oder Erde zu sein scheinen. Wie tief sind wir den jetzt, ist da nicht eine Treppe gewesen, über die wir in ein Stockwerk unterhalb der eigentlichen Kellerebene gestiegen sind?

Nun ging es über eine Leiter nach oben und durch eine Luke in ein Zimmer, das mit Teppichen ausgelegt war. Der Chinese, der vorausgeklettert war, wartete neben der Luke, bis Hansen nachgekommen war und blieb stocksteif daneben stehen.

Der Raum wurde von Öllampen und brennenden Kerzen erhellt, die auf niedrigen Tischen in den Ecken standen. Die Wände waren aus Stein und teilweise mit Wandteppichen oder Stoffen verhängt; außer der Luke gab es noch eine Tür. In der einen Ecke befand sich ein Lager aus Kissen, in der gegenüberliegenden stand eine Pritsche mit einer Matratze und Decken darauf. Auf der Pritsche unter einer Wolldecke lag eine Gestalt.

Bitte nicht noch einen Toten, schoss es Hansen durch den Kopf, und bitte nicht noch einen Weißen. Er schaute seinen Begleiter an, der durch ihn hindurchzublicken schien.

»Wer ist das?«, fragte Hansen.

Der Chinese antwortete nicht.

Hansen trat zur Pritsche. Unter der Wolldecke bemerkte er einen braunen Haarschopf, ein Arm in einer beigefarbenen Anzugjacke ragte hervor, die Hand war unter dem Kopfkissen verborgen. Hansen zog dem Unbekannten die Decke vom Kopf und entblößte das blasse Gesicht eines ungefähr zwanzigjährigen jungen Mannes. Seine Haare waren verklebt, sein Gesicht war schweißnass, die Lippen schienen bläulich verfärbt, er schnarchte leise vor sich hin. Ein friedlicher Schlaf schien es nicht zu sein, denn seine Gesichtszüge wirkten verkrampft. Hansen packte ihn an der Schulter und rüttelte ihn vorsichtig.

Erst tat sich nichts, dann zuckte der Mann zusammen, drehte sich schnell zur Seite, krümmte sich und setzte sich aufrecht hin. Dabei zog er die Hand unter dem Kopfkissen hervor und streckte abwehrbereit ein Stilett aus.

Hinter sich hörte Hansen ein leises Knirschen. Er trat zwei Schritte zur Seite, presste sich mit dem Rücken gegen die Wand und spähte abwechselnd zur Luke, die sich gerade geschlossen hatte, und auf den jungen Mann. Verschlafen starrte der seine Hand an, in der er das Stilett hielt, dessen Klinge verrostet aussah. Ärmel und Revers seines Jacketts waren fleckig. Er schien es in diesem Moment erst zu bemerken und strich mit der freien Hand darüber, als wollte er die Flecken abwischen, was aber nicht gelang, da sie bereits eingetrocknet waren.

Erschrocken, als sei ihm eben wieder eingefallen, dass da ja noch ein anderer Mensch im Zimmer war, warf er Hansen einen ängstlichen Blick zu. Dann wischte er sich mit der freien Hand über die Stirn, staunte über den Schweißfilm, der an seinen Fingern klebte, und hinterließ braune Schlieren auf der Stirn. Erst jetzt schien ihm richtig bewusst zu werden, dass er abwehrbereit ein Messer in der Hand hielt. So etwas wie ein ironisches Lächeln zuckte über sein Gesicht, und beinahe entschuldigend sagte er zu Hansen: »Das … das ist ja ein Messer … Was machen Sie denn hier?«

»Legen Sie das Ding da hin, oder geben Sie es mir«, sagte Hansen.

Der junge Mann lächelte ungläubig. »Ihnen geben?«

»Ich will Ihnen doch gar nichts tun.«

»Sie wollen mir nichts tun?«, wiederholte der Mann. Es schien ihn einige Anstrengung zu kosten, den Inhalt dieses Satzes zu erfassen. »Aber wie kommen Sie überhaupt hier rein? Und wie komme ich hierher?«

»Ich weiß nicht, wie Sie in diesen Keller gekommen sind«, sagte Hansen. »Ich kam eben gerade durch diese Luke da.«

»Da war doch noch einer.«

»Ein Chinese.«

»Ist er da noch?«

»Ich weiß nicht.«

»Sehen Sie bitte nach.«

Hansen nickte und trat zur Luke. Er versuchte, sie aufzuklappen, aber sie war von unten blockiert. »Sie lässt sich nicht öffnen.«

»Also sind Sie doch nicht da durchgekommen.«

»Aber ja«, versicherte Hansen.

Der junge Mann schüttelte den Kopf. »Nein, es ist doch zu.«

»Der Chinese ist wieder runtergeklettert und hat die Luke von unten verriegelt.«

»Nein«, sagte der junge Mann mit verschwörerischem Gesichtsausdruck. »Da war gar kein Chinese.«

»Aber …«

»Und Sie sind auch nicht da.« Der junge Mann fuchtelte mit dem Stilett in der Luft herum. »Gehen Sie da raus.« Er deutete auf die Tür.

»Wahrscheinlich ist abgeschlossen«, mutmaßte Hansen.

»Dann gehen Sie durch die Wand.«

Hansen ging zur Tür und betätigte die Klinke. Die Tür schwang auf. Wieder ein Kellergang.

»Ganz raus«, sagte der junge Mann mit erschöpfter Stimme und sank auf die Pritsche zurück.

Hansen tat so, als würde er fortgehen, und schloss kurz die Tür. Dann trat er wieder ein und ging zum Bett, auf das der junge Mann gesunken war. Er schnarchte wieder. Das Stilett lag immer noch in seiner Hand. Hansen griff danach. Der junge Mann bäumte sich auf und holte aus, um zuzustechen. Hansen packte seinen Arm und führte einen oft erprobten Jiu-Jiutsu-Griff aus. Das Stilett fiel zu Boden, der junge Mann schrie leise auf, Hansen gab ihm einen Stoß, und er fiel zurück auf die Pritsche, wo er mit weit aufgerissenen Augen liegen blieb.

Hansen hob das Stilett auf. Es war ein Jagdmesser mit Hirschhorngriff. Er steckte es in seine Jackentasche. Er zog seine Polizeimarke hervor und hielt sie hoch, aber noch ehe er das Wort »Kriminalpolizei« zu Ende gesprochen hatte, senkten sich die Augenlider des jungen Mannes. Sein bleiches Gesicht wurde noch weißer und wirkte jetzt wächsern, die dunklen Ringe unter den Augen verstärkten sich.

Der schmiert mir noch ab, dachte Hansen und packte ihn, um ihn hochzuziehen. Alle Kraft schien aus dem Körper des Mannes gewichen zu sein. Hansen ließ ihn wieder zurück aufs Bett sinken und durchsuchte das Zimmer. Er fand nichts von Bedeutung. Der junge Mann atmete jetzt kurz und schnell. Hansen stand auf, warf sich den schlaffen Körper über die Schulter und verließ das Zimmer.

Seine Taschenlampe brannte kaum noch, aber zu seiner großen Überraschung war es ganz einfach, nach draußen zu finden. Die Kellertür befand sich am Ende des Korridors, er stieß sie auf und fand sich, nachdem er eine Treppe hinaufgestiegen war, in einem Hinterhof wieder.

Backsteinwände, ein Fabrikgebäude, ein Holzschuppen, eine niedrige Mauer, die dunkle Silhouette eines Schornsteins. Aber wo zum Teufel war er?

Hinter ihm schlug die Kellertür zu. Er fuhr herum. Es war niemand zu sehen. Er horchte und vernahm nur das hastige Atmen des jungen Mannes.

Den kann ich doch nicht den ganzen Weg bis zur Wache schleppen, dachte Hansen, als er den Schmerz in seinem rechten Knie spürte.

Und wohin jetzt?

Er tastete sich zwischen den Schatten hindurch, die die Hindernisse warfen, und kam schließlich an einen Drahtzaun, der zu einem Durchgang führte. Und mit einem Mal war er in der Talstraße.

Jetzt schmerzte auch sein Rücken, aber er biss die Zähne zusammen und schleppte den jungen Mann bis zur Wache. Zwei Beamte vom Bereitschaftsdienst trugen ihn nach oben in den zweiten Stock zu Dr. Wolgast.

Hansen ließ sich auf eine Bank fallen und schnaufte jetzt fast so heftig wie der kurzatmige Bursche, der ganz offensichtlich das Opfer seiner Rauschgiftsucht geworden war. In seiner Jackentasche spürte er etwas Hartes. Das Stilett. Er nahm es heraus und hielt es ins Licht. Die Edelstahlklinge war nicht verrostet, sondern blutverkrustet.

5

Hansen steckte das Messer wieder ein und folgte seinen Kollegen ins Untersuchungszimmer des Polizeiarztes. Als er keuchend dort ankam, lag der bleiche junge Mann schon auf der Pritsche, und die Polizisten verließen witzelnd den Raum.

»Hält nichts mehr aus, die Jugend heutzutage«, sagte der eine.

Und der andere meinte grinsend zu Hansen: »Welche Mutter hat den denn so zugerichtet?«

Hansen trat ein, grüßte kurzatmig und ließ sich ächzend auf einen Stuhl fallen.

»Na, wen soll ich denn jetzt zuerst untersuchen?«, fragte Dr. Wolgast.

Hansen winkte ab. »Es geht schon.«

Wolgast nahm das Stethoskop vom Tisch und trat zur Pritsche. »So bleich wie der hier sehen Sie auch nicht aus«, brummte er und knöpfte dem jungen Mann das Hemd auf.

»Hat der einen Ausweis dabei?«, fragte Hansen.

»Noch nicht identifiziert, na, so was«, spöttelte Wolgast und durchsuchte mit geübten Fingern die Jacketttaschen seines Patienten.

»Feines Tuch hat er an, der Junge. Sieht aber so aus, als hätte ihm jemand was Ungesundes ins Bier gemischt.«

»Opiumhöhle«, sagte Hansen.

»Das häuft sich ja in letzter Zeit«, sagte Wolgast und schien sich zu freuen. »Ist mal was anderes als immer nur Schnapsleichen.«

»Bitte, Doktor, keine Witze jetzt«, drängte Hansen, »ich hatte Angst, dass der mir unterwegs stirbt.«

»Witze sind die Arznei des Mediziners, Hansen. Der Mensch begegnet uns Ärzten doch größtenteils als Häuflein Elend. Da muss man scherzen, um nicht allzu melancholisch zu werden.« Er zog etwas aus der Innentasche des Jacketts, das wie ein Ausweis aussah. »So, bitte. Erst die Identität, dann der Rest.« Er beugte sich über den jungen Mann und begann ihn abzuhorchen.

Hansen faltete das Papier auseinander und stutzte. »Hollenkamp?« Den Namen kannte er doch. Georg Hollenkamp, wohnhaft Dürerstraße in Othmarschen. In der Dürerstraße waren wir doch kürzlich erst, aber bei Winkelmann. Wegen des Schmuckstraße-Mords. Und kam ihnen da nicht die kleine Vera Hollenkamp entgegen, um dem Nachbarn zu kondolieren? Sagte, sie wohne nebenan, und ihr Bruder sei ein Freund des Ermordeten gewesen. Und nun finden wir den auch in der Schmuckstraße. Nicht ganz, sondern nur halb tot, und nicht mit einem Messerstich in der Brust, sondern mit einem Messer in der Hand.

Hansen zog das Messer hervor.

»Oho«, rief Dr. Wolgast, »sezieren müssen wir ihn aber noch nicht! Hat ein bisschen Herzklopfen, der junge Mann. Die Pumpe stottert ein wenig, ist aber nicht weiter tragisch, denke ich. Wo haben Sie denn das hübsche Stilett her, Hansen?«

»Er hatte das bei sich.«

»Wie hat er es denn geschafft, die Klinge so schmutzig zu machen? Einen Hirsch ausgeweidet?«

»Jedenfalls scheint es Blut zu sein!«

»Mit so einem Ding dürfte der Chinese neulich erstochen worden sein, und der andere auch, wenn Sie mich fragen.«

Hansen besah sich das Stilett. »Das dachte ich mir auch schon. Aber warum läuft einer tagelang mit einem blutverkrusteten Messer durch die Gegend?«

»Vielleicht wollte er ja überführt werden. Schuldkomplex. Sie sind doch Anhänger von Freud, Herr Kommissar, nicht?«

»Sie reden mal wieder Unsinn!«

Wolgast tastete den Körper des Bewusstlosen ab. »Durchaus möglich, dass der hier schon seit ein paar Tagen in Trance ist. Gegessen und getrunken hat er auch länger nichts. Und die Leber hier, na ja, ganz schön groß für so einen jungen Kerl. Aber das muss nun auch wieder nichts heißen.«

»Muss er ins Krankenhaus?«

Wolgast schüttelte den Kopf. »Ich spritz ihm was zur Aufmunterung, und in einer halben Stunde müsste er wieder einigermaßen beisammen sein. Schläft erst mal ein paar Stunden ganz fest. Dann kriegt er das große Zittern, vielleicht auch nur das kleine, je nachdem wie oft er schon an der Opiumpfeife genuckelt hat. Und das wäre dann der ideale Zeitpunkt für Sie, Hansen. Dann ist er mürbe und will sich ausquatschen.«

»Morgen Früh muss er ins Untersuchungsgefängnis.«

Wolgast zwinkerte Hansen zu. »Aber doch nicht so hurtig, Kommissar. Ich muss ihn doch erst gesundschreiben.«

»Gut, danke.«

»Es sei denn, Sie meinen, dass er als gemeingefährlicher Mörder sofort abtransportiert werden muss. Kelling würde das sicherlich am liebsten …«

»Dann fragen wir ihn halt.«

»Ist nicht da.«

»Dann fragen wir ihn, wenn er wiederkommt …«

»Kann dauern.«

»Morgen Früh dann … nach dem Verhör …«

Wolgast breitete die Arme aus. »Ich weiß von nichts. Ich weiß nur, dass ich empfehlen werde, dem jungen Mann hier eine Decke mit in die Zelle zu geben.«

»Sagen Sie das den Kollegen. Ich hau mich aufs Ohr.«

»Na, dann eine angenehme Nachtruhe!«

Hansen stieg die Treppe in den dritten Stock hinauf und verfluchte sich dafür, dass er diesen Kerl durchs halbe Viertel getragen hatte. Jetzt hatte er einen angeknacksten Rücken, und das rechte Knie wollte auch nicht mehr.

»Kommissar Hansen, Telefon!«, schallte von unten eine Stimme durchs Treppenhaus.

Er machte kehrt, rief: »Ich komme!« und stieg nach unten, was seinem Knie noch weniger guttat.

Im ersten Stock winkte ihn ein Beamter in sein Büro und hielt ihm den Telefonhörer hin. »Damenanruf ist bei uns eigentlich nicht erlaubt«, scherzte er.

»Kriminalkommissar Hansen.«

»Heinrich? Bist du's.«

»Hansen!«

»Heinrich! Hier ist Lilo, Lilo Koester.«

Auch das noch, dachte Hansen. Was will die denn jetzt mitten in der Nacht?

»Lilo? Wir haben uns ja lange nicht gesprochen. Wie geht's …«

»Heinrich, es ist dringend, ich bitte dich, hör zu.«

»Ich hör dir immer zu, Lilo.«

»Die stehen hier vor der Tür und wollen rein, aber ich will das nicht!«

»Was ist? Wer steht vor der Tür?«

»Deine Leute!«

»Ich hab niemanden zu dir geschickt.«

»Die sagen Razzia, Heinrich! Warum tust du mir das an? Ich hab ihnen die Tür vor der Nase zugeschlagen, aber jetzt versuchen sie, sie aufzubrechen. Wieso bist du nicht selbst gekommen? Wir können das doch auf unsere Art regeln.«

»Herrgott, Lilo, das sind nicht meine Leute! Ich hab hier nichts mehr zu sagen. Lass sie rein, sonst bekommst du nur noch mehr Schwierigkeiten.«

»Wieso Schwierigkeiten, um was geht es denn?« Im Hintergrund hörte man das Splittern von Holz.

Allmählich dämmerte Hansen, was vor sich ging. Kelling, dieser Idiot!

»Heinrich! Das kannst du mir doch nicht antun! Ich hab doch überhaupt nichts …«

Ein lautes Krachen im Hintergrund, und es klang so, als hätten sie es geschafft, die Tür mitsamt dem Rahmen aus der Mauer zu heben.

»Heinrich! Das verzeih ich dir nie!«

Die Verbindung wurde unterbrochen.

Hansen starrte den Hörer an. »Was suchen die denn in Lilos Eck?«, fragte er den Kollegen, der ihn halb neugierig, halb amüsiert anblickte.

»Kelling will diese Lotterjungs und ihre Mädchen da rausholen. Es wird doch Swing getanzt, bei der alten Koester!«

»Ach so.« Hansen legte den Hörer auf.

»Die HJ macht mit«, sagte der Beamte. »Wird bestimmt ein großer Spaß. Ein Mannschaftswagen ist auch dabei. Die sollen allesamt eingesackt werden.«

»Warum das denn?«, sagte Hansen mehr zu sich selbst. Und stellte sich dabei vor, wie Kelling ganz in der Art des Führers mit den Armen herumfuchtelte und mit schneidender Stimme Befehle gab, und wie seine Leute Kleinholz aus der Kellerkneipe machten, wie die HJler die Jungs verprügelten und die Mädchen beschimpften, und wie sie dann alle, begleitet von Schlägen und Beleidigungen, in den bereitstehenden Lkw gepfercht wurden.

»Na, die werden doch immer aufmüpfiger. Jetzt hat's sogar schon einen Mord gegeben. Bei der HJ sind sie stinksauer, und aus dem Stadthaus hieß es, die Swingheinis sollen alle weg von der Straße.«

»So …?« Hansen machte kehrt und verließ das Büro. Eigentlich wollte er nach oben gehen, die Sache auf sich beruhen lassen, er hatte ja doch nichts mehr zu melden. Aber in der Mitte des Treppenhausflurs machte er kehrt und hastete nach unten.

Die Treppe hinunterzusteigen fiel ihm noch schwerer, aber draußen auf der Straße ging's besser. Und bis zur Großen Freiheit waren es ja nur ein paar Schritte.

Er dachte an Lilo: Ich bin ihr nichts schuldig, aber helfen muss ich ihr doch, entschied er. Und vor das Bild der gealterten Lilo Koester, das in seinem Kopf auftauchte, während er die verdunkelte Reeperbahn entlangging, schob sich das ernste Gesicht von Ilse Wu, und dann blitzte etwas Junges, Freches auf – das Lächeln von Vera Hollenkamp.

NEUNTES KAPITEL

Verhaftet

1

»Na, Kindchen, so nachdenklich heute?«, fragte Lilo Koester.

Vera Hollenkamp saß auf einem Barhocker am Tresen von Lilos Eck, die Ellbogen aufgestützt, das Gesicht in den Händen vergraben. Sie antwortete nicht.

An diesem Abend war das Lokal relativ leer. Ein paar Seeleute saßen an den Tischen, einige Swingheinis und ihre Babys standen in den Ecken und tuschelten.

Aus dem Hinterzimmer drangen Rhythmusfetzen und schrille Trompetentöne. Ist das Nat Gonella oder Fud Candrix? Ist doch auch egal, oder? Vera zuckte mit den Schultern.

»Hättest ja wenigstens guten Abend sagen können oder so was«, sagte Lilo Koester. »Man kennt sich ja schließlich schon eine Weile.«

Vera schwieg.

»Jetzt hast du immerhin vier Möglichkeiten, um dich aufzuheitern, da du nun schon mal hier bist, Kleines. Entweder du redest mit mir oder du schmeißt dich an einen Jungen ran, oder du tanzt dir die Wolken aus dem Lockenköpfchen oder du nimmst ein bisschen Medizin.«

»Medizin?« Vera hob den Kopf und schaute an der Wirtin vorbei auf eine Fotografie, die hinter einem engmaschigen Fischernetz verborgen war. Durch das Netz hindurch waren südamerikanische Musiker mit ihren Instrumenten zu sehen und zwischen ihnen eine junge blonde Frau mit asiatischen Gesichtszügen. War das Lilo Koester? Hatte sie mal Musik gemacht? Als Sängerin womöglich?

Ohne ein Wort der Erklärung griff Lilo nach einer Flasche unter dem Tresen mit einer wasserklaren Flüssigkeit. Sie goss etwas davon in ein Schnapsglas. Nur halb voll. Ein bisschen geizig, fand Vera, oder denkt sie, ich vertrage nicht mehr?

Lilo schob Vera das Glas hin. »Echter Jamaika-Rum«, sagte sie. »Gibt's nur ausnahmsweise für Freunde des Hauses.«

Vera sah Lilo erstaunt an. Jetzt musste sie es trinken, egal, was es war. Sie nahm das Glas, nippte daran und bekam einen Hustenanfall. Trotzdem leerte sie das Glas, worauf der Husten noch schlimmer wurde und sie mit hochrotem Kopf vor sich hin keuchte.

Lilo, die in ihrem dunkelblauen Kleid und dem gestreiften Halstuch aussah wie eine Piratenbraut, kam um den Tresen herum und klopfte Vera auf den Rücken.

Vera bekam einen Schluckauf; sie musste anfangen zu lachen.

»Na bitte«, stellte Lilo fest. »Die Medizin hat geholfen.«

Vera keuchte noch ein bisschen vor sich hin, trank dann das Glas Wasser leer, das Lilo ihr reichte, nachdem sie wieder auf die andere Seite der Theke gewechselt war, und blickte etwas fröhlicher drein.

»Wo ist denn dein Freund?«, fragte Lilo.

»Wer?«

»Na, der Große, der immer amerikanische Anzüge trägt und Hut und alles.«

»Kurt. Das ist aber nicht mein Freund.«

»Jedenfalls heißt er Kurt«, stellte Lilo fest. »Hat sich heute noch gar nicht blicken lassen.«

Vera schaute wieder betrübt auf das leere Schnapsglas.

»Ach Gottchen, hab ich wieder was Falsches gesagt. Ist dieser Kurt die Ursache des Trübsals?«

»Nein, ja … nein, doch …«

»Na, das war ja ganz eindeutig.«

Vera horchte auf. Aus dem Hinterzimmer drang die Melodie »Quieremo mucho«, gespielt von Teddy Stauffer. Sie seufzte und sagte: »Ich hab nur Probleme mit den Männern.«

Ein Matrose, offenbar ein Südamerikaner, begann das Lied mitzusingen, brach aber wieder ab, weil ihm der Text entfallen war.

Lilo lehnte sich gegen das Flaschenregal, nahm sich eine Zigarette und zündete sie an. »Wirst dich dran gewöhnen. Das mit den Männern bleibt so. Wird eigentlich immer schlimmer. Ich hab's irgendwann aufgegeben.« Sie nahm einen tiefen Zug von ihrer Zigarette.

»So mein ich das nicht. Die sind in ernsten Schwierigkeiten. Kurt … ich musste ihn verstecken, weil die Polizei hinter ihm her ist …« Vera brach ab, erschrocken darüber, dass sie das ausgeplaudert hatte.

»Kannst nur hoffen, dass es sich lohnt, wenn du zu ihm hältst«, war Lilos Kommentar. »Und der andere?«

»Was?«

»Du sagtest, die sind in ernsten Schwierigkeiten. Der eine wegen der Polente, und der andere?«

Vera atmete tief durch. Ihre Kehle brannte immer noch vom Rum. »Mein Bruder ist verschwunden.«

»Ganz?«

»Na ja, er ist nicht da, wo er sein sollte.«

»Kenn ich ihn?«

Vera schüttelte den Kopf. »Er war noch nie hier, der tanzt nicht, der macht irgendwelche geheimen Sachen.«

»Geheime Geschäfte? Ihr seid doch aus gutem Hause. Müsst ihr noch was dazuverdienen?«

»Ich hab nicht Geschäfte gesagt, sondern Sachen.«

Lilo schaute sich argwöhnisch um. »Geheime Sachen? Na, dann sag mir lieber nichts mehr.«

Vera bekam einen roten Kopf.

Ein Matrose signalisierte, dass er und sein Freund noch etwas bestellen wollten. Lilo ging zu ihrem Tisch.

Vera griff nach ihrer Handtasche. Als Lilo zurückkam, stand sie da, um sich zu verabschieden.

»Willst du denn jetzt schon wieder weg? Warst ja noch gar nicht hinten. Scheint ja wirklich ernst zu sein. Du tanzt doch sonst immer.«

»Ich muss meinen Bruder suchen, bevor er irgendwas Schreckliches macht, und bei Kurt weiß man auch nicht genau …«

Lilo schüttelte den Kopf. »Kannst du nicht jemanden mitnehmen? Du solltest nicht allein herumziehen. Nicht in diesen Zeiten, und dann auch noch nachts …«

Vera warf energisch den Kopf zurück. »Ich kann schon sehr gut auf mich aufpassen.«

»Na ja, erlaubt ist es nicht und …«

»Und Sie? Was haben Sie gemacht, als Sie so alt waren wie ich?«, stieß Vera hervor.

Lilo zögerte und lächelte dann wehmütig. »Ich bin alleine herumgezogen und hab versucht, einen ganz bestimmten Jungen zu finden. Aber der ist mir immer wieder entwischt.«

»Na bitte!«

»Was heißt hier, na bitte?«, brauste Lilo auf. »Ich hab immer das gemacht, was ich wollte. Und? Was hat es mir gebracht?« Sie beschrieb eine ausladende Geste durch den Raum: »Eine Kellerkneipe! Mehr nicht. Was glaubst du, was mir mal alles gehört hat? Die Königin der Reeperbahn hat man mich genann! Aber ich wollte immer mit dem Kopf durch die Wand. Und es gibt nun mal Wände, die sind härter als dein Dickschädel. Und Gefängnismauern gibt es auch noch …« Sie hielt inne, erschrocken über ihren Gefühlsausbruch.

Vera blickte sie erstaunt an. Sie war schon versucht, ihre Handtasche auf den Tresen zurückzulegen, um Lilo ein paar Fragen über ihr früheres Leben zu stellen, da hörten beide, wie oben die Eingangstür heftig ins Schloss fiel und jemand eilig die Treppe herunterpolterte.

Es war Ulrich Heinicke, in HJ-Uniform, mit schweren Stiefeln an den Füßen, rotgesichtig, schwitzend, außer Atem.

»Alarm, Alarm!«, rief er aus, noch bevor er den Treppenabsatz erreicht hatte.

Lilo Koester drehte sich um und stemmte die Hände in die Hüften.

Ulrich stürzte an ihr vorbei auf Vera zu. »Du musst sofort hier verschwinden.« Er deutete Richtung Hinterzimmer. »Die auch. Alle! Und die Musik muss weg. Es ist keine Zeit, schnell!« Er packte Vera am Arm.

Die riss sich los und schaute ihn halb empört, halb belustigt an. »Was ist denn?«

»Die HJ kommt, die machen Kleinholz aus dem Laden hier, wenn sie euch sehen. Die sind fuchsteufelswild, weil sie ihren Führer verloren haben. Jeden Moment sind sie da! Ich bin vorausgelaufen. Ich soll kundschaften! Also macht schnell. Los, beeilt euch!«

Vera rannte zur Tür des Hinterzimmers, riss sie auf und rief: »Aufhören! Sofort Schluss machen! Die HJ kommt! Wir müssen alle raus!«

Die Musik brach ab, aber an Weglaufen dachte keiner. Erst mal wurde das Grammofon gesichert und die Platten weggesteckt. Vera drängte, und langsam kam Bewegung in die dreißig jungen Leute, die sich hier zusammengefunden hatten. Ein paar der Jungs meinten allerdings, es wäre ohnehin mal wieder an der Zeit, den Segelfliegerohren eine Abreibung zu verpassen.

Lilo Koester sagte zu Ulrich: »Du kannst dich wohl auch nicht entscheiden, zu welcher Truppe du gehörst. Neulich hab ich dich noch im Anzug gesehen. So jedenfalls …«, sie deutete auf seine nackten Beine, »… wirst du die Kleine nie rumkriegen. Sie steht auf amerikanische Anzüge.«

Ulrich starrte sie kurz verständnislos an und beobachtete mit wachsender Verzweiflung, wie träge die Swingheinis auf seine Warnung reagierten.

»Frau Koester, bitte, verrammeln Sie Ihre Tür oben. Das wird sonst …« Er drehte sich um. »Ich muss los, die dürfen mich hier nicht sehen.« Und damit stieg er eilig die Treppe hinauf.

Lilo folgte ihm und sah, wie er die Tür aufriss, die auf die Große Freiheit hinausführte, und sie hinter sich zuzog, dass es knallte. Kurz darauf war sie oben, schloss ab und legte den Eisenbalken vor. Dann schaute sie durch das kleine Guckfenster und sah Ulrich Heinicke, wie er salutierend vor einer HJ-Horde stand, offenbar Bericht erstattete und ab und zu auf die Tür zu Lilos Eck deutete.

Der Anführer hob den rechten Arm und rief ein Kommando. Die Hitlerjungen marschierten auf den Kneipeneingang zu. Lilo schloss das Fenster. Sie wartete ab, was passieren würde. Zuerst waren es nur Stiefeltritte, aber dann gingen diese Kerle mit einer Feuerwehraxt auf die Tür los. Sie würde bestimmt nicht lange widerstehen.

Lilo eilte die Treppe hinunter, wählte die Nummer der Davidwache und verlangte Heinrich Hansen.

Die Tür zerbarst, und die Hitlerjungen trampelten die Treppe herunter. Die Swingheinis schlossen die Hinterzimmertür und verbarrikadierten sich.

Es nützte ihnen nichts. Die Hitlerjungen hatten inzwischen raus, wie man Türen mit einer Axt aufstemmt. Sie drangen ins Hinterzimmer ein und warfen sich auf ihre Gegner. Die hatten sich ihrer Jacketts entledigt und sich sogar die Zeit genommen, die Krawatten abzunehmen und die Ärmel ihrer Hemden hochzukrempeln. Gegen die mit Knüppeln und Schlagringen ausgerüsteten Hitlerjungen hatten sie indes keine Chance. Und gelang es doch mal einem Swingheini, durch die Reihen der Angreifer Richtung Ausgang durchzubrechen, standen dort Polizisten bereit, um sie abzuführen, nicht ohne ihnen ein paar Schläge zu verpassen. Die Hitlerjungen riefen: »Mörderbande! Verräter! Kollaborateure!« und »Rache für Willy Kaiser!« Ein paar wenige vergriffen sich an den Mädchen, die in einer Ecke Schutz gesucht hatten, und versuchten, ihnen die Kleider vom Leib zu reißen. Ein Swingbaby bekam einen hysterischen Anfall und schlug wahllos um sich, ein anderes Mädchen brach bewusstlos zusammen, als sie von einem Knüppel am Kopf getroffen wurde.

Als Heinrich Hansen eintraf, war das schlimmste Kampfgetümmel vorüber. Die Polizeibeamten unter der Führung von Kelling trieben die jungen Leute in den Mannschaftswagen, während sich die Hitlerjungen unten im Lokal daran machten, die Einrichtung zu zertrümmern. Sie zertrampelten das Grammofon, zerbrachen die Schellackplatten und rissen die Dekoration von den Wänden. Zwei von ihnen waren über den Tresen gesprungen und begannen, mit Flaschen und Gläsern zu werfen, als Hansen unten ankam.

Lilo stand in einer Ecke und presste die Lippen aufeinander. Sie war bleich vor Wut und hatte die Fäuste geballt. Auf dem Boden bemerkte Hansen Blutlachen, an den Wänden Blutspritzer.

Er brüllte los, so laut, wie er es seit seiner Zeit als Bootsmann nicht mehr getan hatte.

Wie vom Donner gerührt, hielten die Randalierer inne. Hansen schrie sie an, sie sollten augenblicklich verschwinden. Und genau das taten sie auch.

2

Hansen blieb als einziger Polizist zurück. Er trat an den Tresen und zuckte entschuldigend mit den Schultern.

Lilo Koester war gerade dabei, Glasscherben einzusammeln.

»Neuerdings kommst du immer zu spät«, sagte sie und deutete in den Kneipenraum. »Jetzt sieh dir das an. Die Hälfte der Einrichtung ist zu Bruch gegangen. Wer soll das bezahlen? Die Polizei? Die HJ? Oder wollt ihr die Eltern der jungen Leute dazu verdonnern? Die haben übrigens nur Musik gehört, sonst nichts. Ich finde, ihr übertreibt ganz gewaltig mit euren, euren … Razzien – gibt's eigentlich nichts Wichtigeres für euch zu tun auf St. Pauli?«

»Ich kann so was nicht verhindern. Kelling bestimmt, wo's langgeht. Und er ist ein scharfer Hund.«

»Früher hast du doch auch kein Blatt vor den Mund genommen, wenn du der Meinung warst, jemand ist vom rechten Weg abgekommen …« Sie lächelte bitter. »Hast dich immer eingemischt, in mein Leben und in das deiner Freunde. Und jetzt auf einmal machst du dich dünn.« Sie blickte spöttisch an ihm hinunter. »Obwohl dir das immer schlechter gelingt.«

Hansen zog den Bauch ein und protestierte. »Ich habe keine Möglichkeit, auf Kelling Einfluss zu nehmen. Ich bin nur noch ein Außenseiter. Mir drücken sie die hoffnungslosen Fälle auf und …«

Sie warf die Glasscherben in einen bereitgestellten Mülleimer. »Eben hat's doch noch ganz gut geklappt.«

»Na ja, die HJ, das sind doch Hänflinge, die lassen sich von jedem rumkommandieren.«

»Wärst du früher gekommen, wäre nicht so viel Blut geflossen.«

»Du kannst mich nicht dafür verantwortlich machen, Lilo!«

»Nein?«, fragte sie ungnädig.

»Nein! Erstens wissen diese Swingheinis ganz genau, dass ihre Musik verboten ist und das Tanzen erst recht. Und zweitens weißt du das auch. Du kannst von Glück sagen, dass du nicht mit auf die Wache musstest.«

»So? Hab ich das dir zu verdanken?«

Hansen schwieg.

»Na, dann schönen Dank auch.« Sie angelte nach einem nassen Lappen und begann, den Tresen abzuwischen.

»Da nich für«, sagte Hansen missmutig.

Eine Weile starrten sie schweigend aneinander vorbei. Dann bückte sich Lilo und holte ein zweites Mal an diesem Abend die Rumflasche unter dem Tresen hervor. Sie stellte zwei Schnapsgläser dazu, entkorkte die Flasche und schenkte ein.

Hansen wusste die versöhnliche Geste zu schätzen. Er hatte bisher nur selten einen Schluck aus Lilos »Jamaika-Flasche« bekommen.

Sie prosteten sich zu. Kein Lächeln. Es gab auch keinen Grund.

»Vielleicht solltest du dich wenigstens um den kleinen Blondschopf kümmern, Vera …«, sagte Lilo.

»Das kann sie schon ganz gut selbst.« Hansen erzählte davon, wie Vera bei ihrer ersten Verhaftung mit dem Namen ihres Vaters aufgetrumpft hatte.

Lilo nahm sich wieder einen Lappen, aber sie wusste gar nicht, wo sie mit dem Wischen beginnen sollte. Zu viel war zu Bruch gegangen. Als Hansen seinen Bericht beendet hatte, nickte sie vor sich hin. »Sie weiß sich also zu helfen. Vielleicht sollte man den Vater trotzdem informieren. Bevor das Mädchen noch im Lager landet. Vielleicht kann er ja seinen Einfluss auch für die anderen geltend machen.«

»Mit dem Hollenkamp muss ich sowieso noch reden«, sagte Hansen.

»Der Bruder …«

Hansen sah sie erstaunt an. »Das weißt du?«

»Vera sucht nach ihm.«

»Dann hat sie ihn jetzt gefunden. Er liegt bei uns auf der Wache in der Zelle.«

»Wirklich eine feine Familie«, sagte Lilo spöttisch.

»Ich hab ihn im Opiumrausch in einem Keller in der Schmuckstraße gefunden.«

»Nicht sehr ehrenwert für einen jungen Mann aus gutem Hause.«

»Er hatte ein Messer bei sich, blutverkrustet, wahrscheinlich das Messer, mit dem der Chinese und der Deutsche in der Schmuckstraße erstochen wurden.«

»Oh, das klingt nicht so, als würde er mit einem Aufenthalt im Arbeitslager davonkommen.«

Hansen schüttelte den Kopf. »Die Sache stinkt vorn und hinten. Man hat alles dafür getan, dass ich ihn so vorfinde. Jemand will ihm die Morde anhängen.«

»Dann hat's vielleicht was mit seinem Vater zu tun. Erpressung?«, schlug Lilo vor.

»Was soll denn der alte Hollenkamp mit den Chinesen zu tun haben?«

»Er ist Inhaber einer Dampfschifffahrtslinie, sagst du? Fahren seine Schiffe vielleicht nach China?«

Hansen geriet ins Grübeln, kam jedoch zu keinem Ergebnis. Was wusste er schon von William C. Hollenkamp und seiner Dampfschifffahrtslinie, was wusste er von seinen Geschäften und möglichen Verbindungen zu Chinesen? Er hatte die ganze Zeit versucht, die Antworten für die Frage nach den Mordmotiven auf St. Pauli und bei den Chinesen zu finden. Vielleicht führte ja eine Spur nach Othmarschen. Schlüpfriges Terrain. Hatte man ihm deshalb diesen Fall zugeschoben?

Lilo schenkte ihm ungefragt noch einen Rum ein. »Lass man!«, protestierte Hansen schwach.

»Schon gut«, sagte sie. »Ich nehm auch noch einen. Wir haben nämlich noch was zu besprechen.«

Hansen, der gerade das Schnapsglas angehoben hatte, stutzte. »Was denn noch?«

Sie kannten sich nun schon über vier Jahrzehnte, aber immer wenn ihn Lilo auf ihre bestimmte Art anschaute, so wie jetzt, direkt in die Augen, durchdringend, fordernd, keinen Widerspruch duldend, dann wurde Hansen noch immer mulmig. Und das, obwohl es eine Zeit gab, wo sie, nachdem sie sich allzu weit auf kriminelles Terrain vorgewagt hatte, fast alles verloren hatte und er ihr einziger Halt gewesen war. Nun erschien sie ihm wieder so stark wie in ihrer Jugend. Nicht mehr so unnahbar, aber genauso unerbittlich. Wie seltsam, dachte Hansen, denn man sollte doch eigentlich meinen, dass sie beide alt genug waren, um einander ohne Illusionen und auch ohne Verbindlichkeiten zu begegnen.

Tja – Hansen stellte seufzend sein Glas auf den Tresen –, Lilo war die Frau seines Lebens, nur leider war er nicht der Mann ihres Lebens. Und wer gerade in der stärkeren Position war, nutzte diesen Umstand aus, um den anderen in seinem Sinn zu beeinflussen.

Lilo nahm einen Schlüssel von dem Haken neben dem Tresen und schloss eine Schublade auf. Sie zog einen Briefumschlag heraus und hielt ihn Hansen hin. »Hier, das ist für dich.«

»Was ist das?«

»Ein Brief.«

Hansen nahm den Umschlag in die Hand und sah ihn an. »Da steht nichts drauf. Woher weißt du, dass er für mich ist?«

»Friedrich hat ihn mir gegeben.«

Hansen erstarrte. Das war keine schöne Wendung ihres Gesprächs. Friedrich. Der Mann, der nur mit den Fingern schnippen musste, und Lilo tat, was er wollte. Der Mann, der sie in die schlimmste Krise ihres Lebens gestürzt, der sie beinahe umgebracht hatte, wegen dem sie unendlich viel Angst ausgestanden hatte. Friedrich, der irgendwann Mitte der Zwanzigerjahre aus St. Pauli verschwunden war, nachdem er vergeblich versucht hatte, die Macht im Viertel mit kriminellen Methoden an sich zu reißen – dieser Mann war wieder da? Und hatte Kontakt zu Lilo aufgenommen? Und sie hatte ihn nicht abgewiesen, rausgeschmissen oder die Polizei benachrichtigt, sondern einen Brief entgegengenommen, einen Brief, der frecherweise auch noch an ihn, Heinrich Hansen, gerichtet war, wo er doch alles daran gesetzt hatte, diesen Verbrecher dingfest zu machen?

Hansen warf den Brief auf den Tresen. »Den mach ich nicht auf.«

Lilo kniff die Augen zusammen. Da war sie wieder, diese Unerbittlichkeit, die sie sofort verlor, wenn Friedrich in ihrer Nähe auftauchte.

»Es steckt mehr darin, als du glaubst«, sagte sie.

»Er war hier, und schon tanzt du wieder nach seiner Pfeife, stimmt's?«, sagte Hansen. »Er muss nur aufkreuzen, und du lässt dich ohne weiteres für seine Zwecke einspannen.«

Lilo schüttelte den Kopf. »Da liegst du diesmal aber ganz falsch, Heinrich.«

Hansen hob die Stimme: »Er hat dich ruiniert, er hat dich beinahe umgebracht, und du sprichst noch mit ihm. Warum hast du mich nicht gerufen? Ich hätte ihn festgenommen. Wir haben immer noch einen Haftbefehl gegen ihn vorliegen.«

»Vergiss den Haftbefehl, Heinrich. Und red nicht unentwegt von der Vergangenheit!« Lilo tippte mit dem Zeigefinger auf den Umschlag. »Da geht's auch um dich.«

»Nein!«, sagte Hansen störrisch.

»Mach auf, du wirst es sonst bereuen.« Sie lächelte aufmunternd. »Und überhaupt, was bist du für ein seltsamer Polizist? Verschließt deine Augen, wenn dir jemand Beweise liefert.«

»Beweise? Wofür?«

Sie schob ihm den Umschlag hin. »Mach auf.«

Hansen riss das Kuvert auf und zog eine Fotografie heraus. »Aber das Foto kenne ich doch schon!«, rief er.

Lilo sah ihn enttäuscht an. »Ja?«

»Aber ...«

Es war die Fotografie dieser älteren Dame im dunklen Kleid auf dem Sofa. Nur fehlte diesmal der Balken über ihrem Gesicht. Mit einem Mal kamen ihm die Gesichtszüge bekannt vor. Wenn sie nicht so eindeutig bürgerlich, um nicht zu sagen wohlhabend angezogen gewesen wäre, mit dieser Perlenkette um den Hals, er hätte sie für seine Mutter gehalten. Nein, das war sie nicht. Eine Schwester hatte seine Mutter aber nie gehabt, auch keine Kusine. Also gab es nur eine Möglichkeit: seine Schwester! Aber die war doch tot! Verbrannt im Feuer, damals vor über vierzig Jahren.

»Elsa?«

»Das ist sie.« Lilo beugte sich vor und schaute das Bild an.

»Hast du sie gleich erkannt?«, fragte Hansen.

»Ich weiß nicht ... ich hatte sie nicht mehr sehr gut in Erinnerung. Friedrich sagte ...«

»Wie kommt er an dieses Bild? Wo wurde es gemacht? Wo lebt sie? Was soll das alles?« Hansen spürte, wie sein Puls sich beschleunigte.

»Dreh es um, Heinrich!«, forderte Lilo ihn auf.

»Ja, ja, ich weiß schon ...« Aber auf der Rückseite stand etwas anderes als auf dem ersten Foto, nicht »wir sollten uns unbedingt wiedersehen«, sondern »Bitte, hilf uns!«.

Hansen sah sich die Handschrift eine Weile an. Es schien dieselbe zu sein wie auf dem anderen Bild. Aber wieso tauchte Elsa nach all den Jahren plötzlich wieder in seinem Leben auf? Warum hatte sie sich all die Jahre nicht gemeldet?

»Wieso helfen?«, fragte er laut. »Und was heißt hier ›uns‹?«

»Du musst mit Friedrich darüber sprechen.«

»Nein!«

Lilo legte eine Hand auf Hansens Arm. »Doch, Heinrich, du wirst mit ihm reden. Und du wirst ihm helfen.«

»Ihm? Ich denke ihr?«

»Beiden.«

»Was haben die beiden miteinander zu tun?«

»Das musst du Friedrich fragen.«

»Wann? Wo?«

»Das wirst du noch erfahren. Zuerst wollte er wissen, ob du ihm helfen willst, deine Schwester zu retten?«

»Retten? Wieso?«

»Ich weiß es nicht. Er wird es dir sagen.«

»Dieser gottverdammte …« Hansen spürte, wie das Blut in seinen Adern pulsierte. Sein Herz raste, er rang nach Luft.

Lilo streckte einen Arm aus und strich ihm über die Wange. Ihre Hand war kühl. »Heinrich, du musst zurück auf die Wache. Du musst dich um das Mädchen kümmern und um die anderen auch. Und schau mal nach, was mit dem kleinen Ulrich Heinicke ist. Der hat uns gewarnt.«

»Der ist doch bei der HJ!«

»Und in Vera verknallt. Manchmal läuft der auch wie 'n Swingheini rum. Weiß nicht, wo er hingehört – das war bei seinem Vater doch auch so.«

Hansen seufzte. Allmählich wuchs ihm alles über den Kopf. Er hob das Schnapsglas, trank es leer und verabschiedete sich knapp.

3

Ich muss hart bleiben, nahm sich Hansen vor, auch wenn sie hübsch ist. Er schüttelte innerlich den Kopf über sich. So alt bist du geworden, Heinrich Hansen, und musst dich noch immer beim Anblick eines jungen Blondschopfs an die Kandare nehmen. Und abgesehen davon, ist diese Situation nicht viel zu ernst für derart alberne Ideen?

Aber Vera Hollenkamp schien den Ernst der Lage ebenfalls noch nicht so recht begriffen zu haben.

»Finden Sie nicht, dass Sie sich entschuldigen sollten?«, fragte sie vorwurfsvoll.

Und Hansen, der sich gerade ächzend auf seinen Stuhl hinter dem Schreibtisch hatte fallen lassen, blickte verwundert auf. Zum einen, weil ihm angesichts der Papierstapel, die sich während seiner Abwesenheit angehäuft hatten, klar wurde, dass er neben den Mordfällen noch allerlei Kleinigkeiten zu erledigen hatte, die er sonst immer Schenk zuschob. So viel Kleinkram! Schenk hatte seinen Platz von allen Blättern und Akten befreit und ein leeres Pult hinterlassen. Alles lag jetzt bei Hansen, angefangen bei der leichten Körperverletzung über den Taschendiebstahl bis hin zu Sittlichkeitsdelikten – zig Fälle, und alle gleich unwichtig und lästig.

Vera Hollenkamp räusperte sich ungeduldig.

»Entschuldigung?«, fragte Hansen.

»Es ist Blut geflossen«, stellte Vera anklagend fest. »Die Hitlerjungen haben sich benommen wie die wilden Tiere. Und die Polizei hat sie geschützt, um nicht zu sagen, dazu ermuntert.«

Hansen nickte. Es war nicht die feine Art, aber so waren die Zeiten nun mal. Und Polizei und HJ benahmen sich vergleichsweise noch harmlos. Es gab noch ganz andere Methoden, mit Quertreibern fertig zu werden, und er wünschte niemandem, deren Opfer zu werden.

»Wir wurden aufgefordert, mit aller Härte vorzugehen«, sagte Hansen.

Vera reckte den Hals. »Warum?« Sie war störrisch. Hansen gefiel das. Aber es war nutzlos. Und wenn jetzt nicht er hier säße, sondern Kelling, dann wäre es sogar töricht.

Er seufzte. »Es gibt Gesetze, es gibt Anweisungen, die von der Partei und vom Staat erlassen werden. Die Polizei führt sie nur aus.«

»Rücksichtslos?«

»Rücksichtslos.«

»Und wo bleibt ihr Gewissen?«

»Heutzutage haben Polizisten kein Gewissen mehr«, sagte Hansen. Und fügte überflüssigerweise hinzu: »Sie sollen auch keins haben.«

»Und Ihre Moral, Herr Kommissar?«

»Der Staat ist die Moral, Fräulein Hollenkamp. Das müssten Sie doch in der Schule gelernt haben.«

Vera schüttelte den Kopf. »Moral ist eine Frage des Gewissens.«

Nicht mehr, hätte Hansen beinahe gesagt, und auch früher konnte man das nie so eindeutig sagen. Aber er schwieg.

»Ein Polizist hat also kein Gewissen?«

Hansen fiel Klaas ein, und dass er seit dessen Verschwinden nichts für ihn getan hatte. Klaas war verschwunden, und niemand suchte nach ihm. Wir sind alle wie versteinert, unbeweglich, starr, kalt und stumm, und dieses Mädchen fragt mich nach meinem Gewissen. Er schüttelte unwillkürlich den Kopf.

Vera interpretierte es als Antwort. »Dann sollten Sie sich wenigstens vorher darüber informieren, auf wen Sie Ihre Bluthunde hetzen.«

Gerade redete sie noch von Gewissen und Moral, und dann trumpfte sie wieder auf! Hansen lachte amüsiert. Zornesröte stieg Vera ins Gesicht.

»Es wird Ihnen diesmal nichts nützen, Ihren Vater anzurufen«, erklärte Hansen. »Wir werden es später schon tun, keine Sorge. Aber dann werden Sie es vielleicht gar nicht mehr wollen.«

»Drohen Sie mir jetzt?«, fragte Vera überrascht und leicht empört.

»Nein, ich will Sie nur auf den Boden der Tatsachen zurückholen. Dass Sie sich mitten in der Nacht mit diesen Swingheinis herumtreiben, ist eine Kleinigkeit gegen das, was auf Ihre Familie jetzt zukommt.«

»Was wissen Sie schon von meiner Familie?«, fragte sie hochnäsig.

»Wie weit auch immer der Einfluss Ihres Vaters reicht, Fräulein Hollenkamp. Er wird es schwer haben, Ihren Bruder aus dem Untersuchungsgefängnis herauszuholen.«

Vera beugte sich ruckartig nach vorn. Fast wäre sie aufgesprungen. »Was?«

»Er ist noch unten in der Zelle. Morgen Früh wird er überstellt.«

»Ich suche ihn überall, und er ist hier bei Ihnen? Das ist ja Freiheitsberaubung.«

»Das ist es sicherlich nicht, Fräulein Hollenkamp. Er wurde verhaftet.«

Vera presste die Hände zusammen, rang nach Atem. »Aber warum? Und wieso wissen wir nichts davon? Und was hat er …«, sie hielt inne, holte tief Luft, »… aber nein, Sie können ihn doch nicht einfach verhaften. Mit welcher Begründung denn?«

»Ahnen Sie es nicht, Fräulein Hollenkamp?«, fragte Hansen und hasste sich gleichzeitig dafür, sie auf die Folter zu spannen, aber er wollte herausfinden, ob das Mädchen vielleicht etwas über ihren Bruder wusste. Doch sie schien ahnungslos, jedenfalls zuckte sie nicht mit der Wimper, als sie bestürzt fragte: »Ahnen? Was soll ich ahnen?«

Hansen entschloss sich, sie noch eine Weile zappeln zu lassen, auch wenn das Spiel ihm nicht gefiel. Aber Lockenkopf hin oder her, er brauchte Informationen.

»Es würde mich interessieren, was er mit den Chinesen zu tun hat; er scheint auffällig häufig im Chinesenviertel zu verkehren.«

»Das Land interessiert ihn. Er hat schon immer für fremde Länder geschwärmt. Er will fort aus Europa. Wenn er erst mal zu Ende studiert hat, wird er es sicherlich auch tun. Vielleicht nimmt er mich ja mit. Aber ich müsste wohl auch zuerst das Medizinstudium beenden, Krankenschwester wäre nicht das Richtige, aber …«

Hansen beugte sich vor und kniff die Augen zusammen. »Er studiert Medizin?«

»Ja. Deswegen hoffen wir ja auch, dass er zur Sanitätstruppe kommt, wenn er eingezogen wird. Das wird vielleicht schon bald sein, länger kann er sich wohl nicht zurückstellen lassen, auch wenn er als Arzt natürlich viel mehr ausrichten könnte …«

»Er studiert also schon lange genug, um sich in der Anatomie des Menschen gut auszukennen?«

»Warum fragen Sie das, Herr Kommissar?«

»Und er will später mal nach China gehen?«

»Nach Asien jedenfalls. Ob es unbedingt China sein muss, weiß ich nicht.«

»Spricht er Chinesisch?«

»Ein bisschen wohl schon. Er hat einen Kurs an der Universität belegt. Aber es ist eine sehr schwierige Sprache. Eigentlich sind es ja mehrere Sprachen …«

»Ich weiß.«

Vera zuckte zusammen. »Sie haben ihn doch nicht festgenommen, weil er etwas mit China zu tun hat? Haben wir denn Krieg mit China?«

»Wir nicht. Die Japaner. Aber das geht uns nichts an.«

Sie atmete erleichtert auf. »Dann kann es ja nicht so schlimm sein.«

Die denkt, es handelt sich um Spionage, überlegte Hansen, das ist immerhin nicht uninteressant. Aber das würde bedeuten, dass die Gestapo sich bald einmischt. Und für mich zählen jetzt erst mal ganz andere, handfeste Dinge.

»Es ist viel schlimmer als das«, fuhr er fort.

Vera schrak zusammen. »Was?«, fragte sie leise.

»Er hat sich mindestens zwei Verbrechen zuschulden kommen lassen.«

Sie wurde bleich. »Zwei?«

»Wir haben ihn in einem Chinesenkeller in der Schmuckstraße gefunden. Er war im Opiumrausch.«

Vera sagte nichts, schaute nur ausdruckslos an Hansen vorbei.

»Ist es das, was ihn an China so sehr fasziniert?«, fragte Hansen.

Sie sagte nichts, starrte weiter ins Leere.

Die weiß doch was darüber oder hat wenigstens was geahnt, dachte Hansen.

»War Ihr Bruder öfter dort? Haben Sie gewusst, warum er da verkehrte?«

»Was hab ich?«

»Sie haben ihn doch gesucht, als ich Sie im Cheong Shing und im Neu-China gesehen habe.«

»Ja, aber …«

»In der Schmuckstraße sind Sie dann plötzlich verschwunden. Wo sind Sie anschließend hingegangen?«

»Was …?«

»Kennen Sie sich dort genauso gut aus wie Ihr Bruder?«

Sie sprang auf, auf einmal nicht mehr verwirrt, sondern wütend. »Ach! Jetzt weiß ich, was Sie vorhaben! Sie wollen uns etwas in die Schuhe schieben! Sie wissen doch gar nichts, Sie haben doch gar keine Beweise, nur Vermutungen!« Sie stockte und fügte dann mit zusammengekniffenen Augen kämpferisch hinzu: »Wer weiß, was in Wirklichkeit dahintersteckt.«

»Das kann ich Ihnen sagen, Fräulein Hollenkamp.«

»So? Was denn?«, fragte sie trotzig.

»Ihr Bruder hatte ein Messer bei sich. Ein Stilett. Es war blutverkrustet. Und genau mit so einem Stilett wurden die beiden Morde in der Schmuckstraße verübt. Ein Chinese und ein Deutscher wurden damit von jemandem erstochen, auf eine Weise, die nahe legt, dass der Täter über sehr gute anatomische Kenntnisse verfügt hat.«

»Das ist eine Lüge!«, schrie Vera. »Das ist alles eine Lüge!«

»Der Chinese«, fuhr Hansen fort – er hasste es, das Mädchen mit seinen Feststellungen derart aus der Fassung zu bringen –, »war ein Straßenhändler namens Liang Fong. Kannte Ihr Bruder den?«

»Nein!«, schrie sie. Und fügte etwas leiser hinzu: »Woher soll ich das denn wissen?«

»Aber den zweiten Toten kannten Sie beide sehr gut: Arthur Winkelmann. Verstehen Sie jetzt, warum wir Ihren Bruder verhaftet haben?«

Vera ließ sich kraftlos in ihren Stuhl zurückfallen und starrte ins Leere.

»Sie und Ihr Bruder und Winkelmann. Sie sind doch nicht nur in den Chinesenlokalen in der Schmuckstraße ein- und ausgegangen. Sie haben doch da sogar übernachtet, wenn es zu spät war, nach Hause zu fahren, stimmt's?«

»Ja«, sagte sie tonlos.

»Wo?«

»Ich will mit meinem Vater sprechen«, flüsterte sie.

»Wo in der Schmuckstraße haben Sie übernachtet?«

»Bei Ilse Wu«, sagte sie so leise, dass es kaum zu verstehen war.

»Wo?«

»Bei Ilse Wu!«, rief sie aus. Und fügte hinzu: »Ich will jetzt sofort meinen Vater anrufen.«

»Nur noch eine Frage, dann werden wir Ihren Vater verständigen, dass er Sie morgen Früh hier abholen kann.«

»Morgen Früh?« Sie sah ihn entgeistert an.

»Ja«, sagte Hansen. Und er war jetzt auch wütend und wusste gar nicht so genau, auf wen und wieso. »Aber erst will ich noch eins wissen: Kennen Sie die Schwarze Schlange?«

»Wer soll das sein?«

»Ich sagte nicht, dass es sich um eine Person handelt. Aber es könnte durchaus sein. Also wer?«

Vera Hollenkamp zuckte mit den Schultern. »Ich kenne keine Schwarze Schlange.« Und dann fing sie an zu weinen.

Na großartig, dachte Hansen, und Lilo hat dir aufgetragen, dich um das Mädchen zu kümmern.

4

Zwei Stunden später, nachdem er Vera in eine Zelle zu mehreren anderen Mädchen gesteckt hatte und der dürftige Bericht über das Verhör fertig war, ging Hansen in seine Dienstwohnung und legte sich ins Bett. Es war sehr dunkel im Schlafzimmer. Er dachte an die Zeit, als die blinkenden bunten Lichter der Leuchtreklamen hereingeleuchtet hatten, damals, vor der Verdunklung, damals, als der Krieg noch nicht den Alltag überschattet und man den jungen Leuten mehr Freiheit gelassen hatte.

Dich hätten wir auch einsperren müssen, so wie du dich damals benommen hast, und deine Freunde gleich mit. Die kleine Hollenkamp hat ja Recht, wenn sie verlangt, die Polizisten sollten sich entschuldigen. Leben und leben lassen, hatte einst die Devise auf St. Pauli gelautet. Und nun? Seit acht Jahren galt das genaue Gegenteil, und ein Ende war nicht abzusehen.

Hansen horchte auf Geräusche, die durch das Treppenhaus heraufdrangen. Es war ruhig. Manchmal aber gellten Schreie durchs Haus; nicht die Schreie von betrunkenen Seeleuten oder empörten Bürgern, die sich widerrechtlich verhaftet fühlten, sondern die von kleinen Ganoven und Schmalspur-Verbrechern, von Zuhältern und Dieben, Betrügern und Hochstaplern, bei denen Kelling jene Härte anwandte, die von oben gefordert wurde. Früher war kein Blut geflossen bei den Verhören, jetzt wurden vorsorglich ein Eimer und ein Lappen geholt, wenn Kelling selbst ein Verhör leitete. Die meisten Kollegen waren nicht so eifrig bei der Sache, aber ein paar schon. Und wer nach einem

Verhör ein schlechtes Gewissen bekam, tröstete sich damit, dass »die im Stadthaus« noch ganz andere Saiten aufzuziehen wussten. Dabei würde es doch genügen, die Schutzhaft konsequent anzuwenden: Wiederholungstäter wurden bis auf weiteres interniert – das war ein Grundprinzip der Strafverfolgung geworden. Nach einer Weile, so meinte Hansen, müssten dann doch alle notorischen Kriminellen hinter Gittern oder im Arbeitslager sitzen. Warum sollte man sich da noch die Mühe machen, sie windelweich zu prügeln?

Manchmal, wenn er Kellings rabiates Durchgreifen mit ansehen musste, überlegte Hansen, ob er nicht aufhören sollte. Du musst nicht ein Leben lang Polizist sein, dachte er dann. Schon gar nicht wegen der kargen Pension. Die war kaum der Rede wert, und auf St. Pauli würde er immer eine Anstellung finden. Er kannte viele Leute, die ihm dankbar waren; möglicherweise könnte er in einem kleinen Vergnügungslokal Teilhaber werden. Warum also weitermachen? Um gelegentlich »Halt!« zu rufen, wenn mal wieder einer der Kollegen zu weit ging? Das wäre immerhin ein Grund gewesen, ein geringer. Aber wichtiger als alle Zweifel war jetzt die Aufklärung dieser immer rätselhafter werdenden Mordgeschichte. Hansen spürte, dass die Morde in einem größeren Zusammenhang standen. Das will ich noch herausfinden, entschied er, und danach können sie mich alle mal …

Am nächsten Morgen wurde ihm, kaum dass er sich fertig rasiert hatte, mitgeteilt, ein Herr Hollenkamp wolle ihn sprechen. Er zog sich den besseren Anzug an, band sich die Krawatte gewissenhafter als sonst und verließ seine Wohnung.

Auf der Treppe kam ihm ein grinsender Dr. Wolgast entgegen. »Moin, Hansen«, sagte er. »Zu Ihnen wollte ich gerade.«

»Dass Sie sich mal die Mühe machen, zu mir hochzusteigen.«

»Wissenschaftliches Interesse«, sagte Wolgast. »Vielleicht auch nur persönliche Neugier oder die Lust an exotischen Fällen.«

»Was gibt's denn?«

»Ihr Patient, na was! Mein Patient und Ihr Mordverdächtiger da unten. Der Mann, der privilegiert in seiner Einzelzelle den Opiumrausch ausschläft, Sie sollten ihn sich kurz ansehen.«

»Hm, sein Vater ist gerade gekommen, ein hohes Tier …«

»Kommen Sie erst mal mit mir. Sie wollen dem Herrn doch auch etwas über den Zustand seines Filius berichten. Ich mach mir die Mühe und steige mit Ihnen wieder in die Katakomben hinab.«

Dr. Wolgast drehte sich um und ging voran. Hansen folgte ihm.

»Na schön«, sagte Hansen. »Wie geht's ihm?«

»Schwitzt, zittert und jammert, dämmert vor sich hin, ist noch nicht wieder richtig beieinander. Hat sich wohl übernommen … Ist ja wohl das Prinzip von Rauschgift, dass man zu viel davon nimmt.«

»Kann sein.«

»Ich weiß ja nicht, wie viel Erfahrung der Junge mit so was hat, jedenfalls ist er noch total benebelt. Wenn sich sein Zustand nicht bis zum Mittag gebessert hat, muss er ins Krankenhaus gebracht werden.«

»Ich muss ihn möglichst bald verhören.«

»Ihr Wort in Führers Ohr, Hansen, aber erst mal muss er wieder bei klarem Verstand sein.«

Sie waren jetzt am Absatz der Kellertreppe angelangt.

»Wieso soll ich dann überhaupt mit runterkommen?«

»Weil ich Ihnen was zeigen will.«

Im Keller war es still. Die meisten Zellentüren waren geöffnet.

»Wo sind die denn alle?«, fragte Hansen.

»Gleich nach Sonnenaufgang ging's ab nach Fuhlsbüttel. Gestern Nacht haben die noch gesungen, aber heute Morgen sind sie ganz still im Gänsemarsch in den Transporter marschiert.«

»Und das Mädchen?«, fragte Hansen aufgeregt.

»Die Kleine ist noch da. Wieso bekommt die denn eine Sonderbehandlung?«

»Sie ist die Schwester von Ihrem Patienten. Und gerade ist ihr Vater vorgefahren.«

»Der Schnösel mit dem Opel Kapitän. Muss ja ein wichtiger Mann sein. Fährt ein nagelneues Cabriolet als Dienstwagen mit Sondererlaubnis.«

»Ihm gehört eine Reederei.«

Wolgast blieb stehen und sah Hansen erstaunt an. »Und der junge Bursche da drin …?«

Hansen nickte. »Sein Sohn.«

Wolgast zögerte. »Das gefällt mir jetzt aber gar nicht mehr … der sollte vielleicht doch gleich ins Krankenhaus …«

»Vorerst bleibt er hier.«

Wolgast strich sich nervös über den Arztkittel. »Also ich empfehle eine Überstellung ins Hafenkrankenhaus, oder wenn dem Herrn eine bessere Möglichkeit einfallen sollte, kann er auch …«

»Darüber soll Kelling entscheiden. Und jetzt kommen Sie endlich!«

»Also Hansen, Sie sind mir ein Spaßvogel …«, murmelte der Arzt vor sich hin, während Hansen den Riegel der Zellentür zurückschob.

»Sie wollten mich doch überraschen«, sagte er und zog die Tür auf. »Bitte.«

Sie betraten die enge, kahle Zelle, die mit nichts als einer Holzpritsche ausgestattet war. Darauf lag Georg Hollenkamp, mit einer Wolldecke bis zur Hüfte bedeckt, das weiße Hemd schweißdurchtränkt; er stöhnte im Schlaf.

Wolgast blieb stehen. Seitdem er gehört hatte, dass der Junge einer bedeutenden Familie entstammte, wollte er ihn offenbar nicht mehr anfassen. »Sehen Sie sich die Schulter an … das Hemd ist aufgeknöpft …«

Hansen ahnte, was er zu sehen bekommen würde. Er ergriff den Hemdkragen des jungen Mannes und zog das Hemd ein Stück beiseite. Ja, da war sie: die eintätowierte schwarze Schlange auf der Schulter.

»Auch das noch«, sagte Hansen.

»Ist noch nicht sehr alt, würde ich sagen.«

Hansen drehte sich um. »Wenn's nicht unbedingt sein muss, bleibt der hier!«

»Im Laufe des Tages muss er ins Untersuchungsgefängnis.«

»Das hier ist mein Fall!«, sagte Hansen unwirsch.

»Na, dann streiten Sie sich mal mit Kelling darüber. Und mit dem Vater können Sie sich auch gleich auseinander setzen.«

Hansen hob den Zeigefinger. »Sie fallen mir nicht in den Rücken!«

Wolgast hob die Augenbrauen. »Wie reden Sie denn mit mir?«

»Es ist mein Fall«, wiederholte Hansen ruhig.

»Ist ja schon gut.«

Wolgast fühlte den Puls, dann verließen sie die Zelle. Bei Zelle Nr. 6 blieb Hansen stehen und schaute durchs Guckloch. Vera Hollenkamp lag friedlich schlafend auf der Pritsche, die Decke bis unters Kinn gezogen. Da muss sich der Vater doch wirklich nicht beklagen, dachte Hansen, die werden doch vergleichsweise luxuriös behandelt. Er schloss die Klappe und stieg die Treppe hinauf.

In seinem Büro fand er einen grau melierten Herrn in braunem Anzug mit gelber Krawatte vor, der ein Paar Autohandschuhe lässig in der linken Hand hielt.

Hansen stellte sich vor, und William C. Hollenkamp reichte ihm die Hand. Fester Händedruck, der Mann machte einen sportlichen Eindruck.

»Herr Kommissar, na endlich, wie geht es meinen Kindern?«

»Sie schlafen.«

Hollenkamp begann, auf und ab zu gehen. »Also wissen Sie, das war ja nun wirklich ein Schreck in der Morgenstunde. Und dann auch noch beide! Aber wenn ich das richtig verstehe, sollen sie nicht wie die anderen ins Untersuchungsgefängnis kommen.«

»Noch nicht jedenfalls.« Hansen lehnte sich gegen seinen Schreibtisch.

»Ich hoffe doch, das wird nicht nötig sein …« Hollenkamp zog ein ledernes Zigarettenetui aus der Jackentasche und klappte es auf. »Rauchen Sie?«

Hansen schüttelte den Kopf.

»Sie erlauben?« Hollenkamp schnippte ein Feuerzeug an.

»Wenn Sie mir nicht mit der Glut vor der Nase herumfuchteln …«

Hollenkamp lachte. »Aber nun mal Spaß beiseite«, fuhr er fort, nachdem er die erste Rauchwolke in Hansens Richtung ausgestoßen hatte. »Kann ich die beiden gleich mitnehmen, oder müssen noch ein paar Formalitäten geklärt werden?«

»Formalitäten – ja, wenn Sie es so nennen wollen.«

»Und die wären?«

»Ihre Tochter treibt sich als Minderjährige regelmäßig bis in die späte Nacht hinein auf St. Pauli herum.«

Hollenkamp schien das nicht weiter zu erschüttern. »Tut Sie das? Sie drücken das vielleicht etwas zu drastisch aus, Herr Kommissar. Sie amüsiert sich, das ist doch ihr gutes Recht. Eine Freundin von ihr wohnt hier in der Nähe, sie besucht sie öfter. Und wenn sie dann am Abend noch einen Bummel machen, warum nicht?«

»Sie bummelt durch Lokale, in denen die Anwesenheit von Minderjährigen untersagt ist; ganz allgemein ist es Jugendlichen ohnehin untersagt, nach 21 Uhr die Straßen zu betreten.«

»Na, hören Sie, wir haben Ferien, da muss man ein Auge zudrücken, das geht doch in Ordnung.«

»Sie sind offenbar gern bereit, ein Auge oder mehr zuzudrücken, Herr Hollenkamp.«

Der Reeder lächelte, als sei er stolz darauf. »Man muss den jungen Leuten gewisse Freiheiten zugestehen. Ich hab mir die in diesem Alter auch genommen, ich weiß noch, wie wichtig diese Phase war … und wie sinnlos und kräftezehrend der Kampf mit meinem Vater, der dafür kein Verständnis hatte.«

»Und die Mutter Ihrer Kinder ist der gleichen Ansicht?«

Hollenkamp blickte auf die Glut der Zigarette. »Nun, das war sie nicht … sie vertrat strengere Regeln, aber … sie ist seit einigen Jahren tot.«

»Ihre Tochter treibt sich mit diesen Swingheinis herum.«

»Musikfreunde, ja, für meinen Geschmack etwas zu moderne Musik. Mir wäre es lieber, man würde die gleiche Begeisterung den großen Meistern wie Bach oder Beethoven entgegenbringen … aber bitte, das kommt noch, Vera spielt hervorragend Klavier und auch ganz ernsthaft.«

»Wir gehen inzwischen sehr hart gegen diese jungen Leute vor. Sie stellen sich gegen den Staat und die Partei, es kommt immer öfter zu Auseinandersetzungen mit der Hitlerjugend.«

Hollenkamp nickte. »Ja, ja, es wäre besser, wenn sie sich nicht ins Gehege kämen. Ich meine, nicht alle jungen Leute müssen bei der HJ aktiv sein. Man hat doch auch noch andere Interessen, als zu exerzieren.«

»Mit dieser Meinung stehen Sie aber sehr allein da.«

»Meinen Sie? Ach nein, in meinen Kreisen ist man durchaus freizügiger orientiert. Wir Hanseaten begrüßen es selbstverständlich, wenn der Staat gut organisiert und verwaltet wird. Das kommt unseren wirtschaftlichen Interessen entgegen. Aber man sollte uns auch etwas Freiraum lassen. Nicht wenige Familien, die ich kenne, haben eine internationale Orientierung, unsere Kinder geben sich nur ungern mit … kurzen Hosen und Pfadfinderspielen ab. Aber ich glaube, Herr Hansen, das muss ganz und gar nicht Ihr Problem sein. Falls Sie nicht überzeugt sind, genügt sicherlich ein Anruf im Stadthaus bei Kriminalrat Bierkamp oder Herrn Merck, die werden Ihnen bestätigen, dass ich durchaus in der Lage bin, mich um die Erziehung meiner Kinder selbst zu kümmern.«

Er lachte hüstelnd und suchte einen Aschenbecher. Als er keinen fand und Hansen keine Anstalten machte, einen zu holen, ließ er die Kippe zu Boden fallen und trat sie mit dem Absatz seiner braunweißen Budapester aus.

Hansen verzichtete auf den Hinweis, dass er über keinen direkten Draht zur Polizeiführung verfüge.

»Ihre Tochter scheint sich sehr häufig in chinesischen Lokalen aufzuhalten.«

Hollenkamp runzelte die Stirn. Er schien sich das Gespräch mit Hansen einfacher vorgestellt zu haben.

»So?«, fragte er wenig interessiert. »Mag sein.«

»Die Freundin, von der Sie sprachen, bei der Vera des Öfteren übernachtet hat – ist sie Inhaberin eines chinesischen Lokals?«

Hollenkamp nahm eine weitere Zigarette heraus und klopfte mit ihr ungeduldig gegen das Lederetui. »Das interessiert mich wenig. Im Gegensatz zu Ihnen, Herr Kommissar, spioniere ich meinen Kindern nicht nach. Sie sind alt genug, auf sich selbst aufzupassen, dazu habe ich sie erzogen. Im Übrigen ehrt es Sie ja, dass Sie das Jugendschutzgesetz so klar zur Anwendung bringen möchten, und wenn wir hier eine Strafe zu entrichten haben … bitte. Aber nun holen Sie bitte meine Kinder, und lassen Sie mich mit Ihnen abfahren. Ich habe noch einen Termin im Wirtschaftsamt.« Hollenkamp steckte sich die Zigarette zwischen die Lippen und schnippte verärgert das Feuerzeug an.

Hansen schüttelte den Kopf. »Ihre Tochter muss ich nochmals verhören, bevor sie gehen kann. Und was Ihren Sohn betrifft, so ist es mit einigen Ermahnungen wegen Übertretung des Jugendschutzgesetzes nicht getan.«

»Das wäre ja auch noch schöner, er ist immerhin schon zwanzig!«

»Und damit könnte er im Falle einer Verurteilung unter Umständen die volle Härte des Gesetzes zu spüren bekommen, Herr Hollenkamp.«

»Was soll denn das nun wieder heißen?« Er sog an seiner Zigarette und steckte das Feuerzeug wieder ein.

»Wir ermitteln gegen ihn unter dem Verdacht des zweifachen Mordes.«

Hollenkamp stieß den Rauch ganz langsam aus und verzog den Mund zu einem ungläubigen, schiefen Lächeln. »Solche Scherze sind wirklich nicht besonders witzig, Herr Kommissar, und Sie stehlen mir die Zeit.«

»Das war kein Scherz, Herr Hollenkamp. Setzen Sie sich bitte!« Hansen deutete auf den Stuhl vor seinem Schreibtisch.

Der elegante Herr zögerte einen Moment, dann folgte er der Aufforderung. Die Zigarette in seiner Hand zitterte ganz leicht. »Ich bitte um eine Erklärung!«

Hansen setzte sich und begann, ihm die Einzelheiten der Mordfälle auseinander zu setzen. Als er fertig war, verlangte Hollenkamp, einen Rechtsanwalt anrufen zu dürfen. Danach stieg er mit Hansen in den Keller und betrat zuerst die Zelle seines Sohns, der immer noch schlief. Als Hansen auf die Tätowierung deutete, zuckte Hollenkamp mit den Schultern. Eine Weile stand er stumm vor seinem Sohn, ehe er wortlos die Zelle verließ. Hansen sperrte ab und schob dann den Riegel von Veras Zelle auf. Das Mädchen sprang von der Pritsche und hielt sich vor Schreck die Hand vor den Mund, als ihr Vater in der Tür auftauchte.

»Ich nehme sie mit«, sagte der mit bestimmter Stimme. »Sie werden kein Wort gegen ihren Bruder aus ihr herausbekommen.«

Hansen lenkte ein. Vera würde sowieso nichts mehr sagen, falls sie überhaupt etwas wusste. Und es war besser, Hollenkamp keine Gelegenheit zu geben, sich über ihn wegen ungerechtfertigter Schikane zu beschweren.

5

Kurz darauf – Hansen hatte sich gerade im Mannschaftszimmer einen Ersatzkaffee aufgebrüht und war mit einer heißen Emaillekanne in sein Büro zurückgekehrt, mit dem Vorsatz, jetzt endlich mal den ganzen Schreibkram hinter sich zu bringen – klingelte das Telefon.

Lilo Koester war am Apparat. »Heinrich, du bist mir eine Erklärung schuldig!«

Natürlich, dachte Hansen. Du bist mal wieder ihr Prügelknabe. Warst du das nicht immer? Nein, es gab auch andere Zeiten, damals, als sie kurz davor stand, im Gefängnis zu landen. Da hat sie dich gebraucht. Und jetzt?

Sie sprach in Andeutungen: »Du kannst doch nicht im Ernst vergessen haben, mir davon zu erzählen!«

»Um was geht es denn?«

»Um etwas, das ich dir nur persönlich mitteilen kann.«

»Kannst du dich nicht genauer ausdrücken?«

»Du hast mir etwas verschwiegen. Und wenn du es absichtlich getan hast, dann …«

»Was denn?«

»Jemandem ist etwas zugestoßen, und du schweigst dich aus. Du bist doch Polizist! Hast dich doch immer eingemischt ins Leben von anderen. Und nun steckst du den Kopf in den Sand!«

»Ich weiß nicht, was du …« Aber langsam dämmerte ihm, worauf sie anspielte.

»Wenn ein Freund in Not ist, müssen alle zusammenstehen, Heinrich Hansen!«

»Das können wir doch nicht am Telefon …«

»Natürlich können wir das nicht am Telefon besprechen. Du kommst zu mir!«

»Wie bitte?«

»Am besten jetzt gleich. Es ist keine Zeit zu verlieren.«

»Das ist unmöglich.«

»Es ist sehr wohl möglich, Heinrich. Ein Notfall! Du weißt ja, wo ich wohne.«

»Immer noch in der Jägerstraße?«

»Ganz recht. Wir warten auf dich.«

Ein Knacken, und die Leitung war tot. Typisch Lilo, dachte Hansen, das Herumkommandieren hat sie nicht verlernt.

Hatte sie denn Recht damit, ihm Vorwürfe zu machen? Was hätte er ihr mitteilen sollen? Dass er bemerkt hatte, dass der Laden ihres gemeinsamen alten Freundes Klaas Blunke in der Jägerstraße verlassen war? Das Kolonialwarengeschäft lag nicht weit entfernt von der Einfahrt zu dem Hinterhof, wo Lilo noch immer wohnte, auf der anderen Straßenseite, und auch ihr konnte der Vorfall nicht entgangen sein. Wollte sie ihn für Klaas' Verschwinden verantwortlich machen? Es lag doch nicht in seiner Macht, etwas dagegen zu tun. Er war nur Polizist und hatte immer deutlicher das Gefühl, dass das, was er tat, keinen Sinn mehr machte.

Er trank zwei Tassen Ersatzkaffee und machte sich auf den Weg. In der Jägerstraße blieb er kurz vor dem Geschäft mit der Aufschrift »Blunke's Kolonialwaren« stehen. Die Tür war geschlossen und vernagelt, die Schaufenster waren leer geräumt und zugeklebt. Wer hatte das getan? Es sah so aus, als wollte man verhindern, dass jemand von draußen hereinblickte, um nach dem Inhaber Ausschau zu halten.

Lilo Koester wohnte noch immer in der Passage mit den Arbeiterwohnhäusern, in der einmal das Haus der Familie Hansen gestanden hatte. Es machte ihm nicht mehr sonderlich viel aus, die gepflasterte Terrassensiedlung durch den Torbogen hindurch zu betreten, auch wenn er sich jedes Mal daran erinnerte, wie er damals, vor mehr als vier Jahrzehnten, mit den anderen Jungen johlend hinter der Feuerspritze hergelaufen war, bis er plötzlich erkannt hatte, dass es sein Haus war, aus dem die Flammen schlugen. Heute stand an der gleichen Stelle ein anderes Gebäude. Aber das Haus mit dem Eingang, der zu Lilos Wohnung führte, sah genauso aus wie früher. Auch ringsherum hatte sich wenig verändert. Auf den Balkonen flatterte die Wäsche im Wind, auf dem Hof spielten Kinder, hier und da schaute eine Hausfrau oder eine Rentnerin aus dem Fenster und grüßte. Manche hier kannten ihn noch.

Auf der Tafel an der Wand gleich hinter der Haustür stand noch immer mit Kreide geschrieben: L. Koester, 3. Stock/rechts. Hansen stieg die enge Treppe hinauf. Die Tür zu Lilos Wohnung öffnete sich, noch ehe er davorstand.

»Na endlich«, seufzte sie, obwohl es dafür wirklich keinen Grund gab. Sie konnte doch froh sein, dass er überhaupt kam, dachte er ärgerlich, aber gleichzeitig fühlte er sich irgendwie schäbig.

»Du bist allein?«, stellte sie fest.

»Ja, ja.«

»Gut.« Sie zog die Tür ganz auf, bückte sich und hob den neben ihr lauernden grauhaarigen Pekinesen hoch, um ihn zu kraulen.

Er folgte ihr durch die enge Diele in das Wohnzimmer. Es war ein seltsames Gefühl, nach so langer Zeit hier wieder einzutreten. Fast sah es noch so aus wie früher, jedenfalls schien es ihm, als würde er einige der Möbel wieder erkennen, den altertümlichen mächtigen Tisch, die gepolsterten Stühle. Bett und Kleiderschrank fehlten. Offenbar hatte sie ihr Schlafzimmer jetzt jenseits der Schiebetür in dem kleinen hinteren Raum eingerichtet. Dafür gab es ein Sofa und eine Kommode. Die Bilder an den Wänden ähnelten denen, die früher schon dort gehangen hatten: Ballett- und Opernszenen, Fotos von Varietétänzerinnen und Sängerinnen; signierte Porträts von Schauspielerinnen hatten sich im Lauf der Jahre hinzugesellt. Sammelte Lilo Autogramme? War dies eine Sammlung von Lebensträumen, die sich für sie trotz aller Anstrengungen nicht verwirklicht hatten? Fotos der berüchtigten Etablissements wie dem Goldenen Füllhorn, dem Salon Tingeltangel oder dem Harem, die Lilo in ihrer großen Zeit in den wilden Zwanzigerjahren geleitet hatte, fehlten. Damals hatte sie ganz woanders gewohnt, aber diese Wohnung hier offenbar über all die vielen Jahren hinweg behalten.

»Mein Refugium kennst du ja. Setz dich ruhig auf das Sofa, das ist am bequemsten.«

Er nahm Platz und schaute sich um.

»Ja, ja, guck nur, Heinrich. Viel ist es nicht, was mir geblieben ist. Aber diese Wohnung hier kann ich wenigstens noch bezahlen mit dem bisschen Geld, das mein Lokal abwirft.« Sie setzte den Hund ab.

»Immerhin …«

Der Hund bellte ihn an. Lilo nahm ihn wieder auf den Arm und kraulte ihn hinter den Ohren.

»Ja, immerhin.«

»Aber trotz allem gehst du manches Risiko ein«, stellte Hansen fest.

»Nicht mehr, Heinrich, nur wenn es unbedingt nötig ist.«

»Diese jungen Leute in deinem Hinterzimmer, ist das unbedingt nötig?«

»Ich bin froh, dass ich ein paar junge Menschen um mich herum habe. Die wissen ja nicht, wo sie hinsollen.«

»Die Musik, die sie bei dir hören, ist verboten.«

»Wie kann denn eine Musik verboten sein?«

»Du weißt, was ich meine. Die Musik wurde als artfremd und feindlich eingestuft.«

Lilo lachte abfällig. »Denen ist doch jeder Spaß artfremd.«

»Ich hab mir das nicht ausgedacht. Aber die junge Leute kommen jetzt womöglich ins Lager.«

»Wenn jetzt schon Kinder ins KZ kommen …«, sagte sie düster.

»Lass erst mal den Krieg vorbei sein, dann …«

»Ob der jemals zu Ende geht? Ich glaube, die wollen das gar nicht. Wenn sie die ganze Erde erobert haben, werden sie mit dem Himmel weitermachen …«

»Man kann nicht ewig Krieg führen«, sagte Hansen.

»Nein?«

»Nein.«

»Und wie stehst du sonst zu alledem, Heinrich?«, fragte sie und sah ihn forschend an.

»Du weißt doch, dass man mich von der Revierleitung entbunden hat, weil ich nicht in der Partei bin.«

»Ja.«

»Na also. Vielleicht werde ich wieder befördert, wenn der Spuk erst mal vorbei ist.«

»Meinst du, es geht so schnell?«

Hansen zuckte mit den Schultern.

»Es geht nicht schnell genug, Heinrich, es gibt zu viele Opfer, zu viele Unschuldige werden gequält.«

»So ist das leider im Krieg.«

»Ich meine nicht den Krieg oder doch, wenn du so willst, den Krieg gegen die Menschen. Und du weißt, worauf ich hinauswill: Sie haben Klaas geholt.«

Hansen nickte.

Lilo holte tief Luft. »Ich will jetzt nicht wieder damit anfangen, dass du es mir sofort hättest sagen müssen, und auch nicht wissen, ob du es nicht hättest verhindern können …«

»Hätte ich nicht, Lilo. Ich habe doch keinen Einfluss auf die Gestapo …«

»Vielleicht hättest du ihn warnen können.«

»Nein, ich wusste von nichts …« Hansen zögerte.

»Oder doch?«

Hansen blickte irritiert zu ihr auf. Was sollte er jetzt sagen? Dass Klaas zu ihm gekommen war, verwirrt, heruntergekommen, verzweifelt und flehend, er möge ihm helfen? Hatte er sich schuldig gemacht? Unterlassene Hilfeleistung, das gab es immerhin als Straftatbestand, aber er hatte doch versucht, etwas zu unternehmen, oder? »Er bat mich um Hilfe, aber als ich zu ihm kam, war es schon zu spät. Ich habe mich erkundigt. Er ist im KZ, Neuengamme, das ist eine Ziegelei.«

»Um Gottes willen. Das wird ihn umbringen.«

»Sie haben ihn wegen Paragraph 175 geholt. Da trägt er jetzt wahrscheinlich einen rosa Winkel.«

»Immerhin wissen wir jetzt, wo er ist. Das könnte uns helfen.«

»Wir haben doch überhaupt keine Einflussmöglichkeit.«

»Doch«, sagte Lilo leise, »im Geheimen haben wir das schon.«

»Was heißt denn überhaupt ›wir‹? Von wem redest du eigentlich?«

»Von mir!«, ertönte eine tiefe Stimme aus dem hinteren Zimmer. Die Schiebetür glitt beiseite, und ein stämmiger Mann in Arbeiterkleidung trat hindurch und blieb breitbeinig stehen.

Erst als er die Schirmmütze abgenommen hatte und sein leicht schütteres, angegrautes Haar zum Vorschein kam, und die breiten, ernsten Gesichtszüge darunter, gebräunt, wettergegerbt und mit Bartstoppeln überzogen, erkannte Hansen, wen er vor sich hatte.

Er sprang auf und rief verblüfft: »Pit! Pit Martens.« Er sah zu Lilo, dann wieder zu seinem Jugendfreund, der früher hier auf der gleichen Terrasse gewohnt hatte. »Mensch, Pit. Aber … du und Lilo … was?«

»Die Zeiten sind hart«, sagte Martens. »Und wenn du im Untergrund lebst, nimmst du jede Hilfe dankend an.«

Sie traten jeder einen Schritt aufeinander zu, es fehlte nicht viel und sie hätten sich umarmt. Aber dann taten sie es doch nicht, da war noch immer eine Schranke zwischen dem Staatsdiener von der Kripo und dem revolutionären Kommunisten.

»Ich dachte, du bist in Moskau«, sagte Hansen.

»War ich auch einige Jahre. Dann eine Weile auf See. Aber im Kampf gegen die Barbarei müssen wir alle unseren Platz einnehmen, auch wenn's haarig wird. Und das gilt vielleicht ja auch für dich, Heinrich.«

Hansen starrte ihn stumm an. Der alte Pit! Der unbeugsame Arbeiterführer, der eiserne Moralist und unerschrockene Kämpfer für eine gerechte Zukunft war zurück in seine Heimat gekommen, die von seinen schlimmsten Feinden beherrscht wurde.

»Na, was stehst du denn da wie 'n Ölgötze?« Martens trat noch einen Schritt nach vorn, gab Hansen einen kräftigen Schlag auf die Schulter und schaute ihn wohlwollend an. »Sieh da, Lilo hatte Recht, Heinrich. Deine Augen sind gar nicht mehr so verschiedenfarbig wie früher. Nicht mehr so zwiespältig. Das ist ein gutes Zeichen. Und nun setz dich wieder hin, Mensch. Wir haben was zu besprechen. Lilo, hol uns doch mal das Bier aus der Küche!«

Lilo setzte den Hund auf den Boden und ging zur Tür. Der Pekinese huschte in eine Ecke und legte sich auf eine Decke.

Hansen wollte protestieren, er habe keine Zeit. Gern hätte er sich in aller Ruhe ein paar Gedanken gemacht, bevor er sich auf ein Gespräch einließ. Aber andererseits, ein Freund war ein Freund und verdiente unbedingtes Vertrauen, oder?

Lilo kam mit zwei Flaschen aus der Küche zurück, und die beiden Männer stießen an. Und während Hansen den ersten Schluck nahm, wurde ihm bewusst, dass er jetzt mit einem Bein außerhalb des Gesetzes stand.

ZEHNTES KAPITEL

Gestapo

1

Ein energisches Pochen ertönte. Hansen fuhr auf. Vor ihm lag ein unbeschriebenes Blatt Papier. Was hatte er eigentlich notieren wollen? Seit der gestrigen Begegnung mit Pit war er gedankenverloren. Immer wieder dachte er an früher. Und merkte dabei, dass er dies tat, um nicht an die Gegenwart denken zu müssen, an Pit und Lilo – und den verschwundenen Klaas Blunke. Damals, als sie über die Bretterzäune der Hinterhöfe von St. Pauli geklettert waren …

Es klopfte ein zweites Mal, lauter diesmal.

»Immer hereinspaziert!«, rief Hansen.

Die Tür wurde energisch aufgestoßen, und ein großer Mann mit pockennarbigem Gesicht, eng zusammenstehenden Augen und einer Boxernase trat ein. Er trug einen schwarzen Regenmantel, einen breitkrempigen Hut und schwere Stiefel. Auf Mantel und Hut perlten Regentropfen. Draußen war gerade ein heftiger Sommerregen niedergegangen.

»Mahlzeit!«, sagte der Mann mit etwas zu lauter Stimme, knöpfte den Mantel auf, zog ihn aus und nahm den Hut vom Kopf. Dann blickte er Hansen fragend an. Der Kommissar deutete auf die Tür. Der Mann drehte sich um, schloss sie und bemerkte den Kleiderhaken auf der Innenseite, an den er Mantel und Hut hängte. Unter dem Mantel kamen ein schwarzer Anzug, ein schwarzes Hemd und eine silbrig glänzende Krawatte zum Vorschein.

Er wandte sich wieder Hansen zu, ließ den Blick durch den Raum schweifen und sagte: »Nettes kleines Büro.«

»Normalerweise sitzt hier auch noch Oberwachtmeister Schenk, aber der hat Urlaub«, entgegnete Hansen.

»Eng, was?«, sagte der Mann grinsend. »Na, im Krieg rücken wir alle etwas mehr zusammen.«

Hansen sah ihn fragend an.

Mit zwei großen Schritten war der Mann vor dem Schreibtisch und streckte eine breite, behaarte Hand aus: »Ludwig Rauch … Kommissar Hansen, nehme ich an?«

Hansen reichte ihm zögernd die Hand und spürte einen kräftigen Händedruck. »Hab schon von Ihnen gehört«, sagte er, und das stimmte: Rauch war einer von jenen, über die man nur in Andeutungen sprach. Man sagte »die vom Stadthaus« oder »die Abteilung« oder »das Kommando«, schlimmstenfalls »Staatspolizei«; Namen nannte man nur, wenn es unbedingt sein musste. Die einfachen Ordnungspolizisten in den Revieren hatten wenig mit ihnen zu tun, die Kripo schon eher. Aber Hansen kannte Ludwig Rauch nur vom Hörensagen. Revierleiter Kelling hatte den Namen im Zusammenhang mit dem Mord an dem Hitlerjungen auf dem Heiligengeistfeld mit ehrfürchtigem Ton erwähnt. Und Pit Martens hatte beinahe ausgespuckt, als er Rauch als Drahtzieher der Aktion gegen Klaas Blunke nannte. »Dieser Schweinehund«, hatte er wütend geknurrt.

Und da stand er nun vor Hansens Schreibtisch und lächelte. Ein Lächeln im Gesicht eines solchen Mannes überraschte. Hansen konnte gar nicht anders, als ebenfalls zu lächeln, obwohl er sich selbst dabei widerlich vorkam.

»Darf ich …?«, fragte Rauch und griff nach dem Besucherstuhl.

Hansen nickte. »Bitte.«

Rauch setzte sich, lehnte sich zurück und stöhnte auf. »Sauwetter draußen. Hätte mal besser einen Wagen genommen. Aber man will dem Führer ja entgegenkommen. Benzin sparen, was? Also auf die Straßenbahn. Und nach ein paar hundert Metern zu Fuß ist man patschnass.« Er lehnte sich zurück und schlug die Beine übereinander. Seine Stiefel passen nicht zum

Anzug, stellte Hansen fest, wieso läuft der denn in Wehrmachtsstiefeln herum?

Rauch blickte zur Decke, machte eine ausholende Armbewegung. »Nett habt ihr's hier. 'ne Revierwache wie 'ne Festung. Eine feste Burg, was?« Er lachte. »Na ja, wir haben's uns ja auch recht nett eingerichtet im Stadthaus. Obwohl unsere Staatsgäste das nicht so recht zu schätzen wissen. Dabei kümmern wir uns aufopferungsvoll …«

Hansen dachte an Klaas Blunke und biss die Zähne zusammen.

»Na was! Zum Süßholzraspeln bin ich aber nicht gekommen.« Rauch beugte sich vertraulich nach vorn. »Sagen Sie mal, Hansen, Kelling blieb ja recht wortkarg, was die Ermittlungsergebnisse zum Mordfall auf dem Heiligengeistfeld betrifft und hat mich an Sie verwiesen …«

»Heiligengeistfeld?«, fragte Hansen erstaunt. »Den Fall bearbeiten wir doch gar nicht.«

Rauch lehnte sich ruckartig zurück und schlug sich mit der Hand auf den Oberschenkel. »Da wird doch der Hund in der Pfanne verrückt! Nun wundert mich gar nicht mehr, dass wir nicht vorankommen.«

»Sie haben doch den Fall gleich nach der Tat übernommen. Ich erinnere noch, dass ich am Tatort von Ihnen fortgeschickt wurde. Und wenn die Gestapo einen Fall an sich zieht, werde ich einen Teufel tun und mich quer legen.«

»Na, na, wie klingt denn das? Amtshilfe, Hansen, Amtshilfe! Nie was von gehört?«

»Es gab kein Ersuchen, jedenfalls liegt mir keins vor.«

»Donnerwetter, Hansen! Müssen wir erst eine Bittschrift schicken? Sie sind ja ganz schön anspruchsvoll. Zumal der Mörder offenbar hier auf St. Pauli untergetaucht ist und seine Komplizen weiterhin ihr Unwesen treiben, diese ganze vaterlandslose Brut mit ihrem jüdischen Rumgezucke!«

Hansen kniff die Augen zusammen. »Reden Sie mit Kelling darüber. Ich habe zwei Mordfälle zu bearbeiten, da kann ich nicht noch einen dritten gebrauchen.«

»Nicht so unwirsch, Kommissar, nicht so unwirsch.« Rauch schob sich mit seinem Stuhl näher an Hansens Schreibtisch heran. »An denen bin ich doch auch interessiert. Da sollten wir mal unsere Informationen austauschen. Höre eben von Kelling, dass der Mörder unten einsitzt. Hat er gestanden? Wie sieht's aus? Hat er Namen genannt?«

»Welche Namen?«

Rauch lachte abfällig. »Spielen Sie nicht den Dummen!« Sein Gesicht verfinsterte sich. »Ich nehme Ihnen den Fall sowieso ab, Hansen. Also raus damit! Ich will die Namen von allen, die an dieser Verbrecherorganisation beteiligt sind! Wenn ihr sie noch nicht habt, geh ich runter und prügel sie aus ihm raus. Dauert keine halbe Stunde, und ich weiß, was ich wissen will!«

»Welche Organisation?«, fragte Hansen.

»Na, was denn«, wunderte sich Rauch. »Kelling hat nur genickt, als ich es angesprochen habe, und mich an Sie verwiesen.«

»Sie meinen die Schwarze Schlange«, stellte Hansen fest.

»Na bitte, jetzt sind wir uns einig.«

»Nein. Ich weiß immer noch nicht, was es mit dieser Organisation auf sich hat.«

»Rauschgifthandel, Devisenschmuggel! Hansen, tun Sie doch nicht so, als hätten Sie Tomaten auf den Augen.«

»Und was interessiert Sie daran?«

»Was mich daran interessiert? Dass sich dieses ganze Chinesenpack vorgenommen hat, den Volksstaat zu schädigen. Das interessiert mich daran.«

»Das ganze Chinesenpack?«

»Die stecken doch alle unter einer Decke! Und wenn wir erst mal wissen, wer die Anführer sind, dann ...«

»Und was hat das alles mit den beiden Ermordeten zu tun?«

»Mit dem Ermordeten, Hansen. Der Chinese ist mir schnuppe! Der Junge, den sie in den Keller gelockt haben, um ihm Opium zu verabreichen und weiß der Teufel was noch, und dann die Erpressung ...«

»Erpressung? Also sollte er nicht sterben?«

Rauch beugte sich über Hansens Tisch und senkte die Stimme. »Sie wissen doch, wer der Vater ist.«

Hansen verstand nur noch Bahnhof. Eine chinesische Verbrecherorganisation hatte sich vorgenommen, den Sohn eines NSDAP-Gauleiters für erpresserische Zwecke zu benutzen? »Warum?«

»Warum!« Rauch schlug mit der Faust auf den Schreibtisch. »Warum, ist mir scheißegal. Ich will wissen, wer dahintersteckt! Verstanden?«

Vernebelungstaktik, dachte Hansen, darum geht es hier. Und es war beinahe so etwas wie sportlicher Ehrgeiz, der ihn dazu brachte, doch noch eine widerspenstige Frage zu stellen. »Und der Mordverdächtige? Georg Hollenkamp? Wie passt der da rein?«

»Den haben sie kirre gemacht! Verdammtes Chinesengift! Aber der weiß was, da bin ich mir sicher. Und reden wird der, das ist doch klar. Wenn du mit dem Messer in der Hand ertappt wirst – es war doch die Mordwaffe, oder?«

»Sagt Dr. Wolgast. Die Ergebnisse aus dem Labor habe ich noch nicht.«

Rauch stand auf. »Ach was, Labor! Er hatte doch das Messer bei sich, oder?«

»Ja, ja, aber das könnte auch …«

»Sie haben Recht, Hansen! Ich wäre nicht drauf gekommen. Du denkst ja immer, der Deutsche ist zuerst einmal unschuldig, wenn er in die Hände der Gelben fällt, Opium und … na ja, wer weiß was noch. Aber halt, Hansen, ein guter Gedanke! Der ist gar kein Opfer, der hat mit denen gemeinsame Sache gemacht! Den nehmen wir hart ran!«

»Das habe ich nicht gesagt«, sagte Hansen bestimmt.

»In die richtige Richtung gedacht, Kommissar! Sehr gut. Und jetzt will ich den Burschen sehen.« Rauch sah Hansen auffordernd an.

Hansen erhob sich.

Rauch nickte befriedigt und wiederholte: »Den nehmen wir hart ran!«

Hansen folgte dem Gestapo-Mann ins Treppenhaus. Während sie nach unten stiegen, überlegte er fieberhaft, was er tun könnte, um zu verhindern, dass Rauch sich hier auf der Wache zu einer Bluttat hinreißen ließ. Aber mit diesem schwarz gekleideten Idioten konnte man ja kein vernünftiges Gespräch führen. Der plapperte nichts als Schwachsinn daher.

Hansen ging voraus zur Zelle Nummer sechs und öffnete das Guckloch. Er warf einen Blick hinein, trat verwirrt einen Schritt zurück und sagte: »Was ist denn jetzt los?«

»Was denn?« Rauch drängte ihn beiseite.

Hansen strich sich mit der Hand über die Stirn und schüttelte den Kopf. Ihm war irgendwie zum Lachen zumute.

»Wieso hat der sich ausgezogen?«, fragte Rauch und trat beiseite.

»Ich weiß nicht.« Hansen schaute noch einmal in die Zelle. Der Junge saß auf der Pritsche nur mit Unterhose und Unterhemd bekleidet. Es war Ulrich Heinicke. Von dem Mordverdächtigen Georg Hollenkamp fehlte jede Spur. Auch in den anderen Zellen war er nicht.

2

Es dauerte eine Weile, bis Rauch kapiert hatte, dass in der Zelle der falsche Junge saß. Daraufhin bekam er einen Wutanfall und stürmte nach oben, um Kelling zur Rede zu stellen. Sein Gebrüll hörte man bis in den Keller.

Hansen schob den Riegel der Zellentür zurück und trat ein. Ulrich Heinicke sah ihn ängstlich an.

Hansen setzte sich neben ihn auf die harte Holzpritsche und fragte: »Warum hast du das getan?«

Der Junge wurde knallrot im Gesicht.

»Zieh dich erst mal an.«

Ulrich bewegte sich nicht und schaute zu Boden.

»Steh auf und zieh dich an!«, drängte Hansen.

Ulrich rührte sich nicht vom Fleck.

Hansen hörte das entfernte Geschrei von Rauch und spürte widerstreitende Gefühle. Einerseits ärgerte er sich, weil er seinen Hauptverdächtigen verloren hatte, andererseits verspürte er eine klammheimliche Genugtuung, dass der Junge dem Gestapo-Schergen entkommen war.

Aber mein lieber Hansen, dachte er, du verlierst ja langsam den Boden unter den Füßen. Du bist Polizist und freust dich über die Flucht eines Verdächtigen. Reiß dich am Riemen! Es geht immerhin um Mord. Und aufgeklärt ist er längst nicht. Aufgeklärt? Soll er denn überhaupt aufgeklärt werden? Was hatte Rauch ihm denn eigentlich mitteilen wollen? Dass sie kompromisslos in die falsche Richtung ermitteln sollten? War ihm der Fall entzogen worden, oder sollte er weiter daran arbeiten? Aufklärung? War das überhaupt erwünscht, oder ging es hier um Verschleierung?

Und genau das ist dein Problem, Hansen, sagte er sich: Dein Verständnis von Polizeiarbeit passt nicht mehr in die Zeit. Die wollen doch was ganz anderes als ich. Die wollen, dass wir ihnen die Fakten so zurechtlegen, wie sie sie gebrauchen können. Wir haben ja keine Gesetze mehr. Wir haben nur noch den Staat und seine Macht. Und die Gestapo. Und Feiglinge wie Kelling. Richtige Polizisten gibt es nicht mehr. Reichspolizei sind wir jetzt. Das scheint was anderes zu sein. Du kannst nach Hause gehen, Hansen, es ist vorbei, du hast keine Arbeit mehr. Dumm nur, dass dein Zuhause hier auf der Wache ist, oben im dritten Stock. Du kannst ja gar nicht aufhören, du würdest obdachlos werden, wenn du deinen Beruf an den Nagel hängst. Du stündest vor dem Nichts …

Der Junge neben ihm schluchzte leise.

»Steh endlich auf und zieh dich an, gottverdammt noch mal!«, fuhr Hansen ihn an.

Ulrich Heinicke zuckte zusammen und sprang von der Pritsche. Hastig zog er sich Georg Hollenkamps teuren Anzug an. Er passte ihm nicht, und so lässig und vornehm wie Georg würde er ohnehin niemals aussehen.

»Also los, erzähl mal, was das hier zu bedeuten hat.«

Der Junge blickte standhaft an ihm vorbei zur grünlich grauen Zellenwand, in die Botschaften von Verhafteten aus aller Herren Länder geritzt waren.

»Ich will wissen, wie das hier passiert ist!«, sagte Hansen laut.

Ulrich schwieg beharrlich.

»Georg Hollenkamp wurde wegen Mordes verhaftet«, sagte Hansen betont ruhig. »Fluchthilfe bei einem Mordverdächtigen ist ein schweres Vergehen.«

Ulrich schaute weiter tapfer ins Nichts.

Hansen seufzte. »Wir gehen nach oben, komm!« Er stand auf.

Ulrich blieb wie angewurzelt stehen. Hansen packte ihn am Arm, zog ihn aus der Zelle und schob ihn vor sich her.

Im Treppenhaus kamen ihnen schwere Stiefelschritte entgegen. Als Rauch die beiden bemerkte, blieb er stehen. Hansen wollte Ulrich weiterschieben, doch Rauch versperrte ihnen breitbeinig den Weg. Er hob den Arm und deutete auf Ulrich. »Den nehm ich mit!«

Hansen schüttelte den Kopf. »Ich brauch ihn. Unsere einzige Spur.«

»Den krieg ich schnell zum Sprechen.«

»Ich schaff das schon. Der Flüchtige treibt sich auf St. Pauli herum. Den finden wir schnell«, sagte Hansen.

Rauchs Zeigefinger richtete sich auf Hansen. »Sie finden ihn. Sie sind mir persönlich verpflichtet, Kommissar. Sofortige Meldung an mich! Schnellstmöglicher Erfolg!«

Hansen nickte.

»Und den da …«, Rauchs Zeigefinger schwenkte zu Ulrich, »… knöpfe ich mir vor, wenn Sie ihn nicht mehr brauchen.«

Damit lief er an den beiden vorbei und verschwand mit dem lauten Klacken seiner eisenbeschlagenen Stiefelsohlen im Erdgeschoss.

Ulrich war blass geworden und starrte Hansen an.

»Gestapo«, sagte Hansen knapp und schob den Jungen brüsk weiter.

In seinem Büro angekommen, wies Hansen auf den Stuhl, auf dem kurz zuvor der Gestapo-Mann gesessen hatte. Ulrich sackte darauf zusammen und verschränkte die Arme. Es sah aus, als wollte er sich in dem schnieken Anzug vergraben, um der Wirklichkeit zu entfliehen.

Swingheinis, dachte Hansen verächtlich, diese Schwachköpfe haben ja keine Ahnung, was sie tun. Auf St. Pauli ist der Spaß vorbei! Wir haben Krieg! Und diese dummen Jungen und ihre aufgetakelten Mädchen glauben, sie müssten sich nur verkleiden und die Welt ist eine andere. Ist sie aber nicht, wir stecken alle zusammen im Dreck. Der Flitter ist längst im Ascheneimer gelandet.

»Das ist die grauen Wirklichkeit, Ulrich Heinicke«, sagte er laut. Aber der Junge hörte nicht zu oder verstand nicht. Und eigentlich gab es auch nichts zu verstehen …

Hansen nahm den Hörer seines Telefons ab und ließ sich mit der Gaststätte Zum Leuchtturm verbinden. Ulrich rührte sich nicht auf seinem Stuhl, aber seine Augen weiteten sich vor Entsetzen, als er hörte, wie Hansen seinen alten Freund Jan Heinicke aufforderte, zur Wache zu kommen, um seinen Sohn abzuholen.

Hansen hängte wieder ein und warf Ulrich einen aufmunternden Blick zu. »Du kannst mir jetzt erzählen, wie ihr das gemacht habt, oder später, wenn dein Vater da ist.«

Ulrich setzte sich aufrecht hin. »Kommt er gleich?«, fragte er zaghaft.

Hansen nickte.

Ulrich schluckte, dachte kurz nach und sagte: »Ich hab ihm meine Uniform gegeben.«

»Er ist als Hitlerjunge rausspaziert?«, fragte Hansen erstaunt.

»Ja.«

»Wie bist du denn in die Zelle gekommen?«

»Der Herr Oberwachtmeister hat mich …«

»Kelling?«

»Ja, so heißt er … Er hat … ich hab ihm den Vorschlag gemacht, weil ich den Verdächtigen und seine Schwester doch kenne … dass ich ihn aushorche.«

»Und dieser Trottel ist darauf eingegangen?«

»Wer ist …?«

»Kelling! Der Oberwachtmeister!«

»Ja, er hat gesagt: Gut, versuchen wir's mal, der ist ja so verstockt, und alles sei ihm recht, wenn er nur was sagen würde …«

»Das gibt's doch gar nicht.« Hansen schüttelte den Kopf. Und dann auch noch an mir vorbei, ohne zu fragen, ohne Mitteilung … so ein Schwachkopf!

»Doch … also hat er einem Polizisten gesagt, er soll mich runterbringen, und der hat gar nicht gemerkt, dass ich die Uniform hatte … und dann kam ein anderer, der hat Georg dann mitgenommen, und ich …«

»Aber das war doch nicht deine Idee!«, fuhr Hansen ihn an.

Ulrich zuckte zusammen. »Doch«, sagte er kleinlaut.

»Nein! Das nehm ich dir nicht ab! Wer hat dich angestiftet?«

»Niemand. Es war meine Idee.« Ulrich wurde rot.

»Weil du so gut mit Georg Hollenkamp befreundet bist?«

»Ja, deshalb«, sagte Ulrich zaghaft.

»Unsinn! Natürlich hat dich jemand angestiftet. Und so knallrot, wie du jetzt im Gesicht bist, kann ich mir schon denken, wer es war: Vera Hollenkamp!«

»Nein!«

»Doch! Was hat sie dir versprochen?«

»Versprochen?«

»Geld?«

Ulrich sah ihn erstaunt an. »Geld?«

»Hast du auch mit ihrem Vater geredet?«

»Wieso denn …«

Hansen seufzte. »Sie hat dir schöne Augen gemacht, und das hat gereicht? Mensch, Ulrich.«

Genauso naiv wie sein Vater, dachte Hansen unfroh, genauso naiv wie … ich. Wie war das denn mit Lilo damals, in ihrem Matrosenkleid …? »Ich weiß nicht, wie ich dich da wieder rausholen soll, Ulrich«, sagte er.

»Sie müssen mich da nicht rausholen, Herr Hansen. Ich steh dafür grade.«

»Ach was, Unsinn! Was weißt du denn schon!«

Er nahm sich ein Blatt Papier, schrieb ein paar Worte auf und hielt dann inne. »Wir machen das morgen«, sagte er zerstreut. Schließlich war Kelling an allem schuld. Sollte der doch erklären, wie er die Sache sah oder sehen wollte.

Vera Hollenkamp, dieses Biest …

Es klopfte, die Tür ging auf, und Jan Heinicke trat ein, im nassen Regenmantel, mit einer Mütze in der Hand, hochrotem Gesicht, verschwitzt.

»Was ist mit meinem Jungen?«, fragte er polternd.

»Hat sich einen Streich mit der Polizei erlaubt«, erklärte Hansen.

Jan Heinicke sah Hansen an, wollte weiterpoltern, blickte dann zu seinem Sohn, schien zu ahnen, dass er besser nicht zu viel fragte, und schimpfte stattdessen: »Was hast du denn da schon wieder an?«

»Seine HJ-Uniform hat er verschenkt«, sagte Hansen. »Ich glaube, die braucht er auch nicht mehr.«

»Rausgeschmissen?«, fragte Heinicke.

»So gut wie«, sagte Hansen. »Außerdem hat er bis auf weiteres Hausarrest, und du, Jan, bist dafür verantwortlich, dass er eingehalten wird.«

»Was soll denn das?« Heinickes Empörung kehrte wieder.

»Wenn ihr euch schön ruhig verhaltet, kann ich euch vielleicht den Gestapo-Heini vom Leib halten.«

Heinicke zuckte zusammen. »Was hat er denn …?«

»Das wird er dir selbst erklären«, sagte Hansen, »aber erst, wenn ihr zu Hause seid. Und je schneller ihr hier verschwindet, umso besser für euch. Seid auf der Hut.«

Heinicke schien für einen kurzen Augenblick wie versteinert. Dann traf sein Blick den seines Jugendfreundes, und er nickte.

»Los jetzt, komm!«, blaffte er seinen Sohn an. Und als der ihm nicht schnell genug aufstand, zerrte er ihn hoch und schob ihn unsanft in Richtung Tür.

»Wir sprechen uns noch«, sagte Hansen und schloss die Tür.

3

Nach einer unruhigen Nacht – immer wieder war ihm der Fall Hollenkamp durch den Kopf gespukt – stieg Heinrich Hansen zum zweiten Mal aus dem Wagon der S-Bahn an der Station Othmarschen. Diesmal galt sein Besuch nicht der Villa der Familie Winkelmann, sondern dem daneben liegenden Haus der Hollenkamps. Er hatte sich telefonisch angekündigt, und das war auch gut gewesen, denn das Hausmädchen, das das Gespräch entgegengenommen hatte, teilte ihm mit, dass Herr Hollenkamp sich am nächsten Morgen beruflich nach Kopenhagen begeben wolle.

Die Hakenkreuzfahnen vor der S-Bahn-Station hingen nass und schlaff herunter. Es hatte wieder zu regnen begonnen. Hansen stellte den Mantelkragen hoch und zog sich den Hut tiefer ins Gesicht. Auf der Ulmerstraße waren nur wenige Passanten unterwegs, und in der Dürerstraße überhaupt niemand. Hansen ging an der Villa der Familie Winkelmann vorbei.

Am liebsten wäre er hineingegangen, um alle Familienmitglieder einem hartnäckigen Verhör zu unterziehen. Es konnte doch nicht angehen, dass sie den toten Arthur allesamt derart falsch eingeschätzt hatten. Jemand musste doch bemerkt haben, dass er auf die schiefe Bahn geraten war! Aber einem Mitglied der Gauleitung und seiner Familie rückte man als einfacher Polizist nicht einfach auf die Pelle, schon gar nicht, wenn man bei der Gestapo in Ungnade gefallen und auch sonst nicht gerade hoch angesehen war. Darüber hinaus war sich Hansen inzwischen ziemlich sicher, dass ihm in dieser Geschichte eine bestimmte Rolle zugedacht war. Er wusste nur nicht, welche und wer sie ihm auf den Leib geschrieben hatte. Du bist das schwarze Schaf, Heinrich, und alle warten nur darauf, dass du in die Falle gehst. Die Hunde bellen schon, die Meute ist dir hart auf den Fersen und will dich in die Enge treiben.

Und die Familie Hollenkamp: Wusste die eigentlich, in welcher Gefahr sich der Junge befand? Wer weiß, wie viele verschiedene Parteien es inzwischen auf ihn abgesehen hatten. Im Untersuchungsgefängnis wäre er wirklich am besten aufgehoben gewesen, zum Donnerwetter!

Und nun drückte er auf den Klingelknopf am Eingang der hochherrschaftlichen, strahlend weißen Gründerzeitvilla und hörte, wie drinnen ein Gong ertönte, der die Melodie des Londoner Big Ben nachahmte. Die nahmen es offenbar in Kauf, als anglophil zu gelten. Sieh mal an, das traut sich auch nicht jeder.

Ein Dienstmädchen mit Schürze und Haube öffnete. Hansen wies sich aus und wurde in die Eingangshalle geführt.

Hier kannst du gut einen Mannschaftswagen parken, ohne am Marmor anzuecken, dachte er, als er sich auf einen Sessel setzte, um gleich darauf wieder aufzustehen, als der Hausherr die breite Treppe herunterkam, sportlich gekleidet, mit Pullover und Halstuch. Während er sich erhob, fiel Hansens Blick auf eine Reihe von Koffern, die neben der Treppe standen. Es waren mehr, als ein Mann für eine kurze Dienstreise benötigte, und auch Hutschachteln waren dabei. Englische Koffer im Übrigen, das sah man gleich. Von der Sorte, die früher bei Silberberg an der Reeperbahn verkauft worden waren. Früher? Vor dem Krieg, na ja, vor alledem halt.

»Guten Tag, Herr Kommissar, da haben Sie mich aber gerade noch erwischt«, sagte Hollenkamp und streckte ihm die Hand entgegen. Shake hands, sagt der Engländer dazu, wie Hansen einfiel.

»Viel Zeit habe ich nicht, bin ja praktisch schon auf dem Sprung …« Hollenkamps Blick fiel auf die Koffer. »Wieso sind die denn noch nicht im Wagen? Erna!« Das Dienstmädchen sagte: »Klaus meinte, es gibt Probleme wegen des Benzins.«

»Herrgott, der Tank ist doch halb voll, das genügt doch … also …« Er wandte sich wieder seinem Gast zu. »Sie sehen, Herr Hansen, ich bin in Eile … dringende geschäftliche Angelegenheit in Kopenhagen …«

»Und Ihre Tochter kommt mit?«

»Ja, ja, sie braucht unbedingt Luftveränderung. Wir haben ja auch Verwandte dort. Ich hoffe, dass wir die Sache mit Georg bald so weit geregelt haben, dass er nachkommen kann.«

Und von Kopenhagen dann nach England, was?, dachte Hansen und kam sich wegen seiner Missgunst mit einem Mal doch etwas schäbig vor.

Er schüttelte den Kopf. »Eine Reise ins Ausland kann unter diesen Umständen nicht stattfinden.«

Hollenkamp riss die Augen auf. »Wie bitte? Ich …«

»Ich meine Ihre Tochter. Sie ist Zeugin in einem Mordfall …«

»Nun ja, im befreundeten Ausland …«

»… und darüber hinaus hat sie sich der Anstiftung zur Häftlingsbefreiung schuldig gemacht.«

Hollenkamp hob theatralisch die Hände und fing an zu lachen. »Herr Kommissar, ich bitte Sie, für derlei Scherze haben wir wirklich keine Zeit!«

»Es ist kein Scherz. Sie hat einen Hitlerjungen dazu angestiftet, Ihren Sohn aus der Haft zu befreien.«

Hollenkamp hob abermals die Arme, aber jetzt mit einem Ausdruck von Erschrecken und Erstaunen in seinem Gesicht. Die Hände sanken kraftlos herab, und er fragte beinahe flüsternd: »Was sagen Sie da?«

»Hat Sie denn niemand davon unterrichtet?«, fragte Hansen.

»Das fragen Sie mich? Sie sind doch der Polizist.«

»Den Fall haben andere …«

Hollenkamp schlug sich mit der Hand gegen die Stirn. »Ach, jetzt verstehe ich! Der dunkle Wagen, der gestern Abend kam und erst heute Morgen wieder fuhr, der Mann im schwarzen Mantel, der auf und ab ging … und hinter dem Haus zwei weitere Kerle … Georg ist geflüchtet?«, fragte er ungläubig.

»Ein schwerer Fehler«, sagte Hansen.

Hollenkamp fuhr sich mit einer Hand über das Gesicht, als sei er plötzlich sehr müde geworden. »Herr Kommissar … das ist ja eine schlimme Sache.«

»Es war die ganze Zeit schon schlimm, Herr Hollenkamp, aber jetzt …«

»Aber«, rief Hollenkamp entrüstet aus, »was reden Sie denn da! Meine Tochter kennt doch keinen Hitlerjungen! Was ist das für eine absurde Anschuldigung?«

Hansen setzte ihm mit wenigen Worten auseinander, was sich tags zuvor auf der Davidwache ereignet hatte. Hollenkamp wirkte mit einem Mal sehr niedergeschlagen.

»Nun frage ich mich, ob man Sie überhaupt reisen lässt, Herr Hollenkamp, Ihre Fürsorgepflicht …«

»Aber die Kinder sind doch erwachsen!«

»Georg vielleicht, aber Vera ist erst sechzehn.«

»So gut wie erwachsen. Da kann man doch nicht jeden Schritt überwachen.«

»Sie haben Ihren Kindern sehr viel Freiheit gelassen, vielleicht zu viel.«

»Unsinn! Ich habe ihnen immer vertraut.«

»Wissen Sie denn, in welchem Milieu sie sich herumgetrieben haben auf St. Pauli?«

»Ach was, herumgetrieben! Einige unglückliche Umstände … das kann doch bereinigt werden.«

»Einen Mord kann man nicht bereinigen.«

»Hören Sie, Hansen! Ich habe die besten Anwälte hinzugezogen. Ich weiß gar nicht, wieso die nicht längst mit Ihnen geredet haben.« Er stand ruckartig auf. »Wenden Sie sich an die. Ich reise jedenfalls ab. Sollten Sie mich hindern wollen, wird das Konsequenzen haben. Also setzen Sie sich mit dem Büro meiner Anwälte in Verbindung. Stellen Sie sich mir nicht in den Weg, Hansen! Sie sind kein Hindernis, über das ich nicht springen könnte.«

Du versprühst dein Gift in die falsche Richtung, dachte Hansen. Es wird Rauch sein, der sich dir in den Weg stellt, nicht ich. Und die Gestapo schreckt man nicht ab, indem man auf die »besten Anwälte« anspielt.

Trippelnde Schritte näherten sich. Es war das Dienstmädchen. Sie rang die Hände und war völlig aufgelöst.

»Herr Hollenkamp … Klaus! Er hat kein Benzin bekommen … und … der Wagen ist konfisziert, da sind wieder diese Männer und das schwarze Automobil …!«

Hollenkamp wurde kreidebleich. »Hansen«, stieß er hervor und brach ab.

»Damit habe ich nichts zu tun, tut mir Leid.«

Hollenkamp sank auf den Sessel zurück und starrte zur Wand.

»Ihre Tochter«, sagte Hansen. »Ich wollte sie sprechen. Besser ich … vielleicht sollte ich sie erst mal mitnehmen …«

Hollenkamp nickte schwach, dann hob er den Kopf. »Erna, holen Sie Vera her!«

»Aber Herr Hollenkamp, die ist doch weg!«

»Was?«

»Vor einer Stunde schon. Ich dachte, sie kommt jeden Moment zurück … rechtzeitig.«

Hansen nickte nachdenklich. Clever, das Mädchen, dachte er. Hat sicherlich den Wagen von Rauch bemerkt und dann, als der hinter Hollenkamps Chauffeur herfuhr, hat sie die Gelegenheit ergriffen und ist weggelaufen.

»Eins steht fest«, murmelte er. »Sie will nicht nach Kopenhagen.«

»Seien Sie still, Hansen! Verlassen Sie bitte sofort mein Haus.«

Hansen verabschiedete sich. Hinter ihm schloss das schluchzende Dienstmädchen ganz leise die Tür.

Von der gegenüberliegenden Straßenseite winkte ihm Ludwig Rauch im nassglänzenden Mantel zu. Hansen winkte ebenfalls und beschleunigte seine Schritte. Regen prasselte ihm ins Gesicht. Gottverdammte Gestapo!

ELFTES KAPITEL

Untergrund

1

»Doch!« Kurt Singer deutete mit dem Zeigefinger auf Vera. »Du musst es tun! Unbedingt!«

Vera schnappte mit der Hand nach dem Zeigefinger und hielt ihn lachend fest. »Du bist ja verrückt!«

»Klar bin ich verrückt. Alle wissen, das Kurt Singer der Swinger verrückt ist. Jazzverrückt. Das heißt, total verrückt, meschugge, plemplem, absolut schwachsinnig. Ich gehöre in die Anstalt – frag meine Mutter, das hat die oft genug gesagt. Na klar, sie hat ja Recht! Bringt mich in die Swinganstalt, gebt mir mein Grammofon und meine Schellacks, und ich dreh die Kurbel und dreh langsam durch, werde debil, debil, debil, debil!« Er sprang auf und hüpfte zu imaginären Swingrhythmen hin und her – hob die Arme, bewegte den Oberkörper vor und zurück, schwang die Hüften.

Vera ließ sich auf ein Sitzkissen fallen, das in der Mitte des fensterlosen Raums lag. Sie lachte, doch das Lachen blieb ihr im Halse stecken. Es stimmte ja, was er sagte. So lustig er war, wirkte er bisweilen auch ein bisschen verrückt. Man musste auf ihn aufpassen, sonst tat er aus Übermut etwas schrecklich Dummes.

Kurt sang »Goody, Goody«, ging leicht in die Knie, bewegte die Beine, als seien sie aus Gummi, und hottete auf dem festgestampften Erdboden im Kreis herum. Er umkreiste Vera und streckte die Arme aus, um sie zum Mittanzen aufzufordern. Sie schüttelte den Kopf. Er verlangsamte seine Bewegungen, warf sich in Johannes-Heesters-Pose, als trüge er Zylinder und Gehstock, und stimmte »Ich hab eine Schwäche für blonde Fraun« an. Immer enger zog er seine Kreise um Vera und legte schließlich den Kopf auf ihre Schulter und küsste ihren Hals. Sie ließ es geschehen und spürte ein leichtes Prickeln im Nacken und wie ihr ein sanfter Schauer über den Rücken lief.

Er schlang die Arme um ihren Oberkörper und zog sie hoch. Sie verlor das Gleichgewicht, er hielt sie fest und schob sie auf die Pritsche zu, die in einer Ecke des mit wenigen Bambusmöbeln karg eingerichteten Raums stand.

»He!«, rief Vera leise und versuchte, sich loszumachen.

Kurt lachte heiser und imitierte die trägen, ausholenden Bewegungen einer Riesenschlange, die dabei war, ihr Opfer zu umschlingen. Dazu summte er Duke Ellingtons »Caravan«. Wieder versuchte sie wegzutauchen, aber er ließ sie nicht entwischen und drückte sie mit seinem Gewicht auf die Pritsche.

Vera spürte, wie Kurts Hand unter ihr Kleid glitt, und wand sich wie ein Aal. Er schien keine Grenze zu kennen. Mit einem Mal bekam sie Angst und wollte schreien, aber sie rang nach Atem.

»Nein!«, schrie sie dann doch. »Nein! Hör sofort auf damit, Kurt Singer!«

Kurt hielt erstaunt inne. »Was ist denn los?«

Sie ergriff seinen Unterarm und schob ihn weg. »Ich will das noch nicht. Nicht hier!«

Kurt zog die Augenbrauen hoch. Dann lächelte er. Er konnte sehr verführerisch lächeln, natürlich, deswegen waren sie ja hier, wegen dieses Lächelns, das er auf das Gesicht zaubern konnte, obwohl er ja ansonsten eher aus grobem Holz geschnitzt war.

»Ach was«, sagte er, nachdem es ihr gelungen war, seine Hand auf ihren Oberschenkel zurückzuschieben. »Das hat Emmi auch gesagt. Und danach wollte sie dann immer. Hat sich sogar dafür bedankt. Ist doch ganz einfach. Keine Angst, ich kenn mich aus.«

»Was?«, keuchte Vera ungläubig.

»Wirst schon sehen, beim zweiten Mal singst du dann.«

Plötzlich war dieses Lächeln gar nicht mehr schön, erschien ihr mit einem Mal maskenhaft. Seine Hand, die schon wieder unter ihr Kleid geglitten war, fühlte sich kalt und rau wie ein Stück Holz an. Sie holte aus, verpasste ihm eine saftige Ohrfeige und stieß ihn von der Pritsche.

Auf dem Boden sitzend, kicherte er erst vor sich hin, aber nachdem Vera abrupt aufgestanden war und sich mit feindseligem Gesichtsausdruck einige Schritte von ihm entfernt hatte, verstummte er. Kopfschüttelnd sah er sie an und sagte schließlich nachdenklich: »Es stimmt schon, dass ihr Seglerbräute ganz schön zickig seid. Unsere Mädels sind ein bisschen mehr auf Zack.«

»Was redest du denn da, Mensch? Du hast versucht, mir Gewalt anzutun.«

Kurt blickte ratlos drein. »Gewalt?«

»Und dann kommst du mir mit Emmi. Du bist ja ein toller Casanova!«

Kurt war ihr Verhalten rätselhaft. »Was ist denn mit dir los?«

»Ich hab dich hierher in dieses Versteck gebracht. Und du willst mir Gewalt antun!«

»Ich hab gedacht, du willst das auch.«

»Da hast du mal wieder falsch gedacht, Kurt!«

»Und du denkst ein bisschen zu viel«, gab er mürrisch zurück.

»Zu viel? Weil ich dir das Leben retten will? Zu viel, weil ich dir klar machen will, dass du in Gefahr bist? Zu viel, weil ich es für gefährlich halte, dir deine Schellacks hierher zu holen, in dieses Versteck, das ich für dich gefunden habe, nachdem ich zu viel nachgedacht habe? Denk ich zu viel, wenn ich herauszufinden versuche, wie du aus diesem Schlamassel herauskommst, in den du dich gebracht hast, weil du nicht genug nachgedacht hast?«

»Was weißt denn du schon?«, sagte Kurt. Er stand auf und klopfte sich den Staub vom Anzug.

»Dass du Willy Kaiser auf dem Gewissen hast, das weiß ich.«

»Willy Kaiser?«

»Den Kerl von der HJ!«

»Ach der … ist doch nicht der Rede wert.«

»Du wirst wegen Mordes gesucht, Kurt!«

»Ja, ja.«

»Also wenn's dir egal ist, dann geh doch! Ich hab auch noch anderes zu tun. Da ist nämlich noch mein Bruder. Und dem sollte ich zuallererst helfen. Aber ich weiß noch nicht mal, wo er ist! Und nach Hause kann ich auch nicht mehr wegen alledem. Und mein Vater ist wahrscheinlich längst in Kopenhagen, und ich sitze hier mit einem Kerl im Keller, der sich wie ein Tier benimmt und vollkommen idiotische Ideen hat!«

»Wieso, was denn für Ideen?« Kurt trat zu dem kleinen Bambusregal, auf dem ein Teeservice, Kerzen, eine Wasserpfeife, ein Körbchen mit Blütenblättern und eine steinerne Buddhafigur standen. Er nahm den Buddha in die Hand, starrte ihn an, wog ihn und murmelte: »Ganz schön fett.«

»Deine Schellacks kann ich dir nicht holen, Kurt. Mal abgesehen davon, dass es für mich gefährlich ist, würde deine Mutter bestimmt auch Schwierigkeiten bekommen.«

»Die redet sich da schon wieder raus. Das kann sie.«

Vera sah ihn kopfschüttelnd an. Was für ein Kindskopf er war! Aber irgendwas an ihm faszinierte sie. Vielleicht waren es ja nur die Augenbrauen oder die Ohrläppchen, oder dass er so groß war oder der Anzug, oder dass er so gut tanzen konnte, vielleicht auch dieses Draufgängerische oder einfach nur, dass er ein Kindskopf war.

Kurt schien doch nachdenklich geworden zu sein. »Wie willst du denn deinem Bruder helfen?«, fragte er.

»Erst mal muss ich ihn wiederfinden.«

»Na, das kann ja nicht schwer sein. Wenn du freundlich fragst, lassen sie dich vielleicht sogar zu ihm in die Zelle.«

»Er ist nicht mehr auf der Davidwache.«

Kurt stellte den Buddha auf das Regal zurück und griff nach dem Schlauch der Wasserpfeife. »Wieso?«

»Ulrich hat ihn befreit.«

Kurt ließ verblüfft den Schlauch fallen. »Was hat wer?«

»Ulrich Heinicke hat ihn rausgeholt.«

»Der?«, fragte Kurt ungläubig.

»Unter dem Vorwand, ihn auszuhorchen, haben sie ihm erlaubt, in die Zelle zu gehen. Dann hat Georg die Uniform angezogen und ist als Ulrich Heinicke hinausspaziert. Gut, was?« In Veras Stimme schwang Stolz mit.

»Der kleine Ulrich, sieh mal einer an. Wie kam der denn darauf?«

»Er ist nicht draufgekommen, sondern ich.«

»Du?« Er sah sie mit einer Mischung aus Bewunderung und Ungläubigkeit an. »Aber … jetzt sitzt Ulrich in der Zelle? Ist der denn völlig bescheuert?«

»Er war so freundlich zu helfen. Sein Vater ist ja mit dem Kommissar bekannt. Der holt ihn da schon wieder raus.«

»Der hat das wirklich gemacht? Aber wieso denn?«

»Weil ich ihn freundlich gebeten habe.«

Kurt runzelte die Stirn. »Wie freundlich denn?«

»Na ja, ich musste schon sehr lieb zu ihm sein«, sagte Vera kokett und verstand selbst nicht, warum sie so übertreiben musste. »Außerdem werde ich mich bei ihm revanchieren müssen.«

Kurt griff wieder nach der Buddhafigur. »Willst du es deshalb nicht, weil du ihm das versprochen hast?« Er hob die kleine Statue hoch und holte aus. »Aber mit dem kleinen Ulrich willst du?«

Der Buddha flog dicht an Vera vorbei durch den Raum, prallte mit lautem Krachen gegen die Tür und der Buddha fiel dumpf polternd zu Boden, während Sperrholz splitterte.

Vera sprang erschrocken zur Seite. »Bist du verrückt?«, schrie sie auf.

»Ich bin verrückt nach dir«, sagte Kurt kalt.

Vera fasste nach der Türklinke und rüttelte daran. Die Tür war verschlossen. Es traf sie wie ein Peitschenhieb. Sie hatte nicht gewusst, dass sie hier gefangen war! Sie schlug mit den Fäusten gegen die demolierte Tür. »Aufmachen! Ich will hier raus!«, schrie sie immer wieder.

Kurt sah sie von der Seite an. »Komm, lass das«, sagte er leise. »Ich tu dir schon nichts.«

Sie wirbelte herum. »Die Tür ist abgeschlossen!« Es hörte sich wie ein Vorwurf an.

Sie erstarrte, als sie hörte, wie von draußen ein Schlüssel in das Schloss gesteckt und umgedreht wurde. Die Tür ging auf, und Ilse Wu erschien, bekleidet mit einem chinesischen Hausanzug und Pantoffeln an den Füßen.

»Ich will hier raus!«, rief Vera außer Atem.

»Jetzt nicht, Kindchen.«

Vera drückte gegen die Tür. »Ich will zu meinem Bruder!«

»Jetzt nicht!«, wiederholte Frau Wu.

Vera bemühte sich, die Tür aufzudrücken. Kurt sprang zu ihr und stemmte sich ebenfalls dagegen. Aber da musste noch jemand neben Frau Wu hinter der Tür stehen, jemand, der sehr viel Kraft hatte. Die Tür ging zu, der Schlüssel drehte sich im Schloss. Wütend schlug Kurt auf die eingedellte, leicht gesplitterte Stelle und schrie auf, als ihm einige Holzsplitter in den Handballen drangen.

Es war nutzlos. Er ließ ab. Vera starrte ihn an. Sie spürte, wie sie zitterte. Dann bemerkte sie, dass seine Hand blutete.

»Du bist verletzt. Zeig mal her.«

Er reichte ihr die Hand.

2

»Ich hasse diesen Keller«, sagte Vera, nachdem sie Kurt mit einem Taschentuch die Hand verbunden hatte.

»Du hast mich doch hierher geführt«, sagte Kurt. »Zu Freunden«, zitierte er sie ironisch.

Vera blickte zur Tür. »Ja, bisher dachte ich auch, es seien Freunde. Ilse ist immer so nett gewesen.«

»Kennst du denn ihren Mann?«

»Nicht gut, mehr so aus der Ferne.«

»Bei den Chinesen weiß man doch nie. Guck dir bloß diesen Keller hier an. Die haben alle Häuser in der Schmuckstraße unterirdisch miteinander verbunden. Ein richtiges Labyrinth ist das. Weißt du eigentlich, wo wir genau sind?«

»Unter dem Restaurant.«

»Bist du sicher?«

»Nicht ganz.«

»Wer solche Keller baut, führt auch was im Schilde.«

»Ilse hat mir mal gesagt, es gehe bloß darum, Platz zu schaffen, weil die Häuser so eng sind.«

»Ha!«

»Bislang hab ich mich bei ihr immer gut aufgehoben gefühlt.«

»Wir sind Gefangene.«

Vera sah zu Boden. Da lag der fette Buddha und grinste sie an. Höhnisch. Oder sollte das ein aufmunterndes Lächeln sein? Wieso war der eigentlich so dick? Ein fetter Asket, so was gab es doch gar nicht!

Sie schaute auf, und ihre Blicke kreuzten sich. Vera lächelte.

»Du bist ja eifersüchtig gewesen, eben«, stellte sie fest.

»Ich? Nee, du.«

»Und wennschon. Hab ich nicht allen Grund, wenn du mit dieser …« Sie hielt inne.

»Mit dieser was?«

»Ist ja schon gut.«

»Emmi ist ein sehr nettes Mädchen und ein feiner Kerl. Außerdem kenne ich sie schon sehr lange.«

»Ja, ja.«

»Ich weiß ja nicht, was ihr Vorortsegler so tut, wenn ihr Spaß haben wollt, aber wir Ruderer geraten eben ganz gern mal ins Schwitzen.«

»Ich sagte, schon gut!«, schrie Vera ihn an.

Kurt schüttelte verlegen grinsend den Kopf. »Ist doch komisch ...«

Sie hörten, wie ein Schlüssel ins Schloss der Kellertür gesteckt und umgedreht wurde, und sprangen auf.

Herein traten zwei Chinesen. Der eine, ein ziemlich korpulenter Mann, trug einen etwas feineren Kuli-Anzug und eine Nickelbrille, und Vera erkannte Herrn Wu. Den anderen hatte sie noch nie gesehen. Er trug einen europäischen Anzug mit Weste und hatte große, hervortretende Augen, die ihm ein leicht froschartiges Aussehen verliehen.

Wu blieb stehen und deutete eine Verbeugung an. »Guten Tag, junges Fräulein, junger Mann ...« Er nickte beiden freundlich zu und stellte sich, an Kurt gewandt, vor: »Mein Name ist Wu. Und dies hier ...«, er deutete auf seinen Begleiter, »... ist Herr Chen, den Sie vielleicht schon einmal gesehen haben ...«

»Nein«, sagte Vera. »Warum halten Sie uns gefangen?«

Wu schüttelte den Kopf. »O nein, das tun wir nicht.«

»Dann können wir also gehen?«, sagte Vera und machte zwei Schritte auf die Tür zu.

Wu setzte eine traurige Miene auf. »Das können Sie, wenn Sie den Weg finden. Aber zu Ihrem eigenen Schutz sollten Sie hier bleiben.«

»Sie reden wie die Polizei.«

Wu nickte. »Das mag sein, Fräulein Hollenkamp. Aber Sie sind mit einer Bitte an meine Frau herangetreten, die aus Sympathie zugestimmt hat, Ihnen zu helfen. Aber in dieser Angelegenheit ...«, Wu deutete auf Kurt, »... gehen wir natürlich ein Risiko ein, wobei wir kein eigenes Interesse verfolgen. Und in jedem Fall wollen wir uns nicht leichtsinnig einer Gefahr aussetzen.«

»Wir wollen ja nur ein paar Tage hier bleiben, bis Ruhe eingekehrt ist. Dann hau ich ab, runter zum Hafen, und irgendwie werde ich schon wegkommen«, sagte Kurt.

»Auf einem Schiff?«, fragte Wu lächelnd. »Das ist gut. Herr Chen hier betreibt übrigens eine Agentur für Seeleute.«

»Na also, dann ist das doch geritzt«, stellte Kurt zufrieden fest.

Vera schaute ihn an und biss sich auf die Unterlippe. Darum ging es jetzt also, dass sie mithalf, Kurt so weit wie möglich von hier fortzubringen. So weit wie möglich von ihr!

»Es ist nicht so einfach, wie Sie meinen«, fuhr Wu fort. »Wir unterstützen keine Mörder. Egal, wen sie umgebracht haben.«

»Aber er ist doch kein Mörder!«, rief Vera.

»Nein? Was dann?«

Kurt sah zu Boden. »Es war ein Unfall«, sagte er leise. »Ich war zwar wütend auf ihn und wollte ihn wirklich umbringen … Der hat doch mitgemacht, als sie meinen Freund Jens … und als ich dann meinen Revolver rausgeholt hatte …«

»Sie hatten einen Revolver dabei?«, schaltete Chen sich ein.

»Keinen richtigen, einen Schreckschussrevolver, na ja, ich hatte ihn umgemodelt. Aber ich hab nicht damit geschossen – es war ein Unfall – ehrlich … die wollten mich fertig machen, und da hat dieser Willy mir den Revolver abgenommen und aus Versehen abgedrückt …«

Chen schüttelte den Kopf. Wu runzelte die Stirn. Sie warfen einander skeptische Blicke zu.

»Wenn Sie ihm nicht glauben«, sagte Vera, »dann gehen wir eben.«

»Das ist nicht so einfach«, widersprach Wu. »Wenn Sie festgenommen werden, kann uns das in Schwierigkeiten bringen. Wir können die Polizei hier nicht gebrauchen.«

»Also doch Gangster«, murmelte Kurt.

Wus Augen blitzen ihn zornig an. »Eine Verleumdung, junger Herr!«

»Ach ja?«, fragte Kurt mit provozierendem Unterton.

»Hören Sie«, sagte Wu aufgebracht. »Wir sind Ihnen freundlich gesinnt, auch wenn ich denke, dass es ein Fehler war, dass meine Frau Sie hierher gebracht hat.«

»Warum behalten Sie mich dann hier?«, rief Kurt. »Was führen Sie eigentlich im Schilde?«

Vera trat zu ihm und legte ihm beschwichtigend eine Hand auf den Unterarm. »Kurt, lass das doch«, sagte sie, dann wandte sie sich an Wu. »… aber ich will wissen, was mit meinem Bruder ist. Sie haben versprochen, auch ihm zu helfen, und jetzt?«

»Er ist gut aufgehoben«, sagte Chen. »Seine Freunde kümmern sich um ihn.«

»Seine Freunde? Wen meinen Sie damit?«

»Es sind Leute, die sich für ihn verantwortlich fühlen, wenn Sie das beruhigt.«

»Was für Leute? Wer?«

»Wenn Sie es nicht wissen, kann ich es Ihnen nicht sagen.« Chen hob bedauernd die Schultern. »Aber ich kann Sie beruhigen, es sind auch Freunde von uns.«

»Beruhigen, beruhigen! Was soll denn das Gerede? Wenn Sie mich beruhigen wollen, lassen Sie mich zu meinem Bruder.«

»Wir werden sehen, was sich machen lässt.«

»Lassen Sie sie doch«, sagte Kurt. »Sie hat doch nichts verbrochen. Ich kann ja hier bleiben.«

Chen richtete seine Froschaugen auf Kurt und musterte den Jungen von oben bis unten.

Während sich Wu zur Tür wandte, trat Vera zwei Schritte auf Chen zu. »Sie … sie könnten doch vielleicht zusammen auf ein Schiff gehen, Kurt und Georg … wenn Sie das vermitteln könnten, Herr Chen.« Sie schenkte ihm einen Augenaufschlag, den sie für schwierige Situationen eingeübt hatte.

»Sie sind sehr charmant, junges Fräulein«, sagte Chen abweisend.

»Aber das ist doch eine gute Idee! Das ist die Lösung!«

»Vielleicht…«

Veras Miene verdüsterte sich. »Ich verlange, dass ich Georg sehen darf!«

Chen wandte sich ab.

»Wir werden sehen, was sich machen lässt«, sagte Wu.

Die beiden Chinesen verließen den Raum und schlossen die Tür hinter sich.

»Die haben sie nicht verriegelt«, stellte Kurt erstaunt fest. Er ging zur Tür und machte sie auf. Draußen war es stockdunkel.

»Die wissen ganz genau, dass ich nicht rauskann«, stellte er resigniert fest.

»Aber ich kann raus«, sagte Vera. »Und ich tu's auch.«

»Wenn du den Weg findest.«

3

Es war gar nicht so schwierig, aber zurück hätte sie den Weg nicht wieder gefunden. Und unheimlich war es auch. Zuerst ging es durch einen vollkommen dunklen Korridor, der rechts und links von Steinwänden begrenzt wurde, tastend, horchend und mit heftigem Herzklopfen, dann erreichte sie einen von Ölfunzeln schwach beleuchteten größeren Kellerraum. Und da hockte, vor einer Bretterwand, ein Asiate mit Schlägermütze und einer langstieligen Pfeife in der Hand auf dem Boden. Er schaute auf, bemerkte sie, regte sich aber nicht. Etwas weiter sah sie zwei Männer in einem Verschlag, die sich über ein fremdartiges Brettspiel beugten, dann ein Kabuff mit vier Betten, auf denen Männer lagen. Ein seltsamer süßlicher Geruch lag in der Luft. Sie bog um eine Ecke. Wieder einer, der auf dem Boden hockte, und ein merkwürdig hypnotischer Gesang, dessen Herkunft ihr nicht klar war. Schließlich wieder ein Kellergang mit Steinwänden, eine Treppe, eine unverriegelte Tür, und dann stand sie in einem Hinterhof. Nachdem sie über einen niedrigen Zaun geklettert war, gelangte sie durch eine Einfahrt, dessen schweres eisernes Tor entsetzlich quietschte, in die Rosenstraße und von dort zurück zur Großen Freiheit. Erst hier draußen merkte sie, wie schnell ihr Herz schlug und wie sie nach Luft rang.

Es war noch hell, aber Lilo's Eck war schon geöffnet. Vera stieg die Stufen ins Kellerlokal hinab und zögerte, als sie die neugierigen Blicke von einem Bärtigen, zwei Matrosen und einem händchenhaltenden Pärchen wahrnahm. Sollte sie hier bleiben? Sie wusste gar nicht genau, wieso sie hergekommen war, nur dass sie im Moment kaum einen anderen Anlaufpunkt hatte.

Lilo stand hinter dem Tresen und schenkte Wein in zwei bauchige Weinkelche. Als sie Vera in den Schankraum kommen sah, runzelte sie die Stirn. Der kleine graue Pekinese lief hinter ihr her, als sie dem Pärchen den Wein brachte. Vera ging zur Theke, setzte sich auf einen Hocker und bemerkte ihr Gesicht im Spiegel des Gläserregals. Es war eine sehr fremde Vera, deren Gesicht jetzt zerfloss und immer undeutlicher wurde, als ihr die Tränen kamen.

Was sollte bloß aus ihnen werden? Kurt in diesem Chinesenkeller, Georg irgendwohin verschwunden, ihr Vater auf dem Weg nach Kopenhagen, sie wahrscheinlich von der Polizei gesucht, weil sie einen Hitlerjungen zu einer Gefangenenbefreiung angestiftet hatte. Und dann dieses Gefühl, dass sich um sie herum ein unsichtbares Netz zusammenzog und irgendwelche Finsterlinge im Schatten lauerten, die nur warteten, bis es dunkel wurde, um sie von der Straße wegzuholen und fortzuschleppen, dahin, wo alle hinkamen, die nicht in diese Welt passten. Sie fühlte sich matt und kraftlos, aber Georg und Kurt brauchten ihre Hilfe. Und dann war da auch noch dieser Ulrich, der eine Belohnung erwartete, was immer der sich auch vorstellte. Jetzt müsste man Freunde haben, richtige Freunde, aber die waren alle weg, in Florida, wenn's sie schwer getroffen hatte, oder zu Hause, wo sie sich tot stellten. Das sollte sie auch tun, sich tot stellen und warten, dass alles irgendwann vorüberging. Aber das könnte bedeuten, dass Georg und Kurt bald wirklich tot wären.

»Na, Kindchen, wo hast du denn deinen Anhang gelassen?«, fragte Lilo Koester, als sie wieder hinter den Tresen zurückgekehrt war. Dann stutzte sie: »Was ist das denn? Tränen? In meinem Lokal?«

»Ich hab niemanden mitgebracht«, stieß Vera hervor. Das war es doch gerade! Sie war allein!

»Ist auch besser so. Noch eine Schlägerei, und ich kann meine Kneipe zusperren. Wenn hier noch mal ein Budenzauber mit Swingmusik stattfindet, werden sie mir den Laden sowieso dichtmachen. Also müsst ihr euch ein anderes Plätzchen suchen. Aber das ist doch kein Grund zum Heulen.«

»Deswegen heule ich nicht! Das ist mir doch egal!«

»Na, vielen Dank auch! Es sind ja noch andere Gäste da, um die ich mich kümmern kann.«

»Das war doch nicht so gemeint«, schniefte Vera. »Aber es ist alles verloren, alles!«

»Na, es dauert schon eine Weile, bis wirklich alles verloren ist«, entgegnete Lilo düster.

»Bei mir ist es ganz schnell gegangen.«

»Klingt nach Herzschmerz. Wird nicht das letzte Mal sein. Und jedes Mal tut es doller weh. Irgendwann dann stumpft man ab, und das ist noch schlimmer.«

»Ich weiß nicht, wie ich helfen kann«, sagte Vera.

»Wem willst du denn helfen?«

»Zwei, die ich kenne …«

»Gleich zwei?«

»Mein Bruder und … ein Freund. Sie müssen weg …«

»Kann mir schon denken, wen du meinst. Und das willst du nicht?«

»Doch! Sie müssen. Aber sie können ja nicht! Georg ist verschwunden, ich weiß nicht wohin, man will es mir nicht sagen. Und Kurt sitzt in diesem Keller und kann nicht raus.«

»Nun aber mal langsam, ich versteh nur Bahnhof.«

Vera blickte erschrocken auf. Sie hatte schon viel zu viel verraten! »Ich sag jetzt lieber nichts mehr. Ich hätte gern ein Glas Wein, bitte.«

Lilo lächelte bitter und griff nach der Flasche mit Moselwein.

Während sie sich um neu angekommene Gäste kümmerte, trank Vera ziemlich schnell und bekam ein zweites Glas hingestellt. Irgendwann bemerkte sie den Pekinesen, der um ihren Barhocker scharwenzelte, hob ihn hoch und streichelte ihn.

Lilo schenkte ihr ungefragt nach, und es dauerte nicht mehr lange, da hatten der Wein und der kleine Hund Vera so weit gebracht, Lilo ihr Herz zu öffnen. Ein Großteil der Gäste war schon wieder gegangen, meist gab es eine zweite Welle zu späterer Stunde, aber jetzt hatte Lilo Zeit, sich auf den Hocker neben sie zu setzen, eine Zigarette zu rauchen und ihr den kleinen Pekinesen als »Filou« vorzustellen. Vera musste lachen, um gleich darauf wieder in Tränen auszubrechen. Schließlich erzählte sie, was mit Kurt und Georg passiert war. Sie erwähnte auch Wu und Chen, und dass sie ihnen nicht traue.

Sie endete mit: »Auf ein Schiff, sie müssten beide auf ein Schiff. Aber diese Chinesen lassen sie bestimmt nicht.«

»Warum?«, fragte Lilo.

»Ich weiß nicht. Ich weiß ja nicht, was sie im Schilde führen. Das ist es ja. Und Freunde stelle ich mir anders vor. Vielleicht sind sie auch keine. Wissen Sie was von denen?«

»Ein bisschen.«

»Und?«

»Ich kann nichts dazu sagen. Ich weiß nur, dass ich Leute kenne, die auch die beiden kennen.«

»Der Kommissar.«

»Der auch.«

»Könnte der nicht … er macht doch einen netten Eindruck. Und Sie kennen ihn doch gut, oder?«

»Gut genug, um zu wissen, dass er niemals etwas anderes tun würde, als das, was ein Polizist tun darf.«

Vera streichelte den Hund und blickte niedergeschlagen zu Boden.

Lilo dachte nach, schien zu zögern. Dann stieß sie eine Rauchwolke aus und senkte die Stimme. »Ich kenne andere, die helfen könnten. Aber möglicherweise kostet es viel Geld.«

»Wir sind nicht arm, und wenn es sein muss, geben wir eben alles.«

»Alles sollst du nicht geben, Kindchen, das werde ich schon zu verhindern wissen. Aber ich muss erst mal nachfragen. Und du könntest dir und mir einen Gefallen tun.«

Vera sah auf und lächelte. »Ja, gern, wenn Sie helfen möchten.«

»Filou und du, ihr könntet beide ein bisschen frische Luft gebrauchen. Du kannst mit ihm einen Rundgang machen. Die Freiheit rauf und runter. Da oben kennen alle meinen Hund. Niemand wird dich anquatschen, wenn du mit ihm gehst. Und wenn doch, dann sag mir, wer's war.«

»Ist gar nicht nötig«, sagte Vera. »Ich kenn mich doch hier aus.«

»Na, dann ist es ja gut. Aber bleib nicht so lange. Sonst krieg ich noch Scherereien mit der Polizei. Außerdem fürchtet sich Filou, wenn es ganz dunkel wird.«

Lilo ging hinter den Tresen, holte die Hundeleine hervor und reichte sie Vera. Das Mädchen rutschte vom Hocker und warf Lilo einen dankbaren Blick zu. Sie fühlte sich gut aufgehoben. Sie kümmerte sich um das Hündchen, und Lilo würde dafür sorgen, dass mit Kurt und Georg alles ins Lot kam. Bestimmt würde sie das tun. Dieser Frau Koester war alles zuzutrauen, die machte keine leeren Worte. Die kannte Leute. Und mit dem Kommissar war sie auch per du. Die wusste bestimmt, was zu machen war.

Zuversichtlich und leicht beschwipst stolperte Vera die Treppe hinauf, den Pekinesen auf dem Arm.

»Lass bloß meinen Hund nicht fallen!«, rief Lilo ihr nach.

O nein, Vera würde ihn hüten wie einen Schatz.

4

Diesen kleinen Schatz trug Vera auch auf dem Arm, als sie einige Stunden später erneut die jetzt stockdunkle Große Freiheit entlangging, diesmal in die andere Richtung. Obwohl sie sich in dieser Gegend gut auskannte und normalerweise auch bei Dunkelheit zurechtkam – sie besaß eine hübsche kleine silberne Damentaschenlampe –, fühlte sie sich unwohl und war zutiefst verunsichert.

Wann war sie das letzte Mal in einer Kirche gewesen? Ihre Familie war nicht sehr religiös. In den Michel ging man eher wegen der Konzerte, die dort dargeboten wurden – Bach und Händel –, aber sonst war ihr der Kirchenbesuch eher fremd, auch wenn ihre Konfirmation erst zwei Jahre zurücklag.

Aber die Kirche hinter dem mit Leuchtfarbe gekennzeichneten Tor war eine katholische. St. Joseph erhob sich als riesenhafter schwarzer Schatten in den kaum weniger schwarzen Himmel. Sie ging auf das Portal zu und kam sich klein und elend vor. Glücklicherweise war der Hund noch kleiner und schutzbedürftiger. Sie presste ihn an sich und ging beherzt weiter.

Sie hatte erwartet, dass die schwere Holztür quietschen oder knarren würde, aber das tat sie nicht, sie ging ganz leise auf. Sie trat ein, vorsichtig Schritt für Schritt, und blieb vor der letzten Bank stehen. Weit vorn leuchtete rot das ewige Licht und da links eine einsame Kerze, ihr Wegweiser.

»Einen sichereren Ort als diesen, um den zu treffen, den du sprechen musst, gibt es in dieser Gegend gar nicht«, hatte Lilo ihr versichert. Aber wohl auch keinen, der einem mehr Angst einjagen konnte. Schon allein die Silhouette des Kreuzes da vorn wirkte bedrohlich.

Sie fasste sich ein Herz, gab dem Hündchen einen Kuss und ging auf die Kerze zu. Als sie davor stand, wurde ihr noch mulmiger zumute. Sie sollte in diesen finsteren Kasten rein, diesen Beichtstuhl – und dann warten?

Die Tür zum Beichtstuhl knarrte leise. Sie schlüpfte hinein und setzte sich auf die Bank. Die Kerze nahm sie mit, so war es besprochen. Durch das schnörkelige Holzgitter hindurch konnte sie nicht erkennen, ob auf der anderen Seite jemand war.

»Hallo … bitte …«, flüsterte sie und bekam keine Antwort.

Dann hörte sie kaum wahrnehmbare Schritte, spürte den Lufthauch, als die Tür auf der gegenüberliegenden Seite aufging und jemand hinter dem Gitter Platz nahm.

»Machen Sie die Kerze aus!«, war das Erste, was sie hörte. Eine barsche Stimme, so leise, dass man sich keine Vorstellung vom Sprecher machen konnte. Ein Mann, natürlich, das hatte sie erwartet, aber sonst war nichts von ihm zu erkennen. Seine Stimme klang gedämpft, so als würde er sich ein Taschentuch vor den Mund halten. Sie blies die Kerze aus.

»Sagen Sie Ihren Namen!«

»Vera Hollenkamp.« Sie versuchte, durch das nur noch schwach schemenhaft erkennbare Gitter die Umrisse ihres Gesprächspartners auszumachen, aber es war unmöglich.

»Gut, wir kennen uns nicht, aber von Ihrem Bruder habe ich schon gehört.«

»Wissen Sie, wo er jetzt ist?«

»Nein. Das sollten Sie aber rechtzeitig in Erfahrung bringen, sonst ist unser Gespräch hier umsonst.«

»Ich werde ihn bestimmt finden.«

»Nun gut.«

»Sind Sie ein Freund von Lilo?«

»Nennen Sie keine Namen mehr. Diese Angelegenheit hat nichts mit Freundschaft zu tun. Es ist ein Geschäft, das sollte Ihnen klar sein.«

»Ja.«

»Ich weiß, dass Ihr Vater ziemlich wohlhabend ist. Der Preis wird sich daran orientieren.«

»Aber mein Vater ist verreist, nach Kopenhagen.«

»Ohne Geld wird es nicht gehen. Es ist mir egal, woher Sie es bekommen, aber Sie müssen es haben. Unsere Organisation ist darauf angewiesen. Ohne Geld können wir nichts tun. Und vergessen Sie nicht, dass die Reise ebenfalls nicht billig wird. Wir können schließlich keine normalen Fahrkarten ausstellen lassen.«

»Ja.«

»Fünftausend Reichsmark, zuzüglich Auslagen und Fahrtkosten. Außerdem fallen die Dokumente unter Umständen noch ins Gewicht, je nach Reiseziel zwischen tausend und zweitausend.«

»O Gott, das ist aber viel.«

»Es ist auch ein riskantes Unternehmen. Aber wenn es Sie tröstet: Wir haben bereits viel Erfahrung gesammelt und kennen alle Wege und Möglichkeiten. Wer sich uns anvertraut, kommt sicher aus dem Land. Natürlich müssen wir noch wissen, wohin.«

»Wohin?«

»In welches Land. Wir empfehlen Nord- oder Südamerika. England ist auch möglich, aber schwierig und riskant, nur über Umwege. Skandinavien ist einfach, aber nicht unbedingt sicher. Portugal …«

»England wäre doch, glaube ich …«, sagte Vera zögernd. Das war wenigstens nicht so weit. Da konnte man doch schnell hinkommen. Aber andererseits … Feindesland …

»Wie gesagt, sehr schwierig und deshalb teurer. Einfach wäre Asien, China, Schanghai zum Beispiel, aber die Reise ist lang …«

»Ich weiß nicht …«

»Mitunter klärt sich das von selbst. Wie dringend ist es denn?«

»Sehr dringend.«

»Dann rate ich dazu, die nächstliegende Möglichkeit wahrzunehmen. In solchen Fällen ist das Reiseziel zweitrangig.«

»Ja, aber wenn … dann doch lieber Amerika.«

»Wir werden uns bemühen, Ihrem Wunsch so weit wie möglich entgegenzukommen.«

»Da ist allerdings … noch etwas …«

»Ich höre. Bitte beeilen Sie sich.«

»Eine zweite Person.«

»Wenn Sie selbst mitkommen möchten, gelten für Sie die gleichen Bedingungen.«

Ich selbst?, dachte Vera. Sollte ich vielleicht auch …

»Nein, ein zweiter … Mann …«

»Dann muss ich wissen, um wen es sich handelt.«

»Soll ich jetzt denn einen Namen nennen?«

»Darum möchte ich Sie bitten!«

»Kurt, er heißt Kurt, Kurt Singer.«

»Wo kommt er her, und warum muss er fort?«

»Er, er … wo er herkommt? Aus Hamburg. Er ist … er hat … er war bei diesem … Unfall dabei, auf dem Heiligengeistfeld, als der HJ-Führer tödlich verletzt wurde …«

»Er hat auf ihn geschossen?«

»Nein … es war ein Unfall … er ist unschuldig …«

»Für Kriminelle oder Personen, die in kriminelle Handlungen verstrickt sind, fällt die doppelte Gebühr an.«

»Aber … er hat bestimmt nicht so viel Geld.«

»Dann muss er es sich irgendwo besorgen.«

»Kann er nicht dafür arbeiten? Auf einem Schiff?«

»Wir betreiben kein KdF-Unternehmen, Fräulein.«

»Aber Sie müssen doch Mitleid haben …«

»Mitleid gehört nicht zu unseren Geschäftsprinzipien. Ihr Freund hatte auch kein Mitleid mit Willy Kaiser.«

»Was wissen Sie denn davon!«

»Zu unseren Geschäftsprinzipien gehört ebenfalls, über alles informiert zu sein, was in dieser Gegend passiert.«

»Er ist kein Mörder!«

»Das interessiert uns nicht, Fräulein. Heutzutage laufen so viele Mörder in den Straßen herum … wer kann da noch unterscheiden?«

»Aber ich dachte, Ihnen geht es darum zu helfen …«

»Wenn Sie Trost wollen, wenden Sie sich an den Pfarrer, er kommt morgen Früh wieder. Wenn Sie ausreisen wollen, zahlen Sie mit barer Münze. Denken Sie darüber nach. Sie wissen ja, über welchen Kanal Sie mit uns in Verbindung treten können. Auf Wiedersehen.«

Die Ahnung eines Schattens auf der anderen Seite des Gitters verschwand, Vera hörte ein leises Knarren, dann ein leiseres Knirschen von Schritten, das schnell wieder erstarb. Einen Augenblick saß sie wie betäubt da, dann bekam sie Angst und verließ eilig den Beichtstuhl. Taumelnd lief sie auf das Portal zu und fürchtete, der Unbekannte könnte sie eingeschlossen haben. Erst als sie wieder draußen auf der Großen Freiheit war, atmete sie auf.

Und jetzt merkte sie, dass der Hund ganz furchtbar zitterte. Sie streichelte beruhigend über sein Fell. Aber es war gar nicht der Hund, der schlief ja tief und fest. Sie selbst war es, die so zitterte.

5

Etwas später, als Vera vor dem Restaurant Wu stand, zögerte sie. Sollte sie nicht lieber wieder zurück? Sie gab sich einen Ruck: Nun stehst du hier, nun musst du auch hineingehen! Natürlich hätte sie bei Lilo Koester bleiben können. Während sich Vera im leeren Lokal unter Zuhilfenahme eines Schnapses von ihrem Erlebnis in der St.-Josephs-Kirche erholte, hatte Lilo ihr das angeboten. Zuvor hatte sie heftig geschimpft über die Art, wie der Unbekannte in der Kirche mit ihr umgesprungen war. Offensichtlich kannte sie ihn sehr gut. Sie war empört, dass Vera von dem Mann wie eine gewöhnliche Kundin behandelt worden war, obwohl Lilo sie geschickt und ein gutes Wort für sie eingelegt hatte.

»So geht das nicht. Nicht zu diesen Konditionen, nicht unter Freunden!«, hatte sie ausgerufen. Und Vera hatte sich nur gewundert, wie es kam, dass sie neuerdings zu Lilo Koesters Freunden gehörte. Gleichzeitig hatte sie sich gefragt, wer wohl noch dazu zählte, mit wem diese Wirtin einer einfachen Kellerkneipe noch alles Umgang pflegte. Ihr rätselhafter Bekanntenkreis fing beim Kriminalkommissar an und hörte bei irgendwelchen im Geheimen operierenden Fluchthelfern auf.

Aber sie selbst kannte ja inzwischen auch die merkwürdigsten Leute, undurchsichtige Chinesen, flüchtige Kriminelle, sie hatte einen Bruder, der des Mordes verdächtigt wurde, und einen Freund, der, wenn auch versehentlich, einen Scharführer der Hitlerjugend erschossen hatte. Ich liebe zwei Mörder, dachte sie, und es lief ihr kalt den Rücken hinunter. Und nun bin ich auch noch drauf und dran, ihnen einen Platz auf einem Schiff zu verschaffen, damit sie mit heiler Haut davonkommen. In diesen Sommerferien bin ich ganz plötzlich auf die schiefe Bahn geraten. Wären wir doch bloß in die Ferien gefahren, so wie sonst! Aber Vater hatte es ja immer wieder verschoben. Und nun …

Sie atmete tief durch, ging zur Tür und betätigte den drachenförmigen Türklopfer aus Messing. Hoffentlich macht jemand auf, sonst … Sie spürte die feuchte, morgendliche Kälte und hätte gern wieder den kleinen Hund bei sich gehabt, um ihn zu streicheln und zu beruhigen.

Die Tür öffnete sich, und Ilse Wu im bodenlangen chinesischen Hausmantel winkte sie in den Hausflur. Sie deutete auf den Gastraum und schloss, nachdem sie einen prüfenden Blick nach draußen geworfen hatte, die Tür.

Im Hinterzimmer des Restaurants war die Luft rauchgeschwängert. Um einen runden Tisch in einer Ecke saßen Herr Wu, Herr Chen, Georg und ein Unbekannter in blauer Arbeitskleidung und mit Schirmmütze. Alle rauchten. Vor ihnen standen mit Tee gefüllte Schälchen, auf einem Stövchen in der Mitte des Tischs thronte eine große weiße Kanne, um deren Bauch sich ein schwarzer Drache schlängelte – oder sollte das eine Schlange darstellen?

»Vera!« Georg sprang auf und lief zu ihr. Sie umarmten sich, was sie in letzter Zeit eher selten getan hatten. Er trug grobe Arbeitshosen, ein Baumwollhemd und eine Arbeiterjacke.

»Wo bist du denn gewesen?«, fragte sie vorwurfsvoll, nachdem sie sich voneinander getrennt hatten, ein wenig verlegen wegen ihres Gefühlsausbruchs. »Ich hab dich gesucht!«

»Ich war … ich konnte nicht …«

»Aber ganz ohne Nachricht, das ist doch nicht recht, Georg.«

»Es ging halt nicht.«

»Aber Georg«, sagte Vera vorwurfsvoll, »es kann doch nicht so schwer sein, jemandem eine Nachricht zukommen zu lassen.«

»Doch, Vera, es war, es ist eine … besondere Situation. Ich muss mich bestimmten Anordnungen unterwerfen. Aber Martens hat ja jetzt eingesehen, dass es mehr schadet als nutzt, wenn ich meine Familie im Unklaren lasse.«

»Martens?«

»Ja.« Georg Hollenkamp deutete mit dem Kopf auf den Mann mit der Schirmmütze. Der schaute die beiden stirnrunzelnd an, dann drückte er seine Zigarette im Aschenbecher aus, stand auf und trat breitbeinig auf sie zu.

»Das ist meine Schwester Vera«, stellte Georg sie vor.

Martens tippte sich an die Schirmmütze. »Schönen guten Morgen, junge Frau.«

Vera blickte ihn stumm an. Ein derbes Gesicht, fand sie, aber vielleicht lag es nur an den vielen Falten und den Bartstoppeln. Er sah aus wie ein Hafenarbeiter oder einer, der auf einer Werft auf der Elbe an einem großen Schiff mit einem Schweißgerät hantierte, ja, so einen Eindruck machte er. Ende fünfzig oder noch ein bisschen älter musste er wohl sein. Und seine Umgangsformen waren wohl auch eher proletarisch, jedenfalls schien er es nicht für nötig zu halten, ihr die Hand zu geben, sondern vergrub sie in seiner Hosentasche.

»Wie kommt es, dass Sie so über meinen Bruder bestimmen?«, fragte Vera verärgert.

Martens lachte.

»Aber Vera«, sagte Georg, »er ist doch sozusagen mein Vorgesetzter.«

»Vorgesetzter?«

»Kommandant«, knurrte Martens, während er ein Päckchen Zigaretten aus der Hosentaschen holte und sich eine davon in den Mund steckte.

»Kommandant? Aber doch nicht … Wehrmacht.«

»Eine Untergrundarmee, Vera. Wir operieren in kleinen Gruppen.«

»Ich verstehe das nicht ganz«, sagte Vera verwirrt.

Martens blies den Zigarettenrauch aus und sagte: »Ihr Bruder ist Mitglied einer kommunistischen Widerstandsgruppe.«

»Kommunisten?« Vera schüttelte ungläubig den Kopf.

»Ich bin Kurier. Ich halte die Verbindung zu bestimmten Gruppen im bürgerlichen Milieu. Auch den Kontakt zwischen den chinesischen Genossen und unserer Organisation habe ich hergestellt.«

»Chinesische Genossen?« Vera warf den Wus und Herrn Chen einen kurzen, ungläubigen Blick zu.

»So fing es an«, sagte Georg. »Mit der Schwarzen Schlange. Ich bin sozusagen über den Umweg China zur Partei gestoßen.«

»Die Schwarze Schlange? Wer ist das?«

»Die Organisation der chinesischen Kommunisten in Deutschland.«

»Aber warum … ich verstehe das alles nicht.«

Martens, der dem Gespräch mit finsterer Miene gefolgt war, sagte mit lauter, ärgerlicher Stimme: »Ich denke, das weiß sie alles längst?«

»Na ja …«, sagte Georg.

»Nichts weiß ich …«, sagte Vera mit schwacher Stimme.

Mit drei Schritten war Martens bei Georg und herrschte ihn an: »Was ist das hier für ein Manöver?«

Georg trat einen Schritt zurück und sagte ruhig: »Jetzt weiß sie es. Ich kann doch meine Familie nicht im Unklaren lassen.«

Martens hob den Zeigefinger und tippte Georg mehrmals auf die Brust. »Das wird Folgen haben!«

Georg breitete die Arme aus, als wollte er damit andeuten, dass er sich in sein Schicksal ergeben würde.

»Jetzt mal Schluss mit der Plauderei«, sagte Martens und wandte sich an Vera. »Ich weiß, mit wem Sie sich heute Nacht getroffen haben.«

»So, woher denn?«

»Mir genügt, dass ich weiß, dass Sie ihn in der Josephskirche getroffen haben.«

Wen denn, wollte Vera schon fragen, weil sie es selbst gern gewusst hätte. Stattdessen sagte sie: »Was geht Sie denn das an?«

Martens sog an seiner Zigarette. »Ich nehme an, dass Sie Ihrem Freund eine Passage besorgen wollen. Und weil ich ja denken kann, fällt es mir nicht schwer, mir vorzustellen, dass Sie für Ihren Bruder gleich mitsorgen wollen.«

»Das kann Ihnen doch nur recht sein. Dann sind Sie ihn los«, sagte Vera.

Martens lächelte verkniffen. »Ich will ihn nicht loswerden, im Gegenteil. Wir können uns das gar nicht leisten. Wir brauchen Nachwuchs. Auch für später. Doch hier nützt er uns nichts mehr. Er ist ins Visier der Polizei geraten. Er kann nicht hier bleiben, das ist klar, zu riskant für uns. Außerdem wird es Zeit, dass er auf die Parteischule kommt. Nach Moskau!«

»Moskau?«, stieß Vera ungläubig hervor.

Martens nickte. »So ist es.«

Vera sah Georg an. »Da willst du hin?«

Georg lächelte schwach. »Es muss wohl so sein.«

»Ist das deine freie Entscheidung?«

»Freiheit ist Einsicht in die Notwendigkeit, Vera.«

Vera runzelte die Stirn. Was sollte das denn heißen? »Und Kurt? Wo ist er überhaupt?«

Georg hob die Schultern. »Er schläft, nehme ich an. Er gehört ja nicht zu uns.«

»Um den können Sie sich gern kümmern«, meldete sich Martens wieder zu Wort. »Für private Rachefeldzüge sind wir nicht zuständig.«

Martens ging zum Tisch zurück und griff nach der Lederjacke, die über seinem Stuhl hing.

»Er bleibt hier«, sagte er zu den Wus.

Herr und Frau Wu nickten knapp.

»Keine Kontakte … außer meinetwegen zu seiner Schwester.«

Er zog sich die Jacke an und trat wieder vor Georg. »Das, was du hier veranstaltet hast, Genosse Hollenkamp, grenzt an Verrat!«

»Sie ist doch meine Schwester. Sie hat mich gesucht.«

»Es wird trotzdem ein Nachspiel haben«, sagte Martens und wandte sich an Vera. »Wenn Sie ihm helfen wollen, lassen Sie uns das machen, kapiert?«

Vera schwieg.

Martens warf den anderen einen Abschiedsgruß zu und verließ das Lokal. Ilse Wu ging hinterher, um die Tür abzuschließen.

ZWÖLFTES KAPITEL

Schüsse

1

Ein minderjähriges Mädchen besucht am frühen Abend eine Kellerkneipe an der Großen Freiheit, kommt nach einer Weile mit einem Schoßhündchen wieder heraus, führt es spazieren und kehrt wieder zur Kneipe zurück. Sie wartet, bis es dunkel wird, und verlässt zum zweiten Mal das Lokal, und wieder hat sie diesen Hund dabei. Das kleine Tier ist wegen der Verdunkelung kaum zu erkennen, aber sie trägt es auf dem Arm. Nun überquert sie die Große Freiheit und geht auf die St.-Josephs-Kirche zu. Und dann, es ist wirklich eigenartig, tritt sie durch das Tor auf den Kirchhof und bewegt sich zielstrebig, wenn auch sehr langsam, auf das Portal zu und verschwindet in der Kirche. Was nun?

Heinrich Hansen blieb vor dem Kirchenportal stehen. Mal abgesehen von der Tageszeit und dass sie einen Hund dabeihatte, musste ein Kirchenbesuch nicht viel bedeuten. Nun lass mal den Hund aus dem Spiel. Bleibt die Tageszeit. An einer Luftschutzübung will sie sicherlich nicht teilnehmen, es findet ja keine statt, das wüsste man schließlich. Wäre noch die Frage, ob sie vielleicht katholisch ist. Ein Christ geht in die Kirche, wenn ihm danach ist, oder? Könnte also sein, dass sie gleich wieder herauskommt, könnte auch sein, dass sie etwas dort drinnen tut, das dich interessiert.

Die Tür hat nicht sehr laut geknarrt, also geh doch mal nachschauen! Aber knips deine Taschenlampe aus! Hansen zog die schwere Eichentür auf und trat aus dem Dunkel der Nacht ins Dunkel der Kirche. Niemand da, nichts zu sehen, nur Schatten.

Wann bist du das letzte Mal hier gewesen? Du weißt wenig von dem, was hier stattfindet. Da, eine Kerze. Und dort drüben ein Beichtstuhl.

Hansen ging leise darauf zu. Er hörte Flüstern. Gedämpfte Stimmen drangen aus dem Beichtstuhl. Mit wem redet sie? Mit dem Priester? Es ist eine männliche Stimme. Was sonst? Mach die Tür auf und frag nach, Kommissar.

Aber Hansen tat es nicht. Er horchte, verstand nichts, konnte die zweite Stimme nicht identifizieren, sie klang zu dumpf. Warte ab, bis sie herauskommen. Er setzte sich auf einen Stuhl in einer besonders dunklen Ecke und wartete. Vera kam heraus. Er ließ sie gehen. Als sie verschwunden war, stand er auf und trat vor den Beichtstuhl. Wie spricht man einen katholischen Priester an? Hochwürden? Unsinn!

»Pfarrer?«, sagte Hansen halb laut. »Darf ich Sie mal kurz sprechen?«

Als keine Antwort kam, holte er die Taschenlampe aus der Jackentasche und öffnete die kleine Tür. Der grelle Lichtschein strahlte in ein leeres Kabuff. Wer auch immer da drin gesessen hatte, war auf leisen Sohlen entwischt.

»Pfarrer?«, rief Hansen laut, und es hallte durch das Kirchenschiff.

Dann Stille – doch war da nicht ein Knirschen, ein Schaben? Entfernte sich da jemand mit schnellen Schritten? Gab es noch einen Ausgang? Hansen leuchtete mit der Lampe das Kircheninnere ab, der Lichtkegel zuckte über Kreuze und Heiligenbilder, Statuen und Bänke, Altar und Orgel. Dahinten war noch eine Tür. Aber das Knarren kam aus der anderen Richtung. Jetzt ist er doch an der Tür! Hansen eilte durch das Kirchenschiff zum Ausgang, trat nach draußen, leuchtete den Kirchhof ab und sah niemanden.

Was nun? Rein zu Lilo und die Kleine verhören, was sie in der Kirche gemacht hat? Lächerlich. Wenn sie wirklich in aller Heimlichkeit jemanden getroffen hat, wird sie dir nichts davon erzählen. Wenn es ihr Bruder Georg gewesen ist, dann wird sie erst recht schweigen. Aber sieh nur da! Sie kommt wieder raus aus der Kellerkneipe, das ist sie doch? Aber ohne Hund.

Vera Hollenkamp bog um die Ecke in die Schmuckstraße. Diesmal blieb Hansen dichter hinter ihr, er hatte sie schon mal in diesem Chineseneck verloren. Aber an diesem Abend war es einfach, ein heller Mond am Himmel half dabei. Zielstrebig ging das Mädchen auf den Eingang des Restaurants Wu zu und wurde eingelassen.

Wenn ich jetzt könnte, wie ich wollte, dachte Hansen, dann würde ich ein paar Leute von der Wache anfordern, und wir würden in diesem Lokal eine Blitzrazzia durchführen. Aber würde ihn das einer Lösung näher bringen? Wenn die Wus wirklich in zwielichtige Angelegenheiten verwickelt waren, dann wussten sie auch, wie man ganz schnell im Chinesenlabyrinth verschwand und gefährdete Gäste untertauchen ließ. Nein, selbst wenn du jetzt zehn Leute dabeihättest, wären die Chancen gering, Georg Hollenkamp da rauszuholen.

Du hast keine Chance, Hansen. Geh nach Hause, leg dich ins Bett und träum von der Südsee. Auf St. Pauli sind dir die Hände gebunden. Du bist nur noch ein einsamer Wolf mit stumpfen Zähnen.

Aber was war das da drüben für ein Schatten? Da im Eingang des Büros von Shipchandler Paek? Die Umrisse eines Kopfes, Schultern, der Rest verdeckt, nein, zwei Köpfe mit Hüten. Asiaten haben meist Mützen auf. Was sind das also für Männer? Warum verbergen sie sich da? Und hat der eine da eben nicht etwas Langes in der Hand gehalten und dann wieder beiseite gestellt, als das Mädchen hinter der Tür verschwunden ist?

Sie hatten ihn noch nicht bemerkt. Hansen trat in einen Hauseingang und blieb ruhig stehen. Er knöpfte die Jacke auf und tastete nach dem Pistolenhalfter, dann fischte er in seiner Hosentasche nach der Trillerpfeife.

Still stehen und warten. Eine ganze Weile. Die da drüben ließen sich reichlich Zeit. Und ausgerechnet jetzt meldete sich Hansens Rheuma. Schmerzen im Rücken, und du kannst nicht ständig von einem Bein aufs andere wechseln. Den Oberschenkel würdest du dir gern massieren, aber du darfst dich nicht bewegen. Und am liebsten würdest du mal laut aufstöhnen, einfach so zur Erleichterung, aber auch das musst du dir verkneifen. Du bist zu alt für deinen Beruf, Kommissar Hansen, sieh es endlich ein.

Hansen harrte auf seinem Posten aus. Hinter den Männern da drüben schien die Tür offen zu sein. Also machen sie gemeinsame Sache mit dem undurchsichtigen Koreaner, der in Wahrheit ein Japaner sein soll.

In dieser Dunkelheit, wenn nichts passiert und du auf deiner Armbanduhr nichts erkennen kannst, verlierst du das Zeitgefühl. War er jetzt fünf Minuten hier oder schon eine halbe Stunde?

Die Tür des China-Restaurants öffnete sich. Drüben im Souterraineingang kam Bewegung in die Gestalten.

Das ist ein Gewehr, dachte Hansen, und da drüben kommt einer raus, und der da bringt es in Anschlag ... Ein Schuss ertönte, dann noch einer. Der Schatten, der sich von Wus Tür fortbewegte, duckte sich, die Querschläger jaulten.

Der Schatten rannte über die Straße. Zwei weitere Schüsse peitschten durch die Nacht.

Der Schatten kam auf ihn zu. Hansen zog die Pistole aus dem Halfter.

Eine Kugel pfiff dicht an ihm vorbei. Der Schatten verschwand im nebenliegenden Hauseingang.

Zwei Pistolenschüsse von der gegenüberliegenden Seite. Absplitternder Mörtel und Mauerwerk spritzten ihm ins Gesicht. Hansen stand zwischen den gegnerischen Parteien.

Hansen presste sich gegen die Tür. Dann ging er in die Hocke, um kein zu deutliches Ziel abzugeben. Der Schatten kam näher. Hansen hob die Waffe und sagte: »Keine Bewegung!« Er schaltete die Lampe ein.

»Mach das Licht aus, Heinrich«, hörte er eine bekannte Stimme.

Hansen knipste die Lampe aus. Mit zwei Schritten war der Mann neben ihm. Es war Pit Martens, einen Revolver in der Hand. Seine Zähne blitzten hell auf. Was gab es denn hier zu lachen?

Drei Schüsse wurden in ihre Richtung abgegeben. Sie duckten sich.

»Schweinehunde!«, stieß Martens hervor und schoss zurück. »Seit wann betätigst du dich denn als Zielscheibe?«, fragte er leutselig.

»Was?«

»Schon gut, wundert mich bloß, dass die dich auch ... Wenn das Schule macht ...«

Zwei Gewehrschüsse ertönten, und wieder platzte Mauerwerk ab und spritzte in alle Richtungen.

»Da!« Martens deutete zur Straße. Ein Schatten huschte zur anderen Straßenseite und verschwand in einem Kellereingang.

»Jetzt haben sie uns in der Zange«, sagte Martens grimmig.

»Wer ist das?«, fragte Hansen.

»Wer ballert nachts sinnlos in der Gegend herum? Gestapo natürlich!«

»Die schießen auf mich?«, wunderte sich Hansen.

»Sag ihnen doch mal, dass du was dagegen hast!« Martens lachte abfällig.

Der Mann, der auf der anderen Straßenseite Position bezogen hatte, feuerte drei Schüsse in ihre Richtung. Martens erwiderte sein Feuer. Zwei Schüsse vom Eingang des Shipchandler-Büros waren die Antwort.

»Jetzt wird's brenzlig«, stellte Martens fest. »Hör zu, Heinrich, drei Eingänge weiter ist Chens Büro. Die Tür ist offen. Wenn wir da erst mal drin sind, kriegen sie uns nicht mehr.«

»Ich lauf doch nicht weg!«, empörte sich Hansen.

»Ich zähle bis fünf, dann feuerst du dorthin und ich da rüber, und dann nehmen wir die Beine in die Hand!« Er wartete nicht auf Zustimmung, sondern begann zu zählen.

Bei fünf eröffnete Martens das Feuer auf den Mann auf der anderen Straßenseite und rannte los.

Hansen trat aus dem Hauseingang und rief: »Achtung! Kriminalpolizei! Feuer einstellen!« Gleichzeitig knipste er seine Lampe an. Er wiederholte seine Aufforderung und ging auf den Eingang des Koreaners zu.

Ein laut vor sich hin fluchender Mann stieg die Treppe aus dem Souterrain hoch und baute sich vor Hansen auf.

»Herr Rauch?« Hansen tat erstaunt.

»Mensch, Hansen, Sie sind ein Vollidiot. Wir hätten den Bolschewisten fertig gemacht, wenn Sie sich nicht eingemischt hätten.«

»Welchen Bolschewisten?«

»Sind Sie so blöd, oder tun Sie nur so?«

»Um was geht es denn eigentlich?«

»Darum, dass Sie in ihrer Trotteligkeit verhindert haben, dass dieser Kommunist uns in die Falle geht, verdammt!«

Der zweite Gestapo-Mann näherte sich. »Er ist weg.«

»Nimm die Knarre runter!«, herrschte Rauch ihn an.

»Der hat doch mit ihm zusammengestanden und ihn laufen lassen!«

»Wer?«

»Der da.« Der Mann zielte immer noch mit der Waffe auf Hansen.

»Knarre runter, Mann. Das ist Kriminalkommissar Hansen!«

»Er hat ihn trotzdem laufen lassen.«

»Nanu, was sagen Sie denn dazu, Herr Kommissar?«

»Ich weiß nicht, wovon Sie reden. Ich wollte ihn festhalten, aber nachdem Sie geschossen haben, ist er weggerannt.«

»So?«, sagte Rauch ungläubig. »Und die Schüsse in meine Richtung waren wohl nur ein Versehen?«

»Ich hab Sie ja zuerst nicht erkannt. Ich bin davon ausgegangen, dass es sich um einen Überfall gehandelt hat.«

Rauch schlug seinem Begleiter mit der Faust hart gegen die Brust. »Versager! Wieso bist du nicht hinter ihm her?«

»Ich konnte nicht sehen, wo er hin ist.«

»Und Sie, Hansen?«, fragte Rauch. »Haben Sie gesehen, wo er hingelaufen ist?«

»Nein.«

2

Am nächsten Morgen stand Hansen vor seinem Schreibtisch und schüttelte den Kopf. Ich treibe mich Tag und Nacht auf den Straßen herum und jage Phantomen nach, und hier türmt sich die Arbeit. Berichte müssen geschrieben, Fahndungsblätter abgeheftet, Meldungen aus dem Stadthaus gelesen werden. Du weißt nicht mal mehr ganz genau, ob du den Mordfall Schwarze Schlange noch bearbeitest, oder ob jemand anderes ihn übernommen hat. Keiner fragt, ob du Fortschritte machst. An einer Frühbesprechung im Stadthaus hast du schon ewig nicht mehr teilgenommen, und Kelling scheint froh zu sein, wenn er so wenig wie möglich von dir sieht, Schenk ist immer noch in Urlaub, und du schießt auf Gestapo-Männer.

Während er auf den Papierstapel starrte, spürte er einen großen Unmut, eine tiefe Lustlosigkeit. Er war längst zum Einzelkämpfer auf der Wache geworden. Die Kollegen grüßten ihn, aber keiner fragte, was er tat. Vielleicht stand er längst im Abseits, auf dem Abstellgleis und hatte es nur noch nicht bemerkt. Und wenn es so ist, was dann? Wenigstens, entschied er, sollte er Ordnung in seine Papiere bringen.

Seufzend setzte er sich hin und begann, das Durcheinander zu ordnen. Aus einem Stapel mit Fahndungsmeldungen rutschte eine vergilbte Karteikarte. Nanu, hatte er die nicht wieder in den Aktenschrank zurückgelegt? »Hochstapler, Waffenhändler, Fluchthilfevergehen, Devisenschmuggel, illegaler Transfer von Wertsachen?«, las er und: »Achtung, Jude!«

Und da dämmerte es ihm. Er schlug sich mit der flachen Hand gegen die Stirn. »Hansen, du Armleuchter!«, murmelte er. »Darauf hättest du auch gleich kommen können. Sie hat sich mit Friedrich getroffen! Die kleine Hollenkamp sucht nach einer Fluchtmöglichkeit für ihren Bruder, na klar. Und Lilo, verdammt noch eins, hat ihr die Sache eingefädelt. Und du dummer Esel trottest hinterher, ohne die geringste Ahnung! Du lässt dich an der Nase herumführen, Hansen, die ganze Zeit schon!«

Er sprang auf, griff nach der Jacke, steckte die nötigen Utensilien ein und verließ die Wache.

Auf dem Weg durch die leeren Straßen dachte er an Pit Martens. Würde er ihn wieder in Lilos Wohnung antreffen? War es wirklich richtig, dass er mit ihm eine Art Waffenstillstand vereinbart hatte? Konnte er sich das erlauben? Und war er nicht eigentlich schon über diese Vereinbarung hinausgegangen, als er ihm in der Nacht zuvor zur Flucht verholfen hatte?

»Meine Feinde sind auch deine Feinde, Heinrich«, hatte Pit gesagt. Gestern Nacht hatte sich das bewahrheitet. Aber dennoch durfte er sich nicht vor den Karren anderer Leute spannen lassen.

In der Jägerstraße vermied er es, den verrammelten Laden auf der anderen Straßenseite anzusehen. Pit Martens hatte versprochen, Erkundigungen einzuholen. Eventuell konnte er über Verbindungsleute dafür sorgen, dass jemand sich um Klaas kümmerte. Es wäre ja schon gut, wenn man wüsste, wo genau er war und wie es ihm ging. Vielleicht gab es ja eine Möglichkeit, ihn da rauszuholen, vielleicht …

Er eilte durch die Toreinfahrt, durchmaß mit großen Schritten die Terrassensiedlung und stieg die enge Treppe zu Lilo Koesters Wohnung im dritten Stock hinauf.

Er klopfte energisch gegen die Tür. Lilo öffnete im Morgenmantel.

»Heinrich, guten Morgen«, sagte sie laut. »Komm doch rein. Wir haben dich gar nicht so früh erwartet.«

Sie zog betont langsam die Tür auf, und Hansen trat ein. Er folgte ihr zum Wohnzimmer und blieb in der Tür stehen. So hatte er sich das nun auch wieder nicht gedacht: dass sie wusste, wo er sich aufhielt, ja, darauf hatte er spekuliert, aber dass er hier wohnte? Friedrich Schüler saß an dem großen Tisch in Lilos Wohnzimmer, vor sich einen Korb mit Brot und ein Glas mit Marmelade. Er trug einen seidenen Hausmantel, darunter einen Pyjama. Neben der dampfenden Kaffeetasse lag ein Revolver, daneben, scheinbar absichtslos, Friedrichs rechte Hand.

Seine Haare waren jetzt weiß; er war blass, schien aber gesund zu sein. Er hatte noch immer diesen hochnäsigen, ironischen Gesichtsausdruck, strahlte noch immer die weltmännische Arroganz aus, die Hansen schon bei ihrer ersten Begegnung im Alter von sechzehn Jahren gehasst hatte.

»Guten Morgen, alter Junge. Es ist noch Kaffee da. Setz dich doch. Am besten da drüben.« Friedrich deutete auf den Stuhl, der gegenüber von seinem Platz stand. Seine Hand kreiste kurz über den Revolver, um zu signalisieren, dass er kein Risiko eingehen würde. »Lilo, hol Heinrich eine Tasse. Einen Schluck echten Bohnenkaffee wird er bestimmt nicht ablehnen.«

Hansen nickte. »Gut.« Sein Blick schweifte über den Frühstückstisch. Es war nur für zwei gedeckt. »Ist Pit nicht mehr hier?«

»Genosse Martens übernachtet jede Nacht in einem anderen Bett«, sagte Friedrich. »Nie in seinem eigenen, obwohl das noch immer an seinem Platz steht.« Er deutete zum Fenster. Hansen verstand. Pits Familie hatte auf der gleichen Terrasse eine Wohnung gehabt, und offenbar wohnte Pit dort offiziell noch immer. »Und immer allein. Was mich wundert, bei diesen Kommunisten. Würde doch ihrer Lehre entsprechen, miteinander die Frauen zu tauschen, wenn sie es schon mit den Betten tun.«

»Du redest Unsinn, Friedrich«, sagte Lilo, während sie eine Tasse für Heinrich auf den Tisch stellte.

Hansen setzte sich.

»Ich wäre dir dankbar, wenn du deine Hände über dem Tisch behalten würdest, wie sich das für einen braven deutschen Mann gehört«, sagte Friedrich.

»Ich will mit dir reden, Friedrich.«

»Ja, ja, das dachte ich mir. Aber trink doch erst mal deinen Kaffee. Wird dir gut tun. Du siehst müde aus.«

Hansen griff nach der Tasse. Es war wirklich erstaunlich, wie gut Kaffee schmecken konnte, richtiger Kaffee, nicht dieser schauderhafte Muckefuck.

Friedrich wartete, bis er die Tasse abgesetzt hatte, dann sagte er: »Dass du gekommen bist, zeigt, dass du bereit bist; du hast die Botschaft verstanden. Sprechen wir also über …«

»Hollenkamp«, fiel Hansen ihm ins Wort.

»Hollenkamp?« Friedrichs Hand legte sich wie zufällig auf den Revolver.

»Vera und Georg. Du sollst ihnen zur Flucht verhelfen, oder wenigstens ihm.«

»Wie kommst du denn darauf, und wer ist das überhaupt?«, fragte Friedrich scheinbar begriffsstutzig.

»Eine Familie, die über das nötige Geld verfügt«, sagte Hansen.

»Ist mir nicht bekannt. Ich dachte …«

»Du hast Vera Hollenkamp letzte Nacht in der St.-Josephs-Kirche getroffen.«

Friedrich schaute erstaunt drein. »Warst du hinter ihr her?«

Hansen nickte.

Friedrich warf Lilo einen beunruhigten Blick zu. »Hast du …?«

Sie schüttelte den Kopf.

Friedrich strich mit den Fingerkuppen über den Revolver. »Wie ist dir das gelungen?«

»Ich bin dem Mädchen gefolgt. Es war nicht schwer. Auch nicht, zu erraten, was sie im Schilde führt: Ihr Bruder steht unter Mordverdacht, er ist aus der Haft geflohen. Sie will ihm helfen.«

»Und du willst es verhindern«, stellte Friedrich fest.

»Ich glaube nicht, dass Georg Hollenkamp ein Mörder ist. Er wird als Sündenbock benutzt. Aber ich weiß nicht, von wem.«

»Dann lass ihn ziehen.«

»Ich brauche ihn als Zeugen.«

»Willst du denn diesen Fall wirklich aufklären?«, fragte Lilo.

»Ich will jeden Fall aufklären, mit dem ich es zu tun bekomme.«

»In diesen Zeiten tätest du besser daran, nicht …«, fuhr sie fort.

»Gibt es Zeiten, in denen Verbrechen weniger zählen als in anderen?«, unterbrach Hansen sie barsch.

»Das muss man sich wohl fragen«, sagte Friedrich ruhig. »Gerade jetzt.«

»Um die eigenen Verbrechen zu beschönigen.«

»Wenn der Staat von Verbrechern regiert wird, was willst du dann noch?«

»Dass in meinem Viertel das Gesetz noch etwas gilt!«

»Na schön«, seufzte Friedrich. »Das sind deine Prinzipien. Meines lautet ganz einfach: Geschäfte gehen vor.«

»Das ist doch gar nicht wahr«, sagte Lilo leise.

»Im Übrigen ist immer noch die Frage, wer die Gesetze gemacht hat und welchem Zweck sie dienen sollen …«

»Wo hast du denn diese Ansichten her, von Pit? Bist du zu den Kommunisten übergewechselt?«

»Wer weiß, Heinrich? Von Pit kann man jedenfalls so einiges lernen.«

Lilo nahm auf dem Stuhl neben Heinrich Platz und sagte: »Glaubst du nicht, es wäre besser, wenn die beiden Jungen verschwinden könnten …?«

»Die beiden?«, fragte Hansen.

»Georg Hollenkamp und Kurt Singer.«

»Singer? Den lass ich nicht raus. Der hat einen HJ-Führer erschossen.«

»Er sagt, es war ein Unfall.«

»Woher weißt du das?«

»Vera …«

»Was das Mädchen sagt, ist unerheblich, sie war nicht dabei …« Hansen hielt inne. Jetzt dämmerte ihm, wo Kurt und Georg untergekommen waren und was Pit damit zu tun hatte, und wie die Schwarze Schlange da hineinpasste. »Wenn ich die wahren Täter bekomme, lasse ich die anderen frei«, sagte er.

Friedrich schüttelte den Kopf. »Die wirst du nie bekommen, Heinrich, und das weißt du auch. Es liegt nicht in deiner Macht.«

»In deiner auch nicht«, sagte Hansen, und es klang fast wie eine Frage.

Friedrich schüttelte den Kopf. »Nein, aber andere Dinge schon. Elsa möchte dich gern noch einmal wiedersehen, bevor sie das Land verlässt.«

Hansen zuckte zusammen. Dann wurde er wütend. »Lass das, Friedrich! Ich mache dieses schäbige Spiel nicht mit!«

Friedrich grinste säuerlich. »Was für ein Spiel?«

»Soll das ein Handel werden?«

»Was für ein Handel?«

»Elsa gegen die beiden Jungen, und du willst weiter deinen Geschäften nachgehen.«

»Ich will nicht handeln, Heinrich. Ich biete dir meine Vermittlerdienste an.«

»Ein schäbiges Spiel ist es, was du treibst. Dumm und lächerlich dazu.«

Friedrich warf Lilo einen ratlosen Blick zu.

»Er glaubt dir nicht«, sagte sie.

»Er hat doch das Foto bekommen«, sagte Friedrich.

Hansen dachte an den Ölkanister. Was war das für ein Spiel, das Friedrich hier spielte?

»Du willst mir Elsa ausliefern?«, fragte er.

»Nein. Ich habe ihr versprochen, sie fortzubringen. Sie geht für immer.«

»Wo hat sie denn die ganze Zeit gesteckt?«

»Frag sie, ich kann es dir nicht sagen.«

»Nach über vierzig Jahren will sie auf einmal mit mir reden?«

Friedrich zuckte mit den Schultern.

»Und du glaubst, wenn ich darauf eingehe, lasse ich dich in Ruhe?«, fragte Hansen.

»Das auch.«

»Ich will sie nicht sehen. Es ist zu spät.« Hansen stand auf.

Friedrichs Hand schloss sich um den Revolver, hob ihn kurz an und legte ihn wieder auf den Tisch, als Hansen sich abwandte.

Lilo sprang auf und fasste ihn am Arm. »Es geht ihr nicht gut, Heinrich.«

»Na und?« Er riss sich los.

Nach zwei Schritten wirbelte er herum, hob den Arm und deutete mit ausgestrecktem Zeigefinger auf Friedrich, der panisch die Waffe hob und auf Hansen richtete.

»Und du hast mir das letzte Mal so mitgespielt, Friedrich! Wenn du noch mal solche Botschaften schickst wie diese Fotos und diesen vermaledeiten Kanister, dann mach ich dich fertig!«

»Was denn? Ich wollte doch nur deine Aufmerksamkeit erregen«, sagte Friedrich. »Hättest du mir denn sonst geglaubt?«

»Kein Wort mehr!« Hansen schob Lilo beiseite und verließ das Zimmer.

Lilo folgte ihm. Als er an der Wohnungstür angekommen war, sagte sie: »Es gibt Probleme.«

Hansen legte die Hand auf die Klinke, ohne zu antworten.

»Es ist wegen Veras Bruder. Sie wollen ihn nicht gehen lassen.«

Hansen drehte sich erstaunt um. »Wer?«

»Pits Leute.« Sie senkte die Stimme. »Er soll nach Moskau.«

Hansen zuckte mit den Schultern. »Das ist doch Friedrichs Problem.«

»Gib dir einen Ruck, Heinrich. Hilf ihr!«

»Ausgerechnet ich?« Er zog die Tür auf und ging.

3

»Chop Suey, Herr Kommissar?«

Ilse Wu schien kein bisschen überrascht, ihn schon wieder in ihrem Lokal zu sehen.

Jetzt, um die Mittagszeit, saßen einige deutsche Ladenbesitzer aus der Umgebung, asiatische und europäische Seeleute und ein bärtiger Künstler im Restaurant. Nudelsuppen dampften, eine hübsche asiatische Kellnerin verteilte Reisschalen auf die Tische, die Seeleute tranken Bier.

»Ich möchte Ihren Mann sprechen, Frau Wu. Ich habe einiges herausgefunden.«

»So?« Sie blieb vor ihm stehen und rieb sich nervös die Hände. Sie schien unschlüssig, ob sie ihm glauben sollte.

»Ich war gestern Nacht dort draußen, als die Schießerei stattfand. Ich hab gesehen, wer geschossen hat. Ich weiß auch, wer hier rauskam.«

Ilse Wu biss sich auf die Unterlippe.

»Es wird noch mehr passieren. Ich kann zur Seite treten und zuschauen. Sie können das nicht.«

Mit einem knappen Kopfnicken forderte sie ihn auf mitzukommen und ging voraus in die Küche.

Herr Wu, ein kräftiger, untersetzter Mann mit ovalem Gesicht und kurz geschnittenen Haaren, stand am Herd, rührte mit einem Kochlöffel in einem Topf mit Gemüse und gab mit der linken Hand Fleischstücke in eine Pfanne mit zischendem Öl. In einer Ecke stand ein anderer Chinese, den Hansen noch nicht kannte, offenbar der Küchengehilfe, und schnitt Zwiebeln. Frau Wu warf ihm ein paar Worte zu, und er beeilte sich, die Küche zu verlassen.

Während sie eindringlich mit ihrem Mann redete, rührte der weiter und gab einsilbige, für Hansen unverständliche Worte von sich. Ilse Wu wurde immer lauter, bis sie ihrem Mann schließlich den Kochlöffel aus der Hand nahm. Er protestierte, aber sie schob ihn beiseite und nahm seine Position am Herd ein.

Sie warf Hansen einen halb belustigten, halb ängstlichen Blick zu und sagte: »Immer will er alles allein machen.«

Herr Wu sagte etwas zu ihr, das nicht sehr freundlich klang, und sie wandte sich ganz dem Kochen zu. Wu zog sich die Schürze über den Kopf, nickte Hansen zu und deutete auf die Tür. Hansen folgte dem Chinesen durch den Flur in einen Büroraum, dessen Eichenmöbel einen sehr deutschen Eindruck machten und gar nicht zu der sonst exotischen Einrichtung des Lokals passen wollten.

Wu schloss die Tür hinter ihnen ab, ließ aber den Schlüssel stecken. Hansen schaute den Chinesen an. Er war eher unscheinbar und dicklich. Wieso Ilse Wu ihn wohl geheiratet hatte?

»Was führt Sie zu mir, Herr Kommissar?«, fragte Wu, nachdem er Hansen einen gepolsterten Stuhl mit runder Lehne zugeschoben und selbst hinter dem Schreibtisch Platz genommen hatte.

»Es gab gestern Nacht eine Schießerei draußen vor Ihrem Lokal.«

»So was kommt ab und zu vor in diesem Viertel, Herr Kommissar. Das wissen Sie doch.«

»Ich weiß auch, wer an dieser Schießerei beteiligt war.«

»So? Und? Wollen Sie es mir sagen?«, fragte Wu mit ausdruckslosem Gesicht.

»Zwei Männer hatten sich im Eingang zu Paeks Büro verschanzt. Und einer kam aus Ihrem Lokal.«

»Sobald meine Gäste das Lokal verlassen, habe ich keine Verantwortung mehr für sie. Bei einer Schießerei hier bei mir im Lokal sähe das anders aus.«

»Es waren Gestapo-Leute, die geschossen haben.«

»Haben Sie sie verhaftet?«, fragte Wu scheinheilig.

»Sie wissen ganz genau, dass ich diese Leute nicht verhaften kann. Schon gar nicht, wenn sie auf einen steckbrieflich gesuchten Kommunisten schießen. Sie hätten jede Handhabe, ihn umzubringen, weil er Kommunist ist. Das wäre in diesem Staat kein Verbrechen. Im Gegenteil. Kommunisten werden hierzulande umgebracht.«

»Sie übertreiben, Herr Kommissar.«

»Nein, tue ich nicht. Fangen Sie nicht an, sich diese Angelegenheit schönzureden. Sie sind ebenfalls im Visier, das wissen Sie auch.«

»Ich?«

Herrgott, dachte Hansen, gehört das zu dieser dir unbekannten chinesischen Art, dass man immer um den heißen Brei herumredet. Jetzt lässt du dich auch noch davon anstecken!

»Die Tatsache, dass ein Kommunist aus Ihrem Lokal kommt, bringt Sie in große Schwierigkeiten, Herr Wu.«

Der Chinese schüttelte den Kopf. »Dies ist ein Restaurant. Wie kann ich wissen, was meine Gäste tun?«

»Mich wundert sehr, dass die Gestapo hier nicht einfach hereinmarschiert und Sie allesamt mitnimmt, Herr Wu.«

»Sie haben keinen Grund dazu, Herr Kommissar, das ist es.«

»Sie hätten gute Gründe, denn die Schwarze Schlange ist eine kommunistische Geheimorganisation.«

»Und was habe ich damit zu tun?« Wu lächelte dünn.

»Sie gehören dazu.«

»Das wollen Sie im Ernst behaupten?«

»Ganz recht. Nach allem, was ich weiß, arbeiten Sie mit den deutschen Kommunisten im Untergrund zusammen.«

Wu blieb hartnäckig. »Wie kommen Sie denn darauf? Dafür gibt es doch keine Beweise.«

»Mag sein, aber mir genügt, dass ich es weiß. Meine Aufgabe ist es nicht, gegen Kommunisten vorzugehen. Ich müsste Meldung machen, wenn ich nicht wüsste, dass die Gestapo längst über alles unterrichtet ist.«

Wu breitete die Arme aus. »Also?«

»Noch immer gehört es zu meinen Aufgaben, Mordfälle aufzuklären und die Täter zu verhaften.«

»Ich habe nichts dagegen, dass Sie Ihre Arbeit tun, Herr Kommissar.«

»Sie verstecken die Mörder.«

Wu schüttelte heftig den Kopf. »Nein, das tun wir nicht.«

»Dass Sie ›wir‹ sagen, beweist mir, dass ich Recht habe. ›Wir‹, das sind Sie, vielleicht auch Ihre Frau und Herr Chen und andere Chinesen in anderen Städten, zum Beispiel in Berlin, wo sie ja des Öfteren hinreisen. Die Schwarze Schlange. Womöglich existiert sie auch in anderen Ländern. Der ermordete Liang Fong gehörte ihr an, der tote Arthur Winkelmann, interessanterweise auch Georg Hollenkamp, für dessen weiteres Schicksal sich Ihre deutschen Genossen sehr interessieren.«

»Und nun suchen Sie die Mörder unter den Leuten, zu denen die Mordopfer gehörten, Herr Kommissar?«

»Wäre das so abwegig? Es könnte sich um Verräter handeln. Vielleicht haben die beiden Toten gegen die Regeln ihrer Organisation verstoßen …«

Wu schwieg.

»Es würde genügen, den dritten Mordverdächtigen bei Ihnen zu finden, um Ihr Lokal schließen zu lassen und alle, die mit Ihnen zu tun haben, zu verhaften.«

»Den dritten?«

»Kurt Singer, den Freund von Vera Hollenkamp. Er hat einen HJ-Führer erschossen.«

»Oh«, sagte Wu, »das war doch ein Unfall.«

»So?«

»Sagt er. Man kann ihm glauben. Er ist ein naiver junger Mann, der nur von seinen Trieben geleitet wird. Er denkt nicht viel darüber nach, was er tut. Sie können ihn haben, Herr Kommissar. Wenn es das ist, was Sie wollen.«

»Sie liefern ihn aus, und ich soll Sie dann in Ruhe lassen?«

Wu nickte. »Wenn es nicht anders geht. Ich habe ihn nicht gebeten, hierher zu kommen.«

»Ihre Frau wird das nicht wollen.«

»Glauben Sie?«

»Ich kenne sie gut genug.«

»Sie wird sich fügen müssen.«

»Das ist alles, was Sie mir anbieten können?«

»Ich sehe doch, dass Ihnen die Hände gebunden sind, Herr Kommissar«, entgegnete Wu mit dem Anflug eines Lächelns.

Er triumphiert, stellte Hansen wütend fest. Er fühlt sich sicher, weil seine Gegner viel mächtiger und gefährlicher sind als ich. Er glaubt, ich traue mich nicht ran, weil ich Angst habe, mit ihm unterzugehen.

»An der Aufklärung der Morde an Ihren Genossen sind Sie nicht interessiert?«

»Was sollte uns das nützen?«

»Es würde also eher schaden …«

Wus Augen blitzen zornig auf. »Wir haben niemanden bestraft, und Rache kennen wir nicht, falls Sie das meinen sollten, Herr Kommissar.«

Hansen spürte ein Gefühl der Genugtuung, weil er den Chinesen aus der Reserve gelockt hatte. Er beugte sich nach vorn.

»Ja, sehen Sie, Herr Wu, das ist es eben, was ich gern wissen möchte: Wo sind die Motive für diese beiden Morde zu finden?«

»Das ist doch ganz einfach: Sie waren Soldaten, die auf dem unsichtbaren Schlachtfeld zu Tode gekommen sind.«

»Wenn es so wäre, wenn es nur um eine kriegerische Auseinandersetzung im Untergrund geht, dann frage ich mich, warum die Gestapo Ihre Organisation nicht einfach auslöscht, indem sie Sie verhaftet oder ebenfalls umbringt.«

»Sie wissen eben noch nicht genug von uns.«

»Nein? Wirklich nicht?«

»Haben Sie eine andere Erklärung, Herr Kommissar?«

»Nein. Aber noch eine andere Frage: Wieso laufen Sie nicht weg und bringen sich in Sicherheit?«

»Wir sehen keinen Grund dazu«, entgegnete Wu.

»Doch, Gründe gibt es genug. Aber es gibt auch mindestens einen guten Grund, warum Sie noch bleiben.«

Wus Gesicht war jetzt eine Maske vollkommener Ausdruckslosigkeit. »Ich weiß nicht, wovon Sie sprechen.«

»Doch, das wissen Sie sehr genau.« Hansen stemmte sich aus seinem Lehnstuhl.

Wu stand ebenfalls auf und sah Hansen forschend an.

Der fühlte sich mit einem Mal leicht und beschwingt. Endlich ein Gedanke, der dich weiterbringt, dachte er zufrieden.

Wu trat zur Tür, drehte den Schlüssel um und legte eine Hand auf die Klinke. »Wenn ich noch etwas für Sie tun kann?«, fragte er.

»Das können Sie in der Tat«, antwortete Hansen. »Einen Tisch am Fenster und eine große Portion Chop Suey.«

Gemeinsam gingen sie in den Gastraum, wo Hansen allein in einer Fensternische Platz nahm.

DREIZEHNTES KAPITEL

Hafen

1

Der Himmel war grau. Im Licht des anbrechenden Tages wirkte das Elbwasser, als sei es eine andere Substanz, flüssiges Quecksilber vielleicht. Kleine Wellen schwappten gegen die Bordwand der Barkasse der Hafenpolizei, aus Nordost wehte ein kühler Wind. Heinrich Hansen stand an der Reling. Seit langer Zeit das erste Mal wieder auf einem Schiff. Es fühlte sich gut an, auch wenn es nur eine Nussschale war, die im Vergleich zu den an den Kais liegenden Frachtern erbärmlich wirkte. Lange Schuppen zogen sich die Kais entlang. Auf den Kaimauern standen hohe Kräne, von denen erstaunlich viele nicht im Einsatz waren. Hier und da sah man zerbombte Lagerhallen, inmitten von Schuttbergen lagen umgekippte Bahnwagons. Nur die Passagiere der KdF-Dampfer, die an der Überseebrücke mit fröhlicher Blasmusik empfangen wurden, konnten die Folgen des Kriegs übersehen – solange sie zur Stadtseite schauten.

Die Barkasse hatte sich, zwischen ausfahrenden Frachtern hindurch, tapfer durch den Vorhafen gearbeitet, und hielt nun auf den Oderhafen zu. Vor dem Schuppen Nummer 37 am Asiakai hatte der Stückgutfrachter ›S. Cutalin‹ festgemacht. Eine kleine Tenderlokomotive zog offene, mit großen Kisten beladene Wagons unter die Krananlage. Hafenarbeiter standen in Gruppen und warteten auf den Beginn der Arbeit, ein Hubkarren ohne Last fuhr scheinbar sinnlos hin und her.

»Früher haben die nicht Däumchen gedreht«, sagte der Beamte in der blauen Uniform, der neben Hansen stand. »Da ging's immer gleich zur Sache. Wär man besser, sie würden die alle an die Front schicken. Wenn's da gut geht, haben sie hier auch wieder mehr zu tun.«

»Ja«, sagte Hansen.

»Erst mal sollte man die Tommies kleinkriegen. Damit die nicht immer ihre verdammten Bomben hier abladen ...« Der Hafenpolizist warf seine Zigarettenkippe ins Wasser und spuckte hinterher. »Und jetzt haben wir auch noch Spione im Hafen, oder?«

»Was?«

»Der Tote, den sie da gefunden haben. Ein Spion.«

»Ich weiß nur, dass jemand ermordet wurde, der auf St. Pauli lebte.«

»Ja, ja, da findet ja noch jede Kakerlake ihren Unterschlupf. Ihr könnt einem wirklich Leid tun. Hier weht uns wenigstens ab und zu eine frische Brise um die Nase. Aber immer nur enge Straßen, und dann noch dieses Gesindel ... das wär nichts für mich.«

»Es ist ja nicht mehr so wie früher«, sagte Hansen.

»Überall muss aufgeräumt werden«, brummte der Polizist mit Blick auf eine Schutthalde am Ufer.

Die Barkasse ging längsseits des Frachters. Eine Strickleiter wurde herabgeworfen, und Hansen kletterte nach oben. Ganz so sicher wie in früheren Zeiten fühlte er sich nicht mehr dabei, jedenfalls konnte er sich nicht erinnern, jemals diesen Anflug von Schwindel empfunden zu haben, der ihn jetzt beim Blick nach unten erfasste.

Er beeilte sich, hinauf zu kommen, grüßte den Matrosen, der die Strickleiter heruntergeworfen hatte, und ging zwischen hochaufgestapelten Kisten hindurch zur Steuerbordseite. Er musste warten, bis eine zischende kleine Dampflok drei geschlossene Wagons vorbeigezogen hatte, dann sprang er auf die Kaimauer und ging über die Gleise zum Eingang des Schuppens.

Ein weiterer Beamter der Hafenpolizei empfing ihn dort und sagte erstaunt: »Ich dachte, da kommt eine ganze Truppe mit Fotoapparaten und Pinseln.« Er grinste selbstgefällig, so als kenne er sich aus.

»Sind die Kollegen aus dem Stadthaus noch nicht da?«, fragte Hansen.

»Wieso? Wo sind Sie denn jetzt her?«

»St. Pauli, Davidwache.«

Der Hafenpolizist zuckte mit den Schultern. »Ein Sittlichkeitsverbrechen kann ich hier nicht erkennen.«

»Zeigen Sie mir mal, wo der Tote liegt«, sagte Hansen.

Der Beamte nickte und drehte sich wortlos um. Hansen folgte ihm. Im Schuppen war es wärmer als draußen. Es herrschte ein diffuses Halbdunkel, da das Licht nur durch die Fenster an den Giebelseiten des Schuppens hereinkam. Sie gingen an einem Elektrokarren vorbei, dem ein Rad fehlte, und wichen einem mit Kisten beladenen Hubwagen aus, der ihnen entgegenkam. Hansen warf zwei Männern, die dabei waren, große Kisten zusammenzunageln, einen knappen Gruß zu. Es roch angenehm würzig.

Im hinteren Bereich stapelten sich keine Kisten, sondern große verschnürte Ballen.

»Ist das Tabak?«, fragte Hansen.

»Da machen Sie sich mal bloß keine Hoffnung. Der bleibt nicht hier. Der wird weiterverschifft.«

»Ich rauche nicht«, sagte Hansen.

»Ist hier auch nicht erlaubt.« Der Beamte deutete in die hinterste Ecke des Schuppens. »Da«, sagte er. »Der ist hier rübergejumpt. Der andere hinter ihm her. Wenn Sie mich fragen, war das eine Sache unter Chinesen. Nur, was die hierher getrieben hat, kann ich mir nicht vorstellen.«

»Wo kommt denn das Schiff her, das da draußen liegt?«

»Westafrika.«

»Und wo fährt es hin?«

»Indien.«

»Aha.«

Der Beamte blieb stehen und sagte: »Nun sagen Sie mir mal, was jemand von der Davidwache mit einer Mordsache im Freihafen zu tun hat.«

»Sie haben doch einen Ausweis bei ihm gefunden. Der Mann wohnt in der Schmuckstraße. Das ist mein Revier.«

»Hmhm. Da wohnen doch viele Chinesen. Warum hauen die sich nicht dort die Köppe ein?«

»Machen sie auch.«

»So? Haben's nicht besser gelernt, was? Na ja, dahinten liegt er jedenfalls.« Der Hafenpolizist deutete auf eine Nische zwischen den hochgestapelten Tabakballen. Ein zweiter Beamter winkte ihnen zu.

Sie hatten den Toten auf den Boden des Schuppens gelegt.

»Wieso liegt er nicht mehr da oben?« Hansen deutete auf die obere Seite eines blutbefleckten Ballens.

»Die Kaiarbeiter haben ihn gleich runtergezogen. Was meinen Sie, was für ein Schaden entsteht, wenn der da alles voll blutet.«

»Ist ja ohnehin passiert«, sagte Hansen und kniete sich hin.

»Ja, ja, auch das noch.«

Dass ein Chinese so blass werden kann, dachte Hansen, als er Herrn Wus wächsernes Gesicht betrachtete. Blut wird kaum noch in seinem Körper sein. Das meiste ist in den Tabaksballen gedrungen, den Rest hat sein schöner heller Anzug aufgesogen. Hat für seinen Ausflug in den Hafen extra Sonntagsstaat angelegt, nun ist der Anzug hin, und er auch. Ist bestimmt schnell gegangen, bei dem sauberen Schnitt am Hals. Und wie sagst du's seiner Frau?

»Jemand hat den anderen gesehen«, sagte der Beamte, der die Leiche bewacht hatte.

»Den anderen?« Hansen stand auf.

»Na, den Mörder.«

»Wer?«

»Da.« Der Polizist deutete auf einen älteren Mann in blauer Latzhose, mit Schirmmütze und grauem Bart, der in einer Ecke auf einer Kiste saß und auf dem Mundstück einer kalten Pfeife herumkaute.

Als Hansen auf ihn zuging, stand er auf und steckte die Pfeife in die Hosentasche.

»Moin.« Der Arbeiter tippte sich an die Mütze.

»Sie haben gesehen, was passiert ist?«, fragte Hansen.

»Nee. War ja dunkel.«

»Meine Kollegen sagen, Sie hätten den Täter gesehen.«

»Ja. Das schon. Aber nicht, wie er's getan hat.«

»Nach der Tat?«

»Jo.«

»Wann war denn das?«

»Als es noch dunkel war.«

»Uhrzeit?«

»Kurz bevor es hell wurde.«

»Was haben Sie denn hier gemacht?«

»Brandschutzwache.«

»Allein?«

»Nee, der Kollege, der dabei war, ist schon weg.«

»Hat der auch was bemerkt?«

»Ach was, gepennt hat der. Nirgendwo schläft es sich so gut wie in einem Tabaklager.«

»Was haben Sie denn nun gesehen?«

»Schatten.«

»Sonst nichts?«

»Sie kamen drüben vom Rosshafen.«

»Und weiter?«

»Der eine war hinter dem anderen her. Ich hab meine Taschenlampe genommen und bin ihnen nach, als sie hier rein sind. Ganz leise muss er ihm die Kehle durchgeschnitten haben. Kein Schrei, nichts. Aber dann stand ich vor ihm und hab ihn angeleuchtet, da hat er mir den Koffer an den Schädel geknallt, und weg war er.« Der Mann nahm die Schirmmütze ab und deutete auf eine ziemlich große Beule und ein paar Schrammen an der Stirn.

»Dann haben Sie ihn also genau gesehen?«

»Ja.«

»Wie sah er aus?«

»War halt noch so ein Chinese.«

»Groß, klein?«

»Ziemlich klein. Ging mir so bis hierhin.«

»Sonst noch was Besonderes?«

»Nee, er trug eine Brille, so eine kleine runde. Hat sehr freundlich gelächelt und mir dann den Koffer an den Kopf geknallt.«

»Hat er was gesagt?«

»Guten Tag hat er gesagt, und dann lag ich auch schon am Boden.«

»Auf Deutsch?«

»Ja klar. Wenn er's auf Chinesisch gesagt hätte, hätte ich ja nicht gewusst, was es heißt.«

»Hm.«

Der Arbeiter legte den Zeigefinger an den Hals. »Hier hatte der noch so einen Fleck. Das fällt mir gerade ein.«

»Leberfleck?«

»So einen runden Fleck halt, was weiß ich.«

»Trug er Matrosenkleidung?«

»Dunkle Hose, Pullover. Ob ihn das nun zum Matrosen macht, weiß ich nicht.«

»Danke.«

Hansen wandte sich ab und ging nachdenklich durch die Lagerhalle hindurch zurück zum Kai.

»Herr Kommissar!«, hörte er den Polizisten rufen, der bei der Leiche stand. »Der Kerl hier hat eine Tätowierung auf der rechten Schulter!«

Natürlich, dachte Hansen. Er ging weiter. Was hier noch zu tun war, konnten die Experten von der Spurensicherung erledigen. Wenn sie denn endlich kamen.

Für ihn waren ihre Ergebnisse nicht mehr wichtig. Er wusste ja, wo er den Mörder suchen musste.

2

Hansen durchmaß mit großen Schritten die Schmuckstraße und ging direkt auf den Eingang der Pension zu, in der der ermordete Hausierer Liang Fong gewohnt hatte.

Er stieg die wenigen Treppen ins Souterrain hinab, schob die schmale, verwitterte Tür auf und zog seine Dienstpistole aus dem Halfter. Wenn der jetzt wegläuft, stimmt mein Verdacht, dachte Hansen und trat in den rechts und links mit Vorhängen abgeteilten Raum. Der chinesische Pensionswirt saß wie immer hinter seinem Tisch, trank Tee und schrieb oder tat so. Er nickte, als würde er den Kommissar wieder erkennen, sagte jedoch nichts und wandte sich wieder seiner Schreibarbeit zu. Flink warf er kompliziert aussehende Schriftzeichen aufs Papier.

Hansen beachtete ihn nicht weiter, sondern begann, alle Vorhänge rechts und links beiseite zu schieben, um die Schlaflager zu kontrollieren. Sie waren alle leer. Decken und Kissen lagen ordentlich an ihrem Platz, ebenso Koffer und Seesäcke. Wo waren die so früh denn schon alle hingegangen? Er hatte erwartet, hier verschwitzte Seeleute auf zerwühlten Bettstätten vorzufinden.

»Wo sind die alle?«, fragte Hansen den Pensionswirt.

Der sah kurz auf und zuckte mit den Schultern.

Hansen ging hinüber, baute sich vor ihm auf und sagte wütend: »Wieso ist keiner da?«

Der Chinese sah auf und sagte mit unbewegter Miene: »Alle auf Schiff.«

»Was ist mit diesem Koreaner, Kim Chung?«

War das die Andeutung eines Kopfschüttelns? Und wenn, sollte es bedeuten, »er ist weg«, oder »er ist nicht aufs Schiff«?

»Wo?«, drängte Hansen, noch immer die Waffe in der Hand, die der Chinese jetzt mit einem ängstlichen Blick streifte.

Hansen beugte sich über den Schreibtisch. Der Chinese nahm ein weißes Blatt und zeichnete einen Pfeil darauf, der an ihm vorbei in den hinteren Bereich des Souterrains zeigte.

»Wer ist dahinten?«, fragte Hansen.

»Seamen«, sagte der Wirt leise. Er fuhr fort, seine Schriftzeichen aufs Papier zu malen.

Hansen zog die Tür hinter dem Chinesen auf, der so tat, als bemerkte er nichts, und trat in den Flur, in dem es genauso ranzig, schimmelig und süßlich roch wie bei seinem ersten Besuch. Fahles Licht drang durch die hoch liegenden schmalen Fenster. Im ersten Raum war niemand. Die Betten waren leer, alles aufgeräumt. Hansen schaute unter die Betten und in den großen Schrank, der an einer Wand stand. Er fand nur Staub und Spinnweben.

Im zweiten Raum saßen vier Asiaten auf einer Pritsche. Es sah aus, als hätten sie ihn erwartet. Das Bett war nicht gemacht, sie hatten die Decke nur zurückgeschoben und saßen auf einer fleckigen Matratze.

»Polizei! Police!«, sagte Hansen und richtete seine Waffe auf die vier Männer. Alle vier blickten auf die Pistole, dann sahen sie einander an. Schließlich hob einer die Hand über den Kopf, und die anderen taten es ihm nach. Dann standen sie auf, zwei traten nach rechts, zwei nach links, als wollten sie ihm Platz machen.

»Kim Chung«, sagte Hansen. »Where is he?«

Die vier Männer sagten nichts. Sie schienen gebannt von der Waffe in Hansens Hand. Irgendetwas stimmte nicht mit ihnen.

»Passports, please!«, kommandierte Hansen und streckte fordernd die Hand aus.

Die Männer griffen in ihre Hosentaschen und holten ihre Ausweise hervor. Hansen nahm sie entgegen. Drei Chinesen, ein Koreaner. Hansen gab den Chinesen die Pässe zurück und sagte: »Go!«

Die drei verließen den Raum.

Hansen wandte sich an den Koreaner. »You Corea, like Kim Chung.«

Der Mann schüttelte den Kopf. »No, Kim no Corea.« Gleichzeitig bewegte er sich langsam von der Pritsche weg.

Endlich verstand Hansen, was hier vor sich ging. Mit wenigen Schritten war er beim Bett und zog die Decke herunter.

Da lag er. Hansen packte ihn an der Schulter, drehte ihn herum und hielt ihm die Pistole ins Gesicht. Gleichzeitig versuchte er, den Koreaner im Blick zu behalten. Der bewegte sich vorsichtig zur Wand und blieb dort stehen.

»Stopp!«, sagte Hansen, und dann erst bemerkte er, dass Kim Chung, der falsche koreanische Matrose, tot war. Sein Gesicht war blau angelaufen, die Augen weit aufgerissen, der Mund klaffte hässlich auf, an den Zähnen klebten noch die Reste einer zerbissenen Ampulle.

Hansen wirbelte herum, trat zu dem völlig verängstigt wirkenden Matrosen und fragte scharf: »Was ist passiert?«

Der Koreaner brachte nur wenige deutsche und englische Worte hervor, die er mit Gesten untermalte. Hansen verstand ungefähr, was geschehen sein musste. Kim Chung hatte ihn, Hansen, durch das Fenster bemerkt und war in den hinteren Bereich der Pension gelaufen. Dort hatte er versucht, durch eine Tür auf den Hinterhof zu gelangen, aber die Tür war verschlossen gewesen. Auch der Versuch, durch ein Fenster zu klettern, scheiterte, und so suchte er Schutz bei den Seeleuten in diesem Zimmer, als Hansen gerade die Flurtür öffnete. Die Seeleute waren, wie immer, wenn ihresgleichen in Konflikt mit staatlichen Behörden gerieten, bereit, ihm Unterschlupf zu gewähren. Der Anblick von Hansens Pistole hatte sie jedoch umgestimmt. Und dem japanischen Spion war nichts anderes übrig geblieben, als seine für diese Fälle vorgesehene Giftkapsel zu zerbeißen.

Hansen starrte auf den Leberfleck am Hals des Toten. Kein Zweifel, der hier hatte Herrn Wu auf dem Gewissen. Und er hatte versucht, die Morde an Liang Fong und Arthur Winkelmann dem Medizinstudenten Georg Hollenkamp in die Schuhe zu schieben. Deshalb war er zu ihm gekommen, um »eine Aussage« zu machen … Im gleichen Atemzug hatte er behauptetet, die Schwarze Schlange sei eine deutsch-chinesische Bande von Rauschgifthändlern. Nun war er tot. Warum aber hatte er den Restaurantbesitzer Wu, der doch hier in derselben Straße lebte, wo auch er abgestiegen war, weit ab von der Stadt mitten im Freihafen getötet? Und wo war der Koffer, den er laut Aussage des Hafenarbeiters vom Asiakai bei sich getragen hatte?

Hansen zog die Bettdecke über die Leiche, winkte den Koreaner aus dem Zimmer und verließ es ebenfalls. Die anderen Seeleute waren verschwunden.

Der Chinese, dem die Pension gehörte, saß immer noch hinter seinem Schreibtisch. Immerhin hatte er aufgehört zu schreiben und schaute Hansen fragend an.

Hansen verlangte den Schlüssel zu dem Zimmer, das er gerade verlassen hatte. Er bekam ihn und schloss es ab. Als er zurückkam, sah er, wie der Koreaner, den Hansen aus dem Zimmer gescheucht hatte, mit dem Wirt sprach. Als sie Hansen erblickten, verstummten sie.

»Wo hat Kim Chung geschlafen?«, fragte Hansen.

»Da.« Der Chinese deutete auf ein Lager.

»Wo ist sein Koffer?«

»Kein Koffer«, sagte der Chinese. »Schon weg.«

»Was heißt das?«

»Koffer weg, Mann da, aber nicht mehr schlafen.«

»Er wollte abreisen?«

Der Chinese nickte. »Noch Sack da.« Er deutete in die Ecke hinter dem Lager, wo ein Seesack stand.

Hansen ging hin, schnürte den Seesack auf und ließ den Inhalt auf das Bett fallen. Es waren nur Kleidungsstücke darin.

Der Chinese stand auf und näherte sich dem Bett. Er kniete sich hin und wühlte in der Matratze herum. Stroh kam zum Vorschein, dann ein Pass. Er reichte ihn Hansen.

»Japanese«, sagte der Chinese.

Hansen las den Namen: Akio Owada. Na bitte, dachte er, das ist der letzte Beweis, aber wofür? Dann fragte er: »Wo ist das Telefon?«

Der Wirt zuckte bedauernd mit den Schultern.

Hansen seufzte, stand auf, ging nach draußen auf die Straße und holte seine Trillerpfeife aus der Tasche. Nachdem er das Signal gegeben hatte, näherte sich ein Schupo von der Großen Freiheit her. Hansen befahl ihm, zur Davidwache zu laufen, um Meldung zu machen.

Dann ging er in die Pension zurück und begann, die wenigen Habseligkeiten des Japaners zurück in den Seesack zu stopfen.

Für einen Matrosen konnte er wirklich erstaunlich gut Deutsch, dachte er dabei.

3

So wie Ilse Wu ihn ansah, als sie ihm die Tür öffnete, ahnte sie, was kommen würde. Sie führte ihn durch das mit Mittagsgästen besetzte Restaurant hindurch ins Hinterzimmer, in dem abends und nachts Mahjong und Chico gespielt wurde, wie Hansen vermutete.

Er setzte sich. Ihm war schwindelig. Er hatte noch nichts gegessen, aber bereits eine Barkassenfahrt durch den Hafen hinter sich sowie zwei Leichenfunde und eine Hausdurchsuchung. Die zweite Leiche war ihm egal, aber die erste … Nun ja, wegen der war er hier.

Ilse Wu stand vor ihm, kerzengerade, die Arme seitlich herabhängend und mit den Fingern unsichtbare Falten auf dem chinesischen Kittel glatt streichend. Das bunte Ding wird sie jetzt wohl ausziehen müssen, dachte Hansen.

Sie sah ihn ernst an, abwartend, wenigstens nicht vorwurfsvoll, wie es manche taten, die einen Schuldigen für ihr Unglück suchten und nur den Polizisten fanden, dem es nicht gelungen war, den Täter zu stellen und stellvertretend für die Angehörigen Rache zu üben. Nein, Ilse Wu hatte sich denken können, dass es eines Tages so kommen musste.

»Setzen Sie sich hin«, sagte Hansen, und es klang ein bisschen ruppig, aber er war heiser, weil er seit dem frühen Morgen einfach zu viel geredet hatte.

Sie nahm auf einem Stuhl Platz. Kerzengerade saß sie da, eine wunderschöne Frau, um die sich der Mantel der Einsamkeit gelegt hatte.

Da ihm nicht das rechte Wort einfiel, mit dem er den ersten Satz beginnen sollte, fing sie an zu sprechen: »Er hat es also nicht geschafft?«

In solchen Momenten erweist es sich im Nachhinein als klug, dass man unfähig ist, Floskeln auszusprechen, dachte Hansen. Nach diesem einen Satz wusste er, was Wu im Freihafen gewollt hatte, und er wusste auch, dass es ihm nicht gelungen war.

»Er wollte den Koffer auf ein Schiff bringen?«, fragte er.

Ilse Wu nickte.

»Das hat er nicht mehr geschafft.«

»Der Japaner hat ihn erstochen«, sagte sie mit leiser Stimme.

Hansen war erstaunt. »Sie wissen, wer es war?«

Sie nickte knapp. »Jetzt, nachdem es zu spät ist, ist es klar, dass es eines Tages passieren würde. Man hätte es schon vorher wissen können. Jetzt ist er weg …« Sie blickte zu Boden. Es war nicht ganz eindeutig, ob sie den Koffer oder ihren ermordeten Mann meinte.

»Wo könnte der Koffer jetzt sein?«, fragte Hansen.

Ilse Wu hob den Kopf und blitzte ihn an. »Wo? Aber Owada hat ihn doch genommen.«

»Owada? Sie kannten den Japaner also mit Namen.«

»Natürlich«, stieß sie abfällig hervor. »Man kennt doch die Namen seiner Feinde.«

»Als ich Owada gefunden habe, hatte er den Koffer nicht mehr bei sich.«

»Nein?«, sagte sie gleichgültig. »Dann hat Uzuo ihn.«

»Wer ist das?«

Sie sah ihn erstaunt an. »Der Schiffsmakler, der angebliche Koreaner Paek.«

»Alle Koreaner sind Japaner«, stellte Hansen fest.

»Natürlich. Haben Sie das nicht gewusst?«

»Nur in einem Fall. Und was ist in dem Koffer drin?«

»Geld.«

»Es geht bei alledem nur um Geld?«

»Nein«, sagte Ilse Wu, »natürlich nicht.«

»Sondern?«

»Um den Krieg, was denn sonst«, sagte sie unwirsch. »Die Chinesen kämpfen für ihre Freiheit.«

»Hier in Deutschland?«

Sie zuckte mit den Schultern.

»Und wie kommt das Geld in den Koffer?«

»Das kann Ihnen doch egal sein, Herr Kommissar.«

»Und der tote Arthur Winkelmann, wie passt der da rein? Und Georg Hollenkamp?«

Sie sah an ihm vorbei und schwieg.

»Wenn die Schwarze Schlange eine chinesische Geheimorganisation ist, verstehe ich nicht, wie diese deutschen Jungen da hineinpassen.«

»Internationalismus«, sagte sie.

»Gegenseitige Hilfe unter Bolschewisten?«

»Wenn Sie es so nennen wollen.«

»Ist mir egal, wie es heißt, ist mir auch egal, was einer ist. Aber wenn er ein Mörder ist, gehört er ins Zuchthaus.«

»Es ist Krieg, Herr Kommissar, und da wird getötet. Vorn an der Front genauso wie im Hinterland. Und ins Zuchthaus kommt schon lange keiner mehr, sondern unters Fallbeil.«

»Ihr Mann war also auch Kommunist?«, fragte Hansen.

Ilse Wu schüttelte den Kopf. »Er war Patriot. Aber das sind die chinesischen Kommunisten auch. Sie haben sich zusammengetan. Die Schwarze Schlange ist eine geheime Bruderschaft von Chinesen, die im Ausland die Japaner bekämpft und Mittel zur Unterstützung sucht.«

»Geldmittel«, stellte Hansen fest.

Ilse Wu nickte.

»Devisen also. Das erklärt, warum Ihr Mann so oft auf Reisen war. Ein mühsames Geschäft.«

Sie zuckte mit den Schultern.

»Und streng verboten. Der wievielte Koffer war denn das schon?«

Ilse Wu seufzte. »Es sollte der letzte sein. Die Sache war doch viel zu gefährlich geworden. Irgendwann mussten wir ins Visier der Gestapo geraten. Aber man hofft ja immer … und wenn es lange Zeit gut ging, wird man immer kühner … unvorsichtiger. Er hätte nicht so oft reisen sollen. Aber er wollte so viel wie möglich selbst machen. Ich hatte immer nur Angst um ihn. Er war ja fast nur noch unterwegs. Devisen nach Rotterdam, später Marseille und anderswohin, überall da, wo Flüchtlinge ihr Vermögen umtauschen müssen und die Mark billig ist, dann die Reichsmark zurück, hier wieder eingetauscht und das Ganze von vorn. Und schließlich, wenn genug beisammen war, wurden die Devisen an Vertrauensmänner auf ein Schiff übergeben und nach China gebracht. Wer ein Land befreien will, braucht Waffen, und Waffen kosten viel Geld.«

»Mit Fluchtmark handeln und Devisen ins Ausland schmuggeln wird streng bestraft.«

»Das ist jetzt sowieso egal.«

»Das alles erklärt vielleicht, warum Ihr Mann umgebracht wurde. Aber ich verstehe immer noch nicht, was es mit den Morden an Liang Fong und Arthur Winkelmann auf sich hat.«

»Ich sagte doch: Krieg.«

»Was soll das heißen? Dass Sie einfach nur liquidiert wurden?«

Sie nickte andeutungsweise. »Die Japaner wollen die Schwarze Schlange ausschalten. Das wussten wir seit dem ersten Mord. Aber diese Dummköpfe haben den Fehler gemacht, uns die Leiche vor die Tür zu legen. Zur Abschreckung vielleicht oder als Kriegserklärung, oder um die eigene Stärke zu beweisen, im Krieg passieren ja die seltsamsten Dinge. Nun musste die Polizei ermitteln. Arthur Winkelmann war Zeuge des Mordes gewesen und hat die Mörder gesehen. Deshalb wurde er beseitigt.«

»Aber Herr Chen sagte doch, der Tote sei aus einem Chinesenkeller getragen worden.«

Ilse Wu lächelte dünn. »Das war der Versuch, die Polizei irrezuführen, damit sie sich nicht in unsere Auseinandersetzung einmischt. Die Idee war ja, die Gegner auszuschalten und dann den Ort zu wechseln.«

»Herr Chen gehört auch zur Schwarzen Schlange? Aber er hat doch keine Tätowierung auf der rechten Schulter.«

»Er ist der Führungsoffizier. Seine Tätowierung ist auf der linken Seite.«

Hansen dachte daran, wie Chen ihm lächelnd seine rechte Schulter gezeigt hatte, und schüttelte den Kopf.

»Der Mord an Arthur Winkelmann sollte auch dazu dienen, den Verdacht auf einen anderen zu lenken …«

»Georg Hollenkamp. Das erklärt, warum der falsche Koreaner Paek mir diesen falschen Matrosen auf die Wache geschickt hat.«

»Ozuo, ja. Der falsche Matrose war seine rechte Hand. Er war übrigens Arzt …«

»… und konnte gut mit dem Messer umgehen.«

»Aber dann hat sich die Gestapo eingemischt, denn Arthur Winkelmann war der Sohn von irgendeinem hohen Tier in der Partei. Es wäre peinlich geworden, wenn die Kripo eine große Sache daraus gemacht hätte, und außerdem …« Sie brach ab.

»Und außerdem?«

»Und außerdem hatten wir das Gefühl, dass bestimmte Personen auf der Gegenseite nicht nur für die großen Ideale kämpfen, sondern …«

»Auch für sich?«

»Ja. Es geht um viel Geld. Da wird auch jemand schwach, wenn er mit Herz und Seele an Volk, Führer und Vaterland glaubt.«

»Ludwig Rauch.«

»Er hat sich mit Paek zusammengetan. Für die Liquidation feindlicher Agenten und Kommunisten im Widerstand wird er wahrscheinlich einen Orden bekommen, und keiner fragt mehr nach dem verschwundenen Koffer und dem Inhalt, den er sich unter den Nagel reißen will.«

»Das lasse ich nicht zu!«, sagte Hansen.

Ilse Wu lächelte bitter. »Sie kämpfen doch auf verlorenem Posten, Herr Kommissar.«

»So wie Sie es darstellten, war es eiskalt geplanter Raubmord«, stellte Hansen fest.

Ilse Wu sah ihn traurig an. »Sie sind ja naiv, Herr Kommissar.«

»Und wennschon.« Hansen stand auf.

»Tun Sie es nicht, es hat keinen Sinn!«, rief Ilse Wu ihm nach, als er das Hinterzimmer verließ.

Schwindelig war ihm jetzt nicht mehr. Er war nur noch wütend.

4

Hansen überquerte die Straße und ging schnurstracks auf das Büro von Paek Sung zu. Ohne anzuklopfen, schob er die Tür zu dem kleinen Souterrainbüro auf, griff nach seiner Dienstpistole und trat ein.

Der Raum wirkte harmlos. An der kargen Einrichtung – Schreibtisch und Rollschrank, dazwischen die Weltkarte und auf der anderen Seite die Regale mit Aktenordnern – hatte sich nichts geändert. Nur dass der falsche Koreaner nicht hinter seinem Pult saß. Wo war er?

Es war ein sehr kleiner Ladenraum, zu dem, wie Hansen vermutete, noch ein Zimmer direkt darüber im Hochparterre gehören musste. Hinter dem Pult befand sich eine mit Bambusstäben verhängte Türöffnung und dahinter ein kleiner Flur mit Treppe, die nach oben führte. Hansen warf einen Blick in die Toilette unter der Treppe, um sich zu vergewissern, dass sich niemand dort versteckt hatte, und stieg hinauf. Von der Treppe gelangte man in einen kleinen Küchenbereich und von dort durch eine Tür in den Raum über dem Laden. Wohnte der falsche Koreaner hier? Hansen schob die Tür auf und trat ein.

Paek Sung, der in Wahrheit Uzuo hieß, saß auf einer von mehreren Holzkisten, die hier teilweise gestapelt herumstanden. Er blickte ihm freundlich lächelnd entgegen und sagte: »Kommen Sie doch rein, Herr Kommissar.«

Hansen bemerkte einige Koffer und Seesäcke. Der Raum schien als Lager zu dienen oder als Unterstand für Seeleute, die auf ihr nächstes Schiff warteten.

Lächelnd stand der falsche Koreaner auf und machte eine einladende Handbewegung. Wirklich einladend war sie jedoch nicht, denn er hielt einen Revolver in der Hand. Hansen hob seine Pistole. Das Lächeln des japanischen Geheimagenten wurde breiter.

»Gleichheit der Waffen«, sagte er und deutete eine Verbeugung an. »Das ist die beste Voraussetzung für ein gutes Verhandlungsgespräch.« Er zeigte mit dem Revolverlauf auf eine Kiste: »Falls Sie sich setzen möchten … Sie sehen müde aus, Herr Kommissar.«

»Legen Sie die Waffe weg, Herr Uzuo.«

Das Lächeln gefror, verschwand jedoch nicht. Uzuo sah jetzt aus wie eine Wachsfigur aus dem Panoptikum. »Oh, ich stelle fest, Sie haben Namensforschung betrieben.«

»Und nicht nur das.«

»Dafür wollen Sie sicherlich belohnt werden.«

Hansen schüttelte den Kopf. »Ich will nur Gerechtigkeit.«

»Gerechtigkeit. Ein schönes Wort. Hat es bei Ihnen im Land mehr Bedeutung als bei uns?«

»Es kommt nur darauf an, was es für mich bedeutet«, sagte Hansen.

»Gerechtigkeit für eine einzelne Person? Kann es denn so was geben? Ach so, natürlich!« Uzuo lachte, als hätte er eine besonders amüsante Erkenntnis gewonnen. »Sie spielen gern mit Worten, Herr Kommissar. Warum auch nicht? Mir gefällt das. Natürlich werde ich für Gerechtigkeit sorgen. Für Ihre Gerechtigkeit.« Er deutete auf einen mittelgroßen braunen Koffer, der neben ihm auf einer Kiste lag. »Ich beteilige Sie an meiner Gerechtigkeit.«

»Was ist da drin?«, fragte Hansen.

Uzuo klappte den Deckel auf. »Dollar, Pfund Sterling, Schweizer Franken … welche Währung bevorzugen Sie?«

»Wie viel ist das?«

Uzuo bewegte den Revolver hin und her, so als wäre es eine besondere Zählmethode. »Oh, das wollte ich gerade herausfinden. Es sind verschiedene Scheine, auch kleine sind darunter, aber alle sind in Bündeln zu hundert gebunden. Hundert mal hundert sind zehntausend. Aber was ist mehr wert, Dollar oder Pfund? Letzteres, nehme ich an, aber davon gibt es nur kleinere Banknoten. Und Franken? Hundertmal fünfzig habe ich gesehen. Wäre das ausreichend, um Ihren Gerechtigkeitssinn zu befriedigen?«

Hansen schwieg.

»Reicht nicht aus? Ihr Gerechtigkeitssinn ist sehr ausgeprägt, Herr Kommissar. Vielleicht möchten Sie noch einige Dollar dazu. Und keine Angst, dass Sie sich strafbar machen. Es gibt einfache Wege, das Geld umzutauschen, wenn Sie es in der Heimat ausgeben wollen. Auf St. Pauli ist nichts unmöglich, das wissen Sie besser als ich, nicht wahr?«

»Kim Chung, oder wie der Mann auch immer hieß, ist tot«, sagte Hansen.

»Oh, das ist schade. Haben Sie ihn getötet?«

»Er hat sich selbst umgebracht.«

»So? Er war schon immer ein besonders eifriger Diener seines Vaterlands. Empfinden Sie das nun als Gerechtigkeit? Ihr Führer spricht gern von der Vorsehung. In diesem Fall hat die Vorsehung dafür gesorgt, dass Ihnen mehr Gerechtigkeit zuteil wird als erwartet. Ein Anteil ist frei geworden. Sie sind in einer guten Verhandlungsposition.«

»Klingt schon besser«, sagte Hansen.

»Weiter kann ich Ihnen aber nicht entgegenkommen, das müssen Sie verstehen, Herr Kommissar. Ich habe viele hungrige Mäuler zu stopfen.« Er lachte.

»Ich will meinen Anteil sofort!«

»Aber gern, Herr Kommissar. Und jetzt, wo wir uns einig geworden sind, können wir diese unbequemen Geräte beiseite legen, meinen Sie nicht auch?« Er hob die Waffe an und deutete an, dass er sie beiseite legen wolle. »Also?«

»Sie zuerst, Herr Uzuo!«

Der Japaner kniff die Augen zusammen. »Sie sind ein schwieriger Verhandlungspartner.« Er zögerte, dann legte er den Revolver neben sich auf den Boden. »Sie sind ein Mann der Gerechtigkeit, Herr Kommissar. Sie werden niemanden erschießen, der die Waffe niedergelegt hat. Sie werden Ihre Pistole einstecken und sich Ihren Anteil nehmen. Ich bitte Sie, treten Sie näher.«

»Bringen Sie den Koffer hierher.«

»Alles? Niemals!«

»Ich nehme mir meinen Anteil heraus und gehe.«

Der Japaner lachte. Seine Hand näherte sich wieder dem Revolver. »Kennen Sie die Geschichte vom Frosch und der Schlange?«

»Nein.«

Plötzlich verzerrten sich Uzuos Gesichtszüge, er riss den Mund auf, und es sah aus, als wollte er die Zähne fletschen und sich wie ein Raubtier auf seine Beute stürzen. Er packte den Revolver und riss ihn hoch.

Hansen zielte, wollte abdrücken. Da vernahm er ein Geräusch hinter sich, sah, dass der Japaner an ihm vorbei ein anderes Ziel anvisierte, und wirbelte im gleichen Moment herum, als der Schuss ertönte. Ludwig Rauch kam auf ihn zu. Hansen richtete seine Waffe auf ihn und bemerkte erstaunt, dass es aus dem Pistolenlauf des Gestapo-Mannes blitzte.

Ein kalter und gleichzeitig heißer Schmerz an der Stirn, sein Kopf ruckte zurück, er wurde nach hinten gestoßen und landete mit ungeheurer Wucht auf dem Rücken.

Er blieb liegen, gelähmt, unfähig, ein Glied zu rühren oder zu sprechen. Aber er konnte sehen. Er sah, wie Rauchs Stiefel sich näherten, sah, wie der Kerl in die Hocke ging, sich wieder aufrichtete und auf den Japaner zuging, in dessen Schläfe ein hässliches Loch klaffte, aus dem das Blut rann.

Rauch kam zurück und machte sich an Hansens gelähmter Hand zu schaffen, nahm ihm die Pistole ab, legte etwas anderes in seine Hand, das sich ähnlich anfühlte. Was soll ich denn mit seiner Waffe?, fragte sich Hansen, ein leerer, sinnloser Gedanke, den sein scheinbar gelähmtes Gehirn immer von neuem abspulte.

Der Kerl richtete sich wieder auf. Die Stiefel entfernten sich einige Schritte. Ach ja, der Koffer, dachte Hansen. Jetzt wurde er zugeklappt und hochgehoben. Rauch wollte ihn ganz für sich. Das war nicht gerecht, nicht mal im Sinne von Uzuos Verständnis von Gerechtigkeit.

Das grinsende Gesicht des Gestapo-Mannes erschien vor Hansens Augen, hoch über ihm, weit entfernt, und redete auf ihn ein, aber Hansen konnte kein Wort verstehen. Taub war er also auch. Er schloss die Augen, weil der Anblick des lautlos und grinsend die Lippen bewegenden Ludwig Rauch zu anstrengend war.

Eine tiefschwarze Dunkelheit brach über ihn herein.

VIERZEHNTES KAPITEL

Hippodrom

1

Eine Dampframme oben am Millerntor, was war denn da nun schon wieder los? Wieso hatte man das Revier nicht unterrichtet? Es ging doch nicht an, dass man einfach anfing, die Straße aufzureißen. Da musste doch erst mal eine Genehmigung her, und dann ging Meldung an die örtliche Wache. Mindestens zwei Beamte mussten die Baustelle vorab sichern. Millerntor! Da musste der Kraftverkehr umgeleitet werden. Schicken Sie lieber vier Leute, Kelling! Wieso Kripo? Was heißt hier Kripo? Das ist ein Fall für die Verkehrsabteilung. Ordnung auf der Straße zu halten, das werdet ihr wohl noch ohne die Kripo schaffen!

Nein? Doch nicht? Was ist passiert? Wie? Natürlich wurde ein Loch gegraben, es ist eine Baustelle, oder? Gefunden? Wenn Sie was gefunden haben, müssen Sie es abgeben, aber ich sehe immer noch nicht, wieso die Kripo … Ach so, eine Leiche. Ja, wir kommen sofort, Schenk! Eine weibliche Leiche, achtzehn, zwanzig Jahre alt, lange dunkle Haare, sehr hübsch, eine Schande! Todesursache? Unbekannt. Sie hat schwere Brandverletzungen? Wissen Sie, Schenk, solche Narben habe ich auch. Sehen Sie mal da diese weißen Knoten auf der Haut. Schlimm? Ja, die tun mir heute noch manchmal weh. Aber Vorsicht, Schenk, da unten aus der Grube kommt doch Rauch! Brennt's da etwa noch? Wie kann denn eine Baugrube brennen? Jetzt holt doch das Mädchen da raus! Man kann ja kaum was erkennen vor lauter Qualm. Seht doch, die ist gar nicht tot! Seht doch, sie kommt auf mich zu …

Es war kein Rauch, es war Nebel. Besser gesagt, der trübe Schleier der Bewusstlosigkeit, der sich langsam hob. Hansen lag flach auf dem Rücken, irgendwo im Halbdunkel, und über allem hing ein rötlicher Schimmer. In weiter Ferne wummerte die Dampframme. Wie kläglich sie jetzt klang! Der Schleier wurde dünner und enthüllte das Gesicht einer älteren Frau. Ja, ja, so alt wie er etwa, mit streng zurückgebundenen grauen Haaren, müden und geplagten Zügen. Na ja, Mutter hatte sich mal wieder zu viel aufgeladen. Die schmutzige Wäsche der anderen ... die Wäsche von halb St. Pauli! Scheuerst dir noch die Hände wund!

Aber nein, Heinrich, das ist gar nicht deine Mutter! Eine gepflegte Dame in elegantem Kleid mit hochgeschlossenem Kragen und zahlreichen Knöpfen – das kann unmöglich deine Mutter sein. Davon hat sie nicht mal zu träumen gewagt. Sie musste schuften, sie hatte keine Zeit zum Träumen, so wie du jetzt, Heinrich. Ein Wunschtraum. Das soll wohl Elsa sein, deine Schwester, 1895 im Haus deiner Eltern verbrannt. Und jetzt wieder auferstanden und alt und grau und vornehm und mit diesem tieftraurigen Gesichtsausdruck. Na ja, traurig war sie früher auch schon gewesen.

Die Erkenntnis, dass sie es wirklich war und er nicht schlief und träumte, sondern gerade erwacht war und sie neben sich sitzen sah, packte Hansen jäh und mit voller Wucht. Er wollte sich aufrichten, aber der Schmerz in seinem Kopf ließ es nicht zu. Er sank auf das Kissen zurück. Und gleichzeitig mit dieser Erkenntnis wurde ihm klar, dass das Wummern der Dampframme in Wirklichkeit eine Tuba war, die inmitten schräger Orchesterklänge bemüht war, einen Dreivierteltakt vorzugeben.

»Heinrich«, sagte die graue Dame. Und nach einer Weile setzte sie hinzu: »Du hast mich doch erkannt.« Es war mehr eine Feststellung als eine Frage.

Er hatte sie erkannt. Er hatte erkannt, dass diese ältere Dame seine Schwester war. Seine Schwester, die er zuletzt vor mehr als vierzig Jahren gesehen hatte, als junges Mädchen, als geheimnisvolle Schönheit, die er bewundert hatte, die Ausreißerin, die er bemitleidet hatte, wenn sie von ihrem Vater zurückgeholt und verprügelt worden war.

»Ach, Heinrich, du willst es nicht glauben«, sagte Elsa Hansen.

Nein, natürlich will ich das nicht. Was habe ich denn davon, in dieser alten Frau meine geliebte Schwester wieder zu erkennen? Das will ich doch gar nicht. Ich will nicht die alte Elsa, ich will die von damals zurückhaben! Die hier kenne ich gar nicht. Mit der habe ich nichts zu tun. Ich möchte jetzt aufstehen und gehen, bitte. Wir sprechen ein andermal darüber.

Er schaffte es, den Kopf ein paar Zentimeter anzuheben. Sie erhob sich, nahm ein weiteres Kissen und schob es ihm unter den Kopf. Sie lächelte schüchtern. Ja, ein bisschen von der jungen Elsa war in diesem Lächeln. Aber es war doch eine Frechheit, dass diese Alte versuchte, so wie Elsa zu sein.

»Du willst mich nicht sprechen, Heinrich. Und du hast Recht. Aber ich muss mit dir reden.«

Er schwieg. Lass sie schwatzen, dachte er, hör nicht zu. Es geht dich nichts an. Aber er nahm dennoch jedes Wort auf.

»Du hörst mich doch?«

»Nein.«

»Doch, du hörst mich, Heinrich. Du musst nichts sagen. Ich will einfach nur … ich bin …«

Es ist mir doch egal, dachte Hansen. Was ist das überhaupt da an meinem Kopf? Ein Verband? Wieso ein Verband? Bin ich gestürzt?

»Ich wollte nicht, dass wir uns wiedersehen, nachdem … nachdem es passiert war … Wie hätte ich dir unter die Augen treten können … Es war, ich wollte …«

Wo denn? Wo bin ich gestürzt? Seit wann bist du so wacklig auf den Beinen, Heinrich Hansen? Oder hast du dich betrunken? Ach was, das fühlt sich doch anders an! Hat es was mit dieser Frau zu tun, die auf dich einredet? Was heißt redet, die stammelt vor sich hin. Ich will das doch gar nicht wissen, Mensch! Ich will bloß wissen, wie es passieren konnte, dass ich gefallen bin. Wo … und warum?

»Das letzte Mal«, sagte die alte Frau, »als ich von zu Hause weggelaufen bin, wollte ich nicht mehr zurückkommen. Es ist mir ja immer schwerer gefallen, ich hab gesehen, wie traurig es dich gemacht hat. Aber er zwang mich dazu. Er hat mich geschlagen! Und so stark warst du noch nicht, dass du mich hättest beschützen können, auch wenn du es versucht hast, Heinrich, wofür ich dir noch immer dankbar bin. Aber da war ja auch noch Mutter, und ihr musstest du auch beistehen. Und wenn du nicht da warst und er wieder seine Anwandlung bekommen hat, dann war ich ihm schutzlos ausgeliefert. Und das letzte Mal hatte ich eine Bleibe gefunden, bei Eva Brook, und es war wie ein neues Leben, ein Leben in Freiheit; ich konnte zeichnen und malen, hatte einen Platz im Atelier. Ich wäre weit gekommen, Heinrich, wenn er mich nicht zurückgeholt hätte …«

Was geht mich das an? dachte Hansen. Als Nächstes kommt sie mir noch damit, ich hätte sie verraten und sei daran schuld, dass der Alte sie gefunden und wieder nach Hause geschleppt hat. Aber es war doch Mutter gewesen, die ihm sagte, wo Elsa sich versteckt hatte. Ich hätte ihr nichts erzählen sollen, aber sie hat doch so geweint. Weil Elsa weggelaufen ist, zu dieser grauhaarigen Zigeunerin, die ihr das Malen und wer weiß was noch beibringen wollte. Hätte Elsa bloß nicht mit diesem Künstlerquatsch angefangen, wäre sie waschen gegangen wie unsere Mutter, das alles wäre nie passiert! Aber sie wollte ja allein und unabhängig und frei sein. Dafür ist sie dann verprügelt worden. Immer wieder. Der Alte taugte nichts, aber prügeln konnte er.

»Du hast immer Mitleid mit mir gehabt, Heinrich. Aber du hast nie erahnen können, wie weh es wirklich tat. Wenn er mich nur geschlagen hätte, aber es war mehr, er wollte mich erniedrigen und dann zerstören … was sollte ich da machen?«

Du hättest reden können, Elsa, mit deinem Bruder. Aber stattdessen hast du die Stumme gespielt, keinen Ton hast du mehr von dir gegeben … und dann hast du das Haus angezündet.

»Ich habe immer versucht, den Schmerz in mich hineinzuschreien«, sagte Elsa Hansen, »weil ich wusste, wie sehr es dich quält.«

Was ist das eigentlich für ein Raum hier? Wo sind wir? Hansen versuchte, die Einrichtung zu identifizieren. Alles schien einen rötlichen Ton zu haben. Das Wandbild, das er verschwommen erkennen konnte, zeigte eine Art griechische Schäferszene. Und was war das da drüben? Ein Pferdekopf?

»Wenn Mutter mir geholfen hätte … vielleicht wäre es nicht so schlimm ausgegangen. Aber mit der Zeit habe ich angefangen, nicht nur ihn zu hassen, sondern auch sie.«

Die Tuba in weiter Ferne spielte keinen Walzer mehr, sondern eine Polka. Schrie da nicht jemand? Oder war es nur das Gejohle einer begeisterten Menge? Über was freuten die sich denn? Der Schleier vor seinen Augen wurde wieder dichter.

»Ich wollte, dass alles aufhört. Dass alle aufhören, sich zu quälen, dass er aufhört, mich zu quälen. Mutter sollte nicht mehr leiden, du solltest nicht mehr leiden. Vor allem wollte ich, dass Vater unterging, vielleicht sogar die ganze Welt, zu der ich gehörte, und damit das Haus. Deshalb habe ich es angesteckt. Ein Kanister mit Petroleum hat genügt. Es sind auch andere zu Tode gekommen, das habe ich nicht gewollt …«

Hansen richtete sich auf und sah durch den Schleier hindurch die Frau an, die seine gealterte Schwester war, und versuchte klarer zu sehen, klarer zu denken. Was hatte sie eben gesagt?

»Wo bist du denn die ganze Zeit gewesen?«, fragte er.

Sie schien erstaunt über diese Frage.

»Eva Brook hat mich ins Ausland mitgenommen. Sie hat mich als ihre Tochter ausgegeben. Wir waren in Frankreich, in Italien, in Spanien. Ich habe für sie gearbeitet. Das Zeichnen habe ich aufgegeben … ich brachte immer nur das gleiche Bild zustande, ein hässliches …«

»Du hast einfach irgendwo gelebt? Weit weg?«

»Weit weg, Heinrich.«

»Warum bist du zurückgekommen?«

»Ich musste von Eva weg und von all diesen Leuten um sie herum. Deshalb habe ich geheiratet. Aber erst viele Jahre später.«

»Geheiratet?«

»Einen reichen Mann.« Sie lachte verschämt. »Einen Kaufmann aus Hamburg. Wir lebten in Barcelona, aber ich war auch viel auf Reisen. Doch dann mussten wir zurück, wegen der Firma. Wieder nach Hamburg. Ausgerechnet in einer Zeit, wo Leute wie er das Land verließen. Aber es ging darum, das Vermögen zu sichern. Es war schwierig. Dann musste er flüchten. Ich blieb zurück, die letzten Angelegenheiten zu regeln. Vergeblich. Es ist zu riskant. Das meiste ist konfisziert. Und jetzt ist es schwer, wieder rauszukommen, wenn man erst mal nach Deutschland zurückgegangen ist. Es kostet viel Geld, aber ich muss weg von hier – unter falschem Namen. Ich habe immer an dich gedacht, Heinrich. Jetzt sehe ich dich wieder, nach so langer Zeit, und wir sind beide alt geworden … dabei hab ich mir immer einen Heinrich von fünfundzwanzig Jahren vorgestellt. Den habe ich wohl verpasst. Es ist traurig, das ganze Leben ist traurig … eigentlich habe ich alles versäumt.«

»Immer noch besser als Zuchthaus!«, brach es aus Hansen hervor.

Elsa Hansen starrte vor sich hin. »Und keine Kinder«, sagte sie leise.

»Die dir das Haus überm Kopf anzünden könnten!«, rief Hansen.

Sie hob den Kopf und schaute ihn lange an, ohne Vorwurf, ausdruckslos; sie schaute einfach nur, vielleicht, um sich sein Gesicht einzuprägen. Dann nickte sie. »Du hast Recht, ich bin schuldig. Vor allem deshalb, weil ich zu feige war, mich in die Flammen zu werfen und mich von ihnen verzehren zu lassen. Angst vorm Tod, Angst vorm Leben, Angst vor dem Morgen, Angst vor dem Abend. Aber ich sehe dir an, dass du das alles nicht wissen möchtest. Ich muss dir auch nicht mehr erzählen.

Ich reise jetzt ab. Wir werden uns nie mehr wiedersehen. Ich hätte nicht kommen sollen, aber ich musste. Leb wohl, Heinrich. Es hat alles keinen Sinn, es sei denn, du hast jemanden, für den du sorgen musst.«

Sie stand auf, drehte sich um und verschwand aus Hansens Gesichtsfeld. Eine Tür ging auf, die Musik, das Stimmengewirr und vereinzeltes Gejohle schwollen an und dann wieder ab. Hansens Blick blieb an dem Pferdekopf hängen. Hippodrom!, dachte er. Du bist im Hinterzimmer des Hippodrom gelandet! Wie kann denn das angehen?

Er rappelte sich auf.

2

Er stand direkt unter diesem idiotischen Pferdekopf, grinste und sagte: »Du siehst, dass ich alles tue, um dir deine Herzenswünsche zu erfüllen.«

»Friedrich?«, sagte Hansen und spürte, wie ihm leicht schwindelig wurde und der pochende Schmerz an der Stirn zurückkehrte. »Was machst du denn hier?«

Friedrich Schüler lachte zufrieden. »Du hast wirklich das Talent, immer die falschen Fragen zu stellen.«

Hansen saß jetzt aufrecht auf dem roten Plüschsofa und schob die Wolldecke beiseite, unter der er gelegen hatte. Das leichte Schwindelgefühl ließ ihn zur Seite sacken, sodass er Friedrich aus einem schrägen Winkel sah, als dieser an dem Bild mit der Schäferszene vorbeiging.

Er richtete sich wieder auf und fasste sich an den Kopf, tastete über den Verband.

»Wir sind doch im Hippodrom?«, fragte Hansen.

»Ganz recht«, sagte Friedrich zufrieden. »In meinem Hippodrom.« Er kam näher und setzte sich auf einen Sessel. Er trug einen dunklen, zweireihigen Anzug mit Weste und Fliege.

»Dein …?«

Friedrich lachte. »Ja, es gehört mir. Es ist wirklich schön zu hören, dass es mir gelungen ist, diese Tatsache vor dir geheim zu halten. Wo du doch sonst über alles Bescheid weißt, was in deinem Revier vor sich geht.«

»Dir gehört das Hippodrom? Du sitzt uns vor der Nase, und wir haben dich nie zu fassen gekriegt?«

»Du hast deine Nase immer im Wind, Heinrich, aber ich sitze auf der Leeseite. Um meine Geschäfte abwickeln zu können, brauche ich Ruhe.«

»Deine Geschäfte!«, sagte Hansen abfällig.

»Spar dir deinen moralischen Unterton, Heinrich. Lieber anständige Geschäfte als unanständige Moral! Auch du bist nicht mehr unbefleckt. Wer heutzutage Polizist ist, weiß, für wen er arbeitet.«

»Das lass ich nicht auf mir sitzen!«, rief Hansen und zuckte zusammen, als ihm ein stechender Schmerz durch den Kopf fuhr.

»Ich weiß«, sagte Friedrich ruhig. »Ich wollte auch nur die Tatsachen geraderücken. Du wärst ja nicht hier, wenn du auf der falschen Seite stehen würdest.«

»Wir stehen nicht auf derselben Seite, Friedrich!«

»Vielleicht nicht dicht nebeneinander, Heinrich, aber dieselbe Seite ist es schon. Mag sein, dass sich das eines Tages wieder ändert. Erst mal bin ich froh, dass du zu uns an Bord gekommen bist.«

»Was redest du denn für einen Unsinn! Ich bin nicht hierher …« Hansen stutzte: Was war zuletzt geschehen, bevor er hier in diesem Raum die Augen aufgeschlagen und diese Frau bemerkt hatte, die behauptete, seine vor langer Zeit verstorbene Schwester Elsa zu sein? Uzuo, der Japaner! Das Schiffsmaklerbüro! Eine Pistole! Stiefel! Das grinsende Gesicht von diesem … wie hieß er noch?

»Was ist, Heinrich? Hast du den Faden verloren?«

Es war, als würden einige Mosaiksteinchen in seiner Erinnerung fehlen. Herrgott, warum gelang es ihm nicht, dieses letzte

Bild zusammenzusetzen? Stiefel? Es war doch gerade eben erst passiert, oder? Wessen Pistole hatte geblitzt?

»Der Japaner ist tot«, sagte Friedrich.

»Habe ich …?«

»Geschossen? Nein, es war Rauch, falls dir der Name etwas sagt.«

Das grinsende Gesicht, die Stiefel. Und der Koffer.

»Gestapo.«

»Man sucht sich seine Feinde nicht aus, Heinrich.«

»Wie bin ich da rausgekommen?«

»Erstaunlich, in der Tat. Normalerweise lässt der Dreckskerl keinen laufen, der ihm einmal in die Quere gekommen ist. Weißt du, wie sie ihn im Stadthaus nennen? Hackfleisch. Die wissen, warum«, sagte Friedrich zornig und fügte leiser hinzu: »Und wir auch.«

»Dass du dich über so einen aufregen kannst«, wunderte sich Hansen.

»Was soll das heißen?«, fuhr Friedrich ihn an.

»Du hast doch dein Fähnchen immer nach dem Wind gerichtet.«

»So? Denkst du das? Hast du immer alles gesehen? Und nicht bemerkt, dass ich zu Zeiten die Fahne eingeholt habe? Und was weißt du überhaupt davon, auf welcher Seite ich stehe? Auf welcher stehst du, weißt du das wenigstens?«, brauste Friedrich auf.

»Jetzt weiß ich es wohl nicht mehr.«

»Dann bin ich ja im Vorteil. Ich weiß es nämlich.«

»So?«

»Ja, zum Beispiel auf der Seite deiner Schwester Elsa.«

»Was hast du denn mit ihr …?«

»Sie hat einen Juden geheiratet! Das verbindet mich mit ihr!«

Hansen erinnerte sich an die Karteikarte: Friedrich Schüler, Fluchthelfer, Passfälscher, Devisenschmuggler und Halbjude.

»Elsa?«

»Warum, glaubst du, muss sie unbedingt das Land verlassen? Ihr Mann ist schon weg. Sie versucht, wenigstens noch einen Teil des Vermögens zu retten. Es ist riskant. Und ich helfe ihr dabei.«

»Du und helfen«, sagte Hansen abfällig.

»Ich lasse mich dafür bezahlen. Na und? Davon lebe ich unter anderem!«

»Warum hast du mich hierher gebracht?«

Friedrich hob abwehrend die Hände. »Das ist zu viel der Ehre. Das bin nicht ich gewesen.« Er deutete zur Tür. »Dafür kannst du dich gleich bei deinem alten Freund Pit bedanken.«

»Pit? Er ist hier?«

»Geht hier ein und aus. Und wenn's mal eng wird für ihn und die anderen Stammgäste, dann haben wir genügend Hinterausgänge. Und einen schönen Keller. Du kannst von hier aus bis in die Schmuckstraße laufen – unterirdisch!« Friedrich lachte. »Ein Glück für dich. Es hätte deinem Ansehen sicher geschadet, wenn dich ein Hafenarbeiter durch die Große Freiheit ins Hippodrom geschleppt hätte!«

»Was soll ich denn hier?«

Friedrich blickte ihn erstaunt an. »Überleben, du Schwachkopf! Der wollte dir ans Leder, hast du das noch nicht verstanden? Du stehst auf der Abschussliste der Gestapo.«

»Unsinn! Die werden doch keinen Polizisten umbringen!«

»Nein? Da haben wir aber schon ganz anderes erlebt. Und glaubst du, der hat absichtlich so schlecht gezielt? Dass der so gut schießen kann, dass er dir einen gezielten Streifschuss an der Stirn verpasste? Mensch, Heinrich, wach auf!«

»Und es war Pit, der …?«

»Er hat dich da rausgeholt. Genossin Wu hat ihn alarmiert. Wäre er früher gekommen, hätte er diesen Mistkerl fertig machen können. Aber dir auf den Fersen zu bleiben und sich gleichzeitig im Schatten halten, das war wohl nicht so einfach. Du hast einfach nur Glück gehabt, es hätte auch schief gehen können. Weißt du eigentlich noch, für wen und gegen wen du arbeitest, Herr Kommissar?«

Hansen dachte nach. »Nein«, sagte er dann zu seiner eigenen Verwunderung.

Friedrich deutete zur Tür. »Die, die da draußen auf dich warten, wissen das besser als du. Vielleicht haben sie ja auch eine Antwort für dich.«

»Die da draußen?«

»Pit Martens zum Beispiel. Und unsere gemeinsame Freundin Lilo, die dir diesen schönen Verband angelegt hat.« Friedrich deutete auf Hansens Kopf.

»Aber ich kann doch nicht einfach in den Saal gehen, nach allem was passiert ist.«

»Wo willst du denn jetzt hin? Auf die Wache?«

Hansen überlegte. Was würde passieren, wenn er jetzt auf der Wache erschien?

»Wie lange bin ich denn schon hier?«, fragte er.

»Du meinst, wie viel Zeit vergangen ist, seit Rauch den Japaner erschossen hat?«

»Ja.«

Friedrich sah auf seine Armbanduhr. »Knapp drei Stunden. Die sind bestimmt schon dort. Und werden sich wundern.«

»Wer … wo?«

»Deine Kollegen von der Wache. Die Schüsse sind doch nicht unbemerkt geblieben. Außerdem liegt dort immer noch die Leiche von dem Japaner, wie heißt er noch?«

»Uzuo.«

»Den haben sie inzwischen gefunden. Wahrscheinlich hat Rauch ihnen eine Nachricht zukommen lassen. Der hofft natürlich, dass er dir den Mord in die Schuhe schieben kann. Aber bald weiß er vom Scheitern seines Plans. Und dann wird er sich ganz schön beeilen müssen, um dich auszuschalten. Und uns allesamt auch.«

»Was für eine gute Idee, sich zu einem Schwätzchen im Hippodrom zu treffen«, sagte Hansen sarkastisch. »Sollen wir unsere Besprechung auf dem Rücken der Pferde veranstalten? Dann sieht man uns besser. Wir gäben ein schönes Ziel ab. Die Gestapo könnte einen Jagdausflug machen. Das Hippodrom als Schießbude.«

Friedrich lachte vor sich hin. »Immerhin die richtige Einstellung, Heinrich. Aber keine Angst. Wir haben eine Schleuse in den Eingang gebaut. Niemand kann einfach rein und durchmarschieren. Da sind zwei Eichentüren dazwischen. Man sieht sie normalerweise nicht, weil sie hinter Reliefs verborgen sind. Und wenn's doch brenzlig wird, gehen wir zu den Chinesen rüber. Kapiert?«

Hansen zuckte mit den Schultern. Es behagte ihm gar nicht, dass sein weiteres Schicksal von diesem Kerl abhängen sollte, der fast sein ganzes Leben lang sein Widersacher gewesen war. Friedrich von Schluthen hatte er sich schon als Junge genannt, damals, als er im Hinterhof aufgetaucht war und die anderen zu Einbruch und Diebstahl verführte. In den Zwanzigerjahren hatte er zusammen mit Lilo halb St. Pauli kontrolliert und sich an allen möglichen illegalen Geschäften beteiligt, die Geld brachten. Er war über Leichen gegangen und hatte seine Freunde betrogen. Und jetzt stellte er sich als Kämpfer für das Gute dar? Sein Leben war eine einzige große Lüge und ein einziger Kampf um den persönlichen Vorteil gewesen. Mit Friedrich kannst du dich nur verbünden, wenn du etwas gegen ihn in der Hand hast, hatte Lilo erkannt – aber erst später, nachdem er sie zuerst auf die schiefe Bahn und dann in den Ruin getrieben hatte. Aber wenn Lilo jetzt hier war, dann zeigte das doch, dass sie immer noch in seinem Bann stand. Oder dass sie nicht anders konnte, genauso wie er, Kriminalkommissar Hansen, der degradierte Polizist, der jetzt sogar auf der Abschussliste der Gestapo stand.

»Wir sitzen alle in einem Boot, Heinrich«, stellte Friedrich fest.

»Ich habe Durst«, sagte Hansen.

Friedrich stand auf. »Ich hätte da noch einen sehr schönen Jamaikaner im Schrank.«

3

Am Tresen saß ein blonder Mann im schwarzen Ledermantel mit Schirmmütze vor einer flach gelegten Flasche und sah sich einen Buddelschiff-Viermaster an. »Und das nennen die nun Geburtstagsgeschenk«, brummte er. »Da fehlt ja hinten der Reserveanker!«

Friedrich Schüler klopfte ihm auf die Schulter und sagte: »Feierabend für heute, Steuermann. Du hast genug getrunken.«

»Aber ich muss doch noch meine Lieder singen«, protestierte der Seemann mit schwerer Zunge und langte nach unten, um sich sein Schifferklavier umzuhängen.

»Morgen wieder, Steuermann. Hier gehen bald die Lichter aus. Und wir haben noch was zu besprechen. Am besten du gehst durch den Hinterausgang.«

Der blonde Sänger blinzelte, schien nachzudenken und hatte endlich verstanden: »Aye, aye, Käpt'n. Werde mich auf Schleichwegen in die Kajüte begeben. Acht Glasen bin ich wieder zur Stelle.«

Im Weggehen sang er: »Ich kann dich nicht vergessen, du braunes Mädchen aus Samoa.«

Hansen schaute sich um und stellte fest, dass das Hippodrom nicht anders wirkte als sonst. Das Damen-Streichorchester spielte unter den Girlanden wie jeden Abend. Die Pferde wurden herumgeführt, bekamen gelegentlich einen Schluck Bier von wohlmeinenden Gästen, die in den Nischen rund um die Manege saßen und sich köstlich amüsierten. Über der Manege sandte eine Glitzerkugel silbrige Blitze in den Raum, und im gleichen Tempo wie die Pferde bewegte sich ein Schwarm ausgestopfter Möwen im Kreis. Oben auf der Galerie saßen die Mitglieder der Blaskapelle und machten Brotzeit, bevor es wieder Zeit für ihren Einsatz war.

»Was möchten Sie trinken, Herr Kommissar?«, fragte eine der Bardamen, die alle das gleiche schwarze Kleid mit Rüschenbluse trugen.

Hansen schüttelte den Kopf und spürte wieder die Wunde an der Stirn. Sein Blick fiel auf das große Wandgemälde neben der Bar, auf dem ein Dreimaster mit vollen Segeln hart am Wind in schwerer See zu sehen war. Davor stand die rothaarige Wirtin, die er bisher immer für die Besitzerin gehalten hatte. »So kann man sich täuschen«, murmelte er vor sich hin.

Eine junge Frau in kariertem Rock und enger Bluse, die allein in einer Nische saß, zwinkerte Hansen kokett zu, wandte aber schnell den Blick ab, als Lilo Koester neben ihn trat.

»Heinrich! Ich bin froh, dass du wieder auf den Beinen bist.«

»Ein bisschen wackelig noch. Danke für den Verband.«

»Du solltest ins Krankenhaus gehen. Sonst bleibt eine sehr hässliche Narbe zurück.«

»Eine Narbe bleibt so oder so. Und dein alter Freund Friedrich hat mir gerade abgeraten, nach draußen zu gehen.«

»Er ist nicht mein alter Freund.«

»Ach nein? Du gehst bei ihm ein und aus, trotz allem, was er dir angetan hat?«

»Ich habe nichts mehr mit ihm zu tun. Es sind andere Gründe, die uns zusammengeführt haben.«

»Wirklich?«

»Du bist schließlich auch hier«, sagte sie schnippisch, »bei deinem alten Feind.«

»Freund und Feind, das scheint alles nichts mehr zu bedeuten.«

»Im Moment sind wir jedenfalls Verbündete.« Lilo fasste ihn am Arm und zog ihn mit sich in eine Nische an einen Tisch, über dem ein breiter bunter Lampenschirm hing. Im Schein der Lampe erkannte er Vera Hollenkamp, ihren Bruder Georg und Kurt Singer.

Vor Georg und Kurt standen Biergläser, vor Vera ein Weinpokal. Alle drei blickten sie bedrückt drein und rührten die Getränke nicht an. Auch als Hansen und Lilo Koester sich zu ihnen setzten, schien das keinen großen Eindruck auf sie zu machen. Ihre Mienen veränderten sich kaum, als sie wie einstudiert brav »Guten Abend« sagten.

»Sind wir jetzt alle verhaftet?«, fragte Georg Hollenkamp.

»Sie, Herr Hollenkamp, möchte ich bitten, sich als Zeuge zur Verfügung zu halten.«

»Als Zeuge?«

»Im Mordfall Arthur Winkelmann.«

»Gegen wen soll ich denn aussagen?«

Hansen zögerte. Gegen wen? Der Mörder, der falsche koreanische Matrose Kim Chung alias Akio Owada hatte sich selbst gerichtet. Sein Auftraggeber, der Schiffsmakler Paek alias Uzuo, war von Ludwig Rauch erschossen worden. Egal, dachte Hansen, es muss einen Prozess geben.

»Gegen Ludwig Rauch.«

»Ich kenne keinen Ludwig Rauch«, sagte Georg Hollenkamp.

»Aber ich«, meldete sich Kurt Singer zu Wort. »Ich habe gesehen, wie er meinen besten Freund umgebracht hat.«

»Stimmt nicht«, sagte Vera, »er hat Jens gefoltert und ihn schlimm verletzt. Aber umgebracht haben sie ihn im Stadthaus.«

»Aber das war doch Ludwig Rauch!«, rief Kurt.

»Es war ein offizielles Verhör«, sagte Lilo. »Dein Freund Jens wurde ganz ordnungsgemäß von der Hamburger Polizei zu Tode gefoltert.«

»Du kannst doch nicht die gesamte Polizei dafür verantwortlich machen!«, protestierte Hansen.

»Doch das kann ich«, beharrte Lilo.

»Nein.«

»Auf jeden Fall steht fest, dass es keine Anklage gegen Rauch geben kann«, sagte Lilo.

»Einem Gestapo-Mann würde ohnehin nie der Prozess gemacht, nur weil er einen kommunistischen Widerstandskämpfer umgebracht hat, zumal es sich um einen Fall von Spionage und Hochverrat handelt«, sagte Vera.

»Noch dazu war Arthur der Sohn eines hohen Parteimitglieds. Niemand kann ein Interesse daran haben, diese peinliche Sache ans Tageslicht zu bringen«, meinte Georg.

»Dazu noch ein bisschen Opium als Würze …«, sagte Lilo.

»Ich will die Sache ans Tageslicht bringen«, erklärte Hansen.

»Das kannst du gar nicht.« Lilo legte ihm beschwichtigend eine Hand auf den Unterarm.

»Ich werde ihn verhaften«, sagte Hansen bestimmt, »und wenn es das Letzte ist, was ich tue.«

»Es würde das Letzte sein, was du tust, Heinrich«, sagte Lilo sanft.

Hansen schüttelte ihre Hand ab. »Ich mache meine Arbeit, verstanden?«

»Also?« Lilo sah ihn auffordernd an.

»Also verhöre ich jetzt den da.« Hansen deutete auf Kurt Singer.

Kurt griff nach dem Bierglas, ohne es anzuheben.

»Laut den mir vorliegenden Untersuchungsergebnissen«, fuhr Hansen fort, »wurde der HJ-Scharführer Willy Kaiser auf dem Heiligengeistfeld von einer tödlichen Kugel aus einer manipulierten Schreckschusspistole getroffen. Zeugenaussagen im Milieu der Swingheinis haben ergeben, dass Sie, Herr Singer, eine solche Waffe manipuliert haben …«

»Durchbohrt«, sagte Kurt.

»Durchbohrt. An dem fraglichen Abend hatten Sie die Waffe bei sich, und eine Zeugin meldete auf der Davidwache, Sie hätten damit gedroht, Willy Kaiser zu erschießen. Wenig später war Kaiser tot, die Waffe wurde am Tatort gefunden, und Sie flüchteten und sind seither auf St. Pauli untergetaucht. Das sind jede Menge Anhaltspunkte, die gegen Sie sprechen. Es wurden schon Leute mit weniger Indizien zum Tode verurteilt.«

Kurt hob das Bierglas ein wenig an, aber seine Hand zitterte so sehr, dass er es wieder absetzen musste.

»Ja«, sagte er, »ich gebe zu, dass ich die Waffe mitgenommen habe, weil ich ihn umbringen wollte. Willy Kaiser war dabei gewesen, als Rauch meinen Kumpel fertig gemacht hat. Ich wollte Rache.«

»Sie sind ihm auf das Heiligengeistfeld gefolgt, ihm gegenübergetreten und haben ihn mit einer Kugel aus der manipulierten Schreckschusswaffe niedergestreckt.«

»Nein, er hat mich doch mitgeschleppt, zusammen mit zwei anderen Burschen aus seiner Truppe. Die wollten mich fertig machen.«

»Aber sie wussten nichts von der Waffe.«

»Nein.«

»Und als die Gelegenheit günstig war, haben Sie sie gezogen.«

»Ich hab sie herausgeholt, als sie auf mich los sind und mich fertig machen wollten.«

»Und dann geschossen.«

»Nein! Das heißt, ja, ich wollte, aber ich brachte es nicht fertig. Das haben die auch gemerkt, und als Willy gesehen hat, dass es nur ein Schreckschussrevolver ist, sind sie auf mich los. Ich lag am Boden, und die Waffe war weg. Und dann hatte er sie auf einmal in der Hand und damit herumgefuchtelt, weil er ja nicht wusste, dass sie scharf war.«

»Haben Sie ihn gewarnt?«

»Nein, aber er hat gemerkt, dass ich Schiss vor der Waffe hatte. Er hat sie umgedreht und reingeguckt, und da ist dann der Schuss losgegangen. Er hat sich in die Brust geschossen. Die anderen waren völlig perplex, und da bin ich hochgesprungen und losgerannt.«

»Er hat sich selbst getötet?«

»Es war ein Unfall, Herr Kommissar.«

»Ich brauche Zeugen.«

»Ich war dabei!«, sagte Vera.

Kurt schüttelte den Kopf. »Das stimmt nicht, Herr Kommissar.«

»Doch, Kurt, du hast mich nur nicht gesehen. Du kamst mir ja entgegen.«

»Vera, das war nicht auf dem Heiligengeistfeld, sondern auf der Straße.«

»Das stimmt doch gar nicht, denk doch mal nach. Ich hab gesehen, wie du über das Feld gelaufen bist, mir entgegen, und dann sind wir zusammen umgedreht und durch die Böschung zur Straße.«

»Ja«, sagte Kurt überrascht, »das stimmt. Sie muss auf dem Platz gewesen sein.«

»Wie nahe?«, fragte Hansen.

»Etwa zwanzig Meter«, sagte Vera.

»Und da haben Sie in der Dunkelheit alles genau gesehen?«

»Ja.« Vera schaute Hansen treuherzig an und nickte.

»Wir werden das genau überprüfen müssen, vor Ort«, erklärte Hansen.

»Dazu bin ich bereit.«

»Mensch, Heinrich!«, rief Lilo Koester. »Was redest du denn da für einen Unsinn! Glaubst du denn, es kann jemals eine faire Untersuchung geben, wenn es darum geht, den Tod eines Hitlerjungen zu rächen? Einen Swingheini als Tatverdächtigen nehmen die doch mit Kusshand. Womit auch gleich bewiesen wäre, wie kriminell die sind, und die Todesstrafe bietet sich als Abschreckung für die anderen Aufmüpfigen an!« Sie deutete auf Kurt. »Da kannst du ihn ebenso gut hier auf der Stelle erschießen.«

»Ich werde alles tun, um die Sache auf anständige Weise …«

»Aber du kannst gar nichts tun. Hinter dir ist doch auch schon die Gestapo her, Heinrich!«

Hansen zögerte. Er wollte klare Verhältnisse und eindeutige Fakten. Aber wie musste er dann vorgehen?

»Das stimmt, was sie sagt, Herr Kommissar«, meldete sich Vera zu Wort. »Es gibt keine Gerechtigkeit mehr.«

Hansen schwieg.

»Gerecht wäre, wenn Ludwig Rauch zum Tode verurteilt würde«, sagte Georg.

»Und wenn das vor Gericht nicht möglich ist, muss er eben von jemand anderem getötet werden«, sagte Kurt. »Er hat Jens auf dem Gewissen.«

»So geht das nicht«, sagte Hansen.

»Wie geht es denn?«, fragte Lilo »Darf der jetzt weiter da draußen herumlaufen und Leute umbringen und mit dem Geld aus dem Koffer in Saus und Braus leben?«

»Seid ihr von allen guten Geistern verlassen? Das lasse ich niemals zu!« sagte Hansen.

»Von allen guten Geistern verlassen«, murmelte Vera. »Genau das ist es.«

»Wir brauchen den Koffer«, sagte Georg.

»Was hat denn der Koffer damit zu tun?«

»Das Geld«, sagte Vera. »Damit kann er sich vielleicht freikaufen.« Sie deutete auf Georg. »Ich kann keins besorgen, mein Vater ist nicht erreichbar.«

»Freikaufen? Von wem?«

»Seine Genossen bestehen darauf, dass er nach Moskau geht. Aber er will nicht.«

Hansen schaute Georg an. »Nein?«

»Wenn ich schon aus Europa rausmuss, will ich nach China. Das ist meine Welt, nicht Russland.«

»Außerdem muss Kurt mit ihm gehen«, warf Vera ein.

»Warum das denn?«, fragte Hansen.

»Zusammen schaffen sie das. Und dann werden sie irgendwann zurückkommen. Oder ich komme nach.«

»Wie stellt ihr euch das denn vor?«

»Der Mann im Beichtstuhl ...« begann Vera, aber Lilo unterbrach sie: »Friedrich wird sich nicht gegen die Kommunisten stellen, das wäre gegen seine Interessen. Also bleibt nur eins: Herr Chen muss helfen. »Aber wir brauchen viel Geld. Und das liegt in dem Koffer, den dieser Schweinehund von der Gestapo erbeutet hat. Allerdings glauben die Kommunisten, es sei ihr Geld. Und deshalb musst du mit ihm reden.« Sie deutete auf einen Mann in Arbeiterkleidung, der vor einem Bajazzo-Geldspielautomaten stand und ihnen den Rücken zuwandte.

Hansen erkannte ihn auch von hinten. Es war Pit Martens.

Er stand auf, und im gleichen Moment lehnte sich der Trompeter über die Balkonbrüstung auf der Galerie und begann in einem wilden Rhythmus zu blasen. Die Blaskapelle stimmte ein und spielte – Swing.

»Mann!«, rief Kurt. »Das ist der Tiger-Rag!«

»Das klingt ja furchtbar«, sagte Vera und hielt sich die Ohren zu.

4

»Dich haben sie ja arg zugerichtet«, sagte Pit Martens, als Hansen neben ihn trat. »Gestapo-Rauch, hm? Hab schon von Friedrich gehört.« Der stämmige Mann warf eine neue Münze in den Apparat.

»Über dich kann ich mich ja nur noch wundern«, sagte Hansen, »jedenfalls danke, dass du mich da rausgeholt hast.«

»Da nich für, aber warum wunderst du dich – nach all den Jahren noch?«

»Dass du dich mit Glücksspiel abgibst.«

Martens lachte. »Ein Laster muss der Mensch haben, sonst lebt er nicht mehr.«

»Früher warst du aber anderer Ansicht.«

Martens zuckte mit den Schultern und drückte einen Knopf. Der Bajazzo verschluckte die Münze – und blieb stehen. Martens hieb mit der Faust gegen den Apparat und fluchte leise.

Er ist genauso alt wie du, dachte Hansen, aber trotz seines breiten Schädels und der bulligen Visage sieht er jünger aus. Bringt das das Leben im Untergrund mit sich, dass man jünger bleibt?

»Mit Friedrich scheint dich ja eine innige Freundschaft zu verbinden«, stellte er fest.

»Es ist ein Zweckbündnis. Er arbeitet in der Illegalität, wir im Untergrund. Da gibt es gewisse Berührungspunkte. Er hat schon manchem von uns den Weg nach draußen freigemacht. Gegen Bares, versteht sich.«

»Und ihr habt das Geld dafür?«

»Es reicht nie, aber wir machen weiter.«

»Woher bekommt ihr es? Aus Moskau?«

Martens lachte. »Wenn das so einfach wäre. Wir müssen uns da gelegentlich schon kapitalistischer Methoden bedienen. Was hilft's, Banküberfälle sind problematisch geworden.«

»Devisenschmuggel.«

»Bietet sich doch an in diesen Zeiten.«

»Und scheint doch genauso riskant zu sein wie Banküberfälle.«

»Du meinst den Genossen Wu? Das ist traurig, aber er ist für eine gerechte Sache gestorben.«

»Ihr geht über Leichen, raubt, schmuggelt und erpresst. Wie unterscheidet ihr euch von gewöhnlichen Verbrechern?«

»Die gleiche Frage kannst du dir und deinen Kollegen stellen, Heinrich. Wo Unrecht, Willkür und Gewalt herrschen, ist die Polizei eine Verbrecherorganisation.«

»Du machst es dir sehr einfach.«

»Mach es dir schwer und du kommst zum gleichen Ergebnis.« Martens kramte in seinen Taschen. »Ich hab kein Kleingeld mehr. Lass uns mal ein Bier trinken. Komm, dahinten ist es nicht ganz so laut.«

Sie setzten sich unter eine Art Straßenlaterne in eine Nische neben dem Kanonenofen und bestellten Bier.

»Seit wann hat Friedrich das Hippodrom?«

Martens grinste. »Das war euch nicht bekannt, was? Seit einem Jahr ungefähr. Es ist ein guter Anlaufpunkt für Leute aus der Stadt und von außerhalb. Jeder kennt das Hippodrom, jeder kann rein. Und es ist trubelig genug, dass nicht weiter auffällt, wenn jemand im Hinterzimmer verschwindet. Wenn die Polente kommt, ist es leicht, eine Schlägerei zu inszenieren. Bis die wieder Ordnung reingebracht haben, sind wir schon unter der Erde. Auch die Pferde machen mit und stellen sich in den Weg.«

Eine Kellnerin brachte das Bier, und Martens stieß seinen Krug gegen den von Hansen. »Prost, Hein!«

Nachdem sie die Krüge wieder abgestellt hatten, fragte Hansen: »Ihr arbeitet mit den Chinesen zusammen?«

»Nur mit den Kommunisten. Sowieso nur mit Kommunisten.«

»Und Friedrich?«

Martens lachte. »Ist eine Ausnahme. An ihm kamen wir nicht vorbei. Aber wart's ab. Wenn wir erst mal gesiegt haben, wird er ganz schnell in die Partei eintreten. Wer weiß, vielleicht schafft er es dann sogar bis zum Polizeipräsidenten.« Er lachte.

»Er wird euren Gegnern Waffen verkaufen, das wird er tun«, sagte Hansen.

»Wie auch immer, eins steht jedenfalls fest, wir beide haben einen gemeinsamen Feind.«

»Ludwig Rauch.«

»So ist es.«

»Und er hat etwas, das wir beide brauchen.«

Martens schien überrascht. »Was willst du denn mit dem Geld?«

»Georg Hollenkamp und Kurt Singer eine Fahrkarte kaufen.«

»Um Georg kümmern wir uns schon.«

»Er will nicht nach Moskau.«

»Das hat er nicht zu entscheiden.«

»Sondern du?«

»Ja, ich!« Martens griff energisch nach dem Bierkrug.

»Gut zu wissen.«

»Was soll das heißen?«

»Ich nehme an, ihr braucht den Koffer schnell, weil sonst eure Pläne durcheinander geraten. Der Frachter am Asiakai fährt morgen ab.«

»Es ist das Geld der chinesischen Genossen.«

»Ihr arbeitet zusammen, und du bist verantwortlich«, stellte Hansen fest.

Martens verzog das Gesicht. »Was weißt du denn noch alles?«

»War nur so eine Idee, aber es stimmt also. Der Frachter S. Cutalin fährt nach Indien. Da ist es bis China nicht mehr weit.«

»Also?«

»Vielleicht fährt er ja noch weiter. Es sind einige chinesische Matrosen an Bord.«

»Und?«

»Eure Verbindungsleute. Wu wollte ihnen den Koffer übergeben. Rauch hat ihn abgefangen. Eine Blamage für eure Hamburger Organisation. Es geht schließlich um viel Geld. Diese Sache müsst ihr doch schon über Wochen oder Monate geplant haben.«

Martens Miene verfinsterte sich zusehends. »Was willst du mir damit sagen?«

»Die Zeit drängt. Ihr braucht den Koffer. Aber wie wollt ihr Rauch zu fassen kriegen? Der muss sich doch nur im Stadthaus verstecken, und euer Plan ist gescheitert.«

»Wir fangen ihn ab.«

»Das schafft ihr nicht.« Hansen hielt inne und dachte kurz nach. »Es sei denn, ich helfe euch.«

»Du?«, fragte Martens ungläubig.

»Ich bin der Einzige, der etwas gegen Rauch in der Hand hat. Er hat auf mich geschossen. Aber ich lebe noch. Vielen Dank noch mal.«

Die Männer blickten einander an, zögerten, dann griffen sie beide nach ihrem Bier und stießen an. Sie setzten die Krüge ab und nickten sich knapp zu.

»Persönliche Rache ist ein schlechter Ratgeber«, sagte Martens.

»Wieso?«

»Man wird unvorsichtig. Deshalb ziehen wir die Leute ab, sobald persönliche Gefühle ins Spiel kommen. Du willst dich an Rauch rächen. Das ist gefährlich.«

Hansen schüttelte den Kopf. »Keine Rache, Gerechtigkeit. Ich nehme ihn fest.«

»Was soll denn dann passieren?«

»Eben das möchte ich wissen.«

»Du bist verrückt.«

»Ich will nur meine Arbeit machen.«

»Genau das ist ja das Verrückte.«

»Oder ich setze ihn unter Druck, verlange Schweigegeld. Die Hälfte der Summe. Er wird kommen. Wir schnappen ihn uns, und ich überlasse euch den Koffer. Hollenkamp und sein Freund fahren auf der S. Cutalin mit. Das arrangiert ihr. Sie sind jung und kräftig, sie können arbeiten.«

Martens wiegte den Kopf hin und her. »Das wird in der kurzen Zeit kaum möglich sein.«

»Frag Chen, der weiß, wie man da rangehen muss. Er gehört doch auch zu euch.«

»Du hast eine Menge herausgefunden«, sagte Martens anerkennend.

»Ist mein Beruf.«

»Schade, dass du nicht auf unserer Seite stehst, bei der Polizei würde uns noch jemand fehlen. Früher hatten wir auch niemanden dort. Waren ja alles Sozialdemokraten, die dann brav das Parteibuch gewechselt haben. Wenn wir in die Polizei hinein eine Speerspitze bohren könnten …«

»Lass gut sein, Pit, dafür bin ich nicht der richtige Mann. Und einer allein könnte sowieso nichts ausrichten. Sei froh, dass ich überhaupt gezwungen bin, mit dir zu verhandeln.«

Ein Schatten trat in den Schein der Laterne, die ihren Tisch beleuchtete. Friedrich Schüler beugte sich zu Hansen herunter. »Da ist eine Dame, die sich von dir verabschieden möchte«, flüsterte er ihm ins Ohr.

Hansen stand auf. »Lilo?«

Friedrich lachte. »Ist das immer noch der erste Name, der dir einfällt, wenn von einer Frau die Rede ist?« Er deutete in eine dunkle Ecke im hinteren Bereich des Saals. Hansen kniff die Augen zusammen.

Da stand Elsa unter einer Girlande. Man sah ihr deutlich an, dass sie hier nicht hergehörte. Die traurige Gestalt in diesem altmodischen, hochgeschlossenen Kleid wirkte deplatziert in dem Dekor des einfachen Amüsements, das hier im Hippodrom geboten wurde – die billigen Attraktionen, die schräge Musik, die albernen Scherze. Die geheimnisvolle Elsa, die verlorene Schwester, wiedergefunden und doch nicht mehr erreichbar, fremd und nunmehr unbedeutend für sein Leben. Sie winkte ihm zu. Ein scheuer Gruß zum Abschied. Von einer Brandstifterin.

Hansen nickte ihr kurz zu und wandte sich dann ab, ohne die Hand zu heben, dann ließ er sich wieder auf den Stuhl fallen.

»Pass auf«, sagte er zu Pit Martens. »Ich weiß, wie wir es anpacken müssen.«

FÜNFZEHNTES KAPITEL

Rauch

1

»Sie trauen niemandem, und niemand traut Ihnen. Ist das Ihr Problem?«, fragte Herr Chen.

»Ja«, sagte Hansen.

»Aber etwas Besseres kann Ihnen doch gar nicht passieren.«

»Ich bin nicht in der Stimmung für Scherze.«

»Aber ich scherze nicht, Herr Kommissar! Sie haben Glück, gerade in dieser Situation. Sie werden nicht vom falschen Schein geblendet.«

»Wer weiß.«

»Ja eben, so sehen Sie es richtig.«

Hansen blickte den Chinesen verständnislos an.

»Warum sind Sie hergekommen?«, fragte Herr Chen.

»Um ein Geschäft mit Ihnen zu machen.«

»Ah!«, lachte der Chinese. »Ich sehe schon, ich muss Ihnen gar keine Ratschläge geben.«

Sie saßen in Mr. Chens Küche vor den Resten einer Mahlzeit, die der Schiffsmakler in wenigen Minuten zubereitet hatte. »Um Mitternacht schmeckt es am besten«, hatte er erklärt. Das Essen sah genauso aus wie das Gericht, das Chen das letzte Mal gekocht hatte, als Hansen bei ihm war, hieß aber anders. Jedenfalls schmeckte es vorzüglich. Chen hatte Hansen gebeten, während der Mahlzeit nicht zu sprechen. Nun standen die leeren Teller vor ihnen, und Hansen eröffnete dem Chinesen, dass er gewillt sei, eine große Summe für eine Passage nach China zu bezahlen.

»Warum – wollen Sie verreisen, Herr Kommissar?«

»Nicht für mich. Für Georg Hollenkamp und seinen Freund Kurt Singer.«

»Um die kümmern sich doch meine deutschen Genossen, wie ich hörte.«

»Herr Chen, Sie müssen sich nicht verstellen. Ich weiß, dass Sie kein Kommunist sind.«

Chen lachte laut und herzlich. »Warum nicht?«

»Sie gehören zu den anderen.«

Chen wehrte heftig ab. »Ich bin kein Japaner!«

»Natürlich nicht. Sie gehören zu den anderen Chinesen.«

Chen wurde schlagartig ernst. »Wie kommen Sie denn darauf?«

»Vielleicht, weil sie so gut kochen. Früher gab es viele Kommunisten hier im Viertel. Die kochten alle schlecht. Sie aßen nicht gern.«

»Alle Chinesen sind begeisterte Esser, seit hunderten von Jahren.«

»Außerdem sind Sie Unternehmer. Sie haben eine Agentur, die sehr gut geht. Sie sind Kapitalist. Es macht Ihnen Spaß, einer zu sein, das merkt man Ihnen an. So jemand wie Sie lässt sich nicht gern enteignen.«

»Ich habe ein Parteibuch«, entgegnete Chen verschmitzt.

»Zwei wahrscheinlich.«

Chen lachte. »Woher wissen Sie von den zwei Parteien? China ist doch weit weg.«

»Ich habe es mir gedacht. Es gibt immer mindestens zwei. Wir hatten mal ganz viele, aber am Schluss lief es auf zwei hinaus.«

»Sie sind schlauer, als ich dachte, Herr Kommissar. Was für Sie spricht, ist, dass Sie herkommen und nicht an mein Gewissen appellieren, sondern als Gegenleistung Geld bieten. Ein Europäer würde sich falsch behandelt fühlen, wäre verletzt. Ein Asiate weiß zu schätzen, dass sein Geschäftssinn gewürdigt wird.«

»Die Sache hat nur einen Haken: Ich habe die entsprechende Summe noch nicht.«

»Noch, Herr Kommissar, ich habe das interessante Wort ›noch‹ gehört.«

»Ganz recht. Sie müssen mir helfen, es zu beschaffen.«

»Das klingt immer interessanter.«

»Rauch hat es.«

Chen lehnte sich zurück und verschränkte die Arme. »Hm.«

»Rauch hat dem falschen Koreaner Paek, der in Wirklichkeit Japaner war und Uzuo hieß, einen mit Devisen gefüllten Koffer gestohlen – nachdem er ihn erschossen hat. Und dann hat er versucht, den Zeugen umzubringen. Aber der lebt noch.«

»Wer?«

»Ich.«

»Ach so, deshalb …« Chen deutete auf Hansens Kopfverband.

»Genau.«

»Er hat versucht, einen Polizisten umzubringen?«

»Es sollte so aussehen, als ob Uzuo und ich uns gegenseitig erschossen hätten.«

»Ein uneleganter Trick.«

»Die Polizei wäre gern darauf reingefallen. Nicht wenige wären glücklich, wenn sie mich auf diese Weise loswerden könnten.«

»Es hat nicht geklappt.«

»Nein.«

»Ich verstehe. Sie sind also auf sich allein gestellt.«

»So ist es. Aber Sie möchten gern die Hälfte der Summe, die in dem Koffer liegt.«

»Sie haben mich durchschaut, Herr Kommissar.«

»Eine Passage für zwei Personen nach China kostet nicht so viel, selbst dann nicht, wenn sie im Geheimen gebucht werden muss.«

»Wenn Sie sich da mal nicht irren …«

»Ohnehin müssen Sie mir erst helfen, den Koffer zu beschaffen.«

»Das ist eine ehrenvolle und nützliche Aufgabe. Aber wie soll das vonstatten gehen? Ich bin kein Krieger.«

»Ich erwarte nichts von Ihnen, was Sie nicht erfüllen können, Herr Chen. Sie sollen nur den eiskalten Geschäftsmann spielen.«

Chen brach in dröhnendes Gelächter aus. Nachdem er sich wieder beruhigt hatte, stand er auf und holte eine Flasche aus dem Küchenschrank. »Blumenschnaps«, sagte er und schenkte zwei Likörgläser bis zum Rand voll. Sie stießen an, tranken aus und husteten ein bisschen. Dann fragte Chen: »Wie machen wir es also?«

»Sie rufen im Stadthaus an und verlangen Ludwig Rauch von der Gestapo zu sprechen.«

Chen verzog angewidert das Gesicht und rieb sich gleichzeitig die Hände. »Und dann?«

»… schlagen Sie ihm ein Geschäft vor.«

»Was verkaufe ich denn?«

»Mich.«

»Wie soll das gehen?«

»Sie sagen, Sie waren Zeuge, als Uzuo umgebracht wurde. Sie hätten mich verarztet, nachdem ich wieder zu mir gekommen war. Ich hätte Andeutungen gemacht, wem ich meine Verletzung zu verdanken habe. Außerdem hätte ich um eine Passage für Freunde gebeten. Sie wüssten, dass ich mich versteckt hätte, um einen Bericht vorzubereiten, indem ich ihn des Mordes und der Korruption anklage. Das Erste wird ihm vielleicht egal sein. Aber die Gestapo wird hellhörig, wenn einer aus ihren Reihen Beutegeld unterschlägt. Das lassen die nicht zu, das weiß er. Er muss also reagieren. Sie sagen ihm, der Treffpunkt stehe noch nicht fest, Sie würden sich rechtzeitig melden. Er solle die Hälfte des Geldes bereithalten, das er von Uzuo genommen hat. Dafür würden Sie mich ausliefern. Er wird Ihnen glauben, weil er genauso gierig ist wie Sie.«

Wieder lachte Chen laut und schallend. Und wurde schlagartig wieder ernst. »Ich verstehe. Aber was wollen Sie mit ihm machen?«, fragte er.

»Ihn verhaften.«

Chen wiegte zweifelnd den Kopf hin und her. »Sie sind kein Geschäftsmann, Herr Kommissar.«

»Nein, das bin ich nicht.«

»Aber ein guter Krieger.« Chen nahm die Flasche und schenkte eine weitere Runde Blumenschnaps ein.

2

Eine Hafenbarkasse war Hansen noch nie untergekommen. Er hatte ab und zu ein Ruderboot oder eine Segeljolle auf die Elbe gelenkt und einmal am Steuer eines Elbewers gestanden. Aber nun spähte er aus der engen Kabine des Barkassenführers hinaus auf das schwarz glänzende Wasser der Elbe. Wenn der verdammte Krieg nicht gewesen wäre, hätte man sich anhand der Bojen und Leuchtfeuer gut orientieren können. Aber jetzt war der Mond die einzige Hilfe, ein unzuverlässiger Bundesgenosse, der sich immer wieder hinter dicke Wolken zurückzog, die über den Himmel jagten. Eine steife Brise war aufgekommen, und die Wellen des Flusses ließen die Barkasse hin und her schwanken. Gelegentlich schwappte das schwarze Wasser über den Bug, und die Gischt sprühte über das Deck des niedrigen Motorboots.

Chen stand hinter Hansen, spähte ebenso angestrengt nach draußen und versuchte sich zu orientieren. Vom Hafen waren nichts als Schattenrisse von Kränen, Schiffsaufbauten, Kaimauern und Lagerschuppen auszumachen.

Auf die Frage, wie es ihm in so kurzer Zeit mitten in der Nacht gelungen sei, eine Barkasse aufzutreiben, hatte Chen nur geantwortet: »Ich bin Schiffsmakler.« Ein Anruf hatte offenbar genügt. Ein zweiter Anruf bezog sich auf ein Frachtschiff namens »Patagonia«.

Nachdem sie Vera, Georg Hollenkamp und Kurt Singer im Hippodrom abgeholt hatten, waren sie im Niederhafen an Bord gegangen. Im Schutz der Nacht, immer auf der Hut vor den Streifen der Davidwache, hatten sie St. Pauli durchquert und den

Weg zum Fischmarkt eingeschlagen. Als Kurt und Georg klar geworden war, dass sie noch in dieser Nacht Hamburg verlassen würden, hatte Kurt geschwiegen, Georg aber protestierte: »Wir haben nichts dabei, keine wetterfeste Kleidung, kaum Geld, nichts zum Wechseln, weder Ausweise noch …«

»Es wird für alles gesorgt«, unterbrach Chen ihn. »Das ist nicht das erste Mal, dass ich jemandem helfe, der Hals über Kopf aus dem Land gebracht werden muss.«

Die Barkasse hatte zwischen anderen Booten am Kai weit vom Ufer entfernt gelegen. Chen hatte sie zielstrebig über die glitschigen Holzbohlen des Anlegers darauf zugeführt. Der Besitzer des Schiffchens war nirgendwo zu sehen gewesen, aber der Schlüssel steckte.

»Ich lasse Ihnen den Vortritt«, hatte Chen gesagt und auf die Steuermann-Kabine gezeigt. »Sie sind der Seemann.«

Und so war Hansen an das Steuer der Barkasse geraten.

Vera, Georg und Kurt saßen auf den Bänken des mit einer Plane verhängten halb offenen Decks – jeder in seine Gedanken versunken.

»Der Asiakai liegt doch im alten Segelschiffhafen«, wandte Georg nach einer Weile ein. »Da fahren wir doch in die falsche Richtung.«

»Chilekai«, sagte Chen, der aufrecht stand und sich bemühte, das Gleichgewicht auf der schwankenden Barkasse zu halten.

»Chile liegt doch in Südamerika«, meinte Vera.

»Die Namen der Kais sagen nichts über die Fahrtziele der dort liegenden Schiffe aus, Fräulein.«

»Wirklich? Auf welches Schiff sollen wir denn gehen?«, fragte Kurt.

»Auf die ›Patagonia‹, und sie fährt tatsächlich nach Südamerika.«

»O nein!«, rief Georg aus. »Ich will nach China. Alles andere kommt nicht in Frage.«

»Die Erde ist eine Kugel«, sagte Chen.

»Ich weigere mich!«, sagte Georg.

»Die ›Patagonia‹ macht Halt in Colón. Ich kenne jemanden dort.«

»Und was nützt uns das?«, fragte Georg.

Vera legte ihrem Bruder beschwichtigend eine Hand auf den Arm. »Colón liegt am Panamakanal, Georg.«

Er schüttelte ihre Hand ab. »Und wennschon.«

»Der Kanal ist die kürzeste Verbindung vom Atlantischen zum Pazifischen Ozean, Herr Hollenkamp«, sagte Chen.

»Und das Chinesische Meer gehört zum Pazifik«, ergänzte Vera.

»Aber das dauert doch ewig«, sagte Georg.

»Wie ich schon sagte«, fuhr Chen ungerührt fort, »ist die Erde eine Kugel, Herr Hollenkamp. Ob sie nach Westen oder nach Osten fahren, bleibt sich gleich, China liegt in beide Richtungen etwa genauso weit entfernt.«

»China, verdammt«, murmelte Kurt vor sich hin. »Was soll ich denn in China?«

»Sie haben die Wahl«, sagte Chen. »Entweder Sie nehmen die Passage, oder Sie bleiben in Hamburg und lassen sich zum Tode verurteilen, was, wenn ich Kommissar Hansen richtig verstanden habe, in kürzester Zeit geschehen würde.«

»Hauptsache China«, sagte Georg.

»Schanghai«, murmelte Kurt. »Vielleicht können wir dahin. Hab schon einiges davon gehört. Da leben viele Deutsche.«

»Schanghai ist eine gute Wahl«, sagte Chen.

»Ich kann dir ein bisschen Chinesisch beibringen«, sagte Georg.

»Sching, schang, schong«, sagte Kurt abfällig.

Chen lachte leise. Dann trat Schweigen ein.

Die Barkasse kämpfte sich durch das unruhige Wasser des Vorhafens und erreichte den Oderhafen. Hansen bemühte sich, das kleine Boot im Schatten der Kaimauern und Frachtschiffe zu halten. Wenn dieses verdammte Ding nur nicht so laut tuckern würde, dachte er. Und was machst du, wenn die Hafenpolizei aufkreuzt? Wenn du heute Abend auffliegst, mein lieber Hein, dann schärfen sie das Fallbeil auch für deinen Hals!

Es grenzte an ein Wunder, aber sie erreichten unbehelligt den Chilekai und machten zwischen der ›Patagonia‹ und einem weiteren Stückgutfrachter fest. Die Silhouetten der hohen Kräne mit ihren langen winkeligen Armen wirkten wie erstarrte Wachposten, die Schiffsaufbauten wie Türme und Mauern einer Trutzburg.

Chen kletterte als Erster über eine eiserne Leiter an der Kaimauer nach oben, die drei jungen Leute folgten. Als Letzter verließ Hansen die Barkasse, nachdem er sie mit einer zusätzlichen Leine gesichert hatte.

Die »Patagonia« lag still da, alles Leben auf dem Schiff schien erstorben. Von der Besatzung war niemand zu sehen. Ein Stück weit vom Frachter entfernt waren einige Eisenbahnwagons abgestellt. Paletten, Kisten und Blechtonnen standen hier und da herum. Das Fallreep war noch heruntergelassen, aber die Kräne hatten sich schon auf ihren Schienen vom Schiff fortbewegt, das auf die Abfahrt zu warten schien. Die Tore der Kaischuppen waren geschlossen. Niemand war zu sehen.

Sie hörten das Geräusch eines näher kommenden Motors, Reifen rumpelten dumpf über die Gleise, ein Kraftwagen mit abgedunkelten Scheinwerfern fuhr auf sie zu. Die dünnen Lichtstreifen, die durch die Schlitze der Scheinwerferhauben drangen, blieben an ihnen haften.

Chen breitete die Arme aus, um zu signalisieren, dass die anderen hinter ihm bleiben sollten. Hansen griff nach seiner Pistole, duckte sich aus dem Lichtschein und verbarg sich hinter übereinander gestapelten Überseekisten, während er den drei jungen Leuten signalisierte, sich ebenfalls in den Schatten zu flüchten. Vera, Georg und Kurt kauerten sich hinter einen Palettenstapel.

Hansen hatte mit Chen vereinbart, dass dieser den Gestapo-Mann aus dem Auto locken sollte, damit Hansen ihn überwältigen konnte. Nun passierte allerdings etwas, das nicht besprochen worden war: Die Beifahrertür des Mercedes ging auf, Chen beugte sich hinunter, schien zu zögern und stieg dann ein. Die Tür schloss sich.

Hansen wartete einen Moment ab. Die Lichter des Wagens erloschen, der Motor ging aus. Dann Stille. Ich muss näher ran, entschied Hansen, aber was dann? Hoffentlich bleiben die jungen Leute in Deckung. Er schaute sich um und sah niemanden. Er rannte los, gebückt, taumelnd und fand sich, nach wenigen Metern schon atemlos, hinter einem Stapel Holzbohlen verborgen wieder, jetzt dichter am Mercedes, der noch immer wie ein lauerndes Tier dastand und durch dessen Fensterscheiben hindurch absolut nichts zu erkennen war. Was zum Teufel machte Chen da drinnen? Hatte er sich in dem Chinesen getäuscht? War er in eine Falle gegangen?

Hinter ihm knirschte es. Er wirbelte herum – und blickte in den Lauf eines Revolvers.

3

»Ganz ruhig, Heinrich!«, zischte Friedrich Schüler. »Wir haben beide das gleiche Ziel.«

»Nein«, sagte Hansen.

»Rauch«, sagte Friedrich und deutete mit der freien Hand zum Wagen.

Die Fahrertür ging auf, und der Gestapo-Mann stieg aus.

»Weg mit der Pistole!«, zischte Friedrich. »Und dann voran!«

Hansen steckte die Pistole in die Jackentasche und trat, dicht gefolgt von Friedrich, aus dem Versteck.

»Na bitte«, sagte Ludwig Rauch und richtete ebenfalls eine Waffe auf Hansen. »Der Herr Kommissar auf dem Silbertablett.«

Hansen merkte, wie Friedrich seinen Revolver an ihm vorbei auf Rauch richtete.

Rauch schien irritiert, aber nicht wirklich beunruhigt. Verlegen auflachend sagte er: »Lassen Sie doch die Waffe unten, von Schluthen!«

»Wo Rauch ist, ist auch Feuer«, entgegnete Friedrich. »Ich will kein Risiko eingehen. Raus mit dem Koffer!«

»Der ist auf dem Rücksitz.«

Hansen versuchte, durch die Windschutzscheibe hindurch zu erkennen, was Chen dort drin tat. Er sah nur einen undeutlichen Schatten.

»Her damit!«, rief Friedrich.

Rauch schüttelte den Kopf und deutete mit seiner Waffe auf Hansen. »Erst muss er weg!«

»Gut«, sagte Friedrich.

Hansens Hand in der Jackentasche krampfte sich um die Pistole.

»Na los doch!« Rauch hob den Revolver und zielte direkt in Hansens Gesicht.

Hansen brach der Schweiß aus. Die Pistole raus!, dachte er, hochreißen, abdrücken – aber bevor du so weit kommst, bist du schon tot.

»Zu laut«, sagte Friedrich. »Das Schiff.« Er deutete auf den Frachter, auf dem sich noch immer nichts zu regen schien. Verdammt, dachte Hansen, irgendjemand dort muss doch was gemerkt haben!

»Er hat die Hand in der Tasche«, stellte Rauch fest.

»Hand raus, Heinrich«, sagte Friedrich.

Hansen fühlte sich wie gelähmt. Es war ihm unmöglich, die Waffe loszulassen, obwohl sie dort in der Tasche zu nichts nutze war.

»Raus mit der Hand!«, sagte Rauch.

»Los doch!«, forderte Friedrich ihn auf.

Hinter ihnen fiel mit lautem Getöse ein Palettenstapel um. Rauch sprang zur Seite und zielte auf die Stelle, von der der Lärm kam. Es war niemand zu sehen. Friedrich trat zwei Schritte von Hansen weg und wirbelte herum. Hansen zog die Hand mit der Pistole aus der Jackentasche. Er hob die Waffe, zielte auf Rauch. Im gleichen Augenblick hatte der sich wieder ihm zugewandt und die Waffe auf ihn gerichtet.

Rauch drückte zuerst ab. Dann taumelte er zurück, breitete die Arme auseinander und stolperte rückwärts, bis er gegen die

Kühlerhaube des Mercedes prallte. Er sackte zusammen und rutschte über die Stoßstange zu Boden.

Seine eigene Kugel, da war sich Hansen sicher, hatte den Gestapo-Mann an der Schulter getroffen, ihm in den Kopf zu schießen hätte er niemals fertig gebracht. Und doch war eine Kugel direkt in Rauchs Stirn eingedrungen; den Bruchteil einer Sekunde bevor Hansens Pistole losgegangen war, hatte er einen Knall hinter sich gehört.

Hansen wirbelte herum und blickte in einen Gewehrlauf, der direkt auf ihn gerichtet war.

»Wer versucht, mich auszubooten, bekommt selber nasse Füße«, sagte der Mann hinter dem Gewehr, während er aus dem Schatten der Überseekisten trat. Es war Martens. »Ihr Idioten glaubt wohl, es genügt, mich zum falschen Kai zu schicken, und ihr seid mich los? Da habt ihr euch geschnitten!« Er lachte abfällig. »Asiakai. Auf nach China! Wo sind sie denn, deine Schützlinge, Kommissar Hansen? Und welche Rolle spielst du in diesem albernen Theaterstück?«

»Ich bringe nur zu Ende, was ich angefangen habe.«

»Den Eindruck hatte ich nicht, Hein Hansen! Der war drauf und dran, dich auszupusten.«

»Und jetzt du.«

Martens lachte. »Keine Angst. Der Bajazzo will nur seinen Einsatz zurück.«

Hansen senkte die Pistole. »Das musst du mit ihm besprechen.« Er deutete mit der freien Hand auf Friedrich, dessen Revolver nun auf Martens gerichtet war.

Martens richtete den Gewehrlauf auf ihn. »Wo ist der Koffer?«, fragte er.

»Im Auto, nehme ich an«, sagte Friedrich.

»Wenn wir noch länger hier stehen, sackt uns die Hafenpolizei ein«, bemerkte Martens.

»Also machen wir halbe-halbe.«

»Gut.« Martens nahm das Gewehr herunter. Friedrich senkte den Revolver.

»Nein«, sagte Hansen. »Das Geld ist für die da bestimmt.« Er winkte Vera, Georg und Kurt näher, die hinter dem umgeworfenen Palettenstapel zum Vorschein kamen.

»Was ist mit Chen?«, fragte Vera.

Hansen zuckte zusammen und war mit wenigen Schritten an der Beifahrertür des Mercedes. Er zog die Tür auf. Chen stieg aus. In der Hand hielt er einen kleinen Koffer.

»Ich habe mich bemüht, die Summe gerecht aufzuteilen. Wenn wir jetzt allerdings noch mehr Parteien bedienen müssen …«

Hansen schüttelte den Kopf.

»Gut. Das hier dürfte bis China reichen, abzüglich meiner Provision, versteht sich«, sagte Chen und ging auf Kurt und Georg zu. »Wenn die Herren mir dann bitte folgen möchten. Wir müssen uns beeilen.«

»Ich komme mit!«, rief Vera.

»O nein.« Chen schüttelte den Kopf.

»O doch! Ich habe einen gültigen Pass bei mir.«

Chen zögerte. Doch als Kurt und Georg einen Arm um Veras Schultern legten, gab er seufzend nach. »Dann mal los!«

Die drei jungen Leute folgten dem Chinesen zum Fallreep, kletterten hinauf, und die beiden jungen Männer verschwanden an Bord. Vera wandte kurz den Kopf und deutete eine knappe Abschiedsgeste in Richtung Hansen an, dann wurde sie von Chen vorwärts gedrängt.

Hansen drehte sich um.

Pit Martens und Friedrich Schüler standen einander gegenüber wie zwei Raubtiere, die jeden Augenblick aufeinander losgehen wollen.

»Keine müde Mark für den Freibeuter«, knurrte Martens. »Der Rest wird nicht aufgeteilt.«

»Wirst du sonst degradiert«, fragte Friedrich mit höhnischem Gesichtsausdruck, »wenn du deinen Genossen nicht genug Geld bringst? Ihr seid ja feine Kommunisten.«

»Schnauze!«, stieß Martens hervor.

Friedrich lachte. »Es wird sowieso früher oder später seinen Weg zu mir finden. Ich wäre ja dumm, wenn ich meine Geschäftsbeziehung aufs Spiel setzen würde.«

»Ich mag euch Kapitalisten, ihr seid so vernünftig«, sagte Martens.

Friedrich steckte die Pistole in den Gürtel und gab Martens einen aufmunternden Schlag auf die Schultern. »Auf gute Geschäfte, Pit!«

»Hört auf, Süßholz zu raspeln, und macht, dass ihr wegkommt«, sagte Hansen.

»Wenn ich nicht müsste …«, brummte Martens.

»Einsicht in die Notwendigkeit«, höhnte Friedrich.

»Los jetzt!«, kommandierte Hansen. »Sonst ist es zu spät!«

Martens und Friedrich machten sich daran, die Leiche von Ludwig Rauch auf den Rücksitz des Mercedes zu hieven.

»Wir werden ihm ein würdiges Grab bereiten«, sagte Martens zu Hansen, nachdem er die Wagentür zugeworfen hatte. »Ich kenne eine tiefe Stelle im Köhlbrand, dicht am Ufer. Du musst auch hier verschwinden. Kommst du mit?«

»Ich muss die Barkasse zurückbringen.«

»Ich nehme an, du hast kein Interesse an dem Geld hier im Wagen?«

»Nein.«

»Sehr vernünftig.«

»Wir müssen weg!«, drängte Friedrich, der die Hecktür des Mercedes schloss und Anstalten machte, auf der Beifahrerseite einzusteigen.

»Geht los.« Martens zog die Fahrertür auf. Dann hielt er inne und sagte: »Du hast versucht, mich reinzulegen, Heinrich, wo ich dir doch das Leben gerettet hab. Ich hab einiges gut bei dir, vergiss das nicht!«

»Ich weiß.«

Hansen sah zu, wie der Mercedes verschwand, und wartete ungeduldig, bis Chen wieder vom Frachter herunterkam. Sie beeilten sich, zur Barkasse zu kommen. Jemand musste die Schüsse gehört haben. Es konnte nicht mehr lange dauern, bis die Hafenpolizei anrückte.

Hastig kletterten sie die Leiter zur Barkasse hinunter. Hansen lachte hämisch vor sich hin: Kommissar Hansen auf der Flucht vor der Hafenpolizei. So weit war es also schon mit ihm gekommen. Er hatte sich der Fluchthilfe, des Devisenschmuggels, der Verschwörung gegen den Staat und der Beihilfe zum Mord schuldig gemacht. Das wird noch ein Nachspiel haben, mein Alter, dachte er, und bestenfalls musst du dann auf Barkassenkapitän umsatteln und Hafenrundfahrten machen.

»Was ist denn so komisch?«, fragte Chen von unten. Die Frage wurde vom Jaulen der Luftschutzsirenen übertönt. Die Männer zuckten zusammen und beeilten sich, nach unten zu kommen. Hansen sprang hinter Chen auf das Deck der Barkasse. Sie starteten den Motor, legten ab und fuhren geradewegs auf die Stadt zu, wo die auf- und abschwellenden Sirenen sich jetzt zu einem dissonanten Chor vereint hatten. Von Westen her hörte man schon das donnernde Grollen der britischen Bomber näher kommen.

4

Die Bomben fielen im Süden und Osten, der Hafen und St. Pauli wurden verschont. Der Alarm indessen bot Hansen und Chen eine willkommene Schützenhilfe. Unbemerkt von der Hafenpolizei, brachten sie die Barkasse in den Niederhafen zurück und machten sich zu Fuß auf den Weg zurück nach St. Pauli.

Unter normalen Umständen wäre es ein kleiner Spaziergang gewesen, aber irgendetwas in Hansen sträubte sich. Die Beine waren schwer wie Blei, sein Atem ging in kurzen Stößen, der Rücken schmerzte, und von der linken Schulter breitete sich ein eigenartiges Kribbeln aus, das sich bis zum Ellbogen fortsetzte. Chen eilte unbeirrt voran, winkte ihm schließlich einen Abschiedsgruß zu und verschwand.

Auf der Wache angekommen, meldete sich Hansen beim wachhabenden Beamten zurück und konnte sich zu seinem großen Erstaunen unbehelligt in die Dienstwohnung zurückziehen.

Er fiel in einen tiefen Erschöpfungsschlaf und wachte erst um halb zehn am nächsten Morgen auf. Noch immer Blei in den Knochen, noch immer ein müder schwerer Kopf. Es kostete ihn eine große Anstrengung aufzustehen. Er goss den Kaffeesatz vom vorigen Tag noch mal auf, trank die Brühe aus und ging nach unten in sein Büro. Unter normalen Umstände hätte er sich jetzt damit herumgequält, einen Bericht über die Vorkommnisse der letzten Nacht zu schreiben. Heute jedoch würde er keine Zeile zu Papier bringen. Was sollte er notieren? Dass er einen Ausflug auf die andere Seite gemacht hatte, zum Kriminellen geworden war? Sollte er jeden einzelnen Gesetzesübertritt auflisten, dem er sich schuldig gemacht hatte? Zu viel Mühe, und er würde andere damit gefährden.

Es war nur ein Traum gewesen. Ludwig Rauchs Leiche würde wahrscheinlich nie gefunden werden. Pit Martens war ein gründlicher Mann und erfahrener Untergrundkämpfer. Die Sache war erledigt, man musste keinen Gedanken mehr daran verschwenden.

Er ging die Papiere auf seinem Pult durch, sichtete die Tagesbefehle und Verlautbarungen des Ordnungsamts. Zwei KdF-Schiffe würden im Laufe des Tages im Hafen festmachen. Also Augen auf, damit den St.-Pauli-Besuchern kein Leid geschah. Unter normalen Umständen hätte er sich einen netten Patrouillentag zusammen mit Schenk gemacht. Man hätte sich bei Dickmann gestärkt – Bratkartoffeln mit Sauerfleisch, dazu ein schönes Bier –, um dann Runde um Runde zu drehen und den Kleinganoven und Schlitzohren auf die langen Finger zu gucken.

Aber es gab keine normalen Umstände mehr, außerdem hatte Schenk immer noch Urlaub. Gegen elf Uhr wurde Hansen in das Büro des Revierleiters gerufen.

Oberwachtmeister Kelling hatte sich hinter seinem Schreibtisch verschanzt, hinter sich der große Stadtplan von Hamburg mit dem kleinen, rot umrandeten Bereich, der das Revier der Davidwache markierte.

Als Hansen eintrat und grüßte, griff Kelling wortlos nach einem gelben Stück Papier, stand auf und hielt Hansen das Blatt hin.

Unter dem Briefkopf der Polizeibehörde Hamburg wurde Hansens sofortiges Ausscheiden aus dem Polizeidienst mitgeteilt. Ohne Kommentar, ohne Wertung, aber immerhin mit dem Hinweis auf eine Pensionsberechtigung nach den üblichen Bedingungen.

Sieh mal an, dachte Hansen, da hat Ludwig Rauch vor seinem Ausscheiden aus dem Gestapo-Dienst noch etwas ins Rollen gebracht. Und dies ist nun sein Gruß aus dem Jenseits.

Kelling räusperte sich. »Daraus ergibt sich natürlich, dass ich eine sofortige Räumung der Dienstwohnung verlangen muss.«

»Ja, natürlich.« Hansen sah den Revierleiter an. Freute er sich, dass er ihn endlich loswurde? Nein, die Angelegenheit schien Kelling eher peinlich zu sein. Er wusste nicht, wie er sie einordnen sollte. Er wusste gar nichts, und das machte ihm Angst. Man sah ihm deutlich an, dass er sich nicht traute nachzufragen.

»Sofortige Räumung«, wiederholte Kelling. »Also noch heute.«

»In Ordnung«, sagte Hansen und wollte gehen.

»Ihren Dienstausweis, Ihre Polizeimarke und Ihre Pistole geben Sie bitte sofort ab, Herr Hansen.«

»Jawohl.«

Als Nächstes packte er die Koffer. Mit zwei Koffern war er in die Davidwache eingezogen, und mit zwei Koffern wollte er wieder gehen. Nachdem er sie mit dem Notwendigsten gefüllt hatte, entschied er sich, noch seinen alten Seesack voll zu stopfen. Dann machte er sich auf den Weg zum Antiquitätenhändler in der Taubenstraße und vereinbarte, dass die wenigen Möbel und Haushaltsgeräte, die er sich angeschafft hatte, noch am Nachtmittag abgeholt wurden. Über den Preis würde man sich später einigen.

Anschließend streifte er durchs Viertel und fand nach einer Weile ein Zimmer in einer kleinen Pension am Pinnasberg. Die

Wirtin kannte ihn und war keineswegs verwundert, dass er schon in den Ruhestand ging. Nach all den Jahren im Dienst habe er sich das redlich verdient. »Man wird ja nicht jünger«, fügte sie hinzu und schickte ihren Enkel zur Wache, um die zwei Koffer und den Seesack mit dem Bollerwagen herzuschaffen.

5

Einige Monate später, im Januar 1942, sagte Lilo Koester am späten Nachmittag zu Heinrich Hansen: »Ich geh noch mal kurz mit dem Hund nach draußen.«

Hansen warf einen Blick in das spärlich besetzte Kellerlokal und nickte. Mit umgebundener Schürze stand er hinter dem Tresen und zapfte Bier. Das konnte er inzwischen ganz gut. Die Stammgäste grüßten ihn auch weiterhin respektvoll und nannten ihn noch immer »Kommissar Hansen«. In Lilo's Eck war er jetzt zu Hause. Es hatte allerdings eine Weile gedauert, bevor er das Lokal besucht hatte. Dann war er gelegentlich wiedergekommen, schließlich täglich. Und als es ihn mehr und mehr langweilte, immer nur rumzusitzen, hatte er begonnen mitzuhelfen. Lilo ließ es geschehen, und es schien, als würden sie auf diese Art eine Weile miteinander leben können.

Die beiden Männer in den schwarzen Ledermänteln und den breitkrempigen Hüten kamen, kurz nachdem Lilo gegangen war, mit schweren Stiefelschritten die Treppe herunter und bauten sich vor dem Tresen auf.

»Heinrich Hansen?«

»Ja.«

»Kommen Sie mit.«

Während der ganzen Fahrt durch das verschneite, dämmrige Hamburg sprachen die beiden kein Wort mit ihm. Sie brachten ihn ins Untersuchungsgefängnis Fuhlsbüttel, wo er in eine Zelle kam und wie ein normaler Gefangener behandelt wurde, nur dass man ihn nie verhörte.

Vier Monate später wurde er wieder entlassen. Ohne Begründung. Er hatte noch immer sein Zimmer in der Pension am Pinnasberg, Lilo Koester hatte in der Zwischenzeit die Miete bezahlt.

Im Juli wurde von einem Gast unbemerkt ein Brief unter einen Aschenbecher in Lilo's Eck gelegt. Der Absender hatte nur mit »P.« unterschrieben, aber es war sofort klar, dass es sich nur um Pit Martens handeln konnte. Er hatte herausgefunden, dass Klaas Blunke im Winter im Konzentrationslager Neuengamme erfroren war. Hansen und Lilo Koester fühlten sich verpflichtet, die traurige Nachricht Jan Heinicke mitzuteilen, und machten sich auf den Weg in die Gaststätte Zum Leuchtturm. Dort trafen sie auf Ulrich und Emmi, die händchenhaltend in einer Ecke saßen. Der Wirt, der noch dicker geworden war, stand hinter dem Tresen. Jan Heinicke nickte stumm, als er von Klaas' Schicksal erfuhr.

Es war Lilos Idee, zur Josephskirche zu gehen und eine Kerze für Klaas anzuzünden. Obwohl die beiden Jugendfreunde ebenso wenig religiös waren wie Lilo, gingen sie mit.

EPILOG

Feuer

Kurz zuvor war das Varieté wieder umbenannt worden. Es trug nun, wie vor vierzig Jahren, wieder den Namen »Salon Tingeltangel«.

So mondän und freizügig wie zu der Zeit, als Hansens Jugendfreund Jan Heinicke das Etablissement betrieben hatte, ging es nicht mehr zu. Auch die KdF-Touristen waren rar geworden auf St. Pauli, aber noch immer fanden Revue-Veranstaltungen in dem alten Haus an der Reeperbahn in Sichtweite der Davidwache statt.

Da der neue Programmchef ganz auf Wiederbelebung alter Zeiten setzte, stand im heißen Sommer des Jahres 1943 das Schauspiel »Die rote Katze« erneut auf dem Programm, einer der großen Erfolge des Jahres 1903. Jetzt allerdings mussten die Darstellerinnen in den verschiedenfarbigen Katzenkostümen ohne gewagte Tanzeinlagen auskommen, die verboten waren.

Lilo Koester hatte Heinrich Hansen gefragt, ob sie nicht beide »um der alten Zeiten willen« die Premiere besuchen wollten. Sie war als ehemalige Tänzerin dieser Revue eingeladen worden. Brandmeister Hansen aber hatte Nachtdienst und musste sich, wie schon seit Monaten, um die Häuserzeile kümmern, zu der auch das neue Tingeltangel gehörte. Lilo Koester erklärte ihm, dass sie dennoch die Veranstaltung besuchen wolle, und so befanden sie sich beide unter demselben Dach, als Fliegeralarm gegeben wurde – Hansen auf dem Dachboden, Lilo Koester im großen Saal, der in dem plüschigen Rot von damals gehalten war.

Der neue Besitzer des Salons hatte über legale und illegale Kanäle genügend Alkoholika für die Premierenfeier erstanden, um die Stimmung bis lange nach Mitternacht in Gang zu halten. Als die Sirenen ertönten, stieg Lilo Koester mit den anderen Gästen, die sich Sekt- und Weinflaschen unter den Arm geklemmt hatten, in den Keller. Dort ging die Feier weiter, dank eines Grammofons, das jemand vorsorglich mitgenommen hatte.

Erst als die Erschütterungen immer heftiger wurden und das Dröhnen der Bombenexplosionen die Musik übertönte, erstarb das fröhliche Treiben. Es schien ein ungewöhnlich heftiger Angriff zu sein. Die Gäste setzten sich auf den Kellerboden, vereinzelt versuchte jemand halbherzig einen Scherz, um bestenfalls hysterisches Gelächter zu ernten. Bald sahen sie alle genauso blass und ängstlich aus wie alle übrigen Hamburger, die in ihre Luftschutzräume geflüchtet waren.

Heinrich Hansen harrte mit seinen Helfern auf dem Dach aus und hoffte auf ein Wunder. Mit Schläuchen und Eimern war es ihnen schon mehrmals gelungen, die Häuserzeile vor dem Feuer zu retten, obwohl die Dachbalken in diesem heißen Sommer ungewöhnlich trocken waren, sodass man sie mit einem einzigen Streichholz hätte anzünden können.

Diesmal gab es keine Rettung. Als die Häuser rechts und links des Salons Tingeltangel in Flammen standen und der heiße Wind das Feuer immer mehr entfachte, erkannte Hansen, dass es aussichtslos war. Die Männer verließen das Dach und rannten hinunter in den Keller.

Dort war jetzt Panik ausgebrochen: Die Bewohner des Nachbarhauses hatten, nachdem die Hitze in ihrem Keller unerträglich geworden war, damit begonnen, die Brandschutzmauer zu durchstoßen, weil es durch das brennende Treppenhaus nebenan kein Entrinnen mehr gab. So schnell wie in dieser Nacht hatte sich bislang keine Feuersbrunst ausgebreitet. Und noch dauerte der Angriff an.

Das traditionsreiche Revue- und Varietétheater brannte lichterloh. Im Keller drängten sich die Menschen. Durch das Mauerwerk hindurch drang eine unerträgliche Hitze. Einfach nach draußen zu flüchten war nicht mehr möglich, denn das Feuer war vom Erdgeschoss des Nebenhauses übergesprungen. Hansen gab Anweisung, alle verfügbaren Decken und Tücher mit Wasser zu befeuchten. Wer sich damit umwickelte, konnte den Weg durch die Flammen schaffen.

Als die Mutigen schon gegangen waren und die Zögernden endlich den Keller verließen, da die Hitze kaum noch auszuhalten war und der Rauch so dicht war, dass man kaum noch atmen konnte, befahl Hansen seinen Leuten, zwei Ohnmächtige nach draußen zu schleppen. Im selben Moment bemerkte er Lilo, die sich über einen am Boden liegenden Mann beugte.

Es war offenbar einer von denen, die durch das Loch in der Wand gekommen waren, seine Kleider hingen ihm in verkohlten Fetzen am Leib, sein Körper war mit Brandwunden übersät, sein Gesicht rußverschmiert, die Haare waren versengt.

Hansen kniete sich neben Lilo und sagte: »Wir müssen ihn raustragen.«

Lilo wickelte sich aus der nassen Decke, die sie sich umgeworfen hatte. »Teilen wir uns die Decke hier.«

»Kann er noch gehen?«

»Ich will nicht mehr raus«, murmelte der Verletzte.

»Doch«, sagte Lilo. Sie sprang auf und ergriff ihn an den Armen. Der Mann verzerrte das Gesicht vor Schmerzen.

Erst in diesem Augenblick bemerkte Hansen, dass es Friedrich war, der vor ihm lag.

»Sie soll gehen«, sagte er mit heiserer Stimme. »Ich bleibe. Bin ja gerade erst gekommen.«

»Geh«, sagte Hansen zu Lilo, »ich mach das.«

»Heinrich …«

»Geh!« Er legte ihr die Decke um die Schultern und schob sie zum Ausgang, wo gerade die letzten Flüchtenden nasse Tücher über den Kopf zogen und losrannten.

Hansen legte sich den Verletzten über die Schulter und taumelte dem Kellerausgang entgegen.

»Lass mich doch. Du schaffst es nicht!«, rief Friedrich mit kraftloser Stimme, aber Hansen stolperte weiter. Im Treppenhaus loderten die Flammen, aber die Steintreppe, die aus dem Keller führte, war noch benutzbar.

Hansens Kleidung fing Feuer. Er stapfte weiter, stieg über eine brennende Leiche hinweg und über herabgefallene lodernde Holzstücke dem Ausgang entgegen.

Friedrich redete in einem monotonen Singsang. Hansen taumelte weiter, raus aus dem Gebäude und über die Reeperbahn rüber zum Spielbudenplatz. Vielleicht kam man ja noch in den Bunker hinein. Er hatte das Gefühl, noch immer in dem brennenden Keller zu sein, denn es war nicht möglich, dass Feuer hinter sich zu lassen. Ganz St. Pauli brannte. Feuersäulen stiegen empor, und der heiße Wind versengte einem Haare und Augenbrauen.

Beim Überklettern einer Schutthalde brach Hansen zusammen. Die Beine versagten ihm. Er schob Friedrichs Körper in eine geschützte Ecke und legte sich daneben hinter einen Steinwall.

Der Hitzesturm jagte über ihn hinweg, während Friedrich unaufhörlich weiterredete, etwas von einem anderen Brand erzählte, von einem Kanister Petroleum, den er im Laden von Klaas Blunke gekauft hatte, und von Hansens Vater, der ihn sturzbetrunken draußen auf der Straße abgefangen hatte, um ihm den Kanister abzunehmen, und davon, dass er ihn wieder zurückholen wollte, am Abend, und wie das Haus dann schon lichterloh gebrannt hatte, und am nächsten Tag hatte es dann geheißen, alle bis auf Heinrich seien im Feuer umgekommen.

War es nicht seltsam, dass sein Vater geplant hatte, das Haus anzuzünden, sich aber nicht getraut hatte, und die verzweifelte Elsa es dann tat, als sie den Kanister in der Küche bemerkte?

Als der Tag anbrach, brannte St. Pauli immer noch, aber der Feuersturm war vorbei. Flammen züngelten aus den Ruinen der Häuser. Vom Salon Tingeltangel war nur noch die halbe Fassade übrig, der Rest des Gebäudes war zusammengestürzt.

Heinrich Hansen hockte vor der halb verbrannten Leiche von Friedrich, die ihn davor geschützt hatte, ebenfalls in Flammen aufzugehen. Mit leeren Augen starrte er über das Trümmerfeld, das einmal die Reeperbahn gewesen war.

Die Davidwache stand noch.